Ullstein

ÜBER DAS BUCH:

Man schreibt das Jahr 1802. Nach dem Friedensschluß von Amiens zwischen Großbritannien und Napoleon ist Trinidade – eine kleine Insel vor der Küste Brasiliens und nicht zu verwechseln mit Trinidad – der einzige Stützpunkt, der den Engländern im Südatlantik geblieben ist. Kapitän Nicholas Ramage, Befehlshaber der Fregatte *Calypso*, erhält den geheimen Auftrag, die Insel auszukundschaften und zu kartographieren. Als Ramage dort ankommt, trifft er auf ein erstaunliches Szenario: Abtrünnige nutzen die Gunst der Stunde und halten als Piraten fünf Handelsschiffe samt Besatzung und Passagieren fest. Auf sich allein gestellt, zögert Ramage keinen Moment, macht mit den Halunken kurzen Prozeß und begegnet der großen Liebe seines Lebens ...

DER AUTOR:

Dudley Pope entstammt einer alten Waliser Familie und hat sich in England als Marinehistoriker einen Namen gemacht. Sein Hauptinteresse gilt der Seekriegsgeschichte der Nelson-Zeit, und seine Fachkenntnisse – er ist selbst aktiver Hochseesegler und diente bei der Royal Navy – bilden die Grundlagen seiner farbigen, faszinierenden Ramage-Serie, die bei Ullstein wieder aufgelegt wird.

Dudley Pope

Ramage
und die Abtrünnigen

Roman

Ullstein

Ullstein Buchverlage GmbH,
Berlin
Taschenbuchnummer: 24179
Originaltitel: Ramage and the Renegades
Aus dem Englischen von
Eckhard Kiehl

Deutsche Erstausgabe
August 1997

Umschlaggestaltung:
Hansbernd Lindemann
Illustration:
Thomas Whitcombe – H.M. Frigate *Galatea*, 38 Guns of the Needles,
Isle of Wight / The Bridgeman Library

Alle Rechte vorbehalten
Karte: Erika Baßler
Copyright © 1981 by Dudley Pope
Copyright © der deutschen Übersetzung
1997 by Ullstein Buchverlage GmbH, Berlin
Printed in Germany 1997
Gesamtherstellung:
Clausen & Bosse GmbH, Leck

ISBN 3 548 24179 4

Gedruckt auf alterungsbeständigem Papier mit chlorfrei gebleichtem Zellstoff

Vom selben Autor in der Reihe der Ullstein Bücher:
Die Kollision (24172)
Gezeiten der Nacht I: Schlacht ohne Sieger (23663)
Gezeiten der Nacht II: Ein nasses Grab (23664)
Leutnant Ramage (23924)
Die Trommel schlug zum Streite (22308)
Ramage und die Freibeuter (22496)
Kommandant Ramage (23933)
Ramage in geheimer Mission (24056)
Ramage – Lord Nelsons Spion (22794)
Ramage und das Diamantenriff (22861)
Ramage und die Meuterei (22917)
Ramage und die Rebellen (23788)
Ramage gegen Napoleon (23794)
Ramage und der feindliche Konvoi (24063)
Leutnant Ramage / Die Trommel schlug zum Streite (23533)

Die Deutsche Bibliothek – CIP-Einheitsaufnahme

Pope, Dudley:
Ramage und die Abtrünnigen: Roman / Dudley Pope. [Aus dem Engl. von
Eckhard Kiehl]. – Dt. Erstausg. – Berlin: Ullstein, 1997
  (Ullstein-Buch; Nr. 24179)
  ISBN 3-548-24179-4

Für Kyle und Doc

Vorbemerkung des Autors

Die kleine Insel, auf der Ramage und seine Männer ihren Kampf austrugen, existiert tatsächlich und liegt 673 Meilen von Bahia entfernt. Sie ist unbewohnt, gehört zu Brasilien und wurde 1782 von Captain Philip D'Auvergne R. N., Prince of Bouillon, vermessen. Seine Originalkarte befindet sich im Britischen Museum und weist lediglich eine Abweichung von 25 Meilen der tatsächlichen Position aus.

                                                          D.P.
                                                          Yacht *Ramage*
                                                          St. Martin
                                                          Französische Antillen

Pressgang

1

Ramage ließ die ›Morning Post‹ sinken und lauschte. Eine Kutsche näherte sich rumpelnd unter Pferdegetrappel und hielt vor dem Haus, und der alte Hanson kam durch die Halle geschlurft, wobei er murmelte »Komme schon, Mylord, komme schon«, als hämmerte man bereits ungeduldig an die Tür. Er hielt einen Augenblick inne, als er Ramage im Salon sitzen sah, und rief: »Der Admiral ist wieder da, junger Herr!«

Der gute, alte Hanson; so lange Ramage zurückdenken konnte, hatte der Butler immer »Komme schon, komme schon« gemurmelt, wenn er zum Öffnen der Eingangstür durch die Halle ging, und bei jedem dritten Schritt hob er die rechte Hand ans Gesicht, um mit ausgestrecktem Daumen und Zeigefinger seinen Kneifer wieder über den Nasenrücken hinaufzuschieben. Es handelte sich zweifellos um eine sehr empfindsame Nase, denn Hansons Pincenez rutschte nur sehr selten über die Nasenspitze, um dann baumelnd an seiner schwarzen Schnur zu hängen. Ramage erinnerte sich noch daran, wie er als Junge, so vor 15 oder 20 Jahren, dem Butler fasziniert beim Silberputzen zugesehen hatte. Würden sie... würden sie... ja, da – aber zu seiner Enttäuschung schaffte Hanson es, sie mit einer schnellen Bewegung der rechten Hand gerade noch rechtzeitig zu erwischen.

Hanson war immer so erleichtert, wenn ein Mitglied der

Familie in das Haus in der Palace Street zurückkehrte, selbst nach einer nur einstündigen Abwesenheit, als ob ein Höflichkeitsbesuch oder ein kurzer Einkaufsbummel so gefährlich wären wie eine Expedition in den Dschungel. Heute war Ramages Vater in der Wimpole Street gewesen, um Lord Hood (der, wie aus der für ihn typischen kurzen Notiz hervorging, zu Hause mit Gicht festsaß) einen Besuch abzustatten. Die beiden alten Admirale liebten es, ein Schwätzchen zu halten und über die Außenpolitik zu diskutieren, und ganz sicher hatte ihnen Bonapartes letzter Schachzug eine Menge Gesprächsstoff geliefert. Ob sein Vater wohl mehr erfahren hatte als die in den Zeitungen verbreiteten Gerüchte?

Gianna würde erfreut sein, daß die Kutsche wieder da war; sie wartete sicher schon sehnsüchtig darauf, zu ihrer Schneiderin zu fahren. Anstatt sie ins Haus zu bestellen, wollte Gianna sie lieber in ihrem Atelier aufsuchen, um dort einen Stoffballen nach dem anderen anzusehen, und Ramage hoffte, daß seine Mutter sie begleiten würde; jetzt, da die erste Woche seines ersten Urlaubs seit zwei Jahren zu Ende ging, gelang es ihm endlich, sich behaglich in einem Lehnsessel zu entspannen. In einigen Tagen wäre er vielleicht bereit, sich in das Gesellschaftsleben von London zu stürzen und sich von seiner Mutter und Gianna vorführen zu lassen, aber im Augenblick (wie Gianna letzte Nacht gemurrt hatte) war der Bär zufrieden, sich am Ende seiner Kette zusammenzurollen und zu schlafen und wäre wahrscheinlich sehr viel glücklicher gewesen, wenn sich Gianna und seine Familie bei seiner Rückkehr nach England in Cornwall aufgehalten hätten. In Blazey Hall, das vierkant zwischen Felsen und sanft geschwungenen Hügeln lag, war es immer friedlich; das Dorf St. Kew war sein Zuhause, im Gegensatz zu London mit seinem Lärm, seinem Gestank und seinen Menschenmassen.

Aber an diesem Morgen war London noch überraschend ruhig; die Straßenhändler und Pastetenverkäufer waren noch nicht bis zur Palace Street vorgedrungen, es war windstill, und das Haus schien froh über die kleine Atempause. Die hohe Decke ließ den Raum größer erscheinen, als er war, und die von seiner Mutter ausgesuchten Farben, ein sehr helles Grau und ein Blau, das an Enteneier erinnerte, brachten die Eichentäfelung sehr gut zur Geltung. Das Glas der Fensterrauten verriet, daß Mr. Hanson den Fensterputzer nicht aus den Augen gelassen hatte, und der Türknauf zeigte einen Glanz, der den meisten Ersten Offizieren sicher ein anerkennendes Nicken entlockt hätte.

Er hörte, wie das Kutschentreppchen ausgeklappt wurde. Sein Vater sagte ein paar Worte zu Albert, dem Kutscher, und stand wenig später in der Halle, wo Hanson ihm den Mantel, Hut und Stock abnahm. Sowohl Gianna als auch Lady Blazey hatten die Kutsche gehört und kamen jetzt die Treppe herunter und begrüßten den Admiral. Ramage hörte, wie seine Mutter fragte, ob irgend etwas nicht in Ordnung sei, und der Graf mußte wohl mit einer Gebärde geantwortet haben, denn sie setzte hinzu: »Wir werden zu Nicholas in den Salon gehen, dann kannst du uns dort alles erzählen.«

Ramage erhob sich, als seine Mutter, gefolgt von Gianna, den Raum betrat. Die Gräfin von Blazey, die die große Amethystbrosche trug, welche Ramage ihr letzte Woche zu ihrem einundfünfzigsten Geburtstag überreicht hatte (was sie zu Tränen rührte und sie zu dem Ausruf veranlaßte, daß allein schon seine unerwartete Rückkehr nach England in Verbindung mit dem ihm gewährten Urlaub von vier Wochen das schönste Geschenk sei, das sie sich vorstellen könnte), nahm auf einem Sessel Platz und sagte: »Dein Vater zieht sich gerade nur etwas Bequemeres an... Inzwischen kannst du uns erzählen, was in den

Zeitungen steht, so daß wir auf seinen Bericht etwas vorbereitet sind.«

Ramage wußte, daß Gianna durch die Gerüchte in Aufregung versetzt worden war, aber sowohl er selbst als auch sein Vater hatten ihr geraten, diese Gerüchte mit Vorsicht aufzunehmen; es war sinnlos, ihr Hoffnungen zu machen, nur um sie wieder zunichte werden zu lassen, wenn herauskam, daß sich Napoleon mit der britischen Regierung lediglich einen üblen Scherz erlaubt hatte.

»Ich habe die ›Times‹ noch nicht gelesen, aber die ›Morning Post‹ berichtet nur, was wir bereits wissen.«

»Dann lies sie, Caro«, sagte Gianna.

»Da stehen ein paar Zeilen auf der Titelseite, aber ich bin sicher, das sind nur Vermutungen, nichts, was auf Verlautbarungen des Außenministeriums zurückgeht.«

»Lies es trotzdem«, sagte Gianna nachdrücklich. »Dieser Lord Hawkesbury ist immer noch so entzückt über seine Ernennung zum Außenminister seiner Majestät, daß er nur mit dem König selbst und dem Erzbischof von Canterbury spricht.«

Die Gräfin lachte. »Du hast aber doch sicher nicht erwartet, daß er sich auf dem Ball letzte Nacht über Staatsangelegenheiten auslassen würde, meine Liebe? Schließlich stand die Herzogin von Dorset neben dir, und sie ist eine schreckliche Klatschbase.«

»Ich erwarte, daß er der Herrscherin eines befreundeten, von Napoleon überfallenen Staates Informationen zukommen läßt. Schließlich bin ich ja die Marchesa di Volterra!«

»Ja, meine Liebe«, sagte die Gräfin, die über Giannas ›gebieterische Temperamentsausbrüche‹, wie sie sie insgeheim zu nennen pflegte, lächeln mußte, »aber wenn Hawkesbury irgend etwas über Volterra oder die Toskana oder sogar Italien erfahren haben sollte, würde er es dir vielleicht mitteilen, wenn du ihn in seinem Büro in der

Downing Street oder zu Hause in der Sackville Street aufsuchtest, aber wohl kaum auf einem Ball!«

»Er hat mir nicht zu verstehen gegeben, daß ich ihn aufsuchen soll«, sagte Gianna kalt. »Ist er einer dieser neuen irischen Barone? War er nicht unter dem Namen ›Jenks‹ bekannt?«

Ihr Ton war so hochmütig, daß er sogar den unterkühlten Außenminister frösteln gemacht hätte. »Er ist der Sohn des Grafen von Liverpool. Daneben ist er Parlamentsmitglied für Rye, und sein Spitzname kommt von seinem Familiennamen ›Jenkinson‹.«

»Dieser Earl of Liverpool – ein neugeschaffener Titel?«

Ramage lachte, und die Gräfin fiel in das Gelächter ein. »Ja, eine ›Neuschöpfung‹. Sein Vater wurde vor ungefähr fünf Jahren in den Grafenstand erhoben, und Jenks trägt einen seiner Höflichkeitstitel. So wie das eigentlich auch bei mir ist, nur daß ich von meinem Titel keinen Gebrauch mache.«

»Ich wünschte, du würdest es tun«, sagte Gianna, die allmählich begann, aufzutauen. »Du schämst dich doch nicht, der Sohn des Earl of Blazey zu sein, und du hast einen seiner Titel geerbt, also warum solltest du ihn nicht tragen?«

»Darling, ich habe dir das doch oft genug erklärt«, protestierte Ramage. »Admirale, die dem Ritterstand, also dem niederen Adel angehören, schätzen es durchaus nicht, wenn junge Offiziere unter ihrem Kommando Titel wie ›Earl‹ oder ›Viscount‹ tragen. Das könnte bedeuten, daß junge Kapitäne oder sogar Fähnriche bei Empfängen vor ihrem Oberkommandierenden rangieren.«

Die Gräfin sagte: »Wenn Nicholas an einem Essen teilgenommen hätte, zu dem auch Hawkesbury vor seiner Ernennung zum Minister eingeladen worden wäre, so würde Nicholas weit vor ihm plaziert worden sein – gesetzt den Fall, er hätte von seinem Titel Gebrauch gemacht.«

»Um so mehr Grund, ihn zu verwenden«, sagte Gianna. »Jenks ist ein kalter Pudding.«

»Ein kalter Fisch«, korrigierte Ramage.

»Accidenti! Ich weiß immer, wenn ich dabei bin, einen Streit zu gewinnen, weil du dann anfängst, mein Englisch zu verbessern!«

»Nicholas«, erinnerte ihn die Gräfin, »du wolltest uns erzählen, was in der ›Post‹ steht.«

»Ach ja, es heißt hier – nun, ich lese es euch am besten vor: ›Wie wir hören, wurde M. Louis-Guillaume Otto, der französische Kommissar für den Gefangenenaustausch, der seinen Wohnsitz in London hat, in den letzten Tagen häufig im Büro des Außenministers gesehen. Man glaubt, daß M. Otto, der seit Beginn des Krieges in London lebt, als Gesandter Bonapartes tätig ist und über Friedensvorschläge Bonapartes verhandelt.

Wie wir weiterhin erfahren, hat Lord Hawkesbury Bonapartes Vorschläge dem Kabinett vorgelegt, während seine Majestät der König von Mr. Addington entsprechend informiert wurde. Nach unserer Auffassung sind die Anhänger von Mr. Pitt vehemente Friedensgegner. M. Otto kann dagegen mit der Unterstützung von Mr. Fox und seinen Parteigängern rechnen.

M. Otto hatte in den letzten beiden Jahren kaum offizielle Aufgaben zu erfüllen; es gehen so wenige Schiffe der Franzosen in See, daß die Royal Navy kaum Gefangene machen kann. Auf der anderen Seite führen die kühnen britischen Schiffe unablässig Angriffe gegen die Küste und die Häfen des Feindes durch, und so gehen natürlich auch einige verloren, so daß die Franzosen viele britische Gefangene in ihren Gefängnissen haben. Da wir nicht über die entsprechende Anzahl von Franzosen verfügen, können leider nur wenige von ihnen ausgetauscht werden.‹«

Gianna seufzte und zog den Rock ihres zartgetönten Gewandes zurecht. »Hoffen wir, daß Bonapartes Bedingungen großzügig sind.«

Die Gräfin schüttelte mißbilligend den Kopf. »Gianna, ich weiß, daß du nach Volterra zurückkehren möchtest, aber laß uns jetzt nicht in eine Falle gehen, nur weil wir den Frieden wollen.«

»Nein, Bonaparte würde keine Friedensbedingungen anbieten, wenn es nicht zu seinem Vorteil wäre, den Krieg zu beenden«, sagte Nicholas.

In diesem Moment betrat der Graf den Raum, ein hochgewachsener, immer noch schlanker Mann mit silberweißem Haar und der gleichen schmalen, vorspringenden Nase und den hohen Backenknochen, die auch sein Sohn hatte. Gianna betrachtete abwechselnd die Gesichter der beiden. Ja, dachte sie, so wird Nicholas in dreißig Jahren aussehen. Zum erstenmal, seit sie ihn kannte, hatte sie das Gefühl, daß sie sich ihn als alten Mann vorstellen konnte; bis jetzt war er immer auf See gewesen, regelmäßig einmal im Jahr verwundet worden, mindestens einmal im Monat in ein Gefecht verwickelt... Frieden – das würde bedeuten, daß er den Dienst quittieren und in London oder in Cornwall leben könnte.

Und jetzt, ebenfalls zum erstenmal, konnte sie ihn sich vorstellen, wie er alt wurde, ohne sie an seiner Seite zu haben. Noch bis vor kurzem hatte sie immer geglaubt, daß sie sich nach dem Kriege ein gemeinsames Leben aufbauen würden, aber jetzt, nach den Jahren, die sie hier in England gelebt hatte, hauptsächlich in St. Kew, gestand sie sich ein, daß das nicht möglich war. Noblesse oblige. Das mochte abgegriffen klingen, aber für sie beide war es ein Kodex, ein Gesetz – und für sie selbst ein Urteilsspruch, der sie schließlich zum Fortgehen verdammen würde.

In den ersten beiden Jahren, als ihre Gedanken vorwiegend um Nicholas und ihre Rückkehr in ihr Königreich

Volterra kreisten, hatte sie die Religion völlig außer acht gelassen. Aber schließlich war sie katholisch, und Nicholas war Protestant. Im Fall einer Heirat wäre Nicholas gezwungen, ihre Kinder katholisch erziehen zu lassen, und das wiederum würde bedeuten, daß eine der ältesten gräflichen Familien in Britannien nach dem Tod von Nicholas katholisch werden würde.

Der zwölfte Earl of Blazey ein Katholik... Zu Beginn ihres Aufenthalts in England konnte sie kein Problem darin erblicken, daß eine so alte protestantische Grafenfamilie ihre religiöse Zugehörigkeit zugunsten Roms wechselte, aber schließlich hatte sie doch eingesehen, daß Britannien auf protestantischen Grundlagen ruhte. Nicholas (welcher der elfte Earl of Blazey sein würde, wenn er den Titel von seinem Vater erbte) zu bitten, die Grafenwürde zu opfern – denn so würde man das auffassen –, war etwas, was ein Feind tun mochte, aber nicht die Frau, die ihn liebte.

Ihre anderen Pläne – sie erkannte jetzt, daß es sich nur um Träume gehandelt hatte – waren aus ähnlichen Gründen undurchführbar. Ihre Vorstellung, daß Nicholas nach dem Krieg den Dienst quittieren und sie als ihr Ehemann nach Volterra begleiten würde, war hoffnungslos, und Nicholas selbst hatte ihr das klargemacht. Volterra, immer noch unruhig nach Jahren französischer Besatzung und sicherlich durch das Gerede französischer Revolutionäre beeinflußt, würde einen ›straniero‹ als Ehemann seiner Herrscherin nicht akzeptieren; nicht einmal einen, der Italienisch sprach wie einer von ihnen und zudem ihre Herrscherin aus den Fängen von Bonapartes Truppen befreit hatte. Ein Fremder war jemand aus dem Nachbarstaat, für einige sogar ein Mann aus der Nachbarstadt. Ihrer Ansicht nach hatte Nicholas sich vielleicht vorgestellt, daß sie das Königreich ihrem Neffen und Erben Paolo Orsini übergeben würde, der zur Zeit als Fähnrich auf Nicholas Schiff diente, aber – wie sie sich schließlich eingestehen mußte – da gab es wenigstens zwei Dinge, die dagegen sprachen. Einmal brauchte Volterra, sobald es frei war, einen Herrscher, der es in den ersten Jahren des Friedens mit fester Hand regierte; jemanden, der mit den komplizierten Beziehungen, mit den Freundschaften und Feindschaften der führenden Familien vertraut war. Paolo wußte nichts von alledem und könnte daher leicht einem Attentäter zum Opfer fallen. Zum anderen lebte er sein Leben jetzt auf See. Es war unwahrscheinlich, daß er die Royal Navy gegen die Falschheit und Speichelleckerei eintauschen würde, die das Leben am Hof zu bestimmen pflegten.

Paolo gehörte einer neuen Generation an; er hatte nie unter dem Diktat von ›Noblesse oblige‹ gestanden, also würde er dafür auch nichts aufgeben wollen. Für sie selbst und Nicholas gehörte es zum Leben wie das Atmen, und es war auch dem Atmen vergleichbar, wie sie mit einem an Bitterkeit grenzenden Gefühl erkannte: Es war immer präsent, wenn auch unaufdringlich; eigentlich nur zu spüren, wenn man daran dachte, aber eine unbedingt notwendige Komponente des Lebens.

Nachdem sie eingesehen hatte, daß das Volk von Volterra Nicholas niemals als ihren Ehemann akzeptieren würde, träumte sie einen anderen Traum, in dem Nicholas als bevollmächtigter Gesandter seiner Britischen Majestät nach Volterra geschickt wurde. Die Herrscherin hätte die Möglichkeit, den britischen Gesandten so häufig zu sich zu bitten, wie sie wünschte. Sie wußte jedoch, daß weder sie noch Nicholas eine derartige Beziehung ertragen könnten.

Dies alles war gleichzeitig Vergangenheit und auch Zukunftsmusik... Tieftraurig und im Bewußtsein, daß sie letzten Endes ihre erste und wahrscheinlich auch ihre einzige wirkliche Liebe würde opfern müssen, zwang sie sich in die Gegenwart zurück. Sie sah Nicholas an, der mit seiner Mutter redete. Er verlor langsam seine Bräune, doch die braunen Augen lagen noch immer tief in den Höhlen unter den starken Augenbrauen, die ihr wie kleine überhängende Klippen vorkamen, aber die Falten glätteten sich. Jahrelanges Zusammenkneifen der Augen gegen die Sonne der Tropen und des Mittelmeers, als Kommandant eines königlichen Schiffs – über dessen Unternehmungen gewöhnlich in langen Berichten in der ›London Gazette‹ berichtet wurde –, hatte feine Linien auf der Stirn, um die Augen und die Nase eingegraben, aber sie verschwanden jetzt, während er sich hier in der Palace Street entspannen konnte. Auch die Sorgen um das Schiff drückten ihn hier nicht mehr. Die *Calypso* wurde im Trockendock von Chatham von Grund auf überholt, und soweit er selbst und sein Vater von der Admiralität erfahren konnten, würde er sein Kommando zurückerhalten, wenn sie wieder in Dienst gestellt wurde. Es sei denn... es sei denn, es kam zu einem Friedensschluß.

In diesem Falle, so vermutete Gianna, würden mindestens drei Viertel der Kriegsflotte außer Dienst gestellt. Die Royal Navy würde auf Friedensstärke gedrückt. Admirale, Kapitäne, Leutnants würden dutzendweise überzählig sein. Nicholas würde vielleicht den Dienst quittieren, weil die Führung eines Schiffes in Friedenszeiten ihn nach all den Jahren fortgesetzter Spannung und kriegerischer Unternehmungen langweilen würde.

Doch Nicholas' Eltern schienen dem Gedanken an Frieden fast feindlich zu begegnen. Nein, korrigierte sich Gianna, nicht der Gedanke an Frieden war es, sondern die Vorstellung, mit einem Bonaparte zu verhandeln. Nun, auch ein Toskaner traute keinem Korsen, und wenn sie die Angelegenheit ehrlich und sachlich betrachtete, traute sie selbst Bonaparte auch nicht; schließlich war er der General, der die französische Armee gegen Volterra geführt und das Land besetzt hatte. Andererseits, wenn

Bonaparte nicht gewesen wäre – und darin lag eine gewisse Ironie –, würde sie Nicholas nie begegnet sein, der mit seiner Fregatte von Sir John Jervis (inzwischen Admiral the Earl St. Vincent, Marineminister in der gegenwärtigen Regierung) entsandt worden war, um sie zu retten. So verdankte sie es also Bonaparte – und St. Vincent – daß sie sich begegnet waren und sich ineinander verliebt hatten.

In ihren Träumen kehrte sie in den Palast von Volterra zurück; sie sah sich in dem großen Prunksaal auf dem geschnitzten Sessel sitzen, der nach der Überlieferung 800 Jahre alt war. Die großen Doppeltüren wurden aufgestoßen; der Gesandte Seiner Britischen Majestät würde gemeldet, und Nicholas, in voller diplomatischer Uniform, würde eintreten und seine Beglaubigung präsentieren. Für sie beide würde es nicht einfach sein, ein unbewegtes Gesicht zu zeigen...

Sie fuhr zusammen, als der Graf den schweren Kristallstöpsel mit einem leichten Klirren wieder auf die Sherrykaraffe aufsetzte, mit seinem Glas zu einem Stuhl hinüberging und bedachtsam Platz nahm.

»Hood entbietet dir seinen Gruß, meine Liebe«, sagte er zu seiner Frau. »Hat einen schrecklichen Gichtanfall und läßt keinen näher als zehn Fuß an sich heran, weil er befürchtet, man könnte an sein Bein stoßen. Fast war es so, als befänden wir uns auf hoher See und unterhielten uns von Schiff zu Schiff!«

»Ich glaube, Gianna würde gerne erfahren, ob du etwas Neues über Bonapartes – äh – Angebot gehört hast.«

»Ja, allerdings«, sagte der Admiral grimmig. »Zu viel. Hawkesbury stattete einen Besuch ab, während Hood und ich uns unterhielten, und erzählte uns alles. Die Verhandlungen sind nahezu abgeschlossen. Hawkesbury kommt drei oder vier Stunden täglich mit diesem Burschen Otto zusammen, und jeden Tag gehen Berichte nach Paris ab –

anscheinend warten Zollkutter in Dover und bringen Ottos Diplomatenpost nach Calais; von dort kommen sie mit Bonapartes Anweisungen wieder zurück.«

»Hast du irgend etwas über die Vertragsinhalte erfahren, Vater?« fragte Ramage.

Der alte Mann schwieg eine Weile, ganz in Gedanken verloren. Er war in seinen Erinnerungen gefangen, vermutete Ramage. Tausende britischer Männer waren gefallen, Dutzende Schiffe versenkt, unzählige Frauen zu Witwen und Kinder zu Waisen gemacht worden. Jetzt stand zu befürchten, daß die Politiker auf ihrer Jagd nach Frieden all diese Opfer wertlos machen würden. Sie würden jede Bedingung annehmen, die Bonaparte geruhte, ihnen anzubieten, weil sie wußten, daß ein Friedensschluß Wählerstimmen bedeutete, genauso, wie die vorige Regierung Tausende von Soldaten nutzlos geopfert und keine geringe Zahl von Seeleuten bei der Eroberung wertloser westindischer Gewürzinseln durch Krankheiten verloren hatte, weil »Siege« immer für einen parlamentarischen Beifall gut waren. Nur wenige Mitglieder des Parlaments waren sich darüber im klaren, daß die meisten dieser Inseln nur etwa ein Viertel so groß waren wie beispielsweise die Grafschaft Kent. Nur wenige würden sich daran erinnern, daß Bonaparte alles von Bedeutung kontrollierte, von den Küsten der Nordsee bis zu den Gestaden des Mittelmeeres, einschließlich Spanien, Italien und Ägypten. Mit Ausnahme eines Marinestützpunktes wie Jamaica spielten die Westindischen Inseln keine Rolle.

Der Graf richtete seinen Blick auf Nicholas: zwei Narben an der Stirn; eine weitere, groß wie eine Münze, auf dem Kopf – das Haar dort wuchs weiß nach – und ein steifer linker Arm; Wunden, die er bei den Westindischen Inseln, im Mittelmeer und auf dem Atlantik davongetragen hatte. Nicholas und Nelson hatten den Befehlen von Sir John Jervis in der Schlacht am Cape St. Vincent nicht Folge geleistet, und es war ihnen dadurch gelungen, eine elende Niederlage immerhin so weit in einen Sieg zu verwandeln, daß Jervis zur Belohnung die Grafenwürde verliehen wurde und der Earl St. Vincent jetzt Erster Lord der Admiralität und damit Marineminister war. St. Vincent war ein guter Administrator, der sich mehr durch Zufall einen unverdient guten Ruf als Taktiker erworben hatte. Hatte er den glorreichen Akt des Ungehorsams eines jungen Leutnants namens Ramage vergessen, der von einem nahezu unbekannten Kommodore, der Nelson hieß und ein 74-Kanonen-Schiff befehligte, entdeckt und unterstützt wurde? Jervis war jetzt der Earl St. Vincent; ohne diese beiden wäre er sicher immer noch Jervis, und wenige hätten ihn bemitleidet, wäre er entlassen und mit halbem Sold nach Hause geschickt worden.

»Ja, und ich befürchte, daß wir, wenn der Vertrag erst einmal ratifiziert ist, jeden eroberten Morgen Land wieder hergegeben haben werden, ausgenommen Ceylon und Trinidad; darüber hinaus könnten wir es allenfalls geschafft haben, Napoleon zum Verlassen Ägyptens zu zwingen.«

»Und Italien?« wollte Gianna wisen.

Der Graf schüttelte den Kopf, als versuche er damit seine Verärgerung loszuwerden. »Bonaparte hat Angebote für Frankreich, Schweden, Dänemark und Holland gemacht. Die Verhandlungen berühren nur Gebiete, die Britannien oder den genannten Ländern gehören. Die Toskana, das Piemont und die Kirchenstaaten wurden nicht erwähnt... und Hawkesbury weiß auch nicht, wie wir mehr herausschlagen können – ich habe ihn gefragt.«

»Er ist ein Schwächling«, bemerkte Gianna.

»Er ist ein Politiker«, sagte der Graf verächtlich. »Für Addington und seine Kumpane kommen aus Italien keine Stimmen, aber das Unterhaus wird sie für Ceylon und Trinidad hochleben lassen...«

»Wann werden die Einzelheiten veröffentlicht – ich meine offiziell?« fragte Ramage.

Der Graf zuckte die Schultern. »Wenn Bonaparte oder dieser Kerl Otto ihr Placet geben. Offiziell streiten Addington und Hawkesbury ab, daß überhaupt Verhandlungen stattfinden. Daher ist dieser Otto auch so nützlich: Er war offizieller französischer Vertreter in London, seit der Gefangenenaustausch begann, und deshalb nimmt niemand von seinem Kommen und Gehen Notiz.«

»Giannas Schneiderin«, sagte die Gräfin entschlossen. »Wir haben mehr davon, wenn wir zu ihr fahren, als wenn wir über die ›Leckerbissen‹ diskutieren, die uns Bonaparte zuwirft.«

Damit verließen die beiden Damen den Raum, um wärmere Kleider anzulegen. Selbst wenn die wässerige Sonne noch schwache Schatten warf, so lag doch bereits die Kühle des Herbstes in der Luft.

Der Graf nippte an seinem Sherry. »Eine traurige Geschichte. Hood ist mit mir einer Meinung, daß wir gerade dann aufgeben, wenn sich das Blatt zu unseren Gunsten wendet.«

»Ja, die Franzosen brauchen dringend Holz, Tauwerk und Segeltuch für ihre Schiffe. Unsere Blockade macht ihnen wirklich enorm zu schaffen. Ich könnte mir vorstellen, daß Bonaparte aus diesem Grund zu Verhandlungen bereit ist; er hätte gern ein oder zwei Jahre Frieden, um seine Vorratslager ungestört auffüllen zu können. Dann kann er wieder losschlagen, in der Gewißheit, daß wir inzwischen die meisten unserer Schiffe außer Dienst gestellt und unsere Regimenter aufgelöst haben. Wenn die Leute erst einmal weg sind, werden die Pressgangs sie bestimmt nie mehr wiederfinden«, ergänzte Nicholas.

Sein Vater setzte das Glas ab. »Hood ist der gleichen Meinung. Er glaubt auch, daß Bonaparte eine Verschnaufpause braucht; er hat sich deshalb mit Hawkesburry wegen der Strategie in die Wolle gekriegt. Aber Jenks ist nur ein Politiker, und für Leute wie ihn hat die politische Planung keinen weiteren Horizont als bis zur nächsten Abstimmung im Unterhaus. Die Grenzen der Welt wachsen aus den Mauern der Ja- und Nein-Lobbies.«

»Aber wird der König zustimmen?«

»Sie werden ihm einreden, daß Britannien sonst bankrott geht. Wahrscheinlich stimmt das auch, aber lieber Bankrott als Bonaparte!«

Er hielt sein Sherryglas gegen das Licht. »Wann wird die Werft mit der *Calypso* fertig sein?«

»In drei bis vier Wochen. An sich würde es wohl länger dauern, aber der Vater meines Vierten Leutnants ist der Schiffsbaumeister.«

»In Chatham? Hmm, das war früher mal ein Bursche namens Martin. Sehr guter Mann. Einer der ganz wenigen ehrlichen Leute, die man auf einer Marinewerft finden konnte.«

»Das muß derselbe Mann sein. Sein Sohn ist William Martin, bei seinen Freunden unter dem Namen ›Bläser‹ bekannt.«

»›Bläser‹? Was für ein ungewöhnlicher Spitzname!«

»Er spielt Flöte.«

»Ach richtig, das hast du mir ja erzählt. Er hat sich sehr gut in dieser Affäre mit den Bombenketschen in Porto Ercole geschlagen und ist später zusammen mit dem jungen Paolo den Konvoi von Sardinien nach Gibraltar gesegelt.«

»Richtig. Wenn er so weitermacht, wird er sich noch die Admiralsflagge verdienen.«

»Dazu wird er keine Chance mehr haben, wenn es Frieden geben sollte. Ach, übrigens, Nicholas, du solltest Paolo mal von Chatham hierherkommen lassen. Gianna möchte ihren Neffen so gerne sehen, aber sie wagt es nicht, dich zu fragen, weil sie dich nicht dem Vorwurf der Günstlingswirtschaft aussetzen möchte.«

Ramage lächelte und nickte. »Ich hatte das schon vermutet und darüber mit meinem Ersten Offizier und Southwick gesprochen. Bei einer Generalüberholung wie dieser kann Paolo ungeheuer viel lernen, und wir haben daher beschlossen, daß er die ersten drei Wochen keinen Urlaub bekommt; aber in dieser Zeit wollten sie ihm soviel wie möglich beibringen und dann dafür sorgen, daß er ein oder zwei Wochen mit Gianna verbringen kann.«

»Sie ist so stolz auf ihn.«

»Mit Recht. Er ist ihr in vielen Dingen sehr ähnlich. Nicht so – nun, aufbrausend, aber von sehr schneller Auffassungsgabe. Kommt mit den Männern sehr gut zurecht. Tapfer bis an den Rand der Tollkühnheit. Wenn er überlebt und seine mathematischen Kenntnisse besser werden, wird er die Leutnantsprüfung beim ersten Mal schaffen.«

»Hast du daran gedacht, Gianna nach Chatham mitzunehmen, damit sie auch das Schiff sehen kann?«

Ramage machte ein langes Gesicht. »Was für ein Dummkopf ich doch bin! Sie wäre entzückt, und alle Jungs von der *Kathleen* – Jackson, Rossi, Southwick, Stafford – wären aus dem Häuschen. Würden du und Mutter denn auch mitkommen?«

»Ah – nun ja, ich hoffte, daß du das vorschlagen würdest. Natürlich würden wir gerne mitkommen. Wir haben bereits darüber gesprochen, also kenne ich die Antwort deiner Mutter.«

2

Die Fregatte *Calypso* mit ihrem schwarzen Rumpf hatte von Anfang an großes Interesse erweckt, als sie mit der ersten Flut den schmutzigen Medway hinaufsegelte, wobei die Besatzung an Deck hin und her rannte, um die

Schoten, Halsen und Brassen zu bedienen, wenn die Fregatte durch den Wind ging, um kurz darauf, wenn sie genügend Fahrt aufgenommen hatte, erneut zu wenden. Der Medway verengt sich, wenn er die Städte hinter den Ruinen von Upnor Castle (das rund 150 Jahre vorher von dem Holländer de Ruyter zerstört worden war) erreicht, und hat ein paar gefährliche Biegungen mit Schlammzonen, die nur wenige Zoll unter der Wasseroberfläche lauern und für jeden unvorsichtigen Kapitän eine veritable Falle darstellen.

Sobald sie vor der Chatham Werft Anker geworfen hatte, standen das Schiff und seine Besatzung unter der Machtbefugnis des Werftkommissars und wurde kurz darauf das Ziel aller seiner Günstlinge. Ramage hatte eine Kopie des neuesten ›Royal Kalendar‹ auftreiben können, so daß er die Namen der Leute herausfinden konnte, die für die Überholung der *Calypso* verantwortlich sein würden und die dann Aitken, sein Erster Offizier, mehrere Wochen lang durch Schmeicheleien, Überredungskünste und Drohungen dazu bringen mußte, ihre Arbeiten ordentlich und halbwegs termingerecht zu erledigen.

Der erste Name, der in diesem offiziellen Register unter ›Chatham Yard‹ aufgeführt wurde, war der des örtlichen Kommissars: »F. J. Wedge, esq. 800 Pfund, zusätzlich für Papier und Feuerung 12 Pfund.«

Möglicherweise hatte der Kommissar seine 800 Pfund pro Jahr wirklich verdient, gestand sich Ramage ein, und sie wahrscheinlich durch Bestechungsgelder und all die korrupten Machenschaften, in die ein Mann in seiner Stellung verwickelt sein konnte, noch um den vierfachen Betrag erhöht. Die Admiralität bewies ihre übliche Knauserigkeit darin, daß sie eben nur zwölf Pfund pro Jahr für Büromaterial und Feuerung für die Kamine oder Öfen bewilligte. Andererseits lagen hier sicher eine Menge Holzabfälle herum.

Der Schiffsbaumeister, Martins Vater, erhielt 200 Pfund pro Jahr – genausoviel wie der Reepschlägermeister, der Bootsbaumeister, der Mastmachermeister, der Segelmachermeister, der Schmiedemeister, der Zimmermannsmeister, der Tischlermeister und der Maurermeister. Der Bootsmann der Werft bekam nur 80 Pfund, aber der Lagermeister erhielt 200 Pfund und war – wegen der vielen Möglichkeiten, Betrügereien zu begehen – wahrscheinlich der reichste der Werftangestellten.

Die meisten von ihnen waren an Bord gekommen, nachdem die Fregatte an die Boje gegangen war; nicht, weil eine erbeutete französische 36-Kanonen-Fregatte, die in die Flotte des Königs eingegliedert worden war, so ein ungewöhnlicher Anblick gewesen wäre, sondern weil die erfolgreichen Unternehmungen der *Calypso* und ihres Kommandanten oft genug in den Zeitungen erwähnt worden waren, um beide berühmt zu machen. Eine bevorzugte Behandlung für das Schiff bedeutete das jedoch nicht, denn Werftbeamte waren von Natur knauserige Leute, die Farben, Tauwerk, Segeltuch und dergleichen so zögernd ausgaben, als müßten sie die Kosten aus eigener Tasche zahlen. In diesem Zusammenhang erzählte man sich die Geschichte von einem exzentrischen aristokratischen Kapitän, der nach Empfang der ihm zustehenden Menge Farbe für sein Schiff einen Brief an Ihre Lordschaften schrieb und um Auskunft bat, welche Seite des Schiffes er damit bemalen sollte. Ihre Lordschaften waren nicht amüsiert, und der Kommandant machte schließlich, was die meisten Kommandanten zu tun pflegten: Er bezahlte, was noch an Farbe fehlte, aus eigener Tasche.

Ramage war noch eine Woche an Bord geblieben, während die *Calypso* mit dem Wind und der Tide um die Boje schwoite, bis Ihre Lordschaften sein Urlaubsgesuch bewilligt hatten – keinem Offizier war es gestattet, ohne schriftliche Erlaubnis das Schiff zu verlassen und an Land zu schlafen; das galt auch für Admirale. Dann hatte Ramage für einen Monat Urlaub erhalten und James Aitken das Kommando übergeben. Der Schotte wollte seinen Urlaub nicht in Perth verbringen (Ramage erfuhr bei dieser Gelegenheit, daß Aitkens Mutter, eine Kapitänswitwe, vor kurzem gestorben war) und traute offenbar auch niemand anderem zu, die Überholungsarbeiten so zu überwachen, wie es sich gehörte. Doch so eifrig und scharfsichtig Aitken auch war, der Mann, auf den es wirklich ankam, das wußte Ramage genau, war Southwick, der Navigator – ein Mann, alt genug, um der Vater, ja fast der Großvater sowohl des Ersten Offiziers als auch seines Kommandanten sein zu können.

Urlaub für die Mannschaftsmitglieder, die alle mindestens zwei Jahre nicht zu Hause gewesen waren, stellte für jeden Kommandanten immer ein Problem dar. Gewöhnlich war ungefähr die Hälfte der Männer zum Dienst in der Marine gepreßt worden, und wenn das Schiff ein Schiff ohne Fortune war, weil die Mannschaft mit dem Kommandanten oder den Offizieren nicht klarkam, dann würden einige dieser Männer von ihrem Urlaub nicht zurückkehren und sogar den ihnen zustehenden Jahressold oder mehr in den Wind schreiben. Beliebte Kommandanten brauchten sich in dieser Hinsicht nicht so große Sorgen zu machen, aber selbst wenn die Männer zurückkamen, würden doch recht viele von ihnen, dank ausgiebiger Besuche in Hurenhäusern, alle möglichen Geschlechtskrankheiten anschleppen. Dadurch käme zwar Geld in die Taschen des Schiffsarztes, da er für die Behandlung von Geschlechtskrankheiten ein Honorar kassieren durfte, aber letzten Endes bedeutete es den Verlust dieser Männer; gegen die Syphilis gab es kein Mittel.

Einige Kommandanten gewährten deshalb nur ausgewählten Leuten Urlaub, aber Ramage hielt nichts von diesem System; es hatte den Beigeschmack von Günstlingswirtschaft, und die Männer, die zurückbleiben mußten, waren aufgebracht und grollten. Wie er Aitken sagte, gab es Urlaub entweder für alle oder keinen, und er hatte sich für alle entschieden; jedem Besatzungsmitglied wurden also zwei Wochen bewilligt.

Die eine Wache konnte sofort gehen; die andere, sobald die erste zurückkam. Er hatte die Besatzung auf dem Achterdeck antreten lassen und den Leuten seine Entscheidung mitgeteilt – und ihnen gesagt, er verließe sich darauf, daß sie pünktlich zurückkämen. Unterdessen, fügte er hinzu, würde die an Bord zurückbleibende Wache zweimal so hart arbeiten müssen.

Und das war keineswegs übertrieben. Eine der mühsamsten Arbeiten, die erledigt werden mußten, war der Austausch der Geschütze; die *Calypso* war immer noch mit den Kanonen ausgerüstet, die sich an Bord befunden hatten, als Ramage und seine Männer sie eroberten. In Antigua war es Ramage dann gelungen, das unzuverlässige französische Pulver gegen britisches auszutauschen; Kugeln für die Kanonen waren noch reichlich an Bord gewesen. Aber inzwischen hatte das Schiff an so vielen Gefechten teilgenommen, daß die Munitionskammer nur noch zu einem Drittel gefüllt war, wie der Stückmeister meldete.

Die Artillerieinspektion hatte sich bereit erklärt, die französischen Kanonen durch britische 12-Pfünder zu ersetzen und dazu auch die nötige Munition zu liefern; allerdings erst nach längeren Debatten. Ramage hatte nie verstanden, warum die Artillerieinspektion, die zur Armee gehörte, etwas mit der Marineartillerie zu tun haben, geschweige denn, sie total kontrollieren sollte. Wie dem auch sei, das Herausheißen aller französischen Kanonen und Lafetten, das Herunterlassen in Lastkähne und das Heraufholen der Kanonenkugeln aus den Kammern – einer tiefen, engen Konstruktion, die wie ein oben offener

Schrank aussah – würde für die weniger als 100 Männer der an Bord verbliebenen Wache eine harte Arbeit bedeuten. Anschließend würden die Lastkähne die neuen Geschütze und Lafetten zum Schiff hinausbringen, und es würde noch weit anstrengender sein, sie an Bord zu holen, als die französischen Kanonen loszuwerden.

Sobald die neuen Geschütze an den Pforten standen, würden neue Richttaljen und Sicherungstaue angespleißt werden müssen – der Reepschlägermeister hatte zugegeben, daß das französische Tauwerk von Anfang an nicht von besonders guter Qualität gewesen war, und die harte Beanspruchung in zwei weiteren Dienstjahren hatte es praktisch unbrauchbar gemacht; drehte man eine Leine auseinander und betrachtete die Innenseiten der Kardeele, so sah man, daß sie ganz grau waren, keine Spur mehr von dem satten goldbraunen Farbton, der eine gute Leine auszeichnete.

Alle Fallen, Halsen, Schoten, Brassen und Toppnanten wurden erneuert, zusammen mit einigen der Wanten. Der Schiffsbaumeister und der Mastmachermeister hatten sich die Masten angesehen und entschieden, daß sie nicht zur Untersuchung herausgehoben werden mußten. Nur die im Mittelmeer plötzlich gebrochene Fockrah, die vom Schiffszimmermann und seinen Leuten gefischt worden war, würde ersetzt werden. Dann würde die *Calypso* von ihren Booten in das Trockendock geschleppt und, sobald das Wasser herausgepumpt war, so daß das Schiff, abgebäumt von großen, horizontal zwischen Schiffsseite und Dockwand eingeklemmten Vollkanthölzern, hoch und trocken stand, der Kupferbeschlag des Rumpfes untersucht werden. Alle Kupferplatten am Bug und am Heck würden erneuert werden müssen. Das gehörte zu den Routinemaßnahmen bei Kriegsschiffen, weil aus noch unbekannten Gründen (wenn auch Dutzende von Theorien aufgestellt worden waren) die Beschläge an diesen Stellen immer dünner und dünner wurden und schließlich wie ein Sieb durchlöchert waren. Ramage hoffte – selbst wenn das die Werftliegezeit verlängerte –, daß man sich bereit finden würde, den gesamten Kupferbeschlag zu erneuern.

Es war ungewöhnlich, die Besatzung eines Schiffes während einer langen Überholung an Bord zu behalten. Üblicherweise erhielt der Kommandant ein neues Kommando, während Offiziere und Mannschaft auf andere Schiffe verteilt wurden. Als besondere Geste für Ramages besonderen Ruf hatte Lord St. Vincent, der Erste Lord der Admiralität, jedoch verfügt, daß die Besatzung der *Calypso* zusammenbleiben sollte. Gleichzeitig war das auch mehr als ein leises Zeichen, daß er einen Auftrag für sie hatte, sobald die Werftüberholung abgeschlossen war.

Mit einem neuen Kupferbeschlag, neuer Takelage und vielleicht sogar noch neuen Segeln würde die *Calypso* laufen wie ein Irrwisch, hatte Ramage seinem Vater vorgeschwärmt, der seine Begeisterung für das Können französischer Schiffbauer teilte; sie verfügten über diese seltsame Mischung von Handwerkskunst und technischem Wissen, die schnelle Kriegsschiffe, insbesondere Fregatten, entstehen ließ.

»Hey, Jacko!« grüßte Stafford, als er den Amerikaner unter den Leuten entdeckt hatte, die gerade ein Geschütz aus der Pforte hievten.

»Jacko, hast du schon das Neueste gehört? Über den Käptn?«

Der große, schmalgesichtige Amerikaner, dessen rotblondes Haar sich bereits zu lichten begann, schien zu erstarren. Ganz langsam drehte er sich um und starrte Stafford an. »Nein. Es ist ihm doch wohl nichts passiert, oder?«

Der Cockney, der nicht merkte, wie der Bootssteuerer des Kommandanten seine Frage aufgefaßt hatte, begann zu lachen. »Ihm geht's gut – was könnt' ihm auch in London passieren? Er bringt die Marchesa zu einem Besuch her. Und seine Mutter und seinen Vater auch; den alten ›Blaze-away‹ persönlich!«

»Du hast mir einen Schrecken eingejagt«, sagte Jackson, während er sich wieder umdrehte, um den Männern, die eine Kanone aus der Pforte hievten, seine Befehle zuzurufen. »Ich dachte schon, es wäre etwas Schreckliches geschehen.«

»Du glaubst eben nicht, daß er alleine klarkommt!«

»Ich habe ihn schon so oft bewußtlos aufgesammelt, verletzt durch einen Säbelhieb oder eine Kugel und blutend wie ein abgestochenes Schwein, daß ich nichts mehr als selbstverständlich ansehe.«

»Und er hat dir auch oft genug das Leben gerettet«, sagte Stafford in der Absicht, Jackson etwas aufzuziehen.

»Fünfmal bis jetzt«, bestätigte Jackson nüchtern. »Wenn ich mit ihm zusammenbleibe, erreiche ich vielleicht ein hohes Alter und schaffe es, noch einmal South Carolina zu sehen.«

»Du scheinst nicht sehr erfreut, die Marchesa wiederzusehen.«

»Natürlich bin ich das. Ich bin nur noch etwas durcheinander, weil du so plump mit der Tür ins Haus gefallen bist. Sein Vater kommt also auch. Was war das für ein großartiger Seemann. Die Gräfin muß eine bemerkenswerte Frau sein, ihrem Mann und ihrem Sohn nach zu urteilen.»

»Da ist Rossi – hey, Rosey, hast du das von der Marchesa gehört?«

Der italienische Seemann sah auf. Er mußte nicht extra fragen »Welche Marquesa?«, aber Staffords Tonfall ließ ihn grinsen. »Heiratet sie ihn?«

»Nein, das nicht. Aber sie – sie und der Käptn und sein Vater und seine Mutter – kommen morgen her, um sich das Schiff anzusehen. Wahrscheinlich kommen sie extra deswegen, um Signor Alberto Rossi, den ehemaligen Stolz von Genua, zu besuchen!«

»Wahrschau«, murmelte Jackson, »da kommt der Bootsmann.«

Die beiden Matrosen begannen, an dem Tau zu holen, während Jackson zur Kanone ging und sich überzeugte, daß die Flappen, mit denen die Schildzapfen der Kanone an der Lafette befestigt wurden, hochgeklappt und zurückgeschwenkt waren. Dann prüfte er, ob die Heißstropps gleichmäßig angebracht waren, so daß die nahezu eine Tonne schwere Kanone senkrecht nach oben steigen und nichts beschädigen würde, wenn die Männer an der Rahnocktakel holten. Er ging an die Stückpforte und sah über die Seite. Der Lastkahn hatte längsseit festgemacht; die Männer unten im Kahn warteten geduldig, bis die nächste Kanone hinuntergefiert wurde und neben den fünf bereits an Bord genommenen und mit Sandsäcken gegen ein Verrutschen gesicherten Kanonen gestaut werden konnte.

Stafford überlief ein Frösteln, als ein Windstoß über das Wasser fegte und sich gegen die Fregatte warf, so daß die schweren Trossen, mit denen sie an der Muringboje befestigt war, steif kamen. »Dieser verdammte Ostwind, er geht einem durch und durch. Die ganze Zeit in den Westindischen Inseln und im Mediterranington, das macht das Blut dünn.«

»Mediterranen«, korrigierte Jackson ihn automatisch, denn Stafford hatte die bemerkenswerte Gabe, fast jeden Ortsnamen falsch auszusprechen. »Es ist die Feuchtigkeit in der Luft, die alles noch schlimmer macht. Ich wundere mich, daß der Kommandant jetzt Besucher herbringt, während das Schiff in so einem wüsten Zustand ist. Wie hast du es denn überhaupt erfahren?«

»Von diesem Hodges. Er macht den Aufklarer beim Ersten Offizier, während der andere auf Urlaub ist, und er hörte, wie Mr. Aitken und Mr. Southwick darüber sprachen. Und dann müssen wir auch den Stuhl noch klarmachen; die Ratten haben den roten Friesstoff angenagt.«

»Alles, was mich von diesen verdammten Kanonen fernhält, ist mir recht«, sagte Rossi erschöpft. »Accidenti! Zwanzig Männer sollten eine Kanone doch wohl ohne Schwierigkeit hochhieven können, aber sie scheinen die ganze Last mir zu überlassen.«

Stafford lachte und sagte: »Du willst doch nicht etwa sagen, daß sie dir zu schwer ist? Eine französische Kanone? Du solltest sie eigentlich ohne eine Talje zu benutzen einfach so mit den Armen hochheben können, wie ein Baby aus der Wiege.«

Er half den Taljenläufer niederzuholen und setzte dann hinzu: »Paßt bloß auf, die Marchesa wird mächtig überrascht sein, wenn sie Mr. Orsini zu sehn kriegt. Man würd's nich für möglich halten, daß er mal als schüchterner Junge an Bord gekommen is, der über jedes an Deck liegende Tauende gestolpert und auf jeder Niedergangsstufe ausgerutscht is.«

Paolo Orsini kam gerade vom Ersten Offizier, und ihm schwirrte der Kopf. Er hatte eigentlich erwartet, daß er zwei Tage Urlaub bekommen würde, so daß er seine Tante und den Kommandanten und natürlich auch den Grafen und seine Gattin im Haus in der Palace Street besuchen konnte. Er hatte nicht einen Augenblick lang daran gedacht, daß sie alle hierherkommen würden, um das Schiff zu besichtigen. Seine Tante wußte natürlich, was sie erwartete, weil sie auf einer Fregatte vom Mittelmeer nach England gebracht worden war, nachdem der Käptn (und Männer wie Jackson, Rossi und Stafford) sie an einem Strand der toskanischen Küste vor ihren Verfolgern gerettet und in Sicherheit gebracht hatten; aber wenn sie jetzt der *Calypso* einen Besuch abstattete, würde sie nicht nur das Schiff sehen, auf dem er diente, sondern eines, an dessen Aufbringung er beteiligt gewesen war. Seither hatte die *Calypso* viele Gefechte hinter sich gebracht – wie viele mochten es wohl gewesen sein? Er stellte fest, daß er sich nicht an die genaue Zahl erinnern konnte; seine Erinnerung wurde getrübt durch seinen Sondereinsatz als Kommandantenstellvertreter von ›Bläser‹ Martin auf einer Bombenketsch und das leider nur allzu kurze, selbständige Kommando auf einer gekaperten Tartane.

Seit seiner Einschiffung war er gut zwei Zoll gewachsen; alle Ärmel seiner Jacketts waren jetzt zu kurz, so daß seine Handgelenke herausragten wie Bambusrohre; seine Breeches reichten gerade bis zu den Kniescheiben, so daß er sich in ihnen sehr unbehaglich fühlte – und zwar so sehr, daß er sich die meiste Zeit wie ein an den Beinen gefesseltes Pferd vorkam; nachts, wenn er auf Wache war, zog er sie so weit hinunter, daß der Hosenbund tief auf den Hüften saß.

Es gab keine Möglichkeit, an Land zu gehen und in Chatham neue Uniformen zu kaufen. Er hatte schon Mr. Aitken darauf angesprochen, aber dieser hatte nur auf die glänzenden Ellenbogen und angeschimmelten Aufschläge seiner eigenen Uniform gedeutet und mürrisch bemerkt: »Das sind meine besten Sachen – Sie sehen, was in den Tropen daraus geworden ist!«

Die Tropen ruinierten alles; ließ man ein Jackett eine Woche lang in einem Schrank hängen, so wuchs ein schöner Belag aus grünlichem Schimmel überall dort, wo das Essen oder Trinken seine Spuren hinterlassen hatte. Leder, egal, ob es sich um Stiefel, Schuhe, Gürtel oder Säbelscheiden handelte, zeigte nach kurzer Zeit diesen üppigen gelblich-grünlichen Bewuchs, wie ihn Felder aus frischem Gras und Klee hervorbringen. Eisen und Stahl rosteten; ein Säbel oder Dolch, den man ein paar Wochen in seiner Scheide ließ, rostete sogar dann, wenn man ihn vorher eingefettet hatte – der Rost schien selbst unter der Fettschicht zu wachsen. Tauwerk verlor seine Elastizität und wurde unbrauchbar, anscheinend durch das Sonnenlicht, wenn auch niemand genau sagen konnte, was da passierte. Segel litten ebenfalls; die Luftfeuchtigkeit und die häufigen tropischen Regengüsse ließen Schimmelpilze wachsen, während die stechende Sonne das Leben aus den Fäden saugte, so daß man schließlich leicht einen Finger durch ein Segel stoßen konnte, das noch in gutem Zustand schien. Schlimmer noch, das Material war so geschwächt, daß die Stiche, mit denen man einen Flicken aufnähte, den Stoff wie mit einem Messer zerrissen. Er hatte einmal beobachtet, wie ein Flicken durch den Wind einfach aus dem Segel herausgeblasen wurde – und ein paar Minuten später war das ganze Segel aufgerissen, ausgehend von dem Loch, wo der Flicken gesessen hatte.

Ja, das war alles höchst interessant, aber was, zum Kuckuck, hatte ihm bloß der Erste Offizier aufgetragen? Beflissen versuchte sich Paolo an das Gespräch zu erinnern. Mr. Aitken hatte gesagt, er habe gerade einen Brief vom Kommandanten erhalten, in dem dieser ihm mitteilte, daß er die Marchesa und seine Eltern zu einer Besichtigung der *Calypso* nach Chatham bringen würde und daß der Fähnrich Orsini, Vollmatrose Jackson und die Matrosen Rossi und Stafford dabei auf jeden Fall zugegen sein sollten. Dann erwähnte er noch, daß sie mit der Kutsche anreisen würden, und nannte den Namen des Hotels, in dem sie abzusteigen gedachten. Der Werftkommissar stellte ihnen seine Jolle zur Verfügung, und sie planten, den Anleger vor dem Wohnsitz des Kommissars so zu verlassen, daß sie um zehn Uhr morgens an Bord sein würden. Und dann was? Der Stuhl! Das war es; der rote Friesstoff mußte erneuert und ein Jolltau an der Großrah an Steuerbord geschoren werden.

Die englische Sprache zeigte manchmal wirklich absurde Züge. An Land war eine »whip« (denn so hieß das Jolltau) etwas, was man zum Antreiben eines Pferdes oder Maultiers benutzte, also eine Peitsche; auf einem Schiff war es ein kleiner Block und ein Tau. Dann war da der Block – an Land ein großes Stück von irgend etwas, wie ein Holzblock; auf einem Schiff war ein Block das, was die Menschen an Land eine Rolle nannten. Und erst die Schot! Das war nun wirklich urkomisch. Das englische Wort »sheet« bedeutete an Land soviel wie ein Bettlaken, konnte aber auch ein Blatt Papier sein. Auf einem Schiff war eine »sheet« ein Tau, das an einer Ecke eines Segels befestigt war und dessen Form und Stellung kontrollierte. Ein Seemann steckte kein Seil durch eine Rolle, er »schor« eine Leine durch einen Block oder bekam den Befehl, sie zu »scheren«. Paolo sah den Ersten Offizier den Niedergang heraufkommen. Verdammt, wo war der Stuhl bloß verstaut? Der Bootsmann würde es wissen.

Aitken hielt inne und sah sich um. Für ein ungeschultes Auge herrschte hier das reine Chaos, in dem Matrosen hin und her liefen wie Ameisen, in deren Haufen jemand herumgestochert hat, aber jeder Seemann würde eine gewisse Ordnung erkennen. Abgesehen vom jungen Orsini – offensichtlich hatte er sich irgendwelchen Tagträumen hingegeben – war jeder sinnvoll beschäftigt; der siebente 12-Pfünder war bereits außenbords geheißt und wurde jetzt unter Jacksons Aufsicht in den Frachtkahn gefiert.

Aber, zum Teufel noch einmal, wie sollte er es bloß schaffen, das Schiff für den morgigen Besuch klarzumachen? Der Kommandant würde Verständnis haben und die Marchesa wohl auch, wenn die Leute mit ihrem Urteil recht hatten. Aber der Earl of Blazey war immerhin der fünft-dienstälteste Admiral in der Marine (Aitken wußte das so genau, weil er sofort in der neuesten Ausgabe von Steeles Marineliste nachgesehen hatte, als er den Brief des Kommandanten erhielt). Aber, selbst ein ranghoher

Admiral würde bei so notwendigen Arbeiten sicher gewisse Zugeständnisse machen. Blieb also nur noch die Frau des Admirals. Nun ja, alle Admiralsgattinnen brachten Ersten Offizieren nur Ärger und Verdruß, und die Countess of Blazey war da sicherlich keine Ausnahme.

Orsini hatte sich endlich in Bewegung gesetzt; zweifellos um den Bootsmann zu fragen, wo der Stuhl verstaut war. Er war ein bemerkenswerter junger Mann, und Aitken freute sich schon, die Tante kennenzulernen. In seiner Anfangszeit an Bord hatte er seltsamerweise angenommen, daß die Marchesa ein runzliger, alter italienischer Drachen sei, voller unberechenbarer Launen und mit genügend Einfluß, um die Karriere eines Kapitäns durch Ausstrecken ihres Zeigefingers und die eines kleinen Leutnants durch Schnippen mit dem kleinen Finger zu ruinieren. Er war in seiner Meinung durch diejenigen, die sie persönlich kannten, schnell korrigiert worden – durch den alten Southwick, zum Beispiel, der in sie ganz vernarrt war –, und sie erzählten ihm, sie sei fünf Fuß groß, ungefähr 23 Jahre alt und die schönste Frau, die sie je zu Gesicht bekommen hätten. Sie hatte auffallend schöne blauschwarze Haare, große braune Augen und konnte, wenn es sie überkam, ziemlich hochmütig sein.

Eigentlich war das jedoch nicht überraschend, denn sie hatte früher über das Königreich von Volterra geherrscht, wie ihre Familie schon seit Jahrhunderten, bis Bonapartes einrückende Armee sie zwang, an die Küste zu fliehen, wo sie vom Kommandanten gerettet wurde, der damals noch ein junger Leutnant war. Und dann hatten sie sich ineinander verliebt. Verstockte alte Sünder wie Jackson, Stafford und Rossi, die in dem Boot saßen, das sie in Sicherheit brachte (wenn es auch einem von Bonapartes Kavalleristen gelungen war, ihr eine Kugel in die Schulter zu schießen), verliebten sich ebenfalls in sie.

Er mußte sich eingestehen, daß er zunächst keineswegs entzückt war, als der Kommandant ihm mitteilte, daß der Neffe der Marchesa als Fähnrich zu ihnen an Bord kommen würde; in seiner Vorstellung sah er einen verzogenen italienischen Balg, der Privilegien erwartete und dauernd zum Kommandanten lief. Statt dessen war der Neffe der Marchesa (der das Königreich von Volterra erben würde, falls sie selbst keine Kinder bekam) genauso zäh und verwegen wie ein junger Schotte im gleichen Alter. Wie sich herausstellte, lag in seiner Natur eine gewisse Widersprüchlichkeit. Er war ziemlich hoffnungslos in Mathematik (in diesem Punkt mußten Aitken und Southwick aufpassen, weil auch die mathematischen Kenntnisse des Kommandanten als gerade eben ausreichend galten, aber nicht mehr), er neigte zu Tagträumen, und er war auf dem ganzen Schiff bekannt für seine Vergeßlichkeit. Aber im Gefecht, wenn ihm die Kugeln von Kanonen und Musketen um die Ohren flogen, die Entermesser blitzten und aufeinanderschlugen und die Chancen zehn zu eins gegen ihn standen, da hatte er die Schnelligkeit einer Natter, die Gerissenheit und den Einfallsreichtum eines Straßenräubers, den klaren Kopf eines Spielers und die Tapferkeit eines – nun von jemand wie dem Kapitän oder Southwick.

Aitken wußte nur wenig über den italienischen Charakter, aber nach dem zu urteilen, was er bislang gehört und gesehen hatte (beispielsweise den Matrosen Rossi), verkörperte Paolo Orsini eine glückliche Mischung aus den besten Eigenschaften des britischen und des italienischen Charakters. So wichtig wie sein Verhalten im Kampf war seine Einstellung gegenüber der täglichen Bordroutine. Er war eine ausgesprochene Führernatur. Aitken bezweifelte, daß er schon 16 Jahre alt war, aber als Fähnrich mußte er Matrosen Befehle erteilen, die bereits zweimal so lange zur See fuhren, wie er überhaupt auf der Welt war. Bei vielen jungen Fähnrichen führte das zu Problemen, aber bei vielen alten ebenfalls; wenn sie die Leutnantsprüfung nicht bestanden oder wenn sie sie bestanden und kein entsprechendes Bordkommando bekamen, war das Resultat sehr oft ein 40 Jahre alter, verbitterter Fähnrich, der nahezu immer dem Alkohol verfallen war. Orsini trat so fröhlich und unbekümmert auf, er lernte so schnell und war so bemüht, noch mehr zu lernen, daß jeder auf dem Schiff ihn gut leiden konnte. Er hatte gehört, wie Seeleute sich Geschichten über Orsini im Gefecht erzählten, und sie wurden voller Stolz erzählt, so wie man vom besten Kampfhahn seines Dorfes spricht.

Aitken erblickte einen weißen Schopf auf der Back, wo Southwick mit einigen Männern irgendwelche Arbeiten verrichtete. Er mußte das Programm für den morgigen Besuch unbedingt mit dem alten Navigator durchsprechen, denn dieser kannte alle. Dann, beschloß Aitken, würde er die Leutnants informieren und anschließend, vor dem Mittagessen, die Leute antreten lassen und auch ihnen mitteilen, was sie erwartete; sie würden sicher ihre Zöpfe neu flechten und den Tag mit einem frischen Hemd beginnen wollen. Es war Donnerstag, so daß sie sich rasieren mußten, aber das war Routine.

»Die Franzosen haben das wirklich sehr hübsch gemacht«, sagte der Bootsmann, als er Paolo den beinlosen Stuhl zeigte. »Die Dame setzt sich auf den Sitz, dann wird dieses von Armlehne zu Armlehne reichende Querholz vor ihr heruntergeklappt und verriegelt, so daß sie nicht herausfallen kann. Sie lehnt sich zurück und schwebt in die Lüfte.«

»Ja«, sagte Paolo zweifelnd. »Sobald das Jolltau geschoren ist, werde ich die Sache ausprobieren. Anschließend werden wir einen Teil von diesem roten Fries ersetzen. Es sieht so aus, als ob die Ratten ihn nicht besonders gemocht hätten.«

»Bin nicht überrascht, Sir; es ist der gleiche Friesstoff, den man zum Beziehen des Handgriffs der neunschwänzigen Katze verwendet oder auch für den Beutel, in dem sie aufbewahrt wird. Nicht daß wir sie bei diesem Kommandanten jemals brauchten.«

»Nein, ich habe wirklich noch nie eine Prügelstrafe hier an Bord erlebt«, stimmte Paolo zu und fügte mit der Neugier der Jugend hinzu: »Ist das wirklich so schlimm?«

»Wahrscheinlich werden Sie sie nie kennenlernen, wenn Sie weiter unter Mr. Ramage dienen, weil er nichts von der Prügelstrafe hält. Doch ja, das ist schon schrecklich. Auf den meisten Fregatten wird sie mindestens drei- bis viermal wöchentlich exerziert. Nicht weil die Kommandanten grausam sind, sondern weil sich ein paar Dummköpfe regelmäßig besaufen oder Unfrieden stiften. Mr. Ramage ist es schon vor längerer Zeit gelungen, diese wenigen üblen Kerle loszuwerden und die guten zu behalten.«

Paolo sah zur Großrah an Steuerbordseite hinauf. Ein Mann war gerade dabei, eine Leine durch einen Block zu scheren, während ein zweiter von einer über die Schulter hängenden Rolle willig Leine nachsteckte. Paolo nahm den Stuhl und ging zu einer der Kanonen hinüber, gefolgt von dem etwas verwundert aussehenden Bootsmann. Dann packte er den Stuhl an der Armlehne und schlug den Sitz mit voller Wucht gegen den Verschluß der Kanone. Eine kleine Staubwolke erhob sich.

»Wollte mich nur vergewissern, ob unter dem Fries keine Rotfäule ist oder der Holzwurm sein Unwesen treibt«, sagte er. »Scheint aber alles noch fest genug.« Er sah noch einmal nach oben und stellte fest, daß die Leine fast das Deck erreicht hatte. »Los, heißen Sie mich auf bis unter die Rah; ich wiege ein ganzes Stück mehr als meine Tante oder die Gräfin.«

Am darauffolgenden Morgen stand Ramage um zehn Uhr in seinem schweren blauen Rock mit den Goldlitzen an den Aufschlägen und der einzelnen Epaulette auf der rechten Schulter, die verriet, daß er den Kapitänsrang erst weniger als drei Jahre bekleidete, auf dem Landungssteg des Werftkommissars und sah über das trübe Wasser des Medway zur *Calypso* hinüber.

Er hatte erwartet, sie nach Backbord oder Steuerbord überliegen zu sehen, weil die französischen Kanonen entweder an der einen oder der anderen Seite von Bord gegeben und in die Lastkähne gefiert worden waren. Statt dessen schwamm sie auf ebenem Kiel, alle Rahen vierkant gebraßt.

»Sie sieht sehr schmuck aus, Nicholas«, sagte seine Mutter.

»Sehr französisch, dieser Decksprung«, bemerkte der Admiral. »Ein schönes Schiff. Bin nicht überrascht, daß sie sie in die Flotte übernommen haben, nachdem du sie gekapert hattest. Ein schöner Batzen Prisengeld für deine Männer.«

»Wenn man noch das Geld von dem Konvoi, den wir gekapert haben, dazuzählt, würden die meisten von ihnen zu Hause als reich gelten«, sagte Ramage. »Sie haben es aber auch verdient.«

»Die Jolle, My Lord«, sagte Wedge, wobei er auf das weißgestrichene Boot am Ende des Anlegers zeigte. Der Werftkommissar schaute Ramage an wie die Gillray-Karikatur eines korrupten Beamten: Fettwülste begannen direkt unter dem Kinn und zogen sich bis unter die Hüften hinunter. Seine Augen standen keinen Moment still, sondern wanderten von Gesicht zu Gesicht, als habe er Angst, ein ihm angebotenes Bestechungsgeschenk oder einen warnenden Blick zu verpassen.

»Schon gut«, sagte der Graf unwirsch, »wir sind noch dabei, uns von hier aus das Schiff anzusehen.«

»Und es macht einen sehr guten Eindruck, Sir«, sagte Wedge beflissen, wie ein schmeichlerischer Pastor, der seinen Kirchenpatron zum Tee gebeten hat.

Ramage wandte sich an Gianna. »Paß auf, was jetzt gleich geschehen wird.« Ihm war gerade aufgegangen, daß es sich bei den beiden Gestalten auf dem Achterdeck um Aitken und Southwick handelte, daß sonst jedoch keine Menschenseele an Bord zu sehen war. Wedge war das ebenfalls aufgefallen, und er brummte vor sich hin, allerdings laut genug, so daß Ramage es hören mußte: »Scheinen alle zu schlafen da drüben. Obwohl doch soviel Arbeit wartet. Die restlichen Kanonen müssen von Bord...«

Plötzlich änderten die Wanten des Vor-, Groß- und Besanmasts ihr Aussehen und wandelten sich von spinnwebdünnem Tauwerk in dicke Baumstämme, als Dutzende von Männern über die Webeleinen in die Takelage gingen. Die vordersten kletterten weiter, enterten in die Toppen, und rund zwei Dutzend legten auf den Bramrahen aus, während sich die anderen auf den Marsrahen sowie der Fock- und Großrah verteilten. Im Handumdrehen hatten sich die Männer gleichmäßig auf allen Rahen verteilt und standen, mit dem Blick nach vorn, auf den Fußpferden, die Arme ausgestreckt, so daß sie einander mit den Fingerspitzen berührten.

Gianna gab einen Laut der Überraschung von sich, und die Gräfin, die eine derartige Paradeaufstellung schon oft gesehen hatte, wandte sich an ihren Sohn und sagte: »Das hättest du nicht extra für uns anordnen sollen, Nicholas!«

»Das habe ich auch nicht«, mußte Ramage zugeben. »Dafür kannst du dich bei Aitken und Southwick bedanken, wenn wir an Bord kommen. Laß uns jetzt zur *Calypso* übersetzen.«

Die Jolle ging bei der *Calypso* längsseit und hakte an. Der Graf sah Ramage an, und dieser nickte. Nach altem Marinebrauch ging der dienstälteste Offizier als letzter ins Boot, wenn es von einem Schiff ablegte, stieg aber als erster aus, wenn es bei einem Schiff längsseit ging. An jeder Seite der Außenbordtreppe, die aus Holzleisten bestand, welche an der Bordwand angebracht waren und von der Wasserlinie bis zur Eingangspforte führten, hingen zwei Taue herab. Diese Taue, die mit Diamantknoten besetzt und mit rotem Fries umhüllt waren, hingen, von Fallreepsgasten nach außen gedrückt, ungefähr zwei Fuß von der Bordwand entfernt, damit der Besucher sie gut packen konnte und so, wie mit Hilfe eines Treppengeländers, über die Seite ins Schiff gelangen konnte. Eine Wache stand in Paradeaufstellung an der Schiffsseite – die normale Routine beim Besuch eines Flaggoffiziers oder Kapitäns.

Der Admiral enterte mit einer Flinkheit an Deck, die Ramage überraschte, und Gianna war gerade dabei, sich zu erheben und ihren Rock zusammenzuraffen, als Ramage ihr bedeutete, sitzenzubleiben. Die Gräfin hatte sich nicht gerührt und lächelte Gianna beruhigend zu, die, wie sie vermutete, wohl schon mehrmals auf einer Fregatte gewesen war, aber noch nie einen offiziellen Besuch abgestattet hatte.

Gianna erblickte hoch über sich einen roten Gegenstand, kurz darauf fiel der Tampen eines Taus in das Heck des Bootes und ein zweiter in den Bug. Einen Moment später kam an jedem ein Matrose heruntergerutscht und sprang gewandt in die Mitte der Jolle, gerade rechtzeitig, um den roten Gegenstand in Empfang zu nehmen, der jetzt ins Boot gefiert wurde und den Gianna als eine Art Stuhl erkannte, der an einer zur Großrah führenden Leine hing.

Sie erkannte plötzlich einen der Matrosen. »Rossi! Come sta!« Sie streckte die Hand aus, und der Italiener hob sie an die Lippen, plötzlich zu verlegen, um ein Wort herauszubringen.

Dann erkannte sie auch den anderen. »Stafford! Was für eine wunderbare Überraschung, wie Sie beiden so aus dem Himmel zu mir herabschweben! Wo ist Jackson?«

Rossi deutete nach oben und drehte den Stuhl herum, während er den Sicherungsriegel zurückklappte, wartete jedoch, mit den Gepflogenheiten durchaus vertraut, daß die Gräfin zuerst Platz nahm.

»Ich werde zuerst gehen, meine Liebe«, sagte die Gräfin taktvoll, »dann siehst du, wie es gemacht wird.«

Sie sprach mit leiser Stimme, und Gianna war dankbar, denn ihr wurde in diesem Moment klar, daß die Countess of Blazey nach der Marinerangordnung den Vortritt hatte.

Die Gräfin setzte sich in den Stuhl. Ramage inspizierte ihn kurz und befestigte dann den Sicherungsriegel. Sie lächelte den beiden Seeleuten zu und sprach ein paar Worte mit ihnen, während Ramage über die Seite an Deck stieg.

Rossi, der ihn mit den Augen verfolgte, bis er durch die Eingangspforte verschwand, flüsterte der Gräfin etwas zu und machte dann mit der erhobenen rechten Hand eine kreisende Bewegung. Langsam, aber stetig stieg der Stuhl in die Höhe und entführte die Gräfin in die Lüfte.

»Ich liebe das«, rief sie Gianna zu, »es eröffnet einem einen so ungewöhnlichen Ausblick auf alles!«

Der Stuhl schwang langsam binnenbords, sobald er das Schanzkleid und die Eingangspforte passiert hatte, und wurde dann herabgelassen, bis er sich zwei, drei Fuß über dem Deck befand.

»Jackson!« sagte die Gräfin erfreut, als der Seemann, zusammen mit zwei anderen Männern, herantrat, um den Stuhl festzuhalten, den Sicherungsriegel zu öffnen und der Gräfin an Deck zu helfen. Schnell war der Stuhl zur Seite gezogen, und die Männer machten sich taktvoll mit irgend etwas zu schaffen, dieweil sie ihren Rock ausschüttelte, ihre Haare zurechtstrich und dann die offizielle Begrüßung durch ihren Sohn erwiderte.

Während der Stuhl wieder nach oben schwebte und dann über die Seite gefiert wurde, um Gianna an Bord zu holen, sagte Ramage förmlich: »Madam, gestatten Sie, daß ich Ihnen meine Offiziere vorstelle.«

Ramage schätzte, daß er dafür ungefähr drei Minuten zur Verfügung hatte, ehe Gianna an Deck schwebte, wußte aber auch, daß seine Mutter mit dem ganzen Ritual der höfischen wie der Marineetikette vertraut war und ihre Zeit richtig einzuteilen wußte.

»Ah, Mr. Aitken – die rechte Hand meines Sohnes! Werden Sie Zeit haben, einmal nach Perth zu fahren?... Mr. Wagstaffe – Sie hatten eine gute Reise nach Gibraltar mit der gekaperten Fregatte?... Mr. Kenton, ich hatte bisher nicht das Vergnügen, Ihnen zu begegnen, aber ich habe von Ihren Abenteuern gehört und gelesen... Sie sind also Mr. Martin. Darf ich Sie bitten, einmal für uns zu spielen – wir kommen nur selten in den Genuß von Flötenmusik. Mein Mann kennt Ihren Vater natürlich seit vielen Jahren... Mr. Renwick, ich habe so viel von Ihnen und Ihren Seesoldaten gehört, daß ich das Gefühl habe, ich kenne Sie seit Jahren!... Mr. Orsini – Paolo!« Sie küßte ihn. »Du hast uns als Junge verlassen und bist als Mann zurückgekommen! Deine Tante wird jeden Moment bei uns sein!... Mr. Southwick – keinen Tag älter. Was ist Ihr Geheimnis? Sie haben sicher ein Rezept für ewige Jugend!... Mr. Bowen, ich hoffe, daß mein Sohn Ihnen nicht zu viele Patienten geliefert hat! Oh, so wenige? So sollte es bei allen kriegerischen Auseinandersetzungen sein!«

Sie hatte mit allen Offizieren gesprochen, den Grafen an ihrer Seite, als die Seeleute den Stuhl über das Schanzkleid zogen und Jackson vorsichtig das Geitau einholte, das an einem Augbolzen unter dem Sitz befestigt war, um Gianna genau an der richtigen Stelle an Deck abzusetzen.

Sie lächelte vor Vergnügen und erkannte Jackson sofort, lachte dann laut, als er den Stuhl festhielt und Aitken wie aus dem Nichts auftauchte, den Sicherungsriegel zurückklappte und ihr an Deck half.

»Bläser« Martin, der vierte in der Reihe der Offiziere, die Gianna vorgestellt wurden, hatte plötzlich Schwierigkeiten beim Durchatmen; er fühlte sich, als ob ihm jemand einen unsichtbaren Ring um seinen Hals gelegt hätte und ihn zusammenschnürte wie eine spanische Garotte; es begann genau in dem Augenblick, als der Stuhl mit der Marchesa über das Schanzkleid schwebte und er zum erstenmal ihr Gesicht sah. In diesem Moment wußte er, ohne jeden Vorbehalt, daß sie die schönste Frau war, die er je gesehen hatte. Ihr Gesicht war herzförmig, die Augen lagen weit auseinander und schienen – auf diese Entfernung jedenfalls – schwarz. Ihr Haar war schwarz wie ein Rabenflügel. Als sie an Deck stand, sah er, daß sie klein und zierlich war. Ihr Kleid war von einem blassen Grün und wahrscheinlich aus Seide. Sie lachte über eine Bemerkung von Mr. Aitken und deutete auf Jackson. Dann zeigte sie auf Southwick und eilte – Martin schien es, als schwebe sie – zu ihm hinüber, um den alten Mann zu umarmen. Von wegen umarmen! Sie hatte ihm gerade einen dicken Kuß auf die Backe gegeben! Er fing an zu lachen, und sie begannen, einen kleinen Freudentanz aufzuführen. Oben aus der Takelage ertönten Beifallsrufe und Gesang.

Martin sah sich nervös um; ein solches Verhalten konnte Mr. Ramage Ärger bereiten, war doch der Earl of Blazey mit seiner Gattin an Bord... Dann sah er jedoch, daß beide ebenfalls lachten, offensichtlich angetan von der Situation, und ihm fiel ein, daß die Marchesa ja bei ihnen wohnte, daß sie die Tante von Paolo war und daß sie und Mr. Ramage ineinander verliebt waren.

Jetzt verstand er auf einmal, warum Seeleute wie Jackson, Stafford und Rossi so viel von ihr redeten: Sie hatte mehr Temperament und Lebensfreude im kleinen Finger als jede andere Frau, die William Martin bisher kennengelernt hatte, im ganzen Körper. Jackson, ein weiterer Matrose und Mr. Ramage hatten ihr das Leben gerettet. Das war jetzt einige Jahre her, aber Martin erinnerte sich, daß er die Stelle, wo das passiert war, mit eigenen Augen gesehen hatte; als sie Port Ercole mit den Bombenketschen angriffen, hatte ihn jemand darauf aufmerksam gemacht. Er fühlte einen plötzlichen Stich der Eifersucht: Was hätte er darum gegeben, bei der Rettung einer solchen Lady geholfen zu haben und so vertraut mit ihr zu sein, daß die ganze Besatzung spontan in Beifallsrufe ausbrach, während sie ihn auf die Backe küßte.

Fünf Minuten später, als sie formell mit den Offizieren der *Calypso* bekannt gemacht wurde, brachte »Bläser« Martin keinen Ton heraus und war nur zu einer stummen Verbeugung fähig. Es war Paolo, der schließlich vortrat und erzählte, wie sie zusammen im Gefecht gewesen waren, und zwar »tante volte«, was Martin richtig als »viele Male« interpretierte, und wie Leutnant Martin das Kommando auf der Bombenketsch gehabt hatte. Die Marchesa kannte die Geschichte und ließ ihn beschreiben, wie er die Mörser gerichtet hatte.

Als alle Vorstellungen vorüber waren, dankte Ramage Aitken und anschließend auch Southwick für den Empfang. Die Männer wurden durch ein Signal der Bootsmannspfeife aus der Takelage gerufen und fielen wie ein Schwarm Stare an Deck ein, aufgeregt, weil die Marchesa und die Eltern des Kommandanten an Bord waren, und Ramage sagte zu Aitken: »Solange wir an Bord sind, wird es mit der Arbeit wohl nicht allzu viel werden!«

»Wir erledigen nur die Arbeiten, die eigentlich Aufgabe der Werft sind, Sir«, sagte er mürrisch. »80 Dockarbeiter waren uns zugeteilt, um die Kanonen und die Kugeln von

Bord zu bringen. Ich habe noch nicht einen einzigen von ihnen zu Gesicht bekommen. Drei Tage lang habe ich das Büro des Werftkommissars unter Druck setzen müssen, um wenigstens die Lastkähne zu bekommen, und dann habe ich angefangen, die Kanonen mit meinen eigenen Leuten über die Seite zu hieven, nur um die Arbeit hinter mich zu bringen. Dieser verdammte Kommissar hat die 80 Leute wahrscheinlich dazu abgestellt, ein Haus für einen seiner Freunde zu bauen – mit Holz aus Marinebeständen.«

»Wahrscheinlich«, antwortete Ramage. Er hatte schon vor langer Zeit festgestellt, daß korrupte Machenschaften von der Admiralität als völlig normal angesehen wurden; ehrliche Arbeit war die Ausnahme. »Nun zu etwas anderem: Alle Offiziere sind eingeladen, mit uns zu essen – vorausgesetzt, Sie können genug Stühle auftreiben. Kenton, Martin und Orsini könnten eine Bank benutzen. Ist der Korb mit dem Essen aus der Jolle an Bord gebracht worden? Ah, da ist er ja; Jackson und Rossi tragen ihn gerade nach unten. Meine Mutter hat genug für die Messe eines Linienschiffs einpacken lassen.«

3

Über den Besuch der Familie in Chatham wurde noch viel gesprochen, besonders von Gianna, die sich wirklich gefreut hatte, die Männer wiederzusehen, die sie an der toskanischen Küste gerettet hatten und dann auf Ramages erstem Kommando, dem Kutter *Kathleen*, mit ihr zusammen an Bord gewesen waren.

›The Times‹ und die ›Morning Post‹ kamen an diesem Morgen sehr früh, und Hanson trug sie auf einem Silbertablett herein, das er dem Grafen präsentierte. Dieser nahm

›The Times‹ und sagte: »Ich weiß, daß du die ›Post‹ vorziehst, Nicholas.«

Die Gräfin schob ihren Stuhl zurück und stand auf. »Ihr Männer werdet die Zeitung lesen wollen. Gianna möchte gern noch einmal ihre Schneiderin aufsuchen, und falls du die Kutsche nicht brauchst, John, würden wir sie gerne nehmen.«

»Du lieber Himmel!« murmelte der Graf. »Setz dich doch bitte noch einen Moment, Liebes... Steht etwas darüber in der ›Post‹?« fragte er Nicholas, ohne den Kopf zu heben.

Ramage nickte, völlig in Anspruch genommen von dem, was er da las. Die Gräfin sah überrascht und ein wenig beunruhigt aus, aber als sie sah, daß Gianna im Begriff war, Fragen zu stellen, legte sie warnend den Finger an die Lippen.

Schließlich sagte der Graf, unfähig, die Bitterkeit zu verbergen, die ihn erfüllte: »Bonaparte hat es geschafft, dieser Schurke!«

Die Gräfin seufzte; sie brauchte keine weitere Erklärung, aber Gianna stieß aufgeregt aus: »Was ist es? Lies es doch vor!«

Der Admiral sah zu seinem Sohn hinüber. »Lies du, Nicholas. Ich möchte es gern mit dem Bericht in ›The Times‹ vergleichen.«

Nicholas glättete die Seite der Zeitung. »Der Friede ist unterzeichnet worden. Die ›Post‹ schreibt:

›Wie wir offiziell erfahren, wurden gestern, am ersten Tag des Oktober, die vorläufigen Artikel für einen Frieden zwischen Großbritannien und Frankreich in London unterzeichnet, und zwar von Lord Hawkesbury, dem Außenminister seiner Majestät, und M. Louis-Guillaume Otto, dem Kommissar für den Austausch der französischen Gefangenen in England.

Es gilt als vereinbart, daß innerhalb von zwei Wochen Ratifikationsurkunden ausgetauscht werden und daß diesem Akt eine feierliche Bekanntmachung des Königs folgen wird, in der Seine Majestät die Einstellung der Kampfhandlungen auf See und an Land bekanntgeben wird.

Nach den vorläufigen Artikeln müssen alle feindlichen Handlungen in allen Teilen der Welt spätestens fünf Monate nach dem Austausch der Ratifikationsurkunden eingestellt werden.‹«

Als er zu lesen aufhörte, fragte Gianna: »Einzelheiten werden also nicht erwähnt? Nur daß die Präliminarien unterzeichnet sind?«

»Hier ist noch ein zweiter Artikel, der vielleicht offiziell ist, vielleicht aber auch nicht. Der Verfasser schreibt einfach: ›Wie wir hören...‹ Das ist sehr oft die Methode, mit der die Regierung einen Versuchsballon losläßt, um zu sehen, wie das Parlament darauf reagiert; manchmal ist es auch nur reiner Klatsch.«

»Lies es bitte trotzdem vor«, sagte seine Mutter.

»Ich werde euch das Wichtigste erzählen. Soweit ich verstanden habe, geben wir Bonaparte und seinen Verbündeten alles zurück, was wir erobert haben, und er behält alles, außer – Ägypten. Fangen wir bei den Westindischen Inseln an: Wir geben alles zurück, was wir von den Holländern erobert haben, mit Ausnahme von Holländisch Guayana, aber wir geben Trinidad nicht an die Spanier zurück.«

Der Graf rümpfte die Nase: »So bestraft Bonaparte die Dons dafür, daß sie ohne seine Erlaubnis mit den Portugiesen Frieden geschlossen haben!«

Nicholas nickte. Sein Vater verstand die größeren Zusammenhänge der Weltpolitik besser als er.

»Dänemark erhält die Inseln St. Thomas, St. Croix und St. John zurück...«

Einen Augenblick lang sah er in seiner Erinnerung die Brigg *Triton* vor sich, sein zweites Kommando, wie sie entmastet nach einem Hurrikan vor St. Thomas und St. Croix in der Karibik trieb.

»Die Schweden bekommen St. Bartholomew zurück.«

Eine winzige Insel nördlich von Antigua, aber eine der schönsten aller Inseln unter dem Wind.

»Frankreich – besser Bonaparte, erhält alle Zuckerinseln zurück, außer Guadeloupe. Wir haben Tausende von Soldaten und Hunderte von Seeleuten durch Krankheit verloren, um sie zu erobern. Bei jeder Eroberung gab es im Parlament Beifall für die Regierung. Jetzt fällt alles an Bonaparte zurück – indem er Hawkesbury ins Bockshorn jagt, nehme ich an.«

Jede dieser Inseln war Ramage so vertraut wie Whitehall: St. Lucia, das er mit der Brigg *Triton* angegriffen hatte; Martinique, wo er Diamond Rock genommen und einen Konvoi sowie sein gegenwärtiges Kommando, die *Calypso*, gekapert und zudem noch Fort Royal, oder Fort de France, wie es von den Republikanern benannt worden war, gestürmt hatte; Antigua mit seinen Moskitos und der Korruption...

»Jetzt«, fuhr er fort, »kommen wir zum Atlantik. Wir geben das Kap der Guten Hoffnung an die Niederlande zurück, und Portugal erhält Madeira.«

»Wir verlieren also unsere Versorgungshäfen auf dem Weg nach Indien«, sagte sein Vater. »Hawkesbury ist noch ein größerer Dummkopf, als alle geglaubt haben.«

»Du schmeichelst ihm«, sagte Nicholas trocken, »denn in Ostindien fallen Malakka, Amboina, Banda und Ternate wieder an die Holländer, wenn wir auch Ceylon behalten dürfen. Aber in Indien bekommt Bonaparte Pondicherry, Chandernagore und verschiedene Siedlungen am Ganges zurück.«

»Es ist unglaublich«, sagte der Admiral, und seine Stimme verriet seine Verzweiflung. »Wir haben so viele Leben geopfert und uns nahezu an den Bettelstab gebracht und unterzeichnen jetzt ein Friedensabkommen, das sogar dann hart wäre, wenn wir den Krieg verloren hätten.«

»Wir haben den Krieg gewonnen, und Hawkesbury und Addington haben den Frieden verloren«, sagte Nicholas bitter.

»Wird Italien gar nicht erwähnt?« fragte Gianna leise.

»Volterra nicht«, erwiderte Nicholas, »aber ich komme jetzt zu Europa. Wir geben die Insel St. Marcouf zurück, Ägypten geht an die Hohe Pforte zurück, und der Johanniterorden kommt wieder in den Besitz von Malta, Gozo und Comino. Frankreich muß Neapel und die römischen Territorien aufgeben – das ist die einzige Erwähnung Italiens –, während Britannien Korsika, und das heißt Portoferraio, aufgibt und dazu ›alle anderen Inseln und Festungen, die es in der Adria und im Mittelmeer besetzt hält‹. Und jenseits des Atlantik geben wir St. Pierre und Miquelon an Bonaparte zurück, damit seine Fischer einen Stützpunkt haben...«

»Kann ich nach Volterra zurückkehren?« fragte Gianna ohne Umschweife.

Ramage machte eine etwas hilflose Gebärde in Richtung auf seinen Vater, aber dieser wollte offensichtlich ihm die Antwort überlassen. »Nun, sobald die Ratifizierungsurkunden unterzeichnet sind, befinden wir uns rechtlich mit Frankreich im Friedenszustand, und britische Untertanen können frei reisen. Dutzende werden nach Paris und Rom fahren, vermute ich. Aber Bonaparte wird die Republik Genua, das Piemont und die Toskana behalten... alle italienische Staaten, einschließlich Volterra. Das ist zumindest das, was die Zeitungen schreiben, und ich denke, man hat ihnen spezielle Informationen zukommen lassen.«

»Das beantwortet aber nicht meine Frage, Caro...«

Er wußte, daß er versuchte, ihrer Frage auszuweichen.

»Du bist die Herrscherin von Volterra nach Recht und

Gesetz, nach Tradition und dem Willen des Volkes. Aber Bonaparte ist in das Land eingefallen – wie auch in den größten Teil des übrigen Italiens –, und dieser Friedensschluß, der da unterzeichnet wurde, läßt die Franzosen immer noch als Besatzungsmacht zurück. Ich kann mir nicht vorstellen, daß Bonaparte den rechtmäßigen Herrscher in ein Land zurückkehren läßt, das er besetzt hält.«

»Warum nicht? Es ist schließlich mein Königreich!«

»Das wäre für ihn schon Grund genug, dir die Rückkehr zu verweigern...«

»Dieser Bonaparte – fürchtet er etwa, daß ich mein Volk um mich scharen und die Franzosen hinauswerfen würde?«

»Darling, du könntest dein Volk um dich scharen – und es würde dir auch gelingen, da bin ich sicher –, aber du könntest die Franzosen niemals hinauswerfen.«

Er liebte die Art, wie sie ihn stets herablassend »diesen Bonaparte« nannte, aber die Angewohnheit konnte gefährlich werden. »Du darfst ›diesen Bonaparte‹ nicht unterschätzen. Seine Armeen zählen wahrscheinlich eine Million Mann. Du hättest Glück, wenn du eintausend zusammenbrächtest.«

»Nico!« sagte sie ärgerlich. »Viel mehr als tausend!«

»Cara, du mußt realistisch sein«, sagte er und wählte seine Worte jetzt sehr sorgfältig; er wollte sie überzeugen, aber immer, wenn sie in Wut geriet, war es unmöglich, vernünftig mit ihr zu reden. »Während du im Exil warst, werden die Franzosen eine Regierung eingesetzt haben, ähnlich wie in Genua, und in Volterra werden neue Führer in Erscheinung getreten sein, die zur Zusammenarbeit bereit sind. Da –«

»Du willst doch nicht etwa andeuten, daß mein Volk mit diesen Leuten kooperiert –«

»Ich deute es nicht an, ich sage dir, wie es ist. Es gibt immer Menschen, die mit einer Besatzungsarmee zusammenarbeiten. Wenn Bonaparte jemals Britannien erobert hätte, dann gäbe es hier bestimmt Männer – vielleicht sogar Leute, die du kennst –, die sich darum reißen würden, mit ihm zusammenzuarbeiten, weil sie sich persönliche Vorteile versprechen. Und so ist es auch in Volterra. Ein paar von denen, die nicht mit dir fliehen wollten, als Bonapartes italienische Armee einmarschierte – warum sind sie geblieben?«

Er ließ seine Frage eine Weile wirken.

Nach längerem Nachdenken sagte sie: »Sie hatten Land, Familien, Pflichten...«

Die Gräfin sagte: »Gianna, du weißt, daß das nicht ganz richtig ist; du hast dich bei mir schon über einige beklagt, die deiner Ansicht nach geblieben sind, weil sie vorhatten, mit den Franzosen zusammenzuarbeiten.«

Gianna nickte traurig. »Ja, aber es fällt mir schwer, daran zu glauben, daß die Menschen so schlecht sein können!«

»Das können sie, und das sind sie auch«, sagte Ramage schroff. »Offensichtlich hat Bonaparte eine Marionettenregierung in Volterra eingesetzt, die aus Leuten besteht, die du kennst. Wenn sie hörten, daß du in deiner Kutsche die Via Aurelia herabkämst, würdest du einen tödlichen Unfall erleiden, noch bevor du 100 Meilen an die Stadt herangekommen bist.«

»Aber angenommen, ich halte meine Ankunft geheim?«

»Den Meuchelmördern würdest du auch in den Gängen des Palastes nicht entgehen.«

»Warum bestehen dann die Briten nicht darauf, daß Bonaparte seine Armeen aus Italien zurückzieht?«

»Wir sind nicht stark genug. Wenn über einen Frieden verhandelt wird, hat das Land mit der stärksten Armee und der größten Flotte das Sagen.«

»Aber du hast doch gerade gesagt, daß Hawkesbury –«

»Ja«, unterbrach sie Nicholas. »Bonaparte hat die

größte Armee, aber wir haben die größte Flotte, und unsere Blockade Frankreichs hat dafür gesorgt, daß seine Werften kein Holz mehr haben, um Schiffe zu bauen und instand zu setzen; auch die Vorräte an Tauwerk und Segeltuch sind erschöpft. Darüber hinaus ist Frankreich knapp an Nahrungsmitteln. Und das ist der Grund, warum Bonaparte Friedensgespräche begonnen hat: Er braucht ein oder zwei Jahre Ruhe.«

»Ein oder zwei Jahre?« rief Gianna aus. »Und was geschieht dann?«

»Sobald seine Lager wieder gefüllt sind, wird Bonaparte erneut den Krieg erklären. Es gibt immer noch Gebiete für ihn zu erobern. Britannien, zum Beispiel, von Ägypten und Indien ganz zu schweigen.«

»Warum akzeptiert Britannien dann seine Bedingungen? Warum überhaupt verhandeln? Warum den Krieg nicht fortsetzen?«

»Weil die gegenwärtige Regierung schwach ist und nicht glaubt, daß wir den Krieg noch länger finanzieren können.«

»Den Krieg nicht mehr finanzieren können! Was ziehen Addington und Hawkesbury denn vor – bankrott zu gehen oder Sklaven Bonapartes zu werden?«

Der Admiral hüstelte, und alle wandten ihm ihre Blicke zu.

»Es ist leider eine Tatsache«, sagte er, »daß die meisten Mitglieder der gegenwärtigen Regierung nicht die Vorstellungskraft haben, um zu erkennen, daß es letztlich auf diese Wahl hinausläuft. Die Menschen in den Provinzstädten und Dörfern können es verstehen, aber nicht die Addingtons und Hawkesburys. Pitt hat viele Fehler, aber wenn er nüchtern ist, ist er ein brillanter Schatzmeister.«

Gianna liefen inzwischen Tränen über das Gesicht, und beiden Männern merkte man die Verlegenheit an, die Männer immer in Gegenwart einer weinenden Frau empfinden. Nicholas vermied bewußt, etwas zu ihrem Trost zu sagen, weil sie ihre Haltung gegenüber »diesem Bonaparte« ändern mußte, für ihre Seelenruhe und zu ihrer eigenen Sicherheit.

»Verräter herrschen jetzt also in Volterra«, schluchzte sie. »Vielleicht sogar meine eigenen Vettern... Ja, sie würden alles tun, um ihren Besitz und ihre Ländereien nicht zu verlieren...«

»Und dazu noch die Herrschaft über deine Besitztümer zu gewinnen«, sagte der Admiral ruhig. »Das ist der Grund, weswegen Leute mit einem Feind kollaborieren – um Macht und materiellen Besitz zu erringen.«

Zwei Tage später kam in der Palace Street ein Brief von der Admiralität an, in dem Ramage aufgefordert wurde, sich am nächsten Morgen um zehn Uhr beim Ersten Lord zu melden. Evan Nepean, der Sekretär, ließ nicht durchblicken, warum Earl St. Vincent den Kapitän the Lord Ramage zu sehen wünschte, aber es war typisch für den reizbaren alten Admiral, daß er darauf bestand, Ramage bei seinem Titel zu nennen.

Gianna war überzeugt, daß Ramage in irgendeine weit entfernte Ecke der Welt geschickt werden würde, um die Friedensnachricht zu überbringen. Aber sowohl Ramage selbst als auch sein Vater hielten es für wahrscheinlicher, daß der Erste Lord, als Geste gegenüber dem Earl of Blazey, seinen Sohn persönlich empfangen wollte, um ihn zu unterrichten, daß nach Unterzeichnung der Ratifizierungsurkunden – was sicher innerhalb der nächsten zwei Wochen geschah, es sei denn, Bonaparte kam mit noch unverschämteren Forderungen – die Hälfte aller Schiffe der Marine außer Dienst gestellt und ihre Offiziere auf halben Sold gesetzt würden.

»Du mußt zugeben, daß du keinerlei Erfahrung mit der Marine in Friedenszeiten hast, Nicholas«, sagte sein Vater.

»Ich habe diese Erfahrung, und wenn ich mir deine Karriere ansehe – in die du, innerhalb weniger Jahre, mehr kriegerische Unternehmungen hineingepackt hast, als ein halbes Dutzend Offiziere normalerweise in ihr ganzes Leben – dann kann ich mir nicht vorstellen, daß du es schaffst, mit der Langeweile fertig zu werden.«

»Das ist das Problem«, fügte er hinzu, als er die erhobenen Augenbrauen seines Sohnes bemerkte, »schiere Langeweile. In Friedenszeiten ist die Marine vornehmlich damit beschäftigt, die korrekte Anzahl von Formularen pünktlich auszufüllen, jeden Auslaufbefehl im Signalbuch in der kürzest möglichen Zeit zu übermitteln und ein Maximum an Schiff mit einem Minimum an Farbe zu bedecken. Als Kommandant einer Fregatte wird dein Dienst sich wahrscheinlich darin erschöpfen, um einen Admiral herumzutanzen, der über genügend politischen Einfluß verfügt, um seine Beschäftigung sicherzustellen.

Auf See wirst du mit dem Rest des Geschwaders oder der Flotte im Verband mit dem Flaggschiff segeln. Wenn der Admiral ›Wenden‹ befiehlt, wendest du; befiehlt der Admiral ›Halsen‹, halst du. Alles, was du als Kommandant deines Schiffes tust, wird durch ein Signal des Flaggschiffs geregelt; vom Heißen der Flagge, auf ein Trommelsignal des Flaggschiffs, bei Tagesanbruch, bis zum Einholen der Flagge, auf das entsprechende Trommelsignal, bei Sonnenuntergang.

Im Hafen, wo du den größten Teil der Zeit verbringen wirst, wirst du um den Flottenchef herumtanzen, und das aus mehreren Gründen. Erstens bist du ein sehr akzeptabler Junggeselle, und die Frau des Admirals wird mindestens ein Dutzend junger Töchter oder Protegés in petto haben, die ihrer Ansicht nach eine gute Partie für dich abgäben. Zweitens hast du im Kampf eine gewisse Berühmtheit erlangt, also wirst du wohl oder übel bei allen gesellschaftlichen Veranstaltungen antanzen müssen, die der

Admiral und seine Frau arrangieren, um ihnen die ›Klasse‹ zu geben, die sie sonst vermissen lassen würden. Und vergiß nie, daß ein einziges unbedachtes Wort dich dein Kommando kosten könnte. Für jedes in Dienst befindliche Schiff in Friedenszeiten gibt es 20 auf halben Sold gesetzte Kapitäne, die nur darauf warten, das Kommando zu übernehmen, und jeder rachsüchtige Admiral kann dir ohne weiteres dein Schiff nehmen und dich an Land versetzen.«

»Ich glaube, du malst absichtlich ein so düsteres Gemälde, Vater«, protestierte Ramage, aber seine Mutter schüttelte den Kopf.

»Wenn überhaupt, wäre es noch schlimmer für dich, Nicholas«, sagte sie. »Von deinem ersten Tag als Fähnrich bis heute war immer Krieg, mit allen möglichen Unternehmungen und Gefechten, günstigen Gelegenheiten und guten Möglichkeiten, befördert zu werden. Du hast dich daran gewöhnt, das als normal anzusehen. Aber das ist es nicht. Du könntest den Rest deines Lebens verbringen, ohne je wieder einen Schuß zu hören, ein Leben, in dem Beförderungen davon abhängen, daß dienstältere Kapitäne vom Alter gefällt werden und nicht durch die feindliche Kugel... Nicholas«, sagte sie mit einer Ernsthaftigkeit, die er kaum an ihr kannte, »ich sehe dich einfach nicht als Marineoffizier im Frieden.«

Ramage lachte, weil er durchaus begriff, was seine Eltern meinten. Aber sie vergaßen dabei einen Punkt, über den sie erst vor zwei Tagen gesprochen hatten, als er ihnen die Bedingungen des Friedensabkommens vorgelesen hatte.

»Ihr vergeßt, daß wir in ein bis zwei Jahren wieder Krieg haben werden. Bonaparte ruht nur ein wenig aus. Wenn ich mein Kommando noch eine Weile behalten kann, bedeutet das, daß ich mit meiner jetzigen Besatzung für alles gerüstet bin, was immer die Franzosen planen werden. Es hat lange gedauert, meine Leute auszuwählen, jetzt würde ich keinen von ihnen mehr hergeben wollen.«

Gianna, die immer noch aufgebracht war, daß man Volterra in den Friedensartikeln überhaupt nicht erwähnt hatte, und die am nächsten Tag Lord Hawkesbury aufsuchen wollte, protestierte: »Du redest, als sollte der Krieg für den Rest unseres Lebens weitergehen.«

Der Admiral sagte ruhig: »Das könnte für den Rest unseres Lebens«, damit deutete er auf sich und die Gräfin, »durchaus der Fall sein, aber auch noch für einen großen Teil des eurigen. Vergiß nicht, Britannien steht jetzt allein. Österreich, Preußen, Portugal, die Russen – alle sind sie einmal unsere Verbündeten gewesen. Wir haben ihnen enorme Hilfsgelder gezahlt, um sie in den Kampf hineinzuziehen, zu ihrer eigenen Sicherheit – ganz nebenbei gesagt –, aber jetzt haben wir das Geld nicht mehr, und sie haben nicht mehr die Kraft und auch nicht mehr den Mut. Britannien kann ohne die Hilfe von Verbündeten Napoleon nicht besiegen. Denk nur daran, wie viele Männer er unter Waffen hat und wie viele Hektar Land unter dem Pflug. Letztlich ist es das, worauf es ankommt. Wenn er genug Weizen erntet, um sein Volk satt zu kriegen, und dazu noch eine Armee hat, die groß genug ist, um seine Grenzen zu verteidigen, kann unsere Blockade ihm nichts anhaben. Während des Friedens, den er jetzt vorbereitet, wird er seine Lagerhäuser auffüllen, genau wie Nicholas es schon gesagt hat. Dann können wir ihm nichts mehr anhaben. Wenn er es fünf Jahre durchhalten kann, wird er uns schlagen, weil wir ihn nicht schlagen können, da bin ich sicher; unsere Leute sind bis an die Grenzen besteuert worden, weil wir versucht haben, die Preußen und all die anderen zu retten.«

»Und ich werde Volterra nie wiedersehen...«

»Vielleicht nicht. Mit diesem Gedanken mußt du leben.«

»Wie kann ich denn Lord Hawkesbury dazu bringen, Volterra in die Friedensverhandlungen einzubeziehen oder es zum Gegenstand eines weiteren Abkommens zu machen?«

Der Admiral schüttelte den Kopf. »Meine Liebe«, sagte er mit seiner ruhigen sanften Stimme, »wir haben dich weder darin ermutigt, Hawkesbury aufzusuchen, noch darin zu glauben, daß Britannien dir helfen könnte. Denk nur daran, daß Jenks kein Gentleman ist, sondern ein Politiker, und als solchen solltest du ihn auch behandeln.«

Das Büro von Lord St. Vincent schloß gleich an das Sitzungszimmer an; ein Raum mit einer hohen Decke und einem glänzenden, polierten Schreibtisch vor der hinteren Wand, direkt gegenüber der Eingangstür, wo der Erste Lord, mit dem Rücken zum Fenster, auf einem einfachen Stuhl saß. Sein großer Kopf und ein von Natur aus krummer Rücken ließen ihn kleiner erscheinen, als er tatsächlich war.

Der Raum roch nach flackernden, tropfenden Kerzen. St. Vincent war gewöhnlich der erste, der in der Admiralität mit der Arbeit begann, und die Termine der ersten Offiziere, die er zu sehen wünschte, waren schon ab sieben Uhr morgens angesetzt. Zwischen den einzelnen Terminen – und die Palette der Besucher reichte von Kapitänen, die ihre Befehle empfingen, bis zu Politikern, die um irgendwelche Vergünstigungen für Verwandte oder Freunde nachsuchten – arbeitete er die Papiere durch, die sich säuberlich auf dem Schreibtisch stapelten, wobei er gelegentlich seinen Sekretär, Nepean, hinzuzog, der oft an dem riesigen Mahagonitisch im Sitzungszimmer arbeitete.

Der alte Admiral wischte seine Schreibfeder mit einem Läppchen ab und steckte den Gänsekiel sorgfältig in den hölzernen Ständer, ehe er zu Ramage aufsah, der von einem Türsteher angekündigt und in den Raum geleitet worden war und jetzt stumm wartete, während St. Vincent seiner Gewohnheit folgte, immer erst eine Sache zu beenden, bevor er die nächste in Angriff nahm.

Unerwartet erhob er sich und streckte seinen Arm aus. Die beiden Männer gaben sich schweigend die Hand, und der Admiral deutete auf den einzelnen Stuhl mit der hohen, geraden Lehne, während er selbst wieder hinter seinem Schreibtisch Platz nahm.

»Sie sind sehr aktiv gewesen, seit wir uns das letzte Mal begegnet sind. Das war auf dem Ball der Herzogin von Manson, ehe sie als Kundschafter nach Frankreich gingen, nicht wahr?«

»Jawohl, Sir«, sagte Ramage,

»Seither haben Sie eine ganze Reihe ›Gazettes‹ gesammelt.«

»Dafür bin ich Ihnen zu Dank verpflichtet, Sir.«

Die Meldung eines Kapitäns nach einem Einsatz wurde an Nepean, den Sekretär der Admiralität, gerichtet und begann mit der altehrwürdigen Formulierung: »Geruhen Sie, Ihren Lordschaften vorzulegen...« Dann folgten eine Schilderung der Ereignisse und die Meldung, ob sie von Erfolg oder Mißerfolg gekrönt war. Sie enthüllte dabei gleichzeitig etwas vom Charakter des Schreibers. Ramages Meldungen waren eher präzise als kurz. Ihm war schon seit langem aufgefallen, daß die Offiziere, die kurze Meldungen bevorzugten, dies ganz bewußt taten, denn war man erst einmal für einen derartigen Stil bekannt, konnte das bei der Meldung eines »Beinahe«-Mißerfolgs sehr nützlich werden.

Wenn Ihre Lordschaften der Ansicht waren, daß ein Offizier sich ganz besonders hervorgetan hatte, wurde seine Meldung (nachdem sie kritisch daraufhin durchforstet worden war, daß sie keine, dem Feind nützlichen Informationen mehr enthielt) dem Büro des Innenministers zugeleitet, der ein Stück weiter auf Whitehall residierte, um dann dem Drucker der ›Gazette‹, Andrew Strahan, übergeben zu werden, der dort ebenfalls sein Büro hatte.

Sein Vater hatte Ramage als erster beigebracht, wie wichtig es war, sorgfältige Meldungen zu schreiben. Er wies ihn darauf hin, daß ein guter Kommandant es nicht nötig hatte, seine Meldung in der ›Gazette‹ veröffentlicht zu sehen, weil die Admiralität seinen Wert sehr wohl kannte; aber für einen verdienstvollen, an dem betreffenden Unternehmen beteiligten Offizier war eine Erwähnung in der ›Gazette‹ unbezahlbar. Oft war das der einzige Weg zur Beförderung. Es war außerordentlich nützlich für einen jungen Leutnant, der eine Beförderung anstrebte, eine oder zwei ›Gazettes‹ vorzuweisen, in denen er erwähnt worden war. Und sein Vater hatte betont, daß man dafür sorgen mußte, daß die zum Namen gehörige Zahl, unter der er in der Marine bekannt ist, ebenfalls genannt wird, falls der Mann einen gewöhnlichen Nachnamen führt.

Die Anzahl der Marineleutnants mit dem Namen John Smith war verblüffend. Es war keineswegs ungewöhnlich, einen »Leutnant John Smith den Vierten« (oder siebenten oder zehnten) in einer ›Gazette‹ zu entdecken. Andererseits – und das zeigte wieder, daß eine Meldung viel über seinen Verfasser verriet – war es nicht ungewöhnlich, einen Bericht zu lesen, in dem nicht ein einziger Offizier oder Mannschaftsangehöriger erwähnt wurde, so unwillig war mancher Kapitän (oder selbst mancher Admiral – und St. Vincent selbst hatte sich dieser Unterlassungssünde nach der Schlacht, die ihm seinen Titel verschaffte, schuldig gemacht), die Ehre oder den Ruhm zu teilen.

St. Vincent tippte mit dem Finger auf eine Ausgabe der ›Gazette‹, die vor ihm auf dem Tisch lag. »Sie haben die gestrige Ausgabe gelesen?«

»Jawohl, Sir«, sagte Ramage mit ausdrucksloser Stimme.

»Was halten Sie von der Bekanntgabe des Friedensangebots, das vom Außenminister und Otto unterzeichnet worden ist?«

St. Vincent war ein Freund von Addington; der Premierminister war offensichtlich stolz auf den Vertrag mit Napoleon, da sein eigener Außenminister ihn zustande gebracht hatte. Aber Ramage, der wußte, daß ein kluger Mann wohl zur einer Notlüge greifen konnte, aber nicht als Heuchler dastehen durfte, zog nur die Mundwinkel nach unten.

»Sie halten nichts davon, wie? Warum nicht?«

St. Vincent verschwendete keine Worte; er ging damit sparsam um, mündlich wie schriftlich, und ähnelte darin einem Geizhals, der einem leichtsinnigen Neffen ab und zu eine Münze zusteckte. Würde ein kluger Kapitän mit einem Dienstalter von weniger als drei Jahren dem Ersten Lord wirklich seine Ansichten mitteilen? Nun, St. Vincent war kein Dummkopf; wahrscheinlich wollte er wirklich wissen, wie der Admiral the Earl of Blazey darüber dachte, und vermutete, daß die Ansichten seines Sohnes ähnlich sein würden.

Ramage drehte den Hut auf seinem Schoß, um sich den Anschein zu geben, als suche er nach einer Antwort.

»Bei allem Respekt, Sir; Bonaparte hat uns zum Narren gehalten.«

St. Vincents Augenbrauen gingen in die Höhe. »Ich glaube nicht, daß Lord Hawkesbury Ihre Ansicht gutheißen würde.«

Ramage zuckte die Schultern. »Mein Vater hat ihm das – und noch eine ganze Menge mehr – bereits vor zwei Tagen gesagt.«

»Auf welche Weise soll Bonaparte uns denn zum Narren gehalten haben?« fragte St. Vincent sarkastisch.

»Unsere Blockade hat seine Vorräte schmelzen lassen; er hat kein Tauwerk, kein Segeltuch, kein Holz, um seine

Schiffe zu reparieren. Jetzt zwingt er uns, die Blockade aufzuheben. Wir haben viele seiner Inseln erobert. Sie selbst haben Martinique genommen, Sir. Und jetzt bekommt Bonaparte alles zurück, ohne daß ihn das einen Penny kostet.«

»Nicht alles«, protestierte St. Vincent.

»Alle wichtigen Inseln, Sir«, sagte Ramage hartnäckig. »Wir haben Tausende von Männern durch Krankheit verloren, aber nur sehr wenige im Gefecht, und wir haben viele Millionen Pfund für den Krieg ausgegeben – für nichts und wieder nichts.«

»Ich wußte bisher nicht, daß Sie ein Stratege sind«, knurrte St. Vincent. »Wenn Sie beabsichtigen, in die Politik zu gehen, lassen Sie mich Ihnen ein paar Ratschläge geben –«, der Admiral unterbrach sich, als er den Ausdruck auf Ramages Gesicht sah. »Na gut, Sie schlagen in dieser Hinsicht nach Ihrem Vater.«

Ramage betrachtete eingehend das Schweißleder seines Hutes.

»Jetzt, da der Frieden unterzeichnet ist«, sagte St. Vincent, »gedenken Sie da um Ihre Entlassung einzukommen?«

Ramage sah überrascht auf. »Nein, Sir. Zumindest nicht so lange, bis Ihre Lordschaften mir das nahelegen.«

»Sie brauchen den halben Sold doch nicht«, sagte St. Vincent.

»Ich hatte auch nicht die Absicht, darum zu ersuchen, Sir,« erwiderte Ramage scharf. »Soweit ich weiß, stehe ich als Kommandant der *Calypso* immer noch in vollem Sold und befinde mich zur Zeit in einem einmonatigen Urlaub.«

St. Vincent schob die ›Gazette‹ beiseite, unter der sich ein dicker Umschlag verborgen hatte, der das Siegel der Admiralität trug. Der Earl ergriff ihn, drehte ihn herum, so daß Ramage die Aufschrift lesen konnte, und schob ihm das Päckchen über den Tisch zu.

»Captain the Lord Ramage, H.M.frigate *Calypso*, Chatham«, stand da.

Als Ramage danach griff, erhob St. Vincent die Hand. »Öffnen Sie es noch nicht; lesen Sie erst, was auf der Rückseite steht.«

Genau unter dem Siegel, in gestochener Handschrift, stand da: »Geheimbefehle – erst südlich des zehnten Breitengrades Nord zu öffnen.«

Der zehnte Breitengrad Nord! Das lag noch südlich der Breite von Barbados in den Westindischen Inseln oder den Kapverdischen Inseln vor der Küste von Westafrika. Die Befehle betrafen also den Südatlantik. Die Küste von Afrika oder Südamerika im Frieden? Was in aller Welt könnte sich da unten zusammenbrauen?

St. Vincent stand auf und ging ans Fenster. Draußen gab es nicht viel zu sehen; Ramage wußte, daß dieses und auch die anderen drei Fenster des Sitzungssaals die Aussicht auf einen Stall boten. Der Morgenhimmel mit verstreuten Wolken zog sich langsam zu; um die Teestunde würde es regnen.

Abrupt, den Rücken immer noch Ramage zugewandt, fragte der Erste Lord: »Wie geht es mit der Überholung der *Calypso* voran?«

Offensichtlich traute der Erste Lord den täglichen Berichten nicht, die er von seinen Werftkommissaren erhielt.

»Langsam, Sir, soweit ich sehen konnte, als ich vor drei Tagen an Bord war.«

»Nun ja, Sie und Ihre Gäste haben eine Menge Zeit in Anspruch genommen.«

»Ach, wirklich, Sir?« Ramage sah den Bericht des Kommissars förmlich vor sich. »Auf welche Weise denn, Sir?«

»Die Werftarbeiter konnten mit dem Auswechseln der Kanonen nicht weitermachen.«

»Sir, seit die *Calypso* in Chatham an die Boje gegangen

ist, hat sich kein einziger Werftarbeiter an Bord sehen lassen.«

St. Vincent drehte sich um. »Dummes Zeug! Ihnen stehen 80 Mann zur Verfügung!«

»Entschuldigen Sie, Sir«, sagte Ramage und wählte seine Worte mit Bedacht. »Mir wurde vom Kommissar mitgeteilt, daß ich 80 Mann ›bekommen‹ würde, um die Kanonen auszuwechseln. Tatsächlich ist jedoch kein einziger an Bord erschienen, und meine eigenen Leute haben bislang alle Arbeiten verrichtet. Mein Erster Offizier hatte große Mühe, auch nur die Lastkähne zu erhalten, um die französischen Kanonen an Land zu bringen.«

St. Vincent setzte sich an seinen Schreibtisch und blätterte schnell einen Stoß Papiere durch. Bei einem Blatt hielt er inne und fuhr mit dem Finger langsam die Seite herab. Seine Augen wanderten von Zeile zu Zeile.

»Der Kommissar hat der *Calypso* 110 Mann zugeteilt. 80, um die Kanonen auszutauschen; 20, die als Rigger arbeiten, und zehn, die beim Niederholen der Fockrah helfen sollen.«

»Wann sollten diese Leute mit der Arbeit anfangen, Sir?«

Das Datum, das der Erste Lord nannte, war der Tag, nachdem die *Calypso* in Chatham an die Boje gegangen war.

»Uns sind vielleicht 110 Mann zugeteilt worden, Sir, aber von ihnen ist niemand an Bord gekommen, es sei denn, sie haben heute angefangen. Ich war am Freitag dort, und ich kann mir nicht vorstellen, daß sie einen halben Tag am Sonnabend gearbeitet haben. Gestern, Sonntag, war ein Feiertag.«

»Der Kommissar selbst hat diesen Bericht unterzeichnet, Ramage, wollen Sie ihn etwa einen Lügner nennen?«

Ramage sah den schöntuerischen Kerl vor sich, wie er da auf dem Landungssteg stand, alle Speckröllchen und Wammen vor lauter Servilität gegenüber dem Admiral in

Bewegung – und der dann den Besuch der Ramage-Familie zum Anlaß nahm, sich über die Behinderung von Männern zu beklagen, die nicht einmal an Bord gewesen waren.

»Ein Lügner, Sir, bei allem Respekt, und ein Betrüger dazu. Wo haben diese 110 Mann denn nun tatsächlich gearbeitet?«

»Das beabsichtige ich herauszufinden«, sagte St. Vincent grimmig, »aber gehen Sie selbst nicht nach Chatham, bevor Ihr Urlaub zu Ende ist; es ist besser, wenn ich im Somerset House ein paar Dinge in Bewegung bringe.«

Im Somerset House, das von der Admiralität belegt war, herrschte der Rechnungsprüfer Sir Andrew Snape Hamond. Wahrscheinlich der unehrlichste Mann, mit dem die Royal Navy verbunden war, kontrollierte er den Einkauf aller Dinge, die ein Schiff benötigte: alles, vom Rum bis zum Pökelfleisch, vom Bauholz bis zu den Hosen für die Besatzung. Alles wurde von privaten Unternehmern geliefert; alles wurde Leuten wie Hamond zusammen mit »einem Zeichen unserer Wertschätzung« seitens der Unternehmer geliefert, dachte Ramage bitter. Über 100 Werftarbeiter hätten seit einer Woche auf der *Calypso* tätig sein sollen. Was machten sie wohl tatsächlich? Wo hatte der Kommissar sie hingeschickt? So viele Männer konnten in sieben Tagen wahrscheinlich ein ganzes Haus bauen, hatte Aitken gesagt. Hatte einer der Freunde des Kommissars jetzt wohl ein neues Haus auf Gad's Hill?

Der Erste Lord beendete sein Schreiben, klingelte mit einem Silberglöckchen nach seinem Sekretär und übergab ihm das Blatt mit dem Befehl: »Geben Sie das Mr. Nepean. Er soll es mir noch vor dem Mittagessen zur Unterschrift vorlegen.«

Als der Sekretär den Raum verlassen hatte, sagte St. Vincent: »Ich habe Sie absichtlich als Kommandant auf der *Calypso* gelassen. Haben Sie sich schon gefragt, warum?«

»Nein, Sir«, sagte Ramage, während er versuchte, den Grund für die Frage zu erraten.

»Es mangelt Ihnen nicht an Selbstvertrauen, junger Mann.«

Etwas in St. Vincents Ton ärgerte Ramage, und bevor er sich zurückhalten konnte, sagte er: »Kapitäne, denen es an Selbstvertrauen mangelt, laufen mit ihrem Schiff gewöhnlich auf ein Riff, Sir.«

»Ganz recht«, sagte St. Vincent liebenswürdig. »Das war als Kommentar gedacht, nicht als Kritik. Sie sind zu dünnhäutig. Wie auch immer – nun zu Ihren neuen Befehlen. Sie führen meine Befehle selten buchstabengetreu aus –«

»Aber immer nach dem Sinn, der ihnen innewohnt, Sir!«

»– buchstabengetreu aus«, wiederholte St. Vincent, ohne den Einwurf zu beachten. »An welcher Stelle stehen Sie auf der Kapitänsliste?« fragte er.

»Ungefähr an zehnter Stelle, von unten gezählt, Sir.«

»Ein Admiral, der an zehnter Stelle von oben auf der Flaggoffiziersliste steht, ist taktvoller als Sie, wenn er zu seinem Ersten Lord spricht.«

»Ich entschuldige mich für mein Benehmen, Sir.«

»Aber nicht für Ihre Worte, wie? Nun, lassen wir das. Ihre neuen Befehle betreffen eine Angelegenheit, bei der Ihre Ansichten sehr wahrscheinlich mit denen der Admiralität übereinstimmen.« Bei diesen Worten spielte die Andeutung eines Lächelns um St. Vincents Mund. »Es sind gleichzeitig die ersten Befehle, die Sie je in Friedenszeiten erhalten haben.«

Ramage erinnerte sich früherer Begegnungen mit St. Vincent und seinem Vorgänger im Amt, Earl Spencer. Immer waren sie darauf herumgeritten, daß er die Befehle nicht befolgt habe, aber es schien ihm mehr ein Fall von »Wer einmal ins Gerede kommt, dem hängt das sein Leben lang an« zu sein, denn er hatte Befehle stets ausgeführt. Das war das entscheidende: Kein vorgesetzter Offizier hatte ihm je befohlen, etwas durchzuführen, und war dann gezwungen, ihm Vorhaltungen zu machen, weil er versagt hatte. Das Problem war, daß viele Vorgesetzte sich nach kurzer Zeit für allmächtig hielten. Anstatt einfach Befehle zu geben, in denen sie ihren Offizieren sagten, was zu geschehen habe, verloren sie sich in Einzelheiten darüber, wie es zu geschehen habe, und das war der Fehler. Niemand war in der Lage, jeden Umstand vorauszusehen. Es war der Mann, der sich an Ort und Stelle befand, der Kommandant des Schiffes, der nach den gegebenen Umständen Pläne machen und Entscheidungen treffen mußte. Bestimmt befahl auch ein General keinem Oberst, eine bestimmte Festung einzunehmen, und schrieb ihm dabei vor, auf welchen Straßen, Wegen und Nebenwegen er sich der Festung nähern sollte. Aber vielleicht taten Generale das ja doch...

»Verstehen Sie etwas von Landvermessung?«

»Landvermessung, Sir?«

»Also offensichtlich nicht; das Wort hat Sie ja förmlich paralysiert. Nun, Sie können anschließend beim Schiffahrtsamt vorbeigehen und sich vom Hydrographen Dalrymple oder seinem Assistenten, Walker, einige Instruktionen geben lassen. Sie müssen lernen, wie eine Insel vermessen wird und wie die sie umgebenden Gewässer in die Karte einzuzeichnen sind.«

»Aye, aye, Sir. Eine große Insel?«

»Nein. Vielleicht zwei Meilen lang und eine Meile breit.«

»Gibt es bereits irgendwelche Karten, Sir?«

»Eine grobe Zeichnung; nichts, auf das man sich verlassen könnte.«

»Darf ich fragen –?

»Trinidade.«

»Trinidad? Aber da –«

»Nicht Trinidad«, sagte St. Vincent gereizt, »sondern Trinidade.« Er gab sich Mühe, das zweite ›e‹ ganz besonders deutlich auszusprechen. »Die Insel liegt vor der brasilianischen Küste, 750 Meilen Ostnordost von Rio de Janeiro und 700 Meilen von Bahia entfernt.«

»Gehört sie zu Spanien oder zu Portugal, Sir?«

»Was ich Ihnen jetzt sage, bleibt unter uns, bis Sie Ihren Geheimbefehl öffnen. Gegenwärtig ist er – ich meine damit den Auftrag, den Sie ausführen sollen – nur dem Premierminister, dem Außenminister, mir selbst und Nepean bekannt, der den Befehl geschrieben hat. Soweit es Ihre Familie und Ihre Besatzung betrifft, gehen Sie in die Südsee.«

»Aber, verzeihen Sie, Sir, gehört die Insel Spanien oder Portugal?«

»Haben Sie den ganzen Text des neuen Vertrags mit Bonaparte gelesen?«

»Jawohl, Sir. Zumindest alles, was in der ›Gazette‹ stand. Möglicherweise gab es geheime Klauseln...«

»Gab es nicht«, sagte St. Vincent knapp. »Haben Sie irgendeinen Hinweis auf Trinidade entdeckt?«

»Nein, Sir, nur auf Trinidad, welches aus spanischem Besitz an uns übergeht.«

»Ja, eine der wenigen Inseln, die Bonaparte uns zugesteht«, sagte St. Vincent, womit er zum erstenmal seine eigenen Ansichten über die Bedingungen des Friedensvertrages durchklingen ließ, wenn er auch den Frieden im Grunde begrüßte. Darüber war sich Ramage völlig im klaren. »Nun, haben Sie eine genaue Vorstellung davon, wo Trinidade liegt?«

»Jawohl, Sir. Rund 1000 Meilen südlich von den St. Paul Rocks und Fernando de Noronha und ungefähr die gleiche Entfernung von St. Helena entfernt.«

»Genau. Die Basis eines gleichschenkligen Dreiecks, mit Fernando de Noronha und den St. Paul Rocks an der

Spitze, würde links durch Trinidade und rechts durch St. Helena begrenzt. Was fällt Ihnen jetzt an der Position der Insel auf?«

»Wenn es dort Wasser gibt, ist es ein perfekter Anlaufpunkt für die Schiffe des Königs und der Ostindischen Handelsgesellschaft, die sich auf dem Weg zum Kap der Guten Hoffnung befinden oder von dort kommen. In letzter Zeit, das heißt während des Krieges, wurde die Ehrenwerte Ostindische Handelsgesellschaft ziemlich nervös, wenn ihre Schiffe zur Ergänzung ihrer Wasservorräte St. Helena anlaufen mußten, weil sich dort nicht nur Schiffe französischer Nationalität, sondern auch Freibeuter herumtrieben. Trinidade wäre eine gute Alternative.«

St. Vincent nickte und verzog das Gesicht zu einem seltenen, frostigen Lächeln. »Dazu noch ein guter Treffpunkt für den Handelsverkehr von und nach Rio de Janeiro, Montevideo und Buenos Aires. Nebenbei bemerkt, es gibt dort Wasser.«

»Wem gehört die Insel denn, Sir?« fragte Ramage zum drittenmal; aufgrund der Schreibweise nahm er an, daß die Insel ursprünglich von den Portugiesen benannt worden war.

»Niemandem«, sagte St. Vincent. »Wir haben sie in diesem Krieg ein paarmal angelaufen und können den Anspruch erheben, daß wir sie in Besitz genommen haben, aber vor dem Krieg gehörte sie Portugal. Im Vertrag ist sie nicht erwähnt.«

»Also, wer auch immer dieses Versäumnis bemerkt und als erster dort ist...«

»Genauso ist es«, sagte St. Vincent. »Jetzt kommt es auf Schnelligkeit und Verschwiegenheit an, mein lieber Ramage. Sie haben ein schnelles Schiff und eine gute Mannschaft. Machen Sie sich auf den Weg und nehmen Sie sie im Namen Seiner Britischen Majestät in Besitz.«

4

Das Hydrographische Büro war nur ein kleiner Raum. Dalrymple saß auf der einen Seite eines Tisches und sein Assistent, Walker, auf der anderen. Eine Wand war zugestellt mit etwas, das wie eine Reihe hoher Kommoden aussah, mit breiten, aber flachen Schubladen und jede von ihnen genau beschriftet. Ein kleiner Tisch am Ende des Raumes war vollgepackt mit Stapeln von Büchern, die Ramage als Logbücher von Navigatoren identifizierte; dabei kam ihm eine Passage aus den Vorschriften und Anweisungen für den Dienst an Bord in den Sinn, die sich auf die Pflichten des Schiffsführers bezog: »Es obliegt ihm, das Aussehen der Küsten vorschriftsmäßig zu beobachten und etwaige neue Untiefen oder Unterwasserfelsen in seinem Journal zu vermerken, zusammen mit ihrer genauen Position und Wassertiefe.«

Ein gewissenhafter Navigator tat gewöhnlich noch mehr. Viele wußten recht gut mit einem Malkasten umzugehen und fanden Gefallen daran, Skizzen von den abgelegenen Küsten zu machen oder eine kolorierte Federzeichnung anzufertigen. Oft machte ein Navigator zwei Skizzen, eine für seine eigene Karten- und Ansichtensammlung, die andere für sein Logbuch, das zu gegebener Zeit dem Marineamt übersandt werden mußte. Eine von Dalrymples schwierigsten Aufgaben bestand darin, die Logbücher vom Marineamt ausgehändigt zu bekommen; die Admiralität war bekannt dafür, daß dort viele Dokumente einfach verschwanden. Die wenigen 100 Yards vom Marineamt am Somerset Place zur Admiralität in Whitehall hätten genausogut ein paar 1000 Meilen sein können.

Dalrymple war höflich. Nur wenige Kapitäne besuchten sein Büro; gewöhnlich bekam er nur die ›master‹ zu Gesicht, wie die Navigatoren und Schiffsführer hießen, die offiziell für die tatsächliche Navigation eines Schiffes der Marine verantwortlich waren.

Ja, sagte er, er besäße eine Landkarte von Trinidade, aber keine Seekarte. Es handelte sich um eine spanische Karte, die man an Bord einer Prise entdeckt hatte, was die spanische Schreibweise mit dem ›e‹ am Schluß erklärt.

Er ging zu der Kommodenwand hinüber und zog die mit ›T‹ beschriftete Schublade heraus; schnell blätterte er einen kleinen Stapel Papiere durch und entnahm ihm ein rechteckiges Stück Pergament, das ungefähr zwei Fuß mal ein Fuß groß war. Er pustete etwas Staub herunter und trug es zum Tisch, wo er es erneut mit einem Tuch abwischte.

»Sie sehen, daß dem Kartenzeichner – ich würde ihn kaum als Landmesser bezeichnen – mehr daran gelegen war, die üppigen Engelfiguren in den Ecken der Karte zu zeichnen als genaue Einzelheiten der Insel. Auf der Karte sind so viele vergoldete Schnörkel und Verzierungen angebracht, daß man damit den Heckspiegel eines Linienschiffes bedecken könnte!«

Ramage starrte auf die Karte. Die Gestalt der Insel erinnerte ihn an einen Maulwurf. Sie erstreckte sich von Südost nach Nordwest, und die nördliche Küste, der Rücken, ergab fast eine gerade Linie, ohne Buchten. Im Süden gab es mehrere kleine Ankerplätze, die von Landzungen gebildet wurden, welche wie Zitzen von der Küste ins Meer ragten. Er ergriff ein Vergrößerungsglas und begann die spanischen Erläuterungen zu den »A«-, »B«-, »C«-Marken auf der Insel selbst zu studieren.

Die Breite und die Länge waren angegeben: 20° 29' Süd und 29° 20' West. In der Mitte der Insel gab es sechs kleinere Berge, die wie Zuckerhüte aussahen und von denen der höchste nahezu 1500 Fuß und der niedrigste 850 Fuß maß, wie mit Bleistift vermerkt war. An der Nordseite gab es einen Bach mit Frischwasser und fast gegenüber im Süden einen zweiten. Drei Stellen waren als mögliche Positionen für Geschützstellungen markiert, während eine andere als Signalstation dienen konnte. Die Karte war nicht datiert, und die umgebenden Gewässer enthielten keine einzige Tiefenangabe.

»Wann wurde diese Karte angefertigt?«

Dalrymple zuckte die Schultern und sah Walker fragend an, aber dieser schüttelte nur den Kopf. »Nach dem Stil und den Verzierungen zu urteilen, würde ich schätzungsweise sagen: so um 1700. Vielleicht wollte ein Freibeuter die Insel als Stützpunkt benutzen, um den Handel nach Rio de Janeiro und Buenos Aires zu stören. Vielleicht wollte auch die spanische Regierung Freibeuter fernhalten. Wer immer es auch war, er hat sich große Mühe gegeben, daß die Daten nicht in die falschen Hände fielen.«

»Sie meinen die fehlenden Tiefenangaben?«

»Ja, bei so vielen Details auf der Insel selbst, würde ich Tiefenangaben erwarten. Irgend jemand wollte keine fremden Besucher.«

»Es muß einige gefährliche Riffs geben, anderenfalls wären die Tiefenangaben ziemlich bedeutungslos.«

Dalrymple nickte und sagte: »Das habe ich mir auch gedacht. Es ist eine felsige Insel, also würde man tiefes Wasser bis dicht unter Land vermuten, mit Felsen und schlechtem Ankergrund. Wie Sie sehen, ist es eine Insel, die ungefähr so groß wie der Hyde Park ist, mitten im Südatlantik liegt und ganz selten von den Schiffen des Königs besucht wird. Die Navigatoren der Schiffe, die schon dort gewesen sind, haben sich nicht die Mühe gemacht, irgendwelche Vermessungen vorzunehmen.«

»Können Sie mir eine Kopie von dieser Karte machen?«

»Natürlich«, sagte Dalrymple. »Es tut mir leid, daß wir sie noch nicht fertighaben, aber wir sind nicht rechtzeitig benachrichtigt worden. Walker und ich bemühen uns nach besten Kräften, Karten anzufertigen, von den wir glauben, daß sie gebraucht werden, aber Sie sehen ja alle diese Logbücher...«, damit deutete er auf den anderen Tisch. »Jetzt, da der Krieg vorbei ist und eine große Zahl von Schiffen aufgelegt werden wird, kommen sicher noch eine Menge dazu, die alle von uns durchgesehen werden müssen.«

»Finden Sie darin oft etwas von Bedeutung?«

Dalrymple schüttelte den Kopf. »Nein. Die Navigatoren mit dem Interesse und den Fähigkeiten, uns zu helfen, scheinen nie in die Nähe interessanter Plätze zu kommen. Sie bemerken einen Felssturz oder eine neue Batteriestellung an der französischen Kanalküste, aber, abgesehen von Ihrem Mr. Southwick, sie bringen uns nicht viel Neues.«

»Ah, Sie finden also Southwicks Logbuch von Interesse?«

»Ja – ihm verdanken wir die besten Skizzen von der toskanischen Küste. Und die letzten von der Südwestecke Sardiniens waren für uns von unschätzbarem Wert.«

»Und die von der katalanischen Küste auch«, setzte Walker hinzu. »Ach ja, und natürlich die vielen Skizzen von den Westindischen Inseln. Die Insel Culebra. Teile von Martinique – Diamond Rock, zum Beispiel; seine Vermessung und die kolorierten Skizzen des Diamond gehören zu den besten Beispielen für die Arbeit eines Navigators, die wir haben.«

»Darf ich ihm das erzählen?«

»Selbstverständlich, My Lord; wir würden es natürlich begrüßen, wenn wir auch eine gute Vermessung von Trinidade bekämen...«

Ramage dachte an St. Vincents Ermahnung zur Verschwiegenheit, selbst wenn der Erste Lord den Besuch im Hydrographischen Büro angeregt hatte. »Falls wir je dorthin kommen sollten, werde ich mein Bestes tun. Ich war nur mal neugierig, wie es dort aussieht.«

»Natürlich«, sagte Dalrymple höflich. »Nun, dafür sind

wir ja da. Ich wünschte mir nur, daß mehr Kapitäne und Navigatoren unsere Dienste in Anspruch nähmen – und uns Kopien ihrer Karten schickten! Es ist ein mühseliges Geschäft, eine Kartothek der ganzen Welt zusammenzustellen, was ich beabsichtige. Wer weiß, eines Tages werden wir vielleicht imstande sein, unsere eigenen Karten zu drucken und herauszugeben, anstatt die Navigatoren alles mühsam kopieren zu lassen, was sie nicht in ihrer eigenen Sammlung haben.«

Als Ramage schließlich in die Palace Street zurückkam, machte sein Vater einen etwas besorgten Eindruck. Der alte Admiral sah ihn fragend an. »Hatte St. Vincent gute Neuigkeiten für dich?«

Ramage nickte und klopfte auf seine Tasche. »Die *Calypso* bleibt im Dienst und geht sofort nach Abschluß der Überholungsarbeiten in See.«

Der Admiral erfaßte sofort, was Ramages Worte und sein Tonfall bedeuteten. Da ihm klar war, daß sein Sohn ihm mehr erzählt hätte, wenn es nicht geheim gewesen wäre, beschränkte er sich nur auf die Frage: »Eine lange Reise?«

»Es könnte sein, Sir. Sechs Monate oder mehr.«

»Ich mache mir Sorgen um Gianna«, vertraute ihm der alte Mann an, wobei er sich mit der Hand durch das Haar fuhr; eine Geste, die, wie Ramage aus Erfahrung wußte, auch Ärger und Erbitterung anzeigte.

»Wo ist sie?«

»Sie besucht Hawkesbury. Ein Bote vom Büro des Außenministers sagte, er könne sie heute vormittag empfangen. Vor einer Stunde hat sie das Haus verlassen.«

»Sie ist doch sicher nicht naiv genug, um einen Rat von Hawkesbury anzunehmen?« Aber noch während er sprach, wurde Ramage klar, daß Hawkesburys einzige Fähigkeit darin bestand, die banalste Aussage mit der ganzen Autorität und dem Elan des Erzbischofs von Canterbury vorzutragen, den dieser an den Tag legte, wenn er in der Kathedrale den Teufel verfluchte.

Der Graf nickte traurig. »Ich habe sie, ebenso wie du, gewarnt, aber es zieht sie nach Volterra. Als legitime Herrscherin des Landes hat sie das Gefühl, sie sollte dort sein –«

»Aber Napoleon wird sie verhaften, sobald sie ihren Fuß auf französischen Boden setzt!«

»Ich weiß, ich weiß, und wir alle haben ihr das auch gesagt. Aber wird das auch dieser Dummkopf Jenks tun? Er ist ein armseliges Exemplar eines Politikers, und wie jeder Geschäftsmann wird er ihr nur erzählen, was sie zu hören wünscht.«

»Du glaubst also, er wird ihr sagen, daß sie unbesorgt nach Volterra zurückkehren kann?«

»Ja, weil Dutzende von Leuten schon ihre Koffer packen, um nach Paris, Rom und Florenz zu reisen. Es ist das erste Mal seit acht Jahren, daß sie die Möglichkeit haben, Frankreich und Italien zu besuchen. Jenks ist nicht klug genug, um zwischen dem Fall eines Engländers, der Italien besuchen möchte, und der Herrscherin eines italienischen Staates, der immer noch von Napoleon besetzt ist und ganz bewußt aus dem neuen Vertrag ausgeklammert wurde, zu differenzieren.«

In diesem Augenblick hörten sie eine Kutsche vorfahren, und Hanson schlurfte durch die Halle und murmelte: »Ich komme, My Lady, ich komme ja schon.«

Ramage sagte: »Wir könnten sie veranlassen, Grenville aufzusuchen und ihn um seinen Rat zu bitten…«

Lord Grenville, der vorige Außenminister, der zusammen mit Pitt sein Amt niedergelegt hatte, war ein kluger Mann.

»Grenville würde ihr ganz sicher seinen Rat nicht vorenthalten, und wir wissen auch, was er sagen würde. Leider ist es doch so«, sagte der alte Mann besorgt, als wäre

Gianna seine eigene Tochter, »daß sie dem Rat eines jeden folgen würde, der ihr sagt, was sie hören möchte.«

»Vielleicht tun wir Hawkesbury ja auch Unrecht«, sagte Ramage ohne große Überzeugung und nahm Platz, um auf Gianna zu warten.

»Interessante Befehle?« fragte der Graf beiläufig.

»Nicht besonders. In Friedenszeiten kaum mehr als eine Routineangelegenheit, könnte ich mir vorstellen. Es ist nur ein ungewöhnlicher Aspekt dabei, der sie zur Geheimsache macht.«

»Erzähl mir nichts Näheres; ich wollte nur gern wissen, wie dir dein erster Auftrag im Frieden gefällt.«

»Mein eigenes Schiff und meine eigenen Leute – der Erste Lord ist schon großzügig.«

»Ja, aber du verdienst es auch. Wie viele ›Gazettes‹ hast du gehabt?«

Ramage grinste und streckte die Arme vor, Handflächen nach oben gedreht. »Ich habe nicht die geringste Idee; sie werden gewöhnlich herausgegeben, während ich auf See bin.«

»Frag mal deine Mutter oder Gianna; beide heben jede ›Gazette‹ auf, in der du erwähnt wirst!«

Sie hörten, wie die Eingangstür geöffnet wurde; Giannas Stimme klang fröhlich, als sie Hanson begrüßte. Vater und Sohn sahen sich an; beide konnten sich unschwer zusammenreimen, was Hawkesbury gesagt hatte.

Kurz darauf betrat eine vor guter Laune übersprudelnde Gianna das Zimmer, wobei sie ihr Hutband löste und den Hut von sich warf.

»Ich kann fahren!« rief sie. »Lord Hawkesbury sagt, es besteht keine Gefahr! Er wird M. Otto bitten, mir einen Paß zu besorgen, und er meint, daß Bonaparte ganz bestimmt seine Genehmigung geben wird.«

Ramage stöhnte, als er ihr aus dem Mantel half.

»Warum bist du bloß so – so ›pesante‹ bei allem?« rief

sie ärgerlich aus. »Du bist doch gar nicht traurig bei der Vorstellung, daß ich weggehe, weil du ja die meiste Zeit auf See bist!«

»Ich bin so ›schwerfällig‹, wie du es ausdrückst, weil ich Bonaparte nicht traue, und nur ein Dummkopf würde auf Hawkesbury hören –«

»Oh, ich bin jetzt also ein Dummkopf!«

»– in diesen Dingen. Ja, du bist dumm, wenn du glaubst, daß Bonaparte dich nach Volterra zurückkehren läßt, während seine Truppen das Land noch besetzt halten und obwohl es im Vertrag nicht erwähnt ist. Genausogut könntest du erwarten, daß er einer britischen Armee gestattet, an der toskanischen Küste zu landen und mit klingendem Spiel und wehenden Fahnen nach Volterra zu marschieren, um der Marchesa ihre Aufwartung zu machen.«

Gianna ließ sich verärgert in einen Sessel fallen. »Du verstehst etwas von der See, und Lord Hawkesbury versteht etwas von Diplomatie –«

»Leider nur sehr wenig«, unterbrach sie Ramage bitter. »Er hat den Posten erst ein paar Monate inne, und der Vertrag zeigt, daß er nichts anderes kann, als einen Frieden zu verlieren. Er hat Napoleon fast alles zurückgegeben, was wir im Kampf gewonnen haben. Volterra wird ja nicht einmal erwähnt!«

»Ah, das zeigt, wie wenig du doch weißt. Lord Hawkesbury hat es mir erklärt«, sagte sie, wobei sie ihre Stimme vertraulich senkte.

»Er hat es direkt von M'sieu Otto. Bonaparte hat genug von dem Blutvergießen. Er mußte nur den Krieg, den die anderen bei der Revolution angezettelt haben, fortführen, bis er einen fairen Frieden schließen konnte, einen Frieden, der für Frankreich ehrenvoll war.«

Ramage seufzte und sein Vater sagte sanft: »Gianna, es gibt niemanden in England, der das glauben würde. Bonaparte will die Welt beherrschen. Er wird mit dem Krieg sofort wieder beginnen, sobald seine Vorratslager gefüllt sind, und er wird kämpfen, bis er Indien, Ägypten und beide Amerika beherrscht – mit anderen Worten, praktisch die ganze Welt.«

»Das ist aber nicht, was Lord Hawkesbury sagt.«

»Das bezweifle ich nicht«, sagte der Graf sachlich. »Würdest du dir auch anhören, was Lord Grenville zu sagen hat? Wir können ihn zum Essen einladen, so hättest du die Möglichkeit, dich privat mit ihm zu unterhalten.«

»Was weiß denn dieser Grenville? Er ist ja doch nicht mehr im Amt und hatte mit den Verhandlungen über den neuen Friedensvertrag nichts zu tun.«

Jetzt konnte der Graf nicht umhin, leise zu seufzen. »Meine Liebe, Grenville weiß wahrscheinlich mehr über französische Diplomatie und Bonapartes Absichten als irgendein anderer Engländer. Aber hast du Hawkesbury die Frage gestellt, die ich dir mit auf den Weg gab?«

»Was für eine Frage?«

»Warum er überzeugt ist, daß Napoleon dich auf freiem Fuß lassen würde, während seine Armee weiterhin Volterra besetzt hält.«

»Nein, das habe ich nicht. Ich hielt es – wie sagt man doch gleich – für überflüssig. Lord Hawkesbury, der Außenminister Seiner Britischen Majestät, sagt, daß ich ohne weiteres nach Volterra zurückkehren könne, und er wird mir die nötigen Pässe besorgen – also!«

Der Graf holte tief Luft. »Meine Liebe, wir versuchen nur, dich zu schützen, wenn wir dir dringend davon abraten, nach Volterra zu gehen«.

»Das weiß ich, ›caro zio‹, aber ich habe mich entschieden. Es wird so viel für mich zu tun geben in Volterra!«

»Du wirst alles sehr verändert finden. Es ist auch gut möglich, daß die Leute, denen du vertraut hast – nun – sich anders verhalten haben, als du erwartet hast.«

»Als ich ein Recht hatte zu erwarten«, korrigierte ihn Gianna mit einem unerwartet erbitterten Ausdruck in ihrer Stimme. »Das ist ein weiterer Grund, warum ich gehen muß.«

»Was kannst du denn alleine ausrichten?« fragte Ramage scharf. »Ein Dolch in deinem Rücken würde viele Probleme für diejenigen lösen, die jetzt an der Macht sind.«

»Du könntest Paolo mitnehmen«, sagte der Graf, »wenn es auch ein Jammer wäre, seine Ausbildung zu unterbrechen.«

»Nein«, sagte Gianna entschieden, »Paolo bleibt bei Nicholas. Come se chiama? – Ich will nicht alle meine Eier in einen einzigen Korb tun!«

Ramage fühlte sich vollkommen hilflos. Sie alle hatten das Problem diskutiert, seit die ersten Berichte über einen möglichen Friedensvertrag in der Zeitung erschienen waren. Von Anfang an hatte Gianna betont, daß sie gehen würde. Von Anfang an hatte die ganze Familie Einwände dagegen erhoben, da keiner von ihnen den Franzosen traute. Er selbst hatte sich von ruhiger Argumentation zu ärgerlichen Vorhaltungen gesteigert; er war versucht, Gianna zu packen und zu schütteln, weil er sich nicht eingestehen wollte, daß sie derartig halsstarrig sein konnte.

Seine Mutter hatte wahrscheinlich recht. Schon ziemlich von Anfang an hatte sie Nicholas gesagt: »Sie hat ein stark entwickeltes Pflichtgefühl. Ich bin sicher, daß sie die Gefahr richtig einschätzt, aber sie glaubt, alles riskieren zu müssen, weil sie die Herrscherin von Volterra ist und sie jetzt, nach Beendigung des Krieges, endlich zu ihrem Volk zurückkehren kann. ›Noblesse oblige‹ mein lieber Nicholas. Ihr Männer bewundert Lovelace für seine Zeilen ›Ich könnte dich, mein Lieb, nicht so sehr lieben, wenn ich die Ehre nicht noch höher hielte‹. Aber wenn eine Frau das gleiche sagt, versteht ihr das nicht.«

Gianna klatschte in die Hände, als wolle sie damit einen Themenwechsel signalisieren, und fragte Ramage: »Und du – wie ist es dir bei Mylord St. Vincent ergangen?«

»Wir gehen in See, sobald die Werftüberholung abgeschlossen ist.«

»Zurück ins Mittelmeer? Das wäre ein glücklicher Umstand.«

Der Graf mischte sich ein, um Ramage nicht der Gefahr auszusetzen, einen Wutausbruch Giannas zu provozieren. Es war ihr deutlich anzumerken, daß sie am Rande einer ihrer ›gebieterischen‹ Stimmungen war.

»Seine Befehle sind mit dem Stempel ›Geheim‹ versehen, also können wir ihn nicht fragen. Alles, was wir aus ihm herausbekommen konnten, war, daß es sich um eine lange Reise handeln wird – sechs Monate oder mehr.«

»Da hast du es!« sagte sie. »Und du hattest schon gefürchtet, nur halb bezahlt zu werden!«

»Auf halben Sold gesetzt zu werden«, korrigierte Ramage sanft. »Ja, es sieht wirklich so aus, als würde die Flottenstärke verringert, und ich erwartete...«

»Warum sollte die Regierung denn die Marine verkleinern, wenn man Bonaparte nicht trauen kann?« fragte sie.

»Weil Politiker Dummköpfe und Optimisten sind«, sagte der Graf verächtlich. »Sie wollen die Steuern senken, damit alle Beifall schreien und ihnen ihre Stimme geben. Sie müssen ja nicht kämpfen und ihr Leben opfern, um ihre Fehler zu korrigieren.«

»Kannst du Paolo mitnehmen?« fragte sie Ramage.

»Ja, natürlich – aber ob er noch mitkommen will, wenn er von deinem Plan hört...«

»Er hat keine Wahl; ich sage, er bleibt bei dir.«

Ramage zuckte die Schultern. Es war ihm unmöglich, wohlwollend, verständnisvoll oder geduldig mit einer Frau zu sein, die sich ganz bewußt Napoleon als Geisel auslieferte.

»Ich muß morgen nach Chatham fahren. Soll ich ihm irgend etwas von dir ausrichten?«

»Wird er noch Urlaub bekommen, bevor ich wegfahre?«

»Das hängt davon ab, wann du abreist.«

»Nächste Woche«, sagte sie. »Ich werde London nächste Woche am Mittwochmorgen verlassen. Ich reise zusammen mit den Herveys nach Paris. Ich traf Lady Hervey heute morgen bei Lord Hawkesbury, und sie bot mir an, mit ihnen zu fahren – sie haben genug Platz in ihren Kutschen.«

Später am Nachmittag saß Ramage in seinem Zimmer im ersten Stock und blätterte in der neuesten Ausgabe von Steeles ›Naval Chronologist‹. Gelegentlich sah er zu den Platanen hinaus, welche, Kalendern gleich, die den fortschreitenden Herbst anzeigen, ihre Blätter verloren. Die Rinde ihrer Stämme erinnerte ihn an einen Bettler mit irgendeiner scheußlichen Krankheit.

Gianna kehrte also nach Volterra zurück, aber er war verwirrt und beunruhigt durch seine Gedanken und Gefühle, oder vielmehr durch die darin zutage tretenden Widersprüchlichkeiten, die ihm schon während des letzten Jahres bewußt geworden waren und die er jetzt gezwungen war, genauer zu untersuchen.

Wie sollte sich die Liebe zwischen einem Mann und einer Frau entwickeln? Das war ein Gebiet, von dem er sehr wenig verstand, weil Gianna seine erste wirkliche Liebe war. Die glühende Liebe, die sie beide im Anfang empfunden hatten, war etwas abgekühlt. Abgekühlt? Nun ja, sie hatte sich verändert, sowohl was seine tatsächlichen Gefühle für sie betraf und auch weil ihm klar wurde, daß sie nie würden heiraten können. Hatte diese Erkenntnis die Liebe zerfressen, still und leise wie Rost oder das herannahende Alter?

Existierte die ›tiefe Liebe‹ noch? Liebe, ja; und sie war

noch so stark, daß er vor lauter Frustration Eisenstangen hätte verbiegen mögen, weil es ihm nicht gelang, sie von der Reise nach Volterra abzuhalten. In früheren Jahren würde er sie mit Gewalt zurückgehalten haben, statt sie gehen zu lassen. Jetzt fürchtete er um sie, aber so, als wäre sie seine Lieblingsschwester.

Natürlich spielten auch Schuldgefühle eine Rolle. Ihre Liebesgeschichte war allgemein bekannt; der Empfang auf der *Calypso* zeigte das ganz deutlich. Ramage hatte das Gefühl, daß er durch die in ihn gesetzten Erwartungen in eine bestimmte Richtung gedrängt worden war – aber ohne die Möglichkeit, die Hand zu heben und die Schwierigkeiten und Hindernisse zu erläutern, die in der Religion und in den Gefühlen von Giannas Untertanen begründet waren.

Oft glaubte er, daß Paolo, jung wie er war, begriff, daß sich sein Kommandant eigentlich in einer Tretmühle befand, so als wüßte Paolo instinktiv, daß da kein Weg um die Doppelhürde von Religion und Nationalismus herumführte.

Er seufzte und beobachtete, wie ein plötzlicher Windstoß noch mehr Blätter zu Boden wirbeln ließ. Die Pflicht zwang Gianna, nach Volterra zurückzukehren und den Mann zurückzulassen, den sie liebte. Die Pflicht hatte ihn gezwungen, die Tatsache zu akzeptieren, daß er sie nie würde heiraten können, weil dann ihr Sohn als Katholik erzogen werden müßte, was bedeutete, daß, falls er den Titel erbte... Die Pflicht, ›Noblesse oblige‹, war gegen Cupidos Pfeile gewappnet.

5

Obwohl ihm wegen des durchdringenden Geruchs nach Farbe der Kopf brummte und die Nase weh tat, war Ramage doch froh, wieder an Bord der *Calypso* zu sein. Durch die Heckfenster sah er, wie die Häuser von Chatham langsam durch sein Blickfeld wanderten, als die Fregatte mit der Tide schwoite. Die elende Trockendockzeit war vorüber; die Kupferbeplattung war erneuert worden; die einzige Arbeit, die noch in der Werft erledigt werden mußte, war der Einbau einiger zusätzlicher Kammern vor der Fähnrichsmesse. Es würde sich um äußerst schlichte Einbauten handeln, einfach nur große Kisten mit Seitenwänden aus Latten und Segeltuch.

Zusätzliche Kammern bedeuteten mehr Männer an Bord, und erneut betrachtete er düster das letzte Schreiben der Admiralität.

»Ich bin von meinen ›Lords Commissioners‹ der Admiralität beauftragt«, hatte Nepean mit der altehrwürdigen Floskel begonnen, »Sie anzuweisen, sich für den Empfang der folgenden, am Rande aufgeführten Männer an Bord des von Ihnen befehligten Schiffes vorzubereiten... und die Sie auf der Reise, für die Sie bereits geheime Befehle empfangen haben, begleiten werden.

Ihre Lordschaften beauftragen mich ferner, Sie noch einmal nachdrücklich auf die Notwendigkeit zur Geheimhaltung hinzuweisen, und keine der am Rande aufgeführten Personen kennt irgendwelche Einzelheiten des Auftrags, den Sie bekommen haben. Die Umstände, unter denen derartige Einzelheiten mitgeteilt werden können, sind in Ihren versiegelten Befehlen enthalten.«

Die Liste enthielt die Namen von sieben Männern, gefolgt von einer Beschreibung ihrer Tätigkeit. Der erste lautete, »Der hochwürdige Percival Stokes, Geistlicher«, und war der Grund für Ramages Gereiztheit. Kein Schiff, das kleiner war als ein Linienschiff, war gezwungen, einen Geistlichen an Bord mitzuführen – es sei denn, dieser erbot sich freiwillig. Es gab Kommandanten, deren religiöse Überzeugungen an Fanatismus grenzten und die die Besatzung zweimal täglich zum Gebet zusammenriefen. Die meisten Kapitäne waren jedoch wie Ramage; respektierten die Tatsache, daß die religiösen Überzeugungen eines Mannes seine eigene Angelegenheit waren, und beschränkten die verbindliche Teilnahme auf den Gottesdienst am Sonntag.

Geistliche waren in diesem Stadium des Krieges – im Augenblick, korrigierte er sich – nicht sehr beliebt, weder bei den Kommandanten noch bei der Besatzung. Sicher gab es einige großartige Kerle unter ihnen, die die 600 bis 700 Männer auf einem Linienschiff bei guter Laune hielten und dem Kommandanten und den für das Wohlergehen der Mannschaft verantwortlichen Offizieren eine große Hilfe waren. Andere jedoch hielten sich von den Männern fern und sahen die Offiziersmesse und das Achterdeck als äußerste Grenze ihrer Wanderungen an Bord des Schiffes an. Die dritte Gruppe setzte sich aus Menschen zusammen, die Ramage bei sich die »Bande mit den gekräuselten Lippen« nannte: Engstirnig und selbstgerecht betrachteten sie ein Kriegsschiff nur als schwimmendes Haus Gottes, das sie kontrollierten, und waren gewöhnlich das Zentrum von Intrigen und Beschwerden. Entweder fanden sie einen fanatischen Kapitän, der ihnen jedes Wort von den Lippen ablas, oder aber der Kommandant ignorierte sie, und dann jammerten sie dem dienstältesten Leutnant, der ihnen zuzuhören gewillt war, die Ohren voll.

Die allgemeine Abneigung gegen Geistliche an Bord beruhte jedoch auf etwas viel Einfacherem: Es standen so wenige zur Verfügung, daß nur jedes dritte Linienschiff einen an Bord hatte, wenn es auch theoretisch auf jedem

Linienschiff einen Geistlichen geben sollte. Im Kriege, so schien es, zogen Pastoren eine Pfarrstelle an Land vor, wo im Winter ein Feuer im Kamin brannte. Hatte ein Linienschiff einen Geistlichen an Bord, so handelte es sich meistens um einen Freund des Kommandanten. Fregatten mit nur etwa einem Drittel der Besatzung eines Linienschiffs bekamen selten einen zu Gesicht. Ramage konnte sich nicht an einen einzigen Fall erinnern.

Aber würden jetzt, nachdem der Frieden geschlossen war, die Geistlichen in Scharen zur Marine gehen wollen? Und was, in aller Welt, veranlaßte den ehrwürdigen Percival Stokes, sich um eine Stelle auf der *Calypso* zu bewerben? Wahrscheinlich war er der arme Freund eines Freundes einer Lordschaft. Ramage sah schon eine endlose Reihe von Besatzungsmitgliedern vor sich, die gekommen waren, um sich zu beklagen. In einem Schiff des Königs mit einem Geistlichen an Bord war es angenehmer, um es milde auszudrücken, wenn man der anglikanischen Staatskirche angehörte.

Nun, Mr. Stokes würde gut daran tun, etwas vorsichtig aufzutreten: Der Erste Offizier der *Calypso* war ein Schotte aus dem Hochland und gehörte sicherlich dem reformierten, puritanischen Teil der anglikanischen Kirche an; der Navigator war, überraschenderweise, ein Freidenker; der einzige Fähnrich war ein italienischer Katholik. Und der Kommandant weigerte sich, mit irgend jemandem über Religionsfragen zu diskutieren.

Hinter den nächsten beiden Namen am Rande von Nepeans Schreiben stand »Landmesser«, dann folgten zwei Zeichner, ein Kunstmaler und ein Botaniker. In einem früheren Schreiben von Nepean war Ramage mitgeteilt worden, daß seine Besatzung um sechs Bergleute und sechs Maurer erweitert werden würde, Freiwillige, die, was Sold und Verpflegung anbetraf, in den Büchern der *Calypso* als »überzählige« eingetragen werden sollten.

Mehrere Tonnen Ziegelsteine und das nötige Material für den Mörtel wurden mit einem Lastkahn von Maidstone herangeschafft, und die Schaufeln, Maurerkellen und hölzernen Eimer waren bereits an Bord. Die *Calypso* würde beim Auslaufen ziemlichen Tiefgang haben. Ramage hatte Befehl, Proviant für fünf Monate zu laden – was nur möglich war, weil die *Calypso* nicht mehr als die für Friedenszeiten vorgesehene Menge an Pulver und Kugeln mitführen sollte – und Wasser für drei. Es würde Schwierigkeiten geben, wenn es auf Trinidade kein Frischwasser gab, wie die Karte verhieß...

Ramage schob den Brief Nepeans beiseite und griff nach dem anderen, der gleichzeitig aus London gekommen war. Er erkannte die Handschrift seines Vaters und öffnete das Siegel. Der Graf schrieb:

Ich besuchte Hawkesbury und muß gestehen, daß mir die einzige wirkliche Neuigkeit, die ich von ihm erfuhr, ungewöhnlich genug schien, um sie Dir mitzuteilen. Bis gestern haben folgende Persönlichkeiten Pässe für einen Besuch Frankreichs beantragt: fünf Herzöge, drei Marquis, 37 Grafen und Gräfinnen, 85 Vicomtes, 17 Barone und 41 ältere Söhne und Erben. Das macht ungefähr ein Drittel des Oberhauses aus; wenn Bonaparte uns also einen Streich spielen möchte, könnte er den Friedensvertrag zerreißen und all diese Angehörigen des britischen Hochadels internieren.

Hawkesbury erwähnte diese Zahlen, um den Ratschlag zu rechtfertigen, den er Gianna gegeben hat. Es sei wohl richtig, entgegnete ich ihm, daß ein Drittel des Oberhauses und ihre Frauen Frankreich besuchten; sie alle seien jedoch britische Untertanen, und keiner von ihnen sei der Herrscher eines Landes, das Bonaparte immer noch besetzt hielt und offensichtlich auch zu behalten gedachte.

Darauf sagte er, ich machte mir unnötig Gedanken, aber

als er dann hinzufügte, daß Lord St. Vincent die gleiche Ansicht verträte wie er und bereits Kabinettsvorschläge ausarbeitete, nach denen die Flottenstärke um zwei Drittel reduziert werden sollte – nicht zu reden von einem umfassenden Plan, viele ältere Linienschiffe und Fregatten abzuwracken –, da, muß ich gestehen, verlor ich die Geduld.

Ich wies ihn auf Zeitungsmeldungen hin, nach denen französische Transportschiffe in Häfen wie Brest und Rochefort Truppen einschifften und daß Kriegsschiffe in Dienst gestellt würden; das gleiche galt für einige holländische und spanische Häfen. Er wehrte sich mit dem Argument, M'sieu Otto hätte ihm bereits erklärt, daß die französischen Truppen einen Aufstand der Schwarzen in St. Domingo unterdrücken sollten.

Ich gab ihm zu verstehen, daß eine so große Streitmacht sehr wohl zur Rückeroberung Trinidads verwendet werden könnte; daß jetzt, da wir alle seine Zuckerinseln außer Guadeloupe zurückgegeben hätten, Bonaparte so schnell wie möglich große Garnisonen einrichten würde und Angriffe auf unsere eigenen Inseln planen könnte. Dann kam dieser erbärmliche Kerl Jenks – ich kann ihn mir nur unter diesem Namen vorstellen – mit der Entschuldigung, die alle politischen Schurken im Munde führen: Es handele sich um Regierungspolitik. Darauf ging ich. Nur mit Mühe konnte ich mich davor zurückhalten, ihm mit meinem Stock auf die Schienbeine zu schlagen. Wenn ich an alle unsere Seeleute und Soldaten denke, welche die alkoholumnebelten Pläne von Dundas das Leben kosteten, und an die Risiken, denen nüchterne Idioten wie Jenks Menschen wie Gianna aussetzen, beginne ich mich meines Vaterlandes zu schämen. Leiden wir einen solchen Mangel an begabten Männern, daß wir auf Minister wie Addington und Jenks zurückgreifen müssen?

Ramage schloß den Brief seines Vaters in einer Schublade ein und schob das Schreiben Nepeans in ein Buch mit der Aufschrift »Kommandantenbefehle – Empfangen«. Zusammen mit seinem Begleitband »Kommandantenbefehle – Erteilt«, wurde es ebenfalls unter Verschluß gehalten. In all den Jahren, die er auf See verbracht hatte, wurden derartige Bände in einem Segeltuchsack aufbewahrt, der durch eine Zugschnur verschlossen werden konnte und mit einem Bleigewicht beschwert war. Jetzt im Frieden genügte eine verschlossene Schublade in seinem Schreibtisch. Zusammen mit dem Führen von Lichtern bei Nacht war das das augenfälligste Zeichen, daß Britannien sich jetzt im Frieden befand.

Ganz bewußt hatte Ramage die letzten Sätze im Brief seines Vaters nur überflogen. Er beschrieb die heftigen Auseinandersetzungen, die sich zwischen Gianna und Paolo abgespielt hatten. Oder vielmehr die Auseinandersetzungen, die sich zwischen Paolo und Gianna abgespielt hatten. Ramage hatte ihm nichts erzählt, als er ihm Urlaub gewährte, damit er nach London fahren konnte. Wie der Graf schrieb, hatte Gianna ihrem Neffen zwei Tage lang nichts von ihren Plänen erzählt. Sie hatte sich das für einen Nachmittag aufgehoben, als der Graf und seine Frau zu einer Einladung gefahren waren. Bei ihrer Rückkehr wurden sie von einem empörten Paolo erwartet, der nahezu außer sich war und sie anflehte, sie möchten doch seiner Tante verbieten, England zu verlassen. Paolo hatte sofort die Gefahren erkannt, die auf sie lauerten, wenn er auch glaubte, daß sie in der Hauptsache von gewissen Familienmitgliedern ausgingen, die in Volterra geblieben waren und, indem sie sich bei Napoleon einschmeichelten, Machtpositionen errungen hatten, die sie sicherlich keiner allein nach Volterra zurückkehrenden Marchesa abzutreten geneigt waren. Und Paolo kannte die Gegebenheiten der italienischen Politik gut genug – eine Politik, in der ein Dolch als Argument üblicher war als eine Rede im Senat –, um sich darüber im klaren zu sein, daß es mindestens einiger Bataillone bedurfte, um Gianna zu schützen. Verräter, hatte er seiner Tante gesagt, insbesondere Blutsverwandte, sind keine Fische, die willig ins Netz schwimmen.

Der Posten Kajüte meldete, daß Mr. Southwick da war, und Ramage befahl, ihn herein zu bitten. Der alte Navigator ließ sich in den einzigen Lehnstuhl fallen, den Ramage ihm mit einer Armbewegung anbot, und schleuderte seinen Hut auf das Sofa.

»Diese verdammten Werft-Grandis«, sagte er ärgerlich. »Sie arbeiten langsamer und verursachen mehr Unordnung als eine Horde Affen. Diese zusätzlichen Kammern werden nie fertig. Der Vorarbeiter hat so gut wie gesagt, daß fünf Guineas schon dafür sorgen würden, daß sie bis Freitag fertig wären – sonst würde es wohl noch zwei Wochen dauern.«

Ramage starrte Southwick an. »›So gut wie gesagt‹? Hat er unverblümt Geld verlangt?«

»Ja. Ich habe Ihnen noch eine höfliche Umschreibung gegeben. Seine tatsächlichen Worte waren: ›Sagen Sie Ihrem Kommandanten, daß bei einer Zahlung von fünf Guineas alles am Freitag fertig sein wird; wenn nicht, werden wir Freitag in einer Woche immer noch hier sein.‹«

Ramage stieß einen kleinen Seufzer aus und ergriff die Papiere, die noch auf seinem Schreibtisch lagen. »Der Erste Lord weiß, daß korrupte Methoden in den Werften und innerhalb der Admiralität verbreitet sind«, sagte er, während er die Papiere wegschloß. »Der Haken ist, daß ich ihn nicht mit dem Fall eines korrupten Zimmermannsvorarbeiters belästigen kann. Auf jeden Fall will ich am nächsten Montag auf See sein. Die zusätzlichen Leute kommen Donnerstag an Bord – in drei Tagen also.«

»Wenn Sie vielleicht mit dem Werftkommissar redeten,

Sir...« Southwicks Tonfall verriet, daß er eigentlich nur aus Höflichkeit fragte.

»Ich kann Ihnen genau sagen, was mir der Kommissar erzählen würde«, erwiderte Ramage bitter. Er dachte einen Augenblick nach, bemerkte dann das Glitzern in Southwicks Auge und verstand sofort, was dieser im Sinn hatte.

»Wie Sie wissen, habe ich Geheimbefehle, die ich noch nicht öffnen darf. Die allgemeinen Befehle, die man mir gegeben hat, besagen jedoch, daß wir so früh wie möglich auslaufen sollen. Die Besatzung ist aus dem Urlaub zurück, wir haben die Bergleute und Maurer an Bord, und wir haben Proviant und Wasser übernommen. Wenn die Kammern fertig wären, könnten wir sogar schon am Freitag auslaufen; Freitag nacht hätten wir dann schon die ›Nore‹ hinter uns.«

»Aber es würde uns fünf Guineas kosten«, sagte Southwick.

»Wissen Sie, Southwick, ich sehe nicht ein, warum ich einem Engländer fünf Guineas zahlen sollte, nur damit ich meinen Pflichten nachkommen kann... Diese Kerle sind reich geworden, indem sie Kapitäne erpreßt haben, die es eilig hatten, wieder in See zu gehen, um gegen die Feinde des Königs zu kämpfen. Jetzt hat der König keine Feinde mehr, außer diesen elenden Schurken. Vielleicht sollten wir uns diesen speziellen Gauner einmal ansehen. Sagen Sie dem Posten, daß er ihn kommen lassen soll.«

Southwick ging zur Tür und gab den Befehl weiter, aber er sah beunruhigt aus, als er zurückkam. »Korrupt mögen sie sein, Sir, aber wenn wir uns Kommissar Wedge zum Feind machen, wird hier gar nichts mehr laufen. Es ist nicht diese Überholung oder die nächste, an die ich dabei denke; es ist die übernächste. Ein Werftkommissar kann ein Schiff und seinen Kommandanten monatelang ins Trockendock abschieben – er muß nur immer wieder neue Mängel und Fehler entdecken, die er, im Interesse der Schiffsicherheit, wie er behaupten wird, beheben muß.«

»Das weiß ich«, sagte Ramage kurz. »Aber jetzt haben wir es mit einem Zimmermann zu tun, nicht einem Kommissar. Wenn Ihnen nicht wohl dabei ist, gehen Sie am besten an die frische Luft.«

»Wenn mir nicht wohl dabei ist?« Southwick grinste. »Nein, ich denke, mir wird das gefallen.«

Es klopfte, und der Posten Kajüte meldete die Ankunft des Zimmermanns. Als dieser eintrat, sah Ramage, daß er ein großer, ungeschlachter Kerl war, der sich in der Kajüte mit ihrer Kopfhöhe von fünf Fuß vier Zoll bücken mußte.

Der Mann war mindestens sechs Fuß groß und konnte fast als gutaussehend bezeichnet werden, wenn auch das schmale Gesicht und die glänzenden schwarzen Haare nicht zu den breiten Schultern und den großen Händen zu passen schienen.

»Sie sind der Zimmermannsvorarbeiter?« fragte Ramage höflich.

»Jawohl, Sir«, antwortete er mit schmeichlerischem Lächeln. Er hatte natürlich Southwick bemerkt und wahrscheinlich erraten, so vermutete Ramage, daß dieser die Sache mit den fünf Guineas weitergegeben hatte.

»Ihr Name?«

»Porter, Sir. Albert Porter.«

»Sie wohnen hier in der Nähe; ich höre es an Ihrem Akzent.«

Ramages Stimme war freundlich, und nach der Art und Weise, wie die Augen des Zimmermanns über den Tisch wanderten, versuchte er das Häufchen aus Geldstücken zu entdecken.

»Stimmt, Sir. Bin im Bezirk Hoo geboren, bin ich, und habe meine Lehrzeit auf einer Schiffswerft auf der anderen Seite des Flusses verbracht, bevor ich hier in der Marinewerft angefangen habe. Zwölf Jahre her ist das jetzt.«

»Das sind drei oder vier Jahre, bevor der Krieg anfing«, bemerkte Ramage.

»Stimmt, Sir. Hat uns auf Trab gehalten, der Krieg. Doch jetzt haben wir Frieden, und ich hab' mein kleines Haus und vier Kinder. Kostet eine Menge, eine Frau, ein Haus und Kinder.«

»Das glaube ich gern«, sagte Ramage trocken. »Ich bin allerdings die ganze Zeit auf See gewesen, und daher sind das drei Probleme, die ich nicht habe.«

»Ah, Sie sind ein glücklicher Mann, Sir, ein glücklicher Mann.«

»Ich bin jedoch viermal verwundet worden und habe, zusammen mit Mr. Southwick, zwei Schiffe verloren. Ich mag gar nicht daran denken, für wie viele meiner Männer ich den Trauergottesdienst habe lesen müssen...« Ramage ließ seine Stimme leiser und leiser werden, als überwältigten ihn die Erinnerungen. Die Erinnerungen hatte er wohl, doch weit davon entfernt, ihn zu überwältigen, entfachten sie nur seinen Zorn, wenn dieser Tölpel das in seiner Gier auch nicht mitbekam. »Sie müssen tüchtig gespart haben, um sich ein Haus zu leisten – oder wohnen Sie nur zur Miete?«

»Nein, Sir, es ist alles bezahlt; ich schulde keinem Menschen auch nur einen Penny.«

Ramage nickte verständnisvoll. »Ihre Kinder werden heiraten, Sie werden Ihre Enkel verwöhnen und sich eines zufriedenen Alters erfreuen, wie?«

»Stimmt, Sir«, sagte der Mann grinsend. Hier war ein verständnisvoller Kapitän, der es eilig hatte, wieder auf See zu kommen. Fünf Guineas waren wirklich eine zu geringe Forderung gewesen. Einige Leute sagten, er wäre ein Lord, und bei so einem wären zehn Guineas ein angemessener Preis. Vielleicht ergab sich noch die Gelegenheit zu bemerken, daß der Navigator, Southwick oder wie immer er hieß, ihn falsch verstanden haben müsse.

»Ich frage mich, wie viele Besatzungsangehörige der *Calypso* wohl so lange leben, daß sie Großväter werden könnten...«

Der Vorarbeiter sah etwas verdutzt aus. Der Kapitän schien mit sich selbst zu reden und sprach immer noch mit fast murmelnder Stimme. »...Alle Offiziere der *Sibella* gefallen, außer mir... Eine Menge Leute gefallen, als wir den Kutter *Kathleen* verloren... Mehrere Leute auf der Brigg *Triton* gestorben... Verloren Baker in Curacao, wo ich eine Kugel in den Arm bekam und einen Schlag auf den Kopf...« Er tippte mit dem Finger auf ein kleines Büschel weißer Haare. »Nein, sie werden nie Großväter werden.«

Albert Porter, der zusammengekrümmt unter den Deckenbalken stand, wurde plötzlich klar, daß er in ein Paar tiefliegende braune Augen starrte, die ihn zu durchbohren schienen und durch ihn hindurch. Sie sahen sein Haus jenseits des Flusses, gebaut mit Bestechungsgeldern, welches er ungeduldigen Kapitänen abgeluchst hatte – Männern, armen Narren, die es nicht erwarten konnten, wieder in See zu gehen, wo sie gute Aussichten hatten, daß ihnen eine Kanonenkugel den Kopf abriß. Albert Porter hatte gerade noch Zeit, um sich darüber klarzuwerden, daß ihm ein Fehler unterlaufen war, als eine kalte, wenn auch ruhige Stimme ihn quasi einzuhüllen schien und seine Kleider durchdrang wie ein kalter Nebel auf dem Medway.

»Porter, während Sie hier auf der Werft Ihrer Arbeit nachgegangen sind, waren die Offiziere und Mannschaften auf den Schiffen des Königs im Einsatz, kämpften gegen das Wetter und die Franzosen und die Holländer und die Spanier und die Dänen. Sie kassierten Musketen- und Kanonenkugeln und Gelbfieber und Skorbut; derweil kassierten Sie schmutzige Guineas, um sich ein Haus zu kaufen, dazu eine Frau und vier Kinder. Verstehen Sie, wie verschieden diese beiden Arten von Leben sind?«

Die Augen und der Klang der Stimme ließen Porter eilfertig zustimmen.

»Gut, Porter, wir verstehen uns also. Jetzt werde ich Ihnen eine kleine Geschichte erzählen. Die Treppe, die zur Fähnrichsmesse hinunterführt, hat zehn Stufen. Ein Mann ist einmal oben gestolpert und fiel die Stufen hinunter. Als man ihm auf die Beine helfen wollte, war er tot. Die Gemeinde – es war ein Werftarbeiter – mußte ihn begraben. Es ist verblüffend, wie Unfälle dieser Art passieren können. Ein Beitel rutscht weg und durchtrennt eine Ader, und im Handumdrehen ist ein Mann verblutet; ein anderer rutscht auf der Außenleiter aus, fällt ins Boot und bricht sich das Genick an einer Ducht. Einem dritten, der nichtsahnend das Deck entlanggeht, zerschlägt es den Schädel, da jemandem, der in der Takelage arbeitet, ein Doppelblock aus der Hand fällt. In der Tat, Porter, wie uns die Geistlichen nicht müde werden zu versichern, ›in der Mitte des Lebens sind wir vom Tode umgeben‹.«

»Jawohl, Sir«, flüsterte Porter.

»Ich habe Sie zu mir gebeten, um Ihnen einige Informationen zu geben. Wir bekommen sieben zusätzliche Leute, die am Donnerstag an Bord kommen; wir laufen am Freitag aus. Wir brauchen also sieben zusätzliche Kammern bis Donnerstag abend.«

»Jawohl, Sir.«

»Ich weiß, Sie sind ein gewissenhafter Mann. Können Sie mir versichern, daß die sieben Kammern rechtzeitig fertig sein werden – Türen eingebaut, mit Mattscheiben verglast und alles gemalt?«

»Jawohl, Sir«, sagte Porter, der endlich wieder zum Leben erwachte. »Oh, bis Donnerstag schaffen wir das leicht, Sir.«

»Gut, ich danke Ihnen. Sie können jetzt gehen.«

Nachdem der Mann die Kajüte verlassen hatte, sagte Southwick: »Das hätte niemand fertiggebracht, Sir. Rossi, Stafford, Jackson – ja, jeder von ihnen würde dem Kerl einen Stoß versetzt haben, wenn Sie nur ein Wort gesagt hätten. Aber ich kann mir nicht vorstellen, daß Sie das getan hätten.«

Ramage grinste; seine Augen hatten jetzt einen warmen Glanz, und die harte Linie um den Mund war verschwunden. Er betrachtete den Mann, der dem Alter nach sein Vater hätte sein können und der auf jedem Schiff, das unter Ramages Befehl stand, angefangen mit dem kleinen Kutter *Kathleen*, den er als junger Leutnant übernommen hatte, als Navigator dabei gewesen war.

»Es spielt keine Rolle, was Sie glauben, nicht wahr? Porter ist überzeugt, daß ich es durchsetzen kann, und so werden die Kammern rechtzeitig fertig werden, und wir werden am Freitag vor Black Stokes liegen und unser Pulver übernehmen.«

Alle Schiffe, ob sie nun zur Kriegs- oder zur Handelsmarine gehörten, die nach London fuhren oder den Medway hinauf liefen, mußten ihr Pulver in Lastkähne ausladen, die in Black Stakes in der Themsemündung vor Anker lagen. Das Risiko eines Feuers und der Explosion eines Schiffes im Hafen von London oder in der Nähe einer der Städte am Medway war zu groß, um Ausnahmen zuzulassen. Diese Maßnahme sorgte zwar für Verzögerungen, aber mancher Offizier, der sich bei der Rückkehr vom Urlaub verspätet hatte, war froh, einen Kutter an der London Bridge mieten zu können und sich nach Black Stakes hinausbringen zu lassen, wo er sein Schiff noch erwischen konnte.

»Stimmt es, daß wir einen Geistlichen an Bord bekommen, Sir?«

Ramage hatte die Tatsache gegenüber dem Ersten Offizier erwähnt, weil Aitken, ein Mann aus dem schottischen Hochland, einen Geistlichen, der vermutlich ›High Church‹ war, also dem mehr katholisch ausgerichteten Zweig der anglikanischen Kirche angehörte, kaum mit offenen Armen empfangen würde. Der der ›Low Church‹, der evangelischen Richtung, angehörende Erste Offizier und der Freigeist Southwick mußten also über das Problem schon gesprochen haben.

»Ja. Irgend jemand hat sich freiwillig gemeldet.«

Das war eine günstige Gelegenheit, die Offiziere und damit auch die Mannschaft wissen zu lassen, daß er nicht um einen Geistlichen gebeten hatte; jeder kannte ja die Bestimmungen.

»Ich bin noch nie einem begegnet, der den Raum wert war, den seine Hängematte einnahm.«

»Vielleicht nicht, aber hoffen wir, daß er wenigstens Schach spielt.«

Southwick lachte in sich hinein und griff nach seinem Hut. Vor langer Zeit waren er und Mr. Ramage auf die Brigg *Triton* gekommen, wo sie feststellen mußten, daß der Schiffsarzt ein Trinker war; ein sehr geschickter Arzt, der in der Wimpole Street seine Praxis gehabt hatte, bis seine heftige Trinkerei die Patienten vergraulte, worauf ihm die Marine die einzige Möglichkeit geboten hatte, weiter von seinem Beruf zu leben. Mr. Ramage hatte da eine andere Vorstellung. Ein Trinker sollte keinen seiner Leute behandeln dürfen, doch er hatte weder über die Zeit noch den Einfluß verfügt, um ihn durch einen anderen ersetzen zu lassen. Als Mann der Tat, so nannte ihn Southwick insgeheim, fiel es ihm jedoch nicht schwer, eine Lösung zu finden; der Trinker mußte kuriert werden. Es wurde eine schreckliche Zeit für den Arzt Bowen und auch für Southwick und Mr. Ramage, aber sie hatten es schließlich geschafft. Und als der Alkohol nicht länger sein Hirn umnebelte, seine Augen zu blutunterlaufenen Schlitzen und sein Gesicht zu einer schweißbedeckten Matte wirrer Barthaare werden ließ, da stellten sie fest, daß der Arzt ein hochintelligenter und unterhaltsamer Mann war. Ein Teil der Rekonvaleszenz bestand aber darin, Bowen daran zu hindern, mit seiner Trinkerei wieder anzufangen, und nachdem Ramage herausgefunden hatte, daß der Arzt ein guter Schachspieler war, hatte er Southwick dazu animiert, scheinbar endlose Partien mit ihm zu spielen.

Tatsächlich schätzte auch Southwick, der inzwischen erheblich besser spielte, eine gelegentliche Partie mit Bowen, aber vier oder fünf Partien pro Woche reichten ihm, während Bowen ohne weiteres vier oder fünf Partien pro Tag spielen konnte. Ein Pfarrer muß einfach Schach spielen können, sagte er sich, als er die Kajüte verließ. Wenn nicht, sollte er es, verdammt noch mal, lernen.

Obwohl die sieben Neuzugänge in verschiedenen Kutschen von London Bridge aus oder von den Bricklayers Arms angereist waren, waren natürlich alle die Dover Road entlanggekommen, wobei sie die Pferde in Blackheath, dem Golden Lion auf Bexley Heath, dann wieder in Dartford, am Schlagbaum der Chalk Street hinter Gravesend und schließlich in Rochester gewechselt hatten; abgestiegen waren sie im Star Inn, so daß sie am Donnerstag morgen an Bord der *Calypso* gehen konnten.

Aitken hatte schriftlichen Befehl im Star Inn hinterlegt, daß sie um zehn Uhr an Bord sein sollten. Um neun Uhr meldete er Ramage: »Der Vorarbeiter der Zimmerleute hat gerade mit seinen Männern das Schiff verlassen, Sir. Ich habe die neuen Kammern inspiziert. Der Geruch nach Farbe ist zwar noch recht stark, aber sie haben alle Holzspäne und Segeltuchabfälle zusammengekehrt. Selbst die Glasfenster in den Türen sind gereinigt. Die Scharniere der Türen sind gefettet, alle Wände lassen sich gut nach oben wegklappen, und die Türscharniere sind zum Einhängen gemacht. Die Türen sind nicht bezeichnet, Sir, aber ich kann einen von unseren Leuten, der ein recht guter Schildermaler ist, ›Pfarrer‹ und so weiter aufmalen lassen, wenn Sie wollen.«

»Das lassen wir vorläufig. Die Männer können selber entscheiden. Sie müssen lange Zeit miteinander auskommen, und wenn wir sie ihre Kammern selber wählen lassen, werden sich schon die richtigen zusammenfinden!«

Aitken zögerte einen Augenblick, als habe er schlechte Nachrichten, die er nicht gerne melden wollte. »Es handelt sich um die zweite Hälfte der Urlauber, die jetzt zurückgekommen sind, Sir.«

Plötzlich fühlte sich Ramage bedrückt. Er hatte der ersten Hälfte der Besatzung vertraut, und bis auf einen waren alle pünktlich zurückgekommen. Dieser eine war einen Tag später aufgekreuzt mit der Entschuldigung, die höchstwahrscheinlich der Wahrheit entsprach, daß man ihn überfallen und ausgeraubt habe. Warum gab es jetzt Ärger mit der zweiten Hälfte der Besatzung?

»Wie viele?«

»Drei, Sir.«

Ramage stieß einen Seufzer der Erleichterung aus. »Ich fürchtete schon, Sie würden 33 sagen. Der Werftkommissar hat dem Marineamt geschrieben und gemeldet, daß ich allen Leuten Urlaub gegeben hätte und froh sein müßte, wenn 50 von ihnen zurückkämen.«

»Wahrscheinlich hat er bei dieser Schätzung an seine eigenen Leute gedacht.«

»Oder an sich selbst. Nun, ist alles klar für den Pfarrer und die Leute, die mit ihm an Bord kommen? Wenn wir mit der Ebbe heute nachmittag nach Sheerness laufen, können wir morgen kurz nach Tagesanbruch bei Black Stakes an einer Pulverschute längsseit gehen und am frühen Nachmittag durch den Vier-Faden-Kanal auslaufen.«

»Alles ist vorbereitet, und wir sind klar zum Segelsetzen. Unsere Boote sind alle eingeholt – sie müssen daher eine Schaluppe heuern oder ein Werftboot nehmen. Der junge Martin hat sich von seinem Vater verabschiedet, und der Postsack ist an Land gebracht worden. Die Händler waren an Bord und haben ihre Rechnungen kassiert, und ich habe befohlen, daß alle Frauen bis Mittag von Bord sein müssen.«

»Wäre zehn Uhr morgens nicht besser gewesen – bevor der Pfarrer, ah...«

»Nein, Sir«, sagte Aitken nachdrücklich. »Wenn Sie sich keine andere Entscheidung vorbehalten, möchte ich es doch dabei belassen. Ich würde gern das Gesicht des Pfarrers beobachten, wenn die Frauen ins Boot gehen. Wir werden so in zwei Minuten mehr über ihn erfahren, als wir es sonst in zwei Monaten könnten.«

Aitken hatte natürlich völlig recht. Die ganze Sache war ein kaltblütiges Geschäft, weil es darauf hinauslief, daß ein Kommandant Huren an Bord lassen mußte, und wie die meisten anderen Kommandanten bestand auch Ramage nur darauf, daß ein Mann sich für die betreffende Frau verbürgen und für ihr Verhalten die Verantwortung übernehmen mußte (womit er der Vorschrift der Admiralität genügte, die darauf hinauslief, daß ein Mann nur zu behaupten brauchte, die Frau sei seine »Ehefrau«, ohne Einschränkung in der Zahl der Häfen, in denen der Mann eine »Ehefrau« haben konnte). Wenn sie sich danebenbenahm (einen Streit mit ihren Kolleginnen anfing oder für ihren »Mann« Alkohol an Bord schmuggelte – was die üblichsten Vergehen waren), wurde sie vom Schiff verwiesen, und der Mann durfte sie nicht durch eine andere ersetzen.

Aitken mußte zugeben, daß die Admiralität in dieser Hinsicht einen sehr vernünftigen Standpunkt einnahm. Ihre Lordschaften wußten, daß man in Kriegszeiten nur wenigen Seeleuten Landurlaub geben konnte, ohne daß sie stiften gingen; aber ihre Angst, die Leute könnten desertieren, hielt Ihre Lordschaften nicht davon ab, Verständnis dafür zu zeigen, daß Männern, die monatelang auf See gewesen waren (manchmal über ein Jahr), ohne eine Frau zu sehen, geschweige denn eine Hängematte mit ihr geteilt zu haben, im Hafen gewisse Freiheiten gewährt werden mußten. Wenn man sie schon nicht an Land lassen wollte, damit sie sich dort eine Frau aufgabeln konnten, mußte man den Frauen eben gestatten, an Bord zu kommen. Dazu war es allerdings nötig, davon auszugehen, daß es sich bei der betreffenden »Dame« um eine Ehefrau handelte und daß »ihr Mann« die Verantwortung für sie übernahm, solange sie an Bord war. Auf einem Schiff, das von einer Auslandsreise heimkehrte und eine Woche oder länger in Plymouth blieb, bevor es nach Chatham weiterging, konnte ein Mann also ohne weiteres zwei »Ehefrauen« beanspruchen, vorausgesetzt, er konnte sich das leisten. Der Preis tendierte nach unten, je weiter der Hafen im Osten lag. Am teuersten war es in Plymouth, wenn die Kanalflotte eingelaufen war. Eine große Anzahl von Schiffen führte natürlich zu einer großen Nachfrage.

Es war merkwürdig, wie oft es zwischen diesen Frauen zum Streit kam. Wildes Kreischen unter Deck war das Signal für den Schiffsprofos und seine Unteroffiziere, nach unten zu rennen, um zwei sich mit den Nägeln bearbeitende und einander die Haare ausreißende Furien zu trennen. Tatsächlich war das auch der ursprüngliche Grund, weswegen man dem Cockpit diesen Namen gegeben hatte: Das Kreischen der streitenden Frauen erinnerte an das Krähen der Kampfhähne in einer Hahnenkampfarena.

Mit wohldurchdachter Beiläufigkeit bemerkte Aitken: »Orsini scheint immer noch recht traurig, seit er aus dem Urlaub zurück ist, Sir.«

Der Schotte glaubte, daß der Junge sich verliebt haben

könnte oder vielleicht schlechte Nachrichten von seiner Familie in Italien erhalten hätte. Was immer es auch war, seine Traurigkeit wirkte sich auf die Leute aus. Orsini war bei ihnen am beliebtesten. Allein durch seine fröhliche Art konnte er sie motivieren, zweimal so hart zu arbeiten. So war es jedenfalls vor dem Urlaub gewesen. Jetzt war er so mürrisch wie John Knox an einem regnerischen Sonntag im Dezember.

Ramage dachte eine Weile nach. Die Marchesa war einigen Männern der Besatzung sehr gut bekannt – Männern wie Jackson, Rossi und Stafford, die an ihrer Rettung beteiligt gewesen waren –, und die meisten anderen kannten sie ebenfalls. Alle waren an Neuigkeiten über sie interessiert, und ganz ohne Zweifel profitierte Paolo, ihr Neffe, von dieser verwandtschaftlichen Beziehung. Daß die Männer den Jungen nun so niedergeschlagen erlebten, hatte sicherlich zu zahlreichen Spekulationen geführt. Vielleicht war es an der Zeit, durchsickern zu lassen, daß Gianna bereits mit den Herveys nach Paris unterwegs war und beabsichtigte, nach Hause in die Toskana zurückzukehren.

»Seine Tante, die Marchesa, ist auf dem Wege nach Italien.« Ramage hatte sich bemüht, emotionslos zu sprechen, aber Aitken starrte ihn erschrocken an, ganz offensichtlich von der Nachricht geschockt.

»Aber Bonaparte... Er hält Volterra, das ja im Vertrag nicht erwähnt ist, nach wie vor besetzt... er wird sie festnehmen, Sir!«

»Sie bestand darauf, zu reisen, um bei ihrem Volk zu sein. Sie wollte sich nicht überzeugen lassen – von niemandem.«

Plötzlich erkannte Aitken den Grund für die Schwermut, die über dem Kommandanten hing wie ein Unwetter, und auch für die mürrische, schlechte Laune Orsinis. Die beiden liebten sie auf ganz verschiedene Art, aber sie teilten die Furcht und das Mißtrauen gegenüber Bonaparte. Falls dieser sich der Marchesa bemächtigte – vielmehr, wenn er sich ihrer bemächtigte –, dann gab es nichts, was man dagegen unternehmen konnte. Die britische Regierung wäre machtlos. Heutzutage machte Bonaparte unangefochten, was er wollte; der Friedensvertrag zeigte das ganz deutlich.

»Soll ich den anderen...?«

»Ja. Und reden Sie mal unter vier Augen mit Orsini. Mir fällt es im Moment sehr schwer, überhaupt etwas dazu zu sagen.«

Aitken rückte seinen Hut gerade und sagte langsam, und sein Perth Akzent wurde noch ausgeprägter als sonst, was immer der Fall war, wenn ihn tiefe Gefühle bewegten: »Wenn wir morgen in See gehen, ausgerüstet mit Proviant für fünf Monate und Wasser für drei, werden wir sicher ein halbes Jahr wegbleiben. Das wird ein halbes Jahr, in dem Sie nichts von der Marchesa hören werden, nicht wahr, Sir?«

Ramage nickte. »Ich nehme an, wir werden sechs bis zehn Monate unterwegs sein, aber wie Sie wissen, habe ich Geheimbefehle dabei, die ich noch nicht öffnen darf.«

Aitken entschuldigte sich, einerseits etwas verlegen, andererseits aber auch erleichtert, da er nun den wirklichen Grund für die düstere Stimmung des Kommandanten und des Fähnrichs kannte. Er konnte sich die Diskussionen vorstellen, die in London, im Hause des Vaters des Kommandanten, stattgefunden haben mußten. Die Männer – der alte Earl of Blazey, Mr. Ramage und Orsini – würden auf der Basis von Zuneigung, die Marchesa auf der Basis der Staatsraison argumentiert haben. Es war sicher eine qualvolle Entscheidung für eine Frau, die ganz allein auf sich gestellt war; kein Geistlicher, kein Ehemann, keine Verwandten konnten ihr helfen. Sie war allein in einem fremden Land, jedenfalls war es bisher so gewesen.

Aitken war plötzlich froh, nur der Sohn eines Offiziers in der Royal Navy zu sein, der schon lange tot war. Es kam ihm unmenschlich vor, einer Frau die Last aufzubürden, sich zwischen irgendeiner vagen Loyalität zu einem Land und dem Mann, den sie liebte, zu entscheiden.

6

Mit Absicht hatte Ramage nicht beobachten wollen, wie die sieben Männer an Bord gingen (Aitken hatte ihm stolz gemeldet, daß es sogar neun waren; zwei der drei Seeleute, die er schon als Deserteure abgeschrieben hatte, waren mit dem gleichen Kutter gekommen), denn er zog es vor, sie einzeln kennenzulernen, nachdem sie ihre Kammern bezogen hatten. Außer dem Pfarrer war wahrscheinlich keiner von ihnen mit dem Leben an Bord vertraut.

Hätte er sie an der Eingangspforte gesehen, hätte er den Schock, den ihm der Anblick des Geistlichen versetzte, bereits verdaut. Ramage hatte Aitken gebeten, den Pfarrer gegen Mittag in seine Kajüte zu führen und ihn vorzustellen. Einen Augenblick glaubte er, es müsse ein Irrtum vorliegen, bis er Aitken hinter dem Mann erblickte.

Klein, mit schmalen Schultern und einer Haltung, die den Eindruck erweckte, als wolle er sich gerade zusammenkauern, ein Frettchengesicht mit fleckigen, vorstehenden Vorderzähnen, die Ramage an die gespreizten Finger einer Hand erinnerten, unstete, blutunterlaufene Augen: Der Ehrwürdige Percival Stokes glich eher einem ertappten Taschendieb, als er im Türrahmen stehenblieb und dann ein paar Schritte vorwärts taumelte, offenbar nach einem Stoß von Aitken.

»My Lord Ramage? Ich bin –«

Aitken trat vor ihn. »Captain Ramage, Sir, darf ich Ihnen den Ehrwürdigen Percival Stokes vorstellen? Mr. Stokes – Captain Ramage.«

Aitken hatte die Vorstellung sehr gut bewerkstelligt, aber Ramage fragte sich, ob Stokes bemerkt hatte, daß der Kommandant keinen Gebrauch von seinem Titel machte oder, falls er es doch gemerkt hatte, ob er die Nähe zu einem Mitglied der Aristokratie kommentarlos übergehen konnte. Innerhalb von Sekunden war sich Ramage darüber klar, daß der Ehrwürdige Percival Stokes mit seinem schmeichlerischen Snobismus einen verheerenden Einfluß auf die Angehörigen der Fähnrichsmesse ausüben würde – katzbuckeln, wenn er es für nötig hielt, und schikanieren, wo es möglich war. Offensichtlich war jemand, der Einfluß besaß, diesem Mann verpflichtet, oder man hatte den Wunsch, und das war wahrscheinlicher, ihn loszuwerden.

»Oh, My Lord, es ehrt mich, und ich bin dankbar, daß ich der Pfarrer eines so berühmten Offiziers sein darf –«

Ramage hob die Hand. »Sie sind hier als Bordpfarrer auf der *Calypso* eingesetzt und keineswegs nur für mich da, Mr. Stokes, und Sie sind hier auf eigenen Wunsch. Ich habe nicht um einen Pfarrer gebeten.«

Zuerst bedauerte Ramage, daß er in so frostigen Ton sprach (der jedoch Aitken offensichtlich gefiel), aber kurz darauf bemerkte er, daß weder die Worte noch die zweimalige Richtigstellung oder die Brüskierung bei dem Mann angekommen waren. Stokes, die Hände verschränkt, als bete er mit der Gemeinde, hielt den Blick auf die Sherrykaraffe und die Gläser auf Ramages Schreibtisch gerichtet.

In diesem Augenblick vermeinte Ramage Stokes Leben vor sich zu sehen, als blicke er durch einen engen, schwach beleuchteten Korridor, und drei Worte kamen ihm in den Sinn: Schulden, Alkohol, Heuchelei. Der elende

Kerl war wahrscheinlich bis über die Ohren in der Kreide und hatte aufgrund seiner Trinkerei die Gemeinde mehr als üblich vernachlässigt, so daß die Kaufleute beschlossen, es wäre an der Zeit, daß ihr Pfarrer nicht nur seinem Gott, sondern auch dem Mammon die gebührende Aufmerksamkeit widmete. Als ihm nun plötzlich der Schuldturm als Alternative präsentiert wurde, war Stokes höchstwahrscheinlich zu der Überzeugung gekommen, daß seine Berufung – jedenfalls für ein oder zwei Jahre – die Marine sei. Dort wurde er bezahlt, das Essen war billig und der Alkohol noch billiger, da zollfrei. Der Friedensvertrag sorgte dafür, daß ihm keine Kugeln um die Ohren fliegen würden.

Warum hatte sich der Mann für eine Fregatte entschieden? Da seine Bezahlung in erster Linie von der Anzahl der Besatzungsmitglieder abhing, gingen die Überlegungen normalerweise dahin, daß ein Linienschiff ihm rund 800 Seelen bot, die er retten konnte; eine Fregatte wie die *Calypso* hingegen konnte nur mit 200 Seelen aufwarten. Auf beiden Schiffen würde ein Pfarrer neunzehn Schilling pro Monat erhalten, aber darüber hinaus hatte er noch seine »groats«, Silbermünzen im Werte von vier Pence, wovon er für jeden Mann an Bord eine pro Monat erhielt. Auf einem Linienschiff bedeutete das eine zusätzliche Summe von dreizehn Pfund pro Monat; das machte 156 Pfund pro Jahr. Auf der *Calypso* waren es nur drei Pfund und sechs Schilling oder rund 40 Pfund pro Jahr.

Warum also die Fregatte? Vielleicht weil trotz des beständigen Mangels an Bordpfarrern selbst der »chaplain general« vor Mr. Stokes zurückgeschreckt war; für den Fall, daß die Admiralität gewillt war, ihm ein Patent zu gewähren, hatte der »chaplain general« vielleicht gedacht, würde Mr. Stokes in einer Fregatte weniger Schaden anrichten (womöglich auch weniger Schaden erleiden) als auf einem größeren Schiff.

Aitken nahm Haltung an und sagte: »Wenn Sie mich entschuldigen wollen, Sir, ich habe –«

»Nein, nein, Mr. Aitken«, unterbrach ihn Ramage, der in diesem Augenblick nicht von seinem Ersten Offizier im Stich gelassen werden wollte, »Sie haben das Schiff so gut organisiert, daß es wohl mal 15 Minuten ohne Sie geht.«

Aitken nahm die 15 Minuten zur Kenntnis und setzte sich auf das Sofa, während Ramage Stokes mit einer Armbewegung den Lehnstuhl anbot. Es war ein Stuhl, von dem aus ein Mann seiner Statur zu beiden Offizieren würde aufsehen müssen.

»Ihr erstes Schiff, Mr. Stokes?«

»O ja, in der Tat, My Lord, o ja, du meine Güte –«

»Von meinem Titel wird in der Marine kein Gebrauch gemacht, Mr. Stokes; Sie sprechen mich mit ›Sir‹ an und reden von mir als dem ›Kapitän‹.«

»O ja, natürlich, Kapitän, Sir«, sagte Stokes eilfertig, und Ramage merkte, daß der Mann beim Sprechen mit seiner Spucke nur so um sich sprühte, wobei die vorstehenden Zähne so ähnlich wirkten wie Finger über dem Strahl eines Wasserschlauchs.

»Wo haben Sie –« Ramage gelang es gerade noch, das Wort »praktiziert« zu vermeiden. »Wo waren Sie – ich meine, wo war Ihre Pfarrei, bevor Sie sich entschlossen, zur See zu gehen?«

»Oh, in Essex, Kapitän«, sagte Stokes vage.

»Dann haben Sie beschlossen, sich noch ein bißchen in der Welt umzusehen?«

»Ich hatte Streit mit meinem Bischof«, sagte der Mann mürrisch und fügte dann, als ihm seine Unüberlegtheit bewußt wurde, mit einem einschmeichelnden Lächeln hinzu: »Ich war der Meinung, daß ich dem Herrn am besten dienen könnte, wenn es mir gelänge, einige Seelen bei unseren tapferen Seeleuten zu retten, die doch größeren Anfechtungen ausgesetzt sind als meine Gemeinde in Essex.«

»Ah«, sagte Aitken, während er Ramage einen Blick zuwarf, »das ist ein interessanter Standpunkt, über den sich auch unser Kommandant, wie ich weiß, schon seine Gedanken gemacht hat. An diesem Ort in Essex, wo Sie Ihre Kirche hatten, gab es da nicht auch Huren und Diebe und Vagabunden wie anderswo auch?«

Stokes hob die Arme, Handflächen nach außen gedreht, und setzte eine Miene auf, die er wohl für den Ausdruck eines Mannes von Welt hielt. »Ah, von jedem ein paar, muß ich gestehen; das Fleisch ist schwach, und ein Pfarrer kann nur raten und beten und den rechten Weg weisen...«

»Ich glaube, Sie haben Ihre Herde im Stich gelassen«, sagte Aitken bekümmert, »denn während Sie vielleicht einige der Huren, Diebe und Vagabunden in Essex hätten bekehren können, haben wir doch keine Vertreter dieser Gattungen an Bord dieses Schiffes, an denen Sie sich versuchen könnten, Mr. Stokes.«

»Ah, Leutnant, da irren Sie sich«, sagte Stokes herablassend. Da Aitken dem Wunsch des Kommandanten nachgegeben hatte, glaubte der Pfarrer vermutlich, daß seine eigene Stellung an Bord zwischen diesen beiden läge. »Kein Mensch ist ohne Sünde, nicht wahr, Kapitän?«

»Auf diesem Schiff ist er es«, sagte Aitken knapp, »sonst wird er ausgepeitscht.«

Ramage mußte sich Mühe geben, um nicht das Gesicht zu verziehen. Aitken hatte eine Falle gestellt, Stokes war hineingegangen, und Aitken hatte sie zuschnappen lassen. Stokes konte ja nicht wissen, daß Ramage seit Beginn seiner Laufbahn nur zwei Männer hatte auspeitschen lassen, und außerdem hatte Aitken dem Buchstaben nach recht.

»Auspeitschen?« Stokes' Blick zuckte von Aitken zu Ramage, als ob – ja, als ob was? Ramage war sich nicht sicher. Entsetzte ihn die bloße Vorstellung des Auspeitschens, wie das auf Ramage und viele andere Kommandanten zutraf? Nein, im Blick des Mannes lag eher Furcht als Abscheu.

»Ja, auspeitschen. Wie Sie schon erwähnten, ist kein Mensch ohne Sünde; ebenso ist auch kein Mensch davor gefeit, die neunschwänzige Katze zu spüren.«

»Mit Ausnahme der Offiziere natürlich!« Stokes versuchte, über seine eigene, witzig gemeinte Bemerkung zu lächeln, aber Ramage beschloß, die Wahrheit etwas zu strapazieren, um zu sehen, welche Wirkung das haben würde.

»Ohne Ausnahme«, sagte er. »Der Kommandant eines Schiffes hat mehr Macht als der König. Ist Ihnen das klar, Mr. Stokes?«

»Äh, nun ja, ich habe bisher nicht darüber nachgedacht. Auf welche Weise, Sir?«

»Der König kann nicht den Befehl geben, einen Mann auszupeitschen; ich kann das.«

»Lassen Sie uns also beten«, sagte Stokes salbungsvoll, »daß alle sich anständig benehmen.«

»Das werden sie nicht«, bemerkte Aitken düster, »das tun sie nie. Na gut«, sagte er dann, indem er auf die Uhr sah, »Ihre Kameraden, die anderen Deckoffiziere, werden sich schon über das Essen hermachen, also vielleicht...«

Der Erste Offizier ergriff seinen Hut, und Ramage war dankbar, als er sah, daß Stokes sich offenbar ebenfalls entschlossen hatte zu gehen. Da gab es jedoch noch eine Sache, die gleich zu Beginn der geistlichen Herrschaft des Pfarrers klargestellt werden mußte. »Mr. Stokes – weder ich noch die Besatzung schätzen eine lange Predigt. Von allem anderen abgesehen, spielt das Wetter selten mit; in den nördlichen Gewässern ist es zu kalt, um lange herumsitzen zu können, in den Tropen ist es zu heiß. Denken Sie also daran: nicht länger als zehn Minuten!«

»Oh, Kapitän«, sagte Stokes vorwurfsvoll, »was kann ich den Männern in zehn Minuten denn schon erzählen?«

»Ich brauche für die ganzen Kriegsartikel nicht so lange«, erwiderte Ramage. »Das sind immerhin die Grundsätze, die das Verhalten eines jeden Mannes in der Marine bestimmen, vom Admiral bis zum Schiffsjungen, im Frieden und im Krieg, auf See oder im Hafen.«

»Aber alle meine Predigten –«

Ramage sah einen Stapel von Predigten vor sich, verfaßt von irgendeinem geistlichen Lohnschreiber, der seine Produkte für vier Pence das Stück verkaufte.

»Die Männer mögen diese vorgefertigten Predigten nicht«, sagte Aitken. »Komisch, wie sie das sofort merken, nicht wahr, Sir? Sie haben es sofort heraus, ob eine Predigt aus dem Herzen kommt oder nur hergebetet wird.«

»Ich weiß nicht, ob das für alle Männer gilt, aber für diesen Kapitän hier trifft es auf jeden Fall zu, und er wird sicher nicht still sitzen bleiben, um sich ein Vier-Penny-Traktat anzuhören.«

Es war vielleicht unfair, auf diesen vier Pence herumzureiten, aber Ramage war sicher, daß eine der ersten Fragen, die Stokes beim Anbordkommen gestellt hatte, an den Zahlmeister gerichtet war: Wie viele Männer befanden sich an Bord der *Calypso*? Diese Zahl, multipliziert mit vier Pence, sagte ihm, wie viele »groats« er im Monat bekommen würde.

Aitken öffnete die Tür, und Stokes hastete hinaus, offensichtlich mehr als beunruhigt über den Verlust aller seiner Predigten, die ihm wohl für viele Sonntage ausgereicht hätten.

Der Erste Offizier war nach zwei Minuten zurück. »Ich denke, Sie haben ihm die Flügel gestutzt, Sir.«

Stokes war kirre gemacht worden wie ein streunender Jagdhund. »Aber an der Sache ändert das nichts«, sagte Ramage mürrisch; »wir müssen uns damit abfinden, daß er in den nächsten Monaten auf dem Schiff herumschleicht.«

»Herumschleicht – aye, damit haben Sie es genau getroffen, Sir; der Mann ist ein Schleicher, das ist mal sicher. Aber er ist der schlimmste von den Neuen; die übrigen machen einen recht ordentlichen Eindruck.«

»Ich möchte sie, jeweils zu zweit, heute nachmittag kennenlernen, und zwar fangen wir mit den Landmessern an.«

Aitken führte zwei junge Männer in die Kajüte, von denen Ramage zunächst annahm, sie wären Brüder, bis Aitken ihre Namen nannte. David Williams, der ältere, war Waliser, schwarzhaarig und blauäugig, und diesem Gesicht sieht man an, dachte Ramage, daß der Mann gerne lacht. Williams bevorzugte offensichtlich mehr die humorvolle Seite des Lebens, während der andere Landmesser, Walter White, dem Augenschein nach eine weit ernsthaftere Einstellung zu seiner Arbeit und seiner nächsten Zukunft hatte. Man konnte sich unschwer vorstellen, daß sein Notizbuch die Entfernung zwischen zwei weit voneinander entfernten Punkten bis auf einen Zoll genau registrierte, während Williams sich mit abgerundeten Werten zufrieden geben würde.

»Können Sie uns irgendeine Vorstellung davon geben, was wir vermessen sollen, Sir?«

»Nein, leider nicht. Ich bin da nicht unnötig geheimniskrämerisch; wir laufen mit versiegelten Befehlen aus. Aber ich kann Ihnen versichern, daß es eine Menge für Sie zu tun geben wird, sobald wir erst einmal an unserem Bestimmungsort angekommen sind.«

Williams grinste fröhlich. »Es ist unsere erste Schiffsreise, Sir, und wir sind etwas aufgeregt. Wir haben Glück, daß wir mit Ihnen segeln, Sir!«

Ramage lächelte und fragte: »Sie haben von mir gehört?«

»Ich besitze ein Exemplar von jeder ›Gazette‹, in der Sie erwähnt werden, Sir.«

White sagte das in so kummervollem Ton, daß Ramage eine Weile brauchte, um sich darüber klarzuwerden, daß der junge Mann auf diese Tatsache sehr stolz zu sein schien.

»Ich wußte nicht, daß die ›Gazette‹ in Kettering so verbreitet ist!«

»Oh, nein, wir arbeiten beide im Marineamt, Sir.«

»Im Marineamt?«

»Ja, Sir. Der Seekartenzeichner kam eines Tages zum Somerset Place und sprach mit dem leitenden Landmesser, und dann bot man uns diesen Job an. Wir sind beide nicht verheiratet, Sir.«

»Nun, ich wünschte, ich könnte Ihnen mehr über die Arbeit erzählen. Es wird jedoch eine typische Marineangelegenheit sein; einige Wochen Langeweile, bis wir da sind, dann so hektische Betriebsamkeit, daß 18 Stunden pro Tag kaum ausreichen, und dann wieder wochenlange Langeweile.«

Er nickte Aitken zu, und die Landmesser wurden durch die Zeichner abgelöst. Sie waren auf die gleiche Weise angeheuert worden und hätten genauso gerne gewußt, wo es hinging. Ihre Aufgabe, erklärten sie, bestünde darin, alle Messungen der Geometer, die meistens aus Winkeln und Entfernungen bestehen, in Karten zu verwandeln, die dem Betrachter etwas sagen.

Das letzte Paar, der Botaniker und der Kunstmaler, erschien auf den ersten Blick völlig verschiedenartig. Der Botaniker, Edward Garret, ein grauhaariger Mann mit dem gegerbten Gesicht eines Fischers oder Landwirts, bestritt umgehend, Botaniker zu sein. »Ich bin ein Landwirt, der gerne experimentiert«, sagte er Ramage. »Die Admiralität erkundigte sich bei der Landwirtschaftskommission nach einem Mann, der es schaffen könnte, auf einer öden Insel erfolgreich Pflanzen anzubauen, und da haben sie mich empfohlen. Ich bin mir immer noch nicht sicher, ob es der Kommission nicht darum ging, mich ein paar Monate aus dem Wege zu schaffen – ich bin dauernd hinter ihnen her, müssen Sie wissen!«

»Hinter der Landwirtschaftskommission?« fragte Ramage. »Was macht sie denn?«

»Nicht genug!« sagte Garret ärgerlich. »Das Büro ist in der Sackville Street, und die Liste ihrer Mitglieder liest sich wie ein Querschnitt durch das Oberhaus bei einer Krönungsfeier: die Erzbischöfe von Canterbury und York, die Herzöge von Portland, Bedford und Buccleuch und Dutzende von Grafen, darunter Chatham und Spencer – Sie werden sich erinnern, daß er der vorige Erste Lord der Admiralität war; dazu kommen noch einfache Politiker – Mr. Pitt, der vorige Premierminister, und Mr. Addington, sein Nachfolger. Man sollte annehmen, daß die Kommission bei solchen Mitgliedern ein sehr mächtiges Instrument ist.«

»Ja«, stimmte Ramage zu. »Erzbischöfe und Premierminister – sie sollten imstande sein, Himmel und Erde in Bewegung zu setzen!«

»Aber mit dieser Ansicht liegen Sie völlig falsch, Sir; völlig falsch. Abgesehen von Arthur Young, dem Sekretär, sind sie alle Einfaltspinsel. Nehmen Sie nur den Preis von Mehl und Brot. Dabei verfüttern die Farmer Getreide an ihre Tiere. Ihr Vater ist übrigens nicht unter den Mitgliedern!«

Ramage zog die Augenbrauen in die Höhe. Sein Vater war ein notorischer Nicht-Mitmacher. Er gab wohl jedes Jahr diverse Spenden, weigerte sich aber, die Rolle eines Schirmherrn zu übernehmen. Das »Seebad-Krankenhaus in Margate, eingerichtet zum Wohle der Armen« konnte schließlich den Prince of Wales gewinnen; der »Gesellschaft zur Unterstützung mittelloser Bruchleidender« gelang es, Henry Dundas zu überreden, die Präsidentschaft zu übernehmen (und verlor dadurch beinahe die jährliche Spende des Earl of Blazey). Es gab noch eine andere philanthropische Einrichtung, die von seiner Mutter gefördert wurde und für die sich der Graf, zu ihrem Ärger, nicht als Schirmherr gewinnen lassen wollte (schließlich ließ sich jedoch der Herzog von York überreden). Ramage erinnerte sich; es handelte sich um »Die mildtätige Stiftung zum Zweck der Entbindung armer verheirateter Frauen in ihren eigenen Wohnungen«. Seine Mutter ging gelegentlich zu ihren Versammlungen im Hungerford Coffee House, um sich zu überzeugen, daß die 40 von der Stiftung angestellten Hebammen kompetent und sauber waren.

Garret lachte über Ramages offenkundiges Interesse an der Kommission. »Ich erwähne Ihren Vater, Sir, weil er zu dem Dutzend Grundbesitzern gehört, die ich der Kommission als gute Beispiele vorhalte. Von den anderen ist auch keiner Mitglied.«

»Nun, irgendeinen Nutzen muß die Kommission schon haben, sonst wären Sie ja nicht hier.«

»Ah, ja, Sir; das verdanke ich Lord Spencer. Er unterhielt sich mit Ihrem Mr. Nepean, der etwas von einer öden Insel erwähnte, wofür sie einen Botaniker brauchten. Offensichtlich war Mr. Nepean nicht ganz klar, was ein Botaniker da sollte, aber Lord Spencer begriff es und schlug mich vor.«

Ramage dachte bei sich, daß in den Salons von London mehr Geheimnisse enthüllt wurden als irgendwo sonst. Nepean hätte genug Verstand haben sollen, um zu wissen, daß man einem früheren Minister nichts anvertrauen durfte. Sie waren die schlimmsten Schwätzer von allen, weil sie versuchten, den Verlust ihrer Macht dadurch zu kompensieren, daß sie Geschichten weitergaben, die sie von Leuten wie Nepean gehört hatten, Leuten, die es verstanden, sich mit denen gutzustellen, die möglicherweise wieder zu Amt und Würden kamen.

»Reden Sie über Ihre Arbeit mit niemandem, Garret; die Sache ist geheim.«

»Ah, ja, Sir«, sagte Garret, »aber Kartoffeln und Mais zu pflanzen kann doch eigentlich kein großes Geheimnis sein.«

»Nein«, pflichtete ihm Ramage bei, setzte dann jedoch scharf hinzu: »Aber wo sie das tun, ist ein Geheimnis; also hüten Sie Ihre Zunge.« Er wandte sich jetzt an den Maler, da er merkte, daß ihm die Marktplatz-Rhetorik Garrets, die mit der Gerissenheit eines Pferdehändlers gepaart schien, auf die Nerven ging. »Nun, Mr. Wilkins, wie kam es, daß man Sie für diese Expedition ausgewählt hat?«

Der Maler war jung – Ramage schätzte ihn gleichaltrig mit sich selbst. Lockiges, blondes Haar, sehr helle Haut, blaue Augen, ein schmales, erwartungsvolles Gesicht; ein Mann, der sich vor der tropischen Sonne würde in acht nehmen müssen.

»Vetternwirtschaft, nichts anderes«, sagte er frei heraus. »Ein Onkel von mir ist Professor für Malerei an der Königlichen Akademie. Ich habe bei ihm studiert und durch ihn viele unserer führenden Maler kennengelernt, Leute wie Sir William Beechey, Hoppner, Opie, Zoffany und den Bildhauer Joseph Nollekens..., wenn man solche Freunde hat, ist das eigene Verdienst zweitrangig!«

»Sie sind sehr bescheiden!«

»Sie sehen etwas bestürzt aus, Sir, aber ich habe mich darauf spezialisiert, die Flora und Fauna zu malen – und bringe auch eine Landschaft zustande, wenn das nötig sein sollte.«

Ramage nickte, durch Alexander Wilkins' Selbstsicherheit beruhigt. »Wenn Sie sich langweilen, finden Sie vielleicht einige ungewöhnliche Exemplare in der Fauna der Fähnrichsmesse.«

Wilkins grinste und warf Aitken einen Blick zu, als hätte er den Ersten Offizier etwas gefragt und wäre beschieden worden, sich an den Kommandanten zu wenden. »Da Sie es gerade erwähnen, Sir, ich würde mich gern an einem Porträt von Mr. Southwick versuchen. Haben Sie dagegen etwas einzuwenden?«

»Natürlich nicht. Sie können alles machen, was die Schiffsführung nicht beeinträchtigt, und ich kenne Mr. Southwick lange genug, um zu wissen, daß er Ihnen nicht Modell sitzen wird, während er auf Wache ist!«

Ramage war klar, daß Wilkins schnell entdeckt hatte, welches das für einen Künstler interessanteste und auch die größte malerische Herausforderung darstellende Gesicht auf dem ganzen Schiff war. Southwick, nun schon ein gutes Stück jenseits der sechzig, hatte widerspenstige weiße Haare, die, wie er selbst zu sagen pflegte, aussahen, als drehe sich ein neuer Mop wie ein Kreisel im Starkwind. Sein Gesicht war fast pausbäckig, aber es war die Pausbäckigkeit, die von Zufriedenheit herrührt und nicht von Verweichlichung. Seine Augen waren grau und enthüllten seinen Sinn für Humor. Auf den ersten Blick wirkte er mehr wie ein Bischof einer ländlichen Diözese als der Navigator eines Schiffes des Königs, aber wer ihn im rechten Moment beobachtete, konnte wohl unschwer das Vergnügen erkennen, mit dem er seinen riesigen Säbel schwang, so leicht wie ein Bischof seinen Krummstab handhabe.

Aitken zog seine Uhr heraus und betrachtete sie vielsagend. »In einer Stunde ist Hochwasser, Sir; wenn wir den Anfang der Ebbe erwischen wollen...«

7

Die ersten paar Meilen einer Reise, die sie in etwa ein Viertel des Weges um die ganze Welt führen würde, würden auch die mühseligsten sein, dachte Ramage. Der Wind wehte schwach aus Südwest, als sie in der Werft die Leinen loswarfen, und bei vollstehenden Marssegeln war er immerhin stark genug, um sie gegen die letzten Ausläufer der Flut hinwegzuschieben. Der mit neuen Kupferplatten beschlagene glatte Boden der *Calypso* machte die Tatsache mehr als wett, daß sie aufgrund der zusätzlichen Verpflegung und des Wasservorrats für drei Monate tiefer im Wasser lag als zu irgendeiner Zeit seit ihrer Aufbringung.

Ramage schätzte es gar nicht, auf einem Tidenstrom einen Fluß hinunterzusegeln, wenn die Flut fiel, bevor er auch nur ein Viertel des Weges bis zur Mündung zurückgelegt hatte. Auf Grund zu laufen bedeutete in diesem Fall, daß das Schiff für die Dauer der Gezeit festsaß. Segelte man hingegen bei auflaufender Flut, so brauchte man nur ein paar Minuten zu warten, und das Schiff würde wieder aufschwimmen...

Der Medway war der schlimmste aller Flüsse, den die Schiffe des Königs normalerweise besegelten; er schlängelte sich alle paar 100 Yards an Schlickbänken und riesigen Wattflächen vorbei, über denen Sumpfschnepfen ihre wilden Flugmanöver vollführten und überraschte Enten unter den abschätzenden Blicken der Seeleute quakten, die sie bereits gerupft und geröstet vor sich sahen.

Southwick hatte eine mit Gewichten beschwerte Karte über das Kompaßhäuschen gebreitet. Rudergänger und Steuermann konnten den Kompaß auf diesem Abschnitt der Reise außer acht lassen; sie verließen sich ganz auf Southwick, der sich bemühte, die Lage des Kanals in dieser grün-braunen Brühe zu bestimmen, in der man keine Aussagen über die Wassertiefe machen konnte.

Aitken, das Sprachrohr in der Hand, hielt die Wache in Trab, indem er die Segel bei der kleinsten Kursänderung entsprechend trimmen ließ; die Rahen wurden optimal gebrasst, die Schoten geholt oder aufgefiert. Ein Matrose in den Fockrüsten warf immer wieder das Lot und sang die Tiefe mit monotoner Stimme aus, wenn auch jedermann wußte, daß das Schiff fest auf Grund sitzen würde, noch bevor irgend jemand auf eine Untiefe reagieren konnte.

»Jetzt ist es nicht mehr weit nach Sheerness, Sir«, sagte Southwick. Er hatte schon seit einiger Zeit seinen Hut abgenommen, und sein durch den Wind durcheinandergebrachtes Haar erinnerte Ramage wieder einmal an einen Mop. »An Backbord querab liegt Hoo Fort, und Darnett Ness liegt an Steuerbord voraus.« Er deutete auf eine winzige Insel, die recht verloren in einer deprimierenden Wasserfläche lag und die, bei Niedrigwasser, nur ein kleiner Höcker in einer großen Fläche übelriechenden Schlicks sein würde.

»Sobald wir die Ness runden, passieren wir Bishop Ooze an Steuerbord und die Mündung des Halfacre Creek. Ich möchte nur wissen, woher sie all die Namen haben. Hinter der Ness kommen wir in den Kethole Reach. Ich frage mich, ob das mal ›kettle‹ geheißen hat. Dann kommen wir in den nächsten Abschnitt, den Saltpan Reach. Oh, sehen Sie sich doch bloß das mal an...«

Southwick gab einen seiner erstaunlichen, mißbilligenden Schnieftöne von sich, und Ramage, der gerade an eine schwarzhaarige Frau dachte, die in einer Kutsche auf der Straße nach Paris unterwegs war, fuhr zusammen und warf einen Blick voraus. Mindestens vier Themseschuten kamen den Kethole Reach herauf. Im Augenblick konnte Ramage nur die großen viereckigen Segel sehen, tiefrot ockerfarben von der Mennige und dem Leinsamenöl, mit dem sie gefärbt waren.

»Weichen Sie ihnen keinen Zoll aus, Sir«, sagte Southwick. »Ich weiß, sie kreuzen, und wir segeln vor dem Wind, aber sie haben vollbeladen nur vier Fuß Tiefgang. So eine Schute schwimmt schon auf einer betauten Wiese! Sie können an die Uferböschung heransegeln, bis das Seitenschwert Grundberührung hat und in die Höhe geht, und können dann immer noch bequem durch den Wind gehen. Vergessen Sie nicht, wir haben achtern einen Tiefgang von sechzehneinhalb Fuß, Sir.«

Aitken war inzwischen zu ihnen gekommen und stand jetzt neben Southwick, als wolle er die Bemerkungen des Navigators durch seine Anwesenheit unterstützen.

»Das Problem für Sie ist doch«, sagte Ramage, während er die Segel beobachtete, »daß Sie Angst haben, die Schuten würden Ihre Farbe verkratzen!«

»Die Farbe verkratzen!« schnaubte Southwick. »Wenn sie Steine geladen haben, können sie uns ein paar Planken eindrücken, und ich habe von dieser Werft die Nase voll!«

Ramage bemerkte, daß die Schuten eine nach der anderen durch den Wind gegangen waren, so daß sie jetzt diagonal über den Fluß segelten, die Rümpfe immer noch hinter der Flußbiegung verborgen. Sie segelten über Backbordbug nach Süden; jedes Segel vom großen Sprietbaum nach oben gestreckt, wie die rote Capa vom Degen eines Matadors.

»Sir, der Kanal ist hier nur 40 Yards breit; Sie erinnern sich sicher, daß wir das Schiff auf dem Weg nach Chatham mit Hilfe eines Warpankers herumholen mußten und selbst dann noch Grundberührung hatten.«

Ramage warf einen Blick auf die Karte und sagte sanft: »Sie dürfen sich wirklich nicht wie ein Rabauke aufführen, Mr. Southwick. Nur weil wir so groß sind, können wir doch nicht einfach diese Schuten überlaufen und auf den Grund schicken. Die Leute müssen sich doch ihren Lebensunterhalt mühsam verdienen. Ein Mann und ein

Junge, dazu noch ein Hund, für ein Fahrzeug, das 80 Fuß lang ist – einige von ihnen auch noch mehr!«

Die Schuten liefen jetzt in einer Linie recht voraus. Das war auf den ersten Blick nicht genau zu erkennen, weil die Abstände zwischen ihnen variierten, aber Ramage entschloß sich, noch ein paar Minuten weiterzumachen. Aitken sah jetzt beunruhigt aus, wandte sich aber ab, um einige Befehle zum Segeltrimmen zu erteilen, während Southwick dem Steuermann einen neuen Kurs angab und das Steuerrad ein paar Speichen gedreht wurde.

»Es ist doch sowieso nur weicher Schlick«, sagte Ramage träumerisch. »Wir säßen ganz gemütlich da, bis uns die Tide wieder flott macht.«

»Aber Sir!« Southwick war überzeugt, daß die Sorge um die Marchesa seinen Kommandanten momentan geistig verwirrt hatte. »Die Ufer des Kanals steigen schräg an; wenn wir auflaufen, könnten wir querschlagen und würden wahrscheinlich kentern, wenn die Tide abläuft!«

»Der liebe Gott wird es schon richten«, sagte Ramage, »Sie vergessen, daß wir jetzt einen Pfarrer an Bord haben.«

»Sir – diese Schuten können sich ganz problemlos auf den Schlick setzen; das sind Plattbodenschiffe und so gebaut, daß sie leicht trockenfallen können...«

Inzwischen war die erste Schute einen Strich abgefallen, da sie den Ebbstrom mit einkalkuliert hatte, und schoß jetzt in den Half Acre Creek hinein. Southwick, durch das Verhalten seines Kommandanten aufs äußerste beunruhigt und abwechselnd beide Flußufer mit ihren unappetitlichen Schlammflächen besorgt musternd, hatte noch nicht wieder nach vorne gesehen.

Die zweite Schute segelte jetzt ebenfalls in die kleine Bucht hinein. Aitken bemerkte es und wollte es dem Kommandanten melden. Als er jedoch Ramages Blick begegnete, wandte er sich grinsend ab.

Und blickte wieder nach vorn.

»Ich kann wirklich nicht die Verantwortung dafür übernehmen, Sir«, protestierte Southwick. »Wir sollten einen Anker klarmachen. Diese vier Schuten laufen so dicht hintereinander her, daß wir nicht die geringste Chance haben durchzukommen, ohne eine von ihnen zu rammen.«

Die dritte Schute lief in den Half Acre Creek hinein, und Ramage sagte: »Der Krieg ist vorüber, Mr. Southwick. Wir können diese armen Flußschiffer doch nicht terrorisieren. Ich hätte ein Militärgerichtsverfahren am Hals, wenn wir eine in den Grund bohrten!«

»Sir, Sir«, sagte Southwick verzweifelt, »Sie werden vor ein Militärgericht gestellt, wenn Sie dieses Schiff zu Schaden kommen lassen und dadurch die Expedition verzögern – du meine Güte!«

Southwick hatte einen Blick nach vorn geworfen und festgestellt, daß sich auf dem Kethole Reach keine einzige Schute mehr befand, da die letzte gerade in die Bucht hineinlief. Er drehte sich mit einem verlegenen Lächeln zu Ramage um. »Tut mir leid, Sir, Sie haben mich ganz schön hereingelegt! Wußten Sie, daß die Schuten in den Half Acre Creek einlaufen würden?«

»Nein, aber ich vermutete es«, gab Ramage zu. »Sie können dort zwei Schläge aufkreuzen und wieder herauskommen, sobald wir vorbei sind.«

Nachdem sie die Einfahrt zum Half Acre Creek passiert hatten, wurde der Medway breiter; an Steuerbord voraus kam Sheerness in Sicht, und die flache Isle of Grain erstreckte sich an Backbordseite, ein grober grün-brauner Teppich von Schwemmland, Watten und Schlammzonen, die sich bis zu den Ufern der Themse hinzogen.

»Sieht so aus, als könnten wir heute nacht vor Warden Point ankern, nachdem wir das Pulver übernommen haben«, sagte Southwick. »Wir lägen dann nahe der Einfahrt zum Four Fathoms Channel und könnten morgen schon früh lossegeln; außerdem wird der Mond später hell genug sein, so daß die Wachgänger die Klippen zwischen East End und der Landspitze gut ausmachen können.«

Ramage nickte. »Wir sind sicher eines der wenigen Schiffe, die nach der Überholung pünktlich die Werft verlassen haben.«

Bei Tagesanbruch, es wehte eine frische westliche Brise und die See war nahezu glatt, lief die *Calypso* unter ihrer normalen Arbeitsbesegelung die Nordküste von Kent entlang. Die Great Nore und die Themsemündung, die sich auf ihrem Weg durch den Sea Reach und weiter nach London trichterförmig verengte, lagen hinter ihnen. Southwick nannte die Buchten und Städte, an denen sie langsam vorbeizogen, und Ramage wurde an seine Fähnrichszeit erinnert.

St. Mildred's Bay und dann Margate; Palm Bay und dann Long Nose Spit, das zusammen mit Foreness Point das nördliche Ende der Botany Bay markierte, während White Ness das südliche Ende bildete. Ramage rief Paolo zu sich und zeigte ihm das North Foreland, den nordöstlichen Zipfel von Kent, wenig eindrucksvoll unter einer wässrigen Sonne, besonders für einen Jungen, der diese Landschaft mit der Toskana oder einigen der Westindischen Inseln vergleichen konnte.

Die *Calypso* drehte dann nach Süden durch den Gull Stream, die Goodwin Sands an Backbord lassend. Die Rahen wurden angebraßt, Halsen und Schoten angeholt, und die Fregatte begann leicht zu stampfen, wobei die beiden Rudergänger die Luvkanten der Segel genauso sorgfältig beobachteten, ebenso wie der Steuermann und Mr. Martin, der die Wache hatte.

Während die Fregatte die 14 Meilen zwischen dem North Foreland und dem South Foreland absegelte, was der offizielle Name für die berühmten »Weißen Klippen von Dover« war, machte Ramage gelegentlich auf interessante Orte aufmerksam. Seen, die sich in ziemlicher Entfernung querab an Backbordseite brachen, zeigten an, wo die Hauptbänke der Goodwin Sands lagen, während sich auf der anderen Seite das Städtchen Deal befand, das sich an den Kiesstrand hinter den Downs schmiegte und für alle Schiffe, die eine Schlechtwetterperiode abwarten wollten, bevor sie die lange Kreuzstrecke durch den Kanal begannen, einen der beliebtesten Ankerplätze stellte.

Ein Wurf des Handlogs zeigte, daß die *Calypso* acht Knoten lief, aber es dauerte nicht lange, bis sie die Schoten dichtholen mußten, nachdem sie Dover passiert hatten und Kurs auf Dungeness nahmen, diesen flachen, ins Meer hineinragenden Landkeil, der die südöstliche Spitze Englands bildete.

Als Folkestone querab an Steuerbord lag, zeigte Ramage auf die lange, niedrige, graue Form, die sich an Backbordseite am Horizont abzeichnete. »Dort kannst du die französische Küste sehen«, sagte er zu Paolo. »Das ist Calais.«

Jackson war Steuermann und stand nur ein paar Schritte entfernt. Ramage erinnerte sich an die Zeit, als er von der Admiralität den Befehl bekommen hatte herauszufinden, wie weit die französischen Invasionspläne inzwischen gediehen waren, und um das zu bewerkstelligen, war es nötig gewesen, nach Frankreich zu gehen. Er hatte hierzu die Hilfe von Schmugglern in Anspruch genommen und war mit Jackson, Stafford und Rossi Richtung Feind gesegelt. Der Schmuggler, der sein Leben für sie riskierte, war, ironischerweise, ein Deserteur, der einmal zu Ramages Besatzung gehört hatte.

»Ich frage mich, ob ›Slushy‹ Dyson immer noch von Folkestone aus seine Schmuggeltouren macht«, sagte er zu Jackson.

»Daran habe ich auch gerade gedacht, Sir; wir laufen

wahrscheinlich gerade über sein Kielwasser. Sicher ist er inzwischen ein reicher Mann mit einem großen Landsitz!«

»›Slushy‹ bestimmt nicht – wie Sie sich erinnern werden, wurde er unter keinem guten Stern geboren.«

Jackson warf einen Blick auf den Kompaß und sah dann nach den Luvkanten der Marssegel. »Eigentlich hatte er doch ziemliches Glück, Sir. Als Meuterer hätte er gehängt werden müssen, aber ich kann mich entsinnen, daß Sie ihm nur zwei Dutzend Hiebe geben und ihn auf ein anderes Schiff versetzen ließen!«

Ramage mußte bei der Erinnerung lachen. »Es ist nur gut, daß ich das getan habe; wenn er nicht Schmuggler geworden wäre, hätten wir es vielleicht nie geschafft, aus Frankreich wieder herauszukommen!«

Inzwischen war Paolo, der gespannt zugehört hatte, ganz begierig, die ganze Geschichte zu hören, aber Ramage schüttelte den Kopf. »Wir müssen jetzt auf zu viele Schiffe achten. So wie es aussieht, ist jedes Fischerboot draußen, und du hast selbst gesehen, wie viele Handelsschiffe aus der Themse kamen. Jetzt brauchen sie nicht mehr im Konvoi zu laufen; das erste Schiff, das mit seinen Waren auf dem Markt ist, kann die höchsten Preise fordern!«

Paolo, das Teleskop unter den Arm geklemmt, gebräunt und inzwischen längst nicht mehr der nervöse Junge, den Ramage an Bord genommen hatte (eigentlich nur, wie er sich eingestehen mußte, als widerwilliges Zugeständnis gegenüber Gianna), sagte: »Ich habe noch nie so viele Schiffe gleichzeitig auf See gesehen, Sir. Aber dies ist auch das erste Mal, daß ich im Frieden auf See bin!«

»Man ist im Frieden genauso durchgefroren und naß und müde«, sagte Ramage, »aber man läuft viel öfter Gefahr, gerammt zu werden.«

»Und keine Chance eines Gefechts«, sagte Paolo traurig. »Keine Gefechte, keine Prisengelder…«

»Eine Weile jedenfalls«, sagte Ramage leise. »Denk daran, wir haben versucht, deine Tante zu überzeugen, daß sie in England bleiben soll.«

Paolo wurde gleich wieder etwas fröhlicher. »Jawohl, Sir; ich glaube, wir sollten uns vorstellen, wir machten Urlaub. Ist das dort eins von den Postschiffen?« fragte er, indem er auf einen Schoner deutete, der ihren Kurs kreuzte.

Ramage betrachtete ihn durch sein Fernrohr. »Ja, das Dover-Calais-Postschiff. Es hat nach achtjähriger Pause seinen Dienst wiederaufgenommen.«

Der Wind änderte seine Stärke und Richtung nicht, und Ramage ließ die *Calypso* wenden, als sie ungefähr sechs Meilen vor Fécamp standen, ein Ort, der leicht auszumachen war, weil er in einer Lücke in den Klippen lag. Die Fregatte konnte ohne Schwierigkeiten Nord zu West anliegen, und gegen Mitternacht wendeten sie nach Süd zu West, als die Owers, vor Selsey Bill, querab lagen. Ramages einziges Zugeständnis an den Frieden war, daß die *Calypso* jetzt nachts nur vier Ausgucks hatte, zwei vorne und zwei achtern, anstatt der sechs, die er im Kriege aufgestellt hatte. Bei so vielen Schiffen im Kanal war das Kollisionsrisiko sehr groß, und die *Calypso* mit ihrem neuen, kupferbeschlagenen Boden, neuen Segeln und ihrer wohlausgebildeten Mannschaft war eines der schnellsten. Für sie bestand daher noch das zusätzliche Risiko, einen langsam und ohne Lichter dahinschleichenden Handelsfahrer einzuholen und ihn achtern zu rammen. Und das wiederum, dachte Ramage düster, würde bedeuten, daß die *Calypso* ihren Klüverbaum und das Bugspriet verlieren würde und womöglich auch der Fockmast über Bord ginge...

Nachdem er den neuen Kurs und die genaue Uhrzeit aufgeschrieben hatte, legte Southwick die Schiefertafel in die Schublade des Kompaßhäuschens zurück, kam zu Ramage hinüber und sagte, als spürte er, in welcher Stimmung sich dieser befand: »Das ist so, als hüpfte man mit geschlossenen Augen quer über Whitehall, nicht wahr, Sir? Ich hatte schon ganz vergessen, wie es im Frieden hier zugeht. Trotzdem, im Krieg kann es noch schlimmer kommen. Ich erinnere mich, wie ich einmal mit einem Linienschiff nachts mitten in einen Konvoi nach Westindien geriet. Über 100 Schiffe, wie wir später erfuhren.«

Für Ramage war das ein regelrechter Alptraum; weit gefährlicher als ein Gefecht. Ein Linienschiff konnte einen Handelsfahrer einfach überlaufen und in Stücke segeln; andererseits konnte es seine Masten verlieren, wenn sich die Bugspriete von zwei Handelsschiffen in seinen Wanten verfingen. »Wie haben Sie sich aus der Situation gerettet?«

»Ah, Sir Richard Strachan war der Kommandant.« Die Erinnerung machte Southwick lachen. »Ich fuhr damals nur als Badegast mit, aber ich war zufällig an Deck, und Sir Richard auch. Eine pechschwarze Nacht; wir hatten seit einer Woche kein einziges Schiff zu Gesicht bekommen. Plötzlich hören wir Rufe ganz in der Nähe und das Schlagen von Segeln. Dann beginnen unsere Ausgucks zu rufen; je ein Schiff an beiden Seiten voraus und ein weiteres an Backbord querab – die alle von Steuerbord unseren Kurs kreuzen. Sie wissen, wie Sir Richard fluchen kann. Nun, das tat er auch, aber ließ auch im Handumdrehen das Vormarssegel backbrassen. Wir drehen bei auf Backbordhalsen und zeigten Blaufeuer. Das war schnell reagiert, muß ich sagen. Wir hatten keine Chance, alle diese Handelsschiffe rechtzeitig zu entdecken und ihnen auszuweichen; aber wir waren so groß, daß sie um uns herum segeln würden, wenn sie uns erst einmal entdeckt hatten – und wir müssen prächtig ausgesehen haben, beleuchtet wie wir waren von all diesen brennenden Fackeln. Sie haben sicher eine Stunde gebraucht, um uns zu passieren, und Sir Richard stand da mit seiner Flüstertüte und beschimpfte jedes Schiff, das in Rufweite kam.«

»Fluchen kann er wirklich«, bemerkte Ramage.

»Wir konnten uns vor Lachen kaum auf den Beinen halten, Sir. ›Hier kommt wieder eins, Sir‹, meldete der Erste Offizier immer wieder, und wenn wir sahen, daß es vor unserem Bug vorbeilaufen würde, rannte Sir Richard auf die Back, setzte das Sprachrohr an den Mund und brüllte dem Kapitän irgendeine Beschimpfung zu, wie ›Einen Diener Gottes nennen Sie sich? Für mich sehen Sie eher wie ein Satansbraten aus!‹«

Im Verlauf der Nacht zum Sonntag drehte der Wind langsam auf Nordwest, bei Tagesanbruch lief die *Calypso* mit neun Knoten auf Südwestkurs, und Ramage beschloß, Ushant als Abgangspunkt zu nehmen. Üblicher war es, sich weiter nördlich zu halten, so daß wahrscheinlich Lizard Point für ein Schiff auf Westkurs das letzte Stück Land war, das hinter dem Horizont verschwand. Wenn man weit genug südlich stand, um Ushant als Abgangspunkt zu benutzen, mußte man bei einem plötzlichen Sturm allerdings damit rechnen, auf Leegerwall zu geraten, aber das Wetter schien beständig.

Die Hängematten waren gezurrt und verstaut; die Besatzung hatte gefrühstückt, und Ramage hatte die übliche Sonntagmorgen-Inspektion von Schiff und Mannschaft vorgenommen. Der Farbgeruch verflüchtigte sich endlich. Das Riggen der Windsegel hatte dazu ein gut Teil beigetragen – die großen, offenen Segeltuchzylinder, die oben trichterförmig verbreitert waren und in den Tropen zur Belüftung der Laderäume benutzt wurden, hatten einen starken Luftstrom durch das Schiff gejagt, der die Männer frösteln ließ, aber den ganzen Mief aus dem Schiff geblasen hatte.

Schließlich ertönte der Befehl »Klarmachen zum Gottesdienst«. Lange hölzerne Bänke, von den Leuten gewöhnlich beim Essen verwendet, wurden vom Unterdeck auf die Schanz gebracht, ein Stuhl aus Ramages Kajüte davorgestellt. Die Nationalflagge wurde über das Kompaßhäuschen gebreitet, das als Altar dienen sollte. Solange der Gottesdienst dauerte, würde der Steuermann nicht mehr auf den Kompaß sehen können.

Unten in seiner Kajüte wechelte Ramage die Schuhe – sein Aufklarer hielt immer sein neuestes Paar, das mit den schweren Silberspangen, für den Sonntagsgottesdienst parat. Ramage fragte sich, wo er sie wohl die übrige Zeit verborgen hielt. Er stand still, während ihm der Aufklarer das Wehrgehenk umlegte, und schob dann den Degen durch die Schlaufe. Gerade als er sich nach seinem Gesangbuch und dem Gebetbuch umsah, meldete ihm der Posten Kajüte den Ersten Offizier.

Aitken betrat die Kajüte. »Alles bereit, Sir. Der Pfarrer hat ein Bündel Papiere in der Hand, so dick wie ein Brotlaib. Ich hoffe, es sind keine Notizen für seine Predigt.«

»Sie haben nicht vergessen, was ich Ihnen gesagt habe?«

»Nein, Sir«, sagte Aitken grinsend. »Und der Wind frischt auf.«

Ramage ging zu seinem Stuhl hinüber und setzte sich, mit Blick nach achtern. Der Pfarrer stand direkt hinter dem Kompaßhäuschen, genau vor den beiden Rudergängern. Die Seesoldaten, unter Führung Renwicks, hatten am achteren Ende der Schanz Aufstellung genommen; die meisten Besatzungsmitglieder saßen auf den Bänken. Wie üblich saßen Katholiken unter Mitgliedern der anglikanischen Kirche; Methodisten saßen auf den vorderen Bänken, und John Smith der Zweite stand mit seiner Fiedel an einer Seite. Auf der anderen Seite hatten die Offiziere auf einer Bank Platz genommen. In einer Zeit, dachte Ramage, in der ein Premierminister zurücktrat, weil er sich mit dem König nicht über Religionsfragen einigen konnte, wäre es für alle von Vorteil, sich einmal anzusehen, wie praktisch ausgeübte Religion auf einem Kriegsschiff funktionierte.

Die meisten Kommandanten wußten, daß Seeleute gemeinschaftliches Singen sehr schätzten; 200 Stimmen, die sich, unterstützt von John Smiths Fiedel, in einer mitreißenden Hymne zusammenfanden, waren ein Erlebnis, das den Männer guttat. Was vom Standpunkt der Marine noch wichtiger war: Die Art, wie die Leute Kirchenlieder sangen, sagte einem intelligenten Kommandanten, ob er eine zufriedene oder eine unzufriedene Mannschaft vor sich hatte.

Stokes, der beobachtete, wie Ramage sich setzte, faltete seine Hände, als wolle er beten, aber der ganze Mann wirkte etwas sonderbar. Sein Chorrock war nicht nur zerknittert, sondern auch verdreckt; das war kein Dreck von einer kürzlichen Begegnung mit einem schmutzigen Objekt, sondern das festeingefressene Grau, das eine lange Periode der Nachlässigkeit mit sich bringt; er war sicher monatelang nicht gewaschen worden. Und der Mann stand auch seltsam da. Die mit Steuerbordhalsen segelnde *Calypso* rollte, wobei sie etwas stärker nach Backbord überholte. Die Männer, die an Deck standen, glichen die Schlingerbewegung aus, indem sie die Knie automatisch anspannten und durchbogen, aber Stokes hatte den falschen Rhythmus: Er war wie ein einzelner Getreidehalm, der sich gegen den Wind lehnt, während sich alle anderen von ihm wegbiegen.

Ramage sah zu Southwick hinüber, der den Pfarrer genau beobachtete, aber von den Leutnants war anscheinend keinem etwas aufgefallen. Die Stimme des Mannes war undeutlich, wurde aber unterstrichen durch das Zischen der vorbeilaufenden Dünungswellen, das Ächzen der Rahen und das Schlagen der Segel, die gelegentlich den Wind verloren und sich dann wieder mit einem dumpfen Schlag füllten, der Schoten und Brassen steifkommen ließ.

Stokes gab die Nummer eines Kirchenliedes bekannt, John Smith klemmte seine Fiedel unters Kinn und hielt den Bogen bereit. Stokes erhob die Hand, John Smith kratzte die Einleitung, und die Besatzung, die beim Rollen des Schiffes hin und her schwankte wie das Kornfeld, an das Ramage bereits vorher gedacht hatte, fiel vergnügt in die Melodie ein. Die meisten der Leute kannten die Hymne auswendig, und Stokes schlug mit der linken Hand den Takt. Allerdings schlug er nicht den Takt der Musik, bemerkte Ramage; vielmehr sah es so aus, als wäre er eine Art Tallymann, der die durch ein Tor rennenden Schafe zählt.

Die Sonne strahlte noch ein bißchen Wärme aus, aber das merkte man nur, wenn sie von den immer zahlreicher werdenden Wolken verdeckt wurde. Die See zeigte ein dunkleres Blau, als die *Calypso* den westlichen Kanalausgang und damit die tiefere See erreichte. Die Besatzung hatte dieses Jahr Glück; sie würde keinen Winter erleben. Während in England schon mehr als ein Hauch des Herbstes in der Luft lag, würde die *Calypso* innerhalb weniger Stunden nach Süden abdrehen, in Richtung auf den Wendekreis des Krebses und den Äquator, bevor sie ihre Reise kurz vor dem Wendekreis des Steinbocks beendete. Ramage bezweifelte, daß viele seiner Leute je den Äquator überquert hatten. Soweit es ihn selbst betraf, konnte das Schiff gar nicht schnell genug in die Tropen kommen. Zugegeben, er war nach mehreren Monaten im Mittelmeer nach England zurückgekehrt, aber nach den Tropen kam ihm das Klima im Mittelmeer ziemlich scheußlich vor; brütend heiß und windstill im Sommer, ohne die kühlende Brise der Passatwinde und bitterlich kalt im Winter; wenn das ein Spanier, Franzose oder Italiener auch nie zugeben würde, der sein Haus baute, als schiene immer die Sonne und als bliese der schneidende Wind des Winters nie hindurch und kühlte nie die Marmorböden so aus, daß Männer und Frauen selbst in einer so weit südlich gelegenen Stadt wie Rom wie lahme Enten herumwatschelten und vor Frostbeulen kaum laufen konnten. Die Passatwinde bescherten den Westindischen Inseln dagegen ein so paradiesisches Klima, wie Ramage es sich nur vorstellen konnte, und vorausgesetzt man bekam kein Gelbfieber, das einen umbrachte, und vermied den Rum, der einen zuerst nur außer Gefecht setzte...

Er kam aus seinen Tagträumen zurück, als Stokes den Text seiner Predigt verkündete. Er wäre, sagte er, aus dem Römerbrief, Kapitel vierzehn, Vers acht: »Klingt das Trompetensignal undeutlich, wer soll sich dann zur Schlacht rüsten?«

Ein merkwürdiger Text. 20 oder 30 Seeleute begannen bereits offen zu lachen. Was sie ihrem Kommandanten auch immer an Fehlern vorwerfen mochten, so war es bestimmt nicht der, daß er ihnen ein undeutliches Signal gegeben hätte, wenn die Zeit kam, ins Gefecht zu gehen. Hoffentlich vergaß Stokes bei seiner Predigt nicht, daß er sich an Seeleute wandte, die bei diesem Wort an ein tatsächliches »Gefecht« dachten und nicht an irgendeinen philosophischen Zustand der Bereitschaft.

Stokes begann mit großer Geschwindigkeit zu sprechen, wie ein aufgeregtes Kind, das vor Erwachsenen etwas aufsagen soll, das es nicht so recht verstanden hat, so daß alle Atempausen an der falschen Stelle kamen und Satzzeichen völlig ignoriert wurden.

Southwick warf Ramage einen Blick zu, aus dem dieser unschwer herauslesen konnte: »Ich hab's Ihnen doch gleich gesagt.«

Nun ja, der Mann war halb betrunken; Ramage war bereit, das zuzugeben, aber er war auch bereit, es bei dieser Gelegenheit zu verzeihen, denn einem neuen Pfarrer konnte man eine gewisse Nervosität wohl nachsehen, wenn er seine erste Predigt hielt.

Aus alter Gewohnheit sah Ramage auf die Uhr und schob sie dann in die Uhrtasche zurück. Der Wind wehte stetig aus Nordwest; beinahe ein »Soldatenwind«, der sie ohne Mühe Ushant runden lassen und ihnen ermöglichen würde, über die Biskaya hinweg Finisterre anzuliegen. Er würde eine lange Zeit brauchen, um sich an die Vorstellung zu gewöhnen, daß jedes in Sicht kommende Schiff ein Freund war. So viele Jahre lang war der Ruf des Ausgucks »Segel in Sicht!« der Anfang einer festgelegten Folge bestimmter Aktionen gewesen; dazu gehörten natürlich zuerst die Identifikation und dann, falls es sich um ein französisches Schiff handelte, die Verfolgung und das Gefecht. Handelte es sich um ein britisches Schiff, so kam es nach dem Anruf zum Austausch der Privatsignale des Tages und dem anschließenden Vorheißen der drei Zahlenwimpel, wodurch jedes Schiff im Dienste des Königs identifiziert werden konnte.

Stokes sprach nicht nur sehr schnell, er leierte seine Predigt förmlich herunter. Ramage konzentrierte sich auf das, was er sagte. Nach einer ganzen Weile, die ihm wie eine Stunde vorkam, sah er erneut auf die Uhr. Stokes hatte fünf Minuten gesprochen, und er kam immer wieder auf den Satz zurück, »wen der Herr liebt, den züchtigt er«, als wäre das der Text seiner Predigt. Ramage konzentrierte sich von neuem. Es gab keinerlei Hinweise auf Trompeten, die undeutliche Signale gaben, oder auf irgend jemanden, der sich zum Kampfe bereit machen sollte, andererseits jedoch eine Menge darüber, nur diejenigen zu bestrafen, die man liebte, weil man höhere Erwartungen an sie stellte. Erfüllten sie diese Erwartungen nicht, mußten sie gezüchtigt werden.

Als Ramage erneut zu seiner Uhr griff, wurde ihm klar, was geschehen war. Stokes zitierte aus einer der zwei Dutzend Predigten, die er mitgebracht hatte. Weil der Kommandant ihm verboten hatte, sie zu verwenden, hatte er eine auswendig gelernt, zumindest so weit, daß er ohne Notizen und allem äußeren Anschein nach frei von der Leber weg zu reden schien. Das Dumme war nur, daß er die Predigt hielt, die er mehr oder weniger auswendig konnte, aber den Text einer anderen angekündigt hatte – vermutlich der folgenden im Stapel.

Die Uhr zeigte, daß der Mann jetzt zehn Minuten gepredigt hatte. Ramage sah, daß Aitken ebenfalls seine Uhr herausgezogen hatte und nun zu ihm hinübersah.

Ramage stand auf. »Mr. Aitken, lassen Sie bitte ein Reff in das Vormarssegel einstecken!«

Der Erste Offizier sprang auf und rief: »Toppsgasten! Bewegt euch schon! Achterwache nach achtern – vorwärts Backsgasten, sitzt nicht da wie die Ölgötzen!«

Southwick erhob sich ebenfalls und setzte seinen Hut auf. »Kompaß frei machen«, donnerte er. »Nehmt die Flagge herunter, so daß wir den Kompaß ablesen können!«

»Achtet auf den Kurs!« rief Jackson den Rudergängern zu, während er den Pfarrer unsanft beiseite schob und damit das seine dazu beitrug, das Durcheinander noch zu verstärken. Er war sich ziemlich sicher, was hier gespielt wurde, denn er hatte die Blicke bemerkt, die zwischen dem Kommandanten und dem Ersten Offizier gewechselt worden waren. »Verdammt noch mal, ihr seid einen ganzen Strich vom Kurs abgewichen!« Er zwinkerte den Rudergängern zu, bevor sie noch Zeit hatten, sich in die Speichen des Steuerrads zu legen.

Renwick hatte zu weit achtern gestanden, um mitzubekommen, was da los war, und er hatte auch nie einer Predigt zugehört, weil er schon in jungen Jahren über die Fähigkeit verfügte, mit offenen Augen zu schlafen, aber ihm wurde sofort klar, daß hier ein leichtes Chaos gefragt war; anstatt also mit seinen Leuten nach vorne zu marschieren und sie auf dem Gang in der Kuhl wegtreten zu lassen, brüllte er: »Seesoldaten – weggetreten, marsch marsch!«

Drei Dutzend Seesoldaten in schweren Stiefeln rannten daraufhin nach vorn, umgeben von einer Wolke weißen Pfeifentons, der sich durch ihre schnellen Bewegungen von den Kreuzbandelieren löste.

Kurz darauf waren auch alle Bootsmannsmaate im Einsatz, ließen das durchdringende Trillern ihrer Pfeifen hören und sangen die Befehle aus. Toppsgasten sprangen über Bänke und stießen auch einige dabei um, als sie zu den Wanten liefen.

Der ehrwürdige Percival Stokes, der nicht ganz begriff, was da geschah, verkroch sich in weiser Voraussicht hinter dem Kompaßhäuschen, so daß Southwick an einen verängstigten Whippet denken mußte, der sich hinter seiner Hütte verkrochen hatte. Neben ihm legte ein Matrose sorgfältig die große Nationalflagge zusammen, wobei er darauf achtete, die schon vorhandenen Falten übereinander zu legen.

Indessen warf Ramage, der noch immer neben seinem Stuhl stand, einen Blick nach Steuerbord achteraus und musterte dann den Himmel. »Was meinen Sie, Mr. Southwick? Es sieht so aus, als würde die Bö in Luv vorbeiziehen, nicht wahr?«

»Sie haben wahrscheinlich recht, Sir. Im Abstand von einer Meile, denke ich.«

»Mindestens eine Meile, Mr. Aitken! Belegen Sie den letzten Befehl! Lassen Sie die Bänke unter Deck verstauen, und dann können Sie ›Backen und Banken‹ auspfeifen lassen.«

Mit diesen Worten schritt Ramage zur Niedergangstreppe und ging in seine Kajüte hinunter. Als es nun plötzlich still wurde, tauchte auch Stokes wieder auf, raffte seinen Chorrock und hastete den Niedergang hinunter.

Zehn Minuten später meldeten sich der Erste Offizier und Southwick befehlsgemäß in Ramages Kajüte. Auf Ramages einladende Handbewegung hin ließ sich Southwick mit dem zufriedenen Ächzen eines Mannes, dessen Rücken weh tat, in den Armstuhl sinken, und Aitken nahm auf dem Sofa Platz, zunächst sehr aufrecht, bis er merkte, daß es sich um eine informelle Zusammenkunft handelte, worauf er sich etwas bequemer zurücklehnte.

»Betrunken und in einem völlig verdreckten Chorrock«, sagte Ramage.

»Und stinkend wie ein überanstrengtes Zugpferd, Sir«, fügte Aitken hinzu. »In der Messe stinkt es wie in einem Stall.«

»Ist einem von Ihnen etwas bei seiner Predigt aufgefallen?«

»Er hat sie auswendig gelernt«, sagte Aitken schnell. »Ich möchte wetten, daß er bei einer Unterbrechung wahrscheinlich den Faden verloren hätte.«

»Aye, und seine Predigt hatte mit dem angekündigten Text verdammt wenig zu tun«, fügte Southwick hinzu. »Er sagte, es ginge um ein undeutliches Trompetensignal, aber selbst wenn ich ein Freigeist bin, könnte ich schwören, daß es eigentlich die Zeile ›Wen der Herr liebt, den züchtigt er‹ hätte sein müssen. Ich kenne sie gut; mein Vater pflegte sie zu zitieren – das ist jetzt fast 60 Jahre her –, wenn er mir mit seinem Gürtel ein halbes Dutzend auf den Hintern verpaßte. Ich wartete immer darauf, daß ihm seine Hosen runterrutschten, aber das taten sie nie.«

Southwick und Aitken sahen Ramage erwartungsvoll an. Southwick hatte schon viele Jahre unter ihm gedient; genau von dem Tag an, als der junge Leutnant von Kommodore Nelson sein erstes Kommando erhielt, den Kutter

Kathleen. Was ihn immer beeindruckt hatte war, daß Mr. Ramage, sei es als junger, unerfahrener Leutnant, oder, heute, als einer der besten Fregattenkapitäne in der Marine (wenn er auch nach dem Dienstalter nahezu am Ende der Kapitänsliste rangierte), niemals Unentschlossenheit zeigte. Er sammelte alle Tatsachen eines Problems, schien sie wie in einem Würfelbecher zu schütteln und warf dann die Antwort auf den grünen Fries des Tisches. Bislang war es immer die richtige Antwort gewesen, was bedeutete, daß seine Offiziere und Mannschaften nur geringe Verluste im Gefecht erlitten hatten und eine ganze Menge Prisengeld ansammeln konnten.

Southwick war überrascht gewesen, daß nicht wenigstens ein Viertel der Besatzung ihre Entlassung beantragt hatten, als die Nachricht vom Friedensschluß mit Frankreich die Werft in Chatham erreichte. Dutzende von Schiffen würden jetzt außer Dienst gestellt werden, und die Seeleute, die unter Mr. Ramage gedient hatten, konnten mit einem hübschen Batzen Geld nach Hause zurückkehren; genug, um ein kleines Geschäft zu gründen, einen Laden in ihrem Dorf aufzumachen oder sich ein kleines Haus zu kaufen.

Während der Kommandant Urlaub in London machte, waren einige sogar zu Southwick gekommen, um diese Frage mit ihm zu besprechen, und als Ramage sich wieder an Bord befand, hatten viele darum gebeten, mit dem Kommandanten sprechen zu dürfen. Southwick wußte, sie wollten sich nur vergewissern, ob der Rat, den er ihnen gegeben hatte, richtig war. Sowohl der Kommandant als auch der Navigator hatten jedoch die gleiche Meinung vertreten. Beide glaubten, daß der Frieden nicht lange andauern würde und daß die Männer riskierten, nach einem Jahr von einer Pressgang wieder an Bord irgendeines Schiffes gebracht zu werden... Weder er noch der Kommandant hatten ausdrücklich gesagt, daß sie keine

Chance hätten, sich in der gleichen Mannschaft wiederzufinden. Trotzdem sah es so aus, als hätte jeder Mann das Für und Wider noch einmal für sich selbst abgewogen: Auf der einen Seite standen ein Jahr Urlaub und Geld zum Ausgeben, um dann auf einem fremden Schiff in den nächsten Krieg zu gehen, auf der anderen Seite stand der Wunsch, weiterhin mit den gleichen Schiffsgenossen unter Kapitän Ramage und seinen Offizieren zu dienen, auch wenn sie dafür ein Jahr Landurlaub in den Wind schrieben.

Southwick verabscheute Zuträgerei, und er haßte Speichellecker, aber er war in mancher Hinsicht ein eifersüchtiger Mann; er war eifersüchtig besorgt um alles, was das Schiff und seinen Kommandanten betraf. Eifersüchtig oder, wie manche es auffassen würden, fürsorglich. Er hatte sich schon einige Zeit über Percy Stokes Gedanken gemacht, und die heutige Predigt hatte ihn dazu gebracht, den Mund aufzutun.

»Da gibt es ein oder zwei Dinge, die ich Ihnen über Stokes sagen muß, Sir. Er hat seinem Aufklarer Alkohol verkauft. Brandy und Gin. Der Aufklarer hat ihn für ein paar Trinker im Mannschaftsdeck besorgt. Er hat versucht, gegen Schuldscheine Geld von Orsini und Kenton zu leihen. Glücklicherweise sind beide ziemlich pleite.«

Aitken nickte zustimmend. »Ich hatte das von Kenton gehört, aber nicht von Orsini. Das mit dem Alkohol ist eine schlimme Sache; in ein oder zwei Tagen werden wir einige Matrosen betrunken auf ihrem Posten finden. Selbst die besten Leute scheinen unfähig, sich zu beherrschen, solange noch ein Tropfen in der Flasche ist.«

Ramage hörte den beiden zu und dachte über ihre Äußerungen nach. Er vermutete, daß beide mehrere Stunden nachgedacht hatten, bevor sie sich entschließen konnten, etwas zu sagen, und daß sie – wäre da nicht dieser lächerliche Gottesdienst gewesen – sehr wohl versucht haben könnten, das Problem des Pfarrers auf ihre eigene Weise zu lösen. »Lassen Sie den elenden Kerl herkommen – aber bleiben Sie hier. Ich brauche Zeugen für das, was ich vielleicht gezwungen bin zu tun.«

Stokes erschien; immer noch in seinem Chorrock, aber mit glasigem Blick. Offensichtlich hatte er inzwischen wieder getrunken. Allerdings war ihm seine Nervosität deutlich anzumerken. Seine Zunge leckte seine vorstehenden Zähne, als wischte ein Küchenmädchen über ein Abtropfbrett.

Ramage blieb neben seinem Schreibtisch sitzen, den Stuhl zur Seite gedreht, so daß sein rechter Arm auf der polierten Oberfläche ruhte. Erneut sah er sich Stokes genau an, die Augen, das Gesicht, den schmutzigen Chorrock – und die Hände, die er vor dem Körper gefaltet hielt wie ein salbungsvoller Prälat oder ein ängstlicher Bettler. Er dachte einen Augenblick an das Interview, das der Generalsuperintendent mit Stokes geführt hatte. Das mußte ein seltenes Ereignis gewesen sein; Geistliche rannten ihm gewöhnlich nicht die Tür ein. Die Gardekavalleriebrigade war ein beliebterer Anlaufpunkt. Für einen Geistlichen war die Messe eines vornehmen Regiments ungleich attraktiver als die Fähnrichsmesse oder die Offiziersmesse eines Kriegsschiffes. Der einzige Vorteil eines Bordkommandos lag darin, daß es einem die Gelegenheit verschaffte, außer Landes zu gehen. Ramage sah Stokes plötzlich scharf an. Wenn er sich irrte, würde der Protest des Generalsuperintendenten wortreich, nörglerisch und säuerlich sein. Der Erste Lord würde sein übliches kryptisches Gebahren zeigen, und er würde einfach nur anordnen, daß der Kapitän Lord Ramage vor ein Militärgericht zu stellen sei.

»Ah, Mr. Stokes, als wir das erste Mal miteinander sprachen, sagten Sie, daß Sie nie zuvor auf einem Schiff des Königs gewesen wären.«

»Das stimmt, Sir.«

»Aber die See ist Ihnen nicht fremd?«

»O doch, in der Tat, Sir; die See ist mir völlig fremd.«

»Auch die Nordsee?« fragte Ramage. »Die Irische See? Die Marshalsee?«

Die Knöchel von Stokes gefalteten Händen wurden weiß; er schloß die Augen und begann zu schwanken, aber er vergaß dabei die niedrige Decke, denn als er plötzlich den Kopf hob, schlug er heftig mit dem Kopf an. Sein Körper zuckte, als habe ihm jemand eine Keule über den Schädel gezogen, und langsam, wie ein auslaufender Sack Getreide, sackte er bewußtlos an Deck.

Keiner der anderen bewegte sich, aber Southwick gab einen seiner mißbilligenden Schnieflaute von sich. »Das ›Marshalsea‹, das Hofmarshallgefängnis, aye, er sieht mir wie jemand aus, der mehr als einmal in dieses Gefängnis eingelaufen ist!«

»Ist er geflohen oder wurde er entlassen?« fragte Aitken. »Oder kannte er es von einem früheren Aufenthalt und erfuhr, daß seine Gläubiger im Begriff standen, ihn noch einmal dorthin zu schicken?«

»Er nimmt vor seinen Gläubigern Reißaus«, sagte Ramage. »Er ist sicher schon einmal im Marshalsea gewesen und wollte auf keinen Fall eine neue Verurteilung riskieren. Wahrscheinlich hat er so viele Schulden, daß er genau wußte, er würde nicht wieder rauskommen, wenn er erst einmal hinter Gittern saß.«

Das Marshalsea-Gefängnis war anders als das Bridewell. Diebe, Gauner, Mörder und Vagabunden wurden in das Bridewell-Gefängnis geschickt. Das Marshalsea-Gefängnis war für Schuldner reserviert. Ein Gläubiger konnte einen Gerichtsbeschluß beantragen, der, wurde dem Antrag stattgegeben, einen Schuldner in das Marshalsea-Gefängnis brachte und ihn dort schmoren ließ, bis die Schuld bezahlt war.

»Es ist der Alkohol«, sagte Aitken mit düsterer Stimme. »Ich bin sicher, sein Durst war größer als sein Geldbeutel. Aber wie konnte er die Admiralität herumkriegen? Ist seine Bestallung gefälscht?«

»Nein, ich bin sicher, daß sie echt ist, obgleich ich sie mir nicht näher angesehen habe«, sagte Ramage. »Ich bin aber auch gleichermaßen überzeugt, daß er kein Geistlicher ist – er schien den Gottesdienst abzuhalten, als hätte er alles auswendig gelernt, und wir wissen ja, was wir von seinen Predigten zu halten haben – ah, er kommt zu sich; jetzt kann er uns alles selbst erzählen!«

Langsam setzte sich Stokes auf, einen verwunderten Ausdruck im Gesicht. Offensichtlich drehte sich vom Fall in seinem Kopf noch alles; Ramage vermutete allerdings, daß ihm jetzt der Kopf auch vom Alkohol schwirrte.

»Ich muß ohnmächtig geworden sein«, murmelte er. »Es ist dieses Rollen.«

»Ich würde an Ihrer Stelle sitzenbleiben«, sagte Ramage. »Dann fallen Sie nicht so tief. Nun, Sie waren im Begriff, uns von Ihrer Reise in die ›Marshalsea‹ zu erzählen.«

»Ich weiß nicht, was Sie meinen, Sir. Das ist eine Beleidigung für einen Geistlichen – ich werde dagegen beim Generalsuperintendenten Verwahrung einlegen!«

»Wir werden ein halbes Jahr, vielleicht auch länger, von England fernbleiben, Ihre Beschwerde wird also warten müssen. Erzählen Sie mir unterdessen, wie Sie zu einer Bestallungsurkunde gekommen sind.«

Stokes schluckte, und seine Zunge glitt hin und her über die Vorderzähne, aber seine Lippen waren zu trocken und schienen an den Zähnen zu kleben, so daß er im Augenblick seltsam kaninchenhaft aussah, was einen eigenartigen Kontrast zu seinem Frettchengesicht bildete.

Ramage sagte leise: »Stokes, im Augenblick sind Sie sicher damit beschäftigt zu entscheiden, ob Sie versuchen sollen, mit eiserner Stirn alles abzustreiten oder ob Sie sich zu einem Betrug bekennen sollen. Dort, wo wir hinsegeln, gibt es keine Gerichte und keine Richter. Ich bin hier der Richter und nehme gleichzeitig auch den Platz der Geschworenen ein. Ich kann Ihnen jetzt schon sagen, daß ich Sie, trotz Ihrer Bestallung, nicht für einen Geistlichen halte, und ich werde Ihnen nicht gestatten, Gottesdienste für die Besatzung zu halten.«

»Sie könnten sich eine Menge Ärger zuziehen, mein arroganter Lord Ramage«, sagte Stokes gehässig.

»O ja«, sagte Ramage in der Hoffnung, den Mann noch weiter aus der Reserve zu locken, »ich könnte vor ein Militärgericht gestellt werden; ich könnte aus dem Dienst entlassen werden.«

»Genauso ist es; der berühmte Lord Ramage von einem Militärgericht verurteilt, weil er seinen Pfarrer schlecht behandelt hat. Was für einen Skandal das auslösen würde! Die Schande würde Ihren Vater ins Grab bringen.«

»Wie hoch sind Ihre Schulden?« fragte Southwick plötzlich.

»Bei wem?« sagte Stokes scharf.

Ramage sagte: »Stokes, Sie sind nie und nimmer ein Geistlicher; Sie haben ja nicht einmal die Bildung eines Küsters, also lassen Sie uns darüber nicht weiter diskutieren. Ich bin nicht besonders interessiert daran, wie viele Schulden Sie haben oder warum Sie außer Landes gehen wollen. Mich interessiert nur die Bestallungsurkunde. Sie steht Ihnen nicht zu, aber auf irgendeine Weise sind Sie doch dazu gekommen.«

»Ah, das macht Ihnen Angst, was? Sie wagen es nicht, mir etwas zu tun, solange ich die Urkunde habe. Sie bedeutet, daß mir die Admiralität Glauben schenkt.«

»Sie wird vom Marineamt ausgestellt, nicht von der Admiralität, und sie bedeutet daher keineswegs, daß die Admiralität Ihnen glaubt. Beschreiben Sie den Generalsuperintendenten«, sagte Ramage plötzlich.

Die Frage traf Stokes völlig überraschend. »Nun, er ist – er ähnelt mir in gewisser Weise. Nein, vielleicht etwas größer. Ein sehr netter Mann; ein sympathischer Mann, dem daran liegt, daß die Marine nur die Besten als Bordpfarrer hat...«

»Wie sieht er aus?« fragte Ramage beharrlich weiter. »Kahlköpfig, weißhaarig, grau, schwarz, 50 Jahre alt oder 80? Hinkt er beim Gehen? Hat er eine tiefe oder eine hohe Stimme?«

Ramage war ihm einmal bei Lord Spencer begegnet, und wie viele Geistliche, die ihr Amt irgendeinem Gönner verdankten, war er wohlbeleibt und von rosaroter Gesichtsfarbe, aber seine Nase war ein Objekt, das nur wenige vergessen würden. Sie war purpurrot, knollenartig und von unglaublicher Länge, so daß man unwillkürlich an den Rüssel eines Elefanten dachte. Die Stimme hingegen, die aus diesem massigen Geistlichen herauskam, war wenig mehr als ein Piepsen; beileibe keine Stimme, um einen bescheidenen Salon zu füllen, von einer großen Kathedrale ganz zu schweigen.

Stokes zuckte die Schultern. In dem Maße, wie der Ohnmachtsanfall langsam in seiner Erinnerung verblaßte und das Wort »Bestallungsurkunde« ganz offensichtlich die Rolle eines Talismans gewann, kehrte auch seine Gerissenheit zurück, begleitet von einem dummstolzen, herausfordernden Benehmen. »Kann mich nicht erinnern; ich habe ihn nur einen Augenblick gesehen.«

»Selbst wenn Sie den Generalsuperintendenten nur einmal und von weitem gesehen hätten, gäbe es doch einiges, an das Sie sich erinnern müßten.«

»Nun, das tue ich aber nicht und damit basta.«

»Stehen Sie auf«, Ramages leise Stimme versetzte Southwick und Aitken in gespannte Erwartung und in Bereitschaft, sofort einzugreifen. Auch Stokes spürte sofort, daß sich die Atmosphäre in der Kajüte verändert hatte.

»Ziehen Sie den Chorrock aus.«

»Halt, My Lord!« protestierte Stokes. »Das können Sie einem Geistlichen doch nicht befehlen!«

»Natürlich nicht, aber Sie sind kein Geistlicher, sondern ein Vagabund, und ich werde nicht zulassen, daß ein Vagabund in meinem Schiff als ein Mann Gottes verkleidet herumläuft. Ziehen Sie den Rock aus, oder soll es der Posten für Sie tun?«

Stokes wurde plötzlich klar, daß die leise Stimme ein Gefahrensignal war. Schwankend und voller Angst zog er den Chorrock und die Soutane aus und stand jetzt in seinem Unterzeug da, Ramage die Kleidungsstücke wie ein Friedensangebot entgegenstreckend.

»Was ist geschehen?« fragte Ramage.

»Wann, Sir?« Stokes gab sich geschlagen. Seine Furcht verwandelte sich in Panik.

»Wie haben Sie die Bestallungsurkunde bekommen?«

»Das war alles ganz legal, Sir«, winselte der Mann. »Ich schrieb an den Generalsuperintendenten und bewarb mich um eine Stellung an Bord eines Kriegsschiffes, wobei ich hervorhob, daß ich gerne fremde Länder kennenlernen würde. Ich legte eine Empfehlung vom Bischof von London und dem Dekan von Westminster bei.«

»Wie kamen Sie zu diesen Empfehlungen?«

»Oh, das war leicht. Ich kannte ihre Namen und ihre Ausdrucksweise, müssen Sie wissen.«

»Aber wie verhalf Ihnen das zu diesen Empfehlungen?« fragte Ramage, etwas verdutzt durch Stokes geduldige Erklärung eines für ihn ganz einleuchtenden Vorgangs.

»Nun, das heißt, ich habe alle Details in diesen Schreiben richtig getroffen. Ich habe eine recht gute Handschrift, und wenn ich die Feder wechsle, verändere ich auch die Schreibweise.«

»Sie haben die Papiere also gefälscht!«

»Natürlich, Sir«, sagte Stokes verächtlich. »Ich pflückte

mir meinen neuen Namen aus dem Verzeichnis einer Universität, damit man im Zweifelsfall feststellen konnte, daß Percival Stokes einen guten akademischen Grad erworben hatte und dem geistlichen Stand angehörte. Der Generalsuperintendent war krank, und sein Sekretär akzeptierte meine Briefe, und bald danach brachte mir ein Bote der Admiralität meine Bestallungsurkunde und den Befehl, mich auf ›Seiner Majestät Schiff, der Fregatte *Calypso*‹, einzufinden. Und das tat ich dann auch.«

»Sie sind also nicht Percival Stokes?«

»Wohl kaum!« sagte der Mann spöttisch. »Percival – was für ein Name. Nein, der Pfarrer Percival Stokes lebt in Bristol, wenn das Universitätsregister stimmt.«

»Wie lautet denn Ihr Name? Ihr richtiger Name?«

»Robert Smith.«

»Nun gut, Robert Smith. Vor welchen Schulden laufen Sie davon?«

»Da kommen mehrere zusammen«, gab er zu.

»Sind Sie von all Ihren Gläubigern vor Gericht gebracht worden?«

»Nein, nur von einem; aber die anderen wären sofort dabei gewesen, wenn sie davon gehört hätten.«

»Wie hoch ist diese eine Schuld?«

»16 Pfund.«

Southwick schniefte, und Aitken grinste; sie ahnten, was Ramage vorhatte.

»Hören Sie mir genau zu, Smith. Ich kann ein nach England zurückkehrendes Schiff stoppen und Sie in Eisen zurückbringen lassen, unter Anklage des betrügerischen Auftretens als Pfarrer, des Betrugs der Admiralität und verschiedener anderer Delikte, die Sie für mehrere Jahre ins Bridewell bringen werden – das Bridewell, wohlgemerkt, nicht das Marshalsea –, und wenn Sie entlassen werden, dann sind Ihre Gläubiger immer noch da und warten, um Sie ins Marshalsea zu bringen. Oder aber…«

Smith war jetzt totenblaß und zitterte; der Schweiß rann ihm über das Gesicht, aber er war zu sehr in Panik, um eine Hand zu rühren und ihn abzuwischen. Er starrte Ramage an und wartete auf die nächsten Worte.

»Oder was, Sir?« rief er schließlich.

»Nun, die Marine liefert einen Seemann wegen einer zivilrechtlichen Schuld von 20 Pfund oder weniger nicht aus. Wenn wir jetzt auch Frieden haben, so gelten für unsere Seeleute immer noch die Kriegsgesetze. Wenn Sie sich freiwillig zur Marine melden, wird Sie niemand daran hindern. Überschlafen Sie es, und sagen Sie Mr. Southwick morgen früh Bescheid. Mr. Aitken wird derweil den Zahlmeister anweisen, Ihnen eine Hängematte auszuhändigen. Machen Sie jetzt die Kammer frei, die Sie bisher benutzt haben, und begeben Sie sich ins Mannschaftslogis!«

Smith rannte beinahe aus der Tür, dachte jedoch daran, den Kopf einzuziehen.

»Das ist nicht unbedingt der beste Fang, den die Marine da gemacht hat, Sir!« sagte Aitken.

»Nein, aber er ist jetzt wenigstens aus der Fähnrichsmesse raus.«

»Aye und dafür gebührt Ihnen Dank, Sir.«

»Sobald wir einem anderen Kriegsschiff begegnen, können wir ihn versetzen.«

»Ich muß zugeben«, sagte Southwick, »daß ich diesen Schurken irgendwie bewundere, Sir. Man stelle sich vor, einfach Empfehlungsschreiben vom Bischof von London und dem Dekan von Westminster zu fälschen! Er hatte Glück, daß der ›Chaplain General‹ krank war; wäre es zu einem Interview gekommen... wie ein Geistlicher sieht er nicht gerade aus.«

»Ich habe schon schlimmere gesehen«, sagte Ramage, »selbst wenn sie nicht so streng gerochen haben; aber ich bewundere seine Frechheit auch.«

8

Weil Ramage den ganzen Schriftkram haßte, der mit dem Kommando über ein Schiff des Königs verbunden war, hatte er sich dafür jeweils einen ganzen Nachmittag pro Woche reserviert. An diesem Tag brachte ihm sein Schreiber den Stoß Formulare, Meldungen und Briefe, die er lesen oder unterschreiben mußte – selten beides zusammen –, und Aitken und Southwick traten mit großer Behutsamkeit auf, da sie wußten, daß der Kommandant schlecht gelaunt sein würde und, wie der Navigator behauptete, an diesem Tag mit einer magischen Schaufel ausgestattet war, die in wenigen Sekunden aus einem Maulwurfshaufen einen Berg machen konnte.

Ramage öffnete das Stammrollenbuch und las neugierig die letzte Eintragung. Robert Smith war in die Liste aufgenommen und als unbefahrener Matrose eingestuft worden. Sein Alter war mit 38 Jahren angegeben, und sein Geburtsort war Peckham, London. Der Zahlmeister hatte die Eintragung einen Tag vor dem Auslaufen aus Chatham datiert. Auf diese Weise würde Smith von dem Tag an bezahlt werden, als er das Schiff betreten hatte – aber als unbefahrener Matrose, nicht als Pfarrer. Komischerweise war die Bezahlung fast gleich; es waren eben die »groats«, also die zusätzlichen Silbermünzen, die dem Pfarrer pro Besatzungsmitglied zustanden und seine Tasche füllten.

Ramage schloß das Stammrollenbuch, ging kurz die Musterrolle durch und betrachtete dann ein einzelnes Blatt Papier, auf dem alles verzeichnet war, was über die Besatzung der *Calypso* auf ihrer ersten Reise im Frieden bekannt war und was der Kommandant wissen mußte. Ironischerweise wurden auf diesem Formblatt immer noch die im Kriege üblichen Formulierungen verwendet.

Da gab es vier ›Klassen‹ von Männern – Schiffsmannschaft, Seesoldaten, überzähliges Personal mit »Proviant und Löhnung« und überzähliges Personal in der Abteilung »Nur Proviant«. Jede dieser vier Klassen mußte dann in fünf Kategorien untergebracht werden, »Borne« (Leute, die in den Büchern der *Calypso* geführt wurden), »Mustered« (Leute, bei denen ein Namensappell stattfand), »Checqued« (Leute, die nicht zum Appell anzutreten brauchten, deren Anwesenheit jedoch bestätigt werden mußte), »Sick on shore« (Krank an Land) und »In prizes« (Auf Prisen).

Am heutigen Tage betrug die Mannschaftsstärke (»Borne«) 211, wovon 199 in die Rubrik »Mustered« und 12 in die Rubrik »Checqued« fielen; niemand war »Krank an Land« oder »Auf Prise« abkommandiert. Die Zahl 16 erschien in der Rubrik »Überzählige mit Proviant und Löhnung«, weil zusätzlich zu den zwölf Maurern und Bergleuten auch die Vermesser und Zeichner als Teil der Besatzung verpflegt und bezahlt wurden, während die Zahl ›zwei‹ in der Spalte »Überzählige, nur Proviant« zeigte, so daß der Botaniker und der Maler nur verpflegt, aber nicht bezahlt wurden – die Admiralität oder das Marineamt hatte diese Fälle privat geregelt.

Ramage schob die Mannschaftsverzeichnisse zur Seite und griff nach dem Logbuch der *Calypso*. Tatsächlich gab es zwei; eins, das von Southwick geführt und als »Master's Log« bezeichnet wurde, und sein eigenes, das »The Captain's Journal« hieß. Seit sie aus der Werft in Chatham ausgelaufen waren, hatte er nichts mehr eingetragen, und so kopierte er jetzt die Zeiten und Positionen aus Southwicks Buch. Oben auf der Seite, wo es hieß »Log der Ereignisse auf Seiner Majestät Schiff _____, Kapitän _____, Kommandant, zwischen dem ___ Tag des _____, und dem ___ Tag des _____«, trug er die Worte *Calaypso*, »Ramage«, »vierten« und »September«

ein. Die beiden letzten freien Stellen füllte er nicht aus. Es gab einige abergläubische Vorstellungen, die nur wenige Offiziere ignorierten. So durfte man nie das folgende Datum in ein Logbuch oder Schiffstagebuch eintragen (das ja eigentlich alle zwei Monate der Admiralität eingeschickt werden sollte), bis es tatsächlich vergangen war; weiterhin durfte man nicht das Ende einer Reise in die Spalte »Dauer der Reise: Von _____ bis _____« eintragen, bis man tatsächlich angekommen war. Das Leben war schon unsicher genug, als daß man das Schicksal noch extra herausfordern durfte.

Ramage setzte seine Eintragungen fort. Die erste Spalte, mit der Überschrift »H«, enthielt eine Reihe von Zahlen von 1 bis 12 – die Zeit. Die nächsten beiden Spalten waren mit »K« und »F« überschrieben, Knoten und Faden, Eintragungen, die Landratten selten verstanden, weil im Logbuch »ein Knoten« soviel wie Geschwindigkeit bedeuten konnte (d.h. eine Seemeile pro Stunde), aber auch die Entfernung (eine nautische Meile), wobei überschüssige Entfernungen in Faden, d.h. in Einheiten von sechs Fuß, angegeben wurden. »Kurs« und »Wind« waren die nächsten beiden Überschriften, während »Bemerkungen« die rechte Hälfte der Seite einnahmen und so prosaische Dinge registrierten wie das Öffnen eines Fasses mit Salzfleisch und die Anzahl der Fleischstücke, die es enthielt, verglichen mit der seitlich vom Lieferanten aufschablonierten Zahl, die die vom Marineamt offiziell registrierte Menge auswies.

Er wandte sich den Angaben zum Kurs, der Entfernung, Länge, Breite zu, die unten auf der Seite – doch halt, war das nicht der Ruf des Ausgucks? Er wischte die Schreibfeder ab und horchte.

Ja, der junge Martin antwortete: »Hier Deck!«

Dann von hoch oben: »Segel recht voraus; kommt schnell näher!«

»Für was halten Sie es?« wollte Martin wissen.

»Kann ich ohne Glas nicht erkennen, Sir, aber sie läuft unter vollem Zeug, einschließlich der Obersegel.«

»Gut. Ich schicke jemand mit einem Teleskop rauf.«

Dankbar für die Unterbrechung klappte Ramage das Tintenfaß zu, schob die Papiere in die obere, rechte Schublade seines Schreibtisches und verschloß sie aus alter Gewohnheit. Gesetzte Obersegel bedeuteten zweifellos ein Kriegsschiff – nur, korrigierte er sich selbst, daß jetzt Frieden in der Welt herrscht. Aber kein Handelsschiff, nicht einmal die Schiffe der Ehrenwerten Ostindischen Handelsgesellschaft würden bei dieser Brise unter vollem Zeug laufen. Nur ein Kriegsschiff hatte genügend Leute an Bord, um im Notfall mit so viel Tuch fertig zu werden. Bei dem herannahenden Schiff konnte es sich um ein britisches, französisches, holländisches, vielleicht sogar ein dänisches handeln. Unwahrscheinlich, daß es ein schwedisches Schiff war und ganz bestimmt kein russisches – nicht nur, weil man nur noch wenige davon antraf, sondern weil sie auch in unbeschreiblich unseemännischer Weise geführt wurden.

Inzwischen hatte Ramage sein Teleskop aus der Halterung neben der Tür genommen und den darunter an einem Haken hängenden Hut aufgesetzt. Er trat in das schwache Sonnenlicht an Deck und stellte fest, daß der westliche Rand der Biskaya trotz der auffrischenden Brise immer noch ziemlich ruhig war.

Höchstwahrscheinlich war es ein französisches Linienschiff, das nach Brest oder Rochefort wollte, obwohl, wenn man es recht überlegte, nur noch sehr wenige französische Linienschiffe in den letzten Tagen des Krieges auf See anzutreffen waren.

»Ich wollte gerade Mr. Orsini zu Ihnen schicken, Sir«, sagte Martin. Er wußte zwar, daß der Kommandant das Rufen des Ausgucks durch sein Deckslicht hören konnte, aber das war kein offizielles Zurkenntnisnehmen, und so fügte Martin hinzu: »Der Ausguck im Vortopp meldet ein Segel recht voraus, das auf uns zusteuert. Er glaubt Obersegel zu erkennen.« Martin deutete auf Jackson, der Hand über Hand in die Wanten enterte. Dem Amerikaner wurde das beste Auge nachgesagt, wenn es darum ging, ein Schiff zu identifizieren – und nicht nur das Rig, sondern oft auch den Namen.

Martin war aufgeregt und Orsini auch, aber beide, der Vierte Leutnant der Fregatte und der Fähnrich, hatten eins vergessen: Der Krieg war zu Ende. Noch vor drei Monaten würde die Besatzung beim Insichtkommen eines Schiffes auf Gefechtsstation geschickt worden sein; die Magazine wären geöffnet, die Decks naßgemacht und mit Sand bestreut, die Geschütze geladen worden, der Schiffsarzt hätte seine Instrumente bereit gelegt und der Koch das Feuer in der Kombüse gelöscht. Jetzt herrschte Frieden. Aber Ramage sah Aitken und Southwick eilig auf das Achterdeck kommen, unfähig, die Gewohnheit langer Jahre abzulegen, obwohl ihnen klar war, daß es kein Gefecht geben würde.

Ramage hob das Teleskop ans Auge, fokussierte es und sah nach vorn, wo er einen weißen Fleck ausmachen konnte, immer wenn die *Calypso* auf einem Wellenkamm ritt. Das andere Schiff war nicht genau auf Gegenkurs, weil die Masten sich nicht deckten; es würde die *Calypso*, nach Ramages Schätzung, ungefähr eine Meile an Steuerbord passieren.

Aufgrund des Friedensvertrags waren keine neuen Privatsignale oder Erkennungssignale ausgegeben worden. Die einzigen Flaggen, die jetzt – abgesehen von der Nationalen – routinemäßig geheißt wurden, waren die drei Zahlenwimpel, die die Nummer der *Calypso* in der Marineliste angaben. Und diese würden nur geheißt, wenn sie einem anderen britischen Kriegsschiff begegneten. Ramage bemerkte, daß Orsini die Zahlenwimpel schon bereit hielt.

Ramage fühlte sich merkwürdig nackt und unvorbereitet. Nie zuvor war er auf ein Linienschiff zugesegelt – er war sich ziemlich sicher, daß es sich um ein solches handelte –, ohne mehr zu tun, als dafür zu sorgen, daß drei Wimpel an ein Fall angesteckt waren. Aus der ziellosen Art, wie Southwick und Aitken auf dem Achterdeck herumgingen, merkte er, daß es ihnen nicht viel anders ging.

»An Deck – hier Jackson, Sir.«

Martin sah Ramage an, der ihm zunickte, um ihm zu verstehen zu geben, daß er der wachhabende Offizier sei.

»Hier Deck – was sehen Sie?«

»Linienschiff, Sir, britisch, vielleicht die *Invincible* und wahrscheinlich ein ›private‹-ship.«

Ein »private«-ship; es führte also keine Admiralsflagge. Wenn sie Glück hatten, und das konnte gut sein, weil sich das Schiff so nahe der Heimat befand, würde es einfach nur mit einem freundlichen Signal passieren, anstatt beizudrehen und Ramage aufzufordern, sich mit seinen Befehlen beim Kommandanten zu melden, der sein Dienstalter ausnützen konnte, um sich etwas aufzuspielen, obwohl er vermutlich wissen würde, daß er Ramage, der im Auftrag der Admiralität unterwegs war, letzten Endes nicht behindern durfte.

»Lassen Sie Jackson wieder an Deck kommen«, murmelte Ramage Martin zu.

Der Grund war einfach genug – vor zwei Tagen war die Schublade des Kompaßhäuschens aufgegangen und an Deck gefallen und die beiden Objektivlinsen der Fernrohre, die darin lagen, hatten einen Sprung. Jetzt befanden sich nur drei funktionsfähige Teleskope an Bord – Ramages eigenes, das zweite, das Martin benutzt, jetzt aber Jackson mitgegeben hatte, und das dritte, das von Aitken verwendet wurde.

Als der Amerikaner wieder an Deck war, sagte er zu Ramage: »Sie ist eine lange Zeit auf See gewesen, Sir; bevor ich niederenterte, konnte ich sie noch einmal gut sehen, als sie und wir gleichzeitig auf einem Wellenkamm ritten und sie sich ziemlich weit überlegte. Sie hat viele ihrer Kupferplatten verloren, und der Boden ist ganz grün vor lauter Bewuchs. Am Überwasserschiff gibt es eine Menge Arbeit und ihre Segel bestehen fast nur noch aus Flicken.«

»Wahrscheinlich kommt sie aus Indien zurück und hat am Kap nur gerade Wasser übernommen.«

Diese Bemerkung, an Southwick gerichtet, wurde mit einem verständnisvollen Nicken quittiert. »Dann wird sie uns wenigstens nicht aufhalten!«

Nichts war ärgerlicher, als wenn man beidrehen und, der Laune eines Kapitäns folgend, dessen Name weiter oben auf der Kapitänsliste stand, ein Boot aussetzen mußte – ganz besonders, wenn die Boote für eine lange Reise seefest gezurrt waren.

Die beiden Schiffe kamen schnell aufeinander zu. Ramage schätzte, daß die *Invincible* – wenn sie es denn war – ungefähr zehn Knoten lief, und die *Calypso* gut sieben. Er sah erneut durch sein Glas. Ja, jetzt konnte auch er die geflickten Segel erkennen und, als sie sich mit einer Welle hob, den starken Bewuchs des Unterwasserschiffs. Sie war inzwischen noch drei bis vier Meilen entfernt. Die Masten kamen jetzt in Deckung – sie änderte ihren Kurs, um näher an die *Calypso* heranzugehen. Vielleicht wollte sie sich nur nach den letzten Neuigkeiten erkundigen. Ramage kam plötzlich die Idee, daß er Robert Smith mitnehmen könnte, falls man ihn aufforderte, an Bord zu kommen. Sein Bericht an die Admiralität über den »Pfarrer« war bereits geschrieben; der Brief mußte nur noch datiert und versiegelt werden.

So ein Linienschiff, das platt vor dem Wind auf einen zulief, war immer sehr eindrucksvoll; vor ihm liefen die Wellen in regelmäßiger Formation vorwärts, während es, die Segel zu eleganten Kurven gebläht, fast einen Knicks machte, als das Heck von einer Welle gehoben wurde, sein Steven eine schimmernde Bugwelle aufwarf und das ganze Schiff mit einer massigen Begierde emporzusteigen schien, bis die Welle unter ihm durchgelaufen war, worauf sich seine Fahrt verlangsamte und der ganze Prozeß sich bei der nächsten Welle wiederholte.

Und jetzt hißte sie eine Menge Flaggen!

»Heißen Sie unser Schiffskennzeichen vor«, rief Ramage, »und halten Sie sich bereit, die Signale zu beantworten!«

Orsini hatte jetzt Martins Teleskop, weil er für die Signale verantwortlich war.

»Nun?« fragte Ramage ungeduldig.

»Ich – ich bin nicht sicher, Sir. Haben wir noch das alte Signalbuch, Sir?«

»Natürlich nicht. Warum?«

»Ich denke, sie haben ein altes Erkennungssignal gesetzt!«

»Unfug! Sie werden gleich sagen, sie hätten das Privatsignal geheißt!«

»Ich glaube, das haben sie auch, Sir«, sagte Orsini. »Mein Gedächtnis ist nicht besonders gut, Sir, aber ich bin sicher, daß ist ein Erkennungssignal vom letzten Juli und eins der Serie von Privatsignalen ebenfalls vom Juli. Wenn sie –«

Aitken unterbrach ihn, mit einem Anflug von Dringlichkeit in seiner Stimme: »Sir, wenn man nicht im Besitz der neuesten Erkennungssignale und Privatsignale ist, verwendet man – im Kriege – die Signale des gleichen Tages von vor zwei Monaten!«

»Wir haben die Antwortsignale nicht«, sagte Ramage. »Alle Signalbücher wurden nach Unterzeichnung des Friedensabkommens an die Admiralität zurückgegeben.«

Plötzlich überlief ihn ein kalter Schauer, und er hob sein Teleskop wieder ans Auge.

Die *Invincible* war dabei, ihre Bramsegel und die Untersegel zu bergen; in wenigen Augenblicken würde sie nur noch unter Marssegeln sein, den Segeln, die im Gefecht geführt wurden. In diesem Augenblick veränderte sich die Steuerbordseite der *Invincible*, die er am deutlichsten sehen konnte. Die gekrümmte, einfallende Bordwand mit dem einzelnen, weißen Farbgang, grau geworden durch getrocknetes Salz, zeigte jetzt zwei klaffende Spalten, die parallel oberhalb und unterhalb des Farbgangs verliefen, zwei dunkelrote Einschnitte dort, wo sich ihre Stückpforten plötzlich geöffnet hatten. Und jetzt, wie unfertige schwarze Finger, schoben sich die Geschütze durch die Öffnungen.

»Sie wissen nicht, daß der Krieg vorüber ist!« rief Ramage.

»Und ihrer Meinung nach sind wir eine französische Fregatte, die unter falscher Flagge segelt und ihr Erkennungssignal nicht beantwortet«, sagte Aitken.

»Senta«, murmelte Orsini, »siamo amici; hört doch, wir sind Freunde.«

Einen Augenblick lang starrte Ramage auf das näherkommende Schiff. Imposant, furchterregend, majestätisch, unwiderstehlich... die *Invincible* verkörperte all diese Eigenschaften. Sie erschien ihm so, wie einem Frosch ein herannahender Schwan vorkommen mußte. Die Pulvermagazine waren noch unter Verschluß, die Pfortendeckel noch geschlossen, Bowens chirurgische Instrumente säuberlich in ihrer Kiste verstaut – der Krieg war vorbei, und die *Invincible* war ein britisches Schiff. Auf der *Invincible* jedoch waren alle Geschütze – 32-Pfünder auf dem Unterdeck, 24-Pfünder auf dem Batteriedeck und 12-Pfünder und Karronaden auf dem Oberdeck – geladen und ausgerannt; die Geschütze waren feuerbereit, die

Geschützführer würden die Abzugsleinen in der Hand halten, geduckt außer Reichweite der Kanone, wenn sie nach dem Abfeuern zurücklief, und die stellvertretenden Geschützführer würden auf den Befehl warten, die Hähne zu spannen. Die Decks der *Invincible* würden naßgemacht und mit Sand bestreut sein, damit die Männer nicht ausrutschten und auch, um versehentlich verschüttetes Pulver unschädlich zu machen. Der Kommandant war sicher im Begriff, anzuluven oder abzufallen, um die eine oder die andere Breitseite einsetzen zu können. Und sicherlich war er überrascht, daß der Kommandant dieser französischen Fregatte die Stirn hatte, auf seinen Bluff mit der falschen Flagge zu vertrauen. Eine Breitseite von der *Invincible*, gut ins Ziel gebracht (und das würde sie bei einer so relativ ruhigen See, und die erste Breitseite war gewöhnlich die entscheidende), würde die *Calypso* vernichten.

Wie nur sollte Ramage die *Invincible* daran hindern, ihre Kanonen abzufeuern?

Überraschung ... Überraschung ... Überraschung. Das Wort, das er seinen Offizieren so oft eingebleut hatte, echote durch seinen Kopf wie ein wiederholt auf einem Klavier angeschlagener Halbton. Wie um alles in der Welt überraschte man ein 74-Kanonen-Schiff, das mit dem Wind und mit feuerbereiten, ausgerannten Geschützen auf eine unvorbereitete Fregatte zulief?

Die *Invincible* war jetzt knapp eine halbe Meile entfernt. Wenn sie rollte, konnte er schwarze Rechtecke unterhalb der Wasserlinie erkennen, wo sie 20 oder 30 Kupferbleche verloren hatte. Die auf den Barrings festgezurrten Boote waren frisch gemalt. Im Vormarssegel begann gerade eine Naht aufzuplatzen; in zehn Minuten würden sie das Segel zum Nähen bergen müssen – aber in zehn Minuten würde es für die *Calypso* zu spät sein, die, über Backbordbug liegend, weiter ihrem Kurs folgte. In wenigen Minuten würden, zusammen mit dem Wind, auch Kanonenkugeln über die Steuerbordseite fegen.

Ein Blick nach vorn zeigte, daß die *Calypso* und ihre Besatzung völlig unvorbereitet waren. 40 oder 50 Männer standen am Schanzkleid und beobachteten das auf sie zulaufende Linienschiff, aber im letzten Moment schien ihnen die Bedeutung der offenen Stückpforten aufzugehen. Aitken, Wagstaffe, Kenton, Southwick, Orsini, Renwick, der Leutnant der Seesoldaten und selbst der Bordarzt Bowen, die auf dem Achterdeck standen, um die *Invincible* vorbeisegeln zu sehen, standen, genau wie der Wachhabende Martin, wie versteinert da. In wenigen Minuten würde keiner von ihnen mehr leben; alle würden sie durch einen Hagel von Kanonenkugeln und Kartätschen niedergemäht sein.

Überraschung; das Unerwartete; was konnte die Breitseite der *Invincible* stoppen? Eine plötzliche Drohung – aber wogegen? Ihre Masten und Takelage... ihr Bugspriet und Klüverbaum?

»Klar zum Manöver, Mr. Martin!« brüllte Ramage plötzlich. Seine Stimme trug über das ganze Schiff und ließ jeden Besatzungsangehörigen nach achtern sehen und begierig den Befehl erwarten, der vielleicht ihr Leben retten konnte. »Orsini, ein weißes Tuch!« Sie würden nicht mehr genug Zeit haben, um etwas damit anzufangen, aber... Er fuhr fort, Manöverbefehle zu geben: »Ruder in Lee!« ... »Ruder liegt in Lee, Sir«... »Gut, jetzt Leute: Halsen und Schoten loswerfen!«

Einer Landratte wären die Aktivitäten an Deck der *Calypso* sicher ziemlich chaotisch vorgekommen, mit all den herumrennenden Männern, die an irgendwelchen Leinen holten, während sie den Trimm der Segel beobachteten, hier eine Schot fierten, dort an einer Halse holten und eine Brasse dichtsetzten.

Ramage sah, wie die *Invincible* von der Steuerbordseite

der *Calypso* auf die Backbordseite zu gleiten schien; über ihm begannen Segel zu schlagen, als sie den Wind verloren. Der Steuermann wiederholte einen Ruderbefehl von Martin, und die Fregatte verlangsamte ihre Drehung.

Die Achtersegel hatten angefangen zu killen. »Großbulin – gut steifholen...« Jetzt war der Bug durch den Wind gegangen. »Hol steif! Rund achtern! Bewegt euch, Leute!« Ramages Kehle war bereits rauh, und Southwick reichte ihm das Sprachrohr.

Während jetzt der Wind mit einem dumpfen Knall die Segel füllte, so daß die Rahen zitterten und manche Leinen heftig zu schlagen begannen, fiel die *Calypso* langsam auf den anderen Bug ab.

»Fockhalsen und Vorbulins... hol steif!«

Die *Calypso* nahm wieder Fahrt auf; er konnte das Plätschern der Bugwelle hören. Die *Invincible* war – verdammt! Sie stand einen Strich achterlicher als querab und hatte gerade nur ein paar Grad abgedreht, um statt der Geschütze an Steuerbord ihre Backbord-Breitseite einsetzen zu können. Die *Calypso* hatte zu schnell gewendet. Nun gut!

»Klar zum Wenden!« brüllte Ramage erneut in das Sprachrohr. »Ruder in Lee!«

Er sah, wie die Männer das Steuerrad in die andere Richtung drehten, um die *Calypso* wieder auf den Kurs zu bringen, aus der sie gerade gekommen waren.

»Das Ruder liegt in Lee! Haltet das Vormarssegel back, Leute!«

Die Fregatte drehte wieder durch den Wind, so daß sie die *Invincible* fast genau vor sich hatten.

»Auf mit dem Ruder!« schrie Ramage. »Recht so, laßt sie so beigedreht liegen!«

Eilig ließ er Groß- und Besansegel trimmen. Das Vormarssegel stand back, so daß der Wind auf seine Vorderseite blies, das Segel gegen den Mast preßte und so bestrebt war, den Bug der *Calypso* nach Backbord wegzuschieben, aber die Achtersegel, die normal getrimmt waren, versuchten den Bug nach Steuerbord zu drücken.

Ramage gab ein paar weitere Befehle – so ließ er das Vormarssegel scharf anbrassen, ließ mit dem Ruder etwas aufkommen, die Schot eines der Vorsegel fliegen –, bis der Druck, der den Bug der *Calypso* nach Backbord zwang, genau dem Druck der Achtersegel entsprach, die ihn nach Steuerbord schieben wollten. Dann lag die Fregatte ohne Fahrt im Wasser, auf der Oberfläche reitend wie eine Möwe; alle Segel waren gesetzt, wenn auch keines das Schiff vorwärts trieb.

Dann wappnete Ramage sich für einen Blick auf die *Invincible*. Southwick, Aitken und alle anderen, die nichts damit zu tun hatten, das Schiff beizulegen, starrten bereits zu ihr hinüber, und Ramage wußte, daß sein Plan wahrscheinlich nicht aufgegangen war. Zunächst war er mit der *Calypso* zu früh durch den Wind gegangen und hatte dem Linienschiff dadurch zuviel Zeit gegeben, ihre andere Breitseite einsetzen zu können; dann hatte er zu lange gebraucht, um die Fregatte auf dem anderen Bug vor dem Linienschiff zum Beiliegen zu bringen. Anstatt die *Calypso* nur wenige Schiffslängen vor dem Bug der *Invincible* zu stoppen und sie damit zu veranlassen, ein überstürztes Manöver durchzuführen, um eine Rammung zu vermeiden und dabei womöglich den Fockmast zu verlieren, hatte er ihr, wie es schien, gerade genug Raum gelassen, um auszuweichen und ihnen im Passieren eine Breitseite hinüberzuschicken.

Das entfernte, wie Donner klingende Rollen ließ Ramage schließlich den Kopf wenden; er war sicher, daß es sich um das Grollen einer Breitseite handelte, aber eigentlich konnte die *Invincible* nicht mehr so weit entfernt sein.

Keine Geschütze, merkte er, sondern schlagendes Segeltuch. Als sich ihr die *Calypso* so plötzlich in den Weg legte, konnte die *Invincible* nur dadurch eine Kollision abwenden, daß sie hart Ruder legte, und jetzt, wo sie, keine 50 Yards vor der *Calypso* entfernt, abdrehte, hatte jedes Segel auf dem Schiff angefangen zu schlagen, wobei das schon eingerissene Vormarssegel von oben bis unten durchriß.

Und die Mündung eines jeden Geschützes auf der Steuerbordseite der *Invincible* war genau auf die *Calypso* gerichtet! Die *Invincible* schwang schnell herum, und Ramage sah eine Gruppe von Offizieren auf dem Achterdeck, die zu ihnen herüberstarrten. Dann merkte er jedoch, daß sich ihre Blick, auf Orsini richteten, der auf den Finknetzen stand und langsam ein weißes Laken schwenkte.

Plötzlich und ganz unerklärlicherweise wütend auf die Gruppe von Männern dort drüben, rannte Ramage an das Schanzkleid und kletterte auf die Finknetze in Luv von Orsini. Er hielt das Sprachrohr an den Mund und brüllte: »Britisches Schiff! Der Krieg ist vorbei, ihr Trottel!«

Er schwenkte das Sprachrohr nach vorn. »Los Leute, singt! ›Black-eyed Susan‹!«

Einen Augenblick später führte er einen Chor von 200 Männern an, die erleichtert die Worte des Liedes über die Wellen zur *Invincible* hinüberschmetterten, welche jetzt, nachdem sie von der *Calypso* klar war, abfiel und begann, ihre Segel zu trimmen.

»Sie können das Laken jetzt wieder wegstauen«, sagte er zu Paolo. »Wo, zum Kuckuck, haben Sie es bloß so schnell gefunden?«

Paolo grinste, als er es zusammenfaltete. »Ihre Kajüte war am nächsten, Sir; es ist aus Ihrem Bett! Ich fürchte jedoch, ich habe es eingerissen, als ich auf die Finknetze kletterte.«

»Tatsächlich – beim Zeus«, schrie Ramage, dem die Knie im Augenblick etwas weich wurden. Jetzt, da die Spannung wich, war ihm nach Kichern zumute, und Paolos Entschuldigung, die nur einen kurzen Augenblick nach dem geistesgegenwärtigen Lakensignal kam, das wahrscheinlich mehr als alles andere dazu beigetragen hatte, das Schiff zu retten, konnte schon reichen, um ihn losprusten zu lassen.

9

»Hören Sie mal, Ramage, ich habe ganz genau gehört, wie Sie mich einen Trottel genannt haben«, beschwerte sich Captain William Hamilton mißmutig in einem breiten schottischen Akzent. »›Trottel‹ haben Sie gerufen; das hat auch jeder meiner Offiziere mitbekommen.«

»Jawohl, Sir, und ich bitte um Entschuldigung; ich war etwas in Eile, als ich mich so äußerte.«

»Das könnte ich mir auch vorstellen«, sagte Hamilton, etwas besänftigt, und ließ sich in einen Sessel fallen, die Lippen gefletscht, so daß seine Zähne zu sehen waren und Ramage an eine zischende Schlange denken mußte. Seine Gesichtsfarbe war purpurrot, das Gesicht selbst schmal und eingefallen.

»Ich stehe an 28. Stelle auf der Kapitänsliste, aber Sie, Ramage, der in meiner Ausgabe noch nicht einmal aufgeführt ist, betrachten mich als ›Trottel‹.«

»Ich habe mich bereits entschuldigt, Sir; die Äußerung fiel sozusagen in der Hitze des Gefechts. Ich darf Sie jetzt jedoch davon in Kenntnis setzen, daß der Krieg beendet ist; wir haben einen Vertrag mit Bonaparte unterzeichnet und –«

»Schweigen Sie!« brüllte Hamilton, wobei er sich halb aus seinem Sessel erhob. »Ich gedenke mir solchen Unfug nicht anzuhören! Hier kommt ein Mann von einer in Frankreich gebauten Fregatte an Bord, der behauptet, er wäre im Kapitänsrang, dessen Name jedoch nicht in meiner Marineliste aufgeführt ist, und behauptet, daß Mr. Pitt einen Vertrag mit dem Feind unterzeichnet hat! Also –«

»Meine Beförderung zum Kapitän liegt jetzt schon ein Jahr zurück, Sir; Sie haben eine lange Zeit in indischen Gewässern verbracht.«

»Und wir wissen natürlich alle, daß Kapitäne, die längere Zeit in indischen Gewässern verbringen, den Verstand verlieren, nicht wahr, Ramage?«

Die Stimme des Mannes nahm eine leicht hysterische Klangfarbe an, hob sich am Ende jedes Satzes und unterstrich seinen schottischen Akzent. Flachland-Schottisch würde Aitken mit der ganzen Verachtung eines Hochländers sagen.

»Das habe ich nicht gesagt, Sir. Ich versuche nur, Ihnen die Bedingungen des neuen Abkommens zu beschreiben. Wenn Sie sich über meine Person vergewissern wollen, dann finden Sie mich unter den Leutnants in Ihrem Exemplar der Marineliste.«

»Ah, aber wie kann ich wissen, daß Sie auch wirklich Ramage sind?« Hamiltons schmales Gesicht hatte jetzt den listigen Ausdruck eines Pferdehändlers, doch dann grinste er plötzlich. »Nun gut, ich glaube Ihnen. Sprechen Sie französisch?«

Ramage erkannte die Falle. »Nur sehr wenig, Sir. Ein paar Worte.«

»Wann wurde der Vertrag unterzeichnet?«

»Anfang Oktober, Sir.«

»Sie haben mein Vormarssegel zerrissen«, sagte Hamilton feierlich. »Sie müssen hingehen und es inspizieren. Man wird es inzwischen abgeschlagen haben.«

»Aber, Sir –«

»Widersprechen Sie nicht. Sich ein zerrissenes Vormarssegel anzusehen ist Teil Ihrer Ausbildung.« Er rief den Posten herein und befahl ihm, den Ersten Offizier holen zu lassen, während er Ramage bedeutete, dazubleiben.

Als der Erste Offizier die Kajüte betrat, sagte Hamilton liebenswürdig: »Ah, Todd, Mr. Ramage interessiert sich für unser zerrissenes Marssegel. Hat man es schon abgeschlagen? Ah, gut; führen Sie bitte Mr. Ramage hin, damit er es sich ansehen kann.«

Ramage folgte dem offensichtlich verblüfften Leutnant auf das Hauptdeck. Der Leutnant war vielleicht 30 Jahre alt, früher sicher einmal ein stämmiger Mann, aber jetzt abgemagert; die Haut seines Gesichts wirkte grau unter der unvermeidlichen Bräune. Er ging leicht gebückt und hatte bisher noch kein Wort gesprochen.

Als sie den Fockmast erreichten, wo eine Gruppe von Seeleuten dabei war, ein neues Marssegel aufzubringen, während andere das zerrissene an Deck ausbreiteten, um es anschließend zu nähen, wurde Ramage bewußt, daß der Leutnant bei seinem ersten Gespräch mit Captain Hamilton nicht anwesend gewesen war.

»Wie ist Ihr Name?« fragte Ramage.

»Todd, Sir.«

»Ach ja, ich erinnere mich, daß Captain Hamilton ihn erwähnte. Sie werden froh sein, nach Plymouth zu kommen, nehme ich an.«

»Jawohl, Sir«, sagte Todd mit tonloser Stimme.

»Sie wissen, daß der Krieg zu Ende ist, nehme ich an?«

»Der Krieg? Vorüber, Sir?«

Todd sah ihn an wie ein Verhungernder, dem man gerade ein Essen versprochen hat.

»Ja, es ist alles vorüber; der Krieg, den wir gegen die Franzosen geführt haben – und gegen die Spanier und die Niederländer!«

»Mein Gott! Also, das war der Grund, warum –« Todd hörte abrupt auf und sah sich um, als fürchtete er, belauscht zu werden.

»Bücken Sie sich und sehen Sie sich mit mir zusammen den Riß an«, murmelte Ramage. »Hören Sie mir genau zu. Sie haben noch zwei oder drei Tage auf See vor sich, bevor Sie Plymouth erreichen, vielleicht auch mehr. Aus der westlichen Einfahrt zum Kanal kommen die Schiffe nur so herausgequollen, wie Schafe durch ein Loch in der Hecke. Schiffe aller Nationen...«

»Ich verstehe, Sir«, murmelte Todd.

»Ich glaube nicht«, sagte Ramage. »Captain Hamilton glaubt mir nicht, wenn ich ihm erzähle, daß wir mit Frankreich Frieden geschlossen haben.«

»Doch, ich verstehe es wirklich, Sir«, sagte Todd leise. »Ich begann schon zu vermuten, daß ein Friedensvertrag geschlossen wurde, als wir zwei uneskortierten britischen Handelsschiffen begegneten. Der Kommandant wollte sie nicht befragen, aber das war der Grund, weswegen wir Ihnen keine Breitseite rüberschickten. Ich war sicher, daß es sich um ein britisches Schiff handelte, und als wir daher anluven mußten, um Sie nicht zu rammen, habe ich so getan, als hätte ich seinen Feuerbefehl nicht richtig gehört. Ich stehe immer noch unter offenem Arrest...«

Ramage bückte sich, um einen Legel zu betrachten. »Ist er verrückt?«

»Die meiste Zeit. Doch dann ist er auch wieder zwei Tage völlig normal, lacht und scherzt und zieht seinen Aufklarer auf, einen Iren, der stottert.«

»Glauben Sie, Sie kämen bis Plymouth, ohne ein anderes Schiff anzugreifen?«

»Da besteht kaum eine Chance«, sagte Todd düster. »Ich werde die Ausgucks instruieren, nicht allzu genau hinzusehen; vielleicht rettet uns das. Was meinen Sie, hat er Ihnen das mit dem Vertrag geglaubt?«

»Nein, aber er beobachtet uns jetzt vom Achterdeck. Kommen Sie her und sehen Sie sich mit mir diesen Legel an. Sie trauen sich nicht, ihn einzuschließen, nicht wahr?«

»Kriegsartikel«, murmelte Todd. »Er ist nicht offensichtlich verrückt – wir Offiziere würden unter Anklage gestellt, und an einem seiner guten Tage würde er jedes Gericht davon überzeugen, daß er völlig normal ist.«

»Aber angenommen, Sie versenken auf der Heimreise ein französisches Handelsschiff?«

»Das wäre wirklich schlimm, Sir«, sagte Todd. »Wenn ich den Kommandanten unter Arrest stelle, werden sie mich nach Artikel 19, 20, 22 und 35 anklagen; das würde Meuterei bedeuten, und darauf steht die Todesstrafe. Soll er doch statt dessen ein paar Franzosen umbringen. Alles, was ich will, ist ein Posten auf einem anderen Schiff.«

Zusammen zogen sie ein zerrissenes Stück des Segels zur Seite und beugten sich erneut darüber, um den Riß zu begutachten.

»Ich werde Ihnen einen Brief an den Sekretär der Admiralität mitgeben, in dem ich genau berichte, wie er fast mein Schiff versenkt hätte; dazu noch einen zweiten, in dem ich Ihr Dilemma schildere. Hören Sie genau zu, denn wir müssen in wenigen Minuten wieder zu ihm zurückgehen. Der zweite Brief wird Sie decken, falls Sie gezwungen sein sollten, ihn einzusperren. Ich werde in meinem Brief eindeutig schreiben, daß er nicht bei Verstand war, als ich mit ihm sprach, und daß ich bereit bin, dies auch vor Gericht zu bestätigen. Natürlich kann ich ihn nicht seines Postens entheben, weil er dienstälter ist als ich, aber ich kann Ihnen diese beiden Briefe zukommen lassen, bevor wir uns trennen.«

Todd nickte. »Das würde sicher genügen, Sir. Ihr Name hat Gewicht. Wir haben über Sie in der ›Gazette‹ gelesen.«

»Meine Offiziere werden ebenfalls für Sie aussagen, wenn es nötig werden sollte. Ich werde ihre Namen in meinem Brief aufführen. Sie bekommen auch Kopien; sie sind extra als solche gekennzeichnet. Bringen Sie sie nicht durcheinander.«

»Setzen Sie sich, setzen Sie sich«, sagte Hamilton. »Kann ich Ihnen irgendeine Erfrischung anbieten? Ich habe einen guten Madeira – nahm ein paar Flaschen an Bord, als wir einliefen. Der verdammte Zoll wird mir wegen der Abgaben auf den Fersen sein, aber das ist mir die Sache schon wert. Wenige Weine vertragen eine Reise so gut wie ein guter Madeira.«

Hamilton vergaß sein Angebot prompt wieder, und Ramage stellte überrascht fest, daß der Mann, der eine andere, neuere Uniform angelegt hatte, während er und Todd das Segel inspizierten, Pantoffel an den Füßen trug. Als Hamilton bemerkte, daß Ramage sie etwas verwundert ansah, nickte er und klopfte sich mit dem Zeigefinger leicht gegen die Nase.

»Schießpulver«, flüsterte er. »Diese Pantoffeln lassen es nicht explodieren, wenn ich darauf trete. Schuhe mit Ledersohlen würden es zur Entzündung bringen, und das ganze Schiff würde in einer schrecklichen Explosion in die Luft gehen.«

»Wirklich?« antwortete Ramage höflich. »Ich muß sehen, daß ich mir auch ein Paar beschaffen kann.«

»Ja, machen Sie das, mein Lieber. Ich kaufte diese hier in Kalkutta. Jeder kann Ihnen sagen, wo Sie hingehen müssen. Fragen Sie nur nach ›Captain Hamiltons Pantoffelhändler‹. Jeder wird Ihnen die Adresse sagen können. Nun, erzählen Sie mir, was es in London Neues gibt.«

Ramage dachte an sein kurzes Gespräch mit Todd. Im Augenblick wechselte Hamilton schnell zwischen Zurechnungsfähigkeit und Unzurechnungsfähigkeit hin und her, aber es war unheimlich, wie er etwas sagen konnte, das völlig verrückt war, und es trotzdem normal klingen lassen konnte. Die Pantoffeln, zum Beispiel. Es gab wirklich keinen Grund, weshalb ein Kommandant an Bord seines eigenen Schiffes zu seiner besten Uniform keine Pantoffeln tragen sollte. Seine Erklärung würde für einen Nichtseemann völlig plausibel klingen, und welches Militärgericht würde, angesichts seines ansonsten völlig normalen Verhaltens, einem Zeugen glauben, der die Geschichte mit dem Schießpulver erzählte? Hamilton würde nur Hühneraugen oder entzündete Fußballen erwähnen müssen, und die Pantoffeln würden als völlig normal durchgehen.

»London – ich hatte Sie nach London gefragt, Ramage.«

»O ja, natürlich. Es ist sehr ruhig im Moment – alles, was Rang und Namen hat, ist nach Frankreich und Italien unterwegs. Fast ein Drittel des Hochadels, wie ich gehört habe.«

»Wirklich? Na ja, sie haben ja Paris und Florenz jahrelang nicht besuchen können. Die Damen möchten die neue Mode sehen, vermute ich. Aber was gibt es Neues von der Admiralität?

»Veränderungen, natürlich. Lord St. Vincent ist der neue Erste Lord; die ganze Zusammensetzung der Admiralität hat sich geändert.«

»St. Vincent? Der einmal Sir John Jervis war? Was treibt denn der in der Admiralität? Pitt muß verrückt sein!«

»Mr. Pitt ist nicht mehr Premierminister«, sagte Ramage geduldig. »Mr. Addington hat die neue Regierung gebildet.«

»Addington? Ich glaube Ihnen kein Wort!«

Hamilton erhob sich und stülpte sich den Hut auf den Kopf. Er starrte Ramage an und holte tief Luft. »Ein Kriegsgericht, Ramage, ich werde ein Kriegsgerichtsverfahren gegen Sie beantragen, sobald ich wieder in England bin. Ein Menge Anklagepunkte; o ja, eine Menge.«

»Wirklich, Sir?«

»O ja. Abgesehen von dem ›Trottel‹ sind da – nun lassen Sie mich sehen: fahrlässige Gefährdung eines Schiffs des

Königs. Damit hätten wir erfaßt, wie Sie die *Invincible* einem ungeheuren Risiko ausgesetzt haben. Die gleiche Anklage gilt natürlich auch für die *Calypso*. Dann natürlich Feigheit –«

»Feigheit?« rief Ramage aus, der kaum seinen Ohren trauen wollte. »Bei welcher Gelegenheit denn?«

»Sie haben eine weiße Flagge geschwenkt – und sich damit dem Feind ergeben, ohne einen einzigen Schuß abgefeuert zu haben! Artikel 12 und 13. ›Wer sich während des Gefechts zurückhält und…‹, nun, Sie kennen den Wortlaut selbst gut genug.«

»Allerdings«, sagte Ramage, entschlossen, auf die *Calypso* zurückzukehren, bevor dieser arme, verrückte Mann irgend etwas Unsinniges tat, wie zum Beispiel seinem Schiffsprofos zu befehlen, ihn, Ramage, zu verhaften.

»Jetzt, Ramage, lassen Sie mich Ihre Befehle sehen.«

»Es sind versiegelte Befehle, Sir. Ich habe nur den allgemeinen Befehl, nach Süden zu segeln und erst südlich des zehnten Breitengrades Nord die versiegelten Befehle zu öffnen.«

»Geben Sie sie mir; ich darf sie öffnen. Alle Dinge sind offen für diejenigen, die festen Glaubens sind.«

»Sie sind an Bord meines Schiffes eingeschlossen, Sir.«

»Dann gehen Sie und schließen Sie auf, mein Junge«, sagte Hamilton mit völlig normaler Stimme. »Ich muß sie inspizieren. Man weiß ja nicht, was alles darin stehen kann.«

Er sprach, als könnten die Befehle der Admiralität obszöne Sätze enthalten, für die Ramage noch zu jung wäre, um sie zu lesen.

Ramage nickte zustimmend. »Jawohl, Sir, wer weiß das schon. Sie erinnern sich vielleicht, daß ich Ihnen bei unserem ersten Gespräch mitteilte, daß der Krieg mit Frankreich beendet ist –«

»Ah, ja, das haben Sie allerdings«, unterbrach ihn Hamilton. »Und wenn Sie selbst nicht noch einmal davon reden, werde ich es vor Gericht nicht erwähnen. Aber es ist ein klarer Verstoß gegen einen der Kriegsartikel, Nummer 3, um genau zu sein, ›Wenn ein Offizier dem Feind Nachrichtenmaterial übergibt oder mit ihm darüber spricht...‹«

Ramage würde ihm zugestimmt haben, allein, um den Mann nicht weiter zu provozieren, aber die *Invincible* mußte noch rund 200 Meilen zurücklegen, bis sie Spithead erreichte, und in der Zeit konnte sie gut einem Dutzend französischer, holländischer oder spanischer Schiffe begegnen und sie versenken.

»Sir, ich habe einiges dazu zu sagen, und ich möchte, daß Ihr Erster Offizier und mindestens noch ein weiterer Ihrer Offiziere dabei zugegen sind.«

»Aber natürlich, mein lieber Ramage. Sagen Sie dem Posten, er soll den Befehl durchgeben. Darf ich Ihnen jetzt noch einmal eine Erfrischung anbieten? Wie ich schon sagte, der Madeira ist gut, aber ich habe auch Branntweine, einen mäßigen Kognak oder eins von diesen Getränken aus Niederländisch-Ostindien, voll von Gewürzen und Aromastoffen; was möchten Sie gern?«

Hamiltons Stimme war jetzt die eines guten Gastgebers; ein völlig vernünftiger Mann, der sich freut, nach einem langen Aufenthalt auf See einem anderen Schiff des Königs zu begegnen.

Ramage betrachtete die von Hamilton angebotenen Flaschen, bemühte sich, Zeit zu gewinnen, und versuchte, keine Aufforderung abzulehnen, bis die beiden Offiziere zugegen waren. Ein Klopfen an der Tür und ein Ruf des Postens verrieten, daß die beiden Männer in der Nähe gewartet haben mußten.

Als sie die Kajüte betraten, nickte Hamilton seinem Ersten Offizier zu und stellte den Zweiten Leutnant vor, lächelnd, als stünden sie im Begriff, sich zu einer speziell zubereiteten Reistafel niederzulassen.

»Gentlemen, Mr. Ramage konnte sich nicht entscheiden, was er zu sich nehmen sollte, und bat mich, nach Ihnen zu schicken.«

Todd, der so stand, daß Hamilton sein Gesicht nicht sehen konnte, warf Ramage einen vielsagenden Blick zu. Ramage war sofort klar, daß auch der andere Leutnant ebenso wie Todd nahezu am Ende seiner Kräfte war; sie hatten Monate mit den Verrücktheiten ihres Kommandanten leben müssen.

Er sah beiden ins Gesicht und sagte langsam und sorgfältig: »Ich habe Captain Hamilton eine Erklärung abgegeben, und ich beabsichtige, sie vor Ihnen beiden zu wiederholen. Ich möchte, daß Sie sich genau merken, was ich sage.«

Bevor er fortfahren konnte, sagte Hamilton im Gesprächston: »Ja, merken Sie sich nur genau, was er sagt, Wort für Wort, und denken Sie an die Kriegsartikel, Nummer 3, 12 und 13. Ich werde ihn natürlich vor Gericht bringen, und wir werden alles Beweismaterial brauchen, das wir nur bekommen können.«

»Aye, aye, Sir«, sagte Todd.

»Nun«, fuhr Ramage fort, »zwischen Britannien und Frankreich ist ein Friedensvertrag geschlossen worden. Alle Feindseligkeiten sind eingestellt – «

»Achtet genau darauf, was er sagt«, warf Hamilton ein. »Ein klarer Fall von ›Nachrichtenaustausch mit dem Feind‹.«

»– zwischen Britannien auf der einen Seite und Frankreich, Spanien und den Niederlanden auf der anderen. Wiederholen Sie das jetzt.«

Todd wiederholte, was er gesagt hatte, Wort für Wort, während Captain Hamilton mit seiner rechten Hand den Takt dazu schlug.

Sobald der Leutnant geendet hatte, fuhr Ramage fort. »Inzwischen wurden Ratifizierungsurkunden ausgetauscht, und überall auf der Welt sollen die Kampfhandlungen fünf Monate nach diesem Datum eingestellt werden, das heißt –«

»Das ist absoluter Unfug«, unterbrach Hamilton, »aber lassen Sie ihm nur seinen Willen. Ich habe schon erlebt, daß solche Fälle gewalttätig werden.«

Darauf zog Ramage eine gefaltete Zeitung aus der Tasche und gab sie dem Ersten Offizier. »Ihr Kommandant hat sich geweigert, dies zu lesen. Es ist eine Ausgabe der ›Morning Post‹, und sie enthält einen Bericht über den Austausch der Ratifizierungsurkunden.«

Es war nur ein glücklicher Zufall, daß sich diese Zeitung an Bord der *Calypso* befand; Orsini hatte ein paar Ausgaben dazu benutzt, um etwas Geschirr einzupacken, das er aus London mitgebracht hatte.

Todd nickte, als er den Bericht gelesen hatte, und gab ihn dann dem anderen Leutnant weiter. Als dieser ihm die Zeitung zurückgegeben hatte, sagte er respektvoll zu Kapitän Hamilton: »Hier stehen verschiedene interessante Berichte drin, Sir. Die parlamentarischen Nachrichten, zum Beispiel. Sie haben sich doch schon Sorgen gemacht wegen Ihres Wahlkreises...«

Hamilton war also ein Mitglied des Parlaments. Er mußte einer von den Mitgliedern sein, die von Zeit zu Zeit mit einem kleinen Zweig Heide im Haar und Salzflecken auf dem Leder ihrer Schuhe in Westminster auftauchten.

»Vielleicht bin ich ja überhaupt kein Mitglied mehr«, sagte er irritiert. »Die Regierung könnte gestürzt und Neuwahlen abgehalten worden sein. Keine Briefe seit fast einem Jahr... Wer weiß, was alles geschehen sein kann. Aber Lord Spencer wird schon alles in Ordnung bringen.«

Bevor er sich zurückhalten konnte, sagte Ramage: »Ich habe Ihnen doch gerade gesagt, der gegenwärtige Erste Lord ist St. Vincent. Addington wurde Premierminister, nachdem Pitt zurückgetreten ist.«

Hamilton sah ihn an, wie eine Gastgeberin ungläubig einen Gast anstarren mochte, der seine schmutzigen Stiefel an ihrem schönsten Perserteppich abwischte. »Addington? St. Vincent? Als nächstes werden Sie mir weismachen wollen, daß Jenks Minister geworden ist!«

Ramage seufzte und nahm die Zeitung wieder in Empfang, die über die Verhandlungen zwischen Lord Hawkesbury und M'sieu Otto berichtete.

»Captain Hamilton, Sie wollen nichts von dem akzeptieren, was ich Ihnen zu sagen habe, und weigern sich, diese Ausgabe der ›Morning Post‹ anzusehen, in der über Verhandlungen mit den Franzosen berichtet wird, die von unserer Seite von Jenks geführt wurden. Wie dem auch sei, ich will Sie nicht länger aufhalten, Sir. Ich werde unsere Begegnung in meinem Tagebuch vermerken, erwähnen, daß ich Sie in Gegenwart Ihrer beiden dienstältesten Leutnants über das Ende des Krieges informierte und den Versuch unternahm, Ihnen eine Zeitung zu zeigen, die ich jetzt Ihrem Ersten Offizier aushändigen werde. Ich möchte Sie bitten, solange zu warten, bis ich einen Brief an die Admiralität geschrieben habe. Sobald ich fertig bin, werde ich Ihnen diesen Brief an Bord bringen lassen.«

»Haltet ihn!« sagte Hamilton aufgeregt. »Er ist unter Arrest!«

Todd bewegte sich nicht, während der Zweite Leutnant nach zwei Schritten stehen blieb.

Ramage hörte Todd im Gesprächston fragen: »Soll ich Backen und Banken pfeifen lassen, Sir, oder würden Sie es vorziehen, erst einmal wieder Fahrt aufzunehmen?«

Hamilton hielt unvermutet inne, die Stirne gefurcht. »Warum liegen wir hier gestoppt?« fragte er.

»Wir übernehmen einen Mann von einer Fregatte, Sir, einen Seemann namens Smith«, sagte Todd, »und wir warten noch auf einige Briefe.«

10

Während die *Calypso* weiter ihren Kurs nach Süden verfolgte, auf die unsichtbaren, die Erdkugel umspannenden Linien zu, die die Wendekreise des Krebses und des Steinbocks sowie den Äquator markierten, staunte Ramage immer wieder, wie viele Schiffe sich jetzt auf See befanden. Auf dem Weg über die Biskaya, von Ushant bis zum spanischen Cabo Finisterre – Namen, die auf den britischen Karten immer noch in französischer Schreibweise wiedergegeben waren –, hatte nicht viel dazu gehört, die Häfen zu erraten, welche die Handelsschiffe anlaufen würden.

Wenige nur gingen nach Brest, weil das vornehmlich ein Marinehafen war, aber einige steuerten wahrscheinlich bei achterlichem Wind die Seinemündung an, in der Hoffnung, mit der ersten Flutwelle nach Honfleur und Rouen gehen zu können. Drei auf der Ausreise befindliche Schiffe waren offensichtlich aus Bordeaux gekommen und kreuzten bei einem stetigen westlichen Wind in mehreren langen Schlägen aus der Bucht heraus.

Als die *Calypso* die spanische und portugiesische Küste hinuntersegelte, gerade noch in Sichtweite des hohen Landes, konnten sie die Häfen einen nach dem anderen abhaken, indem sie die Segel der ein- und auslaufenden Schiffe im Auge behielten. Nach Vigo und Oporto nahm die Zahl der Schiffe zu, als sie sich Lissabon näherten und der breiten, wenn auch tückischen Mündung des Tejo. Viele Schiffe gingen jetzt mehr unter Land, da die Küste hier scharf nach Osten zurückwich und später bei Kap St. Vincent in einem großen Bogen über Lagos, den Rio Tinzo, Cadiz, Kap Trafalgar schließlich die Straße von Gibraltar erreichte.

»Erstaunlich«, meinte Southwick, während er seinen alten, jedoch sorgfältig gepflegten Quadranten in den mit

Messingecken versehenen Kasten legte. »Immer sind mindestens ein halbes Dutzend Schiffe in Sicht. Im Kriege – wie lange vergangen einem das jetzt vorkommt, ganze drei Monate, nehme ich an – begegnete man einem Konvoi von 100 Schiffen und sah dann zwei ganze Wochen kein einziges mehr. Wenn jetzt die gleiche Anzahl von Schiffen individuell unterwegs ist, so bedeutet das, daß man im Atlantik ungefähr sieben pro Tag sieht. An der Küste natürlich noch viel mehr.«

Ramages bewußtes Heransegeln an Lissabon und den Tejo hatte den jungen Offizieren, Kenton, Martin und Orsini, nicht nur ihren ersten Blick auf die portugiesische Hauptstadt beschert – ein Anblick, der ihnen in Zukunft vielleicht einmal zugute kommen würde, weil, wie Southwick anmerkte, ein Blick soviel wert wäre wie zwei Seekarten –, sondern auch ihren ersten Eindruck von den örtlichen Küstenfahrzeugen.

Martin hatte die anmutigen ›fregatas‹ sofort mit Themseschuten verglichen und geriet darüber augenblicklich in eine hitzige Diskussion mit Kenton und Paolo. Beide Fahrzeugtypen hatten die gleiche Funktion – Massengüter flußaufwärts zu schaffen und auch über kurze Entfernungen die Küste entlang zu transportieren. Die ›fregatas‹ hatten einen Apfelbug und einen farbenprächtigen Anstrich, oft noch mit dem alten, magischen Auge auf jeder Seite. Der Mast war ziemlich weit vorn eingesetzt und stark nach achtern geneigt, so daß sich die Mastspitze über der Ladeluke befand. Das war natürlich kein Zufall – mit Hilfe einer schweren Talje konnte der Mast so dazu benutzt werden, die Ladung an Deck zu hieven, wo sie dann mittels einer zweiten Talje über die Seite und auf die Pier geholt wurde. Die nicht sehr großen Segel wurden mit losem Fußliek gefahren. Die Themseschute hingegen, meinte Kenton, war nichts als eine große Kiste; sie hatte keine der eleganten Kurven der ›fregata‹.

Der praktische Martin stellte die naheliegende Frage: Wenn man ein Schiff von etwa 80 Fuß Länge hätte, was wäre einem wichtig, Schönheit oder Laderaum? Es wäre nahezu unmöglich, meinte er, beides gleichzeitig zu haben. Mit ihrem flachen Boden, den geraden Seiten, dem vollen Bug und dem fast senkrecht abfallenden Heck konnte eine Themseschute jeden Zoll ihres Raumes für die Ladung nutzen. Wenn sie ihr viereckiges Großsegel vorgeheißt und mit dem langen Sprietbaum ausgespannt hatte, konnte eine Themseschute eineinhalb mal soviel Segelfläche an den Wind bringen wie eine gleich große ›fregata‹. Und mit ihrem flachen Boden konnte sie mit einer Ladung den Crouch hinaufsegeln, den Medway, den Colne, Orwell Yare – von der Themse und der Rother und Dutzenden von Orten im Solent ganz zu schweigen – und bei ablaufendem Wasser trockenfallen. Das bedeutete oft, sagte Martin triumphierend, daß die Ladung direkt in Karren umgeladen werden konnte, weil die Pferde über den Sand bis an die Schute herankommen konnten.

»Oder im Schlamm steckenblieben«, widersprach Kenton.

Auch Orsini, der sich für die Polacca des Mittelmeeres stark machte, wurde mit einer Handbewegung abgetan. Die ganze Auseinandersetzung wurde abrupt beendet, als Mr. Southwick darauf hinwies, daß ihre Mittagsbreiten alle voneinander abwichen. »Nach der Ansicht von Mr. Kenton müssen wir seit gestern mittag eine ziemliche Distanz über den Achtersteven gesegelt sein, weil er uns so weit nach Norden versetzt. Mr. Martin möchte uns glauben machen, daß wir in den vergangenen 24 Stunden nur 17 Seemeilen zurückgelegt haben, und Mr. Orsini wollte uns sicher auf den Arm nehmen.«

Allmählich begannen sich die Reihen von Breiten- und Längenangaben in Ramages Logbuch radikal zu verändern. Angefangen hatte die Länge mit ein paar Bogenminuten östlich von Greenwich, weil die *Calypso* ja aus dem Medway gekommen war und den Meridian erst auf ihrem Westkurs, südlich von Newhaven und Rottingdean, überquert hatte. Seither hatte die Länge zugenommen, da sie ja nun einem Südwestkurs folgten, während die Breite immer mehr abnahm. 36 Grad Nord zeigten, daß sie auf der Höhe von Gibraltar standen; 35 Grad Nord bedeuteten, daß sie fast auf der Höhe von Rabat lagen und nun Kurs auf Madeira nahmen, da es ihnen bisher nicht gelungen war, den Nordostpassat zu fassen, der die *Calypso* schnell die portugiesische Küste hinabgebracht hätte.

Und endlich wurde es auch wärmer. Im Augenblick war die Sonne nur heller statt heißer, aber die See war ganz sicher nicht mehr so kalt, und Ramage schlief jetzt bei hochgestellten Decklichtern.

Ramage genoß diese Tage und erlebte, quasi durch die Augen von Wilkins, noch einmal seine erste Reise in die Tropen. Die gegenwärtige Reise war wohl die fünfte oder sechste, die ihn über die magische Breite, 23 Grad 33 Minuten, führte, die den Wendekreis des Krebses markierte, die nördliche Grenze des Streifens, der die Erde wie ein Kummerbund umschloß und »Tropen« genannt wurde.

Wilkins, dessen blondes Haar im Passat wehte und dessen blaue Augen selten still standen, beobachtete die fließenden Wellen, den mit einigen Passatwolken gesprenkelten Himmel, die Segel der *Calypso*, ihr Deck, die Aktivitäten der Männer.

Sein erster Versuch, an Deck zu malen, war ziemlich verheerend ausgegangen. Er hatte sich gerade mit Pinseln und Palette auf seinem Hocker niedergelassen, nachdem er mit ein paar Strichen seines Kohlestifts die Linien des Großsegels skizziert hatte, als ein plötzliches Überlegen nach Lee verbunden mit einem Windstoß seine Leinwand in Bewegung versetzte. Der hölzerne Keilrahmen, der auf seiner Staffelei festgeklemmt war, flog mit ihr gemeinsam einfach davon und war im nächsten Moment über die Seite verschwunden. Zurück blieb ein völlig überraschter Wilkins, der wie erstarrt auf seinem Falthocker saß, den Pinsel in der einen Hand und die Palette und weitere Pinsel in der anderen.

Ramage war zum Schanzkleid gelaufen und hatte gesehen, daß die Staffelei aufgrund ihrer vielen Metallfittings sofort untergegangen war. Zu seiner Überraschung waren die Seeleute, die diesen Vorgang beobachtet hatten, noch mehr aus der Fassung gebracht als Wilkins selbst. Anstatt beim Anblick eines Malers, der vor einer Leinwand hockt, die ihm gerade davongeflogen ist, in Gelächter auszubrechen, hatten sie ihm augenblicklich angeboten, vom Segelmacher neue Leinwand zu besorgen. Dann war der Schiffszimmermann, nach stummer Zwiesprache mit Ramage, auf Wilkins zugegangen und hatte ihn um eine Skizze der Staffelei mit den notwendigen Maßangaben gebeten und ihm bis zum Abend einen Ersatz in Holz, bis zum nächsten Abend jedoch ein weiteres Exemplar mit zusätzlich zwei Lackanstrichen versprochen.

Während Wilkins also jetzt darauf wartete, daß ihm der Zimmermann und seine Gesellen eine neue Staffelei anfertigten, sprach er mit Ramage über seine Pläne.

»Das Überraschende ist«, sagte er, »daß sich meine ganze Welt in den letzten Tagen geändert hat. Bisher bestand die See für mich aus verschiedenen Schattierungen von Grün, selbst wenn die Dichter darauf bestehen, daß sie blau sei. Der Himmel ist bislang immer hellblau gewesen, eine so schwache Farbe wie die Schale eines Enteneis.

Aber jetzt, wo wir weiter nach Süden und in dieses schöne Wetter gekommen sind, sehen Sie doch nur: Die See ist wirklich von einem tiefen Blau, das Blau des Himmels ist hinreißend, die Wolken der Passatwinde sind tatsächlich von so sonderbarer Gestalt, wie sie gesagt haben.«

Ramage hatte schon vorher versucht, ihm den Tagesablauf auf See in tropischen Gewässern zu schildern, aber Wilkins, den Kanal vor Ushant vor Augen, hatte ihm nicht glauben können. Der Tag, so hatte Ramage ihm versprochen, würde mit einem Wolkenband am östlichen Horizont beginnen, das sie, weil die Sonne dahinter stand, als bedrohlich empfinden würden. Dann, wenn die Sonne höher kletterte, würde dieses Wolkenband verschwinden und der Himmel klar werden.

Gegen neun oder zehn Uhr würden sich vereinzelte kleine Wolken zeigen, wie Fusseln von einer weißen Decke; nach einer halben Stunde würden sich allmählich mehr bilden und sich zu schmalen Säulen zusammenschließen, wie marschierende Männer, alle westwärts getragen vom Passat, der mit dem Höhersteigen der Sonne an Stärke zunähme. Die Wolken – so sah es jedenfalls aus, wenn es sich auch um eine optische Illusion handelte – schienen alle auf einen Punkt am westlichen Horizont zuzulaufen, und jede veränderte ihre Gestalt, bis die Unterseite flach war, die Oberseite jedoch seltsame Formen annahm. Für Ramage – und Wilkins stimmte ihm zu, als er sie zum erstenmal erblickte – sahen sie aus wie weiße Alabasterfiguren, wie sie die Gräber zierten: ein liegender Ritter in seinem Panzer, mit den nach oben zeigenden Füßen auf der einen, dem hinter dem Visier verborgenen Kopf auf der anderen Seite, beispielsweise. Dann war da vielleicht eine Wolke, die aussah wie eine Frau. Wenig später entdeckte Wilkins Gesichter. Manchmal nur ein Profil, das in den Himmel hinauf starrte, als läge der zugehörige Körper flach auf einem unsichtbaren Bett.

Am ersten Tag mit richtigen Passatwolken wetteiferten Wilkins, der Botaniker Garret und Ramage miteinander, die Gesichter bekannter Leute in den Formationen zu entdecken. Wilkins schwor, er sähe den Kopf von Sir William Beechey, dem Maler, aber sowohl Ramage als auch Garret protestierten, weil sie nicht wüßten, wie er aussähe. Beim Prinzregenten waren sie sich alle einig, wie auch zehn Minuten später beim gedunsenen Gesicht von Dundas. Weder Ramage noch Wilkins konnten Garrets Wiedererkennen von Arthur Young, dem Sekretär des Agrarausschusses, nachvollziehen, aber alle drei entdeckten kurz darauf Evan Nepean, den Sekretär der Admiralität.

Ein entzückter Wilkins identifizierte dann Southwicks Profil, doch der Navigator, den man schnell herbeigerufen hatte, behauptete, die Wolke schmeichle ihm zu sehr.

Wilkins, der den bisherigen Verlauf der Reise durch die Augen des Künstlers sah, beklagte sich nur über eine Sache: »Sie sagen, daß die See und der Himmel noch viel blauer werden, bevor wir unseren Bestimmungsort erreichen. Aber wer in England wird mir glauben, wenn ich auch nur das male, was ich jetzt schon vor mir habe? Ich hatte nicht darüber nachgedacht, wie wenige meiner Malerkollegen jemals weiter nach Süden gekommen sind als bis Rom – und viele, und dazu gehöre auch ich, hatten wegen des Krieges nie die Gelegenheit, den Fuß auf den Kontinent zu setzen. Ich habe eine Menge Gemälde gesehen, die zum Beispiel ›Ein Fregattengefecht vor Martinique‹ oder ›Das Gefecht der Heiligen‹ betitelt waren – das sind doch Inseln, die gar nicht mehr so weit weg liegen, nicht war? Die See und der Himmel sehen aus, als befänden sich die Schiffe im Kanal oder in der Nordsee; sehen aus, wie die See und der Himmel aussehen sollten, so dachte ich bisher. Jetzt ist mir klar, daß diese Maler nie eine tropische See oder einen tropischen Himmel zu Gesicht bekommen haben; sie malten Gefechte, wie sie ihnen von den betreffenden Kapitänen beschrieben wurden, mit dem Augenmerk auf den seemännischen Details ihn – den Positionen der Schiffe, den Riggs und so weiter. Aber niemand hat den Künstlern von den Farben erzählt – vielleicht hätten die Künstler es auch nicht geglaubt. Sehen Sie sich doch nur einmal die Reihe von Löscheimern an – haben Sie in England jemals poliertes Leder in einem so satten Farbton gesehen? Die Leinwand der Segel – nie im Leben darf man da reines Weiß verwenden; sehen Sie doch nur, wieviel unvermischte Umbra und gebrannte Siena da drin ist. Ich werde es Ihnen zeigen, wenn ich meine Farben mische.«

»Strotzend vor Farbe, mein Lieber, das sind die Tropen, und ich liebe sie«, warf Southwick ein. »Die Farben beginnen hier zu leben!«

»Wenn Sie wirkliche Farben sehen wollen, müssen Sie auf die Westindischen Inseln gehen«, sagte Ramage. »Die Farbe der See über einem Korallenriff: ein helles Blau, das zu leben scheint, oder ein durchscheinendes Grün wie Seide. Die Farben der Kleider, die die schwarzen Frauen tragen: Sie nehmen drei Stoffstücke von unbeschreiblicher Knalligkeit, wickeln sie um Kopf und Leib und sehen damit modischer aus als eine Lady, die ›Rotten Row‹ im Hydepark entlangreitet.«

Ramage saß an seinem Tisch und sah die Logbücher von Kenton, Martin und Orsini durch. Darin sollten sie aufzeichnen, was sich täglich an Bord ereignete, zusammen mit navigatorischen Einzelheiten, Beschreibungen ungewöhnlicher Vorkommnissse sowie Skizzen der Küsten, die in Sicht kamen. Allerdings waren Kenton und Martin praktisch fast Analphabeten, und Orsini war faul. Kenton und Martin waren schon in jungen Jahren zur See gegangen; sie konnten knoten und spleißen, beherrschten den Kompaß, wußten, wie man eine Kanone lädt und eine Muskete abfeuert, und das in einem Alter, in dem die meisten Jungen an Land noch Angst vor der Dunkelheit hatten. Aber sie konnten keinen Satz grammatikalisch zergliedern und hätten auch später noch nicht gewußt, was sie mit einem Adverb anfangen sollten. Paolos strenge Lehrer zu Hause in Volterra hatten zwar dafür gesorgt, daß er über bemerkenswerte grammatikalische Kenntnisse verfügte und neben seiner Muttersprache Italienisch auch noch fließend Englisch, Französisch und Spanisch beherrschte. Das war normal für die meisten intelligenten Aristokraten. Doch das Problem bei Paolo lag in seiner Faulheit und einer Einstellung, die man fast eine ›nostalgie de la boue‹ für die rauheren Seiten des Seemannslebens nennen konnte. Er zog Tauwerksarbeiten der Navigation vor; er malte lieber in der Takelage mit Holzteer, als elementare Ballistik zu studieren. Er ergriff eine Schreibfeder mit dem gleichen Widerstreben, mit dem andere eine rauchende Bombe anfassen würden.

Es war seltsam, wie drei intelligente, wißbegierige junge Männer bestimmte interessante Ereignisse einfach nicht wahrzunehmen schienen oder vielmehr sie nicht zu Papier bringen konnten. Vor einigen Tagen waren mehrere Wale gesichtet worden, unter ihnen auch einige Junge; am letzten Sonntag hatte eine Schule Delphine stundenlang unter dem Bug gespielt wie eine Horde fröhlicher Kinder; am Montag fingen Matrosen in dem starken, achteraus nachgeschleppten Haken einen großen Hai, und die Arbeit, ihn zu töten, nachdem sie ihn mühsam an Bord gehievt hatten, ließ das Deck im Blut schwimmen – mehr Blut, als je in einem Kampf geflossen war. Und am folgenden Tag hatten sie den ersten Tropikvogel gesehen.

Für Ramage gab es fünf Dinge, an die er im Zusammenhang mit den Westindischen Inseln – oder genau gesagt: den Tropen – immer denken mußte, selbst wenn er nie mehr dahin zurückkäme: Tropikvögel, fliegende Fische, die blaue See, Pelikane und Palmen. Einer dieser Tropikvögel, der erste, den sie auf dieser Reise zu Gesicht bekommen hatten, war – ganz allein – von Osten gekommen, mit lässiger Eleganz über das Schiff hinweggeflogen, und dann gen Westen verschwunden, wo das nächste Land fast 3000 Meilen entfernt war. Es war kein besonders großer Vogel, doch sehr auffallend – ganz weiß, mit einem sehr langen gegabelten Schwanz. Tatsächlich war der Schwanz drei- oder viermal so lang wie der eigentliche Vogel – V-förmig wie der einer Schwalbe und sehr schmal, als bestünde jede Hälfte nur aus einer einzigen Feder.

Aber in keinem der Logbücher waren die Wale, der Haifisch, die Delphine oder der Tropikvogel auch nur beiläufig erwähnt. Sie wurden wie der Sonnenschein und die gelegentlichen Böen als Teil der täglichen Routine akzeptiert. Wie konnte man Menschen nur dazu bringen, diese Dinge in ihrer Umgebung bewußter in sich aufzunehmen?

Ramage schloß gerade das letzte Logbuch, als der Posten Kajüte meldete: »Mr. Southwick, Sir.«

Der Navigator, dessen weißes Haar jetzt fettig war, weil sie mit dem Wasser sparsam umgehen mußten, betrat mit einem fröhlichen Grinsen auf seinem sonnengebräunten Gesicht die Kajüte und legte einen Zettel auf Ramages Tisch. Gewöhnlich brachte er nur die Schiefertafel mit, auf die er die Mittagsbreite geschrieben hatte, und wenn er jetzt extra ein Stück Papier verwendete, so mußte das etwas zu bedeuten haben.

Die Länge lag natürlich westlich von Greenwich und in den Dreißigern, aber die Breite leuchtete Ramage ins Gesicht, als habe Southwick sie in Riesenziffern geschrieben: 9° 58' 12". Die *Calypso* stand jetzt südlich des zehnten Breitengrades Nord!

Ramage sah zu dem alten Navigator hoch und lächelte. »Jetzt haben wir also unseren eigenen, persönlichen Äquator überquert! Lassen Sie Mr. Aitken holen, während ich nach meinen Schlüsseln suche. Zeit, die Siegel zu brechen!«

Als der Erste Leutnant die Kajüte betrat, hatte Ramage bereits die Schublade aufgeschlossen und den Brief mit den vier Siegeln herausgenommen, von denen jedes das Symbol der Admiralität, die drei Anker, trug. Das Päckchen war an ihn addressiert und trug die Anweisung: »Darf erst südlich des zehnten Breitengrades Nord geöffnet werden.«

Für Aitken und Southwick war es viel aufregender als für Ramage selbst, weil er ja bereits von Lord St. Vincent selbst über das Ziel der Reise informiert worden war, wenn er auch nicht darüber reden durfte.

Ramage schob einen Brieföffner unter die Siegel, brach sie auf und öffnete den Brief, der aus zwei Bogen bestand, welche zweimal nach innen gefaltet und an den Ecken mit Siegellack verklebt waren. In der oberen rechten Ecke stand das übliche »Von den ›Lords Commissioners‹ der Admiralität...« Dann begann die elegante, gestochene Handschrift mit der ehrwürdigen Formel: »Ich bin von meinen ›Lords Commissioners‹ der Admiralität beauftragt...«

Ramage las still für sich weiter.

»Nachdem Sie, anschließend an die Werftüberholung, das Kommando über die Fregatte *Calypso* wieder angetreten haben und den zusätzlichen Proviant, die Vorräte und Ausrüstungsgegenstände übernommen haben, die am Rande der zweiten Seite aufgeführt sind, und darüber hinaus auch die überzähligen Besatzungsmitglieder an Bord genommen haben, die ebenfalls auf der zweiten Seite aufgelistet sind und...«

Ramage hielt inne. Die Angewohnheit, einen ganzen Brief nur aus einem einzigen Satz bestehen zu lassen, eine lange Reihe von Feststellungen und Erklärungen, mühsam zusammengehalten durch eine Handvoll Konjunktionen, machte die Lektüre nicht nur verwirrend, sondern auch mühsam zu lesen. Nun gut, die *Calypso* befand sich jetzt also südlich des zehnten Breitengrades Nord, und die Befehle waren geöffnet.

»Sie begeben sich auf kürzestem Wege zur ›Ilha da Trinidade‹, die sich, soweit uns bekannt ist, auf 20° 29' südlicher Breite und 29° 20' westlicher Länge – oder doch jedenfalls in der Nähe der angegebenen Position – befindet, und werden bei Ihrer Ankunft die Insel im Namen des Königs in Besitz nehmen und dementsprechende Steintafeln errichten lassen, auf denen diese Tatsache festgehalten ist zusammen mit Ihrem Namen und dem Ihres Schiffes sowie dem Datum.

Anschließend werden Sie die Insel vermessen und kartographisch erfassen lassen, mit besonderer Berücksichtigung von Wasserstellen; geschützte Buchten, die sich als Ankerplatz eignen, sind sorgfältig abzuloten und genaue Karten derselben anzufertigen.

Eventuell erforderliche Brunnen sind von den Maurern, die sich an Bord befinden, zu bohren und mit Ziegeln zu verkleiden; der Botaniker soll geeignetes Land zum Anbau von Mais, weißen Kartoffeln und Süßkartoffeln auswählen und markieren. Dieses Land ist nach seinen Anweisungen zu roden, umzugraben, zur Aussaat vorzubereiten und schließlich zu besäen.

Die Landmesser, zusammen mit dem Offizier der Seesoldaten, haben besonderes Augenmerk darauf zu richten, wo zum Schutz der Ankerplätze und Wasserstellen Geschützstellungen eingerichtet werden sollten; diese Stellungen sind so schnell wie möglich anzulegen. Für angemessene Munitionsdepots und Küchen ist ebenfalls zu sorgen.«

Ramage blickte zu Aitken und Southwick auf, die beide nur mit Mühe ihre Neugier zügelten. Dann las er weiter.

»Wenn sich die Insel als geeignet erweist, ist eine Signalstation einzurichten, die gleichzeitig als Beobachtungsturm dienen kann und eine Rundumsicht gestattet.
Nach Vermessung der Insel und der möglichen Ankerplätze, der Einrichtung von Geschützstellungen und einer Signalstation, der Bereitstellung eines Wasservorrats und der Anpflanzung der mitgeführten Feldfrüchte und nachdem Sie die Insel im Namen des Königs in Besitz genommen und eine Nationalflagge auf der Signalstation oder dem Beobachtungsturm geheißt haben, werden Sie mit Ihrem Schiff in das Vereinigte Königreich zurückkehren und Ihren Lordschaften unverzüglich und im Detail Bericht erstatten.«

Keine Überraschungen also, sondern einfach nur noch mehr Einzelheiten.
Ramage wandte sich an Southwick und sagte, ohne eine Miene zu verziehen: »Nun, bringen Sie uns auf zwanzig Grad, neunundzwanzig Minuten Süd und neunundzwanzig Grad, zwanzig Minuten West und gehen Sie dort an einer geeigneten Stelle vor Anker.«
»Ach wirklich, beim Zeus«, sagte Southwick und runzelte die Stirn, während er über die Position nachdachte. »Fernando de Noronha? Nein, zu weit südlich. Es ist ungefähr 1000 Meilen östlich von Rio de Janeiro, nicht wahr, Sir? Da ist es zum Ankern ziemlich tief...«
Aitken hatte die Augen geschlossen, während er sein Gedächtnis durchforschte und sich eine Karte von diesem Teil der Welt vorzustellen versuchte. St. Paul Rocks – nein, sie lagen noch nördlich von Fernando de Noronha. Zwanzig Grad Süd, das war ungefähr auf der gleichen Höhe wie Rio de Janeiro! »Abrolhos Rocks!« sagte er tri-

umphierend; diese felsige Inselgruppe lag rund 100 Meilen vor der brasilianischen Küste.

Ramage schüttelte den Kopf.

»Martin Vaz Insel!« rief Southwick aus. »Ich wüßte jedoch nicht, wie wir dort hinfinden sollten; schon viele haben sich vergeblich darum bemüht.«

Wieder schüttelte Ramage den Kopf und sagte dem geknickten Southwick: »Sie haben es fast. Es ist die Ilha de Trinidade, die ganz in der Nähe liegt.«

Southwick schniefte, und Ramage erkannte den Ton als einen Laut der Verachtung.

»Wie groß ist sie?«

Ramage zuckte mit den Schultern. »Groß genug, um auf einer Karte verzeichnet zu werden; aber auch klein genug, daß man sie an einem diesigen Tag verfehlen könnte. Ich hoffe, Ihr Chronometer benimmt sich einwandfrei.«

»Es hat die beiden Monate in England auch nicht mehr geschätzt als ich«, grummelte Southwick. »Mein Rheuma hat sich wieder gemeldet, und dem Chronometer ging es wohl ähnlich.«

»Darf man fragen, warum wir...?« wagte sich Aitken vor, den Satz taktvoll unvollendet lassend.

»Niemand kann das Schiff verlassen, bevor wir unser Ziel erreichen, also besteht auch kein Grund, weswegen Sie meine Befehle nicht lesen sollten«, sagte Ramage und schob seinem Ersten Offizier die Papiere über den Tisch.

Aitken hatte die erste Seite zur Hälfte gelesen, als er sagte: »Wir beanspruchen die Insel für die Krone? Wem gehört sie denn jetzt überhaupt?«

»Lassen Sie erst einmal Southwick lesen. Wir können die Frage dann gemeinsam besprechen.«

Aitken beendete die erste Seite und ging dann die Positionen auf der zweiten Seite durch. Das waren alles Dinge, mit denen er vertraut war, und seine Neugier, warum ein Schiff des Königs wohl Mauersteine, Maurerwerkzeuge,

Spaten, Harken und Hacken, Säcke mit Saatkartoffeln und Getreide sowie Vermessungsinstrumente an Bord hatte, war jetzt gestillt.

Southwick las die Befehle, faltete sie und gab sie Ramage zurück.

»Was es mit ihr auch auf sich haben mag«, sagte er langsam, »vergessen wir dabei nicht, daß die Ilha de Trinidade jenseits des Kalmengürtels liegt. In dieser Jahreszeit könnten wir Wochen brauchen, um diese Flautenzone zu überwinden.«

»Die Spanier haben bei ihren Namen nicht allzuviel Phantasie bewiesen, nicht wahr?« bemerkte Aitken. »Da gibt es die große Insel Trinidad am Eingang zur Karibik, eine Stadt auf Kuba, und ich glaube mich noch an einen Hinweis auf eine weitere Insel dieses Namens zu erinnern, die vor Bahia Blanca liegt, ungefähr 300 Meilen südlich von Buenos Aires.«

»Bestimmt gibt es noch mehr«, bemerkte Southwick. »Das ist so ähnlich wie mit Santa Cruz. Im Zweifelsfall nennen die ›Dons‹ einen Ort entweder Santa Cruz oder Trinidad.«

»Diese Insel hat ihren Namen aber von den Portugiesen«, warf Ramage ein.

Southwick schniefte erneut. »Kein großer Unterschied, außer in der Sprache. Vielleicht sind die Portugiesen etwas bessere Seefahrer.« Er dachte einen Moment nach und korrigierte sich dann: »Sie waren es jedenfalls, vor 200 Jahren, jetzt sind sie es nicht mehr. Aber wenn sie der Insel einen Namen gaben, dann nehme ich an, daß sie auch in ihrem Besitz ist.«

»Ich habe keine Idee, wie die Rechtslage ist, ich weiß nur, daß Trinidade in Bonapartes Vertrag nicht erwähnt ist. Das sind sicher viele andere Inseln auch nicht, nehme ich an, aber Trinidade ist nun einmal diejenige, an der Ihre Lordschaften interessiert sind. Wie dem auch sei, wir sollen sie in Besitz nehmen und bepflanzen. Die Kartoffeln und das Getreide werden zwar verwildern, aber sie werden sich vermehren, so daß ein vorbeikommendes Schiff etwas Eßbares vorfindet. Wenn es sich als zukunftsträchtiger Ort erweisen sollte, könnte es so etwas wie ein kleineres Ascunsion werden.«

»Aber jeder könnte sich der Insel bemächtigen, wenn wir wieder weg sind, Sir!« protestierte Southwick.

»Befehle«, sagte Ramage nur. «Wir führen sie aus. Ich könnte mir Schlimmeres vorstellen. Es ist ja fast eine Vergnügungsreise. Aber wenn ich nach meiner Rückkehr melden könnte, daß Trinidade einen guten Stützpunkt abgäbe, wäre es durchaus vorstellbar, daß Ihre Lordschaften – oder jedenfalls die Regierung – eine Garnison hierher verlegen. Wenn wir die Geschützstellungen erst einmal angelegt haben, könnte ein vorbeikommendes Schiff der Ostindischen Kompanie die Kanonen und die Kanoniere sowie ein Infanteriebattaillon absetzen.«

Aitken fragte: »Hält die Regierung diese Insel für einen Ort, der dazu dient, daß die Schiffe der Ehrenwerten Ostindischen Handelsgesellschaft dort im Notfall Wasser übernehmen?«

»Das weiß ich wirklich nicht«, gab Ramage zu. »Sie liegt ziemlich weit westlich für alle Schiffe, die von und nach dem Kap der Guten Hoffnung und Indien unterwegs sind. Wahrscheinlicher ist es, daß Ihre Lordschaften an eine Insel denken, die Wasser und Holz liefert und von einem in südamerikanischen Gewässern operierenden britischen Geschwader genutzt werden könnte. Ein Platz, wo man Reparaturen durchführen kann, frisches Gemüse übernehmen und Kranke an Land bringen... 750 Meilen in südwestlicher Richtung bis nach Rio, 650 Meilen nach Bahia im Nordwesten und etwas über 1500 Meilen bis zur Mündung des Rio de la Plata.«

»Und 2000 Meilen bis zur westafrikanischen Küste«,

sagte Southwick. »Das hört sich wirklich recht vielversprechend an. Aber warum hat vorher niemand eine Garnison auf dieser Insel errichtet? Sie sitzt doch im Südatlantik wie ein Jockey auf einem Pferd.«

»Nun, die Spanier und Portugiesen brauchen sie nicht, weil sie sich schon alle Häfen Südamerikas teilen«, meinte Ramage. »Die Franzosen sind eigentlich nur an den Westindischen Inseln und an Indien interessiert, und außerdem sind die ›Dons‹ ja ihre Verbündeten, so daß sie immer Häfen wie Rio (selbst wenn das portugiesisch ist) und den Rio de la Plata zur Proviant- und Wasserübernahme aufsuchen können. Nur Britannien braucht Stützpunkte, um in der Lage zu sein, Südamerika anzugreifen und die Route nach dem Kap und nach Indien zu überwachen.«

»Wie groß ist die Insel? Oder vielmehr, wie hoch?« fragte Southwick.

»So genau wußte das bei der Admiralität niemand, aber soweit ich herausfinden konnte, ist sie ungefähr zwei Meilen lang in südöstlich-nordwestlicher Richtung, eine Meile breit, und die Mitte liegt bis zu 1000 Fuß über dem Meeresspiegel.«

»1000 Fuß, Sir? Kann man sich darauf verlassen?«

»Wir können uns auf gar nichts verlassen. Mr. Dalrymple vom Hydrographischen Amt mußte zugeben, daß er nicht viel über die Insel weiß – er warnte mich nur, nicht mit ›Martin Vaz‹ zu kollidieren, welches entweder eine winzige Insel oder ein Felsenriff ist und nur eine Tagesreise entfernt liegt.«

»Sobald wir den Kalmengürtel hinter uns haben, hilft uns die Strömung nach Westen weiter«, bemerkte Southwick. »Aber stellen Sie sich vor, daß wir an Land gehen, sobald wir die Insel erreicht haben, um Kartoffeln zu pflanzen! Ich hasse Gartenarbeit«, gab er dann zu, »aber es ist schon eine schöne Abwechslung, statt eines Säbels mal einen Spaten in die Hand zu nehmen.«

Die Kalmen hatten für eine Folge ereignisloser Tage gesorgt, in denen die *Calypso* bewegungslos im Wasser lag und der wabernde Hitzedunst die See, den Horizont und den Himmel in einen, wie es Wilkins schien, riesigen Kessel geschmolzenen Kupfers verwandelte.

Das waren Stunden, in denen er gerne zum Pinsel gegriffen hätte, in denen er den Wunsch hatte, die unendliche, leere Weite des Ozeans auf die Leinwand zu bannen, während kein Wind wehte und die Segel aufgetucht auf den Rahen lagen, weil es keinen Sinn machte, sie stehen zu lassen, während jede Schiffsbewegung ein Schamfilen gegen Masten und Takelage bewirkte. An einigen Tagen herrschte eine leichte Dünung, und Captain Ramage sagte, die Ursache dafür wäre ein weit entfernter Sturm, wahrscheinlich mehrere 1000 Meilen weit weg. Wilkins beabsichtigte, das alles auf die Leinwand zu bringen, aber die Sonne war einfach zu heiß. Selbst unter dem Sonnensegel, das über das Achterdeck gespannt war, glühte die Hitze wie in einem Ofen und saugte einem die Energie aus dem Leib. Die Stimmung unter den Leuten war gereizt, und der Posten am Wasserfaß paßte genau auf, wenn ein Mann den Schöpfbecher in das Faß tauchte und sich seine Ration Wasser holte.

Die reine, strenge Einfachheit des Lebens an Bord faszinierte Wilkins. Die intensive Hitze, das völlige Fehlen des Windes und die Tatsache, daß die *Calypso* doppelt so lange brauchte, um durch die Kalmenzone zu kommen, wie man zunächst angenommen hatte, bedeutete, daß die Männer zweimal so durstig waren, aber nur die Hälfte des Wassers zur Verfügung hatten. Jeder bekam täglich seine Grundration, aber darüber hinaus wurde jeden Tag noch eine zusätzliche Menge Wasser in das Faß gefüllt, das unter Bewachung eines Seesoldaten am Hauptmast stand.

Und dann war da der Wasserschöpfer, ein zylindrischer,

oben offener Behälter vom Durchmesser eines Besenstiels und ungefähr vier Zoll lang. Dieses Schöpfrohr war oben auf beiden Seiten mit einer Bohrung versehen, durch die eine dünne Leine geführt war; jeder durfte nun dieses Schöpfrohr durch das Spundloch ins Faß hinunterlassen und so viel Wasser herausholen, wie das Rohrstück faßte. Aber weil das Faß gewöhnlich, durch Klötze gestützt, auf der Seite lag, wenn das Wasser knapp war, legte sich der Wasserschöpfer auch schräg, bevor er sich ganz füllte. Und der Posten sorgte dafür, daß jeder Mann nur einmal schöpfte.

Trotz alledem hatte Wilkins eine genaue Vorstellung von den Farben, die er verwenden würde, hatte die Umrisse mit Kohle auf die Leinwand gezeichnet und war bereit, als die ersten, neckenden, aber doch kühlenden Windstöße kamen. Zuerst hörte man einen aufgeregten Ruf vom Ausguck im Großtopp – einem Mann, der in einer Art offenem Zelt mit herunterhängenden Segeltuchstreifen saß, das ihn vor der Sonne schützen sollte.

»Windschatten an Backbord achteraus!« hatte er gerufen.

Ein paar Minuten später hatte er gemeldet, daß er näher käme, aber ebenso plötzlich war er dann wieder verschwunden. Fünf Minuten darauf kräuselte sich die Wasseroberfläche erneut, wieder an Backbord achteraus, aber diesmal erreichte der Windschatten, der über die Oberfläche tanzte wie ein Mückenschwarm über den Rand eines Teiches, das Schiff. Plötzlich umgab sie alle ein verlockender Hauch frischer Luft, doch dann war es wieder vorbei.

Mr. Ramage war anscheinend ganz zuversichtlich, daß der Wind einsetzen würde; die Toppgasten gingen in die Takelage, um die Segel fallen zu lassen. Inzwischen wurden auch weitere Windschatten gemeldet, die Männer erwachten aus ihrer Lethargie, und Wilkins mischte schnell seine Farben auf der Palette. Die Schlaffheit war plötzlich durch den Hauch des Windes wie weggeblasen.

Endlich waren sie im Gebiet des Südostpassats, der, wie Southwick erklärt hatte, bis hinunter zum Kap der Guten Hoffnung wehte.

Die Äquatortaufe ein paar Tage später war, soweit es Wilkins betraf, eine Sache, die man am besten vergaß. Neptun fand Dutzende von Opfern, weil die *Calypso* die meiste Zeit in der Karibik oder im Mittelmeer verbracht hatte und daher nur wenige Besatzungsangehörige bisher die Gelegenheit gehabt hatten, den Äquator zu überqueren. Die Bedauernswerten erhielten ein kräftiges »Reinigungsmittel«, das aus Seifenwasser bestand, wurden rasiert und in eine Bütt mit Salzwasser getaucht; fünf Männer, die sich gegen diese Prozedur gewehrt hatten, wurden auf Befehl König Neptuns geteert und gefedert. Drei anderen verpaßte man einen großzügigen Anstrich von schwarzem Geschützlack auf Gesicht und Hintern.

Wilkins gewöhnte sich nur schwer an den Lauf der Sonne auf dieser Seite der Erdkugel. Das Jahr war genügend weit fortgeschritten, und die *Calypso* stand weit genug im Süden, um die Mittagssonne nahezu senkrecht von oben erdulden zu müssen, so daß der eigene Schatten winzig war und sich nur ein paar Zoll über die eigenen Füße erstreckte, als stünde man in einer kleinen, schwarzen Pfütze. Fliegende Fische, die wie große Libellen über die Oberfläche dahinschwirrten, waren schon seit längerer Zeit ein gewohnter Anblick, aber Wilkins war überrascht, noch so viele Seevögel zu sehen, obwohl sich die *Calypso* jetzt fast in der Mitte zwischen Westafrika und Südamerika befand. Er hatte einige von ihnen gemalt und auch nicht vergessen, Datum und Position hinten auf der Leinwand zu vermerken. Er liebte es, Vögel im Flug abzubilden, weil er so auch eine recht gute Übung darin erlangte, die See zu malen – sicher das schwierigste aller

Sujets. Sie war sich nie gleich, veränderte sich mit dem Wind, den Wolken, der Sonne oder dem Regen und, so die Meinung des Kommandanten, auch mit der Wassertiefe und der Position. Wenn es vor Trinidade, ihrem Bestimmungsort, Riffe gäbe, würde er – das hatte ihm der Kommandant versichert – drei oder vier verschiedene Farben auf 300 bis 400 Yards sehen. Im Augenblick jedoch war jeder einfach nur erleichtert, daß sie jetzt den Südostpassat zu fassen hatten.

Southwick indessen, die Beine gegen das leichte Rollen gespreizt, schwenkte ein weiteres Schattenglas seines Quadranten herab, weil er die Sonne zu hell fand, und »brachte die Sonne auf den Horizont herunter«, schaukelte den Quadranten leicht hin und her, um sicherzustellen, daß die untere Kante der Sonne genau auf dem Horizont saß, korrigierte die Einstellung leicht und sah einen Augenblick später, daß sich die Sonne bewegt hatte. Er las die Zahlen auf der Elfenbeinskala des Instruments ab. Das Ritual der »Mittagsbreite« war, soweit es die Sonne betraf, vorüber. Er hatte den höchsten Winkel gemessen, den sie mit dem Horizont bildete, und das war auch schon alles; nur der Winkel zählte, nicht die Zeit. Wenn er den größten Winkel gemessen hatte, dann war das der Winkel, der genau um 12 Uhr Ortszeit gebildet wurde, und er mußte keine Sanduhr mit einer Durchlaufzeit von einer halben Minute umdrehen, brauchte nicht Orsini anzublaffen, das Chronometer abzulesen... Er brauchte nur ein paar Korrekturen anzubringen, einige Zahlen aus dem Almanach hinzuzuzählen oder abzuziehen und würde dann die genaue Breite wissen, auf der sich die *Calypso* befand. Es war die einfachste Sache in der ganzen astronomischen Navigation; nach dieser Methode hatten die Seefahrer schon in alten Zeiten die Ozeane überquert. Sie kannten die Breite ihres Bestimmungsortes und segelten einfach auf diesem Breitengrad weiter, bis sie ihr Ziel erreichten.

Die einzige Gefahr lag darin, irgendwo nachts auf Land zu laufen. Die Länge war ein ganz anderes Problem; ohne ein genaues Chronometer konnte man sich nicht sicher sein, wie weit östlich oder westlich man vom Greenwich Meridian stand.

Der junge Orsini verwendete für seine Berechnung des Schiffsortes das Kompaßhäuschen als Stehpult. Kenton und Martin saßen auf den Bodenstücken von Geschützen. Southwick sah Mr. Ramage auf der Luvseite des Achterdecks auf und ab gehen, seine Art der körperlichen Betätigung vor dem Essen. Und natürlich wartete er auch auf das Mittagsbesteck... Normalerweise überließ Mr. Ramage die Navigation ihm, aber während der letzten beiden Tage hatte er großes Interesse gezeigt. Der Grund war einleuchtend: Die Breite und die Länge, auf der sich die *Calypso* befand, entsprachen fast genau der Position, auf der Trinidade liegen sollte.

Nach Southwicks Berechnung waren sie tatsächlich nur noch etwa 100 Meilen von der Insel entfernt. Unter Berücksichtigung einer gewissen Chronometerabweichung war er ziemlich sicher, daß ein Zirkelschlag von 50 Meilen um Trinidade auch die *Calypso* einschließen würde, aber die Luft war dunstig, und es war unmöglich, zu sagen, ob man nun 10 oder 60 Meilen weit sehen konnte.

Die Phase, kurz bevor man das Land in Sicht bekam, war immer schwierig. Sollte man mehr Segel setzen und dadurch die Fahrt erhöhen, in der Hoffung, das Land noch vor Anbruch der Dunkelheit zu erreichen, oder sollte man sich langsam und vorsichtig nähern und hoffen, es bei Tagesanbruch in Sicht zu bekommen? Martin Vaz müßte irgendwo an Backbord voraus liegen und Trinidade recht voraus. Ließ man Martin Vaz zu weit an Backbord – um dadurch sicherzustellen, daß man auf jeden Fall von diesem Felsen klar blieb –, bestand das Risiko, an dem nun ebenfalls außer Sicht geratenen Trinidade vorbeizulaufen. Das Leben eines Navigators in der Royal Navy, dachte Southwick, ließ sich sehr gut in dieser Situation zusammenfassen: Er sollte versuchen, einen Felsen irgendwo in der Mitte des Ozeans zu finden, ohne dabei einen anderen zu rammen.

Er trug die letzten Meßwerte ein: 20° 01' 50". Und diese Position, das wußte er, ohne es nachzuschlagen, lag nicht mehr als 30 Meilen von Trinidade entfernt.

Nach dem Log, das sie vor einer halben Stunde ausgebracht hatten, liefen sie eine Geschwindigkeit von etwas über sechs Knoten, und sie konnten den jetzigen Kurs halten. Gegen fünf Uhr nachmittags konnten sie dort sein; in ein bis zwei Stunden müßte die Insel eigentlich in Sicht kommen – wenn die Höhenangaben stimmten und das Chronometer einigermaßen genau war.

Southwick ging über das Achterdeck und machte Ramage Meldung; dieser verzog das Gesicht und deutete mit dem Kopf nach vorn.

»1000 oder 1500 Fuß hoch? Sie sollte eigentlich schon zu sehen sein.«

»Es ist dunstiger, als es den Anschein hat, Sir«, sagte Southwick zuversichtlich. »Haben Sie schon darüber nachgedacht, ob Sie wieder einen Preis...«

»Schon gut, schon gut, lassen Sie es durch den Bootsmann bekanntgeben. Obwohl ich es nicht ganz einsehen kann, warum ich für den Mann, der so einen Ort zuerst entdeckt, immer eine Guinea opfern muß!«

»Es ist die schwierigste Ansteuerung, die wir je gemacht haben, Sir. Der Atlantik ist hier 2500 Meilen breit – von Trinidade bis zum nächsten Punkt Westafrikas –, und wir suchen nach etwas, das nur zwei bis drei Meilen lang ist.«

»Das ist ein hübsches Argument, um alte Damen zu beeindrucken«, sagte Ramage ohne großes Mitgefühl, »und es würde auch mich beeindrucken, wenn ich annähme, daß Trinidade überall in diesem 2500 Seemeilen breiten Streifen liegen könnte. Aber Sie haben einen Quadranten, einen Almanach, Tabellen und ein Chronometer, Hilfsmittel, die Ihnen gestatten, doch etwas präziser zu sein.«

»Nun ja, das stimmt schon, Sir«, pflichtete ihm Southwick bei und fügte mit einem Lächeln hinzu, »aber ich darf es auch nicht zu leicht erscheinen lassen!«

Damit ging er zum Kompaßhäuschen zurück, um sich die Berechnungen der beiden Leutnants und des Fähnrichs anzusehen.

Zuerst kontrollierte er Orsinis Tafel, und seine Stirn legte sich in Falten.

»Ich kann Ihnen versichern, Mr. Orsini, daß die *Calypso* ungefähr 750 Meilen von Rio de Janeiro entfernt ist; mit anderen Worten, sie hat ungefähr vier Fünftel des Weges über den Südatlantik zwischen dem Kap der Guten Hoffnung und Südamerika zurückgelegt und hat fast den Wendekreis des Steinbocks erreicht. Aber Sie, Mr. Orsini, scheinen nicht nur nördlich vom Äquator zu stehen, fast am Rande der heißen Zone, sondern in der Nähe der Kap Verdischen Inseln, die wir anderen schon seit geraumer Zeit Tausende von Meilen hinter uns gelassen haben...«

Orsini, dessen Gesicht rot angelaufen war, wischte eilig eine Eintragung auf seiner Tafel weg und korrigierte sie. »Die Breite ist Nord, nicht Süd. Entschuldigung, ich meine, ich sollte eigentlich Süd geschrieben haben und nicht Nord.«

Southwick knurrte und ergriff Martins Tafel, gab sie ihm jedoch kurz darauf wieder zurück. »Leutnant Martin hat eine mathematische Entdeckung von großer Bedeutung gemacht: drei plus zwei sind vier. Nun, wir anderen werden uns weiterhin bemühen müssen, mit fünf zurechtzukommen. Und Mr. Kenton? Ah, die Rechenmethode ist in Ordnung, aber die Höhe stimmt nicht. Prüfen Sie Ihren Sextanten, Mr. Kenton; ich fürchte, Sie haben ihn irgendwo angestoßen, und jetzt ist die Anzeige fehlerhaft.«

Ramage hatte sich diese tägliche Routine seit Wochen angehört, und sie variierte nur sehr wenig. Orsini machte stets irgendeinen Riesenfehler, der auf sein mangelndes Interesse an der Mathematik zurückging; Martin machte stets irgendeinen ganz lächerlichen Fehler, und Kenton hatte stets alles richtig gerechnet, war aber allzu sorglos mit seinem Sextanten umgegangen. Dieser war fast neu und einer der wenigen Sextanten an Bord. Southwick und Aitken benutzten Quadranten.

Doch Southwick hatte völlig recht, wenn er diese jungen Offiziere etwas triezte. Jeder von ihnen konnte eines Tages, wenn der Krieg wieder ausbrach, als Kommandant einer Prise eingesetzt werden und war dann verantwortlich dafür, daß sein Schiff über Tausende von Meilen hinweg sicher in den Hafen gelangte oder auch zu einem Rendezvous an einen Ort wie Trinidade...

Der Ruf des Ausgucks kam genau um drei Uhr nachmittags; seine Stimme wurde teilweise vom Sechs-Glasen-Schlag der Schiffsglocke übertönt.

Da wäre, rief er, etwas, das eine Wolke am Horizont sein könnte, aber eine andere Form hätte als die Passatwolken, und es läge genau auf ihrem Kurs.

Ein aufgeregter Orsini fragte: »Darf ich, Sir?« und griff sich, als Ramage nickte, ein Teleskop und ging in die Wanten, wobei er so schnell über die Webleinen aufenterte wie nur irgendein Toppsgast.

Er stemmte sich neben dem Ausguck fest und blickte nach vorn, während er das Teleskop auseinanderzog. Tief am Horizont sah er etwas, das die Farbe eines langsam schwindenden Blutergusses hatte.

Er setzte das Teleskop ans Auge, während er automatisch das Rollen des Schiffes ausglich, und fokussierte es. Das da vorne war Land. Wie der Ausguck schon gesagt hatte, lag es quer auf dem Kurs der *Calypso*, wahrscheinlich in Richtung Nordwest Südost. Die Enden flach und in der Mitte ansteigend. Dort befanden sich einige Bergspitzen. Er zählte vier, alle ungefähr von gleicher Höhe, und eine erheblich niedrigere fünfte. Das mußte Trinidade sein, aber wo waren die Martin-Vaz-Felsen?

»An Deck!« rief er. »Land genau auf unserem Kurs; ich kann fünf Bergspitzen unterscheiden, die in der Mitte der Insel liegen.«

»Wie weit?« rief Aitken zurück.

»Schwierig zu sagen, Sir; da ist nichts, was ich als Maßstab nehmen könnte. Fünfzehn Meilen schätze ich. Ich denke, der Dunst muß sie bisher vor uns verborgen haben und ist jetzt durch den Wind weggeblasen worden.«

Paolo war versucht zu sagen, daß sie, selbst aus dieser Entfernung, wie eine Insel vor der toskanischen Küste aussah; Klippen mit abgerundeten Hügeln gerade nur ein Stück landeinwärts. Mr. Ramage würde es verstehen, aber so viele Inseln in Westindien sahen ebenfalls wie die Toskana aus, und keiner von beiden wollte daran erinnert werden, daß es Monate dauern würde, bis sie wieder in England waren und hoffentlich Nachrichten von Tante Gianna vorfanden.

Unten an Deck sichteten Aitken und Ramage, die die übrigen beiden Teleskope ergriffen hatten, die Insel im gleichen Moment.

»Ich weiß nicht, was mit Martin Vaz passiert ist«, sagte Ramage, »aber das ist ganz sicher Trinidade. Wir werden um die südliche Spitze auf die Leeseite gehen, so daß wir die Westküste hinunterlaufen können.«

»Angenommen, wir finden keinen Ankerplatz, Sir?«

»Dann verschwenden wir unsere Zeit, weil der wirkliche Grund, weswegen wir die Insel in Besitz nehmen sollen, nicht gegeben ist.«

Ramage erwähnte nicht, daß er gerade über diesen

Punkt, der von seinen Befehlen nicht abgedeckt wurde, sehr viel gegrübelt hatte. Er wußte, daß die Admiralität an Trinidade einzig und allein als Stützpunkt interessiert war, und zu einem Stützpunkt gehörten auch eine sichere Bucht, in der Schiffe ankern konnten, und Frischwasser an Land, entweder in der Form eines kleinen Flusses oder von Brunnen. Es war Ihren Lordschaften nicht in den Sinn gekommen, daß es dort weder das eine noch das andere geben könnte; billigerweise mußte man jedoch zugeben, daß in den letzten 100 Jahren viele Schiffe die Insel angelaufen hatten. Wenn sie nun weder einen Ankerplatz noch Wasser gefunden hätten, würden sie vermutlich diese Tatsache berichtet haben; auf Martin Vaz wäre niemand auch nur auf die Idee gekommen, danach zu suchen.

Aber angenommen... Nun, ihm standen zwei Möglichkeiten offen. Einmal konnte er sagen: »Diese Insel ist für niemand von Nutzen« (nachdem er Landungstrupps abgesetzt hatte, die überprüften, ob es dort Wasser gab) und nach Hause zurücksegeln, sobald er in einem der südamerikanischen Häfen Wasser übernommen hatte, damit er heil durch den Kalmengürtel kam. Das bedeutete, die *Calypso* würde weniger als eine Woche hier bleiben.

Die Alternative war, die Insel trotzdem zu vermessen, das Saatgut auszubringen – aufgrund der Überlegung, daß es vielleicht keinen Fluß, aber doch wohl genug Regen gab – und das Küstenvorfeld abzuloten, so daß Ihre Lordschaften zumindest eine genaue Karte der Insel besaßen, selbst wenn sie nichts damit anfangen konnten. Dazu brauchte er ungefähr zwei Monate, vielleicht sogar länger, und wenn er dann nach England zurückkehrte, fanden Ihre Lordschaften vielleicht, daß er nicht nur ihre, sondern auch seine Zeit verschwendet hätte.

Obwohl Aitken das Problem eben erst zur Sprache gebracht hatte, hatte Ramage bereits vor drei, vier Wochen seinen Entschluß gefaßt, als er sich zum erstenmal mit den verschiedenen Möglichkeiten beschäftigte: Er würde vermessen, Lotungen vornehmen und die Saat ausbringen, selbst wenn die *Calypso* nicht vor Anker gehen konnte und im Lee der Insel kurze Gänge machen mußte, solange es nötig war. Zwei Monate lavieren... damit er die Situation in Rio besser beurteilen könnte, wäre es die Sache wert, einen Vermessungs- und einen Pflanztrupp nebst zwei Booten auf der Insel zurückzulassen und mit der *Calypso* einen Besuch in Rio zu machen – oder auch in Bahia, das noch näher lag – und bei der Gelegenheit auch gleich Proviant und Wasser zu übernehmen.

Als er über das Achterdeck blickte, sah er die Landmesser und Zeichner auf den Finknetzen stehen, begierig, einen Blick auf die Insel zu werfen, die mehrere Wochen lang ihre Welt sein würde. Der Anblick, den die *Calypso* im Augenblick bot, war in der Tat weit von dem eines Kriegsschiffs entfernt.

Zehn oder elf von Wilkins' Leinwänden waren an verschiedenen Plätzen an Deck untergebracht, damit die Farben besser trocknen konnten, und seine neue Staffelei stand mitsamt einem darauf festgeklemmten Bild am Großmast, so daß ein Teil des Decks wie ein Künstleratelier aussah.

Rund um den Fockmast waren mehrere Säcke Kartoffeln und Yamswurzeln ausgeschüttet und an Deck ausgebreitet worden, die jetzt geduldig von einem Dutzend Matrosen durchgesehen wurden; die auf der Reise schlecht gewordenen oder von Mehltau befallenen wurden aussortiert und über Bord geworfen. Der Geruch verbreitete sich bis auf das Achterdeck, und Ramage fühlte sich wie in einer Scheune auf dem Lande. Einen Augenblick lang trug ihn seine Erinnerung nach Cornwall zurück, und er mußte an Schwalben denken, die durch die Streifen von Sonnenlicht und Schatten ihre geschickten Manöver flogen.

Southwick hatte bereits eine Gruppe von Vortoppsgasten und Backsgasten versammelt, um die Anker und die Ankertrossen klarzumachen. Sobald die *Calypso* den Ärmelkanal hinter sich gelassen hatte, waren die Ankertrossen von den Ankern losgenommen, unter Deck geholt und im Kabelgat verstaut worden. Die Ankerklüsen auf jeder Seite, durch die die Trossen fuhren, wenn das Schiff vor Anker lag, waren zuerst mit einem genau passenden Klüsenpfropfen verstopft und dann mit einem hölzernen Klüsendeckel verschlossen worden, der durch Eisenstangen verstärkt war und dafür sogte, daß kein Wasser durch die Klüse eindringen konnte.

Jetzt waren die Männer dabei, die Eisenstangen herauszutreiben und dann die Klüsendeckel auszuheben. Die Pfropfen waren schwieriger zu entfernen. Sie mußten mit schweren Hämmern herausgeschlagen werden, während ein anderer Teil der Mannschaft, der über den Bug geklettert war, die Pfropfen wahrnahm und aufpaßte, daß sie nicht ins Wasser fielen.

Einige Männer waren inzwischen im Kabelgat zugange, einem heißen, dumpfigen Raum, in dem mehrere Trossen aufgeschossen lagerten, in dem es jedoch immer feucht war, weil die salzgetränkten Trossen (die noch zusätzlich voller Sand und Muschelreste steckten, die sich in den Keepen festgesetzt hatten) niemals richtig trocken wurden.

Jetzt wurde erst der Tampen der einen Trosse, dann der der anderen durch die Klüsen an den Backbord- beziehungsweise an den Steuerbordanker geführt und festgemacht.

Kurz darauf erschien Southwick wieder auf dem Achterdeck und meldete, daß das Schiff klar zum Ankern sei, worauf ihm Ramage ein Fernrohr reichte, damit er sich die Insel genau ansehen konnte. Der Navigator war keineswegs beeindruckt von dem, was er sah.

»Wenn die andere Seite genauso aussieht wie diese hier, dann gibt es keinen Ankerplatz«, grummelte er. »Ich sehe nur steile Klippen. Diese Berge sind sicher 1500 Fuß hoch – einer sieht aus wie der Zuckerhut vor Rio. Ich will ja zugeben, daß sie der anderen Seite ein gutes Lee verschaffen, aber ein Lee taugt nichts ohne eine Bucht. Da gibt es für diesen Burschen Wilkins nichts zu malen...«

In diesem Augenblick sah Ramage »diesen Burschen Wilkins« seine Leinwände einsammeln, um sie unter Deck zu bringen. Er war einer der beliebtesten Gäste auf der *Calypso*. Schnell hatte er die Bordroutine auf einer Fregatte begriffen und beschäftigte sich ruhig mit seiner Arbeit, ohne um besondere Vergünstigungen zu bitten. Das Ergebnis war natürlich, daß er inzwischen allgemein anerkannt war. Er hatte einige sehr eindruckvolle Porträts gemalt. Das erste, von Southwick, war eines der besten Bilder, die Ramage je von irgend jemandem gesehen hatte: Wenn man auf die Leinwand sah, erwartete man fast, daß sich Southwicks Gesicht zu einem Lächeln verziehen würde. Das zweite, ein Bild von dem jungen Paolo, hatte seine italienische Abstammung herausgearbeitet, sie aber auf sehr subtile Weise mit seiner Fähnrichsuniform verschmolzen. Das nächste war ein großes Bild mit drei Seeleuten, die mit einem über ihre Beine gebreiteten Segel an Deck saßen und eifrig nähten. Wilkins hatte es verstanden, dem Betrachter den Eindruck zu vermitteln, er säße mitten unter den Männern – es waren Jackson, Stafford und Rossi –, vom Tuch des Segels eingerahmt. Das Porträt von Bowen, der mit gebeugtem Kopf über einem Schachbrett saß, brachte Ramage auf den Gedanken, daß Wilkins etwas von der tragischen Vergangenheit des Arztes erahnt haben mußte, von der Zeit, als der Alkohol ihn fast zerstört hatte. Aber das Bild zeigte Bowens Sieg, nicht seine Niederlage. Doch da er von Southwicks häufigen Niederlagen auf dem Schachbrett gegen den überlegenen Bowen wußte, hatte Wilkins die Figuren so aufgestellt, daß Bowen gerade über den Weg aus einer Mattstellung nachsann.

Nach knapp einer Stunde befand sich die vor raumem Wind gute Fahrt laufende *Calypso* zwei oder drei Meilen vor dem südlichen Ende der Insel. Aitken kam auf Ramage zu, nahm Haltung an und grüßte förmlich.

»Wünschen Sie, daß ich die Leute auf Gefechtsstation gehen lasse, Sir?«

Ramage schüttelte den Kopf und lächelte. »Alte Gewohnheiten sind schwer abzuschütteln, nicht wahr? Aber wir haben jetzt Frieden, und dies ist eine einsame Insel, also lassen wir die Decks sandfrei.« Ramage dachte einen Augenblick nach und sagte dann: »Schicken Sie Jackson in den Vortopp und Orsini in den Großtopp; sagen Sie ihnen, sie sollen auf dunkle Flecken im Wasser achten, die unter der Oberfläche liegende Felsen anzeigen. Und auch auf helle Stellen, die Anzeichen für Riffe sein könnten!«

Aitken gab den Befehl weiter, und dann sagte Ramage: »Lassen Sie das Tiefseelot klar machen. Ich hoffe, wir brauchen es nicht, aber wenn wir auf der anderen Seite nicht vor Anker gehen können, sollten wir doch eine Ahnung haben, wie tief es dort ist.«

Das Tiefseelot war eine sehr lange Leine mit einem schweren Bleigewicht am Ende. Der Lotwerfer ging mit dem Blei bis zur Nock des Klüverbaums, und die Leine wurde dann, klar von allem, nach achtern und anschließend wieder nach vorn bis an die Fockrüsten geführt, wo sie wieder an Bord genommen wurde. Auf Befehl wurde das Blei geworfen und nahm die zweimal die Schiffslänge messende Leine mit. Der Lotsgast und seine Gehilfen konnten mehr Leine laufen lassen, aber bereits zu Beginn verschwanden mehr als 300 Fuß innerhalb weniger Sekunden unter Wasser. Das übliche Handlot war nur für Tiefen von 20 Faden oder darunter.

Ramage, der jetzt das einzige Teleskop auf dem Achterdeck in Händen hielt, weil die beiden anderen Jackson und Orsini anvertraut worden waren, ging im Geist alle Manöver durch, die die *Calypso* möglicherweise gezwungen sein würde durchzuführen, aber ihm fiel nichts ein, was sie bei ihren Vorbereitungen vergessen haben könnten. Er konnte sich darauf verlassen, daß Aitken und Southwick die verschiedenen Rollen im Kopf hatten, während Kenton und Martin genug Einfallsreichtum besaßen, um auch ungewöhnliche Situationen zu meistern.

»An Deck, hier Fockmast!«

Aitken hob das Sprachrohr und antwortete Jackson.

»Ich meinte, eben eine kleine Rauchwolke am südlichen Ende der Insel gesehen zu haben, Sir. Als hätte plötzlich jemand ein Feuer gelöscht.«

»Können Sie jetzt noch Rauch sehen?«

»Nein, Sir, es dauerte nur wenige Sekunden.«

»Halten Sie weiter scharf Ausguck«, erwiderte Aitken mit der üblichen Antwortformel. Er drehte sich zu Ramage um und hob die Augenbrauen. Jackson war einer der besten Ausgucks und wahrscheinlich der zuverlässigste Matrose an Bord.

»Möglicherweise war das ein Schwarm von kleinen Vögeln, die plötzlich aufgeflogen sind«, sagte Ramage. »So etwas ist, nach meiner Erfahrung, schon manchmal auf größere Entfernung für eine Rauchwolke gehalten worden.«

»Aye, Sir. Das ist auch kaum der Ort, wo man einen Jagdgehilfen vermuten könnte, der ein Stück Wild brät!«

11

Nun ließen sich Farben unterscheiden, obwohl die sinkende Sonne bereits Schatten über die Bergseiten warf und anscheinend glatten Kuppen ausgeprägte Konturen und Reliefs verlieh. Auf den unteren Hängen sah man etwas Gras, jedoch nur wenige Bäume, und bei denen handelte es sich um immergrüne Exemplare, die durch den ständigen Passatwind verkrüppelt waren. Ramage verstand jetzt Southwicks Bemerkung, daß der zuckerhutähnliche Berg wie sein berühmtes Gegenstück vor Rio de Janeiro aussähe, obwohl er letzteren nur von Bildern kannte.

»Ein kleines Antigua«, sagte Aitken. »Es sieht stellenweise genauso ausgetrocknet und ungenutzt aus wie eine verlassene Farm im schottischen Hochland.«

»Ich bin froh, daß ich hier keine Garnison zu kommandieren brauche«, sagte Ramage, »obwohl es sicher ein guter Platz für junge Subalternoffiziere ist, die ihre Spielschulden und die wütenden Väter verlassener Bräute hinter sich lassen wollen!«

Er erkannte, wie sich kleine Wellen am nächstgelegenen Ufer brachen und folgerte daraus, daß die *Calypso* jetzt weniger als zwei Meilen von der Insel entfernt war. Seltsam, wie einem diese kleinen Eselsbrücken halfen, Entfernungen zu schätzen, wenn ein Ziel schon ziemlich nahe war. Auf zwei Meilen konnte man ein kleines Gebäude am Strand erkennen; auf eine Meile ließ sich die Farbe seines Daches unterscheiden. Ein am Strand stehender Mann war auf 700 Yards zu erkennen, und wenn er sich bewegte, konnte man ihn auf eine halbe Meile entdecken.

»Gehen Sie im Abstand von einer Meile um die südliche Landzunge herum«, sagte Ramage zu Southwick. »Das müßte genügen, um nicht auf irgendwelche Klippen zu laufen. Sobald wir sie gerundet haben, gehen wir unter

Marssegeln beim Wind die Leeküste entlang und finden dort hoffentlich einen Ankerplatz für die Nacht.«

Aitken trat zu ihnen, eine Tafel in der Hand. »Wenn der höchste Berg 1500 Fuß hoch ist, Sir, dann ist die Insel nach meiner Berechnung fast genau zweieinhalb Meilen lang.«

Ramage nickte; die Zahl entsprach dem Wert, den er vor einigen Minuten durch eine Überschlagsrechnung gefunden hatte, als er die Länge der Insel durch die Höhe des Berges teilte und ein Resultat von neun erhielt.

Die Männer standen jetzt an den Schoten und Brassen, und der Steuermann hielt seinen Blick auf Southwick gerichtet und wartete auf den Befehl, der die Drehung der *Calypso* um die schmale südöstliche Landzunge der Insel einleiten würde. Es war, gestand sich Ramage ein, eine Insel, der man nicht allzuviel abgewinnen konnte. Sie war felsig – jeder Zoll Küste, den er bisher zu Gesicht bekommen hatte, war von zerklüfteten Felsen gesäumt –, mit Flecken von Grün, was Gras vermuten ließ, aber die Bäume waren kaum mehr als übergroße Büsche. Trinidade hatte tatsächlich etwas von der Südküste der Toskana, etwas von den Inseln unter dem Wind oder den Jungferninseln, aber nichts von der Üppigkeit, der man auf Grenada oder Martinique begegnete. Das war nicht überraschend, weil die Insel gerade nur knapp in den Tropen lag und die volle Wucht der atlantischen Winde und nur wenig Regen abbekam.

Es war eine lange, schmale Insel. Als die *Calypso* die Landspitze rundete, stellte Ramage fest, daß sie weniger als eine Meile breit war. Jetzt kam die westliche Seite in Sicht, und fast im gleichen Moment begann Southwick eine Flut von Befehlen zu brüllen, um mit dem Schiff zu halsen. Mehrere Stunden war die *Calypso* über Steuerbordbug gesegelt, und der Wind war stetig von Backbord achteraus eingekommen. Jetzt drehte sie fast acht Strich nach Steuerbord, das waren fast 90 Grad, um auf Nordwestkurs zu gehen, wie Ramage nach einem Blick auf den Kompaß feststellte. Das Knirschen der Rahen, die herumgebraßt wurden, das Klatschen und Schlagen der Segel, die sich wieder füllten, das Ächzen Dutzender von Männern, die an den Schoten und Brassen holten, die Rufe der Bootsmannsmaaten, die Flüche des Steuermanns, als die beiden Rudergänger das Rad zu weit drehten, so daß die *Calypso* ein bis zwei Strich zu hoch an den Wind ging und der Navigator ihnen einen finsteren Blick zuwarf, begleiteten das Manöver.

Ramage sah erleichtert, daß, obwohl die Luvküste steil und unwirtlich war, die Leeküste eine Reihe von Landzungen aufwies, die in der Ferne in die See hineinragten.

Aitken deutete auf die vor ihnen liegende Küste.

»Da sollten sich schon einige gute Buchten finden, Sir«, sagte er.

Ramage nickte und schien einen Moment etwas verdutzt. Aber als die *Calypso* auf dem neuen Kurs Fahrt aufnahm, schüttelte er den Kopf, als wollte er sich von irgendeiner Vorstellung frei machen, vielleicht war er zu lange auf See und begann, sich Dinge einzubilden.

»An Deck – hier Vortopp!«

»Vortopp – hier Deck!« rief Southwick zurück!

»Ich sah eben ein kleines Boot hinter der Landzunge, Sir! Es war rot«, rief Jackson. »Und verschwand hinter der Klippe.«

Ramage sagte schnell: »Bestätigen Sie nur gerade. Ich habe es auch gesehen!«

»Gut, halten Sie weiter scharf Ausguck!« rief Southwick als übliche Antwort auf eine Routinemeldung.

»Was macht ein offenes Boot in dieser Gegend, Sir?« fragte der Navigator erstaunt.

»Vielleicht gehört es zu einem brasilianischen Fischerboot. Aber vielleicht gibt es hier inzwischen doch eine Ansiedlung.«

Noch während er es aussprach, wurde sich Ramage der Probleme bewußt, die mit diesem kurzen Blick auf ein Boot verbunden waren. Eine Ansiedlung bedeutete, daß hier Menschen lebten, die wahrscheinlich Besitzanspruch auf Trinidade erhoben. Oder die Ansprüche wurden von ihrem Heimatland – höchstwahrscheinlich war es Portugal, aber Spanien konnte es auch sein – geltend gemacht.

Das war ein Punkt, der in seinen Befehlen nicht erwähnt worden war; die Admiralität hatte angenommen, die Insel wäre unbewohnt. Und doch... Lord St. Vincent hatte immerhin formuliert, was zweifellos auch die Meinung der Admiralität widerspiegelte: Der Besitz der Ilha de Trinidade war im Vertrag nicht geregelt, also konnte Britannien sie für sich beanspruchen. Alle Siedler würden die Insel verlassen müssen; er konnte sie dahin zurückbringen, von wo sie gekommen waren – wahrscheinlich Brasilien.

Aitken sagte nüchtern: »Wahrscheinlich sind es nur Fischer; ihr Fahrzeug liegt in irgendeiner Bucht, um Frischwasser zu übernehmen, und ihr Beiboot ist unterwegs, um eine Languste zum Abendessen zu fangen!«

So war es sicher. Ramage fühlte sich etwas irritiert und war froh, daß er den Mund gehalten hatte; wieder einmal war seine Phantasie seinem Verstand davongelaufen. Ein Fischerboot aus Bahia – es war so offensichtlich!

In diesem Augenblick rief Jackson aufgeregt: »An Deck – in der ersten Bucht ankert ein Schiff!«

Ramage griff nach dem Fernrohr, aber bevor er es ans Auge setzen konnte, rief Jackson erneut: »Handelsschiff... britische Flagge... ein Schiff der Ostindischen Kompanie.«

Southwick sagte: »Ihr Wasser ist schlecht geworden, und sie ist hergekommen, um ihre Fässer neu zu füllen!«

»An Deck! Ich kann gerade noch das Heck eines zweiten Handelsschiffs sehen. Französische Flagge...«

Inzwischen konnte Ramage das erste Schiff sehen. Ja, ein John Company Schiff, welches die charakteristische, wenn auch verblichene Flagge mit dem rot-weißen »Balkenrost« der Ehrenwerten Ostindischen Kompanie gesetzt hatte: der Union Jack im oberen linken Feld, mit horizontalen Streifen. Und jetzt kam das Heck des französischen Schiffes in Sicht, als die Landspitze infolge des Näherkommens der *Calypso* nach Steuerbord wegzugleiten schien und den Blick auf die Bucht freizugeben begann. Der Franzose war fast so groß wie das Schiff der Ostindischen Kompanie, und die Segel waren ebenfalls ordentlich aufgetucht. Ein Beiboot hing in den Davits, und ein weiteres Boot war mit seiner Vorleine am Heck festgemacht.

Ramage lauschte unbewußt dem monotonen Singsang des Lotgasten, der in den Rüsten stand, die Wassertiefen aussang, und versuchte sich den Seeboden vorzustellen. Es wurde nur ganz allmählich flacher, und das alte Sprichwort von den hohen Klippen und dem tiefen Wasser schien sich wieder einmal zu bestätigen. Aber unter Land waren sicher keine Felsen oder Riffe, da diese Schiffe ja hier vor Anker gegangen waren.

»Wir werden wahrscheinlich seewärts von diesen Schiffen ankern«, sagte Ramage, worauf Southwick schnell das Megaphon ergriff und Befehl gab, Großsegel und Fock aufzugeien. Unmittelbar darauf und wie durch Zauberei, weil die betreffenden Leinen von Deck aus gehandhabt wurden, verloren die beiden größten Segel der *Calypso* ihre Kurvenform und wurden an die Rahen geholt, als würden Fenstervorhänge ungeduldig nach oben gezogen.

Sofort begann die Fregatte Fahrt zu verlieren. Vorher hatte sich die Bugwelle angehört, als liefe Wasser durch ein Schleusentor; jetzt gluckste sie nur noch fröhlich, und als das Schiff das ruhige Wasser im Lee der Insel erreichte, hörte auch das leichte Stampfen und Rollen auf.

Statt dessen, aufrecht segelnd und bei einem »Soldatenwind« nur unter Marssegeln laufend, zeigte sich die *Calypso* wie eine fröhliche Fischhändlerin, die ihren rollenden Gang aufgegeben hatte.

»Hier Vortopp, Sir – da ist noch ein drittes Schiff –«

»Hier Großtopp – und ein viertes!« schrie Orsini, der seine Aufregung nicht zügeln konnte.

Als sie in Sicht kamen, betrachtete sie Ramage genau durch sein Teleskop. »Das dritte ist britisch, ich kann ihre Flagge erkennen. Es ist in gutem Zustand, die Segel sind ordentlich aufgetucht – zu ordentlich, wie mir scheint! Und das vierte ist… ja, ein Holländer. Einen Augenblick lang dachte ich, es wäre ein Franzose; der Wind treibt mit den Flaggen so seine Spielchen.«

»Vier vor Anker liegende Schiffe an so einem Ort? Was zum Teufel kann da passiert sein?« fragte Southwick verblüfft.

»Es könnte das Wasser sein«, sagte Ramage. »Wenn sie alle am Kap Wasser von der gleichen Stelle übernommen haben und es später schlecht wurde…« Dann schüttelte er den Kopf. »Nein, das kann es nicht sein; französische und holländische Schiffe würden das Kap nicht anlaufen – wenn sie von Indien oder Batavia gekommen wären, hätten sie von dem Friedensvertrag noch nichts gehört.«

Aitken sagte: »Soll ich die Leute auf Gefechtsstation gehen lassen, Sir?«

Ramage lächelte über die Unwilligkeit des Schotten, die Kriegsroutine aufzugeben. »Da sind nur ein paar britische Schiffe, die friedlich in der Bucht ankern, Mr. Aitken!«

»Aye, Sir, aber es ist so, als käme man in eine kleine Schlucht, 20 Meilen vom nächsten Dorf entfernt, und fände dort 20 kampierende Männer vor – das versetzt einem schon einen Schock und macht einen mißtrauisch.«

»Ja, vielleicht, weil sie unrasiert aussehen und man nicht weiß, wer sie sind. Aber diese Schiffe haben schließlich ihre Flaggen gesetzt.« Ramage betrachtete die vier Schiffe erneut. »Und neue Flaggen dazu, die meisten jedenfalls!«

Southwick schniefte – ganz offensichtlich hielt er von dieser ganzen Angelegenheit gar nichts – und fragte geduldig: »Wo sollen wir vor Anker gehen, Sir?«

Die *Calypso* hatte das südliche Ende der Insel fast gerundet, und vor ihnen öffnete sich jetzt eine tiefe Bucht, die von Felsen umgeben war, wobei das nördliche Ende allerdings von einem weniger vorspringenden Steilufer gesäumt wurde. Die vier Schiffe – »Hier Ausguck Vortopp, Sir – da ist noch ein fünftes Schiff, das von dem dritten und vierten fast verdeckt ist. Französische Flagge.«

»Danke. Sind –«

»Ein sechstes, Sir!« unterbrach Jackson von oben. »Es liegt dicht unter Land. Kleiner, sieht schnell aus, zwölf Kanonen. Vielleicht ein Kaperschiff, dem Aussehen nach. Ah, ich kann jetzt seine Flagge erkennen. Britisch, Sir.«

Fünf Handelsschiffe und möglicherweise ein Kaperschiff, alle friedlich zusammen vor Anker. Ein früheres Kaperschiff, verbesserte sich Ramage. Nun, offensichtlich besaß Trinidade genug Wasser, und genauso offensichtlich war es, daß die Admiralität vielleicht nichts über die Insel wußte, während sie jedoch den Handelsschiffen, die regelmäßig über das Kap der Guten Hoffnung nach Indien und Batavia gingen, gut bekannt war... Wenn die Admiralität, überlegte Ramage, der Ehrenwerten Ostindischen Kompanie geschrieben und sie um Einzelheiten gebeten hätte, würden die hocherfreuten und sich geschmeichelt fühlenden Handelsherren wahrscheinlich umgehend eine Karte mit Angaben über Wasserstellen und Ankerplätze geschickt haben.

»Hier Großtopp, Sir«, rief Orsini nach unten. »Das kleine Boot, das wir zuerst gesichtet haben – es geht jetzt längsseit des vermutlichen Kaperschiffes.«

Unvermittelt fühlte sich Ramage in heiterer Gemütsverfassung; mit fünf Handelsschiffen in der Bucht würde es sicher recht unterhaltsam werden. Auf den Schiffen der Ostindischen Kompanie würden bestimmt Passagiere mitreisen, und die Kapitäne der Gesellschaft, die anständig bezahlt wurden, lebten gut und waren oft interessante Männer. Das zweite britische Schiff sah vielversprechend aus. Der Holländer war groß genug, um zur Flotte der holländischen Ostindienfahrer zu gehören. Und die Franzosen, dachte er, hatten vielleicht noch gar nichts von dem Friedensschluß gehört... nein, sie mußten es wissen, sonst lägen sie hier nicht so friedlich mit britischen Schiffen vor Anker. Alle mußten sie Bescheid wissen – aber wie hatten sie es erfahren? Die britischen Schiffe durch eine Fregatte, die mit eiligen Berichten das Kap angelaufen hatte? Das wäre immerhin möglich. Aber die Holländer und Franzosen? Nun, sie konnten andere holländische und französische Schiffe getroffen haben, die sich auf der Ausreise befanden. Das lag doch auf der Hand, dachte er, ärgerlich über sich selbst.

»Da alle Schiffe hier an der Südseite der Bucht liegen, ist anzunehmen, daß der Ankergrund auf der Nordseite schlecht ist. Zwei Kabellängen achteraus von dem seewärts liegenden britischen Schiff – lassen Sie auf Nordostkurs gehen.«

Southwick gab dem Steuermann ein schnelles Ruderkommando und brüllte der Decksmannschaft zu, die Marsrahen scharf anzubrassen. Die Schoten wurden angeholt, und die *Calypso* drehte nach Steuerbord, hart am Wind für die letzten paar 100 Yards.

»Vortopp an Achterdeck: Das Boot verläßt das Kaperschiff, Sir.«

»Es wird uns einen Besuch machen wollen; halten Sie ein Auge auf die anderen – besonders das Schiff der Ostindien Kompanie.«

»Das wird ein heftiges Gesellschaftsleben geben, Sir«, sagte Aitken, und Ramage war sich nicht sicher, ob der Erste Offizier erfreut oder bedrückt war.

»Ja, das ist das erstemal, daß irgendeiner von uns, Southwick ausgenommen, in Friedenszeiten einem Handelsschiff begegnet. Wir müssen auf unser Benehmen achten; diese Kapitäne der Ostindischen Kompanie sind sehr stolze Herren. Immer darauf bedacht, die Marine in ihre Schranken zu weisen.«

»Aye, Sir, und wohlhabend sind sie auch, habe ich mir sagen lassen. Silberbestecke, teures Porzellan, nur die besten Weine, frisches Fleisch nahezu jeden Tag, weil sie so viel lebendes Vieh an Bord haben... sogar frische Milch.«

»Solange die Kuh mitmacht. Aber der Luxus ist für die Passagiere. Sie bezahlen eine Menge Geld für eine Reise erster Klasse von oder nach Indien.«

»Diese Nabobs können es sich leisten.«

»Wie ich sie beneide«, sagte Ramage. »Wenn er nach Indien reisen müßte, würde selbst Ihr John Knox einem Handelsfahrer und frischer Milch vor einer Fregatte und Salzfleisch den Vorzug geben!«

»Mißverstehen Sie mich bitte nicht, Sir, da ist Neid in meiner Feststellung, keine Kritik«, sagte Aitken lächelnd. »Ich gehe jetzt besser und helfe Mr. Southwick.«

Der Navigator gab ihm ein Sprachrohr, ging auf das Hauptdeck hinunter und weiter zur Back, wo eine Gruppe von Männern bei der Trosse und der Ankerbeting standen, während andere am Anker selbst warteten, der jetzt bereits über der Seite hing, klar zum Fallen.

Aitken blickte nach oben und sah, daß die Marssegel gerade noch zogen. Ohne über die Seite zu sehen wußte er, daß die *Calypso* weniger als drei Knoten lief.

Ramage stand an der Achterdecksreling und überließ die Ausführung des Manövers ganz bewußt seinen Offizieren, damit sie immer noch mehr praktische Erfahrungen sammeln konnten. Dabei beobachtete er die überzähligen Besatzungsmitglieder. Wilkins saß auf den Finknetzen und zeichnete; er warf ein paar flüchtige Striche auf das Blatt, schrieb einige Worte dazu und riß dann das Blatt ab, um sofort das nächste in Angriff zu nehmen. Eine Studie, die die Ankunft der *Calypso* in Trinidade dokumentieren sollte? Die fünf anderen Schiffe vor dem Hintergrund der schroffen, grauen Erhebung der Felsen und die fünf Bergspitzen, die dahinter in die Höhe ragten, waren sicher eine Herausforderung, der Wilkins nicht widerstehen konnte. Die Landmesser und Zeichner schienen mehr am Land als an den Schiffen interessiert. Sie diskutierten vermutlich, wie sie am besten über die Bergrücken kamen, von denen einige sehr steil aussahen, und auf die Gipfel gelangen konnten. Der Botaniker stand allein da, aber auch er blickte von einem Ende der Insel zum anderen – oder vielmehr, auf das, was er davon sehen konnte, während die *Calypso* in die Bucht hineinglitt, die von dem südlichen Vorgebirge und dem nördlichen Steilufer wie von zwei einladenden Armen umschlossen wurde.

Aitken gab gerade den Befehl, das Vormarssegel backzubrassen, um die *Calypso* rund 100 Yards vor den Ostindienfahrern zum Stehen zu bringen, so daß sich die Fregatte, nachdem sie entsprechend Trosse gesteckt hatte und sicher vor Anker lag, genau dort befinden würde, wo Ramage wollte, als Jackson sie wieder aus dem Vortopp anpreite.

»Vortopp – vier Mann in dem Boot, Sir, außer den Ruderern, und einer hält so etwas wie eine Enterpike hoch.«

»Wie meinen Sie das – bedroht er uns?« Ramage hob sein Teleskop, bekam das Boot aber im Moment nicht in Sicht.

»Nein, Sir – er sitzt auf einer Ducht und hält sie senkrecht zwischen seinen Knien. Vielleicht ist es auch nur ein langer Stock.«

»Danke. Behalten Sie das im Auge – und sehen Sie sich auch nach anderen Booten um; sie werden uns sicher auch bald einen Besuch machen wollen.«

»Bisher hat sich noch niemand gerührt, Sir. Auf jedem Schiff sind nur wenige Leute an Deck.«

Kenton, der in der Nähe stand und auf Befehle wartete, lachte vor sich hin und sagte: »Wir haben sie alle überrascht, und die Ladies sind eilig unter Deck gegangen, um sich in ihre besten Roben zu werfen und ihre Haare zu richten.«

»Und Sie hoffen, daß einige der Nabobs heiratsfähige Töchter haben, nicht wahr?«

»Die wären inzwischen wahrscheinlich schon vergeben, Sir. Trinidade ist sicher nicht dafür berühmt, daß hier arme Leutnants reiche junge Ladies zum Heiraten finden.«

»Bis jetzt noch nicht«, sagte Ramage, »aber vielleicht sorgen Sie ja dafür, daß die Sache in Mode kommt.«

Von der Vormarsrah kam ein knarrendes Geräusch, und dann folgte ein dumpfer Schlag, als der Wind auf der Vorderseite des Segels einfiel und es gegen den Mast preßte, so daß die Fregatte ihre Fahrt verlangsamte und schließlich stoppte.

Southwick stand auf der Back und beobachtete Aitken. Der Arm des Ersten Offiziers stieß senkrecht in die Höhe, und im gleichen Moment drehte sich Southwick um und gab den Befehl zum Ankern. Mit lautem Platschen fiel der schwere Anker ins Wasser, und die Trosse rauschte durch die Klüse mit einem Laut wie 100 galoppierende Rinder. Kurz darauf driftete der vertraute Geruch von versengtem Tauwerk und Holz nach achtern.

Während die Fock und das Großsegel aufgetucht wurden, wartete der Bootsmann darauf, daß man das Backbordboot zu Wasser ließ, so daß er um das Schiff gerudert werden konnte, um vom Wasser aus die entsprechenden Signale zum Vierkantbrassen der Rahen zu geben. Sobald das Vormarssegel seine gegenwärtige Aufgabe erfüllt hatte, der *Calypso* Fahrt über den Achtersteven zu verleihen und Zug auf die Ankertrosse auszuüben, so daß der Anker sich eingraben konnte, würde es, zusammen mit dem Großmarssegel, ebenfalls aufgetucht, während man Vorstengestagsegel und Klüver säuberlich am Fuß der Stage zusammenlegte.

Ramage war auch aus einem anderen Grunde erfreut, hier Schiffe vorzufinden. Aitken hatte die Besatzung auf Trab gehalten – mit Ausnahme der heißesten Tage im Kalmengürtel –, um das Schiff präsentabel zu machen. Lange Tage ohne Regen, Tage, in denen die Segel aufgetucht auf den Rahen lagen, bedeuteten, daß man jetzt darangehen konnte, Masten und Rahen zu malen, lederne Feuerlöscheimer zu polieren, das Gangspill blau und weiß zu malen und einige der Verzierungen sowie die Kopfscheibe in Gold abzusetzen. Er war froh darüber, daß er einige Heftchen mit Blattgold mitgebracht hatte; sie waren teuer, und bei Arbeiten mit Blattgold war immer sparsamer Gebrauch angezeigt, weil es nicht lange hielt und unter dem Doppelangriff von See und Sonne schnell die Farbe von grauem Schlamm annahm. Die Boote der *Calypso* sahen wie neu aus; die Rümpfe waren etwas dunkler als himmelblau, der oberste Gang weiß und alle Metallteile schwarz gemalt. Die Dollen waren mit Gold abgesetzt, und die Riemen waren weiß. Sie schienen fast zu schade, um zu Wasser gelassen zu werden. In wenigen Wochen würde ihr Boden dick mit grünen Algen und Napfmuscheln bewachsen sein.

Wenn jetzt Gäste an Bord kamen und wenn andererseits der Kommandant der *Calypso* mit seinen Offizieren einen Höflichkeitsbesuch auf anderen Schiffen machte, würde man Aitkens Bemühungen sehen und bewundern, und Ramage wußte, daß ein kleines Lob vom Kapitän eines Schiffes der Ostindischen Kompanie genau soviel, wenn nicht mehr zählte als das Lob des Kommandanten eines Linienschiffes von 74-Kanonen.

Der Ausguck auf der Back rief: »An Achterdeck – Boot nähert sich, Sir; 100 Yards an Steuerbord voraus.«

Aitken bestätigte die Meldung und sah sich nach Renwick um. Ein Blick über die Achterdeckreling zeigte ihm, daß ein Unteroffizier der Seesoldaten bereits mit zwei Mann unterwegs war, um sie an Steuerbordseite und Backbordseite zu postieren, sobald die *Calypso* vor Anker lag.

Ihre Aufgabe war es, jedes sich nähernde Boot anzurufen und anhand der Antwort festzustellen, wer da an Bord wollte.

Der Unteroffizier, Ferris, hatte die Meldung des Ausgucks gehört und ging mit den beiden Seesoldaten zuerst an die Steuerbordseite; Offiziere kamen an Steuerbordseite an Bord, und bei den Besuchern handelte es sich zweifellos um Offiziere. Er ließ die beiden Männer halten, ließ einen von ihnen mit einem Schwall von Befehlen und in einer Wolke von Pfeifenton am Schanzkleid Aufstellung nehmen und marschierte dann mit dem anderen Seesoldaten zur Backbordseite.

Aitken betrachtete das Boot durch sein Teleskop, bevor es durch den Bug der Fregatte verdeckt wurde. Als er nach dieser Inspektion sein Teleskop zusammenschob und es in der Schublade des Kompaßhäuschens verstaute, sah sein Gesicht grimmig aus. Er ging zu Ramage hinüber. »Ich werde unsere Besucher in Empfang nehmen, Sir. Ich glaube nicht, daß Sie ihnen unbedingt begegnen müssen.«

Ramage nickte, denn niemand in der Marine legte gesteigerten Wert auf Kaperer. Er nahm an, daß sich diese Freibeuter weit unten im Südatlantik aufgehalten hatten und gerade erst von dem Friedensvertrag gehört hatten, der ihnen jetzt das Geschäft verdarb. Ihr Kaperbrief gab ihnen die Erlaubnis, gegen die Feinde des Königs (oder die Feinde der Republik, wenn sie Franzosen waren) Krieg zu führen, vorausgesetzt, man befand sich gerade im Kriegszustand. In Friedenszeiten war ein feindlicher Akt gegen ein Schiff Piraterie, und Piraten wurden zum Tode durch den Strang verurteilt.

Als er den Niedergang zum Hauptdeck hinunterging und auf die Eingangspforte zusteuerte, hörte Aitken den Anruf des Postens und vom Wasser her eine Antwort, die wie ein einziges Wort klang, also wohl der Name eines Schiffes war. Er schloß daraus, daß der Kapitän des Kaperschiffes, des ehemaligen Kaperschiffes verbesserte er sich, ihnen selbst einen Besuch abstatten wollte. Wahrscheinlich, um Einzelheiten über das Friedensabkommen zu hören, denn von den Handelsschiffen würden sie nur Gerüchte und Berichte aus zweiter Hand zu hören bekommen haben. Jetzt ergriffen sie natürlich die Gelegenheit, um von einem Schiff des Königs eine offizielle Bestätigung zu erhalten. Immerhin, angesichts der Nachricht, daß eine bisher sehr einträgliche Art des Lebensunterhalts auf einmal illegal war, konnte man selbst einen Freibeuter nicht verdammen, wenn er diese Neuigkeit durch eine zuverlässige Quelle bestätigt haben wollte.

»Sir«, sagte der Posten, offensichtlich etwas verblüfft, »das Boot befindet sich längsseit, und sie zeigen eine weiße Fahne – festgemacht an einer Enterpike. Sie haben sie gerade erst in diesem Augenblick angebunden, denn ich hatte eben noch den Kerl mit der Enterpike im Blick, und da hatte er keine Fahne dran...«

Aitken ging zur Pforte und sah hinunter auf das Boot. Der Bugmann hatte angehakt; ein Mann im Heck wartete darauf, daß man ihm von der *Calypso* eine Heckleine zuwarf, während der Bugmann auf die Bugleine wartete.

Unterdessen saßen die vier Männer auf den Achtersitzplätzen, und einer von ihnen, ein großer Neger, hielt die

Enterpike zwischen seinen Knien, an der ein viereckiges, schmutzig-weißes Tuch festgemacht war.

Aitken bemerkte, daß die vier Männer Pistolen im Gürtel trugen und auf den Bodenbrettern des Bootes Entermesser lagen, aber das war durchaus zu verstehen: Die *Calypso* selbst war im vergangenen Krieg oft genug unter falscher Flagge gesegelt, um in eine gute Position für den Angriff zu gelangen, der natürlich erst erfolgte, nachdem sie ihre richtige Flagge gesetzt hatte. Und Kaperer, das lag auf der Hand, gehörten sicher zu den vorsichtigsten und mißtrauischsten Männern, die auf See zu finden waren.

Nichtsdestoweniger wollte Aitken eine Erklärung für die Parlamentärflagge, bevor irgend jemand an Bord kam.

»Warum schwenken Sie die Parlamentärflagge?« rief er.

»Ich schwenke sie nicht«, antwortete einer der Männer. »Ich halte sie ruhig.«

»Beantworten Sie meine Frage.«

»Das ist doch verdammt einfach zu erraten. Wir wollen unter der Parlamentärflagge an Bord kommen.«

»Warum denn das? Der Krieg ist vorbei.«

»Ach, es stimmt also, was man uns erzählt hat?«

»Ich weiß nicht, wer Ihnen was erzählt hat«, sagte Aitken in etwas freundlicherem Ton, »aber Bonaparte hat am ersten Oktober mit Britannien einen Friedensvertrag unterzeichnet.«

»Das sind gute Nachrichten. Können wir also an Bord kommen?«

»Natürlich. Wie heißt Ihr Schiff?«

»Die *Lynx* aus Bristol, Kaperschiff.«

»Ehemaliges Kaperschiff«, korrigierte Aitken.

»Nun ja, lassen Sie uns etwas Zeit, damit wir uns an die Idee gewöhnen können, daß Frieden ist!«

Aitken lachte und sah zu, wie der Mann nach den Stufen griff.

»Handreeps stehen mir wohl nicht zu, eh?« Der Mann

sah nach oben, begann jedoch gleich damit, hinaufzuklettern.

»Sie hätten ja auch ein Bumboot sein können, das uns Bananen verkaufen will«, sagte Aitken sarkastisch. »Aber wir würden Sie mit Salutschüssen empfangen haben und hätten für Sie Seite gepfiffen, wenn Sie uns rechtzeitig gewahrschaut hätten.«

Der Mann sah auf, während er weiter nach oben kletterte. »Sie haben uns auch nicht gewahrschaut.«

Aitken trat ein paar Schritte zurück, den Posten der Seesoldaten, die Muskete übergenommen, zu seiner Linken und Orsini und Martin zu seiner Rechten. Er wußte, daß Kenton auf dem Achterdeck stand, bereit, etwaige Mitteilungen sofort an den Kommandanten weiterzugeben, und Southwick würde ebenfalls in Hörweite sein. Es war schon überraschend, stellte er ironisch fest, wie viele Besatzungsmitglieder plötzlich Aufgaben zu erfüllen hatten, die sie in die Nähe der Eingangspforte führten, wo sie die ersten Besucher der *Calypso* zu Gesicht bekommen konnten, seit das Schiff den Medway verlassen hatte.

Der Mann, der jetzt an Bord kam, war groß und dünn; so dünn, daß Aitken den Eindruck hatte, die Haut wäre auf seinen Kopf aufgeschrumpft. Gesicht und Schädel waren eckig, wie bei einer fünfseitigen Laterne, und er war vollständig kahl. Er hatte nicht einfach nur eine Glatze, merkte Aitken, sondern hatte – wahrscheinlich durch eine Krankheit, vielleicht Malaria – jedes einzelne Haar auf dem Kopf verloren. Wie zum Ausgleich besaß er ein vollständiges Gebiß mit tadellosen, wenn auch durch Tabakkauen leicht verfärbten Zähnen.

»Jebediah Hart«, stellte er sich vor, »Kapitän und Teileigner des Schoners *Lynx*.«

»James Aitken, Erster Offizier auf Seiner Majestät Schiff, der Fregatte *Calypso*.«

Inzwischen war ein weiterer Mann an Bord gekommen, so fett wie Hart dünn war, kleiner als Aitken und mit einem schwarzen, herunterhängenden Schnauzbart und dicken, buschigen Augenbrauen. Seine schwarz wirkenden Augen huschten hin und her, als vermutete er irgendwo eine Falle.

Hart sagte: »Ich möchte Ihnen den Ersten Offizier vorstellen. Jean-Louis Belmont. Leider spricht er kein Englisch.«

Aitken nickte und verbeugte sich. Ihm war aufgefallen, daß der Mann trotz seiner Beleibtheit die Seite hinaufgeklettert war, ohne außer Atem zu geraten. Und er war Franzose. Vermutlich ein Royalist, der aus Bonapartes Machtbereich geflohen war. Er war ein großes Risiko eingegangen, denn wenn das Kaperschiff jemals während des Krieges aufgebracht worden wäre, hätten ihn die Franzosen sofort als Verräter aufgehängt.

Der nächste, der an Bord kam, war ein kleiner, muskulöser Mann mit blondem Haar, das an den Seiten grau zu werden begann. Im Gegensatz zu den anderen trug er Kniehosen und einen streng geschnittenen Rock aus dunkelgrünem Stoff. Aitken war sich nicht sicher, ob er ihn an Land für einen Farmer oder einen Dekan gehalten hätte. Völlig unerwartet nahm er Haltung an, beugte seinen Kopf und stellte sich dann an die Seite. Hart ließ seine Blicke über das ganze Schiff wandern und stellte den Mann, der seinen Namen nicht genannt hatte, auch nicht vor. Seine Erscheinung und sein ganzes Benehmen ließen Aitken vermuten, daß er aus Skandinavien kam.

Der vierte und letzte Mann, der durch die Eingangspforte trat, war der große Neger, der immer noch die Enterpike bei sich hatte, obwohl er die weiße Fahne inzwischen aufgerollt hatte.

Hart drehte sich um und sagte: »Tomás – er ist Spanier; spricht kein Englisch.«

»Sie haben ein Sprachenproblem auf der *Lynx*!« sagte Aitken, aber Hart schüttelte den Kopf.

»Ich habe hier und da ein paar Brocken von anderen Sprachen aufgeschnappt.«

Aitken wartete, daß er weiterredete, aber die vier Freibeuter standen in einem Halbkreis vor ihm, als warteten sie ihrerseits darauf, daß er den Mund aufmachte. Der Erste Offizier sah hinüber zur *Lynx*, als beabsichtigte er, ein paar bewundernde Worte über ihr Schiff zu verlieren, tatsächlich jedoch, um zu sehen, ob von den Handelsschiffen Boote unterwegs waren. Keines der Boote hatte sich vom Fleck bewegt; diejenigen, die achtern an den Schiffen festgemacht hatten, schwammen immer noch achteraus, wie Entenküken hinter ihrer Mutter, und die übrigen Boote hingen immer noch in den Davits oder waren mittschiffs gestaut.

Aitken sah Hart an, verwundert ob dieser, wie er sich eingestehen mußte, seltsamen Situation. Hart erwiderte seinen Blick und sagte mit klangloser Stimme: »Wir wollen Ihren Kapitän sprechen.«

»Sagen Sie mir, was Sie wollen«, sagte Aitken brüsk, »dann werde ich sehen, ob er Zeit hat; er ist ein beschäftigter Mann.«

»Wie heißt er?«

»Ramage, Captain Ramage.«

»Verdammt noch mal«, sagte Hart leise, »von allen, die sich die Admiralität hätte aussuchen können, schicken sie ausgerechnet ihn!«

»Sie kennen ihn?«

»Ich habe von ihm gehört«, sagte Hart, »wer hat das nicht? Nun –«, er zuckte die Schultern und sagte etwas in schnellem Spanisch zu Tomás, der einen Fluch ausstieß, »holen Sie ihn.«

»Ich kann den Kommandanten nicht einfach holen«, sagte Aitken steif.

»Ich denke doch«, sagte Hart höhnisch. »Sehen Sie die Schiffe dort?« Er zeigte auf die vor Anker liegenden Handelsschiffe.

Als Aitken nickte, sagte Hart: »Das sind alles unsere Prisen. Jetzt schießen Sie los und holen Sie Ihren hochverehrten Mr. Lord Ramage.«

12

Ramage saß an seinem Schreibtisch, nicht weil er den Tisch vor sich brauchte, sondern weil seine Kajüte mit den vier Freibeutern, Aitken und Southwick einfach voll war. Aitken war eilends zu ihm gekommen, um ihm kurz zu erklären, warum er die Kaperschiffleute zu ihm bringen wollte, und hatte sie wenige Minuten später hereingeführt. Southwick folgte ihm auf dem Fuße, vermutlich weil er spürte, daß sich hier etwas Seltsames anbahnte.

Das Wort ›seltsam‹ war wirklich angebracht. Im Augenblick waren die vier Freibeuter dabei, sich einen Sitzplatz zu suchen, wobei ihr Anführer, der Engländer, der sich Hart nannte, den Sessel wählte, der gewöhnlich für Southwick reserviert war, und die anderen sich auf dem Sofa niederließen. Southwick stand auf einer Seite der Tür und Aitken auf der anderen, beide in gebückter Haltung, weil die niedrigen Deckenbalken ihnen nicht gestatteten, sich aufzurichten.

Dies ist das erste Mal, daß ich mein Schiff im Frieden in ein fremdes Land gebracht habe, dachte Ramage, und ich werde mit einer Situation konfrontiert, die verworrener ist, als dies je im Krieg der Fall war. Verworrener deshalb, weil über 150 unschuldige Leben in Gefahr sind; Menschen, die ich nie gesehen habe; männliche und weibliche Passagiere, Offiziere, Unteroffiziere und Mannschaften von fünf Handelsschiffen – holländischen, französischen und britischen. Was hatte dieser Bursche Hart vor? Die Freibeuter schienen darauf zu warten, daß er das Gespräch begann.

»Nun, Mr. Hart, mein Erster Offizier meldete mir, daß Sie das Kaperschiff *Lynx* befehligen und daß Sie behaupten, die hier vor Anker liegenden Handelsschiffe wären Ihre Prisen.«

»Das stimmt, abgesehen davon, daß ich es nicht nur ›behaupte‹: Es sind meine Prisen.«

Ramage nickte, als akzeptiere er diese Feststellung, erwiderte jedoch ruhig, als erwähnte er die Tatsache nur als Entschuldigung: »Britannien und Frankreich haben einen Friedensvertrag unterzeichnet. Britannien befindet sich jetzt mit Frankreich, Spanien und den Niederlanden im Frieden. Können Sie denn im Frieden Schiffe aufbringen?«

»Wir können das«, sagte Hart unverblümt. »Und haben es auch getan.«

Wieder nickte Ramage. »Die beiden britischen, zwei französische und das holländische Schiff, die hier vor Anker liegen?«

»Genau die. Und wahrscheinlich noch zwei oder drei weitere innerhalb der nächsten Woche; unser Schwesterschiff ist noch auf See.«

»Ja, es ist jetzt sicher ziemlich einfach, Schiffe aufzubringen«, sagte Ramage. »Niemand erwartet einen Angriff; die Kanonen sind nicht geladen. Tatsächlich glaube ich, daß viele Handelsfahrer sogar ihre Geschütze von Bord gegeben haben.«

»Haben sie, haben sie«, sagte Hart zuversichtlich.

»Was beabsichtigen Sie, mit Ihren Prisen anzufangen?«

In diesem Moment mischte sich der Neger in das Gespräch ein, der Hart in schnellem Spanisch fragte, worüber denn geredet würde. Ramage war überrascht von den Worten, die der Mann gebrauchte. Er gab sich zwar

Mühe, seinen Tonfall dem eines Matrosen anzupassen, der vielleicht als Leibwächter fungierte, aber die tatsächlichen spanischen Worte waren die eines Offiziers gegenüber einem Matrosen. Ganz offensichtlich wußten weder Hart noch der Schwarze, daß Ramage diese Sprache beherrschte. Die einzige Schwierigkeit war, daß Ramage Spanisch mit kastilianischem Akzent sprach, während der Schwarze das primitive und stark akzentuierte Spanisch der Neuen Welt sprach, das fast so schwer zu verstehen war wie das Kreolische auf den französischen Inseln.

»Was erzählst du diesem Mann?« fragte der Schwarze.

»Nur, daß die Schiffe unsere Prisen sind, Tomás.«

»Sorge dafür, daß er uns nicht reinredet.«

»Tut er nicht. Er akzeptiert alles.«

»Warum?« Der Schwarze war gerissen und wahrscheinlich der eigentliche Kapitän der *Lynx*. Ramage hegte daran kaum noch einen Zweifel.

»Ich weiß es nicht«, sagte Hart, »was kann er denn sonst auch machen?«

»Find' es heraus«, sagte Tomás.

Hart wandte sich mit einem freundlichen Lächeln an Ramage. »Tomás spricht kein Englisch; ich habe ihm nur gerade erklärt, worüber wir geredet haben.«

»Vielleicht möchten Sie ja auch Ihren französischen Offizier davon in Kenntnis setzen?«

Hart nickte und berichtete Belmont schnell das Wesentliche des bisherigen Gesprächs, und Ramages ursprüngliche Vermutung erhärtete sich: Belmont spielte keine Rolle. Wieder einmal war der Tonfall richtig, aber die Worte waren so, wie sie ein Kapitän gegenüber einem Maaten, nicht aber gegenüber seinem Ersten Offizier gebrauchen würde.

In der Hierarchie der *Lynx* stand der große spanische Neger Tomás als Kapitän an der Spitze; Hart war sein

Stellvertreter und Belmont und der schweigsame Blonde waren Maate.

»Nun, Kapitän«, sagte Hart glatt, »Sie scheinen nicht sehr überrascht, fünf Prisen hier bei Trinidade vor Anker liegen zu sehen!«

»Soweit würde ich nicht gehen«, antwortete Ramage vage.

Tomás würde zwar die Worte nicht verstehen, aber er würde schnell merken, ob der Fremde ein unfähiger Mann war. Ohne Frage hatte Hart von Captain Ramage gehört – das hatte er schließlich gleich zu Anfang klargemacht –, aber Tomás würde ihm nicht glauben, wenn er sah, daß dieser Captain Ramage eine verständnislose und unentschlossene Art an sich hatte. Selbst Hart könnte in Zweifel geraten.

»Nun ja, ich denke, ich war schon etwas überrascht, hier Schiffe vorzufinden. Schließlich ist das ja keine große Insel. Man muß sich schon sehr viel Mühe geben, sie zu finden.«

»Sie hatten Schwierigkeiten?« fragte Hart beiläufig.

»O ja. Unser Chronometer ist nicht sehr genau.« Er gab sich Mühe, Southwick nicht anzusehen, als er hinzufügte: »Glücklicherweise war es möglich, auf dem Meridian nach Süden zu segeln.«

Hart sagte schenll auf Spanisch zu Tomás: »Sie mußten dem Meridian folgen, um die Insel zu finden.«

Tomás erwiderte darauf nichts, und Ramage sagte mit Unschuldsmiene zu Hart: »Sie haben noch nicht erzählt, was Sie mit Ihren Prisen machen wollen.«

»Nein, habe ich noch nicht. Es hängt jetzt, in gewissem Grad, von Ihnen ab.«

Ramage überlegte schnell, gähnte dann und entfernte mit spitzem Finger einige Fussel von seinem Rock. »Wirklich? Aber dafür fühle ich mich nun ganz sicher nicht verantwortlich. Schließlich sind Sie doch die Kaperer. Der

Krieg ist vorüber, und ich vermute, daß Ihr Kaperbrief jetzt abgelaufen ist, oder was auch immer damit geschieht, wenn ein Krieg zu Ende ist. Aber die Prisen sind Ihre Angelegenheit – und sie würden mich auch nichts angehen, selbst, wenn wir immer noch Krieg hätten.«

»Ich bin froh, daß Sie das so sehen«, sagte Hart.

»Aber sicher«, sagte Ramage, als freue er sich auf höfliche Weise über Harts Zustimmung. »Ich habe meine Befehle von der Admiralität, und ich kann mich nicht mit irgendwelchen anderen Angelegenheiten befassen – nicht ohne entsprechende Befehle von Ihren Lordschaften.«

»Darf man fragen, ob Ihre Befehle Sie hier längere Zeit festhalten werden?« fragte Hart vorsichtig.

Ramage schüttelte den Kopf und begann wieder, auf seinem Rock nach Fusseln zu suchen. »Meine Befehle sind kein Geheimnis. Ich bin hergekommen, um die Insel nebst den Ankerplätzen vermessen und kartographisch erfassen zu lassen.«

»Warum? Hat die Admiralität etwas mit der Insel vor?«

»Hat sie etwas mit ihr vor?« wiederholte Ramage verächtlich. »Das bezweifle ich stark! Wer zum Teufel könnte sie denn überhaupt finden? Jedenfalls muß man lange segeln, um von hier aus irgendwo anders hinzukommen. Nein, Ascension ist für die Kaproute und die John-Company-Schiffe gut genug.«

»Warum dann dieses plötzliche Interesse an Trinidade?«

»Es ist kein plötzliches Interesse an Trinidade«, sagte Ramage mit einem erneuten Gähnen. »Der Krieg ist vorbei, aber die Admiralität muß eine gewisse Anzahl von Schiffen in Dienst halten, insbesondere Fregatten. Daher schicken sie mehrere von ihnen los, um verschiedene ungewöhnliche Plätze vermessen zu lassen. Ich könnte mir zum Beispiel denken, daß auch eine nach St. Paul Rocks und eine andere nach Fernando de Noronha gegangen ist.

Und wahrscheinlich auch nach Ascension; die Karten, die wir von dieser Insel haben, sind schrecklich, das weiß ich aus eigener Erfahrung.«

»Also wie –«

Hier wurde Hart von Tomás unterbrochen, der wieder wissen wollte, worum es ging. Hart sagte ihm, daß Ramage über das Kaperschiff nicht beunruhigt sei; daß er nicht gewillt sei, sich zusätzliche Verantwortung aufzuladen, und daß ihm nur daran läge, seine Befehle auszuführen, nämlich Trinidade zu vermessen.

»Wie lange will er hierbleiben?«

»Ich werde ihn fragen.«

»Sag ihm lieber, warum er sich bei den Prisen nicht einmischen darf.«

»Aber das hat er doch sowieso nicht vor.«

»Wenn er länger hierbleibt«, sagte Tomás, seine Ungeduld gegen Hart nur mit Mühe zügelnd, »ist es nur eine Frage der Zeit, bis jemand von einer der Prisen Alarm schlägt. Auf jeden Fall wird dieser Ramage erwarten, daß er von den anderen Kapitänen zum Essen eingeladen wird. Wenn keine Einladungen erfolgen, wird er bestimmt argwöhnisch – wenn er denn lange genug wach bleiben kann.«

Bei diesem unabsichtlichen Lob für seine schauspielerischen Fähigkeiten fiel es Ramage schwer, ein unbeteiligtes Gesicht zu wahren. Aber über was in aller Welt redete Tomás da?

»Wie lange, schätzen Sie, wird Ihr Aufenthalt hier dauern?« fragte Hart.

Ramage streckte die Hände vor, Handflächen nach oben gedreht, eine Geste, die von allen Romanen verstanden wurde. »Wer weiß? Wie groß ist die Insel, wie lange werden meine Landmesser und Zeichner für ihre Karten brauchen? Wie lange brauchen meine Leutnants für die Lotungen? Zwei Monate, vier, sechs? Ich habe nicht die geringste Ahnung. Sie werden sicher schon lange fort sein, bevor wir hier fertig sind, nehme ich an.«

Hart nickte, wußte aber offensichtlich nicht, wie er den wichtigen Teil von Tomás' Anweisungen ausführen sollte.

»Captain Ramage«, sagte er schließlich, einen formelleren Ton anschlagend, »was unsere Prisen angeht...«

Ramage hob die Augenbrauen. »Ihre Angelegenheit, mein Lieber. Wenn Sie Prisen nehmen, tragen Sie dafür die Verantwortung. Die Gerichte entscheiden darüber, wie Sie wissen. Natürlich könnten Sie wegen der beiden britischen Schiffe Schwierigkeiten kriegen – es sei denn, sie wären von den Franzosen erbeutet worden und Sie hätten sie zurückerobert. Aber ich weiß natürlich nicht, wie ein Richter entscheiden würde, und ich bin sicher, Sie kennen sich mit dem Prisengesetz gut aus.«

»Machen Sie sich darüber keine Gedanken, Sir«, sagte Hart in etwas vertraulicherem Ton. »Nein, was ich Ihnen sagen wollte ist, daß wir natürlich Prisenkommandos auf jedem der Schiffe haben.«

»Davon gehe ich selbstverständlich aus.«

»Unsere Männer haben den Befehl«, fuhr Hart beiläufig fort, wenn der warnende Unterton auch nicht zu überhören war, »alle Passagiere zu töten, wenn Gefahr besteht, das Schiff zu verlieren.«

»Was? Wenn die Prisenmannschaft das Schiff auf ein Riff setzt, bringen sie die Passagiere um? Ich muß schon sagen, das erscheint mir wirklich nicht in Ordnung.«

Hart gab einen schnalzenden Ton von sich wie ein enttäuschter Schullehrer. »Nein, nein, nein Sir, doch nicht bei einer derartigen Gefahr. Ich meine, wenn sie befürchten müssen, daß das Schiff zurückerobert werden könnte...«

»Ich kann mir nicht vorstellen, wer das versuchen würde«, sagte Ramage, offensichtlich vor ein Rätsel gestellt. »Schließlich ist der Krieg doch vorüber. Das wäre dann ja sicher ein Akt der Piraterie.«

Ein zufriedener Ausdruck zeigte sich auf Harts Gesicht. »Ja, natürlich, Sir, genau so wäre es. Aus dem Grunde haben unsere Prisenkommandos ja auch diesen Befehl bekommen; wir müssen gegen Piraterie gewappnet sein.«

Ramage machte ein verblüfftes Gesicht, kratzte sich mit der einen Hand am Kopf und zog mit der anderen am Knie seiner Breeches. »Ja, aber ich kann schlecht einsehen, wie man Piraten fernhält, indem man die Passagiere tötet.«

»Oh, ich begreife, was Sie sagen wollen, Captain, aber wenn Sie es einfach als eine Art Versicherung betrachten, werden Sie es verstehen.«

»Ah ja, nur eine Art Versicherung. Das ist sehr klug. Gehen Sie niemals unterversichert in See, hat mir mal jemand gesagt. ›Hüten Sie sich vor Barraterie durch Kapitän und Mannschaft und zahlen Sie Ihre Prämien pünktlich‹ – das war es, was er sagte, und es ist ein kluger Ratschlag, nicht wahr?«

»In der Tat, das ist es«, stimmte Hart geduldig zu, »deshalb haben wir auch die Offiziere und Mannschaften in einem Lager an Land untergebracht.« Er wandte sich an Tomás und sagte auf Spanisch: »Ich habe ihm von den Geiseln erzählt, und er findet nichts dabei, daß wir Prisen genommen haben. Er ist sicher ein tapferer Mann – das muß er sein, um sich so einen Ruf erworben zu haben –, aber er ist ein Dummkopf. Er hat unsere Geschichte geschluckt wie ein Hecht eine Elritze. Wir können also auf unsere Freunde warten, die hoffentlich noch mehr Prisen mitbringen, und dann können wir im Konvoi wegsegeln und diesen Pudding hierlassen, damit er seine Vermessung beendet.«

»Gut; jetzt kannst du ihm auch Hilfestellung geben – erzähl ihm, wo es hier Frischwasser gibt. Dann wird er nicht mißtrauisch werden.«

Hart tat diesen Vorschlag mit einer Handbewegung ab. »Das ist nicht notwendig, Tomás. Sie haben noch genug

Wasser, sonst würde er uns nach Flüssen und Quellen gefragt haben. Nein, glaub mir, ich verstehe diese Leute. Wir verabschieden uns jetzt und gehen.«

»Dann mach voran und nimm die richtigen Worte«, sagte Tomás, und kein Zuhörer, der des Spanischen nicht mächtig war, würde gemerkt haben, daß der große Schwarze einen Befehl erteilt hatte.

15 Minuten später saß Southwick wieder in seinem gewohnten Sessel, Aitken lehnte sich auf dem Sofa zurück, den Hut neben sich, und Ramage saß an seinem Schreibtisch, aber es war ein ganz anderer Ramage als das zerstreute, zögernde und gelangweilte Individuum, das mit den Freibeutern gesprochen hatte.

»Was sollte die Parlamentärflagge?« fragte Southwick.

Ramage sah Aitken an, aber dieser schüttelte den Kopf.

»Ich glaube, daß sie der Meinung waren, wir könnten vielleicht hinter ihre Pläne gekommen sein«, sagte Ramage. »Der Anblick eines Schiffs des Königs, das einfach so in die Bucht hereingesegelt kommt, muß sie völlig überrascht haben. Doch die Tatsache, daß wir unsere Stückpforten nicht geöffnet und unsere Geschütze nicht ausgerannt hatten, muß sie auch verwirrt haben. Wenn sie jetzt unter der Parlamentärflagge zu uns kamen, glaubten sie damit vielleicht ihren Hals zu retten.«

»Das Spanisch konnte ich nicht verstehen, Sir«, sagte Aitken, »aber warum hat sich Hart so große Mühe gegeben, alles für den großen Schwarzen zu übersetzen, während er die beiden anderen völlig außer acht ließ?«

»Der Schwarze ist ihr Anführer«, sagte Ramage. »Ein verschlagener Bursche; er ist bestimmt zehnmal so schlau wie Hart.«

Southwick gab einen tiefen Schnieflaut von sich, und Ramage vermutete, daß er von der Schlauheit des Schwarzen beeindruckt war.

»Wie war doch sein Name? Thomas?«

»Ja, in der spanischen Variante. Hart spricht recht gut Spanisch und auch gut Französisch.«

»Er kommt von irgendwo aus Westengland«, bemerkte Southwick. »Bristol, vermute ich.«

»Wahrscheinlich, weil er sagte, das wäre der Heimathafen der *Lynx*«, meinte Aitken. »Allerdings ist Hart bestimmt nicht sein richtiger Name.«

Ramage ließ die beiden noch ein paar Minuten miteinander schwatzen, weil er glaubte, sie müßten sich nach diesem unerwarteten Schock etwas abreagieren. Danach würden sicherlich Fragen auftauchen wie Fische in einem Bach, die nach Fliegen schnappen. Schließlich hüstelte Aitken und lenkte damit die Aufmerksamkeit von Southwick und Ramage auf sich.

»Als dieser Bursche Hart sagte, daß ihre Prisenkommandos den Befehl hätten, die Passagiere zu töten, wenn sich das Schiff in Gefahr befände, Sir, wie hat er das gemeint?«

Ramages Gesicht wurde hart, und seine braunen Augen schienen tiefer als sonst in den Höhlen zu liegen; seine hohen Backenknochen und seine schmale, vorspringende Nase wirkten noch markanter als gewöhnlich.

»Das war eine Warnung. Hart wollte uns damit klarmachen, daß sie auf jedem Handelsschiff Bewaffnete stationiert haben, die die Passagiere bewachen. Die praktisch ihre Geiseln sind. Er sagte, daß die Offiziere und Mannschaften sich an Land ›in einem Lager‹ befänden. Das bedeutet, daß sich auf jedem Schiff ein Dutzend oder mehr Geiseln befinden, und wenn wir den Versuch machen, irgendeines der Schiffe in unseren Besitz zu bringen oder die *Lynx* anzugreifen, werden sie die Geiseln einfach massakrieren.«

»Eine Pattsituation«, sagte Southwick.

»Ich wünschte, es wäre eine«, sagte Ramage. »Im Augenblick halten die Freibeuter uns die Pistole an den Kopf. Wir können nichts tun. Dieser Teufel Tomás hat wahrscheinlich den Befehl gegeben, allen Geiseln die Kehle durchzuschneiden, sobald wir auch nur mit einer Muskete winken. Denken Sie daran, ein Kaperschiff hat sehr viele Leute an Bord, einzig und allein deswegen, um die Prisen bemannen zu können. Ich bezweifle, daß die *Lynx* auch nur einen einzigen Mann der ursprünglichen Besatzung braucht, um ein Schiff zu handhaben; folglich könnten die Offiziere und Mannschaften über Bord geworfen werden. Ich weiß nicht, ob sie sich die Mühe machen werden, Lösegeld für die Geiseln zu fordern. Womöglich finden sie das zu mühsam und auch zu risikoreich für das Geld, das sie dabei herausschlagen könnten.«

»Sie werden jedes Schiff samt der Ladung gegen Barzahlung an gewissenlose Schiffseigner verkaufen, die bestrebt sind, ihre Flotte zu vergrößern. Der alte Name wird übermalt, ein neuer darübergepinselt, eine andere Flagge gesetzt, und niemand wird vermuten, daß es sich um ein Schiff handelt, das anscheinend noch während des Krieges verlorenging.«

Southwick nickte bewundernd. »Kaperer im Kriege und Piraten im Frieden. Das Geschäft ist sehr viel einträglicher im Frieden. Bei der Bewertung einer Prise sind sie nicht von der Entscheidung eines Richters am Admiralitätsgericht abhängig; sie bekommen den vollen Marktwert, ohne Abzüge für Makler, Gerichtsgebühren und Bestechungsgelder. Außerdem können sie als Piraten die Flagge eines Schiffes völlig ignorieren – wir brauchen uns ja nur die Schiffe anzusehen, die sie hier versammelt haben: Franzosen, Holländer, Briten. Allerdings keine spanischen Schiffe; vielleicht will dieser Kerl Tomás so weit nun auch wieder nicht gehen!«

Ramage schüttelte den Kopf. »Für diesen Mann ist Loyalität ein Fremdwort. Es sind keine spanischen Schiffe da, weil so wenige von ihnen auf See sind. Warten Sie nur, bis das Schwesterschiff der *Lynx* hereinkommt – sie könnte sehr wohl einen ›Don‹ geschnappt haben.«

»Nun, was sollen wir machen?« fragte Southwick ärgerlich. »Wir können doch nicht einfach zusehen, wie diese Teufel die Passagiere wie im Gefängnis halten.«

»Wir können natürlich die Besatzung auf Gefechtsstation schicken und die *Lynx* versenken. Allerdings würden Sie kaum die Spillspaken eingesetzt oder die Stückpforten geöffnet haben, bevor man anfinge, die Passagiere abzuschlachten«, sagte Ramage ruhig.

»Was schlagen Sie also vor, Sir?« fragte Aitken.

»Warten wir ein paar Tage und beobachten wir alles ganz genau. Wir setzen die Vermesser jeden Tag an Land ab und fangen an, die Karte zu zeichnen. Die Freibeuter sollen sich daran gewöhnen, unsere Boote hin und her fahren zu sehen – wenn auch in gebührendem Abstand zu den Prisen. Nicht so, daß es übertrieben wirkt, aber es soll auch kein Boot auf Rufweite herangehen...«

Southwick schniefte zweifelnd; er war kein Mann, der viel vom Warten hielt, und der Kaperer hatte ihn gereizt. »Wie lange sollen wir warten, Sir?«

»›Warten‹ ist eigentlich nicht das richtige Wort. Wir ›beobachten‹ – wie einer von Aitkens Wilderern, die sich ein, zwei Tage lang in einer Baumgruppe verbergen, bevor sie ein Stück Wild im Revier des Lords erlegen. Ich möchte, daß die Schiffe Tag und Nacht beobachtet werden; stellen Sie einen Mann ab pro Schiff. Sie sollen feststellen, welche Boote kommen und gehen, wie viele Männer auf jedes Schiff gebracht werden und wie viele es verlassen, was an Vorräten gebracht oder geholt wird, welche Arbeiten verrichtet werden, wie viele Wachen vorhanden sind, wo sie sich befinden und wie oft sie gewechselt werden, was die Passagiere tun und wie viele es sind... Ich möchte, daß diese Aufgabe von guten Leuten durchgeführt wird, die auch des Schreibens mächtig sind. Von Leuten wie Jackson, zum Beispiel.«

»Bowen beginnt sich zu langweilen, Sir«, bemerkte Southwick. »Das hier ist genau das, was er gerne machen würde.«

»Gut, aber sie müssen sich verborgen halten. Ich möchte die Freibeuter auf keinen Fall merken lassen, daß wir sie beobachten. Dann natürlich könnten sie auch versuchen, unser Schiff zu entern!«

»Glauben Sie, daß sie es versuchen werden?« Aitkens Stimme klang hoffnungsvoll.

»Es hängt wahrscheinlich davon ab, ob Bruder Tomás auf meine Schauspielerei hereingefallen ist. Er wird ungefähr 100 Mann auf der *Lynx* haben, und er kann die Geiseln mit 25 Männern in Schach halten. Würde er riskieren, eine Fregatte mit 75 Männern zu überfallen?«

»Sie selbst würden es tun«, sagte Southwick.

»Nur, wenn ich keine andere Wahl hätte! Aber ich glaube nicht, daß Tomás glaubt, er säße in der Falle. Ich bin ziemlich sicher, daß er der Ansicht ist, der Besitz der Geiseln wäre Versicherung genug.«

»Dazu kommt natürlich noch, daß der Kommandant der Fregatte ein ziemlich schläfriges und zertreutes Individuum ist«, sagte Southwick. »Ihre Vorstellung würde auch mich überzeugt haben – und ich spreche Englisch! Die Art, wie Sie versucht haben, jede Verantwortung von sich zu weisen; das hat Hart sehr gut gefallen. Er ahnt ja nicht, wie oft Erste Lords und Admiräle in Wut geraten sind und Sie beschuldigt haben, zuviel Verantwortung auf sich genommen zu haben!«

»Dadurch, daß ich mich schläfrig und zerstreut gab, hatte ich ein wenig Zeit, um nachzudenken«, gab Ramage zu. »Ich saß hier und erwartete eigentlich den großspurigen Kapitän eines der Ostindienfahrer mit einer Einladung zum Essen, bei dem ich mich dann mit seinen langweiligen Passagieren unterhalten müßte. Statt dessen bringt mir Aitken ein Quartett unglaublicher Halunken in meine Kajüte, die mir eine jeder Beschreibung spottende Geschichte präsentieren!«

Aitken grinste und stand auf. »Wenn Sie mich entschuldigen wollen, Sir. Ich werde jetzt die erste Wache der Ausguckposten zusammenstellen. Ich habe vor, jeden der Männer mit seinem Schiff ›bekannt zu machen‹. Wir sollten am besten ein Logbuch für jedes Schiff anlegen, so daß wir in Kürze wissen, wie viele Leute an Bord sind, wer Gefangener und wer Wächter ist.«

Ramage öffnete eine Schublade in seinem Schreibtisch und holte einen Kasten aus poliertem Mahagoni heraus. Als er ihn öffnete, schmunzelte Southwick.

»Die Marchesa hätte ihre Freude daran, wenn sie sehen könnte, wie Sie die Pistolen herausnehmen und laden, Sir. Es ist lange her, seit sie die Waffen für Sie gekauft hat.«

»Das war an dem Tag, als ich zum Kapitän befördert wurde«, erinnerte sich Ramage. »Wir gingen, zusammen mit meinem Vater, in die Bond Street. Ich weiß noch, daß der Admiral und ich beim Büchsenmacher warteten, während die Marchesa in einem anderen Geschäft irgendwelche Spitzen kaufte. Dann kam sie zurück und kaufte diese Pistolen!«

»Sackgasse«, Ramage strich das Wort aus und schrieb statt dessen »Schachmatt« hin. Dann strich er auch das »matt« aus; nach Ansicht von Tomás und Jebediah Hart war die Situation sicherlich »Schach«, aber keineswegs Schachmatt. Einen Zug hatte er bestimmt noch, schätzte Ramage, wenn er nur wüßte welchen.

Die Freibeuter – merkwürdig, wie er vermied, sie als Piraten zu betrachten; vielleicht, weil es ihm heutzutage absurd vorkam, sich vorzustellen, daß es immer noch Piraten gab – hatten fünf Schiffe und nahezu 50 Passagiere als

Geiseln. Weder Hart noch Tomás hatten die Sicherheit der Besatzungsmitglieder in Frage gestellt, deren Zahl sich auf rund 250 belaufen mußte.

Nun gut, Ramage hatte ein Wort notiert, das die Situation kennzeichnete, aber was wußte oder vermutete er?

Zunächst einmal gab es zwei Kaperschiffe, die *Lynx* und noch ein anderes, das im Augenblick nach weiteren Opfern Ausschau hielt und in ein paar Tagen zurückerwartet wurde.

Wo würde man die Prisen hinbringen? Wenn es keine Möglichkeit gab, die Ladungen und die Schiffe zu verkaufen, wäre es ja sinnlos, sie zu kapern. Ganz offensichtlich kamen wegen der Nationalität der hier liegenden Schiffe, britische, holländische oder französische Häfen nicht in Frage. Tomás sprach Spanisch; die nächsten Häfen – die auch noch praktischerweise unter dem Wind lagen – waren die portugiesischen in Brasilien oder die spanischen im Südwesten.

Ramage schrieb weiter: »Werden die Prisen in Häfen des Rio de la Plata verkauft?«

Das eröffnete ihm die Wahl zwischen Montevideo und Buenos Aires. Die Mündung des Rio de la Plata, nahezu 100 Meilen breit, war ein vielbefahrenes Seegebiet; die spanischen Kaufleute dort würden immer Schiffe gebrauchen können. Besonders jetzt, dachte er. Der Krieg hatte es mit sich gebracht, daß viele, wenn nicht die meisten der Handelsschiffe, die in dieser Gegend verkehrten und gelegentlich einen Abstecher nach Spanien machten, um dort Felle zu verkaufen und auf dem Rückweg irgendwelche Fabrikerzeugnisse mitzunehmen (vornehmlich das, was die Amerikaner ›notions‹, also Kurzwaren, nannten), von der Royal Navy aufgebracht worden waren. Nach den absurden Bestimmungen des Friedensvertrages wurden sie den Eignern nicht zurückgegeben, so daß spanische Schiffseigner überall nach geeignetem Ersatz

Ausschau halten würden. Und ganz bestimmt hätten sie es eilig, wieder zu Schiffen zu kommen, weil jeder Kaufmann am Rio de la Plata bestrebt sein würde, irgendeine Ware irgendwohin zu schicken; Güter brachten nur dann Gewinn, wenn sie auf den Markt kamen; in einem Warenhaus gelagert, kosteten sie nur Geld. Diese Erkenntnisse hatte ihm vor Jahren Sidney Yorke vermittelt, ein junger Mann, der eine kleine Flotte von Handelsschiffen sein eigen nannte.

Jedenfalls beantwortete das die Frage, was mit den Schiffen geschah. Aber was war mit den Geiseln? Die Schiffsoffiziere nützten ihnen nichts; sie würden wahrscheinlich getötet oder, zusammen mit den Mannschaften, in irgendeinem abgelegenen brasilianischen Hafen an Land gesetzt werden. Aber wie konnten sie eine Lösegeldforderung für die Geiseln an diejenigen übermitteln, die imstande (und willens) waren zu zahlen? Eine Botschaft an die jeweiligen Regierungen der Geiseln könnte heimreisenden Schiffen mitgegeben werden; sie würde auch die Preisforderungen enthalten sowie den Ort der Geldübergabe – irgendeine Stadt wie Madrid oder Cadiz, nahm Ramage an.

Doch verglichen mit dem Wert der Schiffe, brachte das Problem, an das Lösegeld zu kommen, eine Menge Arbeit bei einem relativ geringen Profit mit sich, ganz abgesehen von dem damit verbundenen Zeitaufwand. Regierungen oder Verwandte würden Zusicherungen verlangen, daß die Geiseln unversehrt übergeben würden. Weder Hart noch Tomás schienen für diese Aufgabe geeignet.

Ramage schrieb: »Schicksal der Geiseln?« und fügte dann hinzu »Ermordet oder ohne Lösegeld freigelassen?«

Er vermutete, daß Tomás für die Ermordung, Hart für die Freilassung stimmen würde. Welcher der beiden hatte nun wirklich das Sagen?

Dann schrieb er die Frage nieder, über deren Beantwortung er kaum nachzudenken wagte: »Welche Folgen ergeben sich aus der Ankunft der *Calypso*?«

Die Freibeuter hatten schnell reagiert. Offensichtlich hatten sie einen Ausguck auf der Insel, der die *Calypso* am östlichen Horizont entdeckt hatte, aber die Schnelligkeit, mit der sie das Geiselproblem gelöst und ihren Plan umgesetzt hatten, zeigte, daß die *Lynx* von einem entschlossenen Kapitän kommandiert wurde und nicht von einem streitsüchtigen Komitee von Freibeutern. Tomás oder Hart? Das mußte Ramage wissen, weil einer von beiden ohne zu Zögern morden würde.

Die letzte Frage war: »Können sie mich durch Erpressung zwingen, mit der *Calypso* fortzusegeln?«

Natürlich konnten sie das! Aber würden sie es auch tun? Aus der Sicht der *Lynx* war die Präsenz der vor Anker liegenden *Calypso* eine Gewähr für ihre Hilflosigkeit; jede Aktion könnte die Ermordung der Geiseln nach sich ziehen. Andererseits könnte die *Calypso*, erst einmal auf See und außer Sicht, Verstärkung herbeiholen (keine große Bedrohung, angesichts der Entfernungen, die zu überwinden waren) oder zufällig einem anderen Schiff des Königs begegnen (weiter im Osten, auf der Kaproute, sehr wohl möglich). Oder sie konnte das zweite Kaperschiff mit seinen Prisen abfangen, es angreifen und versenken.

Ramage fluchte in sich hinein. Er war sich absolut nicht sicher, daß er, aufgrund der Pattsituation hier, nicht einfach den Anker lichten und versuchen sollte, das Schwesterschiff der *Lynx* abzufangen. Und würden Tomás und Hart die *Calypso* überhaupt ziehen lassen? Alles in allem schien das ziemlich unwahrscheinlich, und die Entscheidung lag eindeutig bei ihnen. Wenn er plötzlich mit der *Calypso* davonsegelte, würden die Freibeuter in Panik geraten und sich vermutlich genötigt sehen, alle Geiseln abzuschlachten, ihre Prisen im Stich zu lassen und die Flucht zu ergreifen.

Plötzlich wurde Ramage bewußt, daß der Posten an seine Tür hämmerte, ein Zeichen, daß vorherige Anrufe nichts gefruchtet hatten. Auf seine Aufforderung hin betrat Orsini die Kajüte und meldete, daß die Vermessungs- und Lottrupps jetzt bereit wären und daß Mr. Aitken sie im Gang in der Kuhl habe antreten lassen.

Ramage wischte seine Schreibfeder ab, klappte den Tintenfaßdeckel zu und griff nach seinem Hut. Der Unterschied zwischen einem jungen Fähnrich und einem Kapitän, dachte er mürrisch, besteht darin, daß der Fähnrich auf eine Expedition gehen kann, während der Kapitän an Bord zurückbleibt und irgendwelches Geschreibsel produziert...

Er fand drei Gruppen von Männern vor, die auf ihn warteten. Die größte, unter Wagstaffe, dem Zweiten Leutnant, bestand aus dem Landmesser Williams, den beiden Zeichnern, dem grauhaarigen Botaniker Garret und fünf Seesoldaten mit Renwick.

Ramages Instruktionen waren kurz. Die Gruppe sollte an der ihnen am geeignetsten erscheinenden Stelle an Land gehen, eine Stelle, die sie auch in den nächsten Tagen würden benutzen können. Das Boot sollte dann vor der Küste ankern, mit zwei Seeleuten als Bootswächtern. Dann würde die Vermessung beginnen und bis zum Beginn der Dämmerung fortgesetzt werden; Renwick sollte sich möglichst unauffällig bemühen, die Plätze für die Geschützstellungen auszuwählen. Die Pfosten mit den Tafeln, die die Insel zum britischen Besitz erklärten, seien an geeigneter Stelle aufzustellen.

»Es ist außerordentlich wichtig«, betonte er, »daß sie alle ihre Arbeiten verrichten, als wäre der Freibeuter gar nicht da. Im Augenblick müssen wir so tun, als wäre dies einfach nur ein Ankerplatz, auf dem sich sechs Schiffe zufällig getroffen haben. Unternehmen Sie nichts, um den Eindruck zunichte zu machen, den ich den Freibeutern vorgespielt habe – nämlich daß ich, ohne Befehle von der Admiralität, nichts unternehmen werde. Also legen Sie los und messen Sie Ihre Winkel und Entfernungen. Was wird Ihre Standlinie sein?«

»Ich dachte, wir errichten eine Fahnenstange auf der höchsten Erhebung. Oder auf einer geeigneten Plattform, die von überall her zu sehen ist«, sagte David Williams.

»Ja, aber vergessen Sie dabei nicht, daß eine Signalplattform schließlich auch bemannt werden muß, und das bedeutet, daß Seeleute oder Soldaten da hinaufklettern müssen, vielleicht sogar im Dunkeln.«

Williams nickte und räumte ein: »Jawohl, Sir, diesen Aspekt hatte ich nicht bedacht. Ich habe es nur vom Standpunkt des Landmessers aus betrachtet.«

Ramage wandte sich Renwick zu. »Vielleicht finden Sie das Lager, in dem die Freibeuter die Besatzungen der Prisen gefangen halten. Wenn ja, machen Sie einen weiten Bogen um das Camp, aber merken Sie sich genau, wo es liegt, und stellen Sie fest, ohne Aufmerksamkeit zu erregen, von wie vielen Leuten es bewacht wird.«

»Einzelheiten, die wir wissen müssen, wenn wir planen, die Gefangenen zu befreien«, sagte Renwick zuversichtlich.

»Genau – aber ziehen Sie bloß nicht die Aufmerksamkeit der Freibeuter auf sich.«

Damit ging er zu der zweiten Gruppe von Landmessern, die von Walter White angeführt wurde und unter dem Kommando von Kenton, dem Dritten Leutnant der *Calypso*, stand. Sie hatten noch fünf Seesoldaten unter Sergeant Ferris dabei, aber genau wie Renwicks Trupp waren sie wie Seeleute gekleidet. Ramage war darauf bedacht, die Freibeuter in keiner Weise zu beunruhigen. Männer, die wie Seeleute gekleidet waren, würden keinen Argwohn erregen, aber wenn sie Uniformröcke mit Kreuzbandelieren trugen, wie das die Seesoldaten normalerweise taten, war genau das Gegenteil der Fall. Aus dem gleichen Grund waren die Männer mit Entermessern und Pistolen bewaffnet, nicht mit Musketen. Die Pistolen würden nicht besonders auffallen, denn jeder wußte, daß Entermesser nötig waren, um sich einen Weg durch das hüfthohe Gestrüpp zu bahnen, das einen Großteil der Insel bedeckte.

Während nun die zweite Gruppe der ersten an die Küste folgte, wandte sich Ramage an den Lottrupp, der unter dem Befehl von Martin stand. Die Leute hatten, wie befohlen, ihre ganzen Gerätschaften vor sich an Deck ausgebreitet: zwei Lotkörper, die zugehörigen Leinen ordentlich aufgeschossen, ein altes Butterfäßchen voll Talg, einen Bootskompaß, drei Notizbücher, einen Quadranten und ein Teleskop.

Ramage nahm erst einen Lotkörper in die Hand, dann den anderen. Jeder bestand aus einem soliden Bleizylinder mit je einem Auge an einem Ende, an dem die Leine befestigt war, und einer Vertiefung am anderen, das zur Aufnahme des Talgs diente.

Auf das Fäßchen mit Talg deutend, sagte Ramage: »Denken Sie daran, es ist genau so wichtig, die Bodenbeschaffenheit zu kennen wie die Wassertiefe; kontrollieren Sie also genau, was am Talg hängenbleibt, und säubern sie es vor dem nächsten Wurf wieder. Sand, kleine Muscheln, abgebrochene Korallen, vulkanischer Schlamm, Schlick... notieren Sie alles ganz genau und passen Sie auf, daß Sie die Abkürzungen richtig verwenden; schreiben Sie nicht nur ›s‹ – es könnte Sand, Schlick oder Muscheln bedeuten. Haben Sie Ihre Standlinien für die Triangulation festgelegt?«

Er stellte die Frage an Martin, aber er war genauso interessiert daran, zu erfahren, was Orsini in den letzten Stunden von Southwick über das Anfertigen von Karten gelernt hatte.

»Jawohl, Sir«, bestätigte Martin. »Die beiden Felsen, die wie Schornsteine aus dem Wasser ragen.«

Er deutete auf einen Felsen, der sich in der Nähe des Kaperschiffes befand, und dann auf einen zweiten, der ungefähr in der Mitte der Landzunge lag, die die nördliche Begrenzung der Bucht bildete.

Orsini ergänzte: »Die Wahl des ersten Felsens hat noch den Vorteil, daß wir immer mal wieder einen Blick auf das Kaperschiff werfen können.«

Ramage nickte. »Ja, notieren Sie die Anzahl der Männer, und die Zeiten, zu denen sie die *Lynx* verlassen und wieder zurückkommen. Ach übrigens, Martin, wenn Sie vermuten, daß es hier vereinzelte Felsen auf dem Grund gibt, dann suchen Sie mit Hilfe eines zweiten Bootes und eines Dreggtaus den Boden ab. Jedenfalls bis zu einer bestimmten Tiefe.«

»Wie tief, Sir?«

»Fünf Faden«, sagte Ramage. Nur wenige Schiffe mit 30 Fuß Tiefgang würden hier je vor Anker gehen. Die Bemerkung auf einer Seekarte »abgesucht bis auf dreißig Fuß« war eine Warnung, daß sich unterhalb von fünf Faden möglicherweise einzelne Felsen befanden, mit denen eine Ankertrosse unklar kommen konnte. Es war nur allzu häufig, daß sich eine Ankertrosse bei den durch Wind oder Tide hervorgerufenen Bewegungen eines Schiffes um einen Unterwasserfelsen oder einen Korallenstock wickelte, und oft kam der erste Hinweis, daß etwas nicht in Ordnung war, erst, wenn man versuchte, den Anker zu lichten. Oder aber, der Felsen scheuerte die Ankertrosse durch, das Schiff trieb weg und der Anker war verloren.

Dann wandte sich Ramage an Rossi und Stafford, die als Lotgasten Segeltuchschürzen trugen, um sich etwas vor dem Wasser zu schützen, und sagte: »Mr. Martin wird Sie bei der Durchführung der Lotungen nahe an eine oder zwei der Prisen heranrudern lassen. Berichten Sie ihm anschließend alles, was Ihnen aufgefallen ist: die Anzahl der Geschütze, wie viele Wächter, ob Passagiere an Deck waren, ob man Schoten, Brassen oder Halsen ausgeschoren hat... Sie wissen schon, worauf es ankommt.«

Ein paar Minuten später steuerte das Boot den ersten Felsen an, und durch sein Teleskop sah Ramage, das es von Leuten auf dem Kaperschiff beobachtet wurde. Als es die *Lynx* passiert hatte und die Lotungen begannen, während es langsam über die Bucht gerudert wurde, verloren die Freibeuter das Interesse; das Boot der *Calypso* führte schließlich nur die Befehle aus, die der Kommandant ihnen bereits erläutert hatte...

Ramage schob das Teleskop zusammen und fragte Aitken: »Haben die Schiffsbeobachter ihre Tätigkeit aufgenommen?«

Aitken lächelte und sagte: »Wenn Sie sie nicht sehen können, Sir, werden die Kaperschiffsleute sie erst recht nicht entdecken.«

Zusammen gingen sie zu Bowen hinüber; der Schiffsarzt hatte sich in die dunkle Ecke einer Stückpforte geklemmt, eine Schiefertafel auf den Knien.

»Nicht viel zu berichten, Sir. Es sind mindestens acht Wächter auf dem Schiff. Vorhin beaufsichtigten sie acht Frauen, die eine halbe Stunde an Deck herumgingen, und anschließend acht Männer – vermutlich die zugehörigen Ehemänner; sie waren nicht wie Seeleute gekleidet, ebenfalls eine halbe Stund lang. Sie benutzten die achtere Niedergangstreppe.«

Das war eine wichtige Beobachtung. Sie bedeutete, daß auf der *Earl of Dodsworth*, einem der neuesten Schiffe der Ehrenwerten Ostindischen Kompanie, diese 16 Passagiere mit ziemlicher Sicherheit in ihren eigenen Kajüten gefangengehalten wurden. Acht verheiratete Paare, acht Kajüten. Oder handelte es sich bei einigen der Frauen um Töchter mit eigenen Kajüten? Waren vielleicht auch einige der Männer Junggesellen? Die Untersuchung dieses Problems erschien recht hoffnungslos. Ostindienfahrer unterschieden sich natürlich in bezug auf die Anzahl der Passagiere, die sie mitnehmen konnten; unter letzteren gab es verschiedene Klassen, von den wichtigen Mitgliedern der Gesellschaft und hohen Militärs bis zu Sekretären und Schreibern. Diese großen Schiffe hatten normalerweise zwei Dutzend Passagiere an Bord, wobei das Dutzend der wichtigsten Persönlichkeiten jeweils 100 Pfund (Verpflegung und Bettwäsche extra) für die Passage bezahlten und außerdem die Ehre hatte, am Tisch des Kapitäns zu speisen.

Bowen gab einen grunzenden Laut von sich und schrieb etwas auf seine Tafel. »Hier kommen noch vier weitere Frauen, aber die gleichen acht Wächter – ich erkenne sie an ihren Hemden.« Er ergriff sein Teleskop. »Die Wächter haben Entermesser. Wahrscheinlich auch Pistolen, aber das kann ich nicht erkennen.«

»Sieht so aus, als hätten sie die Zahl der Gefangenen, die gleichzeitig an Deck dürfen, auf acht beschränkt«, meinte Aitken. »Wahrscheinlich heißt das, daß sie acht Wächter an Bord haben. Zu diesen vier Frauen gehören vermutlich auch wieder vier Ehemänner…«

»Warum lassen sie denn nicht die Männer zusammen mit ihren Frauen an Deck?« fragte Bowen.

»Das weiß ich auch nicht«, antwortete Aitken. »Zweifellos sind das sittsame Freibeuter.«

Ramage sagte: »Wenn sie die Frauen von den Männern getrennt halten, schafft das Unsicherheit. Die Männer sorgen sich um ihre Frauen; die Frauen fühlen sich ohne ihre Männer verloren.«

Und dieses Gefühl kann ich, weiß Gott, nachvollziehen, dachte er; die Herveys sind bestimmt schon seit langem in Paris, und Gianna wird nach Volterra weitergereist sein – vorausgesetzt, Bonaparte hat sie nicht bereits verhaftet oder die Herveys haben sie überreden können, ihre Reise aufzugeben. In diesem Moment wurde ihm zum erstenmal klar, daß der Korse gerissen genug war, um seine Geheimpolizei zurückzuhalten. Seine Spione hatten ihm sicher berichtet, daß es in Volterra einige zu allem entschlossene Männer gab, die seine Arbeit für ihn verrichten würden, sobald die Marchesa ihre Herrschaft wieder antreten wollte...

»Haben Sie eine Vorstellung, ob sie auf der Heimreise oder auf der Ausreise ist?« fragte Aitken.

»Ich denke, sie ist auf der Heimreise«, sagte der Schiffsarzt prompt. »Das gesamte stehende und laufende Gut ist grau; die Sonne hat die Hausflagge ausgebleicht«, er zeigte auf die in der Brise flatternde Flagge, deren rote Streifen jetzt zu einem blassen Rosa geworden waren. »Vor dem ersten Januar dieses Jahres führten die John-Company-Schiffe diese Flagge, sieben weiße und sechs rote horizontale Streifen, mit der alten Gösch im oberen, linken Viereck. Wenn sie aus Indien gekommen ist, dann weiß sie noch nichts von dem neuen politischen Zusammenschluß.«

Aitken nickte und lächelte. »Für einen Arzt sind Sie sehr gut über die Flaggenetikette informiert.«

»Ich erinnere mich noch genau an Southwicks Ausspruch, die Flagge sähe aus wie abwechselnd aufeinandergelegte Scheiben von magerem und fettem Schinken; die einzige Veränderung ist, daß jetzt, nach der Vereinigung, das rote irische Schrägkreuz hinzukommt.«

Ramage beobachtete, wie Martin sein Boot wendete, als er den ersten Felsen erreichte, und es zum Halten brachte, während ein Matrose das Lot warf. So wie es aussah, waren es nicht mehr als vier Faden, und das in der Nähe der *Lynx*. Würde die *Lynx* bei ihrer Länge mehr als zwei Faden, zwölf Fuß Tiefgang haben? Vielleicht, um ihr etwas mehr Biß zu geben, wenn sie bei der Verfolgung einer Prise hoch am Wind segeln mußte. Wenn sie schlau wären, würden die Piraten weiter unter Land ankern, wo es für die *Calypso* zu flach war, so daß sie dort vor einem Überraschungsangriff sicher waren. Immerhin war es ein Zeichen ihres Vertrauens, daß sie darauf verzichtet hatten; sie mußten sich sehr sicher sein, daß Kapitän Ramage das Leben der Geiseln nicht aufs Spiel setzen würde. Denn beim ersten Schuß würden sie sie umbringen.

Zusammen mit Aitken ging Ramage zu Southwick hinüber, der mit dem zweiten Teleskop das andere britische Schiff und das holländische betrachtete.

»Nichts besonders Aufregendes, Sir«, meldete der Navigator. »Das britische Schiff, die *Amethyst*, scheint zehn Passagiere zu haben, die von vier Leuten bewacht werden. Sie hatten vier Frauen eine halbe Stunde lang an Deck, dann sieben Männer. Die gleichen vier Bewacher, und ich habe sonst niemand gesehen. Das holländische Schiff heißt *Friesland*. Ich vermute, beide Schiffe sind auf der Heimreise; hier und da ist etwas am Rigg erneuert, aber anscheinend nur, wo es absolut nötig war.«

»*Amethyst*... erinnern Sie sich an die *Topas*?« fragte Ramage.

»Natürlich, das muß eins von Mr. Yorks Schiffen sein – waren nicht alle nach irgendwelchen Edelsteinen benannt, Sir?«

»Ja, aber ich weiß nicht, wie viele er besitzt. Ungefähr ein Dutzend denke ich.«

»Nun«, sagte Southwick, als fälle er nach langer Verhandlung sein Urteil, »ich habe selten ein Schiff in so gutem Zustand gesehen; ich bemerkte gerade, daß ihre Eigner den Kapitän in bezug auf Farbe und Tauwerk keineswegs kurz gehalten haben. Sie könnte also wirklich zu seiner Flotte gehören. York wird uns dankbar sein.«

»Wir haben bisher nichts anderes geleistet, als sie zu

beobachten«, sagte Ramage mürrisch. »Sind Sie sicher, was die Anzahl der Wächter auf beiden Schiffen betrifft?«

»Ja, vier auf jedem. Wie viele hat denn Bowen bei der *Earl of Dodsworth* entdeckt?«

»Acht Bewacher für 16 Passagiere.«

»Ah. Armeeoffiziere, die auf Urlaub gehen! Die Freibeuter sind vorsichtig bei Militärs im Dienst der Ostindischen Kompanie. So ein paar wilde Subalterne werden sich nicht leicht in die Gefangenschaft schicken.«

»Gute Überlegung«, sagte Ramage, ärgerlich, daß er nicht selbst auf diese Idee gekommen war. »Aber warum hat man sie nicht an Land bei den Besatzungen untergebracht?«

Southwick schniefte, ein etwas herablassendes Schniefen, welches Ramage, der seine eigene Frage beantwortet haben könnte, kurz nachdem er sie ausgesprochen hatte, nur allzu gut kannte: Es besagte, daß ›der alte Southwick‹ nahezu auf alles eine Antwort wußte. Das war auch wirklich oft der Fall und gleichzeitig der Grund dafür, daß dieses Schniefen jeden Offizier auf der *Calypso* in Rage brachte.

Nun gut, die Offiziere der Ostindischen Kompanie wurden an Bord der *Earl of Dodsworth* gefangengehalten, weil es einfacher war, Gefangene in verschlossenen Kammern zu bewachen als zusammen mit ein paar Dutzend Seeleuten, in einem einfachen Zelt. Die Passagierkabinen der John-Company-Schiffe waren solide gebaut, wahrscheinlich aus Mahagoni; die Kammern eines Kriegsschiffes bestanden aus einfachen Holzrahmenkonstruktionen, die mit Segeltuch bespannt waren...

Der Bootsmann, der es sich neben dem Rohr des vierten Geschützes auf der Steuerbordseite bequem gemacht hatte, hielt Ramage seine Tafel hin, aber als dieser die kritzlige Handschrift sah, sagte er: »Erzählen Sie es mir lieber.«

»Na ja, diese *Heliotrope*«, er sprach den Namen richtig aus, da er Aitkens Befehlen genau zugehört hatte, aber er sagte ihn mit dem Widerwillen, mit der die Frau eines Bischofs am Frühstückstisch über einen auf Abwege geratenen Vikar reden würde, »hat vier Freibeuter als Wächter an Bord und sechs Passagiere: zwei Männer, zwei Frauen und zwei Kinder, einen Jungen und ein Mädchen. Die Wächter sind mit Entermessern bewaffnet. Keine Musketen. Vielleicht Pistolen, aber ich habe keine sehen können. Die Passagiere werden im Achterschiff gefangengehalten, wahrscheinlich in ihren eigenen Kabinen. Sie lenzen das Schiff einmal pro Stunde für ungefähr zehn Minuten. Alle französischen Schiffe lecken, also muß man sich darüber nicht weiter Gedanken machen. Die Segel sind aufgetucht, Schoten, Halsen und Brassen sind geschoren... das ist eigentlich alles, Sir.«

Angesichts der Tatsache, daß der Bootsmann kein Fernrohr hatte, war das schon sehr gut.

»Waren die Passagiere beim Lenzen des Schiffes an Deck?«

»Nein, Sir; sie brachten zuerst die Frauen und Kinder an Deck und verschafften ihnen etwas Bewegung; dann pumpten sie; anschließend wurden die Männer an Deck gebracht. Jeden Moment werden sie wieder mit dem Pumpen anfangen.«

Der Stückmeister, der einzige Mann auf dem Schiff, den Ramage nicht leiden konnte, wobei er allerdings auch nichts unternahm, um ihn loszuwerden, hatte das letzte Schiff, die französische *Commerce*, unter scharfe Beobachtung genommen.

»Solange ich sie beobachtet habe, sind keine Gefangenen an Deck gebracht worden, Sir. Ich habe nur vier Freibeuter gesehen, die an Deck herumwandern, sich an die Reeling lehnen und über Bord spucken. Aber nie alle zur gleichen Zeit. Es sind vier verschiedene Männer, die keine bestimmten Aufgaben zu haben scheinen; es kommt immer mal einer an Deck und sieht sich um und verschwindet dann wieder. Manchmal ist eine halbe Stunde lang niemand zu sehen.«

Als sie zum Achterdeck zurückgingen, sagte Aitken zu Ramage: »Die *Earl of Dodsworth* scheint ihr bester Fang zu sein, dann die *Amethyst*, die *Heliotrope* und die *Friesland*, die ungefähr gleichwertig sind.«

Ungefähr ein Bewacher für jeweils zwei Geiseln, dachte Ramage. Tomás und Hart hatten also keine leeren Drohungen ausgestoßen, sie alle im Notfall umbringen zu lassen; jeder Wächter würde über eine Pistole und ein Entermesser verfügen.

Er ließ Aitken auf dem Achterdeck zurück, beschäftigt mit der Beobachtung von Martins Lotungen, die jetzt in Richtung auf den zweiten Felsen fortgesetzt wurden. Er sah die zwei anderen Boote, die an Draggen vor dem Strand vor Anker lagen; die beiden Vermessungstrupps waren also unterwegs. Mit einem Seufzer ließ sich Ramage an seinem Schreibtisch nieder und zog seine Notizen zu sich heran. Er schrieb noch ein zweites Blatt voll, auf dem er die Namen der fünf Schiffe sowie die Zahl der Passagiere und Bewacher aufführte. Dann zählte er zusammen: 40 Passagiere (17 Frauen, 21 Männer und zwei Kinder) und 24 Bewacher.

Angenommen, die fünf Schiffe hätten die übliche Anzahl von Offizieren und Mannschaften, dann würden 65 oder 70 Seeleute an Land bewacht werden müssen, und das wäre sicher die schwierigste Aufgabe für die Freibeuter, da natürlich kein geeignetes Gebäude zur Verfügung stand – es sei denn... Ramages Magen krampfte sich bei der Vorstellung zusammen: Es sei denn, alle Offiziere, Unteroffiziere und Mannschaften waren darauf hingewiesen worden, daß jeder Fluchtversuch den Tod der Passagiere nach sich ziehen würde. Das würde auch erklären, warum sich die Passagiere unter Bewachung auf den Schiffen und die Besatzungen an Land befanden, als die *Calypso* in die Bucht einlief. Die Passagiere waren bereits Geiseln; es hatte kein Genieblitz dazu gehört, dem Kommandanten der *Calypso* zu sagen, was sie bereits den Besatzungen der Prisen erzählt hatten.

Ramage wurde gerade die Hoffnungslosigkeit seiner Position klar, als er an das zweite Kaperschiff dachte, das jetzt jeden Tag mit neuen Prisen einlaufen konnte. Noch mehr Schiffe, noch mehr Passagiere, noch mehr Wächter und dazu noch die restliche Besatzung zur Verstärkung der Männer der *Lynx*, um die Gefangenen an Land zu bewachen. Es gab keinen Grund, anzunehmen, dieses Schiff würde weniger erfolgreich sein als die *Lynx*; Ramage mußte also jederzeit mit fünf weiteren Prisen rechnen, mit 48 Aufpassern, die 80 Geiseln bewachten... Genug Kaperschiffsleute mit genug Geiseln, dachte Ramage – und wünschte, er hätte sich, wie Gianna es gewollt hatte, auf Ruhegehalt setzen lassen –, um die *Calypso* zur Kapitulation zu zwingen. Und er wußte auch, ohne weiter darüber nachdenken zu müssen, wenn Tomás oder Hart die Kapitulation der *Calypso* forderten, als Preis dafür, daß sie das Leben der Geiseln verschonten, würde er dieser Forderung zustimmen müssen. Er hatte keine Wahl, obgleich kein Kriegsgericht eine solche Entscheidung jemals akzeptieren würde, weil keiner der Kapitäne, aus denen sich das Gericht zusammensetzte, bereit wäre zu glauben, daß Tomás und Hart ihre Drohung wahrmachen könnten. Man mußte diesen beiden Männern in die Augen gesehen haben, um das zu verstehen. Sie waren beide Außenseiter der menschlichen Gesellschaft, weil sie es selber so gewollt hatten. Im Kriege wurden Freibeuter mit regulären Kaperbriefen durchaus akzeptiert, aber wenn sie dann, nach Abschluß eines Friedensvertrages, die kaltblütige Entscheidung trafen, Piraten zu werden und auf Schiffe aller Nationen Jagd zu machen, dann kehrten sie der Zivilisation den Rücken; ganz bewußt gingen sie in den Dschungel zurück, und kein Kapitän der Royal Navy, der am Richtertisch saß und sich die Beweise gegen Kapitän Ramage anhörte, würde das Gesetz des Dschungels verstehen oder überhaupt nur daran denken.

»Aber was brachte Sie zu der Überzeugung, Captain Ramage, daß, äh, die Kaperer ihre Drohung, alle Geiseln zu ermorden, wahrmachen würden?«

»Der Ausdruck in ihren Augen.«

»So, und daraufhin haben Sie sich mit Seiner Majestät Schiff, der Fregatte *Calypso* und der gesamten Besatzung, einfach den Kaperern ergeben?«

»Jawohl, Sir.«

»Wegen des Ausdrucks in den Augen eines Kaperers?«

Es klang lächerlich, und es klang unglaubwürdig, und er hörte förmlich das wissende Gelächter der anderen Mitglieder des Gerichts. Auch von der Ehrenwerten Ostindischen Kompanie, die noch an dem Verlust der *Earl of Dodsworth* zu tragen hatten, würde sicher Druck ausgeübt werden – die Versicherer waren womöglich nicht bereit, für den Verlust eines Schiffes zu zahlen, das im Frieden von Piraten gekapert worden war. Ostindienfahrer waren bewaffnet, um Piraten in östlichen Meeren abzuwehren, aber die *Earl of Dodsworth* hatte ganz offensichtlich nicht erwartet, auf dieser Seite des Äquators einem Feind zu begegnen. Längs der Malabar-Küste ja. Jedes John-Company-Schiff würde dort mit Piraten rechnen: Aber doch nicht in der Mitte des Südatlantik!

Es gibt nur eine Möglichkeit, dachte Ramage unglücklich, um aus diesem Dilemma herauszukommen. Entermannschaften mußten in einer dunklen Nacht zu den Schiffen hinüberschwimmen und die Wachen unschädlich machen.

Unvermittelt setzte er sich auf. Es gab genug Schwimmer unter den Besatzungsmitgliedern. Es könnte gehen – es hing davon ab, wie oft die Wachen von der *Lynx* aus kontrolliert wurden. Aber in ein bis zwei Tagen könnte er sich darüber Gewißheit verschaffen.

13

Das erste Boot, das zurückkehrte – es war das Boot mit dem Trupp des Landmessers Williams unter dem Kommando von Wagstaffe –, hatte zwei aufgeregte Leute an Bord: Garret und Wilkins, die beide gleich auf Ramage zukamen, der auf dem Achterdeck hin und her marschierte, in der Hoffnung, daß sich in der Flut von Ideen, die ihm durch den Kopf gingen, plötzlich ein praktischer Plan abzeichnen möge.

Garrets graues Haar sah aus, als wolle er mit Southwicks weißem Mop konkurrieren, seine Schuhe waren staubig und seine Kniehosen zerrissen. »Prächtig, prächtig!« rief er. »Es gibt Wasser, und überdies glaube ich, daß hier auch genug Regen fällt für die Feldfrüchte, die wir anbauen wollen.«

»Wie steht es mit der Urbarmachung?«

»Es gibt mehrere ebene Flächen, wir brauchen ein paar Leute, um einige Büsche abzuhacken; im übrigen empfehle ich Brandrodung. Alles abbrennen und dann graben. Ein paar gute Regenschauer und wir können pflanzen. Dann können wir uns auf den Heimweg machen!«

Ramage wandte sich an Wilkins. »Ich nehme an, Ihre Skizzenbücher sind voll.«

»Voll genug«, sagte Wilkins. »Allein schon der Anblick der in der Bucht vor Anker liegenden Schiffe! Im übrigen haben wir ein großes Riff entdeckt, das ungefähr hier liegt«, damit deutete er über die Backbordseite. »Wenn wir nicht direkt die Prisen angesteuert hätten, wären wir womöglich aufgelaufen. Ein wunderbarer Eindruck, von den Hügeln aus gesehen. Es ist eine wirkliche Herausforderung, das auf die Leinwand zu bannen.«

»Die Kartoffeln werden hier gedeihen«, sagte Garret, als wäre er inzwischen zu einer Entscheidung gekommen. »Bei den Yamswurzeln bin ich mir allerdings nicht so sicher.«

»Die Seeleute werden keine Träne vergießen, wenn die Yamswurzeln hier nicht wachsen sollten«, meinte Ramage. »Sie sind mit Kartoffeln groß geworden, und die meisten von ihnen hassen die Yamswurzeln. Das gleiche gilt für die Soldaten, denke ich. Ich meine, auch sie hassen Yamswurzeln«, fügte er dem pedantischen Botaniker zuliebe hinzu. »Was ist mit wilden Tieren?« fragte er die beiden dann.

Wilkins verzog das Gesicht, und Garret sagte: »Wir haben nur wenige gesehen. Einige Schildkröten. Die Landvögel, die zu erwarten sind und nahezu zahm wirken, die üblichen Seevögel natürlich, aber kein Anzeichen von Kaninchen. Ich hätte ein paar wilde Hunde erwartet: ein Paar, das von einem Schiff zurückgeblieben ist, würde sich vermehren und schnell verwildern; habe aber keine entdecken können. Spuren von Ziegen, aber die wären nicht nur segensreich, denn sie machen sich über alles Grünzeug her.«

Wagstaffe sagte: »Ich habe ein halbes Dutzend Schildkröten herumwandern sehen und entdeckte auch eine nahe am Strand im Wasser; wir könnten eine fangen und uns ein leckeres Essen zubereiten, Sir. Außerdem gibt es hier phantastisch viele Fische.«

»Das Wasser ist so klar«, unterbrach ihn Wilkins aufgeregt, »daß Sie sie vom Boot aus sehen können, besonders in der Nähe großer Felsen. Derartige Fische habe ich nie zuvor gesehen: leuchtende Farben, auffällige Zeichnungen, seltsame Formen.«

Garret schüttelte betrübt den Kopf. »Alles nur Farbe und kein Geschmack; typische Tropenfische. Im Mittelmeer ist es auch so; die Franzosen verbergen den Mangel an Eigengeschmack unter einer würzigen Sauce. Tropenfische taugen nur als exotisches Beigericht, das ist meine Meinung. Was den Geschmack angeht, sind Fische aus kalten Meeren nicht zu schlagen. Und ich weiß, daß der Kommandant mir da zustimmen wird.«

Das wäre ein tapferer Mann, der jetzt Garret widerspräche, dachte Ramage. Aber der Botaniker hatte recht, und so nickte er zustimmend, wobei ihm zu spät einfiel, daß Garret nur eine Bemerkung wiederholte, die er, Ramage, selber vor einiger Zeit gemacht hatte.

Er winkte Williams, der sofort die Niedergangstreppe zum Achterdeck heraufkam, staubig, aber glücklich, wie ein Mann, der einen anstrengenden, aber erfolgreichen Jagdtag hinter sich hat.

»Haben Sie heute genug gesehen, um Ihre Zeichner mit der Arbeit beginnen zu lassen?«

Der Waliser wedelte mit einem Bündel Papiere. »Hier habe ich für beide eine Woche Arbeit, Sir, und ich glaube, White hat genausoviel oder sogar noch mehr.«

»Was haben Sie denn heute gemacht?«

»Wir haben uns eine Stelle für die Signalstation ausgesucht. Mr. Renwick und Mr. Wagstaffe sind damit einverstanden, und wir verwenden sie für unsere Berechnungen. Dann haben wir die Stellungen für zwei Geschützbatterien festgelegt, die die Bucht bestreichen können, und eine weitere an der Signalstation vorgesehen. Natürlich alles vorbehaltlich Ihrer Zustimmung, Sir«, fügte er eilig hinzu.

»Wenn Mr. Renwick einverstanden ist, bin ich es sicherlich auch«, sagte Ramage, während er daran dachte, daß der Stückmeister, der Mann, dessen Meinung das größte Gewicht hätte haben müssen, im Augenblick als Beobachter des französischen Schiffes *Commerce* eingesetzt war – gerade deswegen, weil jedermann wußte, daß seine Meinung, wenn er überhaupt überredet oder durch einen Trick dazu gebracht werden konnte, sie von sich zu geben, absolut wertlos sein würde.

Ramage sah Rossi und Stafford nach vorne gehen und rief hinunter: »Sagen Sie weiter, daß ich Mr. Martin und Mr. Orsini sprechen möchte.«

Der Vierte Leutnant erschien als erster, das Gesicht von der Sonne gerötet; da sein Hut jedoch die Stirn geschützt hatte, schien sein Haar jetzt aus einem weißen Käppchen in die Luft zu sprießen. Ramage vermutete, daß der Sonnenbrand schmerzhaft war; Martins Gesicht wirkte starr, und seine Augen waren blutunterlaufen.

»Sind Ihre Lotungen erfolgreich verlaufen, Martin?«

»Ich wollte Ihnen gerade Meldung machen, Sir. Jawohl, vier Faden fast überall auf der inneren Hälfte der Bucht, und wir haben auch Lotungen rund um das Backbord querab liegende Riff gemacht. Ich habe auch die Tiefen in der Nähe des Kaperschiffs sowie der *Commerce*, die der *Lynx* am nächsten liegt.

»Schien das Kaperschiff mißtrauisch?«

»Nein, Sir. Einige von ihren Leuten winkten uns sogar zu, als wir sie passierten, kurz nachdem wir mit unseren Messungen begonnen hatten; im übrigen haben sie uns keine Beachtung geschenkt. Ich habe die Leute ruhig ein bißchen Lärm machen und die Lotungen laut aussingen lassen, so daß kein Zweifel daran bestehen konnte, was wir da trieben.«

»Wo ist Orsini?« fragte Ramage ungeduldig, aus keinem anderen Grund, als um einem Gefühl Luft zu machen, das aus seiner Frustration erwuchs.

Die Besatzung der *Calypso* muß zahlen für das, was eigentlich zu Lasten der *Lynx* gehen sollte, dachte er verärgert.

»Er ist mit seinem Quadranten unter Deck gegangen, um das Spritzwasser abzuwischen und die Sonnenblenden und Spiegel zu reinigen, Sir. Ähm, an Bord des Kaperschiffs scheinen ungefähr 30 Mann zu sein.«

»Ungefähr?«

Martin, dem plötzlich einfiel, wie der Kommandant vage Angaben haßte, sagte schnell: »Während des Vormittags haben wir 36 gezählt. Ich erkannte die Männer, die gestern bei uns an Bord waren. Der große Mann und der Neger gingen zusammen fünf Minuten an Deck auf und ab und beobachteten, wie unsere Vermessungstrupps an Land gingen. Sie schienen aber nicht sehr interessiert und benutzten nicht mal ein Glas.«

24 Mann als Wächter auf den Prisen, 36 Mann auf der *Lynx*. Ramage war immer noch der Ansicht, daß die gesamte Besatzung aus etwa 100 Mann bestand. Also mußten 40 Mann zur Bewachung der Prisenbesatzungen an Land sein. 40 Bewacher für 100 Gefangene? Wie dem auch sei, wie und wo hatten sie ihre Gefangenen untergebracht?

Wagstaffe kam auf ihn zu, salutierte und sagte: »Ich habe noch etwas gewartet, weil ich sah, daß der Botaniker Ihnen von seiner Arbeit berichtet hat.«

»Ja. Ich habe jetzt einiges über die künftigen Kartoffeläcker gehört. Erzählen Sie mir jetzt von den Gefangenen.«

»Sie können es von hier aus nicht sehen, Sir, aber nur ein kleines Stück südöstlich von der Stelle, wo wir an Land gegangen sind, schließt sich die Hügelkette zu einem engen Kreis und bildet eine Art Amphitheater. Alle Gefangenen befinden sich unten auf dem Grund, und die Wächter sitzen oben und blicken auf sie hinunter. Sowohl die Wächter als auch die Gefangenen haben sich mit Segeltuchstreifen einfache Schutzdächer gebaut. Die Gefangenen kochen auf einer Feuerstelle, die sie aus Steinen errichtet haben.«

»Wie sind die Fluchtmöglichkeiten?«

»Es gibt keine, Sir. Der einzige Weg hinaus führt über die von den Freibeutern besetzten Kuppen, und das bedeutet, sie müßten zunächst einmal die Hänge hinaufklettern. Es gibt da nur ein paar Büsche und Felsblöcke. Wir haben ungefähr 40 Wächter gezählt.«

Ramage nickte, dankbar, daß die Einzelheiten, die er bis jetzt erfahren hatte, keinen Strich durch den vagen Plan machten, der langsam in seinem Kopf Gestalt annahm.

»Übrigens«, sagte er zu Wagstaffe, »morgen müssen Sie ohne Stafford und Rossi auskommen und auf alle verzichten, die sonst noch gute Schwimmer sind.«

Am nächsten Morgen, kurz nach Sonnenaufgang, rief der Posten Kajüte, daß Aitken vor der Tür stünde, und gleich darauf trat der Erste Offizier ein, einen Bogen Papier in der Linken.

»Die Liste der Schwimmer, die Sie haben wollten, Sir. Als erstes habe ich die 20 Leute aufgeführt, denen Sie in Gibraltar Preise verliehen haben. Ich hatte nicht erwartet, daß das Wettschwimmen ›Fünf-mal-um-die-*Calypso*‹ sich noch ein Jahr danach auswirken würde! Wie Sie sich vielleicht erinnern, Sir, gewann Renwick, und Martin war zweiter, Rossi dritter, Orsini und Jackson lagen unentschieden auf dem vierten Platz, und der Stückmeister wäre beinahe ertrunken!«

»Und statt fünf Guineas mußte ich sechs zahlen«, sagte Ramage.

Aitken mußte grinsen, als er sich daran erinnerte. »Ach ja, das lag daran, daß nichts über Zeitgleichheit festgelegt worden war, als der Richter die ersten fünf Plätze ermittelte.«

»Ja, Richter Aitken und seine Auslegung des schottischen Rechts! Nun, wie sieht Ihre Liste aus?«

»Recht gut, Sir. 23 Leute sind starke, ausdauernde Schwimmer, 14 weitere schaffen gut eine Meile, ohne zu pausieren, acht sind ziemlich schnell über eine halbe Meile, sind aber für längere Strecken nicht so geeignet, während 68 zumindest imstande sind zu schwimmen. Tatsächlich können nur 15 Mann der gesamten Besatzung überhaupt nicht schwimmen. Von den Überzähligen können ein Zeichner, Garrett und die vier Maurer gar nicht schwimmen. Wilkins hingegen ist ein sehr guter Schwimmer – ich habe ihn schon im Wasser gesehen, und als ich ihn heute morgen sprach, fragte er, ob Sie ihn vielleicht auch für, nun was immer Sie auch im Sinne haben, in Betracht ziehen würden.«

»Oh, es dreht sich nur um einen weiteren Schwimmwettkampf«, sagte Ramage mit unschuldiger Miene. »Ich dachte mir, wir könnten an Backbordseite etwas trainieren.«

»Ja, wir sind da außer Sicht der Kaperschiffleute und der Prisen und werden auch bei den weiblichen Geiseln keinen Anstoß erregen, die sich durch den Anblick Dutzender nackter Seeleute, die vor ihren Augen im Wasser herumplantschen, beleidigt fühlen könnten.«

»Genauso ist es«, sagte Ramage. »Ich möchte, daß ein Enternetz über die Seite heruntergelassen wird, so daß sich die Männer festhalten können, wenn sie sich ausruhen möchten. Dazu drei oder vier Seesoldaten mit Musketen, falls Haie auftauchen.«

»Aye, aye, Sir«, sagte Aitken, froh, daß die ersten Maßnahmen gegen die Freibeuter getroffen wurden.

»Und Aitken«, sagte Ramage ruhig, »machen Sie nur ja nicht so ein fröhliches Gesicht. Ich möchte lieber, daß jeder etwas betrübt aussieht. Durch ein gutes Fernrohr kann man das genau erkennen, und wir sollten von der

Voraussetzung ausgehen, daß diese Schurken Tomás und Hart uns beobachten. Ein fröhlicher Mann hat auch einen schwungvollen Gang. Diese elenden Kerle denken, daß niemand auf der *Calypso* Grund hat, fröhlich und schwungvoll durch die Gegend zu laufen – jedenfalls nicht die Offiziere.«

»Ich verstehe, Sir«, sagte Aitken. »Mir wird sofort jämmerlich zumute, wenn ich an unsere Probleme denke, von ihrer Lösung ganz zu schweigen.«

»So ist es recht«, sagte Ramage, »wenn wir traurig aussehen, rettet das vielleicht unser Leben und das der Passagiere auch.«

Er faltete Aitkens Liste mit den Namen der Schwimmer und steckte sie in die Tasche, nachdem er ein anderes Stück Papier herausgezogen hatte, das er auf dem Schreibtisch glattstrich. Dann forderte er Aitken auf, es sich anzusehen.

Der Erste Offizier war etwas verblüfft von dem, was er da sah. »Ein kleines Floß, Sir, oder eins von diesen Südseebooten? Eine Proa, nicht wahr?«

»Ein bißchen von beidem. Zwei starke Balken bilden die Schwimmkörper, die durch dünne Bretter zu einer Art Deck verbunden werden. Und ein Augbolzen auf jeder Seite: der eine zum Schleppen, der andere zum Steuern.«

»Ah, jawohl Sir«, sagte Aitken, immer noch etwas verwirrt, weil er nicht wußte, wozu dieses Floß dienen sollte. »Ungefähr«, er blickte auf die Maßangaben, die Ramage beigefügt hatte, »fünf Fuß lang und zweieinhalb Fuß breit.«

»Ich möchte zwei, jedes mit Augbolzen«, sagte Ramage.

»Aber sicher, mit Augbolzen«, wiederholte der Schotte und sah dann auf. Er begann zu lächeln und sagte: »Vielleicht könnte ich dem Zimmermann besser erklären, was er machen soll, wenn ich selbst wüßte, wozu es gut ist, Sir.«

»Da haben Sie recht«, sagte Ramage und erklärte es ihm.

Als die aufgehende Sonne im Osten zum Horizont hinaufschwamm, ging Ramage auf das Achterdeck und beobachtete, wie sich die Insel von einem vagen grauen Fleck zu einem scharf konturierten Gebilde mit ausgeprägten Schatten verwandelte, die Wilkins zweifellos eine Studie in Schwarz nennen würde. Eine plötzliche Bewegung an der Achterdeckreling ließ Ramage herumfahren; zu seiner Überraschung entdeckte er dort Wilkins selbst, der rittlings auf einer Karronade saß, einen Zeichenblock in der einen Hand und ein Stück Zeichenkohle in der anderen.

»Ich wünsche Ihnen einen guten Morgen, Kapitän«, sagte der Maler fröhlich. »Es tut mir leid, wenn ich Sie erschreckt habe. Ich hoffe, es macht Ihnen nichts aus, wenn ich mir die Freiheit nehme, auf Ihr Achterdeck zu gehen, aber diese dicken Karronaden sind bequemer als die 12-Pfünder.«

»Gehen Sie, wohin Sie Lust haben. Was zeichnen Sie denn gerade?«

»Eine Studie für ein Bild der Insel im Morgengrauen, mit den Prisen im Vordergrund. Seltsam, wie man die Form eines hügeligen oder bergigen Landes nur bei niedrigstehender Sonne, also morgens oder abends, richtig erkennen kann.

»Ja, eine hochstehende Sonne verwischt die Konturen«, sagte Ramage.

»Genauso ist es. Das ist Ihnen also auch aufgefallen?«

Ramage lachte kurz auf. »Nicht in einem Haus zu leben bedeutet, daß ich in den letzten Jahren nahezu jeden Sonnenaufgang und Sonnenuntergang gesehen habe, die meisten im Mittelmeer oder vor den Westindischen Inseln; und so habe ich gesehen, wie sich die Schatten über flachen Inseln und bergigen Inseln ausbreiten, wie sie sich über die Pyrenäen und das Atlasgebirge legen, über die Sierras von Spanien und die Nordostküste von Südamerika. Und nachdem ich das alles gesehen habe, Wilkins, muß ich Ihnen ein Geständnis machen.«

»Ein Geständnis?« Verblüfft drehte sich der junge Künstler herum, schwang ein Bein über das Kanonenrohr und setzte beide Füße auf die Lafette.

»Ja, zusammen sind das weit über 1000 verschwendete Sonnenaufgänge, weil ich kein Maler bin und nicht imstande wäre, auch nur einen einzigen von ihnen festzuhalten.«

»Außer in Ihrer Erinnerung«, sagte Wilkins. »Beneiden Sie mich nicht«, fügte er, fast mit Bitterkeit, hinzu.

»Ich tue es aber trotzdem. Es geht ja nicht nur um die Landschaften, sondern auch um Ihre Porträts.«

»Nun, vielleicht gilt das für ein Dutzend Porträts, aber niemals für Landschaften. Bei Porträts sieht sich das Modell nur selten und seine Verwandten und Freunde (insbesondere seine Frau) sehen es nie durch die Augen des Künstlers und im Strich seines Pinsels. Je mehr es sich lohnt, eine Landschaft zu malen, desto weniger wird sie von der Menge geschätzt. Wie viele Förderer der schönen Künste haben jemals eine Morgendämmerung vor einer westindischen Insel gesehen oder eine Hügelstadt in der Toskana, wenn die ersten Strahlen der Sonne sie in ein rosa Licht tauchen. Oder einen Sonnenuntergang in der Straße von Gibraltar, mit dem Atlasgebirge auf der afrikanischen Seite und dem Felsen von Gibraltar oder der Hohe Sierra auf der anderen? Wunderbare Anblicke, so schön, um einem Maler die Tränen in die Augen zu treiben – aber auch zu weinen, weil kein Besucher einer seiner Ausstellungen, kein Gönner mit genug Geld in der Tasche glauben wird, was er da auf der Leinwand sieht. ›Sehr phantasiereich‹, wird so ein Mäzen sagen und seine Börse verschlossen halten. Und er wird weitergehen und irgendeine schreckliche Kleckserei kaufen, die eine wässrige, über den feuchten Norfolk Broads untergehende Sonne zeigt –

eine Sonne, die aussieht, als wäre sie schon ein paarmal ins Wasser getunkt worden, bevor sie sich anschickte, endgültig in all diesen grauen Wolken zu versinken.«

Fasziniert von diesem Blick auf die Welt der Objekte, Themen und Mäzene, wie sie das Auge eines Malers sah, sagte Ramage: »Wenn es Ihnen gelingt, Trinidade beim Aufgehen der Sonne, gegen Mittag und in der Abenddämmerung auf die Leinwand zu bringen, werde ich der erste sein, der Ihnen diese Bilder abkauft!«

»Das wäre sehr nett von Ihnen«, sagte Wilkins höflich, »aber darauf wollte ich nicht hinaus. Sie haben das Original gesehen; Sie wissen, wie es ist. Ich ärgere mich über die Leute, die so etwas nicht kennen und sich weigern, es sich vom Künstler zeigen zu lassen. Sie wissen wahrscheinlich, daß die frühen Florentiner Maler verlacht wurden, weil niemand im Norden glauben konnte, daß es das Licht, das sie malten, in der Toskana tatsächlich gab. Schließlich, nachdem genug Leute die Toskana besucht und alles mit eigenen Augen gesehen hatten, wurden die Florentiner akzeptiert. Aber das ist schon lange her, und ich versichere Ihnen, daß die Toskana immer noch die südliche Grenze von dem ist, was die Leute zu glauben bereit sind!»

»Wenn wir nach London zurückkommen, werden wir eine Ausstellung machen und alle Ihre Bilder von dieser Expedition zeigen – wie die Bilder von Captain Cooks Reisen.«

Wilkins ließ sich von der Karronade herunter und stand jetzt Ramage gegenüber, von den ersten Sonnenstrahlen in ein warmes Licht getaucht, was den ernsten Gesichtsausdruck jedoch nicht verbergen konnte.

»Glauben Sie wirklich, daß wir London je wiedersehen werden, Kapitän?«

Die plötzliche Frage verblüffte Ramage. »Ja, warum denn nicht?«

Wilkins deutete auf die *Lynx* und die vor Anker liegenden Prisen. »Diese Burschen da drüben scheinen alle Asse in der Hand zu halten.«

Ramages rauhes Lachen war nicht dazu angetan, Wilkins zu beruhigen; es brach wie von selbst aus ihm heraus, als er sich an Episoden in den letzten Jahren erinnerte, in denen mehrere Männer genug Asse gehalten hatten und dennoch...

»Ich bin kein Spieler, Wilkins; das ist keiner der Offiziere auf diesem Schiff. Aber wir haben alle eines gelernt – drei Asse können von einer Trumpf Zwei geschlagen werden!«

»Also halten wir eine Trumpf Zwei?«

»Das habe ich nicht gesagt; nur, daß wir die Zwei oder die Drei in die Hand bekommen müssen, wenn wir London wiedersehen wollen – nicht notwendigerweise ein As.«

Wilkins lachte fröhlich, was auch etwas von der Erleichterung spüren ließ, die er empfand. »Sagen Sie mir, Kapitän, wie viele von all den Unternehmungen, von denen ich in der ›Gazette‹ gelesen habe, wurden mit einer Trumpf Zwei und wie viele mit einem As gewonnen?«

»Da fragen Sie besser Southwick; er beobachtet diese Spiele genauer als ich. Aber an Asse oder Bildkarten erinnere ich mich überhaupt nicht. Wir haben immer nur Fünfen oder Werte darunter ausgeteilt bekommen!«

In diesem Augenblick versammelten sich die Vermessungstrupps und der Lottrupp auf dem Hauptdeck, und Ramage ging hinunter, um Martin einige Anweisungen zu geben.

»Ich möchte, daß Sie jeden Tag drei oder vier Lotungen zwischen uns und der *Lynx* vornehmen, aber machen Sie das so unauffällig wie möglich. Die westliche Seite des vor der Bucht liegenden Riffs werden Sie in Kürze vermessen haben, vergessen Sie auch die östliche Seite nicht.«

Martin grinste und sagte: »Aye, aye, Sir; es ist einfacher, mit dem Bug durch den Wind zu gehen als zu halsen, wenn wir aus der Bucht herauswollen!«

»Ach so?« sagte Ramage, ohne eine Miene zu verziehen.

Er fand Wagstaffe in der Gesellschaft von Kenton, wobei beide laut über die Trödelei von Williams, einem der Landmesser, fluchten.

»Sobald Sie hoch genug gestiegen sind, um die *Lynx* gut von oben sehen zu können, möchte ich, daß Sie jemandem das Glas geben, der die *Lynx* ein paar Stunden beobachtet. Vielleicht erledigen Sie das am besten selbst; sicher ist das eine willkommene Abwechslung zu der Kletterei in den Bergen. Sehen Sie zu, was Sie über die Disziplin an Bord, den Zustand der Segel und der Takelage herausfinden können, legen Sie besonderes Augenmerk auf die Bewaffnung und auf die Frage, ob man Drehbassen aufstellen kann. Und versuchen Sie herauszufinden, wie viele Männer exakt an Bord sind. Morgen möchte ich genau wissen, wie viele Leute die Gefangenen bewachen. Und stellen Sie natürlich auch fest, wie viele Boote von der *Lynx* ablegen oder dort ankommen.«

Wagstaffe salutierte. »Landvermessung ist eine sehr langweilige Arbeit; zum Schluß läuft alles darauf hinaus, daß ich diese gestreiften Stangen halte und Winkel messe. Ach übrigens, Sir, wenn die Vermesser so richtig in Schwung gekommen sind, müssen wir den Buchten, Landzungen und Bergspitzen auch Namen geben. Ich erwähne das nur für den Fall, Sir, daß Sie ihre Wünsche äußern möchten.«

Ramage war noch dabei, Wagstaffes taktvolle Bemerkung in sich aufzunehmen, als Southwick eilfertig mit einer Tafel in der Hand herankam. »Wollen Sie wieder die gleichen Beobachter für die Prisen haben, Sir?«

»Ja. Keine der Prisen wurde gestern von einem Boot besucht.«

»Dafür bestand auch keine Notwendigkeit, wenn ich es recht bedenke, Sir; jedes Schiff hat bestimmt ausreichend Wasser und Proviant an Bord. Wenn es Ärger mit den Geiseln gegeben hätte, würden die Wächter zur *Lynx* hinübergerudert sein.«

»Was für Augen und welcher Verstand dem Zoll doch verlorengegangen sind«, spöttelte Ramage.

Southwick schniefte verächtlich. »Mein großer Fehler war es, Sir, daß ich als Junge nicht zu den Schmugglern gegangen bin. Ich hätte mich inzwischen längst zur Ruhe setzen können, mit einem großen Haus, einem Stall voller Pferde, zwei Kutschen...«

Aitken kam hinzu und salutierte. »Die Schwimmer, Sir. Sie stehen zur Inspektion bereit, und der Zimmermann und seine Maaten haben das erste Floß fast fertig. Vielleicht sehen Sie es sich einmal an, bevor sie die letzten Nägel einschlagen und sich an das zweite machen?«

Das Floß sah eigentlich aus wie ein großer Rodelschlitten mit breiten, hohen Kufen. Vorne und hinten war jeweils ein Augbolzen angebracht.

»Ich möchte, daß an jedem Augbolzen zwei Faden Leine angesteckt werden und daß auch an jeder Seite eine Halteleine angebracht wird, damit sich Leute daran festhalten können.«

»Wie viele Leute, Sir?«

Ramage zuckte die Schultern. Er betrachtete das Floß und sagte: »Höchstens sechs auf jeder Seite, dazu noch jeweils einer vorn und achtern. Das sind 14, und das sollte genügen. Zimmermann, nageln Sie auf jeder Seite des Decks eine Leiste an, hier und dort, so daß Dinge, die an Deck liegen, nicht runterrollen können.«

Er wandte dem Floß den Rücken und ging zu den im Backbordgang angetretenen Männern hinüber. Es waren die besten Schwimmer der *Calypso*. Er schwang sich auf den Verschluß eines Geschützes, befahl ihnen herumzu-

schließen und sagte: »In den nächsten Tagen werden Sie folgendes trainieren...«

Vier Tage später, während er dem Plantschen von zwei Dutzend Schwimmern lauschte, die sich neben dem Schiff, außer Sicht der Freibeuter, im Wasser tummelten, saß Ramage an seinem Schreibtisch und starrte auf verschiedene Seiten mit Notizen, die durch einen großen, polierten Kieselstein festgehalten wurden.

Sein Leben schien im Augenblick zweigeteilt. Die eine Hälfte wurde durch die Gedanken an Gianna ausgefüllt, die andere durch das Problem der *Lynx* und ihrer Prisen.

Seit er das Haus in der Palace Street verlassen hatte und in Chatham wieder an Bord der *Calypso* gegangen war, hatte er sich bemüht, nicht mehr an die Marchesa zu denken. Es wurde ihm jetzt klar, daß er bewußt versucht hatte, jede Erinnerung an sie auszulöschen, besonders die an ihre erste Begegnung im geheimnisvollen Dunkel des Torre di Buranaccio; auch die Gedanken an die Verzweiflung, die ihn ergriffen hatte, als er sie auf der Flucht im offenen Boot in den Armen hielt, weil sie eine Musketenkugel in der Schulter hatte und er fürchten mußte, daß sie sterben würde, bevor er einen Arzt erreichen konnte... So viele Erinnerungen – einige mit Gefahr, andere mit Frieden verbunden. Als sie nach Lissabon kam, beispielsweise, um ihn zu treffen, und wie sie den Botschafter, Hookham Frere, dazu brachte, ihr zur Erheiterung eine Gigue vorzutanzen; Bilder in seinem Kopf von den ruhigen Tagen in St. Kew, als sie zusammen über die kornischen Hochmoore gewandert oder bis nach Roughtor und Brown Willie geritten waren, zu diesen entfernten Bergspitzen, die aussahen, als habe ein Riese sie fallenlassen...

Er dachte an die Momente, wenn ihre Augen zu funkeln begannen und sie ihren gebieterischen Ton anschlug;

wenn die im Palast von Volterra mit Dutzenden von Dienern groß gewordene Marchesa in Erscheinung trat, die schon als junge Frau von Ministern umgeben und Herrscherin ihres eigenen Staates, Volterra, war. Er erinnerte sich an die befestigte Stadt mit ihren Dutzenden von Türmen, hohen, schlanken viereckigen Gebilden, die wie Baumstämme in die Höhe ragten.

War sie sicher dort angekommen, beriet sich mit ihren Ministern und stellte die Ordnung wieder her, ohne von französischen Truppen behindert zu werden? Hatten die Franzosen die Guillotinen und die rostigen »Bäume der Freiheit« weggeschafft? Herrschte sie weise und geduldig, und dachte sie daran, daß es politisch klüger war, zu vergeben und zu vergessen als Gericht zu halten und Rache zu nehmen? Oder war sie bereits tot, einem Meuchelmörder zum Opfer gefallen?

Weil Ramage sich bislang geweigert hatte, sich damit auseinanderzusetzen und die in Abständen immer wieder auftauchenden Gedanken weggescheucht hatte, die ihn aus den düsteren Winkeln seiner Vorstellung ansprangen, bevor er einschlief oder wenn er nachts aufwachte, sein Gemüt in Aufruhr und seine Muskeln verkrampft, so merkte er jetzt, daß neue Ängste um Gianna entstanden waren und seine Aufmerksamkeit beanspruchten.

Er versuchte sie abzuwehren, indem er sich vorstellte, was wohl geschehen sein mochte, seit sie mit den Herveys in Dover auf das Schiff gegangen war. Sie würden in Calais angekommen sein und ihre Pässe vorgelegt haben, vorschriftsmäßig unterschrieben von Hawkesbury und wahrscheinlich, weil Jenks ein Narr war, von Otto gegengezeichnet. Man hätte das Gepäck in die Kutschen der Herveys geladen, und da er die Herveys und Gianna kannte, konnte er sich vorstellen, um wie viele Koffer es sich da gehandelt haben mußte. Dann würden sie nach

Paris aufgebrochen sein und hatten wahrscheinlich abends in Amiens Station gemacht.

Sie waren sicher nicht vorbereitet auf das, was sie dort zu sehen bekamen: Bonapartes Geheimpolizei, die Hungersnot, die Nähe der Guillotine, einfach auch nur das Fehlen eines gelegentlichen Farbanstrichs auf den Häusern – alles zusammen ließ die französischen Städte jedoch aussehen, als wären sie von riesigen Heuschreckenschwärmen kahlgefressen worden oder als wären sie doch zumindest von einer feindlichen Armee besetzt gewesen. Tatsächlich hatte die eigene französische Armee der männlichen wehrfähigen Bevölkerung einen so hohen Tribut abverlangt, daß die Bewohner der Städte und Dörfer nahezu nur noch aus Frauen – im ewigen Schwarz der Trauer – und alten Männern bestand. Auch viele Krüppel würden zu sehen sein; Männer, die ein Arm oder ein Bein im Kampf verloren oder auch im Eis und Schnee der Alpen oder Apenninen eingebüßt hatten.

Auf den meisten Marktplätzen – besonders in Amiens, wo Ramage einmal eingekerkert gewesen war und beinahe ihre Bekanntschaft gemacht hätte – würden sie »die Witwe« gesehen haben. Die Guillotine war in Frankreich zum festen Bestandteil auf fast jedem öffentlichen Platz geworden.

»La Veuve dans la place«, gewöhnlich hoch oben auf einer Plattform angebracht, so daß die Menge das Spektakel verfolgen konnte; davor ein Weidenkorb, um den Kopf aufzufangen...

Das würden die Herveys und Gianna zu sehen bekommen – vielleicht nicht den Weidenkorb und nicht die dunklen Blutflecken, die vom Regen weggewaschen sein würden, und auch nicht das schwere Fallbeil der Guillotine, das vom Scharfrichter entfernt wurde, wenn keine Hinrichtungen stattfanden, so daß die Schneide wieder geschärft und anschließend eingefettet werden konnte, um sie gegen Rost zu schützen. Sie würden nur das kahle hölzerne Gerüst sehen und wahrscheinlich beklagen, daß es überhaupt jemals benutzt worden war. Jetzt aber sei alles vorüber, würden sie sagen; der Vertrag wäre unterzeichnet, der Krieg vorüber. Würden Hervey oder Gianna begreifen, daß »La Veuve« nichts mit dem Krieg oder mit dem Friedensschluß zu tun hatte, sondern daß sie von der heutigen französischen Regierung gegen das französische Volk eingesetzt wurde?

Irgendwann würden sie jedenfalls in Paris ankommen und sich dort, zusammen mit all den anderen Nicht-Franzosen, auf der Präfektur anmelden und ihre Adresse hinterlassen müssen. Falls man also auf sie wartete, brauchte Bonapartes Geheimpolizei nicht nach der Marchesa di Volterra zu suchen, sie würde sich von alleine melden...

Sie hätte die Sicherheit von England aufgegeben und würde, wie die sprichwörtliche Fliege, den Salon der Spinne Napoleon betreten haben. Und das alles, dachte er bitter, unter der völlig irrigen Voraussetzung, daß sie es für das Wohl Volterras tat.

Was könnte sie denn noch für Volterra tun, wenn sie erst einmal in einem französischen Gefängnis saß? Welchen Einfluß könnte sie denn noch auf Bonaparte haben, wenn er sie hinter Schloß und Riegel hatte? Sie argumentierte natürlich, daß sie überhaupt keinen Einfluß auf Bonaparte ausüben könnte, solange sie sich in England befände. Aber sowohl Ramage als auch sein Vater hatten darauf hingewiesen, daß sie sehr wohl einen Einfluß auf Bonaparte ausüben könne, solange sie sich in Freiheit befände. Er würde so immer wissen, daß die rechtmäßige Herrscherin Volterras geduldig darauf wartete, wieder in ihr Land zurückkehren zu können; daß die von Frankreich eingesetzte Regierung nur eine Ansammlung von Strohpuppen war.

Es gab nur eine Möglichkeit, wie Bonaparte das Königreich von Volterra vernichten konnte, und sie bestand darin, die rechtmäßige Herrscherin zu beseitigen. Ramage merkte, daß er bei diesem Gedanken den Federkiel zerquetscht hatte, mit dem er in Gedanken auf den Stoß Papiere geklopft hatte, der die andere Hälfte seines Problems darstellte.

Beseitigen... nur ein anderer Begriff für Mord. Und wie würde dieser Mord aussehen? Nicht die Guillotine, das würde zuviel Aufsehen erregen. Die Garotte – bevorzugte Bonapartes Polizei die spanische Garotte für die unauffällige Beseitigung von Frauen? Oder vielleicht nur ein Schuß in den Kopf? Möchte Gott ihm beistehen, er dachte hier über das Schicksal der Frau nach, die er geliebt hatte. Ja, er mußte sich eingestehen, daß die Vergangenheitsform angebracht war.

Er hatte sie einmal geliebt, aber er respektierte sie noch immer wie eine Schwester, die ihm am Herzen lag. Doch jetzt war wohl kaum der Moment, weiter darüber zu grübeln. Er mußte die Tür zu seinen Vorstellungen geschlossen halten, sonst schlüpften schreckliche Gedanken heraus. Gianna tot, ermordet auf Befehl Napoleons; Gianna in einer Zelle eingesperrt, im Dunkeln dahinsiechend, mühsam am Leben gehalten durch die magere Gefängniskost, und niemand außer einigen Spitzenbeamten von Napoleons Polizei würde wissen, was aus ihr geworden war...

Ohne Hast griff er nach den Papieren auf seinem Schreibtisch. Sie enthielten die Berichte der Prisenbeobachter über einen Zeitraum von vier Tagen, jeweils vier Seiten für jedes der fünf Schiffe. Er griff nach einem anderen Federkiel, stellte fest, daß die Spitze zu breit geschnitten war, holte ein Messer aus einer Schublade und schnitt sie etwas schmaler. Er öffnete das Tintenfaß, suchte sich ein leeres Stück Papier und schrieb die Namen der fünf Schiffe auf die linke Seite. Rechts von den Namen zeichnete er vier Spalten ein, die er wie folgt beschriftete: »Passagiere«, »Wächter«, »Besatzung«, »Flagge«.

Beginnend mit der *Earl of Dodsworth* stellte er fest, daß Bowen jeden Tag 16 Passagiere gezählt hatte (acht Frauen und acht Männer), und diese Zahl schrieb er in die erste Spalte. Acht Wächter – Bowen sah die gleichen acht jeden Tag; es war also anzunehmen, daß es außer ihnen keine weiteren an Bord gab, und so trug er diesen Wert in die nächste Spalte ein.

Southwicks vier Tagesmeldungen über die *Amethyst* und die *Friesland* zeigten die gleiche Übereinstimmung in den Beobachtungen. Auf Yorkes Schiff – Ramage sah den jungen Schiffseigner förmlich vor sich, als er den Namen las – befanden sich drei Frauen und vier Männer, die von vier Freibeutern bewacht wurden. Southwick merkte an, daß er am zweiten Tag nur drei Wächter gesehen habe; aber der vierte, leicht zu erkennen an seinem roten Haar, tauchte am darauffolgenden Tag wieder auf und war auch am vierten Tag mit an Deck. Ramage machte seine Eintragungen in die entsprechenden Spalten und nahm sich anschließend die *Heliotrope* und die *Commerce* vor, bei denen er die Beobachtungswerte ebenfalls säuberlich notierte.

Dann zog er einen Schlußstrich und addierte die Zahlen: Es waren genau 40 Passagiere (21 Männer, 17 Frauen und zwei Kinder) und 24 Wächter.

Aber was das Wichtigste war, daß in den vier Tagen keine Boote die Prisen besucht hatten. Niemand war von der *Lynx* herübergekommen, kein Mensch von einer der Prisen hatte eine der anderen Prisen besucht. Wenn sie nun diese normalen und üblichen Kontakte nicht pflegten, so bedeutete das zweifellos, daß Tomás oder Hart sie verboten hatten.

Was die Besatzungsstärke der fünf Prisen anging, so stimmten Southwicks Schätzungen mit seinen eigenen überein. Demnach waren 95 bis 100 britische, holländische und französische Offiziere und Mannschaften in dem von Wagstaffe als Amphitheater bezeichneten Talkessel an Land untergebracht.

Das Schiff der Ostindischen Kompanie, abgesehen davon, daß es das wertvollste war, war ihnen am nächsten. Die *Earl of Dodsworth* lag nur 200 Yards entfernt. Nahe genug, stellte er wehmütig fest, um erkennen zu lassen, daß vier der Frauen noch jung waren, zwei schon älter, und die letzten beiden schwer zu beurteilen, weil sie Hüte mit großen herabhängenden Krempen trugen, vermutlich, um ihre Gesichter vor der Sonne zu schützen.

Das Problem bestand darin, dachte Ramage bei sich, wie man die Geiseln heraushalten konnte, wenn der Kampf begann.

Er entrollte die erste Rohzeichnung von der Karte der Bucht. Da war die Küstenlinie, von der Landspitze, welche die südliche Begrenzung bildete, bis zur nächsten Halbinsel, welche die Bucht gegen Norden abschloß. Von jedem der beiden Felsen, die als Ausgangspunkte dienten, erstreckte sich ein Fächer von geraden Linien seewärts; sie stellten die Kompaßkurse dar, die das Lotungsboot abgelaufen war, und längs der Linien, im Abstand von jeweils zehn Yards, standen Ziffern, manchmal auch nur eine große Ziffer, gefolgt von einer kleinen. Die große Ziffer bedeutete Faden, die kleine Fuß. Ebenfalls eingezeichnet waren die Positionen der fünf Prisen, der *Lynx* und der *Calypso*. Die der *Lynx* am nächsten liegende Lotung war vier Faden und drei Fuß beziehungsweise siebenundzwanzig Fuß. Die innere Bucht selbst, stellte Ramage fest, war ziemlich flach; keine der Lotungen zeigte mehr als 40 Fuß, obwohl noch eine Menge Lotungen nötig waren, bevor das Boot alles bis zu einer die beiden Landzungen verbindenden Linie abgearbeitet hatte.

Das große Riff an Backbord erinnerte ihn an eine lange,

leicht halbmondförmige Wurst, welche die Bucht in west-östlicher Richtung durchzog. Die Schiffe waren alle in der südlichen Hälfte vor Anker gegangen. Das Riff, welches aus Felsen und Hirschhornkorallen bestand – die so genannt wurden, weil sie wie Hirschgeweihe in die Höhe wuchsen, sich dann aber nahe der Oberfläche abflachten –, zeigte eine unterschiedliche Wassertiefe; von zwei Fuß über den Korallen bis zu zwei Faden über den Felsen. Martin hatte beide Enden des Riffs mit Warnbojen markiert, und sobald die Sonne etwas höher geklettert war, konnte man die braunen, von Korallen bewachsenen Stellen gut ausmachen.

Anschließend entrollte Ramage die Skizze des bisher vermessenen Teils der Insel. Williams und White hatten sich, auf seine Anregung hin, zunächst auf einen breiten Landstreifen zwischen dem Landungsstrand und dem Signalhügel konzentriert. Dazu gehörten auch die Zugänge zum »Amphitheater«, wo die Besatzungen der Prisen gefangengehalten wurden, sowie zu den beiden Süßwasserquellen.

Schließlich war da noch Wagstaffes Bericht über das »Forum« und die *Lynx*. Jebediah Hart und der kleine grauhaarige Franzose waren einmal mit dem einzigen Boot, das die *Lynx* im Verlauf von vier Tagen verlassen hatte, an Land gegangen. Das Boot war auf den Strand gezogen worden, und die beiden Männer waren zum »Forum« hinaufgeklettert; nach einer halben Stunde waren sie wieder zum Schiff zurückgekehrt. Ein Routinebesuch, wie es Wagstaffe schien; sie hatten weder Proviant noch Wasser dabei, also war das Lager vermutlich ausreichend versorgt.

Ramage ordnete die Papiere wieder und rollte die Karten auf. Reduziert auf einige Wörter und Linien, waren in diesen Papieren alle Tatsachen festgehalten, die er zur Erledigung seiner nächsten Aufgabe brauchte, aber nichts davon lieferte ihm eine Antwort auf die wichtigste Frage von allen, eine Frage, die in seinem Kopf widerhallte wie das Lied eines wahnwitzigen Chores in einer leeren Kathedrale: Wie sollte er die Geiseln in Sicherheit bringen, wenn der Kampf begann?

Er hatte einen allgemeinen Plan ausgearbeitet, und er war sicher, daß er jedes Risiko soweit wie möglich ausgeschaltet hatte. Er konnte nur zwei Schiffe pro Nacht angreifen; sich mehr vorzunehmen wäre für die Schwimmer zu anstrengend. Müde Männer machten Fehler, und er mußte sichergehen, daß die Risiken, die er akzeptierte, so klein wie möglich waren. Wenn er die *Earl of Dodsworth* und die *Amethyst* in der ersten Nacht und die *Heliotrope* und die *Friesland* in der zweiten Nacht kaperte, dann konnte er die Mehrheit der Geiseln zuerst befreien. Das Risiko bestand einfach nur darin, daß Freibeuter von der *Lynx* die *Earl of Dodsworth* oder die *Amethyst* besuchen könnten, bevor die beiden anderen Schiffe genommen werden konnten. Die *Commerce* konnte man außer acht lassen; auf ihr befanden sich keine Passagiere, und die vier Freibeuter an Bord waren offensichtlich nur Wachleute.

Wie sollte er die Geiseln warnen... Verdammt, soweit es die *Earl of Dodsworth* und die *Amethyst* betraf, war es bereits zu spät; er hatte die Zeit für den Angriff auf drei Uhr morgens festgesetzt, eine Zeit, zu der die Wächter höchstwahrscheinlich alle schlafen würden, und es war keine Zeit mehr, den beiden Schiffen eine Warnung zukommen zu lassen.

Nun, die beiden Entermannschaften waren inzwischen gut trainiert. Jeder einzelne Mann konnte eine Meile schwimmen und danach leise über die Ankertrosse an Deck klettern, falls keine Strickleiter an der Seite herunterhing. Im Augenblick hatte jedes der vier Schiffe eine Strickleiter über die Bordwand hängen; offensichtlich waren die Freibeuter völlig überzeugt, daß sie nichts zu befürchten hatten. Der Plan, ein Schiff zu entern, durfte sich jedoch nicht auf das zufällige Vorhandensein einer Strickleiter stützen oder auf die Hoffnung, daß oben an Deck kein Posten auf sie warten würde.

Ramage würde die *Earl of Dodsworth*-Gruppe zusammen mit Martin und Orsini führen. Aitken würde mit Kenton zusammen die *Amethyst* angreifen. Damit blieben Wagstaffe und Southwick auf der *Calypso* zurück, und beide hatten heftig protestiert, daß sie von der Rettungsaktion ausgeschlossen worden waren. Schließlich hatte Ramage ihnen klargemacht, daß sie beide die verantwortungsvolle Aufgabe hätten, die *Calypso* aus der Bucht heraus und zurück nach England zu bringen, falls irgend etwas schiefginge...

Es gab da in der Tat eine Möglichkeit, die Geiseln zu warnen, erkannte er und zitterte vor Besorgnis; einer Besorgnis, nicht nur um sein eigenes Leben, sondern, im Falle der *Earl of Dodsworth*, auch um das Leben von acht Frauen und acht Männern. Und wie würde Aitken reagieren?

14

Silkin gab einen Schniefton von sich, der höchste Mißbilligung verriet und alles in den Schatten stellte, was Southwick je hervorgebracht hatte. Ramage stand nackend mitten in seiner Kajüte und versuchte, eine alte Halsbinde zum Lendenschurz umzufunktionieren.

»Es klappt nicht«, murrte er, »das verdammte Ding rutscht immer wieder runter!«

»Breeches, Sir, oder selbst diese Hosen, die ich vom Zahlmeister gekauft habe, wären für den Zweck hervorragend geeignet.«

»Silkin, ich muß eine gute halbe Meile schwimmen, und ich möchte dabei nicht durch schwere Kleidungsstücke behindert werden.«

»Diese Hosen, Sir, sind überhaupt nicht schwer. Es sind Nankinghosen. Gerade ausreichend, um dem Anstand Genüge zu tun.«

»Der Teufel soll den Anstand holen«, fauchte Ramage. »Ich gedenke nicht, vor den weiblichen Passagieren herumzustolzieren. Ich würde ja nackend bleiben, wenn ich dadurch den Gegner nicht auf den Gedanken bringen könnte, daß man einen Mann am schnellsten durch einen Tritt in die Hoden außer Gefecht setzt.«

»Was tragen denn die Matrosen, Sir?«

»Das weiß ich nicht, aber sie haben keine so lebhafte Phantasie wie ich. So, jetzt sitzt die Halsbinde gut. Geben Sie mir eine große Nadel. Ah, so wird es gehen. Nun den Gürtel. Schieben Sie die Messerschlaufe nach hinten, so daß sie mir genau im Kreuz sitzt.«

Der Segelmacher war schon eifrig dabei gewesen, Tragegürtel für Entermesser, die normalerweise schräg über eine Schulter gehängt wurden, umzuarbeiten; die Schwimmer hatten sich beklagt, daß ihnen die Messer beim Schwimmen zwischen die Beine gerieten, und so hatte er ihnen einen Gürtel an den Trageriemen genäht, der das Entermesser seitlich festhielt. Ramage war damit nicht zufrieden; er benutzte statt dessen einen Gürtel, den er hoch unter den Armen umlegte, so daß die Klinge des Entermessers auf seinem Rücken lag, mit der Spitze am Gesäß. Er zog diese Methode vor, weil er die Klinge so als am wenigsten störend empfand.

»Wie spät ist es?«

Silkin nahm Ramages Kniehosen und zog die Uhr aus der Uhrtasche. »Genau zehn Minuten nach zwei, Sir.«

»Gut. Zeit, daß ich loskomme. Schnell, das Messer und die Scheide. Schnallen Sie sie an meinem rechten Unterschenkel fest.« Ramage stellte den Fuß auf einen Stuhl. »Fester ... so ist es gut. Jetzt noch das Bändsel da unten um den Knöchel binden.«

Mit dem an seinem rechten Unterschenkel festgebundenen Messer in seiner Scheide, dem Entermesser auf dem Rücken und nur notdürftig mit einer Halsbinde um die Hüften bekleidet, empfand sich Ramage mehr als nur ein wenig lächerlich, aber schließlich würde ja noch einige Zeit vergehen, bis ihn jemand zu sehen bekam ...

Er begegnete Aitken und Southwick oben auf der Niedergangstreppe. Aitken war nur mit einer Seemannshose bekleidet und trug das Gehenk des Entermessers über der rechten Schulter.

»Sie sehen aus wie ein Indianer, Sir«, sagte Southwick fröhlich. »Ich hätte fast erwartet, Sie wollten versuchen, uns Mangos zu verkaufen.«

»Ich bin gerade unterwegs, um den indischen Seiltrick vorzuführen«, sagte Ramage. »Nun, Aitken, fühlen Sie sich immer noch zuversichtlich?«

»Nein, Sir«, sagte der Schotte offen. »Ich fühle mich nicht besonders zuversichtlich, seit Sie den Plan zum erstenmal erwähnten. Aber da ich mich jetzt auch nicht weniger zuversichtlich fühle, brauchen wir uns keine Sorgen zu machen.«

Ramage ergriff in der Dunkelheit seine Hand und schüttelte sie. »Ich werde Ihnen zuwinken, wenn wir unseren morgendlichen Spaziergang an Deck machen!«

Damit ging er zur Eingangspforte, erwiderte die gemurmelten guten Wünsche der dort versammelten Leute und griff nach den Manntauen, die über die Bordwand ins Wasser hingen.

Sobald er sie in Händen hatte, stemmten sie zwei Matrosen von der Bordwand ab, und zwei weitere kletterten die Seitentreppe hinunter, um die Manntaue weiter unten vom Rumpf frei zu halten, wo sie sonst wegen des ausgeprägten Seiteneinfalls fest an der Bordwand anliegen würden.

Langsam ließ sich Ramage an den Tauen hinunter und bedankte sich auf halben Wege bei den Fallreepsgasten für die ihm zugeflüsterten guten Wünsche. Dann wurde das Gluckern des Wassers lauter, und der typische Geruch der Wasserlinie eines Schiffe in den Tropen, eine Mischung aus Tang und Fischmarkt, verriet ihm, daß er sich fast im Wasser befand.

Ihm war kalt. Sollte er sich langsam ins Wasser gleiten oder einfach hineinfallen lassen? Er ließ los und schnappte kurz darauf verzweifelt nach Luft. Im ersten Augenblick schien ihm das Wasser eiskalt.

Als er dann von der Schiffsseite wegschwamm, faßte er kurz nach dem Entermesser und dem am Bein befestigten Dolch, kontrollierte schließlich auch noch den Sitz seines Lendenschurzes. Dann, auf dem Rücken schwimmend, blickte er zu den Sternen empor, die ihm zur Orientierung dienen sollten. Eine wolkenlose Nacht. Der einzige Grund, weswegen der Einsatz hätte verschoben werden müssen, war ein wolkenverhangener Himmel, denn es war unmöglich, die *Earl of Dodsworth* oder die *Amethyst* in einer dunklen Nacht von See aus zu erkennen.

Nach kurzer Zeit empfand er das Wasser doch nicht mehr als so kalt wie am Anfang, und als er sich, immer noch auf dem Rücken schwimmend, von der *Calypso* entfernte, kam ihm das Schiff riesig vor; das Rigg und die Spieren standen wie ein kompliziertes Muster gegen den Sternenhimmel, ein ungeheures Netz von einem verrückten Fischer geknüpft.

Während er auf dem Rücken schwamm, hing das Entermesser herunter, und der Griff drückte sich schmerzhaft zwischen seine Schulterblätter. Aitken würde jetzt ebenfalls im Wasser sein und zur *Amethyst* hinüberschwimmen. Weil sie weiter südlich vor Anker lag, hatte er keine größere Strecke als Ramage zurückzulegen; die *Calypso* bildete gewissermaßen den Mittelpunkt eines Radius, auf dessen Umkreis die *Earl of Dodsworth* und die *Amethyst* lagen.

Ramage drehte sich um und ging zum Brustschwimmen über. Alle Männer hatten beim Training darauf geachtet, ihre Füße beim Schwimmen nicht über die Oberfläche kommen zu lassen, um möglichst wenig Geräusch zu verursachen, und Ramage war sicher, daß man ihn nicht hören konnte. Er schob das Entermesser in die Rückenmitte und mußte plötzlich an Haie denken. Niemand hatte welche gesehen, seit sie vor Anker gegangen waren, aber jetzt, nur mit seiner alten Halsbinde um die Hüften, fühlte er sich plötzlich verwundbar. Es liegt an der Dunkelheit, sagte er sich, weil er nie an Haie gedacht hatte, wenn er tagsüber nackend mit den anderen Männern im Wasser war. Aber es gab ja nicht nur Haie, sondern auch Barrakudas, und von denen hatten sie eine Menge gesehen. Er merkte, wie er sein Tempo steigerte und dabei mehr Geräusch verursachte.

Er drehte sich wieder auf den Rücken und sah an den Sternen, daß er in einem Halbkreis geschwommen war. Er blickte zurück und bemerkte zu seinem Erstaunen, daß die *Calypso* bereits ein gutes Stück entfernt war. Er orientierte sich am Gürtel des Orion, der ihm gewissermaßen als Kompaß diente, und beschloß nach ein paar Stößen, Wasser zu treten und sich nach der *Earl of Dodsworth* umzusehen. Als er ihre Masten deutlich gegen den Sternenhimmel erkennen konnte, begann er erneut, mit kräftigen Armzügen zu schwimmen. Es gab keine oder nur ganz geringe Phosphoreszenz, und wenn die Wächter auf diese Entfernung etwas Platschen hörten, würden sie vermuten, daß da ein Fisch sprang, der seinem Jäger zu entkommen trachtete. Einen Hai oder Barrakuda...

Die See erschien Ramage jetzt wärmer und die Luft

kühler. In den Tropen behielt die See nachts mehr oder weniger ihre Tagestemperatur, während die Lufttemperatur unter die des Wassers fiel.

Wo war Gianna jetzt? Der Gedanke an sie lenkte ihn von den womöglich unter ihm kreisenden Haien und Barrakudas ab, aber während er sich noch dazu beglückwünschte, daß er bislang keine Müdigkeit verspürte, mußte er an die zwei Dutzend Männer denken, die ihm in ungefähr einer halben Stunde von der *Calypso* aus hinterherschwimmen würden, sowie an die 20 anderen, die Aitken zur *Amethyst* folgen würden. War es möglich, daß alle von ihnen Krämpfen, Haien oder Barrakudas entgehen konnten? War es möglich, daß das Unternehmen durchgeführt werden konnte, ohne daß jemand vor Schmerz aufschrie, während die Zähne eines Hais sein Bein durchtrennten oder die nach hinten stehenden Zähne eines Barrakudas ein großes Stück Fleisch aus dem Körper rissen? Ein Schauder durchfuhr ihn, und er verspürte den Drang, seine nur mangelhaft bedeckte Männlichkeit mit den Händen zu bedecken, aber dadurch würde er nur aus dem Rhythmus kommen und sich ungefähr so wirkungsvoll schützen wie mit einem vertrockneten Feigenblatt.

Er begann die Armzüge zu zählen und legte bei 100 eine kleine Pause ein, nicht vor Erschöpfung, sondern weil er vermeiden wollte, außer Atem bei der *Earl of Dodsworth* anzukommen. Es bestand keine Eile; sobald er erst einmal an Bord war und seine erste Aufgabe erledigt hatte, würde er auf die Entermannschaft warten müssen. Nasse Füße. Er mußte aufpassen, daß keine nassen Fußspuren ihn verrieten, nachdem er das Deck geentert hatte. Selbst im Mondlicht würden sie sich auf dem trockenen Deck abzeichnen wie schwarze Farbflecke. Er hätte ein Handtuch oder einen Tuchstreifen in einem geschlossenen Glasgefäß mitbringen sollen. Ein kleine Rolle aus Nankingstoff in einer verkorkten Flasche würde schon genügt haben.

Nun, er hatte nicht daran gedacht, und jetzt war es zu spät.

Was hatte er sonst noch vergessen? Er mußte husten, als ihm beim Atemholen eine kleine Welle in den Mund schwappte. Das Salzwasser brannte in seiner Kehle, und er fing sofort an Wasser zu treten und wandte das Gesicht vom Schiff ab. So ein würgender Husten würde über weite Strecken zu hören sein; es schien ihm, als huste er nicht nur seine Kehle, sondern auch seine Lungen aus. Schließlich endete der Anfall, und er dachte an die zwei Dutzend Schwimmer, die ihm bald folgen würden. Wenn nur einer von vier Leuten Wasser schluckte, so wie er es eben getan hatte, würden bald sechs Leute im Dunkeln durch die Gegend husten.

Sobald er wieder normal atmen konnte, schwamm er weiter. Er brauchte länger für diese Strecke, als er sich berechnet hatte, obgleich er die Tendenz, im Bogen nach rechts zu schwimmen, inzwischen erfolgreich bekämpfte. Es war schwierig, eine Konstellation im Auge zu behalten, die sich nahezu über einem befand; er hätte daran denken und eine auswählen sollen, die näher am Horizont stand – nur leider war keiner der in der richtigen Richtung stehenden Sterne so auffällig wie der Gürtel des Orion, der auch bei einem flüchtigen Blick sofort zu erkennen war.

Plötzlich – so schien es ihm jedenfalls – lag die *Earl of Dodsworth* vor ihm und wirkte im Mondlicht wie eine große Burgmauer. Während der letzten Minuten hatte er sich dadurch abgelenkt, daß er in Gedanken einen heftigen Streit mit Gianna ausgefochten hatte, in dem er versuchte, sie zum Einsteigen in seine Kutsche zu nötigen, die vor dem Pariser Wohnsitz der Herveys wartete.

Der Bug befand sich zu seiner Linken, und er schwamm vorsichtig mit langsamen Beinschlägen darauf zu, während er noch einmal nach seinen Messern griff und den Sitz des Lendenschurzes überprüfte. Der Wind war nahezu ganz abgeflaut, und die *Earl of Dodsworth* lag mit dem Bug nach Nordost in der Strömung, die – schwach im Moment – kontinuierlich in südwestlicher Richtung setzte; das bedeutete, daß die Ankertrosse wahrscheinlich nahezu senkrecht herunterhängen würde.

Die Großrah schien sich seltsam gegen den Himmel abzuheben, als gäbe sie ein schwaches orangenes Licht von sich. Dann bemerkte er ein Leuchten in verschiedenen Stückpforten und begriff, daß eine irgendwo mittschiffs aufgestellte Laterne Teile des Decks und des Riggs beleuchtete. Wie sollte er, ohne gesehen zu werden, von der Back nach achtern gelangen, wenn die Bewacher mittschiffs um eine Laterne saßen?

Er schwamm in Richtung Heck. Falls nicht zufällig eine Leine oder eine zusätzliche Strickleiter über Bord hing, bestand kaum eine Chance, daß er dort an Deck kommen konnte, aber es war auch eine Chance, die er nicht einfach ignorieren durfte.

Er schwamm jetzt so vorsichtig, als ginge er in benagelten Stiefeln über einen zugefrorenen Teich. Die Bordwand der *Earl of Dodsworth* ragte beinahe senkrecht aus dem Wasser, und er konnte die Stückpforten sehen. Ostindienfahrer waren immer schwer bewaffnet, und ein unerfahrener Beobachter hielt sie aus der Entfernung oft für Kriegsschiffe. Jetzt kam der Hecküberhang mit den großen Fenstern, welche der Hauptkajüte Licht gaben. Auch hier strahlte das Licht einer Laterne, aber es gab weder eine herunterhängende Leine noch eine Strickleiter.

Er war angekommen – nur noch eine Schiffslänge zwischen ihm und der Ankertrosse –, und er fror, aber sein Atem ging regelmäßig. All das würde sich bald ändern; er würde erhitzt sein und keuchen, nachdem er die Trosse hinaufgeklettert war und die Klüse erreicht hatte.

Er gönnte sich von Zeit zu Zeit eine Pause und hielt sich über Wasser, indem er sich mit den Fingerspitzen am

Rand der Kupferbleche festklammerte; dabei lauschte er nach Stimmen, aber er hörte nichts. Von den acht Wächtern auf der *Earl of Dodsworth* waren nachts nur zwei Mann auf Wache. Waren die anderen sechs wachfrei?

Dann fand er die Trosse: acht Zoll im Durchmesser, vielleicht auch zehn, so dick wie das Bein eines Mannes in der Kniegegend. Er tastete noch einmal nach dem Entermesser und nach seinem Dolch, machte langsam einige tiefe Atemzüge und schlang dann seine Beine um die Trosse und stemmte sich nach oben, während er sich gleichzeitig mit den Armen hochzog. Die Trosse war neu, und die dicken Kardeele des Kabelschlags erleichterten ihm das Festhalten. Schnell fand er seinen Rhythmus: festes Anpressen der Füße und Knöchel, Körper strecken und dann mit den Oberschenkeln halten; hochgreifen mit den Händen, weiter hochziehen durch Zusammenklappen des Körpers und Hochschieben der Beine... 10 Fuß über der Wasseroberfläche, 15, 20... Angenommen, ein Wächter spürte ein Rumoren in seinen Eingeweiden und ging nach vorn auf die Mannschaftslatrine, den im Galion untergebrachten »Sitz der Erleichterung«, der einfach aus einem hölzernen Sitz mit einem kreisrunden Loch bestand, wenn auch ein Ostindienfahrer dieser Größe einen auf jeder Seite des Schegs hatte... Ein Matrose, der dort saß, würde hören, wenn jemand die Ankertrosse hinaufkletterte.

Ramage wurde langsamer und atmete flach, bis ihm bewußt wurde, daß sich um diese Zeit dort wohl kaum jemand aufhalten würde, und außerdem war es zu spät, um jetzt noch etwas ändern zu können. Er nahm seine Kletterei wieder auf und arbeitete sich bis zur Klüse empor, wo er eine Pause machte und sich genau umhörte. Sobald er sich sicher war, daß ihn niemand gehört hatte, griff er nach oben, wobei er die Klinge des Entermessers sorgfältig festhielt, damit sie nicht gegen Metall schlug und ihn verriet. Dann kletterte er an Bord.

Als er auf die See hinuntersah, wurde er durch den Widerschein der Sterne fast hypnotisiert. Er begann zu zittern, während die Wassertropfen an ihm herabperlten, und er versuchte, seine Haare so gut es ging auszudrücken. Seine Zähne würden jeden Moment anfangen zu klappern, wenn er nicht sofort etwas dagegen unternahm. Er ging vorsichtig nach achtern, bis der Glockenstuhl ihn allen möglichen Blicken entzog, falls sich jemand achterlich von der Back aufhielt, legte das Entermesser an Deck und entfernte den Gürtel, der jetzt vom Salzwasser steif und kalt war. Dann zog er die Nadel aus seinem Lendenschurz und wickelte ihn ab, so daß er, abgesehen von dem Messer an seinem Unterschenkel, nackt an Deck stand.

Mit der Handkante wischte er die Wassertropfen von seiner Haut und rubbelte sich anschließend kräftig ab. Dann wrang er die Halsbinde aus, legte sie an Deck und strich sie glatt; darauf wickelte er sie wieder um seine Hüften und steckte sie mit der Nadel fest. Sie war kalt und feucht, aber schon als er den nassen, unelastischen Gurt des Entermessers wieder umschnallte, spürte er, wie sich das Tuch durch die Körpertemperatur leicht erwärmte.

Jetzt war er also an Bord der *Earl od Dodsworth*, und er hätte sich erheblich schlechter fühlen können. An seinen Schienbeinmuskeln merkte er, daß er eine lange Strecke geschwommen war; seine Oberschenkelmuskeln, die Schulter- und Armmuskeln erhoben noch einigen Protest gegen die Kletterei an der Ankertrosse, aber im großen und ganzen hatte er doch das Gefühl, daß er (falls es nun wirklich nötig sein sollte) zur *Calypso* zurückschwimmen und dann auch noch deren Ankertrosse bezwingen könnte.

Als ihm langsam wärmer wurde und das Salzwasser in seiner Nase trocknete, merkte er, daß es auf dem Schiff fast wie auf einem Bauernhof roch und daß es sich auch so anhörte. Es gab mehrere Hühnerställe auf der Back, die den Passagieren frische Eier und vermutlich auch gelegentlich weißes Fleisch lieferten. Auch hörte er das Kollern von Truthähnen. Er konnte die Wolle von Schafen riechen und vermutete, daß einige dieser Tiere zusammen mit ein paar Kühen unter Deck untergebracht waren – zweifellos, um frische Milch zu haben. Die Passagiere mußten einen so hohen Preis für die Überfahrt zahlen, daß sie frische Nahrungsmittel erwarteten. Einige von ihnen verwalteten wahrscheinlich riesige Gebiete in Indien, so groß wie ein Dutzend englischer Grafschaften, und sie würden sich bestimmt nicht mit Salzfleisch und Sauerkraut zufriedengeben.

Die Laterne achterlich vom Großmast leuchtete nur schwach; die Kerze im Inneren flackerte, weil der Docht wahrscheinlich in das geschmolzene Wachs gefallen war und nur noch teilweise brannte.

Ramage ergriff sein Entermesser. Die Leben von 16 Passagieren und das Schicksal eines Schiffes der Ostindischen Kompanie hingen davon ab, daß er in den nächsten Minuten keinen Fehler machte. Von seinen gelegentlichen Besuchen auf Ostindienfahrern vor etlichen Jahren, als er noch ein hungriger Fähnrich war und sich über eine Einladung an Bord freute – das Essen auf den Schiffen der Gesellschaft war berühmt unter den Marineoffizieren, ganz gleich welchen Rang sie bekleideten –, erinnerte er sich daran, daß die Kajüte des Kapitäns ganz achtern im Heck lag und sich die Kabinen der wichtigsten Passagiere etwas weiter vorn auf dem gleichen Deck befanden, während die billigeren Kabinen (für Passagiere, die am Tisch des Zweiten und des Dritten Offiziers speisten) ein Deck tiefer lagen.

Jetzt mußte er die nächstgelegene Passagierkabine finden, in die er hineinkommen konnte, ohne daß ihn einer der Bewacher entdeckte. Er kam zu dem Schluß, daß er die Niedergangstreppen auf keinen Fall benutzen durfte; wenn ein Wächter ihn dort erblickte oder ihm dort zufällig begegnete, würde er keinen Moment zweifeln, daß es sich bei einem Mann, der nur mit einem Lendenschurz bekleidet war, um einen Eindringling handelte, und sofort den Alarm auslösen.

Er mußte also die am weitesten vorn gelegene Passagierkabine auf dem Oberdeck finden. Ob an Steuerbord oder an Backbord hing von dem Weg ab, den er nehmen mußte, um den Bewachern zu entgehen. Wie lange war es her, seit er die *Calypso* verlassen hatte? Es kam ihm vor wie Stunden; wenn nicht sogar Wochen. Tatsächlich waren es wohl kaum mehr als 20 Minuten, und in Kürze würde die Entermannschaft ins Wasser gehen und die lange Schwimmstrecke in Angriff nehmen.

Er trat hinter dem Glockenstuhl hervor und sah den Schornstein der Schiffsküche vor sich. Er tastete sich weiter nach rechts und stieß mit seinen nackten Füßen gelegentlich gegen einen Augbolzen oder einen aufgeschossenen Tampen. Nachdem er so heftig gegen ein Metallfitting gestoßen war – worum genau es sich handelte, konnte er nicht erkennen –, daß er einen Augenblick lang glaubte, er hätte sich den linken großen Zeh gebrochen, ging er etwas langsamer vor. Er würde erst einmal in Augenhöhe nach vorn blicken und dann einen kritischen Blick auf das Deck werfen müssen, ehe er seinen Weg fortsetzte. Nach vorne zu sehen und seine Füße sich selbst zu überlassen war wie eine Aufforderung an die Tücke des Objekts, ihm ein Bein zu stellen.

Hier war der Niedergang von der Back zum Hauptdeck. Er blieb einen Augenblick stehen und starrte angestrengt nach achtern. Nur die flackernde Laterne; keine Stimmen, keine Bewegung. Irgendwo mußten dort ein oder zwei Wächter sein. Ein Wächter und ein Ausguck – oder ein Freibeuter, der beide Aufgaben gleichzeitig verrichtete.

Acht Wächter – sicher befanden sich da doch mindestens zwei auf Wache?

Die unterste Stufe knarrte, aber es ging doch so viel Dünung, daß die *Earl of Dodsworth* leicht stampfte und ungefähr jede Minute eine kleine Verbeugung machte, gerade genug Bewegung, um Masten und Rahen knarren zu lassen. Gäbe es nicht diese Geräusche aus der Takelage, dachte er, könnte er genausogut durch einen Friedhof gehen: Kästen, Luken und Hühnerställe wirkten in der Dunkelheit wie Gräber und Grabsteine, wobei der aufgehende Mond, jetzt in seinem letzten Viertel, gerade so viel Licht gab, daß die weiße Farbe wie Marmor aussah.

Nahe am Schanzkleid entlang, gerade nur so weit entfernt, daß er nicht gegen die Geschütze lief, schlich Ramage nach achtern. Am Fockmast vorbei mit seinem stehenden und laufenden Gut, Dutzenden von Leinen für die Wanten, Brassen, Schoten, Toppnanten... Am dritten Geschütz vorbei und den, wie bei einem Kriegsschiff, in Gestellen um die Lukensülls gelagerten Kanonenkugeln, die einzeln, wie schwarze Orangen, in eingearbeiteten Mulden lagen.

Auf halbem Wege zum Großmast kauerte er sich hinter einem Geschütz nieder und betrachtete konzentriert die Laterne. Sie stand auf einem niedrigen Tisch und erleuchtete einen Kreis von rund zehn Fuß Durchmesser. Auf einer Seite glitzerten einige Gegenstände wie blinzelnde Glasaugen. Eine geschliffene Glaskaraffe und Gläser? Ramage konnte sich nichts anderes vorstellen, das auf diese Weise funkelte, wenn er seinen Kopf leicht hin und her bewegte.

In jedem der beiden Sessel, die am Tisch standen, konnte er die Gestalt eines Mannes ausmachen, der hingelümmelt im Sessel lag. Die beiden lagen eigentlich nicht da, als schliefen sie, sondern zeigten eher Haltung Betrunkener, denen die Sinne geschwunden waren.

Die beiden Männer, die die Wache hatten? Das schien Ramage wahrscheinlich. Dann blieben also sechs weitere übrig, die vermutlich friedlich irgendwo schliefen, bis die nächsten beiden von diesem Paar geweckt wurden. Nun, wie es aussah, würde dieses halbe Dutzend Wächter nicht in ihrem Schlaf gestört werden.

Ramage blieb noch ein Weilchen ruhig hinter der Kanone hocken. Die Hühner in den Ställen gluckten leise und fielen dann wieder in Schlaf. Schließlich war er sich sicher, daß die beiden Schläfer die einzigen Männer an Deck waren; folglich war anzunehmen, daß sechs Freibeuter irgendwo unter Deck träumten, genauso wie die 16 Passagiere, die in ihre Kabinen eingeschlossen waren oder die man zusammen in einer großen Kabine untergebracht hatte, die leicht zu bewachen war.

Würden unter Deck wohl noch weitere Männer Wache gehen? War das wahrscheinlich? Warum sollte man die Passagiere in einer einzigen Kabine unterbringen, wenn man sie doch einfach in ihren eigenen Kammern einschließen konnte? Das wiederum bedeutete jedoch, daß die anderen sechs Wächter in der Nähe der Passagierkabinen schliefen, damit sie sofort zur Stelle sein konnten, wenn jemand einen Fluchtversuch unternahm.

Was machten diese beiden dann an Deck? Vermutlich waren es wirklich Ausgucks, deren Aufgabe es war, sofort Meldung zu machen, wenn sie eine Entermannschaft der *Calypso* entdeckten. Waren diese beiden Männer der Schlüssel für die Eroberung der *Earl of Dodsworth*? So schien es in der Tat. Sie waren diejenigen (soweit es die *Lynx* und die sechs Freiwächter betraf), die den Alarm auslösen würden, falls die *Calypso* oder die Passagiere einen Befreiungsversuch unternahmen.

Das waren aber auch gleichzeitig zwei von den Leuten, das wurde ihm in diesem Augenblick klar, die die Passagiere kaltblütig abschlachten würden, wenn sie merkten, daß sich die *Calypso* zu einem Rettungsversuch entschlossen hatte. In diesem Augenblick spürte Ramage, daß er imstande sein würde, ihnen ohne zu Zögern die Kehle durchzuschneiden.

Er stand auf und ging langsam auf sie zu. Wenig später stand er neben dem ersten der Wächter, der einen schrecklichen Gestank nach Rum und Schweiß verbreitete. Neben ihm, an Deck, lagen eine leere Karaffe und ein Glas, worin das flackernde Kerzenlich tanzte. Der Mann war hager mit einem schmalen Gesicht und atmete schwer mit offenem Mund, wobei er mindestens drei abgestorbene Zähne sehen ließ. Sein Scheitel war kahl, aber die Haare an den Seiten und im Nacken hingen lang herunter, so daß er wie eine räudige Katze aussah, die sich zum Schlafen zusammengerollt hat. Der zweite war dicker; er hatte das Haar zu einem Zopf geflochten und trug mehrere Goldringe an den Fingern beider Hände, die er über dem Bauch gefaltet hatte. Auch neben seinem Sessel lagen eine leere Karaffe und ein Glas.

Jeder der beiden hatte eine Pistole vor sich auf dem Tisch liegen, die im Licht der Laterne schwach glänzten. Jede war gespannt. Jeder der beiden Männer brauchte nur die Hand nach ihr auszustrecken.

Sollte er ihnen die Kehle durchschneiden, während sie, betäubt vom Rum, in ihren Sesseln lagen? Als er an die Geiseln dachte, vermeinte Ramage, dazu imstande zu sein – aber war es wirklich notwendig?

Er griff nach der nächstliegenden Pistole, öffnete die Pfanne und schüttelte das Zündpulver heraus; anschließend pustete er noch einmal sachte in die Pfanne, um auch die letzten Pulverspuren zu beseitigen. Das gleiche machte er mit der zweiten Pistole. Sie sahen immer noch aus, als wären sie klar zum Feuern, aber jeder, der den Abzug betätigte, würde eine Enttäuschung erleben.

Ein paar Schritte entfernt lag ein Bunsch Tauwerk, und

in höchstens einer halben Stunde würden seine Leute von der *Calypso* an Bord sein. Er packte eine Pistole am Lauf und schlug dem Mann vor ihm den Kolben an den Kopf. Dann machte er drei schnelle Schritte und setzte den anderen auf die gleiche Weise außer Gefecht, sorgfältig darauf bedacht, nicht mit seinem Entermesser, das er jetzt in seiner linken Hand trug, irgendwo anzuschlagen.

Das Überraschende war, daß sich die Männer kaum bewegt hatten. Vielleicht waren sie noch etwas tiefer in ihre Sessel gerutscht, aber sie sahen immer noch so aus, als wären sie dem Alkohol erlegen, was ja auch stimmte. Nur daß sie jetzt eine Art von Betäubung gegen eine andere eingetauscht hatten.

Ramage wickelte schnell eine Länge von der aufgeschossenen Leine ab, kappte sie mit dem Entermesser und schnitt dann noch eine weitere Länge ab. Es dauerte länger, als er dachte, den ersten Mann aus seinem Sessel zu rollen und ihn an Armen und Beinen zu fesseln. Beim zweiten ging es nicht viel besser. Beide waren so entspannt wie eine Stoffpuppe, als hätte sich jeder Knochen in ihrem Leib in Kalbfußsülze verwandelt.

Ramage zog beide Männer zu den Kanonen hinüber und schob jeden unter ein Kanonenrohr, wo sie im tiefen Schatten den Blicken entzogen waren. Dann, nachdem er sich nach kurzer Überlegung entschieden hatte, die Laterne an Ort und Stelle zu lassen (er hatte noch ein übriges getan und den Kerzendocht aufgerichtet), schlich er zum Hauptniedergang und leise die Stufen hinunter.

Unten hing eine weitere Laterne von der Decke und beleuchtete eine Reihe von Türen, vier auf jeder Seite. Die erste war offen, der Eingang zu einer dunklen Höhle, bei den übrigen steckten Schlüssel in den Schlössern. Aus der ersten Kabine ertönte das Geräusch mehrerer schnarchender Leute. Er versuchte die verschiedenen Töne zu unterscheiden. Es waren mindestens vier Leute.

Er schlich sich näher an die Tür heran und horchte. Fünf. Ja, und da war noch ein weiterer, schwacher Ton, wenig mehr als ein gleichmäßiges, wenn auch schweres Atmen: also sechs. Der Schlüssel steckte im Schloß, das aus dickem Mahagoni bestand. Das Schloß war aus solidem Messing und bis vor kurzem regelmäßig poliert worden – auf den Schiffen der Ehrenwerten Ostindischen Kompanie war alles vom Feinsten. Er schloß die Tür sachte und drehte den Schlüssel herum. Wenn die Männer dort drinnen wirklich heraus wollten, könnten sie das Schloß wahrscheinlich mit ein paar Pistolenschüssen aufbrechen, aber in völliger Dunkelheit würden sie es schwerlich versuchen, denn dann war das Risiko, durch einen Querschläger verletzt zu werden, doch erheblich.
Ramage beschloß, die gegenüberliegende Kabine aufzuschließen und den dort nächtigenden Passagier aufzuwecken, ihn von den bevorstehenden Ereignissen in Kenntnis zu setzen und ihn zu bitten, seine Leidensgenossen, die ja seine Stimme kannten und ihm vertrauen würden, zu befreien und zu informieren, damit sie sich, nun allerdings freiwillig, in ihren Kabinen einschließen konnten. Er legte sein Entermesser ab, um beide Hände frei zu haben, und vergewisserte sich, daß der Dolch locker in der Scheide saß. Während er langsam den Schlüssel herumdrehte, fragte er sich, wie seine Leute die sechs Wächter wohl überwältigen könnten, ohne daß ein Schuß fiel. Ein Schuß ... das war schon zuviel. Im Augenblick, in dem die Wächter auf den anderen Schiffen einen einzigen Schuß hörten, würden sie die Geiseln massakrieren, 24 Männer, Frauen und Kinder (vorausgesetzt, die 16 auf diesem Schiff waren in Sicherheit). Das war der Grund, warum er bei den beiden Pistolen der Wächter an Deck das Zündpulver entfernt hatte; das war auch der Grund, warum keiner seiner Leute eine Schußwaffe bei sich hatte, obwohl es möglich gewesen wäre, Musketen und

Pistolen in geölte Seide und Segeltuch zu wickeln und sie auf den Flößen mitzuführen.

Es erschreckte ihn fast, als die Tür plötzlich gegen ihn drückte; dann jedoch wurde ihm klar, daß er den Schlüssel herumgedreht und den Griff zu sich herangezogen hatte. Schnell öffnete er die Tür weiter, stellte mit einem raschen Blick fest, daß sich ein einzelnes Bett in der Mitte der Kabine befand. Er schloß die Tür hinter sich, damit sie nicht aufschlagen und Lärm verursachen konnte, und schlich zum Bett hinüber. Er wollte alle Geiseln warnen, ohne die Bewacher zu alarmieren, und um sicherzugehen, daß die Bewacher nicht gewarnt wurden, mußte jeder sich so verhalten, als wäre die Tür zur Kabine der Wächter immer noch offen.

Seine ausgestreckte Hand berührte das Fußende des Bettes. Seltsam, daß sie für die Passagiere keine Schlingerkojen vorgesehen hatten, denn es mußte ja doch schwierig sein, bei stärkerem Seegang in einem Bett zu schlafen, selbst wenn es sicher fest an Deck angeschraubt war.

Die Bettdecke bestand aus einem Material, das er nicht identifizieren konnte. Shantungseide? Es war zu erwarten, daß ein Schiff der Ostindischen Kompanie mit exotischen Materialien aus dem Fernen Osten ausgestattet war. Wenn er Glück hatte, war der Mensch in diesem Bett ein Offizier der Armee – oder vielmehr, ein Offizier im militärischen Dienst der Kompanie. Hatte er Pech, war der Mann irgendein wichtigtuerischer und überängstlicher Nabob, den er nur mit Mühe würde überzeugen können. Vielleicht wäre es in dem Falle auch besser, er verließe ihn wieder und versuchte es in einer anderen Kabine.

Er tastete mit der Hand über das Bett, während er vorsichtig zum Kopfende schlich; dabei lauschte er auf den Atem, um festzustellen, wo sich der Mund des Schläfers befand. Er fand den Körper und strich mit den Fingerspitzen leicht darüber hinweg, um den Kopf des Mannes zu lokalisieren, falls er überrascht aufschrie. Dann wölbte sich unter seiner Hand plötzlich ein nachgiebiger Hügel nackten Fleisches; ein Hügel, der von einer festeren Spitze gekrönt war. Er brauchte einen Moment, um zu begreifen, daß er die nackte Brust einer Frau in seiner linken Hand hielt, aber gleich darauf hatte seine rechte Hand ihr Gesicht gefunden und legte sich über ihren Mund.

Sie begann sich zu winden, als er mit seiner Linken ihre Schulter packte und zischte: »Schreien Sie nicht. Ich bin von der –«

In diesem Augenblick biß sie ihn in den Handballen. Ramage riskierte einen weiteren Biß und flüsterte eindringlich: »Von der britischen Fregatte... Englisch... verhalten Sie sich ruhig!«

Inzwischen schien sie völlig wach und schob ihn mit den Händen von sich, aber ohne die Heftigkeit, die eine verängstigte Frau gezeigt hätte.

»Verstehen Sie?«

Er fühlte, wie sie versuchte zu nicken und nahm vorsichtig seine Hand von ihrem Mund.

»Ich verstehe, aber lassen Sie mir etwas Luft!«

Die Stimme war ruhig, melodisch und ziemlich tief; vor allem aber klang sie völlig unerschrocken und fest und fragte ihn jetzt: »Mit wem habe ich es zu tun?«

»Das spielt jetzt keine Rolle, ich möchte nur, daß Sie –«

»Mein lieber Mann, ich neige nicht zur Hysterie, aber obwohl ich nichts sehen kann, habe ich den Eindruck, daß ich mich in der Gewalt eines nackten Mannes befinde. Eines nackten Engländers, wie ich höre, obwohl ich nicht wüßte, was das ausmachen sollte...«

»Madam«, flüsterte Ramage, der kostbare Zeit verrinnen sah und allmählich etwas in Verzweiflung geriet, »mein Name ist Nicholas Ramage, und ich bin der Kommandant der britischen Fregatte. Zwei Dutzend meiner Männer sind eben dabei, herüberzuschwimmen und werden in wenigen Minuten an Bord klettern. Es ist absolut notwendig, daß sie die Wachen überwältigen, ohne daß ein Schuß fällt. Ich möchte sie daher bitten, die Kabinen der übrigen Geiseln – der Passagiere, meine ich – aufzusuchen und ihnen zu sagen, daß sie sich in ihren Kabinen einschließen und dort bleiben sollen, was immer auch geschieht.«

»Ich werde sie verständigen. Sie müssen durch das Wasser gekommen sein; sie fühlen sich verteufelt feucht an. Ich werden Ihnen gleich ein Handtuch geben.«

»Hören Sie«, sagte Ramage drängend, »Sie verstehen, was Sie tun müssen? Jede der Kabinen ist von außen verschlossen, und der Schlüssel steckt. Es kommt darauf an, die Leute Ihre Stimme erkennen und so –«

»Ich verstehe vollkommen! Was ist mit den Schurken in der gegenüberliegenden Kabine?«

»Sie schlafen und sind jetzt eingeschlossen. Aber wenn Sie aufwachen, könnten sie anfangen zu schießen.«

»Und die beiden Wachen an Deck?«

»Bewußtlos und gefesselt.«

»Sie sind wirklich sehr rührig gewesen. Nun gut – treten Sie etwas zurück und lassen Sie mich aufstehen.«

»Lassen Sie mich Ihnen helfen, Madam.«

»Treten Sie bitte zurück. Es ist so heiß hier drinnen, daß ich mich – nun ohne die Behinderung durch ein Nachtgewand zur Ruhe begeben habe, wie Sie wahrscheinlich gemerkt haben!«

Betrunkene Wächter, Barrakudas, eine Kabine voller schnarchender Piraten, nackte Brüste... Selbst bei dem Zeitdruck, unter dem er sich befand, hatte Ramage sehr wohl die Brust wahrgenommen – eine sehr schöne Brust, soviel stand fest –, aber er war zu angespannt gewesen, um daraus die offensichtliche Folgerung zu ziehen, daß in dieser heißen und stickigen Kabine auch der übrige Körper ganz sicher nackt war.

»Ich bitte um Entschuldigung, Madam«, flüsterte er. »Im übrigen bin ich nicht vollständig nackt.«

»Ich bin – nun, sagen wir fürs erste ein ›Fräulein‹, keine ›Madam‹. Und Nacktheit hat in völliger Dunkelheit wenig Bedeutung.«

»Draußen hängt eine Laterne«, sagte Ramage und hätte sich im gleichen Moment auf die Zunge beißen können.

»Haben Sie Dank für die Warnung.«

Er hörte das Rascheln von Stoff und dann ihr Flüstern: »Führen Sie mich zur Tür, ich sehe überhaupt nichts.«

»Flüstern Sie weiter, sonst kann ich Sie nicht finden.«

»Ramage... Ramage... Kapitän Lord Ramage... feucht und nach Seetang riechend...« Das neckende Flüstern führte ihn zu ihr. Sein Name war ihr also geläufig. Im Augenblick mußte er sich jedoch darauf konzentrieren, wo sich die Tür befand, weil sie so gut eingepaßt war und die Laterne draußen so schwach leuchtete, daß nicht der geringste Lichtschein durch eine Ritze drang.

»Ich mache keinen Gebrauch von meinem Titel«, sagte er und prallte plötzlich gegen sie. Um nicht hinzufallen, hielten sie einander fest, als umarmten sie sich.

»Guten Morgen, Kapitän«, sagte sie, während sie sich sanft von ihm löste, »für einen Höflichkeitsbesuch sind Sie wirklich nicht richtig angezogen.«

Ramage ergriff ihren Arm und führte sie zur Tür. »Ich bin versucht, Sie als Geisel zu nehmen.«

»Da müssen Sie sich mit den Freibeutern einigen. Im Augenblick stellen Sie noch ihre Besitzansprüche.«

Er öffnete die Tür, aber bevor er noch einen Blick auf ihr Gesicht werfen konnte, war sie hindurchgeschlüpft und wandte sich nach links, wo die anderen Kabinen lagen; ehe er sie einholen konnte, hatte sie schon die erste Tür aufgeschlossen und war in der Kabine verschwunden.

Am besten wartete er neben der Kabine mit den Wächtern, bis sie zurückkam. Ein oder zwei Minuten später sah er verschwommen eine weißgekleidete Gestalt aus der Kabine huschen und in die nächste hineingehen. Schließlich, nachdem sie auch die letzte Kabine aufgesucht hatte, ging er über den Gang, um an ihrer Tür auf sie zu warten, aber sie verschwand in der benachbarten Kabine, aus der kurz darauf ein Mann mittleren Alters trat, der einen Backenbart hatte und in seinem Schlafrock etwas absurd wirkte. Er flüsterte: »Ramage – alle sind benachrichtigt. Wir werden in unseren Kabinen warten und unsere Türen verschlossen halten. Und – danke!«

Damit kehrte der Mann in seine Kabine zurück, nachdem er den Schlüssel abgezogen hatte. Dann sah Ramage, wie auch die anderen Passagiere überall auf dem Gang die Schlüssel vorsichtig aus den Schlössern zogen, um ihre Türen von innen abzuschließen.

Er eilte den Niedergang hinauf, lief zum Schanzkleid und horchte auf das Geräusch von Schwimmern. Es war nichts zu hören, und er sah auch keine phosphoreszierenden Wirbel im Wasser. Eine aufgerollte Strickleiter lag oben auf dem Schanzkleid. Er löste die Befestigungsbändsel, ließ die Leiter über die Bordwand abrollen und hörte, wie das Ende ins Wasser klatschte. Auf der anderen Seite fand er eine zweite Strickleiter und entrollte sie ebenfalls.

Dann nahm er die Laterne und stellte sich damit in die Steuerbord-Eingangspforte. Er hielt die Laterne so, daß die Schwimmer ihn bemerken mußten, denn außer von der *Calypso* konnte man ihn hier von keinem der anderen Schiffe aus sehen. Kurz darauf fühlte er einen Ruck an der Leiter und hörte ein leises Plätschern im Wasser. Eine Minute später sprang Rossi vom Schanzkleid an Deck und bestätigte schweigend Ramages Geste, leise zu sein.

»Die anderen sind dicht hinter mir, Sir«, flüsterte Rossi. »Wir sind langsam geschwommen, wie Sie uns gesagt haben, deshalb sind wir nicht außer Atem.« Er sah sich um und sagte, mit einer gewissen Enttäuschung in der Stimme: »Mama mia, Sie haben doch nicht die Kaperung alleine gemacht, Commandante?«

»Nein, aber ich habe euch nur den leichten Teil übriggelassen«, sagte Ramage lächelnd und sah über die Bordwand, wo gerade zwei weitere Leute die Leiter heraufkletterten.

Innerhalb von drei Minuten befand sich die ganze Entermannschaft an Bord, einschließlich Martin und Paolo. Ramage sah sich nach Jackson um, deutete auf die beiden Männer unter den Kanonenrohren und flüsterte: »Sie kommen vielleicht bald wieder zu sich. Knebeln Sie sie bitte.«

Der Amerikaner winkte Rossi und Stafford, zog sein nasses Hemd aus und riß vom Schoß zwei Streifen ab. Aus den Augenwinkeln sah Ramage, wie Jackson den ersten Mann anhob, seinen Kopf gegen das Deck schlug und ihn dann knebelte. Inzwischen war ein anderer dabei, den Docht der Laterne gerade zu richten und das geschmolzene Wachs mit der Fingerspitze zu glätten. Plötzlich wurde die Laterne heller, und Ramage blickte sich nervös um; ein Ausguck auf der *Lynx* könnte vielleicht mißtrauisch werden, wenn er die vielen Schatten bemerkte, die sich plötzlich an Deck des Ostindienfahrers bewegten.

»Stellt die Laternen an Deck, unter den Tisch«, befahl er hastig.

Sobald Jackson zurückkam und meldete, beide Männer wären bewußtlos und geknebelt, wobei er sich nicht die Mühe machte zu erwähnen, daß einer der Männer im Begriff gewesen war, zu sich zu kommen, versammelte Ramage seine Leute um sich und erklärte ihnen die Lage.

»Wenn wirklich nicht mehr als acht Mann an Bord sind, dann schlafen alle sechs Freiwächter unten in einer Kabine«, flüsterte er mit schon etwas heiserer Stimme. »Ich habe sie eingeschlossen. Sie schlafen wahrscheinlich in Hängematten, weil sie das lieber haben und die Passagierkabinen nur mit einem Bett ausgestattet sind.

Wir müssen sie so schnell wie möglich überwältigen und aufpassen, daß sie keine Gelegenheit haben, einen Schuß abzufeuern. Sie sehen hier diese beiden Pistolen auf dem Tisch; die beiden Männer auf Wache saßen hier und tranken, die Pistolen in Reichweite.

Die Kabinentür ist von üblicher Breite. Wir werden wie folgt vorgehen: Sie, Orsini, tragen diese Laterne hier; ich nehme die, welche im Gang vor der Kabinentür hängt. Riley«, sagte er zu einem der Matrosen, »Sie stehen an der Tür, eine Hand am Schlüssel. Wenn ich das Zeichen gebe, schließen Sie auf und öffnen die Tür – Sie müssen sie zu sich heranziehen, denn sie geht nach außen auf.

Ich gehe zuerst hinein und halte meine Laterne in die Höhe und Orsini folgt mir mit seiner. Sobald wir drinnen sind, fangt ihr alle an zu brüllen – irgendwas, nur um möglichst viel Krach zu machen. Ich will diese Männer verwirren, sobald sie aufwachen, ihren Verstand verwirren und ihre Augen blenden.

Martin, Stafford, Rossi, Riley – ihr werdet inzwischen die Möglichkeit gehabt haben, in die Kabine hineinzusehen – folgen uns. Orsini und ich werden die beiden Hängematten auf der rechten Seite nehmen, ihr übrigen nehmt die vier zur Linken. Die achteren, mit anderen Worten.

Kappt die Hängemattsteerts. Ein guter Schlag mit einem Entermesser sollte genügen, um den betreffenden Mann an Deck fallen zu lassen.«

»Und dann, Sir?« fragte Orsini.

»Es sind so wenige, daß wir sie gefangennehmen können«, sagte Ramage mit einigem Bedauern, »aber tötet jeden, der zur Pistole greift. Also folgt mir«, sagte Ramage, während Orsini die Laterne ergriff, und ging auf den Niedergang zu. »Und paßt auf, daß eure Entermesser nicht irgendwo anstoßen.«

Die Stufen des Niedergangs knarrten, und Ramage hatte beim Hinuntergehen den Eindruck, als ob das ganze Schiff plötzlich den Atem anhielt und horchte. Das sanfte Stampfen hatte aufgehört, so daß Rumpf und Takelage kein Ächzen mehr von sich gaben, welches die Geräusche, die die Männer machten, überdecken konnte.

Die Laterne unten brannte gleichmäßig, und die Luft verströmte den leicht rußigen Geruch eines nicht getrimmten Dochtes. Als Ramage die Türen rechts und links des Ganges musterte, sah er, daß jetzt alle Schlüssel abgezogen waren, außer an den beiden vordersten auf jeder Seite. Der Schlüssel steckte noch in der Tür der Kabine, in welcher »Fräulein, fürs erste« geschlafen hatte. Er erinnerte sich an die Form einer nackten Brust; er hatte nicht die leiseste Vorstellung, ob die Frau selbst häßlich, hausbacken oder schön war. Eine faszinierende Stimme, ein Sinn für Humor und eine Menge Beherrschung in Krisensituationen. Sie kehrte wahrscheinlich nach einer Tätigkeit als Lehrerin oder Gesellschafterin einer alten Dame aus Indien nach Hause zurück. Hätte sie nicht auf dem »Fräulein« bestanden, würde er vermutet haben, daß man sie nach Indien geschickt hatte, um dort einen Ehemann zu finden, was ihr auch gelungen war, und jetzt reise sie zurück nach England...

Warum, zum Teufel, dachte er ausgerechnet jetzt an sie? Er hängte die zweite Laterne ab, wandte sich Orsini zu und wartete, während Riley zur Tür schlich, mit der rechten Hand den Schlüssel faßte, dabei die Linke auf den Messinggriff legte und über die Schulter nach hinten blickte, um sicherzugehen, daß er die Tür ungehindert aufreißen konnte.

Ramage warf einen prüfenden Blick auf die Männer hinter ihm: Martin, Jackson, Rossi, Stafford und dann die anderen, die nicht direkt an der Aktion in der Kabine beteiligt waren. Die Klingen der Entermesser schimmerten matt im Licht der Laterne; er sah, daß Orsini seinen Dolch in der Rechten hielt, aber auch noch ein Stilett in einer Scheide am Gürtel trug. Jackson hatte ein Entermesser und dazu noch ein Messer; er teilte inzwischen Paolo Orsinis Vorliebe für eine ›main gauche‹.

Er merkte, wie er auf die Maserung der Mahagonitür gegenüber starrte. »...Fräulein, fürs erste...« Die Passagiere würden gleich ziemlich rüde aufgeschreckt werden; das Brüllen seiner Leute würde in diesem geschlossenen Raum einen gewaltigen Lärm verursachen, außerhalb des Schiffes aber nicht zu hören sein. Wie wohl Aitken mit der Kaperung der *Amethyst* klarkam? Wenigstens hatte er keine Schüsse gehört...

Er gab Riley ein Zeichen, und dieser drehte den Schlüssel im Schloß und riß die Tür weit auf. Ramage stürzte sich in das dunkle Viereck, während die Männer hinter ihm ein mörderisches Gebrüll ausstießen. Im Licht der Laterne sah er die an den Deckenbalken befestigten Hängematten, die in verschiedenen Winkeln herunterhingen und sich wie riesige Bananen bauchten.

Mit einem Hieb durchtrennte er den Steert der vordersten zu seiner Rechten, machte einen Schritt zur Seite, um dem Körper auszuweichen, der aus der jetzt fast senkrecht hängenden Segeltuchhülle rutschte, und holte schon wieder zum nächsten Schlag aus, um den Steert der nächsten Hängematte zu kappen.

Orsini, solchermaßen um ›seine‹ Hängematte betrogen, bückte sich über den ersten Mann, hielt ihm seinen Dolch an die Kehle und schrie ihm gräßliche Drohungen ins Gesicht, wobei er jedoch nicht vergaß, den Arm mit der Laterne hochzuhalten.

Ramages Mann, noch in seine Hängematte verwickelt, begann zu fluchen und dachte offenbar, daß seine Genossen ihm einen Streich gespielt hätten, bis sich die Spitze von Ramages Entermesser in seinen Oberschenkel bohrte.

Aus der linken Hälfte der Kabine kam ein ärgerlicher Ruf, der in einem rasselnden Gurgeln erstickte, als wäre jemand die Kehle durchgeschnitten worden. Bei diesem Laut versuchte Ramages Mann auf die Beine zu kommen, wobei er versuchte, irgend etwas aus den Falten der Decke zu ziehen, die er als Kopfkissen benutzt hatte. Ramage gab ihm erneut einen leichten Stoß mit seinem Entermesser. »Keine Bewegung oder du stirbst!«

Der Mann ließ sich an Deck fallen. »Was is los?«

Das Gebrüll verstummte allmählich, als die letzte Hängematte abgeschnitten wurde, aber dem dumpfen Schlag, mit dem ein Entermesser ins Deck eindrang, folgte sofort darauf ein Schmerzensschrei, der jedoch so plötzlich abbrach, wie er begonnen hatte.

Ramages Laterne war nicht hell genug, um ihm zu zeigen, was da vor sich ging, und da er zu ungeduldig war, um die Meldungen seiner Männer abzuwarten, rief er: »Leute – haben wir sie jetzt alle?«

»Ich habe Ihren Mann, Sir«, sagte Martin.

»Ich habe meinen«, kam es von Orsini. »Lebend«, fügte er hinzu, »zumindest im Augenblick.«

»Diesen ›stronzo‹ hier, ich mußte ihn töten«, brummte Rossi. »Er haben eine Pistole in seiner Hängematte.«

»Gefangener, Sir«, meldete Jackson, und es folgte Staffords: »Mußte meinen ein bißchen mit dem Messer kitzeln, Sir, aber er wirds überleben.«

»Gefangener, Sir«, sagte auch Riley und fügte hinzu, seine Stimme warnend erhoben: »Ein toter Gefangener, wenn er sich nicht ruhig verhält.«

Ramage wandte sich an Orsini, der der Tür am nächsten stand. »Schaffen Sie Ihren Mann auf den Gang hinaus, so daß die anderen ihm Fesseln anlegen können.«

Der Freibeuter jaulte auf, als der Fähnrich ihm mit seinem Dolch auf die Beine half. »Auaah! Sie bringen mich ja um«, beklagte er sich.

»Ja, ich warte nur auf einen guten Grund!«

»Sie sind nichts als ein verdammter Mörder!«

»Sie waren bereit, die Geiseln umzubringen«, sagte Orsini, und nach dem kurzen Aufschrei des Mannes zu urteilen, hatte er diese Bemerkung durch eine weitere Ermunterung mit seinem Dolch unterstrichen.

Ramage sah zu, wie Orsini, die Laterne immer noch hochhaltend, seinem Gefangenen durch die Tür folgte, wo dieser von den anderen Mannschaftsmitgliedern der *Calypso* ungeduldig in Empfang genommen wurde.

»Jetzt Sie, Jackson...«

Der Amerikaner hatte seinen Gefangenen im Polizeigriff, so daß er in gebückter Haltung aus der Kabine stolperte.

»Sie warten noch einen Augenblick, Rossi. Stafford, sind Sie bereit?«

»Aye, aye, Sir. Hoch, du blutdürstiger Bastard. Nein, das machst du nicht«, sagte er als Antwort auf eine gemurmelte Beschwerde, die Ramage nicht genau hören konnte, »das war nur ein kleiner Ritzer. Beweg dich, oder ich stech dich ab wie ein Ferkel, das am Spieß gebraten werden soll!«

Riley folgte mit seinem Gefangenen, und mittlerweile war auch Ramages Gefangener auf die Beine gekommen und versicherte Martin und Ramage, daß auch er sich ergäbe und seine Pistole sich immer noch in den Falten seiner Hängematte befände.

Draußen im Gang sah Ramage mehrere Gefangene zusammengesunken an Deck liegen, und bevor er irgend etwas dazu sagen konnte, hatte einer seiner Männer Martins Gefangenen einen gewaltigen Boxhieb versetzt, der den Mann auf die Knie sinken ließ, als bete er um Gnade.

Einen Augenblick später streckte ihn ein zweiter Hieb zu Boden.

Ramage stand nur da und beobachtete die Szene. Acht Wächter gefangengenommen und nur einer von ihnen getötet. Er wußte, daß jeder einzelne seiner Leute von wildem Haß auf die Freibeuter erfüllt war, weil diese acht Männer nur aus einem Grund auf der *Earl of Dodsworth* waren: um die Geiseln zu ermorden, wenn sie es für notwendig erachteten. Männer, die es fertigbrachten, Frauen kaltblütig zu ermorden, hatte Jackson vor einigen Stunden bemerkt, dürften nicht viel Mitleid erwarten, wenn es ihnen an den Kragen ginge...

Ein Mann der *Calypso* kam den Niedergang herunter und zog einen Tampen hinter sich her. »Hier, schneidet euch ab, was ihr braucht; der Rest der Leine ist an Deck aufgeschossen – sie wird sich verkinken, wenn ich sie runterwerfe.«

Es dauerte ungefähr fünf Minuten, um die Männer zu fesseln. Ramage war gerade im Begriff, die Passagiere zu benachrichtigen, daß alles in Ordnung wäre und sie ihre Kabinen verlassen könnten, wenn sie wollten, als ihm der Tote einfiel.

»Rossi – nehmen Sie zwei Leute und schaffen Sie den Kerl an Deck. Wickeln Sie ihn in eine Hängematte, damit nicht überall das Blut heruntertropft.«

»Und wenn wir ihn an Deck haben, Sir?«

»Ich gedenke nicht, eine Trauerfeier für einen Mann abzuhalten, der im Begriff war, Frauen zu ermorden«, sagte Ramage ohne Umschweife.

»Si, va bene; capito Commandante.«

»Orsini, nehmen Sie zwei oder drei Männer und holen Sie die beiden Freibeuter her, die ich unter den Kanonen verstaut habe. Jackson, schaffen Sie diese Gefangenen wieder in die Kabine; wir werden sie einstweilen als Schiffsgefängnis verwenden. Martin, nehmen Sie alle Hängematten und sammeln Sie alle Waffen ein, die Sie finden. Ich werde Ihnen die Laterne halten, damit Sie sehen können, was Sie tun.«

Die Kabine bot einen merkwürdigen Anblick. Die sechs Hängematten, die nur an einem Steert baumelten und mit dem anderen an Deck schleiften, sahen aus wie Rinderhälften, die an Haken in einem Schlachthaus hingen, ein Eindruck, der noch durch den großen Blutfleck verstärkt wurde, der den unter ihnen liegenden Körper umgab, Rossi war gerade dabei, ihn umzudrehen.

Ramage begann plötzlich zu frösteln; sein Körper fühlte sich eiskalt an, obwohl er sich gerade noch einige Schweißtropfen von der Stirn und der Oberlippe abgewischt hatte.

»Es ist kalt, Sir«, bemerkte Jackson, und Ramage kam zum Bewußtsein, daß einige seiner Leute ebenfalls vor Kälte zitterten. Die lange Schwimmstrecke, die Aufregung, die Erleichterung, jetzt, wo alles vorbei war? Ramage begann, seinen Körper mit den Händen zu reiben; es reichte, daß sie froren, zum Teufel mit den Gründen.

»Die *Amethyst*...«

»Ja, Sir, darüber habe ich mir auch schon Gedanken gemacht«, sagte Jackson, und Ramage merkte, daß er in Gedanken laut vor sich hin geredet hatte. »Wenn irgend etwas schiefgegangen ist, würden wir inzwischen bestimmt Schüsse gehört haben. Für uns gibt es heut nacht nichts mehr zu tun. Hoffen wir, daß es morgen genausogut klappt.«

15

Nachdem er sorgfältig seinen Lendenschurz zurechtgerückt hatte, ging ein, ob seiner Fast-Nacktheit ziemlich verlegener Ramage den Gang entlang, klopfte an jede Tür und wiederholte, wie eine Litanei: »Hier spricht Kapitän Ramage von der Fregatte *Calypso*. Sie sind jetzt alle frei, aber gehen Sie bitte nicht an Deck.«

Mehrere Leute riefen ihm ihren Dank zu. Er hörte auch, wie ein Mann mit fester, klarer Stimme anfing, ein Gebet zu sprechen. Nachdem er auch an die letzte Tür geklopft hatte, machte er kehrt und ging zu der Kabine zurück, die jetzt als Gefängnis für sieben gefesselte Freibeuter diente; bewacht wurden sie von drei Matrosen der *Calypso*, die, mit Entermessern bewaffnet, auf Stühlen innen vor der Tür saßen.

Als er die vorletzte Tür zu seiner Rechten passierte, öffnete sie sich und eine Frau in einem langen Kleid kam heraus, das Gesicht im Schatten eines Spitzenschals verborgen, den sie um den Kopf gelegt hatte.

»Ihnen ist sicher kalt«, sagte sie, »und Sie sind immer noch naß. Kommen Sie, ich gebe Ihnen ein paar trockene Sachen.«

Sie ergriff seinen Arm und öffnete die Tür ihrer Kabine.

»Können wir uns diese Laterne ausborgen?«

Sie deutete auf die Laterne im Gang, die jetzt wieder an ihrem Haken hing, da die Männer der *Calypso* in der Kabine gegenüber eine eigene hatten. Als er sie vom Haken nahm, fragte sie: »Wo sind denn alle Ihre Leute? Es hörte sich an, als wären es Dutzende!«

»Die meisten sind jetzt an Deck. Die Freibeuter sind gefesselt und befinden sich unter Bewachung in der Kabine gegenüber.«

Sie führte ihn in ihre Kabine. »Und niemand wurde verwundet?«

»Keiner von meinen Leuten. Einer der Freibeuter wurde getötet.«

»Gut«, sagte sie ohne Bitterkeit. »Das sind wirklich gemeine Kerle. Sie hatten vor, uns alle umzubringen.«

»Aber doch nur, wenn wir versuchen sollten, Sie zu befreien!«

»Nein«, sagte sie ruhig. »Einige Tage, bevor Sie auftauchten, kamen sie zu der Überzeugung, daß sie keine Aussicht hätten, Lösegeld für uns zu kassieren. Oder vielmehr, daß das mit dem Lösegeld zu lange dauern würde. Daher beschlossen sie, uns alle an dem Tag umzubringen, an dem sie mit ihren Prisen davonsegelten. Als Sie kamen, überlegten sie sich sofort, daß sie uns als Geiseln benutzen konnten, um Sie von einem Angriff abzuhalten.«

Wieder wurde Ramage die Gerissenheit von Tomás und Hart klar, und er hoffte, daß Aitken und seine Leute die gleichen Schwierigkeiten hätten wie Rossi.

Als hätte sie seine Gedanken erraten, fragte sie, während sie einen Koffer aufschloß: »Was ist mit den Passagieren auf den anderen Schiffen?«

»Ich hoffe, daß auch die Leute auf der *Amethyst* inzwischen von meinen Leute gerettet worden sind.«

»Und die übrigen – die auf der *Heliotrope* und der *Friesland*?«

»Die nehmen wir uns morgen nacht vor. Heute nacht, meine ich.«

»Haben Sie vor, zu den Schiffen hinüberzuschwimmen?« Sie stand auf und sah ihn an, aber der Schal warf immer noch einen Schatten auf ihr Gesicht.

»Ja. Hätten wir Boote benutzt, hätte man uns entdeckt.«

»Aber Sie haben doch sicher das Ihre getan, wenn Sie uns gerettet haben.«

Sie bewußt mißverstehend, sagte er: »Die *Earl of Dodsworth* ist nur ein Schiff von vieren mit Passagieren an Bord, obgleich das andere Kaperschiff – ja, es gibt noch ein zweites – jederzeit mit weiteren Prisen aufkreuzen kann.«

»Nein, das meinte ich nicht«, sagte sie. »Sie erwähnten, daß einer Ihrer Leutnants unterwegs sei, um die *Amethyst* zu befreien. Ich meine, können nicht zwei andere Ihrer Leutnants die restlichen beiden Schiffe erobern? Ist es denn üblich, daß der Kommandant einer Fregatte nackend herumschwimmt und alles alleine macht?«

»Ich bin nicht nackend«, sagte er steif, »und Sie haben mir angeboten...«

»Natürlich!« Sie hob den Deckel des Koffers. »Verzeihen Sie, ich kenne mich mit der Marine nicht aus und war nur neugierig. Von einem Oberst, der ein Bataillon befehligt, wird nicht erwartet, daß er jede Patrouille selbst führt, soviel weiß ich jedoch.«

»Da wissen Sie mehr als ich«, sagte Ramage ironisch. »Ich habe keine Ahnung, wie die Armee ihre Angelegenheiten regelt.«

»Nun«, sie warf ihm ein Paar Breeches zu und dann ein Hemd und eine Uniformjacke, die von sehr dunkler Farbe war, im Lampenlicht schwierig zu erkennen, wahrscheinlich grün mit einem schweren Schnurbesatz über der Brust. »Sie werden für den Rest des Tages wie ein Soldat aussehen. Ich bin überzeugt, es wird Ihnen alles passen. Wollen Sie auch Schuhe? Sie sind in einem anderen Koffer. Strümpfe, eine saubere Halsbinde – ich glaube nicht, daß Sie weiter Ihre eigene tragen wollen. Möchten Sie auch einen Hut? Nein? Sie würden gut damit aussehen.«

Ramage hatte die Laterne abgestellt, als sie ihm die Kleidungsstücke zuwarf. Diese tiefe, volltönende Stimme; er hörte sie nicht nur mit den Ohren, und als er die Dame ansah, war er dankbar für die Tatsache, daß er sich etwas hinter dem Kleiderbündel verbergen konnte.

»Sie scheinen – äh, über Männerkleidung gut unterrichtet, ›Fräulein, fürs erste‹.«

»Ja.« Sie klang nicht unfreundlich; sie stimmte nur sachlich dem zu, was er gerade gesagt hatte. Sie schloß den Deckel des Koffers. »Sehen wir mal, ob Ihnen die Schuhe passen. Kommen Sie, setzen Sie sich auf diesen Koffer; der andere steht gleich daneben.«

Sie schloß ihn auf, und als Ramage sich gesetzt hatte, hielt sie bereits ein Paar Schuhe in der Hand, an denen schwere Silberschnallen befestigt waren. Ein halbes Dutzend weiterer Schuhe, die sie herausholte und an Deck setzte, waren ebenfalls mit Silberschnallen versehen. Der Eigentümer mußte ein wohlhabender Mann sein; die meisten Leute nahmen die Schnallen ab, wenn sie die Schuhe wechselten, und befestigten sie an dem neuen Paar.

»Diese hier passen gut.«

»Sie sehen reichlich groß aus.«

»Sie werden genau richtig sein, wenn ich Strümpfe anziehe.«

»Natürlich«, sagte sie, offensichtlich ärgerlich über sich selbst, weil sie daran nicht gedacht hatte; sie schob Ramage beiseite und suchte noch einmal im ersten Koffer herum. »Haben wir sonst noch etwas vergessen?«

»Nein, ich bin jetzt gut ausgestattet. Würden Sie dem Eigentümer danken, daß ich Teile seiner Garderobe benutzen darf?«

»Das wird nicht möglich sein, also können Sie sich bei mir bedanken. Ich überlasse Ihnen einstweilen die Kabine, damit Sie sich ankleiden können. Ich warte nebenan. Vielleicht klopfen Sie, wenn Sie fertig sind.«

Damit war sie verschwunden, und Ramage hatte immer noch keine klare Vorstellung davon, wie sie aussah. Ein ausgeprägter Sinn für Humor – es machte ihr Spaß, ihm vorzuenthalten, wem die Kleider gehörten, und sie vermied geschickt jeden Hinweis, ob sie einem Ehemann oder einem Bruder gehörten. Es war jedenfalls ein junger Mann, stellte er nach einem Blick auf den Bund der

Breeches fest. Keinesfalls ihr Vater oder ein Onkel. Er betrachtete die Knöpfe an der Jacke. Ein seltsames Muster war in sie eingeschnitzt – handelte es sich vielleicht um Ebenholz? Jedenfalls trugen sie nicht die übliche Nummer eines der Infanterieregimenter, andererseits war der Säbel, den er im zweiten Koffer gesehen hatte, auch nicht der Säbel eines Kavalleristen. Na ja, er hatte einen ganzen Tag vor sich, in dem er mehr über die Dame herausfinden konnte...

Die erste kleinere Krise kündigte sich schon beim Frühstück an. Stafford fachte zu gewohnter Zeit das Feuer in der Kombüse an, während Rossi überall nach Lebensmitteln für die Passagiere suchte. Ramage und Orsini hatten vor, sie mit einem sorgfältig zusammengestellten Mahl zu überraschen, um ihre Befreiung zu feiern, denn Aitken hatte bereits signalisiert, daß er die *Amethyst* genommen hätte.

Aber nirgendwo fanden sich Lebensmittel. Als ein verlegener Rossi meldete, daß er nur einfache Seemannskost finden könne, wurde Ramage klar, daß er unter Deck gehen mußte und ›Fräulein, fürs erste‹ fragen mußte. Er war absichtlich unter dem Halbdeck geblieben, wo er von den anderen Schiffen aus nicht gesehen werden konnte, weil seine Armeeuniform nicht zu verkennen war und Southwick nie berichtet hatte, daß er jemanden in einer solchen Uniform an Deck gesehen habe. Ramage hatte beabsichtigt, die Passagiere offiziell zu begrüßen, nachdem sie ihr Frühstück eingenommen hatten und die Tische in der großen Kabine abgedeckt waren.

Inzwischen fiel auch unter Deck etwas Tageslicht ein und ließ das Licht der Laterne schwach und gelblich erscheinen. Der Wind schlief noch, und die Luft unten im Gang war verbraucht und still, erfüllt vom rußigen Geruch brennender Kerzendochte.

Ramage fühlte sich befangen in der fremden Uniform. Seine Leute trugen schon wieder ihre gewohnte Kleidung, Hemd und Hose; ein Sack auf dem Floß (inzwischen natürlich längst an Deck gehievt und außer Sicht) hatte den Matrosen als schwimmende Garderobe gedient, und damit hatten sie mehr Voraussicht gezeigt, dachte Ramage etwas kleinlaut, als er selbst. Er nickte den Männern zu, welche die Gefangenen bewachten, und klopfte an die Tür der Dame, wobei er damit rechnete, einige Minuten warten zu müssen, während sie sich anzog. Jetzt würde sie es nicht mehr so einfach haben, ihr Gesicht zu verbergen, dachte er, denn er war zu der Überzeugung gekommen, daß sie den Schal deswegen über ihren Kopf gelegt hatte, weil sie wußte, daß sie reizlos war und den unerwarteten und kurzen Flirt mit dem Kommandanten der Fregatte genoß. Sicher hatte sie ein langes Pferdegesicht, glatte Haare, eine lange Knollennase, die bei kaltem Wetter rot wurde, und einen Mund mit dünnen Lippen. Sie würde natürlich bereitwillig lächeln und darauf aus sein zu gefallen, wie das jede Gesellschafterin einer älteren Dame tun würde…

An diesem Punkt seiner Überlegungen hatte sich die Tür geöffnet, und das Gesicht, das ihn anlächelte, war wunderschön. Es war so, als stünde er vor einem Porträt von Lely, bei dem die Türöffnung den Rahmen bildete. Es hätte sehr gut ›La Belle Inconnue‹ heißen können.

»Sie sollten nicht so starren«, sagte die Stimme.

»Ich starre nicht, ich bin überwältigt«, sagte Ramage mit einer Stimme, die er nicht als die seine empfand. »Frühstück«, fügte er etwas lahm hinzu.

»Oh, Sie sind hungrig? Heute morgen sind Mrs. Donaldson und ich dran. Die Zubereitung dauert ungefähr eine halbe Stunde.«

Ramage nahm sich zusammen und machte eine kurze Verbeugung. »Madam, Sie –«

»– ›haben mich überrascht‹«, soufflierte sie ihm.

»– haben mich überrascht«, wiederholte Ramage dankbar und lächelte. »Ich war eigentlich gekommen, um ›Fräulein, fürs erste‹ zu fragen, wo meine Männer die Nahrungsmittel finden können, für die Passagiere das Frühstück zuzubereiten.«

»Auf einem John-Company-Schiff verpflegen sich die Passagiere selbst.« Offensichtlich gefielen ihr solch professionelle Wendungen. »Und kleiden bei Bedarf auch Besucher ein«, fügte sie schelmisch hinzu. »Ich hole jetzt Mrs. Donaldson. Ich fürchte, Ihr unerwartetes Auftauchen hat die ganze Routine durcheinander gebracht, die wir uns angewöhnen mußten, als die Piraten unsere Mannschaft auf Land brachten.«

»An Land«, konnte er nicht umhin, sie etwas zu necken. »Leute gehen an Land; nur Schiffe geraten auf Land, gewöhnlich unfreiwillig.«

»Kapitän, Sie müssen mir unbedingt Unterricht in der Seemannssprache geben; das wird zur Belebung meiner Konversation von unschätzbarem Wert sein, wenn ich erst wieder in die Welt der Salons zurückgekehrt bin.«

Das Vertrackte an der Sache war, daß er nicht wußte, ob sie das ernst meinte oder ihn nur auf den Arm nahm. Sie lächelte und ging an ihm vorbei zu einer Tür im Gang, klopfte und rief: »Mrs. Donaldson... wir sind für das Frühstück zuständig, und wir haben einen Gast.«

»Drei Gäste«, rief Ramage mit dem Gedanken an Martin und Paolo. Als sie ihm bestätigend zuwinkte, dachte er an Gianna, und plötzlich schien diese ihm zeitlich und räumlich noch weiter entrückt als sonst.

Die große Kabine der *Earl of Dodsworth* war eindrucksvoll. Querschiffs, vor den Heckfenstern, stand ein langer Tisch mit jeweils einem kleineren auf jeder Seite, parallel zur Mittellinie, so daß ein offenes Viereck entstand, in dem die Stewards zwischen den Tischen und der vorne stehenden großen Anrichte hin und her laufen konnten.

Als Ramage, gefolgt von Martin und Paolo, den Raum betrat, sah er ein halbes Dutzend Leute am großen Tisch sitzen, bei dem es sich ganz offensichtlich um den »Kapitänstisch« handelte – während sechs weitere an dem einen Seitentisch und zwei Paare an dem anderen saßen. Die Dame kam ihm durch die Kabine entgegen; offensichtlich hatte sie die Rolle der Gastgeberin übernommen.

Sie hatte das Licht der Heckfenster im Rücken. Sie trug ein leichtes, senffarbenes Hauskleid, eng in der Taille und über der Brust, aber ausladend über den Hüften. Ihr Haar war nicht ganz blond, vielleicht eher goldbraun, aber das Licht, das sich darauf spiegelte, zeigte, daß es nur locker gebürstet und nicht geflochten war.

Ramage vermied ganz bewußt, ihr ins Gesicht zu sehen. Er hatte bemerkt, daß alle Männer und Frauen in der Kabine ihre Augen auf ihn gerichtet hatten, und jetzt erhoben sich die Männer, und die Frauen begannen leicht in die Hände zu klatschen.

Die Dame deutete einen Knicks an und sagte: »Weil ich die einzige bin, die Ihnen leibhaftig begegnet ist«, sie hielt einen Moment inne und Ramage sah auf. Es war nicht mißzuverstehen, was sie meinte. »...ist mir die Aufgabe zugefallen, Sie – Sie alle drei«, korrigierte sie sich schnell, »den hier Anwesenden vorzustellen.«

Ramage ergriff Paolos Arm. Gleich würde er ihren Namen hören!

»Darf ich Ihnen Leutnant Martin und Fähnrich Graf Orsini vorstellen.«

Paolo neigte sich zu einem Handkuß über ihre Hand.

»Ah, wir haben über die Taten des Grafen in einer neueren Ausgabe der ›Gazette‹ einiges gelesen«, sagte sie, und niemand außer Ramage schien aufzufallen, daß sie ihren eigenen Namen nicht genannt hatte.

Sie führte Ramage an den großen Tisch und machte ihn zunächst mit dem älteren Herrn bekannt, der aus der benachbarten Kabine gekommen war, sowie einer grauhaarigen Dame, die neben ihm saß, einer Frau, deren feingezeichnetes Gesicht immer noch von reifer, betörender Schönheit war.

»Der Marquis von Rockley, die Marquise. Darf ich vorstellen, Kapitän Ramage, Leutnant Martin und Fähnrich Graf Orsini...«

Rockley? Irgendwo in Cambridgeshire. Freunde der Temples und von Pitt. Während der weiteren Vorstellungszeremonie versuchte Ramage, das Paar genauer einzuordnen, aber schon wurde er dem nächsten Paar vorgestellt. Der Name war ihm als der eines Gutsbesitzers aus Kent geläufig, der auch Angehöriger des Parlaments war. Der nächste Mann war ein Offizier im Dienst der Ehrenwerten Ostindischen Gesellschaft, und Ramage entschuldigte sich für seine entliehene Uniform, wobei er gleichzeitig zugab, daß er nicht wüßte, zu welchem Regiment sie gehörte. Der Mann lachte ein wenig zu laut über die Vorstellung eines Marineoffiziers in der Uniform eines Soldaten, aber die Frau neben ihm sah etwas verlegen aus.

Ramage warf ›Fräulein, fürs erste‹ einen Blick zu, aber sie sah zur Seite, ganz bewußt, wie es schien. Was war so ungewöhnlich an dieser Uniform?

Schließlich, nachdem die letzte Vorstellung erledigt war und bevor man sie zu ihren Stühlen geleitete, stand der alte Marquis auf und klopfte an sein Glas.

»Wenn Sie mir einen Augenblick zuhören wollen. Sie alle wissen, wer dieser tapfere Kapitän ist, der uns erst eine schlaflose Nacht und dann unsere Freiheit beschert hat. Ich möchte ihm in unser aller Namen danken und ihn bitten, diesen Dank auch seinen Offizieren und seinen Männern zu übermitteln. Wir wissen, daß ihm und seinen Männern heute nacht noch eine weitere Aufgabe bevorsteht, und unsere Gebete werden sie begleiten.«

Darauf war eine Antwort nicht vonnöten, und unter Händeklatschen und herzlichen »Hört hört«-Rufen setzte sich Ramage an das Kopfende des Tisches, wo er den Marquis zu seiner Rechten und ›Fräulein, fürs erste‹ zu seiner Linken fand. Gerade, als er das weiße Tischtuch und die Servietten bemerkte und sich fragte, was jetzt wohl als nächstes passieren würde, kam Rossi mit einer riesigen silbernen Teemaschine durch die Tür, gefolgt von Jackson und Stafford, die Schüsseln auf Tabletts hereintrugen.

Die Dame lächelte über Ramages Verwirrung. »Eine Überraschung für Sie. Wir haben uns das ausgedacht, als wir am Kombüsenherd schufteten!«

»Eine solche Bedienung wird mir auf meinem Schiff nicht zuteil«, beteuerte Ramage mit leichtem Spott. »Ich habe einen unglaublich langsamen Steward...«

»Die Bedingungen des Friedensvertrages«, sagte der Marquis, »könnten Sie mir ungefähr sagen...?«

Ramage, dem klar wurde, daß dies die erste Information sein würde, die der Marquis aus einer halbwegs offiziellen Quelle erhielt, entschuldigte sich, daß er nicht früher darauf zu sprechen gekommen sei, und berichtete alles, woran er sich erinnern konnte.

»Eine traurige Geschichte«, bemerkte der Marquis. »Wir haben den Krieg gewonnen und jetzt den Frieden verloren. Bonaparte wird es wieder versuchen. Aber sagen Sie mir doch bitte, was führt Sie zu dieser entlegenen Insel?«

Ramage berichtete, daß die Insel im Vertrag nicht erwähnt wurde und daß die britische Regierung beabsichtige, sich diese Tatsache zunutze zu machen.

Der Marquis nickte. »Ich stelle es mir nicht besonders reizvoll vor, hier stationiert zu sein«, meinte er.

Kurz darauf fragte er: »Kennen Sie Indien, Ramage?«

Ramage schüttelte den Kopf. »Ihre Lordschaften haben mich leider nur nach den Westindischen Inseln und ins Mittelmeer geschickt.«

»Das Frühstück ist dort eine geselligere Angelegenheit als in England. Es ist nicht ungewöhnlich, daß dort unerwartet Gäste zu dieser Mahlzeit auftauchen.«

»Auch auf der Ilha de Trinidade ist das nicht unbekannt«, sagte ›Fräulein, fürs erste‹ und lachte.

»Ich hoffe, du hast dich gebührend entschuldigt, daß wir keine formelle Einladung geschickt haben, Sarah«, sagte der Marquis lächelnd.

»Seine Lordschaft hat uns seine Karte noch nicht überreicht, Vater.«

Bei diesen Worten sah sie ihn an, und er bemerkte, daß sie eine Frau war, die mit den Augen nicht nur lächeln konnte, sondern auch sprechen. In diesem Moment sagten ihre Augen: »So – jetzt kennen Sie meinen Vornamen, und Sie haben auch meine Eltern kennengelernt. Aber Sie fragen sich immer noch, was es mit der Uniform auf sich hat, die Sie tragen.«

Dies alles vollzog sich innerhalb eines Wimpernschlags, und in launigem Ton sagte Ramage entschuldigend: »Mein Kartenetui befindet sich leider in einer anderen Uniform, die ich vergaß mitzubringen.«

»Machen Sie sich nichts daraus«, sagte der Marquis und schob seine Tasse Rossi zu, der nicht gewohnt war, sich mit einer großen Teemaschine mit zwei Hähnen herumzuschlagen. »Wir haben Sie halbwegs erwartet. In der Tat hat mich Ihre Ankunft eine Guinea gekostet.«

Ramage hob fragend die Augenbrauen, und Sarah sagte: »Mein Vater glaubte nicht, daß es Ihnen gelingen würde, uns zu retten, bevor die Piraten uns die Kehle durchschneiden...«

»Und die Guinea?«

»Oh, ich wettete mit ihm um eine Guinea, daß Sie schon eine Möglichkeit finden würden.«

»Offenbar ist er ein Optimist! Wenn er gewonnen hätte, wäre er wohl kaum in der Lage gewesen zu kassieren.«

Sie zuckte mit den Schultern, als wolle sie jeden Gedanken ans Verlieren abtun. »Schließlich haben Sie ja eine Möglichkeit gefunden.«

Ihre nüchterne Einstellung zu dem ganzen Geschehen ärgerte Ramage; allzuviel wurde von ihr als selbstverständlich angesehen.

»Wir werden nicht wissen, ob wir erfolgreich waren, bis die Sonne untergegangen ist.«

Der Marquis merkte sofort, daß Ramage nicht aus Verärgerung gesprochen hatte.

»Wieso, Kapitän? Schließlich sind wir doch jetzt frei, und unsere früheren Bewacher sind unsere Gefangenen.«

»Das stimmt; aber nehmen wir an, ein Boot kommt von der *Lynx* herüber, und man stellt fest, daß keine Wächter und Geiseln mehr da sind, weder hier noch auf der *Amethyst*...«

»Was würden sie unternehmen?« fragte die Marquise.

»Ich kann nur raten, Madam. Sicherlich würden sie Alarm schlagen, was bedeutet, daß die Geiseln auf der *Heliotrope* und der *Friesland* ermordet werden; dann wird die *Lynx* wahrscheinlich versuchen zu entkommen.«

»Wird ihr das gelingen?« Sarahs Stimme war fast ein Flüstern.

»Das bezweifle ich. Mein Zweiter Leutnant, der jetzt das Kommando auf der *Calypso* führt, hat seine Befehle.«

»Aber hat er auch genug Erfahrung?«

Ihre Frage klang so schroff, daß ihr Vater murmelte: »Sarah!«

Ramage stellte plötzlich fest, daß er jeden Appetit auf das Frühstück verloren hatte. »Alle meine Offiziere haben viele Gefechte mitgemacht. Ich könnte mir vorstellen, daß die beiden, die sich jetzt an Bord der *Calypso* befinden, öfter im Gefecht gewesen sind, als die Menschen in dieser Kabine einen Vollmond haben aufgehen sehen. Wenn Sie mich jetzt entschuldigen wollen.«

Ramage legte die Hände auf die Tischplatte und begann, seinen Stuhl zurückzuschieben.

Sarah berührte seine linke Hand mit den Fingerspitzen und murmelte: »Es tut mir leid; bleiben Sie doch bitte. Verderben Sie uns doch nicht unser erstes Frühstück.«

»Unser einziges«, murmelte Ramage, »und ich fühle mich nicht besonders behaglich in diesen absurden Kleidungsstücken.«

Sie war die einzige, die seine Bemerkung hören konnte, und sie wurde blaß und zog ihre Hand zurück. »Das war Ihrer nicht würdig.«

Der Marquis, der geheime Strömungen spürte, die er aber nicht verstand, wandte sich ab, um sich mit seiner Frau zu unterhalten. Ramage wurde klar, daß er jetzt nicht gehen konnte, ohne alle Anwesenden vor ein Rätsel zu stellen oder in Verlegenheit zu bringen, ganz abgesehen davon, daß ihn das auch der Gesellschaft der Frau berauben würde, mit der er gerade jetzt zusammensein wollte. Warum benahm er sich bloß so? Normalerweise fühlte er sich nicht durch Worte beleidigt, die offensichtlich nur als gewöhnliche Bemerkungen gedacht waren. Warum dann jetzt, fragte er sich selbst. Die Antwort war fast niederschmetternd einfach: Er führte sich wie ein verzogenes Kind auf, weil er gedacht hatte, daß Sarah, wie indirekt und wie sanft das auch immer geschah, Kritik an ihm übte. Nicht einmal das – höchstens sein Urteilsvermögen in Zweifel zog. Nicht einmal das – und Ramage wiederholte dabei die Worte, als wolle er sich bewußt die Hölle heiß machen – nicht einmal das: Weil sie nämlich nichts davon wußte, wie ein Schiff geführt wurde und auch nichts über die Offiziere der *Calypso* (ausgenommen ihn selbst und Paolo, dessen Name ihr sicher im Gedächtnis geblieben war). Sarah wußte nicht und konnte auch nicht wissen, daß Wagstaffe und Southwick mehr im Gefecht als im Salon zu Hause waren.

»Wird mir vergeben?« fragte sie leise, und der Ton ihrer Stimme verriet, daß ihr die Antwort wichtig war.

»Es gibt nichts zu vergeben, aber ich vergebe Ihnen vorsorglich zweimal, damit Sie eine Reserve haben, wie einen päpstlichen Dispens.«

Sie lächelte mit den Augen. »Wir machen Fortschritte im Vergleich zu unserer ersten Begegnung!«

Unwillkürlich senkte er kurz den Blick; die Szene der ersten Begegnung, dachte er, ist jetzt züchtig bedeckt. Als er wieder aufsah, stellte er fest, daß sie etwas rot geworden war. Ihre Augen richteten sich auf seine linke Hand, als hätte sie einen Moment die Kontrolle verloren, und er wußte, daß sie das gleiche dachte und daß die Erinnerung nicht so unangenehm war, wie sie hätte sein können.

Stafford erschien mit einem Korb warmer Brötchen. »Etwas hart, Sir und Ma'am«, sagte er entschuldigend, »aber sie sind von gestern und nur aufgewärmt. Keine Zeit, um heute morgen noch frische zu backen.«

»Danke, Stafford«, sagte sie mit einem Lächeln, das Ramage wider alle Vernunft eifersüchtig auf den Cockney machte, der jetzt zu den anderen Tischen hinüberging.

»Sie kennen Stafford?«

»O ja – Sie wissen doch, wir haben uns alle zusammen in der Kombüse abgeplagt, Jackson, Rossi und Stafford. Sie sind auch sehr stolz.«

»Wieso denn das?«

»Sie haben sich der Tatsache gerühmt, daß sie länger unter Ihnen gedient haben als irgend jemand anders auf der *Calypso*. Sie erzählten Mrs. Donaldson und mir, wie sie Ihnen halfen, die Tante von Fähnrich Orsini zu retten – sie ist doch seine Tante, nicht wahr, die Marchesa di Volterra?«

»Ja, die Tante«, sagte er mit so ausdrucksloser Stimme, wie es ihm nur möglich war.

»Ich hatte den Eindruck, sie wäre sehr viel jünger. Und sehr schön.«

»Sie ist jung. Nur wenige Jahre älter als Paolo.«

»Und er ist ihr Erbe?«

»Bislang ja.«

»Sie meinen, solange sie nicht heiratet und einen eigenen Sohn hat.«

»Ja«, sagte er. »Einen Sohn oder eine Tochter. Aber er ist der Erbe, wenn sie kinderlos stirbt.«

»Ist denn das wahrscheinlich?«

»Sie verließ England kürzlich, um nach Volterra zurückzukehren. Daher weiß ich nicht, wie es ihr inzwischen ergangen ist.«

»Und reist durch Frankreich? Ist das nicht gefährlich? Ich hätte nicht gedacht, daß Napoleon...«

»Wir haben versucht, sie zu warnen.«

»Aber ›Noblesse oblige‹.« Das war eine sachliche Feststellung und kein Urteil.

»Noblesse verpflichtet einen kaum dazu, den Kopf in die Schlinge zu stecken«, sagte er bitter.

»Vielleicht kennt die Marchesa ihre eigenen Leute am besten.«

»Nein, sie muß noch lernen, daß ›Non ogni giorni e festa‹.«

»Mein Italienisch ist nur dürftig, aber ich verstehe etwas Latein. Heißt es: ›Nicht jeder Tag ist ein Fest‹?«

»Ja, und jetzt versuchen Sie es mit: ›Non ogni fiore fa buon odore‹.«

»Hmm... ›Nicht jede Blume macht einen guten Geruch‹?«

»›Nicht jede Blume riecht lieblich‹ – es ist nicht immer möglich, wörtlich zu übersetzen. Die Marchesa vertraut auf Bonapartes Vertrag.«

»Ihr Italienisch hört sich sehr fließend an.«

Wollte sie das Thema Gianna fallenlassen?

»Das sollte es auch. Ich habe meine Kindheit dort verbracht.«

»Und Sie lieben das Land.«

»Ja, das trägt natürlich dazu bei. Aber auch mein Französisch und meine Spanischkenntnisse sind recht ordentlich, obwohl diese Nationen im Moment nicht zu meinen Favoriten gehören.«

Der plötzliche Geruch warmer Speisen ließ ihn den Kopf wenden, und er sah seine drei Leute Schüsseln mit Deckeln auf der Anrichte abstellen. Jackson kam herüber und flüsterte mit Ramage, der sich daraufhin an Sarah wandte.

Sie nickte. »Wir bedienen uns immer selbst. Es duftet köstlich.«

Rossi kam mit mehreren Hemden in der Hand den Niedergang zum Halbdeck herauf. Er erwies Ramage eine Ehrenbezeigung und sagte: »Für die ›Wächter‹, Sir. Ich hab die hellsten Teile genommen, die die Gefangenen trugen, Sir, damit sie auch gut von der *Lynx* gesehen werden.«

Ramage winkte den fünf Leuten von der *Calypso*, die die Rolle der Wächter beim Bordspaziergang der Geiseln übernehmen sollten.

»Ich hoffe, man beobachtet uns von der *Lynx*, so daß Ihre Vorstellung nicht völlig umsonst ist. Ach, und übrigens, Sie sollen jetzt wie Freibeuter wirken. Schlagen Sie keine der ›Geiseln‹, aber geben Sie sich keinesfalls freundlich. Halten Sie sich zwei, drei Yards von ihnen entfernt.«

Er versuchte sich an den Bericht von Bowen zu erinnern, der die *Earl of Dodsworth* einige Tage beobachtet hatte. Acht Frauen gingen eine halbe Stunde lang an Deck hin und her; danach acht Männer, die ebenfalls für eine halbe Stunde an Deck bleiben durften. Sie benutzten die achtere Niedergangstreppe. Die Wächter trugen Entermesser und, wie Bowen vermutete, Pistolen, obwohl er das wegen der Entfernung nicht genau feststellen konnte.

Die Sonne stand jetzt hoch über der Insel und begann, das Deck aufzuheizen. Ramage sah ein halbes Dutzend Tropikvögel über der nördlichen Landspitze kreisen, und auf den Westhängen der Berge wurden die Schatten kürzer. Die Decks der *Earl of Dodsworth* waren seit Tagen nicht geschrubbt worden, und ihr Kapitän wäre sicher schockiert, wenn er sehen könnte, wo die Wächter überall Rum vergossen und Tabaksaft ausgespuckt hatten. Er ging den Niedergang hinunter und rief den Frauen zu, an Deck zu kommen.

Für einen unbefangenen Beobachter war auf der *Calypso* alles wie sonst. Die beiden von den Landmessern benutzten Boote lagen vor dem Strand vor Anker, und er hatte die Männer – klein wie Ameisen auf die Entfernung – beobachtet, wie sie ihren langen Aufstieg in die Berge begonnen hatten. Das Boot, dessen Besatzung die Lotungen vornahm, durchquerte langsam die Bucht, wobei es alle paar Yards für den Lotwurf stoppte. Der Bootsmann würde heute das Boot von Martin und Paolo befehligen, mit Kniebundhosen, Rock und Hut als Offizier verkleidet. Irgendwann am Morgen würde das Boot, anscheinend ganz zufällig, in der Nähe der *Earl of Dodsworth* vorbeikommen, für den Fall, daß irgendwelche Nachrichten übermittelt werden mußten.

Sarah, die versprochen hatte, ihren neuen ›Wächtern‹ genaue Anweisungen zu geben, hielt ihr Wort. »Einer von Ihnen sollte jetzt über Bord spucken – nun ja, eigentlich nicht spucken, sondern... Es machte den Kerlen Spaß, wenn sie uns in Verlegenheit bringen konnten.«

»Spurgeon«, rief Ramage. »Erleichtern Sie sich an der Backbord-Eingangspforte.«

»Na ja, Sir... Ich... äh, nun, ich glaube, ich kann nicht, Sir, ich war gerade, bevor die Ladies...«

»Tun Sie so!« knurrte Ramage.

Nach ein paar Minuten kam Sarah an der Stelle vorbei,

wo Ramage in der Abdeckung des Halbdecks wartete. »Sobald wir uns etwas an Deck verteilt hatten, waren die Wächter beunruhigt und haben uns wieder zusammengetrieben.«

Riley hatte ihre Worte gehört und begann zu rufen: »Los, Ihr Frauen! Bleibt zusammen; ihr promeniert hier doch nicht zur Kirche, verdammt noch mal!«

»Sehr gut«, sagte Sarah. »Genauso haben sie mit uns geredet.«

In diesem Augenblick hörten sie einen dringenden Ruf von Jackson: »Ein Boot verläßt die *Lynx*!«

Das mußte ja passieren, dachte Ramage bitter, während er seine Uniformjacke auszog. Ein Mann in einem weißen Hemd konnte auch als Wächter durchgehen, weil das Schanzkleid die Breeches verdeckte. Mit einem Teleskop, das er in der Schublade des Kompaßhäuschens entdeckt hatte, sah er durch eine Stückpforte zur *Lynx* hinüber. Vier Mann an den Riemen, zwei auf den Achtersitzplätzen. Es waren aber nicht Tomás oder Hart. Auch schien das Boot keine besondere Eile zu haben. Was die Besatzung auch immer vorhatte und wohin sie auch unterwegs waren, es handelte sich um eine Routinesache. Wenn es zur *Earl of Dosworth* wollte...

Mit Ausnahme der Marquise, die achtern in einem Stuhl saß, standen die Frauen in einer Gruppe beisammen, wobei Sarah ihm am nächsten war. Sie hatte schnell einen Weg gefunden, um mit ihm reden zu können.

»Ach, Kapitän...«

Er drehte sich um und senkte das Teleskop.

»Ja, ›Fräulein, fürs erste‹?«

»Lady Sarah, Kapitän...« Ramage erkannte die nörgelnde Stimme von Mrs. Donaldson, einer grobknochigen Frau, die mit dem Besitzer mehrerer Jutefabriken in Madras verheiratet war. »Schließlich ist ihr Vater doch ein Marquis.«

»Vergeben Sie mir, Lady Sarah«, sagte Ramage und war sich nach ihrem ungeduldigen Kopfschütteln darüber im klaren, daß er nicht mehr über sie wußte als vorher. Als Lady Sarah konnte sie die unverheiratete Tochter des Marquis sein, aber wenn sie jemanden geheiratet hatte, der keinen Titel besaß, würde sie immer noch Lady Sarah sein. Nur dann, wenn sie jemanden mit einem eigenen Titel geheiratet hatte, hätte sie ›Lady Soundso‹ heißen können. Aber hol's der Teufel, er konnte sich nicht einmal an den Familiennamen der Rockleys erinnern!

»Kommt das Boot hierher?« wollte Mrs. Donaldson wissen.

»Zu uns oder zur *Commerce*. Ich kann es noch nicht genau sagen, weil die *Commerce* zwischen uns und dem Kaperschiff liegt.«

»Die Geiseln auf der *Commerce* – haben Ihre Männer sie noch nicht gerettet?«

»Auf der *Commerce* befinden sich keine Passagiere, soweit wir feststellen konnten.«

»Was passiert denn, wenn das Boot zu uns kommt?«

»Wenn die Männer an Bord kommen, haben wir das Spiel verloren.«

»Warum? Das ist doch lächerlich! In dem Boot können doch höchstens ein Dutzend Leute sein!«

»Ein halbes Dutzend«, korrigierte er, auch gerade deswegen, weil die Zahl keine Rolle spielte.

»Nun, Sie haben zwei Dutzend! Sie können sie leicht gefangennehmen«, erklärte Mrs. Donaldson. »Sogar wir Frauen könnten mit ihnen fertig werden.«

»Ich zweifle nicht daran«, sagte Ramage sanft. »Aber wenn Sie sie erst getötet oder gefangengenommen haben, was soll dann geschehen?«

Als Mrs. Donaldson ihm ihre Ansichten kundtat, sah Ramage, daß Sarah das Problem inzwischen verstanden hatte; sie biß sich nachdenklich auf ihre Unterlippe, während Mrs. Donaldson herablassend verkündete: »Nun, wir sperren sie zu unseren anderen Gefangenen und sagen diesem gräßlichen Freibeuter, daß wir jetzt Geiseln in der Hand haben und daß wir sie alle aufhängen werden, falls er nicht verschwindet. Ist das nicht so, Ladies?«

Bestätigung heischend, blickte sie in die Runde.

Zwei von ihnen sagten: »Ja, natürlich«, mit dem Eifer von Schwachköpfen, während die anderen ihren Blick auf Sarah richteten, vielleicht, weil sie sich fragten, was diese so unschlüssig machte, vielleicht aber auch, weil sie Mrs. Donaldson inzwischen kannten und sich ihrer intellektuellen Unzulänglichkeit bewußt waren.

»Ich versichere Ihnen, Ma'am, daß der Kapitän des Kaperschiffs beim Anblick von einem Dutzend seiner Leute, die am Hals aufgehängt von einer Rah baumeln, nicht einmal mit der Wimper zucken würde. Freibeuter sind zu allem entschlossen, und wenn nur ein paar das Unternehmen überstehen, so bedeutet das, daß ihr eigener Anteil an der Beute um so größer ist.«

»Glauben Sie das ja nicht, Mr. Ramage –«

»Lord Ramage«, warf Sarah ein, Ramages Bitte in ihrer Verärgerung mißachtend.

»Oh, wirklich? Einer von den Blazeys? Wie interessant. St. Kew in Cornwall, nicht wahr? Dann sind Sie bestimmt der Sohn des Grafen von Blazey?«

»Wenn das Boot nicht unbeschadet zur *Lynx* zurückkehrt, gnädige Frau«, unterbrach sie Ramage, »wird der Kapitän des Kaperschiffs ein Signal geben, welches zur Folge hat, daß alle Passagiere auf der *Friesland* und der *Heliotrope* von ihren Wächtern umgebracht werden. Vier Männer und vier Frauen auf dem holländischen Schiff, zwei Männer, zwei Frauen und zwei Kinder auf dem französischen.«

»Ach du meine Güte! Was wird passieren? Sie müssen etwas tun, junger Mann; unternehmen Sie sofort etwas!«

»Er versucht gerade eine Entscheidung zu treffen, und ihre Hilfe braucht er dazu nicht«, sagte eine der Frauen. »Kommen Sie, überlassen Sie den Kapitän seinen Aufgaben.«

Damit ging die Frau nach achtern, gefolgt von mehreren anderen. Mrs. Donaldson jedoch blieb wie angenagelt stehen, drehte ihren Sonnenschirm und klopfte mit dem Fuß auf das Deck.

»Junger Mann, ich verlange zu wissen, was Sie vorhaben zu unternehmen!«

Ramage nickte Rossi zu, der höflich, aber entschieden Mrs. Donaldsons Arm ergriff.

»Signora, gehen Sie jetzt in Ihre Kabine, die Sonne ist zu stark.«

»Aber ich möchte nicht.«

»Hier oben isses gefährlich«, sagte Rossi, »zu viel Sonne.«

Er packte Mrs. Donaldsons Sonnenschirm und zog ihn so weit herunter, daß sie kaum sehen konnte, und trotz ihres Protests, daß sie sich sehr gern in der Sonne aufhielte, ließ der Italiener nicht locker, so daß sie schließlich fast über das Deck trabte.

»Es tut mit leid«, murmelte Sarah, »ich unterschätze Sie fortwährend.«

»Im Augenblick bestimmt nicht; ich habe keine Idee, was wir machen sollen, wenn das Boot wirklich hierherkommt. Die Männer töten oder gefangennehmen, um uns zu retten und damit die Passagiere in den beiden anderen Schiffen ans Messer zu liefern – oder uns zu ergeben und so die anderen zu retten.«

»Wie viele Passagiere sind auf der *Heliotrope* und auf der *Friesland*?«

»14.«

»Im Vergleich zu 16 auf diesem Schiff und wie vielen auf der *Amethyst*?«

»Es stehen 26 befreite Passagiere gegen 14 Geiseln.«

»Sie haben es also auch schon von diesem Standpunkt aus betrachtet«, sagte sie. »Wie ein Schlachter, der Fleisch abwiegt.«

Er seufzte und setzte das Teleskop wieder ans Auge. »Zufällig kenne ich diese Zahlen; ich habe während der letzten Tage praktisch mit ihnen gelebt. Sie waren nur deswegen die ersten Geiseln, die wir befreit haben, weil die *Earl of Dodsworth* der *Calypso* am nächsten lag – und die *Amethyst* war kaum weiter entfernt.«

»Ich glaube, Sie hätten es als Ihre Pflicht angesehen, das größte britische Schiff zuerst zu retten«, sagte sie mit kalter Entschiedenheit in der Stimme.

»Ich rette kein bestimmtes Schiff. Wir retten das Leben unschuldiger Menschen oder versuchen es wenigstens.«

»Sagen Sie das nur nicht meinem Vater. Er war der Generalgouverneur von Bengalen.«

»Ich weiß – es fiel mir beim Frühstück ein.«

»Also haben Sie uns nicht deswegen zuerst gerettet?«

Sie konnte das offensichtlich nur schwer glauben.

Er schob das Teleskop mit einer heftigen Bewegung zusammen. »Es steht Ihnen frei, meine Offiziere zu befragen, wenn Sie die Möglichkeit haben. Wir wußten nichts über die Identität der Geiseln.«

»Sie wollen sagen, diese Abtrünnigen haben Ihnen nichts erzählt?«

»Wissen sie es denn?«

»Nun, das glaube ich schon. Irgend jemand muß es ihnen erzählt haben!«

»Das bezweifle ich. Ich glaube, sie wissen es nicht, und zwar aus dem einfachen Grund, weil sie ja für Ihren Vater ein Vermögen erpressen könnten. Wieviel würde die britische Regierung zahlen, um ihn freizukaufen? Oder die Direktoren der Ostindischen Kompanie? Sie würden alles zahlen, was verlangt wird.«

»Diese Ausgabe haben Sie ihnen erspart«, sagte sie. »Es hat Sie nur eine Begegnung mit mir gekostet, die Ihnen sicher sehr lästig gefallen ist. Und wenn das Boot zu uns kommt, dann ist alles sowieso vergebens, vermute ich.«

»Das Boot kommt nicht hierher.«

»Woher wissen Sie das?«

Ramage starrte sie an und gab ihr dann das Teleskop. »Geben Sie es Mrs. Donaldson, wenn Sie fertig sind. Die rechteckigen Kästen, die sie da aus dem Wasser holen, sind Hummerfallen.« Er verbeugte sich und ging den Niedergang hinunter, wohl wissend, daß seine Hände vor Ärger zitterten, aber zugleich auch überrascht und erfreut, daß er seine Gemütsbewegung nicht gezeigt hatte. Mrs. Donaldson – Gott sei Dank hatte Rossi seinen unausgesprochenen Befehl verstanden. Aber Sarah – sie konnte man nicht einfach unter einem Sonnenschirm mundtot machen. Er fragte sich, wie sie wohl nackend auf einem Bett aussah. Nun, er würde es nie erfahren, aber eines war sicher: Sie konnte einen verdammt ärgerlich machen, wenn sie völlig bekleidet an Deck stand.

Ramage konnte gerade die ersten Sterne im Bild des Orion erkennen, der jetzt über die Bergspitzen stieg, und blickte zu dem schwarzen Schatten hinüber, der die *Heliotrope* war. Heute nacht würden sie eine lange Strecke zu schwimmen haben; die *Heliotrope* war viel weiter von der *Earl of Dodsworth* entfernt als der Ostindienfahrer von der *Calypso*, und auch seine eigene Aufgabe würde erheblich schwieriger sein, weil es sich diesmal um französische Passagiere handelte. Sein Französisch war allerdings gut genug, um damit klarzukommen. Viel schlimmer war das Problem, dem Aitken gegenüberstand, der die *Friesland* entern und eine Reihe von holländischen Männern und Frauen warnen mußte.

Es war so friedlich – und so unwahrscheinlich, daß Kapitän Ramage, Kommandant der Fregatte *Calypso*, hier auf dem Geschütz Nummer vier, an Steuerbordseite, eines John-Company-Schiffes sitzen sollte, das vor einer atlantischen Insel vor Anker lag, die so klein war, daß nur wenige Menschen je von ihr gehört hatten. Und diesem Kapitän Ramage gingen so viele krause Gedanken durch den Sinn, daß ihm sein Kopf vorkam wie ein Mühlbach bei Hochwasser.

Mit den Fingern zog er die Initialen »GR II« nach, die zwischen den Schildzapfen auf dem Geschütz eingegossen waren. Es handelte sich beileibe um kein neues Geschütz, aber es war auch nicht so abgenutzt, daß es die Kanone aus der Zeit des vorherigen Herrschers in seinem Wert herabgemindert hätte. Gut gepflegt; er fühlte die Glätte vieler Schichten von Kanonenlack, und am Tage hatte er gesehen, daß die Brooktaue, die Seiten- und Richttakel in gutem Zustand waren. Das sah man, ohne das Tauwerk aufdrehen zu müssen, um auf diese Weise zu überprüfen, ob das Innere noch goldbraun schimmerte, selbst wenn das Äußere schon grau verwittert war.

Es war noch nacht. Die Strömung hatte die Schiffe ungefähr West zu Nord ausgerichtet, als wären sie ein halbes Dutzend Kompaßnadeln, aber jedes Schiff lag in einer etwas anderen Richtung, so daß man leicht feststellen konnte, wie der Strom um die nördliche Landspitze herumkam und mit einer scheuernden Bewegung dem Verlauf der Bucht folgte, bis er schließlich auf die südliche Landspitze traf und wieder aus der Bucht austrat.

Dann plötzlich trat dieser schwache Duft nach zerdrückten Nesseln auf, verbunden mit dem Moschusgeruch, den er mit dem Fernen Osten verband (auch wenn er nie dort gewesen war), und er hörte das Rascheln von Seide und die Stimme, die er nie vergessen würde.

»Sie sitzen hier mit gebeugtem Kopf, wie Atlas, der das

Gewicht der Welt auf seinen Schultern trägt«, murmelte Sarah.

Mit einer Bewegung, die er ganz natürlich fand, ergriff er ihre Hand. »Das Gewicht meiner Welt, und das genügt mir durchaus!«

»Und wir haben Ihnen die Sache keineswegs leichter gemacht – Menschen wie Mrs. Donaldson und ich. ›Sie müssen sofort etwas unternehmen.‹« Sie machte Mrs. Donaldson nach. »Es schaudert mich jedesmal, wenn ich an heute morgen denke.« Sie fuhr plötzlich zusammen, als unterdrücke sie einen Schluckauf.

»Sie haben geweint. Doch hoffentlich nicht deswegen?«

Er fühlte, wie ihre Finger seine Hand loslassen wollten, aber er hielt sie fest. »Antworten Sie mir, ›Fräulein, fürs erste‹.«

»Ja, ich habe geweint wie ein dummes kleines Mädchen, aber nicht deswegen.«

Ramage dachte plötzlich an die Uniform, die er trug. Hatte der Anblick eines Mannes, der von gleicher Größe war, wie deren rechtmäßiger Träger, traurige Erinnerungen geweckt? An einen weit entfernten Ehemann, einen toten Liebhaber? War sie eine Witwe, die um ihren Mann trauerte, oder war sie mit ihren Eltern nach Indien gereist, um ihren Verlobten zu heiraten, der dann einer der zahlreichen Krankheiten erlegen war, die im Osten grassierten?

Ramage drehte sich auf dem Geschütz herum, so daß er Sarah als dunklen Schatten vor sich hatte, und hielt ihre Hand mit beiden Händen fest. In wenigen Stunden würde er sich verabschieden und sie wahrscheinlich nie wiedersehen, aber er mußte es wissen.

»Weswegen dann? Es ist keine vulgäre Neugierde, die mich fragen läßt.«

Sie gab ein gedämpftes, unglückliches Lachen von sich. »Kapitän Ramage«, sagte sie mit nahezu spöttischer Formalität. »Ich bin Ihnen erst vor 18 Stunden begegnet. Wir sind einander nicht einmal offiziell vorgestellt worden. Meine Mutter würde Zustände kriegen, wenn sie wüßte, daß ich allein mit Ihnen hier oben an Deck wäre.«

»Ihr Vater auch?«

»Ich...nun, wahrscheinlich nicht. Er hat ein größeres Verständnis für... Probleme.«

»Wir kennen uns, wie Sie gerade sagten, seit 18 Stunden; in drei weiteren Stunden werden wir uns voneinander verabschieden – wenn Sie solange aufbleiben. Sie können also meine Frage beantworten, ohne befürchten zu müssen, daß Sie morgen beim Frühstück erröten. Denn ich werde nicht mehr da sein.«

Sie senkte den Kopf und gab ein weiteres trockenes Schluchzen von sich, das sie mit einem Lachen zu verdecken suchte. »Es war ein alberner Grund, und er kann für Sie nicht von geringstem Interesse sein.«

»Sie könnten sagen, daß es mich nichts angeht, aber ich bin ganz bestimmt daran interessiert oder ich würde nicht gefragt haben.«

»Bitte, Kapitän Ramage, vergessen Sie es.«

»Mein Name ist Nicholas.«

»In meinen Gedanken nenne ich Sie schon länger so; vielleicht weil Sie mich mit Sarah angeredet haben.«

»Es dauerte lange genug. Wir haben so viele von diesen 18 Stunden verschwendet ›Fräulein, fürs erste‹. Also nennen Sie mir den Grund.«

Er konnte nicht umhin, die Frage noch einmal zu stellen, doch sie schüttelte nur den Kopf.

Er ließ ihre Hand los und sagte, ohne zu versuchen, die Bitterkeit zu verbergen, die ihn erfüllte: »Es muß sich um eine wichtige Sache handeln, wenn Sie sie unbedingt geheimhalten wollen. Ich glaube jedoch, daß ich erraten kann, worum es geht.«

Sie sah plötzlich auf und wirkte fast, als habe er ihr einen Schock versetzt.

»Was haben Sie erraten?«

»Diese Uniform, die Sie mir geliehen haben – sie gehört jemandem, den Sie gern haben, und sie ließ Erinnerungen wach werden.«

»Sie brachte Erinnerungen zurück«, sagte sie, »aber die Koffer befinden sich nur deshalb in meiner Kabine, weil der Zahlmeister fürchtete, die Ratten könnten sich über die Kleidung hermachen, wenn die Koffer im Laderaum verstaut würden.«

Er dachte einen Augenblick nach. Hatte sie nun seine Frage beantwortet oder nicht? Er schüttelte den Kopf, womit er gleichermaßen versuchte, seinen Gedanken auf die Sprünge zu helfen als auch seinen Zweifel kundzutun.

Aber sie sagte leise: »Die Uniform hat keine Bedeutung. Ich würde Sie Ihnen nie gegeben haben, wenn es so wäre.«

»Wir sind uns unter ungewöhnlichen Umständen begegnet.«

»Ja, ich war nackt, und wir waren einander nicht vorgestellt worden«, sagte sie unvermutet. »Und schließlich waren Sie selbst ja auch fast nackt.«

»Ich habe seither oft daran gedacht.«

»Sie versuchen, mich in Verlegenheit zu bringen.«

»Es war dunkel. Ich habe Ihr Gesicht erst nach Stunden gesehen. Wie auch immer – warum haben Sie geweint?«

»Ach, reiten Sie doch nicht dauernd darauf herum. Ich war unglücklich. Jetzt sage ich Ihnen ›Goodbye‹ und überlasse Sie Ihren Erinnerungen an die schöne Marchesa. Mein Vater hat sich bereits bei Ihnen für unsere Rettung bedankt. Ich kann mich seinen Worten nur anschließen. Ich danke Ihnen, Nicholas.«

Damit ging sie. Sie war barfüßig, wie er merkte, und nach einigen lautlosen Schritten war sie in den Schatten der Takelage verschwunden.

Sie glaubte also, er säße hier allein in der Dunkelheit und dächte »an die schöne Marchesa«. Er begann sich schuldig zu fühlen, als ihm klar wurde, daß er in der letzten Stunde überhaupt nicht an Gianna gedacht hatte. Er verfluchte die Aufschneidereien von Jackson, Rossi und Stafford. Sie hatten sicherlich eine romantische Geschichte über einen jungen Marineoffizier erzählt, der eine wunderschöne Marchesa vor Napoleons Kavallerie in Sicherheit brachte, aber sie hatten nicht die andere Seite erwähnt – weil sie nie darüber nachgedacht hatten oder weil sie es nicht wußten. Ein Mann und eine Frau konnten sich verlieben, das vermochte niemand zu verhindern. Aber es gab eine ganze Menge, das sie daran hindern konnte, auch nur daran zu denken, glücklich bis an ihr Ende zusammenzuleben.

Irgendwann während der Reise – das erkannte Ramage jetzt, als er auf dem Geschütz saß und hoffte, daß Sarah so schnell und lautlos wieder zurückkehren würde, wie sie verschwunden war – war er schließlich in bezug auf Gianna und die Zukunft zu einem Entschluß gekommen. Ohne gezielt darüber nachzudenken, hatte er die Entscheidung getroffen, auf die es ankam: Er war nicht bereit, irgend etwas zu tun, was den zwölften Earl of Blazey, seinen noch ungeborenen Sohn, zu einem Katholiken machen und damit allen nachfolgenden Grafen seines Geschlechts eine doppelte Loyalität aufzwingen würde: zur britischen Monarchie und zum Vatikan.

Sein eigener Vater, der zehnte Earl of Blazey, hatte ihm gegenüber nie das Problem der Religion erwähnt, obwohl er wußte, daß schon einmal von Heirat die Rede gewesen war. Der alte Graf mochte Gianna sehr gerne; während der letzten zwei Jahre, als Gianna im Hause seiner Eltern lebte, hatten sie sie mehr als Tochter denn als Flüchtling angesehen.

Unbewußt war Ramage zu einer Entscheidung gelangt. Auf ihre Weise hatte Gianna eine endgültige Wahl getroffen, als sie sich entschloß, nach Volterra zurückzukehren.

Bedeuteten diese beiden Tatsachen, daß die Zeit des Werbens, wenn man es denn so nennen wollte, vorüber war? Indem sie nach Volterra zurückkehrte, hatte Gianna dem Gebot des ›Noblesse oblige‹ gehorcht. Das wiederum bedeutete, daß sie aus Staatsraison einen Italiener heiraten würde, einen Toskaner, dessen Familie einflußreich genug war, um ihrer eigenen eine starke Stütze zu sein.

Und was war mit Paolo? Seit Monaten schon hatte Ramage das Gefühl, daß Paolo, womöglich, ohne sich dessen bewußt zu sein, sein Leben mehr und mehr auf England und die Royal Navy ausrichtete. Aber schließlich war er Giannas Erbe, und Ramage zwang sich, darüber nachzudenken. Wenn sie von Bonapartes Agenten oder auch Verrätern aus ihrem eigenen Volk ermordet wurde, wäre er der nächste Herrscher von Volterra. Vielleicht war er es bereits, sagte sich Ramage, während ihn ein Frösteln überlief.

Verräter und Verrat – beides würde am Hof von Volterra reichlich vorhanden sein. Die profranzösische Gruppe würde Gianna wohl kaum willkommen heißen. Aber war er ihr gegenüber treulos gewesen? Irgendwo auf dem Wege zwischen Chatham und Trinidade war ihm die Liebe zu ihr abhanden gekommen. Seine Gefühle in letzter Zeit, das war ihm jetzt völlig klar, wenn er sich über ihre Sicherheit Gedanken machte, sie schon in einem französischen Gefängnis sah oder sich vorstellte, daß sie von einem toskanischen Mordbuben bedroht wurde, entsprangen mehr der Sorge eines Mannes für seine geliebte Schwester; es war nicht die eisige Angst um die Sicherheit seiner zukünftigen Frau.

Hatte Gianna die gleiche Veränderung der Gefühle durchgemacht? Es war nicht sosehr eine Sinnesänderung wie eine Richtungsänderung. Hatte diese Veränderung bereits in England begonnen, so daß es Gianna den Entschluß erleichtert hatte, wieder nach Volterra zurückzukehren? Je mehr er darüber nachdachte, desto mehr schien es ihm, als benutze er das als Entschuldigung für sich selbst. Gianna war zurückgekehrt, weil es – so wie sie es sah – ihre Pflicht war. Er hatte versucht, sie zu überreden, nicht zurückzugehen, weil – seiner Auffassung nach – der Krieg trotz des Vertrages noch nicht vorüber war und weil sie die Pflicht hatte, in England zu bleiben, bis sie gefahrlos zurückkehren und ihr Volk regieren konnte, sicher in der Überzeugung, daß ihre Arbeit Früchte tragen würde.

Alles sehr überzeugend, sagte er sich, aber jetzt kannst du kaum an etwas anderes denken als an eine Frau, die du erst seit 18 Stunden kennst und wahrscheinlich nie wiedersehen wirst.

Er ließ sich von der Kanone an Deck gleiten und ging, die Hände auf dem Rücken verschränkt, nach vorn. Nun, zumindest in einer Weise hatte Sarah ihm einen guten Dienst erwiesen; sie hatte ihn dazu gebracht, ganz ohne es zu wollen, einmal sachlich über Gianna nachzudenken, und das hatte zu der Erkenntnis geführt, daß seine Gefühle sich geändert hatten. Sie waren nicht tot, aber sie waren nicht mehr dieselben. Da die Mauern der Religion und ihrer jeweiligen Erbgüter zwischen ihnen stehen würden, akzeptierte er jetzt auch, daß er keinesfalls als Junggeselle ins Grab sinken durfte, nur weil seine Liebe für immer außer Reichweite war. St. Kew brauchte einen Herren, und seine Eltern hatten einen Enkel verdient.

Da war es wieder, dieses ›Noblesse oblige‹! Er hatte seit Jahren nicht an dieses Wort gedacht, aber jetzt, als Sarah es in einem anderen Zusammenhang gebraucht hatte, fragte er sich, ob er wirklich der elfte und letzte Earl of Blazey sein wollte, wenn sein Vater tot war. Es war eine der ältesten Grafschaften im Königreich. Er war das einzige Kind seiner Eltern, und wenn er nicht heiratete und selbst einen Sohn hatte, würde die Linie mit ihm aussterben.

Er drehte sich um und ging wieder nach achtern. Bald würde er sich zur *Heliotrope* auf den Weg machen müssen; allein – der Rest der Männer würde, wie beim erstenmal, nachfolgen. Sie hatten das Floß vorbereitet, und Ramage zog seine Halsbinde aus der Tasche. Sie war jetzt trocken. Jackson wartete mit dem Entermesser und dem Dolch. Der Wind hatte sich gelegt, und die Nacht war warm, und als ihn die Aufregung erfaßte, weil die zweite Etappe des Unternehmens bevorstand, fühlte er sich in der Uniform erhitzt und unwohl. Er spürte eine irrationale Abneigung gegen diese Uniform – irrational, weil Sarah ihm deutlich gesagt hatte, daß sie niemandem gehörte, den sie liebte. Er hielt einen Augenblick inne. Niemand, den sie jetzt liebte, aber vielleicht jemandem, den sie geliebt hatte?

Hol's der Teufel; er würde diese Frau nie wiedersehen. Jackson trat zu ihm und half ihm aus der Jacke, und dann setzte sich Ramage auf das Bodenstück einer Kanone, um die restlichen Kleider auszuziehen.

Drüben auf der *Amethyst* würde sich Aitken ebenfalls bereit machen. Die zweite Etappe! Und wenn sie Erfolg hatte, würde die darauffolgende dritte auch die letzte sein. Es war, dachte er, eine höchst seltsame Methode, eine Insel zu vermessen.

16

Ramage tauchte aus dem Dunkel empor, als würde er aus einer großen Tiefe ans Licht schwimmen, und er hörte die Stimmen von Jackson und Rossi, die unverständliche Worte redeten, bevor er wieder ins Dunkel versank.

Das nächste Mal, als er die Oberfläche durchbrach, ruhig und sanft wie ein Delphin, wußte er, daß ihm kalt war, und er konnte Sarahs Stimme hören. Das dritte Mal, als er es schaffte, länger bei ihnen zu bleiben, merkte er, daß er auf dem Deck eines Schiffes lag, naß und mit einem dumpfen, klopfenden Schmerz in seinem linken Arm, nahe der Stelle, wo sich die Narbe von der Musketenkugel, die ihn in Curacao getroffen hatte, weiß abzeichnete.

»Nicholas«, sagte Sarah eindringlich. »Können Sie mich hören? Nicholas... Nicholas!«

Er glaubte ihr zu antworten, aber alles schien so weit entfernt. Er schrie, aber seine Stimme kam heraus wie ein Flüstern, und er wünschte, der Schmerz in seinem Arm würde nachlassen. »Ja... ja.«

Das schien ungefähr alles zu sein, was er sagen wollte. Warum er hier eigentlich auf dem Rücken lag, diesen schrecklichen Schmerz in seinem Arm verspürte und das Gefühl hatte, er müßte sich gleich übergeben, wußte er nicht zu sagen. Gleichzeitig fühlte er aber auch, daß etwas Weiches sein Gesicht berührte, etwas Weiches und Warmes, das sich die ganze Zeit leicht bewegte und ihm wohltat. Jetzt kam jemand mit einer Laterne...

In ihrem Licht erkannte er, daß er neben dem Großmast der *Earl of Dodsworth* lag, den Kopf in die Arme einer Frau gebettet. Aber er war doch schon vor Stunden von dem Ostindienfahrer weggeschwommen und hatte allein die *Heliotrope* geentert.

Was geschah auf der *Heliotrope*? Was war mit den Passagieren, von denen zwei noch Kinder waren? Er hatte ihnen auf Französisch erklärt, was sie tun sollten, und dann war die Entermannschaft der *Calypso* angekommen. Jetzt erinnerte er sich, daß einer der Freibeuter aufgewacht war und sofort die anderen geweckt hatte und daß dann ein schrecklicher Kampf in der kleinen Kabine stattgefunden hatte.

»Jackson! Jackson!« schrie er. Aber man hörte ihn nur flüstern, wobei seine Zähne vor Schüttelfrost klapperten.

»Er will Sie sprechen«, sagte Sarah zu dem Amerikaner, während die Nässe seiner Haare ihren Rock durchweichte und ihre Brüste kalt werden ließ.

Der Amerikaner und der Italiener waren immer noch dabei, eine Bandage um Ramages Arm zu wickeln, und sein Gesicht war im Licht der Laterne so weiß wie ein Laken; die Backenknochen stachen heraus wie Ellenbogen, die Haut seines Gesichts war so straff gespannt, als hätte die See alles Blut und fast das ganze Fleisch aufgezehrt, während ihn seine Leute, festgelascht auf dem Floß, hierher an Bord brachten.

Ramage lag im Sterben. Sarah hegte keinen Zweifel, und die letzten Worte, die sie an ihn gerichtet hatte, waren unfreundlich gewesen; sie hatte ihm den Rücken zugedreht und war einfach gegangen, obwohl sie doch eigentlich nur den Wunsch hatte, ihn zu küssen und von ihm in den Arm genommen zu werden. Jetzt hatten sie ihn zurückgebracht, damit er in ihren Armen sterben würde.

»Sir, hier ist Jackson«, der Amerikaner kauerte über ihm und hielt ein Ohr dicht an Nicholas' Mund.

Sarah hörte gespannt zu. Eine letzte Botschaft für die Marchesa? Nein, die würde er dem jungen Grafen anvertrauen. Aber sie durfte jetzt nicht diesen bittern Gedanken nachhängen; wenn Ramage starb, würden zwei Frauen, die ihn geliebt hatten, um ihn trauern.

»Wassis passiert?«

Jackson wußte, was sein Kommandant hören wollte. »Wir haben alle Geiseln gerettet, Sir. Die Wächter in der Kabine wurden geweckt. Einer von ihnen erwischte Sie mit einem Entermesser, als Sie einen Mann niederstachen, der mit einem Messer auf Spurgeon losging.«

»Hamwir jeman verlorn?«

»Spurgeon, Sir. Der Freibeuter erstach ihn in dem Augenblick, als Sie der andere mit dem Entermesser verwundete.«

»Machichnhier?«

»Nur keine Aufregung, Sir«, sagte Jackson beruhigend. »Ruhen Sie sich erstmal aus. Auf der *Lynx* haben sie nichts gehört. Mr. Martin hat auf der *Heliotrope* das Kommando übernommen, und Mr. Aitken hat die *Friesland* genommen.«

Der Amerikaner richtete sich auf und rief nach achtern: »Beeilt euch mit den Decken! Entschuldigen Sie, Ma'am«, sagte er zu Sarah, »aber der Kommandant ist mordsmäßig kalt.«

Es hatte keinen Sinn, wenn sie diesem Seemann erklärte, daß die Passagiere fast bis zur Hilflosigkeit verwirrt waren; daß es von vornherein ein großer Schock gewesen war, von einem Kaperschiff aufgebracht zu werden; daß dann die plötzliche Rettung mitten in der Nacht für weitere Aufregung gesorgt hatte; und wenn jetzt der Mann, den sie als ihren Retter ansahen, blutend und bewußtlos über die Seite an Deck gehievt wurde, so mußte ihnen das wie der Untergang der Welt vorkommen.

Herrgott, er zitterte so schrecklich. Jetzt flüsterte er wieder, jedes Wort nur mit großer Mühe herauspressend. Sie zupfte Jackson am Hemd, als er sich niederbeugte, um Rossi mit der Bandage zu helfen, die einfach nur ein Streifen von einem Bettlaken war.

»*Calypso*... ich muß auf die *Calypso*...«

»Jawohl, Sir, sobald es geht. Drei von den Männern sind hinübergeschwommen, um Mr. Bowen und ein Boot zu holen.«

»Warum haben Sie mich hierher gebracht, Jackson?«

Der Amerikaner wußte, daß es sinnlos war, eine beschönigende Antwort zu geben. »Sie wären verblutet, lange bevor wir es bis zur *Calypso* geschafft hätten, Sir. Wir hatten das anfangs vor, aber wir konnten mit dem Floß nicht schnell genug schwimmen, und als sie trotz der Bandagen und der Aderpresse weiter stark bluteten, dachten wir, wir müßten schnell irgendwohin, wo wir trockenes Verbandszeug und eine Laterne zur Verfügung hätten.«

»Nicholas«, sagte Sarah, »sie versuchen, Ihnen etwas Heißes zum Trinken zuzubereiten, aber sie haben Angst, daß man das Feuer des Küchenherds auf der *Lynx* bemerken könnte. Wollen Sie einen Schluck Brandy?«

»Los, Sir«, sagte Jackson und öffnete eine flache Silberflasche. Schließlich fügte er hinzu: »Es hat keinen Sinn, Ma'am, ich weiß von früheren Gelegenheiten, wie er dazu steht. Er haßt Alkohol.«

»Von früheren Gelegenheiten?« flüsterte sie.

»Letztesmal haben wir wirklich geglaubt, er würde es nicht mehr schaffen, nicht wahr, Rossi?«

»Mama mia, als wir diese holländische Fregatte in die Luft jagten, dachte ich, wir wären alle verlieren.«

»Verloren«, korrigierte ihn Jackson automatisch und sagte zu Sarah: »Er wird bald wieder in Ordnung sein, Ma'am; warten Sie nur, bis Mr. Bowen da ist.«

»Wer ist das?«

»Unser Schiffsarzt. Ah, es wird auch wirklich Zeit!« knurrte er, als zwei Männer mit Decken kamen. »Wir brauchten aber nur zwei oder drei! Hier, nimm das Ende, und dann schieben wir ihm eine Decke unter und heben ihn darauf hoch.«

»Wohin bringen Sie ihn?« fragte sie besorgt.

»Nirgendwohin, Ma'am. Wenn Sie nur die anderen Decken zu einer Art Matratze zusammenlegen wollen. Da können wir ihn dann drauflegen. Behalten Sie zwei zum Zudecken übrig.«

Widerstrebend, wie eine Frau, der man einen Säugling von der Brust nehmen will, legte sie seinen Kopf nieder und half Rossi, den verwundeten Arm richtig zu lagern.

»Er ist so kalt«, sagte sie vor sich hin.

»Ma'am«, sagte Rossi, »wenn Sie vielleicht eine oder zwei Minuten zur Seite treten würden...«

»Warum?« Ihre Stimme klang rauh.

»Oh... ich möchte nur, nun, seine nasse Kleidung entfernen!«

Sarah lehnte sich über Ramage, sah im Licht der Laterne die Nadel in den Falten der Seide glänzen und zog sie heraus. Dann wickelte sie die Halsbinde ab. Das Dreieck der schwarzen, lockigen Haare schimmerte, und die Männer hoben die Decke sanft in die Höhe. Sarah hielt die Halsbinde einen Augenblick in der Hand. Sie spürte nicht die geringste Spur von Wärme in der Seide, als handelte es sich um den Lendenschurz einer Leiche.

Sobald er auf der behelfsmäßigen Matratze lag, nahm sie erst eine und dann auch noch die andere Decke und legte sie über ihn; nur den verwundeten Arm ließ sie draußen, so daß sie ihn beobachten konnte. Der Verband war bereits vom Blut durchtränkt, ein immer größer werdender Fleck, der im Kerzenlicht fast schwarz aussah. Seine Augen waren geschlossen, die Atmung flach. Davor hatte sie das Auf und Ab seines Brustkorbs verfolgt und jeden Moment befürchtet, daß die Bewegung plötzlich aufhören würde, weil die Anstrengung für ihn zu groß wurde.

Der Blutverlust und die Schatten, welche die Laterne warf, hoben seine Gesichtszüge noch deutlicher hervor. Seine Nase war dünn und leicht gebogen wie ein Vogelschnabel, und das Nasenbein schien weiß durchzuschimmern. Die Backenknochen machten ihr fast Angst; es war so, als wäre ein Totenkopf mit Pergament überzogen.

Auf der Stirn, über seinem rechten Auge, befanden sich zwei Narben – dünne, weiße Striche auf der Haut, die selbst fast grau schien. Die Augen, jetzt geschlossen, lagen unter den dichten Brauen noch tiefer in den Höhlen als gewöhnlich. Sein Haar, naß und zerzaust, sah aus wie ein Klumpen Seetang, nachlässig von einer Welle an den Strand geworfen.

Seine rechte Hand zupfte an der Decke und versuchte, seinen linken Arm zu erreichen. Bevor sie sich rühren konnte, hatte sich Rossi über ihn gebeugt und die Hand mit überraschender Sanftheit wieder unter die Decke gesteckt. Die Lippen bewegten sich, und Rossi hielt das Ohr an seinen Mund und lauschte.

»Ich glaube, er möchte Sie sprechen, Ma'am, wenn Sie ›Sarah‹ heißen.«

Sie fühlte eine Woge freudiger Erregung, bis ihr klar wurde, daß dieser italienische Seemann wahrscheinlich ein gemurmeltes ›Gianna‹ mißverstanden hatte. Sicherlich dachte er an die Marchesa.

»Nicholas...«

»Sarah«, flüsterte er, und es war ganz eindeutig ihr Name. »Man hätte mich nicht hierherbringen sollen.«

Sie verstand nicht, was er meinte, und sagte: »Machen Sie sich keine Sorgen. Mr. Bowen wird jede Minute hier sein. Es ist keine schlimme Wunde; Sie haben nur eine Menge Blut verloren.«

»Nein... ich meinte«, er schien einen Augenblick das Bewußtsein zu verlieren, aber dann merkte sie, daß er nur die Augen geschlossen hatte, um eine Welle von Schmerzen abzuwettern, die ihn überflutete, »es tut mir leid, daß ich Ihnen einen Schreck eingejagt habe. Aber die *Lynx* ist als nächste dran, und dann fahren wir nach Hause.«

Da sie nicht recht verstand, was er meinte, strich sie ihm das Haar aus der Stirn und sagte: »Machen Sie sich jetzt keine Sorgen um die *Lynx*, alle Geiseln sind in Sicherheit.«

»An die Rah... beide«, murmelte er und schien dann ohnmächtig zu werden.

»An die Rah?« Sie sah Jackson fragend an.

»Ja, Ma'am«, sagte der Amerikaner munter, während er

die Finger an den Hals seines Kommandanten legte, um den Puls zu kontrollieren. »Diese Freibeuter werden von der Rah eines Schiffes baumeln. Vielleicht nicht alle, aber die Anführer auf jeden Fall. Nicht von einer Rah der *Calapso*«, erklärte er, »aber wir werden sie wahrscheinlich zur Gerichtsverhandlung nach England bringen.«

»Dazu müssen Sie sie erst einmal haben.«

»Ich bin ziemlich sicher, der Käptn hat schon einen Plan.«

Sie hätte den Amerikaner am liebsten geschüttelt. War diesem Narren nicht klar, daß der Kapitän im Sterben lag? Daß er ihnen in diesem Augenblick entglitt und verwehte wie Rauch im Wind? Und sie konnten nichts tun, um das zu verhindern. Der tiefe Schnitt in seinem Arm, jetzt bandagiert und mit einer Aderpresse darüber, war nicht eigentlich das Problem. Er starb, weil seine Leute in verzweifelter Eile mit ihrem auf dem Floß festgelaschten Kommandanten zur *Earl of Dodsworth* geschwommen waren, ohne zu bemerken, daß ihm das Blut mit jedem Schlag seines Herzens aus dem Körper floß. Die Männer, die das erste Tourniquet angelegt hatten, konnten nicht sehen – und dachten auch nicht daran, nachzusehen –, daß die Aderpresse sich gelockert hatte.

Während ihr die Tränen flossen, begann sie etwas von dem großen Vertrauen zu ahnen, das die Männer in ihn setzten und das schon so selbstverständlich war, daß die bloße Erwähnung der *Lynx* die zuversichtliche Bemerkung zeitigte, der Kommandant würde schon einen Plan haben. In ihrer Vorstellung sah Sarah ihn bereits tot und erinnerte sich an die Bestattungszeremonie und die schreckliche Angelegenheit mit dem Einnähen des Körpers in die Hängematte und wie dieser dann von einer Planke aus in die See gekippt wurde. Vor Capetown war ein Mann der Besatzung am Fieber gestorben.

Jackson erstarrte einen Moment lang und eilte dann zur

Eingangspforte hinüber. Wenig später kam er zurück und sagte: »Es ist das Boot mit Mr. Bowen.«

Offensichtlich hatten die Männer zu Bowen großes Vertrauen. Es war ein Jammer, daß der Bordarzt der *Earl of Dodsworth* mit den übrigen Offizieren und der Mannschaft in einem Lager an Land gefangengehalten wurde.

Plötzlich tauchte ein Mann aus der Dunkelheit auf und kniete neben Nicholas nieder. Eine Hand legte sich auf sein Gesicht, und ein Finger schob ein Augenlid zurück.

»Sind Sie noch bei uns, Sir?«

Die Stimme hatte einen scherzenden Unterton, der sie wütend machte. War dies Bowen?

»Ich hatte mich gegen einen ihrer Bauern nicht abgesichert«, murmelte Nicholas. Es war eine ungewöhnliche Bemerkung, aber Bowen lachte und wandte sich an den rundlichen, älteren Mann, der jetzt neben ihm stand, ein Mann mit wallendem weißen Haar, der eine Kiste mit einem Handgriff aus Tauwerk trug.

»Stellen Sie sie da ab, Southwick. Wir hätten das Schachbrett mitnehmen sollen. Nun, Jackson, was ist passiert?«

Sarah hatte den dringenden Wunsch, ihn anzuweisen, etwas wegen der schrecklichen Blässe seiner Haut zu unternehmen, ihm etwas Brandy einzuflößen, damit das fürchterliche Zittern aufhörte.

»Schlag mit einem Entermesser über den Oberarm, Sir. Wir haben ihm eine Aderpresse angelegt, wie Sie es uns vor Jahren beigebracht haben, und einen Verband und ihn dann auf das Floß hinuntergelassen, um ihn zur *Calypso* zurückzuschleppen. Wir waren noch keine 100 Yards geschwommen, als Rossi meinte, er würde nie lebendig drüben ankommen. Also sind wir hierher geschwommen, Sir.«

»Warum, zum Teufel, sind Sie nicht zur *Heliotrope* zurückgeschwommen?«

»Das ist ein französisches Schiff, Sir. Dieses ganze Geschwätz und die Panik unter den Passagieren. Sie standen uns praktisch auf den Füßen, seit sie mitbekommen hatten, daß Mr. Ramage verwundet worden war. Er hatte ja mit allen von ihnen gesprochen, nachdem er an Bord gekommen war. O ja, Spurgeon hat's erwischt. Es war beim Versuch, Spurgeon zu retten, daß Mr. Ramage geschnitten wurde.«

›Geschnitten‹, nein wirklich, dachte Sarah, denn sie wußte nicht, daß Jackson einen Slang-Ausdruck von den Westindischen Inseln benutzte, mit dem man dort eine Säbelwunde bezeichnete. Er war unter den Negern aufgekommen, wenn sie im Streit mit Macheten aufeinander losgingen, aber Sarah hatte das Wort nie in dieser Verwendung gehört.

Während Jackson berichtete, wickelte Bowen den Verband ab, den Rossi gerade angelegt hatte.

»Die Wunde ist sauber, das kann ich Ihnen versichern«, sagte sie.

»Ich danke Ihnen, Ma'am«, sagte Bowen höflich, fuhr aber fort, die Binde abzuwickeln.

»Sie könnte wieder anfangen zu bluten.«

»Sie blutet immer noch«, bemerkte Bowen. »Aber machen Sie sich deswegen keine Gedanken. Vielleicht möchten Sie doch lieber in Ihre Kabine zurückkehren, Ma'am? Der Anblick von Blut...«

Jackson hüstelte und sagte: »Die Lady hat uns geholfen, Mr. Ramage an Bord zu hieven und hat dann festgestellt, daß sich die Aderpresse gelockert hatte. Dann hat sie die Wunde gereinigt. Das Becken mit Wasser steht noch da drüben.«

»Ich bitte um Entschuldigung, Ma'am«, sagte Bowen und, da er in Jacksons Worten mehr entdeckt hatte als die bloße Mitteilung, fügte er hinzu: »Vielleicht wären Sie so freundlich, mich etwas zu unterstützen. Eine Frau hat eine leichtere Hand als meine täppischen, wenn auch wohlmeinenden Schiffsgenossen. Nun, Southwick«, er hielt einen Augenblick inne, als er die Bandage entfernte, »öffnen Sie bitte die Arzneikiste und halten Sie sich bereit, mir das kleine Baumwollkissen zu reichen, das gleich oben links in der Ecke liegt. Rossi, näher ran mit der Laterne...«

Bowen betrachtete jetzt die freiliegende Wunde und schien mit sich selbst zu reden. »Ach ja, da ist ein Stück aus dem Oberarmknochen abgesplittert, aber nichts gebrochen, weil der Schlag im spitzen Winkel von oben kam. Die Pulsschlagader ist unverletzt, die Venen bluten – das scheint das Hauptproblem zu sein. Muskel verletzt, aber wahrscheinlich noch funktionsfähig...« Er beugte sich über Ramages Kopf. »Noch unter den Lebenden, Sir? Ah, gut. Würden Sie versuchen, Ihre linke Hand etwas zu bewegen? Ah – ja, es tut weh. Bewegen Sie nur leicht die Finger. Das verursacht wieder stärkere Blutungen, sagt uns aber, daß keine Ligamente durchtrennt worden sind. In drei bis vier Wochen werden Sie schon wieder einen Braten aufschneiden können. Southwick, halten Sie das kleine Kissen klar. Die junge Dame hat die Wunde sehr gut gereinigt, da gibt es für mich nichts mehr zu tun. Jetzt werde ich die Aderpresse für ein bis zwei Minuten lösen und sie dann wieder anlegen. Außer der Lady wissen alle warum, und da es ziemlich beunruhigend aussehen wird, darf ich es Ihnen vielleicht erklären, Ma'am?«

Sie nickte und stellte bei sich fest, daß sie inzwischen großes Vertrauen zu diesem Mann hatte. Er entsprach so gar nicht ihrer Vorstellung eines Schiffsarztes, die wiederum durch das ziemlich grobe Individuum geprägt war, das die Arzneikiste der *Earl of Dodsworth* verwaltete.

»Nun, wenn wir ein Glied zu lange abbinden, kann das Fleisch absterben und brandig werden, also müssen wir die Aderpresse alle 20 Minuten für ein oder zwei Minuten lösen und sie anschließend wieder anlegen.«

Er löste sie, wartete eine Weile und setzte sie dann geschickt wieder fest. »Das Kissen, Southwick – vielleicht könnten Sie es so festhalten, Madam, während ich die Bandage anlege. Nein, Sie brauchen es nicht fest auf die Wunde zu drücken, und es tut ihm sicher auch nicht weh. Er hat Schmerzen, aber das kommt von der Verwundung an sich.«

Als Bowen anfing, den Verband anzulegen, beugte er sich über Ramage, schnüffelte und bemerkte: »Den Brandy hat er wieder abgelehnt, nicht wahr?«

»Leider ja, Sir«, sagte Jackson. »Selbst als die Lady es versucht hat.«

Bowen sah zum erstenmal zu ihr hoch. Bis zu diesem Augenblick hatte er kaum den Blick von der Wunde oder von Ramages Gesicht abgewandt.

»Ihnen fällt sicher auf, Madam, daß uns allen die, äh, Routine, unseren Kommandanten wieder zurechtzuflicken, ziemlich vertraut ist. Tatsache ist leider, daß er oft übel zugerichtet wird. Letztesmal, vor Curacao, war es nicht viel anders, nur daß –«

»Jackson hat mir schon davon erzählt«, sagte sie schnell. Seltsamerweise hatte sie nicht schlappgemacht, als sie die Aderpresse neu anlegen, die Wunde auswaschen und die Blutung stillen mußte; als sie glaubte, er müsse sterben, und sie alles tun müsse, was nötig wäre, wenn er davonkommen sollte. Aber jetzt, da Nicholas offensichtlich nicht starb – und sich nicht einmal, nach der Aussage dieses Arztes, der zweifellos ein außerordentlich kompetenter Mann war, in ernsthafter Gefahr befand –, fühlte sie, wie ihr die Knie schwach wurden und das Licht der Laterne zu verschwimmen begann.

»Den Brandy, Jackson«, sagte Bowen hastig. »Die Lady.«

Southwick packte sie, als sie zur Seite sackte. »Hier, kommen Sie, meine Liebe, nehmen Sie einen Schluck... sachte, damit Sie nicht husten müssen... jetzt runter damit.«

»Legen Sie sie auf den Rücken«, sagte Bowen, »und heben Sie ihren Kopf etwas an. Jetzt, Ma'am, atmen Sie tief durch, und wenn es Ihnen bessergeht, wäre ich Ihnen dankbar, wenn Sie mir noch etwas helfen könnten.«

Schnell setzte sie sich auf, die momentane Schwäche vergessend. »Ja, was kann ich tun?«

»Halten Sie nur seinen Unterarm hoch genug, daß ich diese Bandage herumwickeln kann. Sie sehen, daß Sie sich nicht mehr so schwach fühlen, sobald Sie eine Aufgabe haben. Als Sie dachten, er würde jeden Moment sterben, haben Sie die Verantwortung übernommen. Jetzt, da Sie sich nicht mehr verantwortlich fühlen, bekommen Sie Zustände wie irgendein kleines Dummchen in einem Londoner Salon.«

Bowen hatte natürlich völlig recht, und sie lächelte ihn an. »Von Brandy halte ich allerdings nichts!«

»Um so besser«, sagte Bowen fröhlich. »Das Zeug hat mich vor Jahren fast umgebracht. Sie werden es kaum glauben, wenn ich Ihnen sage, daß ich einmal eine florierende Praxis in der Wimpole Street hatte... verfiel dem Brandy...« Er fuhr fort, die Bandage um den Arm zu wickeln, wobei er gelegentlich eine Kante sorgfältig glattstrich. »Verlor alle meine Patienten – wollten mit einem Trinker nichts zu tun haben. So wurde ich Marinearzt. Mein erstes Schiff stand unter dem Kommando von Mr. Ramage, der der Meinung war, daß kein Trinker seine Kranken behandeln sollte. Folglich beschlossen er und Southwick, das ist dieser Mann hier, dessen Schopf aussieht wie eine Pusteblume, mir das Trinken abzugewöhnen. Das ist ihnen auch gelungen, obwohl es für beide eine rechte Plage war.«

»Für Sie war es vermutlich auch nicht besonders angenehm«, sagte Southwick.

»Nein, das war es nicht. Jedenfalls habe ich seither keinen Tropfen Alkohol mehr getrunken. Ein neuer Mann, ein neues Leben – und das verdanke ich diesen beiden. Ich erzähle Ihnen diese Geschichte nicht, Ma'am, um Sie vom Brandy abzuhalten, den Sie ja offensichtlich sowieso nicht mögen, sondern um Ihnen zu versichern, daß der alte Southwick und ich uns nach Kräften bemühen, ein wachsames Auge auf ihn zu halten.«

Hatte dieser Bowen erraten, was in ihr vorging? Zeigte sie ihre Gefühle zu deutlich? Dieser Seemann, Jackson, sah sie an und lächelte. Und der weißhaarige Mann ebenfalls. Sie senkte den Kopf und konzentrierte sich darauf, Nicholas' Arm zu halten.

Schließlich sagte Bowen: »Das wär's. Sie können die Arzneikiste ruhig wieder zumachen, Southwick. Es hat keinen Sinn, ihm eine Opiumtinktur anzubieten, damit er einschläft, weil er darauf bestehen wird, daß er wachbleiben muß. Wie bekommen wir ihn jetzt ins Boot?«

»O nein!« rief Sarah spontan und setzte dann eilig hinzu: »Ich meine, er sollte hierbleiben. Wir haben Kabinen mit bequemen Betten für Sie alle. Und frisches Fleisch und Eier – genau das, was er zu seiner Erholung braucht.«

Sie sah, wie Nicholas Bowen mit seiner rechten Hand ein Zeichen gab und ihm anschließend etwas zuflüsterte.

»Das werden wir ja sehen!« sagte der Arzt mißbilligend. »Aitken und Southwick können mit ihnen fertig werden.«

Noch einmal winkte die Hand, und Bowen hörte zu. »Sir, bei allem Respekt, ich glaube, es wäre besser, wenn Sie hier auf diesem Schiff blieben.«

»Southwick...«

Bowen trat zurück und ließ den weißhaarigen Mann näherkommen.

»Lassen Sie eine Stagtalje anschlagen, laschen Sie mich auf einem Stuhl fest...«

»Aye, aye, Sir«, sagte der alte Mann widerstrebend.

Sie brachten ihn weg. Es hatte etwas mit der *Lynx* zu tun. Wenn sie nur ein paar Minuten fortgehen würden...

Sie beobachtete, wie Southwick und der Seemann zu den Seilen hinübergingen und anfingen, an einigen zu ziehen und andere loszumachen.

»Ma'am«, rief Southwick, »könnten Sie zwei von den männlichen Passagieren bitten, einen Armsessel an Deck zu bringen?«

Sie rannte nach unten, gab schnell ein paar Anweisungen und eilte zurück, wo sie Bowen im Schneidersitz neben Nicholas an Deck sitzen sah. Sie rief Southwick zu, daß der Sessel an Deck gebracht werden würde, schlug ihren Rock zur Seite und setzte sich Bowen gegenüber. Nicholas lag zwischen ihnen und war anscheinend eingeschlafen; sein bandagierter linker Arm lag quer über dem Körper.

Bowen sah sie an und sagte ruhig: »Die Armwunde wird schnell heilen – Sie haben sie hervorragend gesäubert. Die Schwäche, die so bedrückend wirkt und einen glauben machen könnte, daß er mit seinem blassen Gesicht und der schwachen Stimme dem Tode nahe ist, hängt nur mit seinem Blutverlust zusammen. Aber der menschliche Körper ist sehr widerstandsfähig. In ein paar Stunden wird er den Blutverlust wieder wettgemacht haben. Beim Frühstück wird er schon knurren, und beim Mittagessen wird es mit ihm kaum auszuhalten sein.«

»Ich danke Ihnen, Mr. Bowen. Ich...nun, ich dachte, er würde gleich sterben, als man ihn an Bord brachte.«

»Das dachten Jackson und Rossi und der andere Mann auch, bis Sie sich seiner annahmen. Sie sagen, daß Sie die gelockerte Aderpresse bemerkten und sie daran hinderten, in Panik zu verfallen.«

»Das stimmt nicht, aber es ist nett von ihnen, so etwas zu sagen.«

»Na schön, hier kommt der Sessel. Ich will mal nachsehen, was Southwick und die Männer da herrichten.«

Sobald der Schiffsarzt gegangen war, drehte Sarah die

Laterne so, daß Ramage das Licht nicht in die Augen schien. Tatsächlich lag er jetzt fast im Schatten.

»Sind Sie wach?« flüsterte sie.

»Ja... wo sind sie alle hingegangen?«

»Sie richten einen Sessel her, mit dem man Sie in das Boot hinunterlassen kann. Ist Ihnen warm genug?«

»Dieses Zittern... das ist nur die Reaktion, nicht die Kälte... Danke, daß Sie mir geholfen haben; ich habe gehört, was Bowen sagte.«

Sie schüttelte den Kopf, die Augen voll Tränen. »Versprechen Sie mir, daß Sie sich jetzt erst einmal erholen werden. Was Sie auch immer mit der *Lynx* geplant haben, das können Ihre Offiziere machen. Dieser Mann, Southwick, er ist offensichtlich ein sehr kompetenter Mann.«

»Gestern«, er zuckte zusammen und sprach dann weiter, »dachten Sie noch nicht so.«

»Sie sind fast fertig mit Ihrem Sessel«, flüsterte sie.

Sarah beugte sich über ihn, und ihr langes Haar bedeckte ihre Gesichter. Er zitterte immer noch, und als sie ihre Hände um sein Gesicht legte, fühlte sie, wie kalt seine Haut war.

Sie küßte ihn und sagte: »Ich gehe jetzt – ich möchte nicht, daß Sie mich wie ein Baby weinen sehen.«

Damit stand sie auf und lief zum Niedergang, mußte dort aber anhalten und sich die Tränen, die ihr den Blick trübten, aus den Augen wischen, bevor sie wagte, die Stufen hinunterzugehen.

17

Es war wenige Minuten nach neun Uhr morgens, als der neben Ramages Koje sitzende Sanitätsgehilfe bemerkte, daß dieser die Augen geöffnet hatte.

»Sagt Mr. Bowen Bescheid, daß der Kommandant wach ist«, rief er dem Posten Kajüte zu.

Bowen erschien kurz darauf und grinste, als er Ramage ansah.

»Wie geht es dem Patienten?«

»Mein Arm schmerzt wie verrückt, ich fühle mich schwindlig, und ich schmecke immer noch diese verdammte Suppe, die Sie mir eingeflößt haben. Sie war zu heiß und hat mir fast die Zunge verbrannt.«

»Offensichtlich hat Ihre Wiederherstellung bereits begonnen, Sir«, verkündete Bowen, wobei er Ramages Achselhöhle betastete. »Ha, keinerlei Schwellung festzustellen. Der Arm schmerzt auch nicht mehr, als zu erwarten ist, nehme ich an. Kein dumpfes Pochen?«

»Nein, er tut einfach weh«, sagte Ramage widerwillig. »Die Stiche der Naht schmerzen auch nicht mehr.«

»Eine hervorragende kleine Stickerei, wenn Sie mir dieses bescheidene Selbstlob gestatten. In zwei Wochen werde ich die Fäden ziehen, und Sie werden eine prächtige Narbe bewundern können, welche die Damenwelt beeindrucken wird.«

»Ja, ich werde in einem Rüschenhemd und mit aufgekrempeltem Ärmel durch die Salons paradieren. Lassen Sie jetzt Silkin rufen; ich will mich waschen, und er kann mich rasieren und mir beim Anziehen helfen; und dann können Sie mir eine Armbinde anlegen.«

Bowen schüttelte den Kopf. »Sie müssen mindestens drei Tage im Bett bleiben. Sie haben eine Menge Blut verloren, das vom Körper ersetzt werden muß. Sie sind exsanguiniert, Sir, das kann man weiß Gott sagen, und das bedeutet –«

»Ich kann es mir zusammenreimen, und ich hasse Ihre medizinischen Fachausdrücke. Lassen Sie bitte Silkin herkommen und –«

»Sir, ich muß darauf bestehen, daß Sie –«

Ramages Augen zogen sich zu Schlitzen zusammen, und Bowen verstummte; wenn der Kapitän in so einer Stimmung war, beharrte man nicht auf der eigenen Meinung.

»Bowen«, sagte er, »ich schätze Ihre Besorgnis, aber wir wollen nun auch nicht übertreiben. Ich habe eine kleine Fleischwunde, habe etwas Blut verloren und fühle mich ein wenig schwindlig. Spurgeon ist tot. Das ist ein kleiner Preis, den wir bislang für die Rettung von 40 Männern, Frauen und Kindern bezahlt haben. Auf den vier Schiffen, die wir in unseren Besitz gebracht haben, befinden sich zwei Dutzend Freibeuter unter Bewachung. Auf der fünften Prise sind keine Passagiere – nur zwei oder drei Freibeuter als Schiffswächter.«

Ramage setzte sich mit Mühe in seiner Schlingerkoje auf, so daß sie ins Schaukeln geriet, und hielt seinen bandagierten linken Arm mit der rechten Hand fest.

»Alles, was wir jedoch bisher getan haben, ist, das Tier am Schwanz zu packen. Der Kopf, mit einem Maul voll scharfer Zähne, liegt immer noch dort vor Anker. Die *Lynx* hat immer noch genügend Leute und Boote zur Verfügung, um die Prisen zurückzuerobern, sobald sie merken, daß wir sie genommen haben.«

Bowen nickte. »Ich verstehe, Sir. Wir müssen uns die *Lynx* vornehmen.«

»So ist es. Und wir müssen es heute morgen tun. Die Kerle können jeden Moment herausfinden, was passiert ist.«

»Das leuchtet mir durchaus ein, Sir, aber sicher könnten Wagstaffe und Southwick –«

»Bowen! Können Sie sich vorstellen, daß ich hier herumliege, während das alles über die Bühne geht?«

»Nun, Sir... ich gebe Ihnen ja nur einen Rat...«

»Zu meinem eigenen Besten, ich weiß. Ja, ich danke Ihnen. Lassen Sie jetzt Silkin kommen.«

Es dauerte eine halbe Stunde, bis Ramage gewaschen,

rasiert und angezogen war, und anschließend verbrachte Bowen noch eine Viertelstunde mit Vierecken aus Nankeenstoff, die der Zahlmeister von einer Rolle abgeschnitten hatte, um eine Schlinge für den verwundeten Arm herzustellen. Während ein ungeduldiger und fluchender Ramage versuchte, den Arzt zur Eile anzutreiben, sprang Silkin zwischen beiden hin und her und versuchte, seinen Kommandanten dazu zu bewegen, heißen Tee zu trinken und ein weichgekochtes Ei zu essen, das er auf einem Schiffszwieback verstrichen hatte.

Schließlich saß Ramage an seinem Schreibtisch, den verwundeten Arm auf der Tischplatte und das Gesicht blaß und feucht vor Schweiß; seine Hand zitterte und seine Knie waren mehr als wacklig.

»Die Boote der Landmesser und das Lotungsboot haben abgelegt wie gewöhnlich?« fragte er Wagstaffe

»Jawohl, Sir. Einer der jungen Matrosen trug einen Hut und eine Jacke von Martin, und dieser Maler, Wilkins, trug eine meiner Jacken und auch einen Hut von mir und ging mit den Vermessern an Land.«

»Wilkins? Warum denn das?«

»Er sprach nur davon, daß sich die *Lynx* so nahe am Ufer befände. Er hatte einige Zeichenblöcke dabei und Kohlestifte.«

»Will er denn die *Lynx* zeichnen?«

Wagstaffe blickte zur Seite und sagte gleichgültig: »Ich glaube, er hatte vor – nun, er wollte ein Bild malen, wie die *Calypso* die *Lynx* aufbringt und meinte, er hätte wohl die beste Sicht vom Strand aus; die *Lynx* liegt ja nur etwa 100 Yards vor der Küste.«

Ramage dachte einen Moment nach und kam zu der Überzeugung, daß die *Calypso* wohl der letzte Ort wäre, den sich ein Maler aussuchen würde.

»Wie viele Männer fehlen uns?«

»22 befinden sich auf den Prisen (Orsini, Jackson und

Rossi kamen letzte Nacht mit Ihnen zurück, Sir, weil Bowen Hilfe brauchte, um den Sessel festzuhalten). 24 sind beim Vermessen und Loten; das sind zusammen 46 Mann, plus Aitken, Kenton und Martin. Ich habe Orsini heute morgen nicht mit dem Lotungsboot weggeschickt.«

»Warum?«

»Er machte sich ziemliche Sorgen um Sie, Sir, und bis Sie wach wurden...«

»Orsini ist einfach nur ein Angehöriger der Besatzung. Denken Sie daran, Mr. Wagstaffe.«

»Aye, aye, Sir«, sagte der Zweite Leutnant, dankbar, daß er so leicht davongekommen war. Der Junge war sicher gewesen, daß der Kommandant sterben würde, und diese Tatsache, im Verein mit der Gewißheit, daß sich beide große Sorgen um die Marchesa machten, hatte ihn dazu bewogen, Orsini an Bord zu lassen. Aber so wie sich die Dinge entwickelten, war die *Calypso* nicht der beste Platz, um den Tag zu verbringen...

»Hören Sie mir jetzt genau zu«, sagte Ramage. »Das Wichtigste zuerst. Ein Kommandant muß komfortabel sitzen. Ich möchte diesen Lehnstuhl von der *Earl of Dodsworth* oben auf dem Achterdeck haben, backbord neben dem Kompaßhäuschen, wo ich den Kompaß im Auge habe.«

Southwick und Wagstaffe lachten, und der Leutnant sagte: »Ich wußte, daß sich dieser Sessel noch mal als nützlich erweisen würde! Der Bootsmann hatte schon vor, ihn über Bord zu hieven!«

»Jetzt aber im Ernst«, fuhr Ramage mit veränderter Stimme fort, »Kanonen auf beiden Seiten mit Kartätschen laden, aber natürlich nicht ausrennen. Decks naß machen und mit Sand bestreuen, aber aufpassen, daß dabei niemand von der *Lynx* mitbekommen kann, was los ist; man darf drüben nicht sehen, daß Wasser aus den Speigatten läuft oder die Deckwaschpumpe geriggt wird. Ich möchte, daß der Tampen der im Kabelgatt festgelaschten Ankertrosse losgenommen wird, so daß wir die ganze Trosse ausrauschen lassen können; ich will keine Zeit verlieren und unnötigen Lärm verursachen dadurch, daß ich sie mit der Axt kappen lasse.«

»Kann ich eine Boje anstecken, Sir?« fragte Southwick. »Es wäre schade, wenn wir einen Anker und eine neue Trosse verlieren.«

»Ja, unbedingt. Die Männer sind laut Rollenkarte zu bewaffnen, aber sorgen Sie auch hier dafür, daß von der *Lynx* niemand einen Mann mit einem Entermesser herumlaufen sehen kann. Lassen Sie den Schleifstein unter Deck! Aber sorgen Sie dafür, daß die Toppsgasten scharfe Messer haben – ich möchte, daß die Beschlagzeisinge durchgeschnitten werden; sie sollen keine Zeit damit verlieren, sie zu lösen. Das Fallenlassen und Anholen der Segel und das Anbrassen der Rahen darf nur Sekunden dauern, nicht Minuten.«

Er hielt inne, als ihn ein Schwindel erfaßte und er den Eindruck hatte, die Kajüte lege sich auf die Seite, und einen Augenblick lang konnte er nicht verstehen, warum Wagstaffe und Southwick horizontal dazusitzen schienen, aber nach ein paar tiefen Atemzügen ging der Anfall vorüber.

Dann holte Southwick tief Luft, als wolle er über die Seite springen. »Dieser Sessel, Sir. Wie wär's, wenn wir ihn ganz nach achtern stellten, gegen die Heckreling an Backbordseite, dann wären Sie –«

»– dem Steuermann nicht im Weg und auch keine so gute Zielscheibe für die Scharfschützen auf der *Lynx*«, vollendete Ramage den Satz.

»Nun ja, Sir, das ist völlig richtig; Sie wären sonst, weiß Gott, ein leichtes Ziel«, sagte der Navigator und machte keinen Versuch, die Tatsache zu verbergen, daß er sich gekränkt fühlte.

»Um wieviel Uhr soll es losgehen, Sir?« fragte Wagstaffe taktvoll.

»Wir können das Unternehmen beginnen, als beabsichtigten wir, die Segel zu lüften. Schicken Sie vier oder fünf Toppsgasten nach oben, um das Vormarssegel fallen zu lassen, wobei sie sich die Zeit nehmen sollen, die Zeisinge loszunehmen; aber sagen Sie, daß sie die Zeisinge des Großmarssegels und des Besanmarssegels durchschneiden sollen. Das wird uns ein paar Minuten ersparen.«

»Und die Seesoldaten, Sir?«

»Ist Renwick an Bord?«

»Jawohl, Sir. Ich hielt ihn davon ab, mit den Vermessern an Land zu gehen. Alle Seesoldaten sind an Bord.«

»Sehr gut, sie werden als Scharfschützen eingesetzt, müssen sich aber als Seeleute verkleiden. Dieser Kerl Hart wird Verdacht schöpfen, wenn er Gruppen von Seesoldaten in Uniform sieht.«

»Und die Gefangenen, die wir machen, Sir; es sind vielleicht einige Briten darunter. Ich vermute, sie sind nicht mit Kriegsgefangenen gleichzusetzen?«

»Wir sind nicht im Krieg«, sagte Ramage bedächtig. »Alle Männer auf der *Lynx* sind Piraten. Die Briten, nun, das sollen die Kronjuristen entscheiden, aber sie sind wahrscheinlich auch noch als Verräter anzusehen. Selbstredend wird diese Sache nicht eher akut werden, als bis wir überhaupt Gefangene gemacht haben.«

»Nein, Sir«, antwortete Wagstaffe und starrte dann Ramage an, als ihm aufging, was sein Kommandant mit diesen Worten gemeint hatte.

Der Leutnant beugte sich nach vorn, als Ramage leise sagte: »Diese tapferen Kerle waren bereit, Frauen und Kinder zu ermorden, und wenn wir sie nach England schaffen, fürchte ich, daß irgendein schlauer Anwalt einen Richter durch alle möglichen Tricks dazu verleiten könnte...«

»Aye, verleiten, bestechen, nennen Sie es, wie Sie wollen«, sagte Southwick. »Ganz gleich, was geschieht, niemand in England wird glauben, was hier passiert ist. Ein Jammer, daß wir sie nicht bei uns an Bord verurteilen können.«

»Nun, wir werden sehen«, sagte Ramage. »Warten wir ab, wie viele Gefangene wir machen.«

Sarah stand mit den anderen Frauen auf dem Achterdeck der *Earl of Dodsworth*, die sechs Männer der *Calypso* verharrten immer noch in ihrer Rolle als Wächter. Seit ihrer Befreiung schien Mrs. Donaldson selten mehr als ein Yard entfernt, schwatzend, einfältige Fragen stellend oder nörgelnd.

»Dieser Lord Ramage«, sagte sie, »warum nimmt er nicht sein Schiff und versenkt diese elenden Piraten? Schließlich ist sein Schiff doch viel größer.«

»Letzte Nacht ging es ihm keineswegs gut«, sagte Sarah sanft.

»Oh, ein einfacher Schnitt am Arm, sagte mir mein Mann, und er hat ihn ja gesehen, als er den Sessel heraufbrachte. Wozu sie den brauchten, weiß ich wirklich nicht. Und dazu noch mit Armlehnen!«

Sarah sah zur *Calypso* hinüber und dachte, daß sie ganz sicher ein schnelles und kampfstarkes Schiff sein müsse. Nie zuvor hatte sie eine Fregatte mit einem Handelsschiff verglichen, aber die *Heliotrope*, zum Beispiel, war ein richtiger Kasten, während die *Calypso* schlank wirkte, dabei aber große Kraft zu bergen schien, wie eine gespannte Feder. Wie Nicholas, dachte sie, wie Nicholas, wenn er nicht verwundet war.

»Sie haben doch diesen Lord Ramage gestern nacht gesehen«, sagte Mrs. Donaldson. »War er wirklich schwer verwundet? Sie haben den Schiffsarzt von der Fregatte kommen lassen, hat mir mein Mann erzählt.«

»Nein, es war nur eine Schnittwunde am Arm, wie Ihr Mann sagte.«

»Warum dann die ganze Aufregung? Warum unternimmt Ramage nicht etwas? Schließlich ist sein Vater doch Admiral und gehört zum Hochadel, also sollte man doch annehmen, daß dieser junge Mensch so etwas wie Traditionsbewußtsein besitzt.«

»An Traditionsbewußtsein fehlt es ihm nicht«, sagte Sarah leise. »Es fehlt ihm an Blut.«

»Blut? Meine Liebe, meinen Sie damit, daß es ihm an Lebensart mangelt? Ist er vielleicht gar nicht der echte Sohn des Grafen? Die Gräfin ist also fremdgegangen, wie? Man kann nie sicher sein, wie mein Mann immer sagt.«

»Blut«, sagte Sarah noch leise, »das durch den Körper fließt. Er verlor einen großen Teil seines Blutes in der See, zwischen uns und der *Heliotrope*. Er hätte sehr wohl sterben können, und dann«, fügte sie hinzu, voller Haß auf den vulgären und primitiven Verstand dieser Frau, »dann wären die Piraten zurückgekommen und hätten Sie wahrscheinlich auf die *Lynx* verschleppt.«

»O je!« kreischte Mrs. Donaldson und fiel in Ohnmacht wie ein Zelt, das man seiner Stütze beraubt hat, und Sarah ging zur Heckreling hinüber, ärgerlich, daß sie sich durch diese Frau hatte provozieren lassen.

Sie blickte wieder zur *Calypso* hinüber. Wo genau lag wohl Nicholas' Kajüte? Sie sah Bowen mit seiner Arzneikiste vor sich und auch den alten Southwick; beide würden ihn heute morgen schon zu Gesicht bekommen haben und waren vielleicht jetzt gerade mit ihm zusammen. Sie hätte ihm so gern ihre Kabine gegeben; dann hätte sie bei ihm sitzen und Bowen zur Hand gehen können.

Offensichtlich unternahmen sie heute nichts gegen die *Lynx*, was auch nicht weiter verwunderlich war, außer vielleicht für eine Frau wie Mrs. Donaldson. Das Wichtigste war, daß sich jetzt alle Geiseln in Freiheit befanden, daß die Freibeuter, die sie bewacht hatten, eingesperrt und durch Leute von der *Calypso* ersetzt waren. Sie mußten weiterhin den Anschein von Geiseln erwecken, so lange, bis Nicholas bereit war, gegen die *Lynx* vorzugehen, aber heute verdiente die Besatzung der *Calypso* eine Ruhepause; doch sobald Nicholas sich etwas erholt hatte, würde er seine Offiziere schon entsprechend instruieren. Unterdessen folgten die Boote der *Calypso* der üblichen Routine, zwei brachten die Vermesser an Land, und das dritte stellte die Tiefe der Bucht fest, indem ein Mannschaftsmitglied ein Bleigewicht an einem Seil ins Wasser warf.

Nicholas hatte das sehr amüsant beschrieben, aber sie konnte sich nicht mehr genau erinnern, welcher Ausdruck denn nun korrekt war, »swinging the lead« oder »heaving the lead«. Das eine bedeutete, sich vor der Arbeit zu drücken, und sie meinte, es wäre »swinging the lead«, aber andererseits schwang der Seemann im Boot ja auch das Bleigewicht, bevor er es losließ. Diese Bedeutung hatte aber auch »heaving«. Diese Seemannssprache war schon sehr verwirrend.

Ramage hatte den Befehl über zweihundert Männer auf der *Calypso*. Der Matrose, der ihr das erzählt hatte, sagte, es gäbe dazu noch vier Leutnants und den »Master« – das war der weißhaarige alte Mann, den sie gestern nacht gesehen hatte. Es war gut, daß ihr der Matrose alles erklärt hatte, denn auch der Mann, der die *Earl of Dodsworth* kommandierte, wurde »the Master« genannt, obwohl man von ihm üblicherweise als »the Captain« sprach. Ganz anders in der Royal Navy, wo der Mann, der das Schiff kommandierte, je nach der Größe des Schiffes ein Leutnant oder ein Kapitän sein konnte, aber wie der Master der *Earl of Dodsworth* als »the Captain« bezeichnet wurde. Und ein Master in der Royal Navy befehligte keineswegs das Schiff (es sei denn, er war ein ›Master and Commander‹, aber sie verstand den Unterschied nicht so ganz und außerdem galt das auch nur für kleine Schiffe). In der Tat war der Master, der für die Navigation und die Schiffsführung zuständig war (und deshalb auch als Navigator bezeichnet wurde), nicht einmal ein durch Patent bestallter Offizier wie die Leutnants; er war nur ein Decksoffizier – wie ein Stabsfeldwebel in der Armee.

Dieses Warten und dieses Nicht-Bescheid-Wissen... Einerseits war sie erleichtert, daß Ramage die *Lynx* heute nicht angriff; andererseits bedeutete das einen weiteren Tag und eine Nacht – in der sie sich Sorgen machte, ohne jemandem ein Wort darüber sagen zu können; sie hatte dieses Geheimnis zu hüten, das sie mit niemandem teilen konnte. Eigentlich war es ja gar kein richtiges Geheimnis; mehr so etwas von der Art – so stellte sie es sich jedenfalls vor –, wie es ein junges katholisches Mädchen ihrem Priester beichten mochte. Es war jedoch alles so hoffnungslos (und auch wirklich so unschuldig), daß sie bezweifelte, ob ein junges Mädchen es überhaupt erwähnenswert finden würde, und ein Priester wäre sicherlich auch nicht daran interessiert.

So hoffnungslos und so unschuldig – und doch zerriß es sie innerlich; sie konnte nicht schlafen deswegen; sie fragte sich, wie sie den Tag hinter sich bringen sollte – von den kommenden Tagen ganz zu schweigen –, ohne zu schreien oder in Hysterie zu verfallen. Sie ging den Niedergang zu ihrer Kabine hinunter; die Tränen saßen ihr sehr locker, und wenn diese Mrs. Donaldson weiterhin so dummes Zeug schwatzte, nachdem ihre Freunde sie wieder auf die Beine gebracht hatten, würde sie diese unleidliche Person anschreien.

Liebe, zu der man sich nicht bekennen durfte, Liebe, die nicht erwidert wurde, Liebe zu einem Menschen, der schon jemand anders liebte – gab es eine schlimmere Folter? Etwa die Streckbank? Der Tauchstuhl? Die Garotte?

Kinderspielzeug; nicht mehr als ein Ärgernis. Sie schloß die Kabinentür und setzte sich auf das Bett. Nicholas Ramage. Er hatte ihren Kuß erwidert. Aber sicher nur, weil er wußte, daß alle Schiffe Trinidade verlassen würden, sobald die *Lynx* genommen war, eine Art Abschiedsritual, nachdem der Ball zu Ende war, oder... sie zwang sich, an diese Vorstellung zu denken, obwohl sie gleichzeitig die Augen fest schloß, als könne sie sie damit aussperren. Oder wußte er – hatte er eine Vorahnung, daß er bei der Eroberung der *Lynx* den Tod finden würde?

Je mehr sie darüber nachdachte, desto größer wurde ihre Gewißheit. Er hatte gewußt, daß er sterben würde. Er liebte eine andere Frau, also war dieser Abschiedskuß eine Art Dankeschön an »Fräulein, fürs erste« für die Versorgung seiner Wunde. Wenn er wußte, daß er den Angriff auf die *Lynx* überleben würde, warum dann ein Abschiedskuß? Wenn er mit dem Leben davonkam, würden sie sich bestimmt noch einmal begegnen, bevor sich die Schiffe auf den Heimweg machten. Es war ihm auch bestimmt klar, daß sie sich – jetzt, da ihr Vater seinen Abschied als Generalgouverneur von Bengalen genommen hatte und nach England zurückkehrte – sicherlich in der Londoner Gesellschaft wiedersehen würden. Es war seltsam, wie sehr es ihn geärgert hatte, diese Militäruniform anziehen zu müssen.

»Miss... Miss!« Irgend jemand hämmerte an ihre Tür. »Miss, schnell, an Deck, die *Calypso* hat Segel gesetzt und geht in Fahrt!«

»Ich komme – danke...« Sie wollte am liebsten in der Kabine bleiben und so tun, als wäre überhaupt nichts los, aber statt dessen würde sie gezwungen sein, an Deck zu gehen und zuzusehen, wie die *Calypso* Nicholas seinem Tod entgegentrug und sich dabei die Hurrarufe von Leuten wie Mrs. Donaldson anzuhören, die sicher auch noch einige Sprüche ihres Mannes parat haben würde.

Das Sonnenlicht, das von der Meeresoberfläche reflektiert wurde, blendete die Augen; der Himmel war von einem unglaublichen Blau und völlig wolkenlos, die Insel schien ganz friedlich und hielt die Bucht in ihren Armen. Selbst die *Lynx* schien klein und unschuldig. Dann wandte sie sich um und betrachtete die *Calypso*.

Diesen Anblick, das wußte sie, würde sie niemals vergessen. Der Wind bauschte die Segel und preßte die Falten aus dem Tuch, und die *Calypso* bewegte sich durch das Wasser, langsam und gemessen, aber mit unendlicher Anmut – ein Schwan, von einer Brise über den See getrieben.

Plötzlich sah sie, wie sich die glatten schwarzen Seiten mit dem weißen Streifen (nannte man das nicht Farbengang?) zu bewegen schienen und Reihen von roten Rechtecken entstehen ließen, und sie begriff, daß die Klappen der Stückpforten geöffnet wurden. Einen Augenblick später sah sie die Kanonen selbst herauskommen, wie eine Reihe schwarzer Finger. Aber warum stoppte die *Calypso* jetzt bloß, die Segel flach und im Wind hin und her schlagend?

Southwick war nur selten nicht mit dem einverstanden, was der Kommandant machte, aber jetzt war es mal wieder soweit. Eigentlich ging es ja nur darum, was der Kommandant seiner Überzeugung nach tun wollte, denn gesagt hatte er nichts. Es sah so aus, als wolle er die *Calypso* an die *Lynx* heransegeln, längsseit gehen und sie entern. Das Problem bei Kaperschiffen war, daß sie immer ungewöhnlich große Besatzungen hatten. Sie brauchten zwar nur wenig Leute, um das Schiff zu segeln – die *Lynx* mit ihrem Schonerrigg würde sicher mit fünfzehn Mann auskommen –, aber sie brauchten viele Seeleute als Mannschaften für die Schiffe, die sie aufbrachten. Die gegenwärtige Lage war ein gutes Beispiel: Ein Kaperschiff hatte fünf Prisen genommen und würde schließlich auch fünf Prisenbesatzungen brauchen, obwohl sie bei dem großen Ostindienfahrer wahrscheinlich ein paar Leute der ursprünglichen Mannschaft unter Gewaltandrohung zwingen konnten, für sie zu arbeiten. Und die Freibeuter würden zu allem entschlossen sein. Sie würden wissen, daß der Galgen auf sie wartete, wenn sie der *Calypso* nicht entkamen, und daher bestimmt lieber im Kampf sterben als mit einem Strick um den Hals.

Der alte Navigator blickte nach vorn. Die *Calypso* nahm endlich Fahrt auf, dank einer kleinen Brise, nachdem sie unerwartet eine fast windstille Stelle in der Abdeckung einiger Hügel hatte überwinden müssen. Ein windstiller Fleck, der, wäre er größer gewesen, den ganzen Plan in Frage gestellt haben könnte.

Nachdem sie die Ankertrosse erfolgreich geslippt und das Vormarssegel (nachdem es eine halbe Stunde ›gelüftet‹ worden war) scharf angebrasst hatten, ließen sie die übrigen Marssegel fallen, die dann ebenfalls dichtgeschotet und scharf angebrasst wurden, worauf die *Calypso* an den Wind ging wie ein altes Schlachtroß, das in der Ferne Kanonendonner hört. Dann war der Wind weggeblieben.

Wenn man sich Mr. Ramage so betrachtete, wie er da in seinem Armsessel saß, wobei das weiße Tuch der Armbinde den Eindruck erweckte, er trüge eine seltsame neue Uniform, mußte man seine Ruhe bewundern. Er warf einen Blick auf die Segel und auf die Windfahnen und sagte dem Steuermann einfach nur, er solle einen Strich höher an den Wind gehen. Tatsächlich hatte die *Calypso* noch genug Fahrt, um das windstille Gebiet zu passieren, und als der Wind wieder einsetzte, hatte er um einen Strich auf Nord zu West gekrimpt.

Auf ihrem Kurs zur *Lynx* würde die *Calypso* dicht unter dem Heck der *Amethyst* vorbeilaufen, dann die *Friesland* passieren, die weiter in Richtung auf die südliche Landspitze an Steuerbord lag, und anschließend, in noch kürzerem Abstand, die *Heliotrope*, während die *Earl of Dodsworth* schon an Backbord achteraus lag mit der *Commerce* weiter voraus.

Der Wind schien jetzt beständig aus Nord zu West zu kommen, obwohl alle vor Anker liegenden Schiffe mit dem Bug mehr in Richtung Ost zeigten, besonders die *Lynx* und die *Commerce*, die sich näher unter der Küste befanden. Bei leichterem Wind wurden sie in stärkerem Maße durch den Strom beeinflußt, der um die Landspitze in die Bucht hinein setzte, so daß sie teils auf dem Wind, teils auf der Strömung lagen.

Die *Lynx* direkt anzusteuern und mit der *Calypso* längsseit zu gehen, schien Southwick aber auch noch aus einem anderen Grund unnötig riskant: Wenn sie sich längsseit legten und mit Wurfankern an der *Lynx* festmachten, bestand die Gefahr, daß das Kaperschiff seine Ankertrosse kappte, und beide Schiffe zusammen wegtrieben, möglicherweise mit der *Heliotrope* unklar kamen und später wahrscheinlich auf Grund liefen.

Der Kommandant war ganz bestimmt beunruhigt, weil er fürchtete, die *Lynx* könnte ihm entkommen; sie könnte ihre Ankertrosse kappen und zwischen der *Calypso* und der Küste durchschlüpfen – das war der Hauptgrund, warum die *Calypso* so schnell wie möglich Segel gesetzt und die Ankertrosse geslippt hatte. Um der *Lynx* sowenig Zeit zu lassen wie möglich. Aber die Gaffeltakelung des Kaperschiffes verschaffte ihr einen enormen Vorteil. Die *Calypso* war wie ein Bulle, der ein Kalb in der Ecke einer Weide zu fangen versucht, nicht einmal vom Standpunkt der relativen Stärke aus, sondern von der Größe und der Schwerfälligkeit her.

Jetzt jedoch quietschten die Scharniere der Stückpfortendeckel, die nach oben schwangen, und Southwick fühlte seine Zuversicht wachsen, als er die Männer an den

Taljen holen sah, die die Kanonen rumpelnd in Schußposition brachten. Die Munitionsträger hatten schon an der Mittschiffslinie Aufstellung genommen und hockten auf den hölzernen Zylindern, in denen sie die Flanellkartuschen für den nächsten Schuß geholt hatten.

Die Decks glitzerten naß im Sonnenschein; der Sand, der unregelmäßig auf den Planken ausgestreut worden war und das Wasser aufgenommen hatte, ließ helle und dunkle Flecken entstehen und wurde bereits von der Hitze der Sonne getrocknet. Southwick tastete nach dem Griff seines Säbels. Der Kommandant sprach davon immer als dem »Hackmesser«, und Southwick hoffte, er würde Gelegenheit haben, es in den nächsten Minuten zu benutzen; sie kamen der *Lynx* jetzt schnell näher.

Ramage fühlte sich durch den Sonnenschein wie geblendet. Normalerweise machte er ihm nichts aus, aber er fühlte sich immer noch schwindlig durch den Blutverlust, und er hatte Kopfschmerzen. Das war zwar nicht überraschend, aber es half ihm auch nicht, sich zu konzentrieren.

Die ersten paar 100 Yards war alles recht gutgegangen. Das Vormarssegel, das man ›zum Lüften‹ hatte fallenlassen, hatte auf der *Lynx* keine Aufmerksamkeit erregt. Sie würden natürlich bemerkt haben, daß die beiden Boote mit den Vermessern die Leute wie üblich am Strand abgesetzt hatten und daß auch das Lotungsboot wie immer über die Bucht gerudert wurde, der Lotgast das Blei warf und Tiefe und Kurs aufgezeichnet wurden.

Ramage hatte die *Lynx* beobachtet, als er den Befehl gab, die Ankertrosse zu slippen, Groß- und Besanmarssegel fallenzulassen, die Schoten anzuholen und die Rahen scharf anzubrassen. Die Segel füllten sich, und die *Calypso* hatte bereits Fahrt aufgenommen, als er die ersten Reaktionen bei den wenigen Figuren bemerkte, die er an

Deck der *Lynx* sehen konnte. Obgleich sie, selbst durch das Teleskop, nur winzig waren, bemerkte er, wie erst ein Mann und dann der nächste innehielten und mit dem Arm deuteten. Er hörte in Gedanken die aufgeregten Rufe, worauf sicher Hart und Tomás an Deck eilten, um sich ein Bild von der Lage zu machen. In diesem Augenblick erreichte die *Calypso* den windstillen Fleck. Er hatte ihn natürlich bemerkt, bevor sie die Segel gesetzt hatten – eine glatte Wasserfläche, von kleinen Wellen umgeben – und wußte, daß die Fahrt der *Calypso* ausreichen würde, sie darüber hinweg zu bringen.

Jetzt hatten sie den Wind wieder zu fassen. Es war zu ärgerlich, daß er hier im Sessel sitzen mußte, aber es war ihm auch klar, daß er nicht die Kraft hatte, sich auf den Beinen zu halten. Wagstaffe stand an der Reling, die das Achterdeck nach vorne begrenzte, Southwick hinter ihm, und Orsini stand, quasi als Befehlsübermittler, zwei Schritt neben dem Sessel.

Mit einem schnellen Blick stellte Ramage fest, daß sich die *Calypso* auf halbem Wege zwischen der *Amethyst* an Steuerbord und der *Earl of Dodsworth* an Backbord befand. Ob Sarah wohl zu ihnen herübersah? Was war mit den beiden Koffern voller Männerkleidung und Uniformen? Der Kleidung eines einzigen Mannes, korrigierte er sich; einem Mann von seiner Statur, mit etwas größeren Füßen. Liebte sie ihn? War er überhaupt noch am Leben?

Trinidade, ein kleiner Punkt im Südatlantik, den nur wenige kannten und noch weniger jemals besuchten, aber hier war er einem Schiff begegnet, das seinen eigenen privaten Krieg gegen alle Welt führte, und auch einer Frau, die er zwar noch nicht im tiefsten Sinne des Wortes liebte (denn eigentlich kannte er sie ja kaum), die aber nahezu sein ganzes Denken erfüllte.

Die *Lynx* lag recht voraus, und er konnte jetzt Männer

an Deck hin und her rennen sehen. Er konnte sich den Lärm und das Durcheinander vorstellen – das Pulvermagazin verschlossen, und wo zum Teufel war der Schlüssel? Vielleicht stritten Tomás und Hart gerade miteinander: Sollten sie die Ankertrosse kappen und die Flucht ergreifen oder dableiben und kämpfen, oder hatten sie überhaupt eine Wahl? Die Freibeuter würden in allen möglichen Sprachen durcheinanderschreien – ganz sicher in Englisch, Französisch, Spanisch und Holländisch und vielleicht noch ganz anders.

In jener Nacht auf der *Earl of Dodsworth*, bevor er zur *Heliotrope* hinübergeschwommen war, als er da in der Dunkelheit auf der Kanone saß, bevor sie zu ihm gekommen war, hatte er sich – oder vielmehr sein Leben – mit einer fast erschreckenden Klarheit gesehen. Er hatte Schuldgefühle gehabt, daß Giannas Bild in seinem Gedächtnis verblaßte, daß er nicht mehr so häufig oder in derselben Art an sie dachte wie vorher. Dann war ihm klargeworden, daß sie beide – unabhängig voneinander und ohne es zu der Zeit so recht zu verstehen – entdeckt hatten, daß sie keine Wahl hatten. Jeder von ihnen wurde von einer Kraft gelenkt, welche die Liebe nicht überwinden konnte. Oder vielleicht zeigte ihnen die Liebe ja auch, daß kein Glück auf sie wartete, selbst wenn es ihr gelang, diese Kraft zu überwinden? Er sah, daß sie nie eine Wahl gehabt hatten, selbst wenn Gianna seinerzeit nicht beschlossen hätte, nach Volterra zurückzugehen. Das Ganze hatte eine gewisse Unvermeidlichkeit an sich; die gleiche Unvermeidlichkeit, welche die *Calypso* jetzt der *Lynx* entgegentrieb.

Er wandte den Kopf. »Mr. Southwick...«

Als der Navigator neben ihm stand, erteilte er ihm seine Befehle, und der alte Mann begann zu lächeln. Ein erleichtertes Lächeln? Ramage schien es so, und es kam ihm so vor, als habe Southwick etwas ganz anderes erwartet. Jedenfalls nahm der Navigator das Sprachrohr aus der Halterung vorn am Kompaßhäuschen, ging zu Wagstaffe hinüber und sagte ihm, er solle sich beim Kommandanten melden.

Der Zweite Offizier sah vergnügt aus; sein Hut saß verwegen auf dem Kopf, und seine Seidenstrümpfe waren offensichtlich ganz neu (und angezogen worden, weil Bowen Ramage gesagt hatte, der daraufhin gleich einen stehenden Befehl erlassen hatte, daß im Gefecht Strümpfe aus Seide und nicht aus Wolle angezogen werden sollten; Wolle, die bei einer Verletzung in die Wunde hineingezogen wurde, machte die Arbeit des Arztes zehnmal schwieriger).

Ramage informierte ihn, welche Befehle er gerade Southwick erteilt hatte.

»Wir werden unsere Steuerbord-Breitseite zuerst abfeuern, es sei denn, es passiert etwas Unvorhergesehenes; bringen Sie also die zusätzlichen Leute auf diese Seite. Danach hängt eine ganze Menge davon ab, was die *Lynx* machen wird, aber auf jeden Fall kommt es auf Sekunden an. Ich habe Folgendes vor...«

Der Leutnant hörte zu und nickte ein paarmal.

»Aye, aye, Sir«, sagte er und ging zurück an seinen Platz vorne auf dem Achterdeck. Er nahm sich das Sprachrohr von Southwick und rief den Geschützmannschaften einige Befehle zu.

Kein Schiff in der Royal Navy hatte genügend Leute, um »auf beiden Seiten zu kämpfen«. Gewöhnlich waren genug Leute da, um alle Kanonen auf einer Seite zu laden und abzufeuern, wobei für die andere Seite höchsten ein oder zwei Mann für jede Kanone zur Verfügung standen. Mußten beide Breitseiten abgefeuert werden, wurde erst die eine abgefeuert, worauf mehrere Leute von jeder Kanone zum entsprechenden Geschütz auf der anderen Seite liefen, um dann dieses abzufeuern. In der Zwischenzeit wurde das erste Geschütz ausgewischt und neu geladen.

Die *Heliotrope* lag jetzt querab an Steuerbord (kein Wunder, daß ihm die Strecke sehr lang vorgekommen war, als er von der *Earl of Dodsworth* zu ihr hinübergeschwommen war) und die *Commerce* an Backbord. Vor ihnen lag die *Lynx*, von der nur der Heckspiegel und die beiden in einer Linie stehenden Masten zu sehen waren. Erneut hob er das Teleskop ans Auge. Ihre Stückpforten waren immer noch geschlossen und hinter ihr, am Strand, sah er die Leute von der *Calypso* und die beiden Vermessungstrupps zu ihren Booten rennen. Der Maler Wilkins würde zurückbleiben müssen, wenn er den Angriff der *Calypso* von der Küste aus beobachten und auf seinem Zeichenblock festhalten wollte.

Ramage lockerte die Schlinge ein wenig; sein Arm begann zu klopfen, aber zumindest erwachte er wieder zum Leben. Die Kälte, die nicht aus seinem Körper weichen wollte, seit man ihn aus der See an Bord des Ostindienfahrers gezogen hatte, wurde jetzt durch eine angenehme Wärme verdrängt. Der Himmel war wieder von einem tiefen Blau, die Hügel von Trinidade waren von einem frischen Grün überzogen, der Sand des kleinen Strandes war nahezu weiß, und die See in der Bucht sah aus wie ein Flickenteppich aus dunkelblau, hellgrün und braun-grün.

Das dunkle, mangroven-grün des Rumpfes der *Lynx*, ihre lederfarbenen Masten und das Weiß der Stengen, das Schwarz des stehenden Guts – das alles erschien im Blickfeld des Teleskops, als wäre es nur 50 Yards entfernt anstatt 500.

Ramage haßte es, sitzen zu müssen; zu diesem Zeitpunkt vor einem Gefecht konnte er gewöhnlich an der Achterdeckreling auf und ab gehen, aber jetzt war er gezwungen, in einem Armsessel zu sitzen wie ein uralter, sabbernder Admiral, der kaum noch etwas hörte und weniger verstand, kahlköpfig und mit tränenden Augen. Bei dieser Vorstellung mußte er lachen und bemerkte, daß Wagstaffe sich umdrehte und das Gesicht zu einem Lächeln verzog. Paolo fing ebenfalls an zu lachen, worauf Ramage ihn fragend ansah.

»Sie sehen sehr còmodo aus, Sir.«

»Ich fühle mich auch behaglich genug, wenn ich auch lieber auf den Beinen wäre, aber zumindest entgeht mir so nichts!«

Er gab Paolo das Teleskop, damit er es wieder in die Schublade des Kompaßhäuschens zurücklegte; er brauchte es jetzt nicht mehr. 400 Yards – und er konnte fünf, sechs Männer erkennen, die an der Heckreling der *Lynx* standen und zu ihnen herübersahen. »Können Sie sehen, ob sich Leute auf der Back befinden?«

»Nein, Sir, aber sie wird teilweise durch die Masten verdeckt.«

Aller Wahrscheinlichkeit nach hatten sie noch nicht angefangen, ihre Ankertrosse zu kappen. Niemand war dabei, die Beschlagzeisinge der Segel loszunehmen. Waren sie alle in Panik geraten? Vor Furcht erstarrt, als sie die Fregatte mit den auf beiden Seiten ausgerannten Geschützen auf sich zukommen sahen? So wie er Tomás und Hart in Erinnerung hatte, waren sie keine Männer, die leicht in Panik gerieten. Dann sah Ramage auf die Uhr. Er versuchte abzuschätzen, wieviel Zeit vergangen war, seit die beiden Männer auf dem Kaperschiff zu ihnen herübergezeigt und Alarm geschlagen hatten. Zwei oder drei Minuten, stellte er fest; also nicht lange genug, als daß Tomás und Hart etwas hätten unternehmen können.

300 Yards und das Kaperschiff recht voraus. Sicher fragten sie sich, an welcher Seite die *Calypso* längsseit gehen und ihre Enterhaken festmachen würde. Die Farben der *Lynx* leuchteten jetzt hell, und Ramage konnte einen dünnen Mann von einem dicken unterscheiden!

Entfernungen zu schätzen war die schwierigste Sache von allen.

»Wagstaffe, wahrschauen Sie ihre Leute, daß sie klar zum Schuß sind, wenn das Ziel durchwandert. Southwick –«, er hielt inne. 200 Yards. Seine Augen folgten einer imaginären Kurve nach Backbord, die den Kurs der *Calypso* darstellen würde, wenn sie wendete. Es mußte langsam geschehen, um den Geschützführern eine gute Chance zu geben, aber doch nicht so langsam, daß sie nicht durch den Wind kam und hilflos wegtrieb. 100 Yards. Dieses vereinzelte Knallen kam von den Musketen einiger Freibeuter an der Heckreling. In dem Augenblick, als er Southwick den Befehl zurief, wurde ihm klar, daß die Freibeuter immer noch zu erraten versuchten, welche Seite sie gegen die *Calypso* verteidigen sollten!

»Gehen Sie durch den Wind, Mr. Southwick, aber nicht zu schnell!«

Der Navigator brüllte Jackson etwas zu, der den Rudergängern den Befehl weitergab.

Langsam – und es schien ihm so langsam, daß er ein paar Sekunden lang dachte, er hätte es zu lange hinausgezögert – begann die *Calypso* herumzugehen. Eine Zeitlang sah es so aus, als wollten sich das Bugspriet und der Klüverbaum über das Heck der *Lynx* schieben, während sie den Schoner achtern rammten, aber dann verstärkte sich die Drehgeschwindigkeit, als die Ruderkraft wirksam wurde. Southwick ließ das Vormarssegel back stehen, als die Fregatte nach Norden drehte und das Heck der *Lynx* langsam an ihrer Steuerbordseite entlangzuwandern schien.

Ramage hörte den dumpfen Knall eines Geschützes und sah, wie sich an der Seite der *Calypso* eine Rauchwolke ausbreitete. Dann folgte der nächste Donnerschlag, als das zweite Geschütz feuerte – quasi eine etappenweise Breitseite, die den Gegner längsschiffs bestrich. Dazu kam jetzt das Knallen der Musketen von Renwicks Seesoldaten, dem etwas leiser die Musketen der Freibeuter antworteten. Das Wummern der übrigen Geschütze der *Calypso* bildete ein dramatisches Hintergrundgeräusch für die Symphonie aus schlagenden Segeln, quietschendem Tauwerk und Southwicks gebrüllten Befehlen, als die *Calypso* langsam auf den anderen Bug ging.

Der Wind war so leicht, daß der Pulverdampf nicht weggeweht wurde, und in wenigen Minuten war das Achterdeck von einem dünnen, beißenden Nebel eingehüllt, der Ramage husten und nach seinem verwundeten Arm greifen ließ, während die Hustenanfälle Wellen des Schmerzes durch seinen Körper jagten. Sofort beugte sich Paolo über ihn und hielt ihm ein Taschentuch vor Mund und Nase, um den Rauch fernzuhalten, aber fast so schnell, wie er erschienen war, verschwand er auch wieder, und die Sonne brannte erneut auf das Achterdeck herab.

Immer noch hustend, drehte sich Ramage in seinem Stuhl herum. Die *Lynx* lag an Steuerbord achteraus, das Heck in eine Staubwolke gehüllt, und schien jetzt langsam an der Heckreling vorbeizugleiten, als die Fregatte ihre Drehung fortsetzte.

Es klappte!

»Mr. Wagstaffe – sind Ihre Leute an den Backbord-Geschützen bereit?«

Der Zweite Leutnant winkte, eine zuversichtliche Geste, um den Kommandanten zu beruhigen.

Die *Calypso* drehte weiter. Nachdem sie alle Geschütze der Steuerbordseite auf die *Lynx* abgefeuert hatte, während sie quer hinter ihrem Heck nach Norden wendete, würde sie jetzt noch einmal, allerdings in der anderen Richtung, am Heck der *Lynx* vorbeilaufen und alle Backbord-Geschütze, mit Kartätschen geladen, auf das ungeschützte Heck abfeuern, eine weitere Breitseite in Längsrichtung, die jedes Schiff fürchtete.

»Mama mia!« rief Paolo aus. »Wir haben den halben Heckspiegel mit der ersten Breitseite zerstört!«

»Nur den halben? Alle diese mit Kartätschen geladenen 12-Pfünder sollten eigentlich größeren Schaden angerichtet haben!«

Kartätschen; für einen Nicht-Seemann hatte das einen ziemlich harmlosen Klang, aber selbst bei einem 12-Pfünder-Geschütz hatten sie eine schreckliche Wirkung. Neun kleine Eisenbälle, von denen jeder ein Pfund wog (und die Größe eines Enteneis hatte), gingen auf eine Ladung. Jedes der Geschütze der *Calypso* an Steuerbordseite hatte neun Ein-Pfund-Kugeln in die *Lynx* hineingehämmert; eins nach dem anderen, wie das Läuten einer Trauerglocke, bis 18 Kanonen ihre Ladungen abgefeuert hatten – insgesamt waren das 162 Kartätschenkugeln.

Jetzt lag die Fregatte fast schon wieder auf dem neuen Kurs; die Rahen wurden angebrasst und die Segel getrimmt, als sie mit dem Heck durch den Wind ging. Jetzt steuerte sie Kurs Südost über Steuerbordbug, um das Heck der *Lynx* erneut zu kreuzen.

»Sie öffnen ihre Stückpforten, Sir! Ich sehe, wie eine Kanone ausgerannt wird!«

»Sie haben nur halbe Stückpfortendeckel«, rief Ramage und versuchte das Schlagen der Segel und das Quietschen des durch die Blöcke fahrenden Tauwerks zu übertönen. »Nur ein einziges Geschütz?«

»Sie rollt, Sir. Ich sehe noch ein zweites Geschütz auf dieser Seite. Aber – so was, beide sind wieder eingefahren worden. Jetzt rennen sie sie wieder aus!«

Ramage begriff, was geschehen war. »Die Kartätschen haben die Brooktaue zerrissen. Die Kanonen rollen mit der Bewegung des Schiffes hin und her. Aber warum rollt sie überhaupt? Haben sie die Ankertrosse gekappt?«

Paolo griff sich das Teleskop aus der Schublade des Kompaßhäuschens und stellte es scharf. »Jawohl, Sir! Sie fängt an zu treiben! Einige Männer sind dabei, die Zeisinge am Großsegel durchzuschneiden!«

Southwick tauchte neben dem Sessel auf. »Ich habe uns beim erstenmal zu nahe herangebracht, Sir«, sagte er kleinlaut. »Die Geschützführer beklagen sich, daß wir die *Lynx* zu schnell passiert haben. Sie hätten gern einen Abstand von 50 Yards.«

»Sie müssen etwas abfallen; die haben ihre Ankertrosse gekappt und treiben.«

Southwick warf einen Blick nach vorn und gab Jackson ein Ruderkommando, und fast gleichzeitig hörte Ramage das Ächzen des Steuerreeps, das die Trommel des Ruders drehte, während die Rudergänger in die Speichen griffen.

»Schnell treibt sie nicht«, bemerkte der Navigator. »Einen halben Knoten; vielleicht ein bißchen mehr.«

Das Problem war nur, daß jeder Yard, den das Kaperschiff abtrieb, es näher an die Klippen heranbrachte, die in einem Bogen zur Landspitze im Südwesten verliefen. Dieser Teil der Bucht war noch nicht vermessen worden. Die *Calypso* konnte hier sehr wohl auf eine Klippe oder ein Riff laufen, das die *Lynx* mit ihrem viel geringeren Tiefgang ohne weiteres passieren würde.

»Halten Sie am besten einen Lotgast bereit«, sagte Ramage zu Southwick, der einen Schniefton von sich gab.

»Er steht schon bereit, Sir, aber das Mündungsfeuer der Kanonen könnte ihn umwerfen.«

Ramage verschluckte eine sarkastische Antwort; die *Lynx* drehte leicht nach Steuerbord, während sie wegtrieb. In wenigen Sekunden würde sie dem ersten Geschütz an Backbordseite vor die Mündung kommen.

»Orsini! Sagen Sie Mr. Wagstaffe, er soll die Kanonen an Steuerbordseite mit Kugeln laden. Alle Kanonen mit Kugeln laden, sobald die Backbord-Breitseite abgefeuert ist.«

Southwick drehte sich um; er hatte den Befehl mitbekommen.

»Aye, Sir, die Kartätschen hacken doch nur ein bißchen auf ihr herum!«

Aber damit hatte der Navigator nicht recht.

»Urteilen Sie nicht nach dem, was Sie da am Heck sehen! Stellen Sie sich nur einmal vor, wie all diese Kartätschenkugeln vom Heck bis zum Bug durch das Schiff fegen. Mähen diese Schurken reihenweise um!«

Das zweite und das dritte Geschütz feuerten fast gleichzeitig, dann das vierte, fünfte und sechste. Die größere Entfernung – 50 Yards, vielleicht ein bißchen mehr – verschaffte den Geschützführern etwas mehr Zeit, um die Rohrerhöhung einzustellen.

Der Seite nach brauchten die Geschütze nicht gerichtet zu werden; sie blieben stehen, wie sie waren, ungefähr rechtwinklig zur Mittschiffslinie, und jeder Geschützführer zog an der am Steinschloß befestigten Abzugleine, wenn die *Lynx* von vorn nach achtern durch sein Gesichtsfeld glitt.

Jetzt driftete der Rauch nach achtern und hüllte das Deck ein. Ramage hielt die Luft an und versuchte dann, möglichst flach zu atmen, aber es dauerte nicht lange, und er begann wieder zu keuchen und hustete und hatte erneut das Gefühl, sein linker Arm würde von einem scharfen Messer zerfetzt.

Ein schweres, zweifaches Donnern ganz in seiner Nähe zeigte ihm an, daß die beiden letzten Geschütze gefeuert hatten, und Southwick brüllte: »Das war's; wir gehen jetzt rum!« und begann durch die Flüstertüte Befehle zum Halsen zu geben.

Ramage sah eine Staubwolke über dem Kaperschiff liegen, das sicherste Zeichen, daß die Schüsse Wirkung zeigten und das Schiff langsam in Stücke rissen.

Wieder schlugen die Segel, die Rahen knarrten und Tauwerk ließ die Scheiben der Blöcke klappern, als die *Calypso* auf der Stelle zu drehen schien und fast in ihrem

Kielwasser auf Gegenkurs ging, so daß diesmal ihre Steuerbordgeschütze wieder zum Tragen kommen würden. Das erste halbe Dutzend hatte bereits gefeuert, als Ramage plötzlich einen riesigen Feuerball sah und von der Druckwelle einer gewaltigen Explosion gepackt wurde, die er kaum noch hörte. Dann wurde es Nacht um ihn.

18

Southwick saß in einem Stuhl an seiner Koje. Ramages Arm fühlte sich an, als stecke noch die Spitze eines Entermessers im Fleisch. Aber sein rechtes Bein – der untere Teil – kam ihm so schwer vor. Und schmerzte besonders, wenn er versuchte, den Fuß zu bewegen.

»Guten Abend, Sir«, sagte Southwick und schniefte.

Es war ein erleichtertes Schniefen, das Ramage wie durch einen Schleier registrierte; einen Schleier, der sich aus Benommenheit, Schmerz und, wie er zu seinem Erstaunen merkte, Hunger zusammensetzte.

»Bleiben Sie ganz ruhig liegen, Sir, während ich nach Bowen schicke. Er hat sehr viel zu tun gehabt.«

»Sehr viel zu tun gehabt« – der Ausdruck ließ Ramage erstarren. »Warten Sie«, das Wort kam als Krächzen heraus; seine Kehle war entzündet, »haben wir viele Leute verloren? Was ist passiert? Dieser Feuerball –«

»Nur keine Aufregung, Sir«, sagte Southwick beruhigend und drückte Ramage wieder auf seine Koje. »Nur zwei Mann sind tot, aber 20 oder so sind verwundet.«

»O Gott.«

Es war also fehlgeschlagen. Dabei hatte doch alles so einfach ausgesehen. Und es war auch einfach. Mit der *Calypso* in Fahrt gehen und quer zum Heck der *Lynx* hin und her kreuzen und dabei Breitseiten in Längsschiffsrichtung abfeuern, bis die Kerle aufgaben. Sie waren dabei, die dritte Breitseite abzufeuern, als plötzlich alles mit diesem fürchterlichen Feuerball endete.

»Lassen Sie mich nach Bowen schicken, Sir.« Southwick ging zur Tür und sprach mit dem Posten Kajüte, und als er zurückkam, sagte er in fast anklagendem Ton: »Sie haben wieder eine Menge Blut verloren. Niemand hatte gemerkt, daß das Achterdeck alles abbekommen hatte.«

»Warum?« Ramage erkannte den Laut kam, der aus seiner Kehle kam.

»Nun, der junge Orsini und ich waren über Bord gegangen und schwammen im Bach; Jackson war bewußtlos, und die beiden Männer am Ruder waren tot.«

»Was machten Sie denn ... in der See?«

Ihm drehte sich alles im Kopf, und es zog ihn in Spiralen nach unten, als wäre er in einem Mahlstrom gefangen. Als er wieder zu sich kam, war es Nacht geworden, und im Schein der Laterne, die seine Schlafkammer erleuchtete, sah er Southwick neben sich in einem Armsessel dösen.

Er war völlig durcheinander. Er hatte geträumt, daß Southwick mit Orsini im Meer geschwommen war. Merkwürdigerweise lag das Haar des Navigators noch wie angeklatscht am Kopf an, als wäre es vom Seewasser noch feucht und klebrig.

Als Southwick sah, daß Ramage die Augen geöffnet hatte, sprang er sofort auf und kniete sich neben die Koje.

»Bevor Sie wieder das Bewußtsein verlieren, Sir, möchte Bowen wissen, ob Ihnen warm genug ist und ob Sie hungrig oder durstig sind.«

»Durstig«, sagte Ramage und wiederholte es dann noch einmal, wie um seine Stimme auszuprobieren, die immer noch heiser war, sich aber doch schon wieder normaler anhörte. »Warme Suppe.«

Dann erinnerte er sich an etwas. Er hatte nicht nur geträumt, daß Southwick und Orsini zusammen im Meer geschwommen waren, aber es war auch die Rede davon gewesen, daß sie eine Menge Leute verloren hatten. Und überhaupt, was machte er hier im Bett?

»Was ist passiert?«

Southwick schniefte – hatte er das nicht gerade erst gemacht?

»Sie nehmen erst einmal etwas Warmes zu sich, und dann erzähle ich Ihnen, was ich weiß. Mr. Wagstaffe ist im Augenblick nicht in der Lage zu reden und Jackson genausowenig, und die anderen Offiziere waren nicht an Bord; sie haben alles nur von der Küste aus gesehen...«

»Aber dieser schreckliche Feuerball...«

»Ja, ja, Sir«, sagte Southwick besänftigend, »alles zu seiner Zeit. Bowen ist sehr daran gelegen, daß Sie sich nicht aufregen.«

»Aufregen!« brummte Ramage erschöpft. »Wie soll ich das denn vermeiden, wenn Sie mir nichts erzählen wollen?«

Southwick spürte schließlich die Verzweiflung in der Stimme seines Kommandanten, und während er zur Tür ging, um mit dem Posten zu reden, sagte er über die Schulter: »Machen Sie sich keine Sorgen, Sir. Es gibt nichts, worüber Sie sich beunruhigen müßten.«

Als der Navigator zurückkam, nachdem er dem Posten aufgetragen hatte, heiße Suppe zu holen, fand er Ramage auf einen Ellenbogen gestützt in seinem Bett liegend, einen verstörten Ausdruck in seinen Augen, das Haar verfilzt und voller Staub.

»Die *Earl of Dodsworth*«, murmelte er, »irgend etwas ist mit ihr passiert!«

Southwick machte ein verblüfftes Gesicht. »Mit ihr ist alles in Ordnung, Sir. Die Geiseln waren etwas überrascht, vermute ich, aber das ist alles.«

»Und die übrigen Geiseln?«

»Alle in Sicherheit, Sir. Darüber brauchen Sie sich keine

Gedanken zu machen. Wenn Sie erst einmal einen halben Liter Suppe intus haben, erzähle ich Ihnen alles, was ich weiß. Und Bowen wird auch in ein paar Minuten hier sein, um sich mit Ihnen ein bißchen über Ihr Bein zu unterhalten.«

Bein – du lieber Himmel. Ein Arm und ein Bein. Es sah so aus, als wolle ihn alles daran hindern, zur *Earl of Dodsworth* überzusetzen. Nicht, daß er eine Entschuldigung gehabt hätte, an Bord des Ostindienfahrers zu gehen. Sarah würde den Angriff beobachtet haben und alles, was anschließend geschah. Im Augenblick wußte sie wahrscheinlich mehr als er.

Der Ruf des Postens kündigte die Ankunft Bowens an, und selbst im schwachen Schein der Laterne konnte Ramage erkennen, daß der Arzt erschöpft war.

»Was ist passiert?« fragte Ramage. »Southwick will mir nicht das Geringste erzählen. Warum haben wir so viele Verwundete? Wir hätten eigentlich keinen einzigen Mann verlieren dürfen. War es, weil ich bewußtlos geworden bin? Haben –«

Er ließ die Wörter ineinanderlaufen, fast als wäre er betrunken, und Bowen kniete sich, ohne zu antworten, neben die Koje und bedeutete Southwick, die Laterne zu bringen. Dann schob er Ramages rechtes Augenlid hoch, betrachtete eine Weile den Augapfel und fühlte dann den Puls seines rechten Handgelenks.

»Wie fühlen Sie sich, Sir?«

Ramage schien sich bei der Frage zusammenzuraffen. »Mir geht's gut. Der Arm ist besser, aber warum ist mein Bein so steif? Es tut nicht besonders weh, aber ich kann es nicht bewegen!«

»Versuchen Sie das in den nächsten Tagen auch nicht; es ist bandagiert. Ich glaube nicht, daß es gebrochen ist, aber einige Muskeln sind gezerrt, und es ist ziemlich geschwollen.«

»Aber was ist denn passiert?«

Ramage, dessen Stimme jetzt kräftiger klang, hatte sich offensichtlich so weit erholt, um ärgerlich zu werden. Weit genug erholt, schätzte Bowen, um aus seiner Koje herausklettern zu wollen und dabei wahrscheinlich längelang hinzuschlagen. Die Koje, eine rechteckige Kiste, die in einer Art Hängematte angebracht war und ziemlich niedrig hing, kippte leicht um, wenn jemand auf einer Seite herauswollte, ohne dabei sein Gewicht gleichmäßig zu verteilen.

Ein Klopfen an der Tür und Silkins Stimme verkündeten die Ankunft der Suppe, die Ramage, von Southwick gestützt, aus einem großen Becher trank, mehr aus Pflichtgefühl, so schien es, denn aus purem Vergnügen. Er leerte den Becher, verweigerte einen Nachschlag und sagte zu Bowen: »Nun, erzählen Sie schon.«

»Southwick wird Ihnen den Anfang der Geschichte gleich berichten. Außer Ihnen selbst behandle ich im Augenblick 23 Leute, die verschiedene Verletzungen erlitten haben, von großflächigen Quetschungen bis zu gebrochenen Gliedmaßen. Jackson wurde von irgend etwas am Kopf getroffen, dürfte aber innerhalb 24 Stunden wieder auf den Beinen sein. Zwei Mann sind tot – die Rudergänger. Sie wurden von einem riesigen Splitter getroffen, der über das Deck hinwegfegte und sie niedermähte.«

»Keiner von den 23 ist also in Lebensgefahr?«

»Nein, Sir. Ihre Wunden sind alle versorgt und bandagiert und, wo es nötig war, auch geschient.«

»Was ist denn mit Southwick und Orsini geschehen?«

Bowen machte eine auffordernde Handbewegung, und Southwick sagte: »Nun Sir, Sie wollen sicher die ganze Geschichte hören. Ich kann Ihnen das meiste erzählen; es ist nur der letzte Teil, den Sie sich von jemand wie Stafford berichten lassen müssen.

Sie werden sich erinnern, daß wir gerade das Heck der

Lynx zum dritten Mal kreuzten. Ich hatte Ihnen gerade gesagt, daß die Richtschützen es lieber hätten, wenn wir in etwas größerem Abstand vorbeiliefen, um so mehr Zeit zum Zielen zu haben. Dann begannen wir die dritte Breitseite abzufeuern. Die ersten sechs Kanonen hatten gerade gefeuert, nachdem ich gesagt hatte, daß wir jetzt wieder rumgehen würden und daß die Kartätschen nicht mehr Schaden anrichteten als ein Specht –«

»Ja, ja, machen Sie schon weiter!« sagte Ramage ungeduldig.

»Na ja, damit ist die Geschichte auch schon fast zu Ende. Es gab eine riesige Stichflamme und einen mächtigen Donnerschlag, und dann war da nur noch ein großer Rauchball, wo vorher die *Lynx* gewesen war. Was noch von ihr übrig war – Stücke der Beplankung, der Masten und Rahen, selbst einige Leichenteile –, wurde Hunderte von Yards durch die Gegend geschleudert. Wir wurden von vielen großen Holzstücken getroffen; einige kamen horizontal angeschwirrt wie Kanonenkugeln, andere fielen Augenblicke später auf uns herab wie Hagel. Aber die Kraft der Explosion, Sir! Sie schleuderte mich und Orsini vom Achterdeck über das Schanzkleid in die See. Auch vom Hauptdeck wurden rund ein Dutzend Leute durch die Druckwelle in die See geschleudert, und wir schwammen alle nur im Kreis herum, während die *Calypso* einfach weitersegelte, ohne daß jemand das Kommando hatte oder am Ruder stand.«

Das ist fast zuviel auf einmal, dachte Ramage, der in seiner Koje der Geschichte lauschte und im Schein der flackernden Laterne Southwicks gebräuntes Gesicht betrachtete.

»Nun, was geschah dann?«

»Wie es auf dem Schiff weiterging, kann Ihnen Stafford am besten erzählen, weil er die *Calypso* mit einer Gruppe von Leuten zum Beiliegen brachte. Wir im Wasser schwammen in den Wracktrümmern herum und fragten uns, was wohl als nächstes geschehen würde. Dann sahen wir, wie das Schiff beidrehte, und kurz darauf wurden wir in die Boote der Vermesser gehievt, die wir, wie Sie sich erinnern werden, vom Strand ablegen sahen. Sobald wir alle an Bord waren, pullten sie wie die Wilden zur *Calypso*, und ich sah dann, daß Mr. Martin, der von der *Earl of Dodsworth* kam, das Schiff bereits erreicht hatte, und vermutete, daß er beigedreht liegen bleiben würde, bis unsere beiden Boote herangekommen waren. Mr. Aitken kam inzwischen von der *Friesland* herübergerudert. Ich hatte mir schon gedacht, daß Mr. Wagstaffe kampfunfähig war. Um ehrlich zu sein, Sir, ich dachte, er wäre, genau wie Sie, ums Leben gekommen. Ich konnte mir nicht vorstellen, wie jemand diese ungeheure Explosion hätte überstehen sollen, wenn er nicht das Glück gehabt hätte, über Bord geschleudert zu werden.«

»Was ist denn mit Wagstaffe passiert?«

Bei dieser Frage schaltete sich Bowen ein: »Er weiß nicht mehr als Sie und Jackson über die Explosion, Sir. Sie verloren alle zusammen das Bewußtsein. Aber (und das habe ich gesehen, als ich an Deck rannte; nach dem Ende des Gefechts war es einfacher, die Männer dort zu behandeln, als sie unter Deck zu tragen) Stafford gelang es, einige Männer zusammenzubringen. Sie waren durch die Explosion zwar wie betäubt, aber in kurzer Zeit schaffte er es mit ihnen doch, das Vormarssegel back zu brassen.

Ungefähr zu dieser Zeit sah jemand etwa ein Dutzend Männer in unserem Kielwasser schwimmen und meldete mir das, aber im Augenblick konnten wir nichts für sie tun. Ich wußte zu diesem Zeitpunkt auch noch nicht, wie schwer die Männer verwundet waren, die überall an Deck herumlagen. Zwei Dutzend sehen in so einem Durcheinander auch leicht wie vier Dutzend aus. Oh, und dann brach auch noch das Feuer aus, das wir –«

»Feuer!« rief Ramage aus und richtete sich mit Hilfe seines gesunden Arms halb auf. »Feuer an Bord dieses Schiffes?«

»Es war schnell gelöscht, Sir; also regen Sie sich nicht auf, während ich Ihnen die Sache erzähle. Etwas von den brennenden Wrackteilen der *Lynx* war auf unsere Segel gefallen. Das Großsegel fing Feuer, aber da es aufgetucht war, konnten einige Männer die Flammen schnell ausschlagen. Auch auf dem Hauptdeck brachen verschiedene Feuer aus, aber alle Männer wußten genau, was sie zu tun hatten. Alle Pulverladungen wurden über Bord geworfen, alle Geschütze an Backbordseite wurden abgefeuert, weil sie geladen waren, und die Deckspumpen und Löscheimer hatten schnell alles unter Kontrolle, so daß wir die Feuerspritze gar nicht brauchten.«

»Alles unter Kontrolle? Was brannte sonst noch?«

»Nun, Sir, ein bißchen Tauwerk, Grätings, eine Seite der Achterdecktreppe – Sachen dieser Art. Es war keineswegs ein großer Brand, und so konnten die Männer ihn auch teilweise sich selbst überlassen, während sie wichtigere Dinge erledigten, zum Beispiel beizudrehen, die Verwundeten zu versorgen, nach Ihnen zu suchen und so weiter. Sie begannen, sich Sorgen um Sie zu machen. Da lagen nur Jackson, bewußtlos, und die beiden toten Rudergänger am Kompaßhäuschen (das nicht einmal einen Kratzer abbekommen hatte). Dann fanden sie Sie schließlich, immer noch in Ihrem Sessel – der fast nur noch aus Kleinholz bestand – unter der Mündung der achtersten Kanone an Backbordseite. Anscheinend war Ihr Fuß in den Bruchstücken des Sessels verklemmt, und Sie verdanken es nur der heil gebliebenen Rückenlehne und einem noch daran befestigten Bein, daß Sie nicht durch die Stückpforte außenbords gingen.«

»Also haben Sie und Stafford die Dinge in die Hand genommen?«

»Ich nicht, Sir, weil ich ja mit den Verwundeten beschäftigt war. Stafford war großartig. Sobald das Schiff beigedreht vor dem Wind lag, gelang es Martin und dann auch Mr. Aitken, an Bord zu kommen – sie hatten wohl versucht, uns zu erreichen, aber bevor wir beidrehten, liefen wir doch fünf oder sechs Knoten. Jedenfalls kamen sie schließlich an Bord, und Mr. Aitken übernahm sofort das Kommando.

Er schickte Martin mit den Booten los, um die Freibeuter einzusammeln, die auf den fünf Schiffen gefangengehalten wurden – anscheinend ließ Martin die Gefangenen rudern, wobei er drohte, den ersten, der in seinen Anstrengungen nachließ, zu erschießen.«

»Aitken hat also das Kommando? Wo sind wir?«

»Mr. Aitken hat das Kommando, jawohl Sir, und er macht seine Sache sehr gut. Wir liegen wieder an unserem alten Ankerplatz. Mr. Aitken fischte die Ankerboje während der Fahrt auf.«

Southwick brummte zustimmend. »Er hat das wirklich verdammt gut gemacht. Ich dachte, er würde die Boote benutzen – wir haben jetzt fünf im Schlepp –, aber er fischte die Trosse auf und segelte langsam auf den Anker zu, während die Männer die Lose einholten. Hätte es selbst auch nicht besser gekonnt.«

Ramage ließ sich langsam wieder auf sein Bett sinken und starrte auf die Decke, wo sich die Balken zu bewegen schienen, wenn die Laterne, die Southwick wieder an ihren Haken gehängt hatte, im Rhythmus des leicht stampfenden Schiffes hin und her schwankte.

»Die *Lynx*«, sagte er schließlich, »haben Sie Überlebende gefunden?«

»Wir haben ein Boot ausgeschickt«, sagte Southwick. »Aber sie haben nur noch Leichenteile gefunden. Das Wasser ist ganz klar, und sie sind eine lange Zeit herumgerudert und haben alles abgesucht. Sie haben mehrere Kanonen des Kaperschiffs entdeckt, die weit voneinander entfernt auf dem Grund lagen. Wir hatten Glück, daß nicht einige die *Calypso* getroffen haben.«

»Ich denke, diese Abtrünnigen hatten letzten Endes Glück«, sagte Ramage. »Wir würden sie nach England gebracht haben, wo man sie alle aufgehängt hätte. Vielleicht wären sie mit einer Gefängnisstrafe davongekommen, wenn sie nicht die Passagiere als Geiseln genommen hätten. Tomás und Hart waren durchaus bereit, sie umbringen zu lassen.«

Southwick erinnerte Ramage an die Freibeuter, die sich jetzt als Gefangene an Bord der *Calypso* befanden.

»An die hatte ich gar nicht mehr gedacht. Sie haben wahrscheinlich noch eine geringere Chance vor Gericht als die anderen, die auf der *Lynx* umgekommen sind, weil sie, auf Befehl von Tomás oder Hart, die eigentlichen Mörder der Passagiere gewesen wären. Was ist eigentlich mit Renwick passiert?«

Bowen schüttelte den Kopf. »Tut mir leid, Sir, daß ich ihn nicht erwähnt habe. Es geht ihm inzwischen schon wieder recht gut, aber er wurde von einem kurzen Balken der *Lynx* zu Boden gestreckt, der erst gegen den Großmast prallte und ihm dann auf den Kopf fiel. Er reagiert etwas empfindlich auf diese Angelegenheit, weil er es als würdelos empfindet, daß ein Offizier der Marineinfanterie auf diese Weise außer Gefecht gesetzt worden ist!«

»Würdelos! Sein Kommandant ist beinahe im Lehnstuhl über Bord gefallen!« Ramage brach bei dem Gedanken daran in Gelächter aus, stöhnte aber einen Augenblick später vor Schmerzen, als ihm durch die Anspannung der Muskeln der Schmerz durch Arm und Bein fuhr.

Sobald er wieder normal atmen konnte, sagte er: »Nun, das wär's dann. Sie haben wohl keine weiteren Überraschungen für mich in petto, nehme ich an?«

Die beiden Männer zögerten mit der Antwort.

»Was ist los?«

Ramage war beunruhigt. War irgend etwas mit Paolo? Er erinnerte sich plötzlich daran, daß Southwick nur davon gesprochen hatte, daß er im Meer schwamm.

»Nun, eigentlich ist nichts Besonderes los, Sir«, sagte Southwick. »Es ist nur etwas vorschriftswidrig, und ich weiß nicht so recht, wie ich Ihnen das erklären soll.«

Ramage grinste. »Ach, nun machen Sie schon, bringen Sie die Meldung hinter sich.«

»Na ja, eine eigentliche Meldung ist es nicht, Sir. Aitken hat die Sache mit Bowen und mir besprochen, und da ich mehr darüber wußte als die anderen, hab ich dann die Verantwortung übernommen. Nun, ich will damit sagen, daß ich – äh, ich erklärte mich einverstanden, daß –«

»Southwick«, knurrte Ramage, »Sie hören sich an, als hätten Sie vor, ein züchtiges junges Mädchen sitzenzulassen.«

»Ach ja, Sir; Sie erinnern sich doch an die junge Dame auf der *Earl of Dodsworth*, die Ihre Armwunde versorgt hat?«

Ramage nickte vorsichtig. Er hatte ja Southwick bereits gefragt, ob sich alle Leute auf dem Ostindienfahrer in Sicherheit befänden, und man hatte ihm versichert, daß dem so sei. Und jetzt druckste der alte Southwick hier herum und wollte nicht mit der Sprache heraus, und Bowen wirkte auch so, als wäre ihm verdammt unbehaglich.

»Nun, Sir, sie und ihre Mutter warten schon seit Mittag, gleich nachdem wir vor Anker gingen, auf eine Gelegenheit, Ihnen einen Besuch zu machen.«

»Warten? Was – wollen Sie damit sagen, Sie haben die *Earl of Dodsworth* benachrichtigt, als ich mich genügend erholt hatte, um Besucher zu empfangen?«

»Nein, Sir«, sagte Bowen fest. »Die Damen bestanden darauf, daß eines der Boote des Ostindienfahrers zu Wasser gelassen wurde, beluden es mit jedem Fetzen sauberen Baumwoll- und Leinenstoffs, den sie auftreiben konnten, und ließen sich dann herrudern, um bei der Versorgung der Verwundeten zu helfen.

Mehrere Stunden lang halfen sie mir, die Wunden der Leute zu versorgen und zu verbinden und gingen dann in die Kombüse, um Suppe zu kochen. Sie – nun eigentlich mehr die Tochter, weil die Mutter sich um Wagstaffe kümmerte – halfen mir, ihr Bein zu versorgen und zu schienen, Sir, und auch Ihren Arm neu zu verbinden. Sie haben gearbeitet bis zur Erschöpfung.«

»Sind sie jetzt zur *Earl of Dodsworth* zurückgekehrt?«

»Nicht eigentlich, Sir, denn sie wissen ja, daß sie mir eine große Hilfe sein werden, wenn die Verbände gewechselt werden müssen und wenn es darum geht, festzustellen, ob die Leute sich wohl fühlen.«

»Wo sind sie denn?«

»Der Mutter haben wir ein Bett auf Ihrem Sofa gerichtet, Sir, und die junge Lady ruht im Lehnsessel. Sie warten beide in ihrer Kajüte. Darf ich sie hereinbitten, Sir?«

19

Auf seinem eigenen Achterdeck am Stock herumzugehen hatte auch seine amüsante Seite, zumindest aus Sarahs Sicht. Sie meinte, das Klicken der Eisenspitze auf den Planken höre sich an, als marschiere ein Piratenkapitän mit einem Holzbein und einer schwarzen Augenklappe an Deck auf und ab, einen Papagei auf der Schulter und wilde Flüche ausstoßend, weil kein Schiff am Horizont auftauchte, das er überfallen könnte.

Es war jetzt zwei Wochen her, seit die *Lynx* in die Luft geflogen war, und die Bucht sah merkwürdig leer aus. Merkwürdig deshalb, weil er sie zuerst mit dem Kaperschiff und den fünf Prisen vor sich gesehen hatte, die dort beisammen vor Anker lagen. Sobald die Besatzungen aller Schiffe aus dem Lager, in dem sie gefangengehalten wurden, befreit waren (ihre ehemaligen Wächter jetzt als Gefangene auf der *Calypso*, streng bewacht von Renwicks Seesoldaten), hatte Ramage, inzwischen jeden Tag auf sein Sofa verlegt, eine Reihe offizieller Besuche über sich ergehen lassen müssen.

Der erste Besucher (Sarah und ihre Mutter einmal ausgenommen) war der Kapitän der *Earl of Dodsworth*. Wie es dem Kapitän eines Schiffes der Ostindischen Handelsgesellschaft anstand, kam er in großer Aufmachung, aber er war ein freundlicher, etwas fülliger Mann, mit einem rosigen Gesicht, das unter einer Perücke schwitzte, die ihr Bestes tat, seine vollständige Kahlköpfigkeit zu verdecken. Er machte keinen Hehl daraus, daß er während der langen Tage als Gefangener nicht mehr erwartet hatte, sein Schiff jemals wiederzusehen. Die Ankunft der *Calypso*, sagte er, hatte sie nicht mit Hoffnung erfüllt, weil die Piraten, die sie bewachten – er weigerte sich beharrlich, sie als Kaperer zu bezeichnen, womit er natürlich völlig recht hatte –, ihnen angedroht hatten, daß alle Passagiere sowie die im Lager gefangengehaltenen Besatzungen bei einem Rettungsversuch getötet würden.

Bei einem späteren Besuch auf der Fregatte, machte der Kapitän der *Earl of Dodsworth*, John Hungerford, auch kein Geheimnis aus der Tatsache, daß sich die Passagiere nach ihrer Befreiung und der Zerstörung der *Lynx* durch die *Calypso* im Salon versammelt und ihn anschließend zu sich gebeten hatten, um ihm zu eröffnen, was der Grund ihrer Zusammenkunft gewesen war: Sie wollten nicht allein nach England zurücksegeln.

Er hatte ihnen erklärt, daß jetzt ein Friedensvertrag mit Napoleon bestünde, aber sie hatten darauf hingewiesen, daß die *Lynx* ein britisches Schiff gewesen sei, und zwei ihrer Prisen französisch. Wovor sie Angst hätten, sagten sie, wäre eine zweite *Lynx*, so wie das Schiff, welches kürzlich in die Bucht gekommen sei.

Ramage war sich nicht ganz darüber im klaren, ob Hungerford nur taktvoll war oder ob er gar nicht erwartet hatte, daß die *Calypso* das Schwesterschiff der *Lynx* aufbringen würde, aber Ihre Lordschaften der Admiralität würden diese Episode kaum mit großem Wohlwollen betrachten.

Die Dämmerung kündigte bereits die kommende Nacht an, als das zweite Kaperschiff in die Bucht hineinsegelte. Aitken hatte sofort erkannt, um was für ein Schiff es sich da handelte. Die *Calypso* hatte die Ankertrosse geslippt und sich sofort an die Verfolgung gemacht, und als die Fregatte die Landspitze passierte, waren die Männer schon dabei, die Geschütze zu laden und auszurennen. Aber das Kaperschiff machte sich seine Schratsegeltakelung zunutze, um aufzuluven, die östliche Seite der Insel zu runden und dann in nordöstlicher Richtung in der dunklen Hälfte des Horizonts zu verschwinden. Nicht lange nachdem die *Calypso* die Verfolgung aufgenommen hatte, war es vollständig dunkel geworden, und bei Tagesanbruch umgab sie ein leerer Horizont, nur unterbrochen durch einen grauen Fleck in der Ferne, der die Insel Trinidade war.

Ramage, der aufgrund seiner Beinverletzung immer noch in der Koje liegen mußte, zerbrach sich über eine Sache den Kopf: Wo waren die Prisen des zweiten Schiffes? Tomás und Hart hatten angedeutet, daß ihr Schwesterschiff mit weiteren Prisen erscheinen würde; war es ihr also nicht gelungen, weitere Schiffe zu kapern? Schlechtes Wetter im Ärmelkanal konnte das Auslaufen der Schiffe nach Übersee sehr wohl um einen Monat verzögert haben. Andererseits konnte sie ihre Prisen auch irgendwo anders vor Anker gelegt haben. Falls das so war – wo?

Dieses Mal hatte er jedoch nicht die Qual der Wahl. Nach möglichen Prisen zu suchen hatte keinen Sinn, weil einfach keine bekannten Inseln in der Nähe waren, welche die Freibeuter hätten benutzen können. Ascension, Fernando de Noronha, St. Paul Rocks – alle wurden zu häufig angelaufen. Schließlich kam er zu dem Schluß, daß das zweite Kaperschiff einfach nur beabsichtigt hatte, sich mit der *Lynx* zu vereinen, um mitzuhelfen, die Prisen dorthin zu bringen, wo sie verkauft werden konnten. In der Tat konnte das Schiff sehr wohl unterwegs gewesen sein, um den Verkauf in irgendeinem Hafen der südamerikanischen Küste zu arrangieren.

Hungerford hatte für die Offiziere der *Calypso* mehrere Einladungen zum Essen überbracht, aber besonders aufmerksam war das Angebot, daß eines der Boote der *Calypso* bei dem Ostindienfahrer längsseit gehen und einige Kisten gut gewürzter Nahrungsmittel für die Besatzungsmitglieder übernehmen sollte; alles Dinge mit anregendem Geschmack, welche für die Männer nach wochenlangem ›Genuß‹ von Salzfleisch eine willkommene Abwechslung sein würden.

Der nächste Besucher war der Kapitän der *Amethyst*, und er bestätigte, daß das Schiff in der Tat zur Flotte von Mr. Sidney Yorke gehörte und daß dieser ihm von der Reise über den Atlantik mit Mr. Ramage und Mr. Southwick berichtet hatte, wobei sie entdeckten, daß Postschiffe vom Feind gekapert wurden.

Der französische Kapitän der *Heliotrope* und der holländische Kapitän der *Friesland* erschienen gemeinsam und waren zu Anfang frostig und formell, während sie sich bei Ramage beschwerten, daß es sich bei der *Lynx* schließlich um ein britisches Schiff gehandelt habe, und andeuteten, daß Ramage von deren Aktivitäten gewußt und sie auch gebilligt habe, obwohl ein Friedensvertrag unterzeichnet worden sei.

Das war eine so ungeheuerliche Anschuldigung, daß Ramage sofort Aitken angewiesen hatte, sie wieder zu ihren Booten zu bringen. Durch diese Reaktion überrascht, standen beide Männer da und schimpften trotzig im Duett, bis Ramage, der auf seiner Koje lag, Schweigen gebietend die Hand hob. Den Kapitän der *Friesland* heranwinkend, der gut Englisch sprach, hatte er auf Aitken gezeigt.

»Dieser Offizier hier schwamm nachts allein zu Ihrem Schiff und warnte heimlich Ihre Passagiere, und als seine Leute später nachfolgten, nahmen sie die Freibeuter gefangen und befreiten die Passagiere, acht an der Zahl. Wenn ich der *Lynx* geholfen hätte, Ihr Schiff zu kapern, dann weiß ich wirklich nicht, warum ich das Leben meiner eigenen Leute riskieren sollte, um es wieder zu befreien.« Dann deutete er auf den Franzosen. »Ich selbst bin zu Ihrem Schiff geschwommen, und meine Leute folgten mir nach einiger Zeit. Dies hier«, damit hob er den bandagierten Arm, »ist mein Andenken daran. Alle Ihre Passagiere wurden befreit.

Einen Tag später vernichtete mein Schiff das Kaperschiff, und Sie alle wurden aus dem Gefangenenlager befreit, in dem Sie sich in relativer Sicherheit befanden. Ihre Passagiere sind also in Sicherheit, Ihre Schiffe unversehrt, und jetzt haben Sie beide die ungeheuerliche Unverschämtheit durchblicken zu lassen, daß ich oder die Royal Navy oder meine Regierung mit der *Lynx* gemeine Sache gemacht hätten?

Sagen Sie mir doch bitte«, fuhr er in ruhigerem Ton fort, »sind Sie verantwortlich für die Franzosen oder Holländer, die von der *Lynx* als Bewacher auf die Prisen geschickt worden sind? Einer meiner Offiziere hat ein ungefähres Mannschaftsverzeichnis der *Lynx* aufgestellt, indem er die Überlebenden – die Bewacher, die wir gefangennehmen konnten – befragte, und es scheint, als wären es insgesamt 110 Mann gewesen. 19 von ihnen waren Briten, 41 Franzosen und 27 Holländer. Die übrigen kamen aus Spanien und verschiedenen anderen Ländern. Damit wünsche ich Ihnen einen guten Tag, meine Herren.«

Beide Kapitäne entschuldigten sich sofort kleinlaut und übersahen geflissentlich Aitken, der wartend hinter ihnen stand, um sie zu ihren Booten zu bringen. Würde Kapitän Ramage den Passagieren der *Heliotrope* die Ehre erweisen, mit ihnen zu speisen? Der Kapitän der *Friesland*, der natürlich hinter seinem französischen Kollegen nicht zurückstehen wollte, sprach ebenfalls eine Einladung aus. Ramage dankte ihnen gemessen, und Aitken führte sie an Deck. Im Gegensatz dazu erschien der französische Kapitän der *Commerce* mit einer Kiste von seinem besten Wein, nachdem er mit Bestürzung von Ramages Verletzungen erfahren hatte, und er versicherte ihm, daß dieser Wein, der aus seiner engeren Heimat in Frankreich stammte, ob seiner blutbildenden und kräftigenden Wirkung berühmt sei.

Die *Heliotrope* war das erste Schiff, das seine Reise fortsetzte – ihr Bestimmungshafen war Honfleur –, und ihr folgte am nächsten Tag die *Commerce*, die nach Nantes ging. Der Kapitän der *Friesland* besuchte Ramage noch einmal, offensichtlich immer noch mit einem etwas schlechten Gewissen, und bat um eine Kopie der Bedingungen des Friedensvertrages, und nachdem er sie mit Ramage diskutiert und dabei bemerkenswerten Realismus und große Offenherzigkeit gezeigt hatte, ließ er die Segel setzen und nahm Kurs auf den Ärmelkanal, wobei er fluchte, daß der durch die Abtrünnigen verursachte unfreiwillige Aufenthalt ihn erst im Winter ankommen lassen würde.

Die *Amethyst* war nach Calcutta bestimmt, und ihr Kapitän beschloß, die hier geleerten Wasserfässer neu zu füllen. Er war froh, als ihm von der *Calypso* zwei Boote geschickt wurden, um ihm dabei zu helfen.

Während nun die Handelsschiffe, außer der *Earl of Dodsworth*, sich eines nach dem anderen bereit machten und ihre Reisen wiederaufnahmen, setzten die Landmesser ihre Aufgabe fort, die Länge, Breite und Höhe von Trinidade kartenmäßig auf einen großen Bogen Pergament zu übertragen. Die Maurer im Verein mit Renwick und seinen Leuten hatten die Stellungen für die Geschützbatterien aus dem Fels gesprengt, gegraben und anschließend mit den Ziegeln, welche die *Calypso* als zusätzlichen Ballast mitgenommen hatte, Fußböden gelegt, Wände hochgezogen und Pulvermagazine, Küchen und andere Nebengebäude errichtet.

Der Botaniker Edward Garret begab sich mit Arbeitsgruppen von Seeleuten zu drei ebenen Landflächen, die er erkundet hatte, und ließ sie dort mit Spaten, Forken und Hacken den Boden bearbeiten. Schließlich konnte er Ramage melden, daß alle Kartoffeln und Yamswurzeln gesetzt worden seien.

Ramage war etwas enttäuscht, daß Wilkins ihn nicht besuchte. Während er so auf seiner Koje oder auf dem Sofa in seiner Kajüte lag, hätte er sich gern mit dem Maler unterhalten. Eines Tages entdeckte er jedoch, daß Wilkins täglich in einem der Boote, welche die Vermesser an Land brachten, zur *Earl of Dodsworth* mitgenommen wurde, wo er dann bei der Rückkehr des Bootes am späten Nachmittag wieder abgeholt wurde. Weder Aitken noch Southwick schienen ein Wort darüber verlieren zu wollen.

Warum hatte wohl ein Künstler den Wunsch, seine Tage auf einem anderen Schiff zu verbringen? Vermutlich, um jemanden zu besuchen. Und wen? Vermutlich eine Frau – er war ein junger Mann, der sich sehen lassen konnte, lebhaft und von gefälligem Äußeren. Aber die einzige Frau, die ohne Partner reiste – Ramage wußte immer noch nicht, ob sie verheiratet war oder nicht –, war Sarah. Besuchte Wilkins Sarah?

Als ihm dieser Gedanke zum erstenmal durch den Kopf schoß, erfaßte ihn eine wilde Eifersucht; seine Kehle war wie zugeschnürt, sein Arm schmerzte, und er ballte die Fäuste. Verschiedene Bemerkungen von Wilkins gewannen plötzlich eine völlig andere Bedeutung; auch hatte er Aitken dazu überredet, ihn hin und her transportieren zu lassen. Aber vielleicht – das mußte er sich schließlich eingestehen – besuchte er sie ja auch ganz offen; er würde keine Ahnung haben, was Ramage für sie empfand, also konnte man ihn auch nicht der Hinterhältigkeit beschuldigen. Nun, das vielleicht nicht – aber andererseits war sein Verhalten auch kaum offen zu nennen.

Dann jedoch – und ihm wurde vor Scham ganz heiß – erinnerte er sich, daß Sarah und ihre Mutter täglich einen Besuch auf der *Calypso* machten, manchmal morgens, manchmal nachmittags, und immer war Wilkins während dieser Besuche, die oft zwei Stunden dauerten, drüben an Bord des Ostindienfahrers.

Was machte dieser Bursche bloß? Ohne Zweifel hatte er einige gute Bilder von Trinidade und ihrer Fauna und Flora gemalt. Nun war es leider so, daß die Insel selbst keine besonders interessanten Motive bot, und Wilkins hatte sich daher auf die Küste und das heranbrandende Meer konzentriert. Er hatte eine Reihe bemerkenswerter Ölbilder gemalt, welche sehr detailliert die wesentlichen Muscheln zeigten, und er hatte Ramage damit in eine neue Welt der Farben und der Schönheit eingeführt, die ihm bisher verschlossen war. Tatsächlich war einer der Hauptgründe, weswegen er so ungeduldig auf seine vollständige Genesung wartete, daß er Wilkins, der an den Riffen geschwommen und getaucht und weitere Muscheln gesammelt hatte, bei seinen Unternehmungen begleiten wollte. Der achtere Teil des Schiffes roch durchdringend nach Terpentin, weil so viele seiner Bilder dort zum Trocknen aufgestellt waren. Jeder, der die Fregatte besuchte, meinte Southwick, müßte glauben, das Rigg wäre mit Terpentin statt mit Holzteer konserviert.

Bowen war schon seit längerem zu der Überzeugung gekommen, daß Ramages Bein nicht gebrochen, sondern daß die Schwellung auf die geprellten Muskeln zurückzuführen sei. Schließlich willigte er ein, den Verband abzunehmen und sich das Bein noch einmal anzusehen. Bowen hielt viel davon, eine Wunde zu verbinden und sie dann so lange wie möglich in Ruhe zu lassen. Sie vor der Zeit wieder freizulegen und sie den schädlichen Dünsten der Luft auszusetzen, behauptete er, wäre der eigentliche Grund für den Wundbrand.

Sarah und ihre Mutter kamen eine Stunde, nachdem Bowen das Bein inspiziert und erklärt hatte, es sei nun so weit wieder in Ordnung, daß Ramage keinen Verband mehr brauche, vorausgesetzt, er zöge Seidenstrümpfe an und achtete darauf, nirgendwo anzustoßen. Die Armwunde, die er gleichfalls in Augenschein nahm, verheilte gut – was nach Bowens Meinung einzig und allein auf die prompte und sorgfältige Reinigung der Wunde durch Lady Sarah zurückzuführen sei, nachdem man Ramage aus dem Wasser gehievt hatte.

Die Marquise genoß ihre täglichen Besuche auf der *Calypso*; es war, sagte sie Southwick, eine sehr angenehme Art, für ihre Tochter die Anstandsdame zu spielen. Sie, Southwick und Bowen fanden sich unter dem Sonnensegel am achteren Ende des Quarterdecks zu einem kleinen, exklusiven Kreis zusammen. Ramages einziger Armsessel wurde stets für die Marquise heraufgebracht, und sobald sie die Augenbrauen hob und bedauerte, daß für sie keine Stühle vorhanden seien, eilten Navigator und Schiffsarzt davon, holten Klappstühle und setzten sich zu ihr.

Sarah und Ramage gingen derweil auf dem Achterdeck hin und her, gelegentlich auch auf das Hauptdeck hinunter und auf die Back, wobei sie sich über alle mögliche Dinge unterhielten. Nur zu oft ertappte sich Ramage dabei, daß er Vergleiche mit Gianna anstellte. Das geschah ganz ungewollt, und er erinnerte sich genau an das erste Mal, als das passierte. Irgendwie waren sie auf Musik zu sprechen gekommen und hatten begonnen, über Komponisten zu diskutieren. Sarah kannte die, die sie am liebsten hatte, und es stellte sich heraus, daß es auch die von Ramage waren. Er war erleichtert, denn obwohl Gianna keine eigentliche Abneigung gegen Musik hatte, so schenkte sie ihr andererseits auch keine Beachtung. Hier jedoch war eine Frau, mit der er – eine kurze Zeitlang jedenfalls – über diese oder jene Symphonie zu sprechen vermochte, mit der er abwechselnd die eine oder die andere Passage summen konnte, um anschließend darüber zu diskutieren oder auch zu versuchen, das betreffende Stück zu erraten, wobei er, mit seinem zugegebenermaßen schlechten Gedächtnis, nur allzu häufig eingestehen mußte: »Ich kenne es genau, aber an den Titel kann ich mich nicht erinnern.«

Neben der Musik sprachen sie über Bücher und Autoren und spielten das Spiel ›Zitate ergänzen‹. Sarah oder Ramage begannen ein Zitat, und der andere mußte es dann richtig zu Ende führen und auch die Quelle nennen. Meistens griffen sie dabei auf Shakespeare zurück und waren sich einig, daß der Lear das am wenigsten beliebte Stück sei. Sie kannte viel mehr Gedichte als er, wollte ihm aber gern die Poesie näherbringen.

Das Herumlaufen an Deck ließ die Muskeln in seinem rechten Bein schnell wieder erstarken, so daß er auf den Stock verzichten konnte. Dann baten David Williams und Walter White, die beiden Landmesser, um eine Unterredung und meldeten, daß sie die Arbeiten im Gelände jetzt beendet und die Zeichner den ersten Entwurf fertig hätten. Die endgültigen Zeichnungen, sagte White, müßten in London angefertigt werden, »weil es unmöglich ist, in den Tropen eine gute Arbeit abzuliefern«.

»Warum denn nicht?« fragte Ramage verwundert. »Das Schiff liegt doch recht ruhig.«

»Daran liegt es auch nicht, Sir; es betrifft die Hitze und die Tinte. Die trocknet so schnell an der Feder, daß man keine Linie ziehen kann, die länger ist als sechs Zoll. Das heißt, die Linie beginnt in schönem Schwarz, wird aber schon nach zwei Zoll grau... Das läßt die Zeichnungen ziemlich ungleichmäßig aussehen, Sir.«

Martin und Orsini führten die Lotungen an den möglichen Ankerplätzen zu Ende, und Ramage lief mit der *Calypso* aus, um drei Tage lang Lotungen rund um die Insel durchzuführen, bis zu einer Entfernung von zwei Meilen vor der Küste. Die Fregatte war gerade erst wieder vor Anker gegangen, eine Stunde vor Mittag, als ein Boot der *Earl of Dodsworth* einen Brief überbrachte. Er war von Kapitän Hungerford und enthielt eine formelle Einladung: Der Kapitän der *Earl of Dodsworth* und seine Gäste gaben sich die Ehre, Kapitän Ramage und seine Offiziere für morgen um ein Uhr dreißig zum Essen einzuladen.

Als Sarah und ihre Mutter später einen Besuch machten, ließen sie sich nicht weiter über die Einladung aus; es wäre nichts Besonderes an dieser Einladung, soweit sie wüßten; Kapitän Hungerford hätte nur inzwischen erfahren, daß Kapitän Ramage so weit wiederhergestellt sei, daß er imstande sei, die *Earl of Dodsworth* zu besuchen, und er, Hungerford, freute sich darauf, die Offiziere der *Calypso* bewirten zu können. Wie Sarah meinte, wäre dies vermutlich auch der Beginn eines regelmäßigen gesellschaftlichen Verkehrs zwischen beiden Schiffen während der langen Reise zurück nach England.

Ramage war dankbar, daß sein Arm so weit geheilt war,

daß er nicht mehr auf die Schlinge angewiesen war. Er war zutiefst verärgert, als Silkin ihm das Essen in kleine Stücke schneiden mußte, die er dann gezwungen war, einhändig zu essen. Selbst ein Stück Brot zu brechen war eine größere Anstrengung, wenn man nur eine Hand einsetzen konnte. Allerdings brauchte er die Schlinge gegen Abend, wenn müde werdende Muskeln den Arm wie einen schlimmen Kopfschmerz pochen ließen.

Wagstaffe bestand darauf, als Wachhabender Offizier an Bord zu bleiben, während die übrigen der Einladung auf die *Earl of Dodsworth* folgten, und Ramage nahm sein Angebot dankbar an. Der Zweite Leutnant wies darauf hin, daß er an der Zurückeroberung der Prisen nicht teilgenommen habe und daß die Passagiere an Bord des Ostindienfahrers offensichtlich vorhätten, sich offiziell für die Rettung zu bedanken.

Es war wieder ein herrlicher Tag, die Sonne strahlte heiß, See und HImmel waren, wie gewöhnlich, von überwältigendem Blau. Ramage und seine Offiziere wurden in der Barkasse zur *Earl of Dodsworth* hinübergerudert und fanden das Deck des John-Company-Schiffes herrlich kühl. Es waren noch weitere Sonnensegel aufgespannt worden, so daß das ganze Deck zwischen Großmast und Heckreling im Schatten lag; zusätzlich hatte man das Achterdeck mit Segeltuch ausgelegt, so daß es wie von einem riesigen Teppich bedeckt war. Viele Stühle standen herum, und auf zwei großen Tischen standen Karaffen, Krüge und Gläser.

Ramage wurde beim Anbordkommen von Hungerford begrüßt, der sich anschließend Aitken zuwandte, als der Marquis von Rockley herankam.

»Ah, Ramage, es ist erfreulich, Sie wiederhergestellt zu sehen. Ich habe zwar jeden Tag die Berichte meiner Frau und meiner Tochter zu hören bekommen, aber es geht doch nichts darüber, Sie leibhaftig vor mir zu sehen.«

»Ich habe vielen Leuten eine Menge Ungelegenheiten bereitet«, sagte Ramage entschuldigend. »Das mit dem Bein war besonders lästig. Mit dem Entermesser einen Hieb über den Oberarm zu bekommen ist eine Sache, aber in einem Armsessel quer über das eigene Achterdeck gepustet zu werden hat schon fast einen Anstrich von Nachlässigkeit!«

Der Marquis lachte, ergriff Ramages Arm und führte ihn zu den anderen Passagieren auf dem Achterdeck. »Um die Wahrheit zu sagen«, murmelte er, »die beiden Frauen haben jede Minute Ihrer Rekonvaleszenz genossen. Sie hatten ja noch nie einen verwundeten Helden für sich, den sie bemuttern und um den sie sich kümmern konnten!«

Diese Armeeuniform; ihr Besitzer war also noch nie verwundet gewesen, noch wurde er als Held angesehen! Wer zum Teufel war er bloß?

Ramage küßte der Marquise die Hand und beantwortete ihre Fragen nach seiner Gesundheit. Dann wandte er sich Sarah zu und, wohl wissend, daß jeder Passagier ihn beobachtete, küßte ihr ebenfalls mit gebotener Höflichkeit die Hand, bevor er in Gesellschaft des Marquis herumwanderte und mit den anderen Passagieren sprach, die er ja alle kennengelernt hatte, bevor er zur *Heliotrope* hinübergeschwommen war, und die natürlich von ihm persönlich und in allen Einzelheiten hören wollten, was sich seither ereignet hatte.

Waren Seine Lordschaft sicher, daß die bösen Anführer dieser abtrünnigen Piraten wirklich den Tod gefunden hatten, als die *Lynx* in die Luft flog? War er sicher, daß niemand davongekommen und an die Küste geschwommen sein konnte? Bestand auch nur die geringste Chance, daß sie auf der Heimreise noch einem anderen Piratenschiff begegnen könnten? Würden die auf der *Calypso* eingesperrten Piraten gehängt werden, wenn sie wieder in England waren?

Eine Frau, und Ramage erinnerte sich, daß sie Mrs. Donaldson hieß, verkündete lauthals, daß die auf der *Calypso* eingesperrten Piraten, noch bevor das Schiff Trinidade verließ, unter Anklage gestellt und an Galgen aufgehängt werden sollten, die man ja an dem kleinen Strand aufstellen könnte. Die Leichname sollten dann angekettet hängen bleiben, als Warnung für etwaige Piraten, die die Insel vielleicht nach Abfahrt der *Calypso* besuchten.

Einige der Passagiere – unter denen sich, wie Ramage bemerkte, auch Mrs. Donaldson befand – leerten in heiterer Stimmung ihre Gläser und hielten die Stewards mit ihren Forderungen, für weiteren Nachschub zu sorgen, in Atem. In kurzer Zeit waren Aitken, Kenton, Martin, Southwick und Paolo von Passagieren umringt, da die neuen Gesichter eine willkommene Abwechslung für eine Gruppe von Leuten bildeten, die jetzt schon viele Wochen zusammen waren, nämlich von dem Zeitpunkt an, als die *Earl of Dodsworth* Calcutta verlassen hatte und auf dem schlammigen Hugli zum Meer hinuntergesegelt war. Ganz wie von selbst fanden sich Ramage und die Rockleys, die sich angeregt unterhielten, von den anderen getrennt.

Der Marquis war begierig, von Ramage weitere Einzelheiten über den Friedensvertrag mit Bonaparte zu erfahren, und bekräftigte erneut seine Zweifel. Die Franzosen, erklärte er, wären entschlossen, sich Indien anzueignen, wiewohl Bonaparte gewillt sei, eine abwartende Politik zu treiben. Als er jedoch hörte, daß seine Auffassung von Ramage geteilt wurde und daß viele einflußreiche Männer in London, zu denen auch der Earl of Blazey und die meisten anderen Admirale auf der Marineliste, ausgenommen St. Vincent, gehörten, gleicher Ansicht seien, ließ er dieses Thema fallen.

Ganz aus heiterem Himmel bemerkte die Marquise: »Ich habe Sarah gesagt, daß sie ihren Sonnenschirm häufiger benutzen soll; ihr Gesicht wird schon ganz braun. Meiner Ansicht nach ist das sehr unvorteilhaft.«

Sarah lächelte Ramage verschmitzt zu: »Nun, lassen Sie uns Ihre Meinung hören, Kapitän.«

Ramage fühlte, wie er unter seiner Bräune errötete, weil er Sarah zugeredet hatte, die cremefarbene Haut ihres Gesichts von der Sonne goldbraun tönen zu lassen. In der Tat war er in den meisten Nächten mit der Vorstellung eingeschlafen, die Sonne hätte ihren ganzen Körper goldbraun gefärbt, und er vermutete, daß Sarah seine Phantasien erraten hatte.

Er sah auf und bemerkte, daß der Marquis in sich hinein lachte.

»Sie armer Kerl, Sie sind wirklich in einer Zwickmühle! Sollen Sie jetzt die Mutter verärgern oder lieber die Tochter – ein Problem, vor dem die meisten jungen Männer früher oder später stehen! Nun, wenn Sie meine Meinung dazu hören wollen, so denke ich, daß Sarah immer einen schönen Anblick bietet, ob ihre Haut nun pfirsich- und cremefarben oder goldbraun ist, und im übrigen möchte Kapitän Hungerford, wie ich sehe, daß wir jetzt in den Salon hinuntergehen!«

Ramage war dankbar, daß der Marquis im rechten Moment eingegriffen hatte, und bemerkte dann, daß die Marquise lächelte und ihm im Vorbeigehen zuflüsterte: »Glauben Sie nur ja nicht, daß Sie immer so leicht davonkommen; ich bin ein goldener Drachen, der höchste Rang dieser Gattung!«

Ramage war überrascht und erfreut, als er Wilkins unter den Gästen bemerkte. Dieser war sehr elegant angezogen und fühlte sich unter den Passagieren offensichtlich ganz zu Hause.

Hungerford führte sie jetzt den Niedergang zum Salon hinunter und wies den Offizieren der *Calypso* ihre Plätze an. Der Kapitän der *Earl of Dodsworth* saß in der Mitte des

Tisches, den Rücken zu den Heckfenstern, mit dem Marquis zu seiner Rechten und der Marquise zu seiner Linken. Aitken saß rechts vom Marquis, Southwick links von der Marquise, während jeweils ein weiblicher Passagier Martin von Aitken und Orsini von Southwick trennte. Genaugenommen war Southwick als Decksoffizier im Rang niedriger als Martin, aber Southwick war ganz eindeutig einer der Favoriten der Marquise.

Ramage fand sich Kapitän Hungerford genau gegenüber, mit Sarah zu seiner Rechten und Bowen dahinter. Zu seiner Linken saß eine Dame, die sicher als die attraktivste Frau an Bord gegolten hätte, wenn Sarah und ihre Mutter in Indien geblieben wären. Sie schien ihre untergeordnete Rolle bereitwillig zu akzeptieren, setzte sich, als Ramage ihr den Stuhl unterschob, mit einer natürlichen Anmut, um die sie die meisten Frauen beneidet hätten, und flüsterte ihm die sanft hingehauchte Warnung zu, seinen Arm nicht zu überanstrengen.

Als alle Platz genommen hatten, erhob sich Hungerford und holte tief Luft.

»My Lords, Ladies und Gentlemen, bevor wir unser Essen beginnen, habe ich drei Aufgaben zu erfüllen. Zunächst möchte ich, um unserer Gäste willen, unsere Speisekarte bekanntgeben. Zunächst Erbsensuppe, die eine Spezialität dieses Schiffes ist und die ich mich nicht scheue, als einzigartig zu bezeichnen. Meine Passagiere werden das bestätigen können. Dann haben wir Hammelkeulen, und hier kann ich mich nur entschuldigen, daß es nicht Lammkeulen sind, aber unsere Schafe erwiesen sich als unfruchtbar. Dann gibt es Geflügel für diejenigen, die weißes Fleisch bevorzugen, Schweinswürste, Schinken sowie Enten-, Schweine- und Hammelpasteten«, er hielt einen Augenblick inne und konsultierte eine Liste, »Scheiben aus gehacktem Rindfleisch, Hammelkoteletts und Kartoffeln und danach Plumpudding. Dazu Portwein, Sherry, Gin, Rum und natürlich Porter und Sprossenbier.«

Ramage sah seine Offiziere an. Martin und Orsini bekamen glasige Augen bei der Aussicht auf ein derart üppiges Essen, und Aitken hörte im Geiste sicher die Stimme von John Knox über die Gefräßigkeit wettern, wappnete sich jedoch, um die Stimme zu ignorieren. Southwicks Züge zeigten das behagliche Lächeln, das einen an Friar Tuck denken ließ, und er öffnete schon vorsorglich einen Knopf seines Rocks.

Kapitän Hungerford fuhr fort: »Soviel zu dem, was uns vorgesetzt werden wird. Ich begrüße jetzt unsere Gäste, denen wir unser Leben und unsere Freiheit verdanken. Ich habe gehört, daß Kapitän Ramage (nebenbei bemerkt, er möchte nicht, daß von seinem Titel Gebrauch gemacht wird, so daß meine Anrede weder Vertraulichkeit noch Mangel an Respekt zeigt) dieses Schiff bei seinem ersten Besuch auf recht ungewöhnliche Weise betreten hat, und das zweite Mal geschah es ebenfalls äußerst unkonventionell«, er machte eine Pause, während die Passagiere lachten und dann in Hurrarufe ausbrachen und klatschten, »jedenfalls ist es mir eine Ehre und ein Vergnügen, Ihnen im Namen aller auf der *Earl of Dodsworth* Reisenden zu danken.«

Ramage hörte hinter sich scharrende und schlurfende Geräusche, die besonders deswegen verwirrend waren, weil einige Passagiere ganz bewußt, so schien es ihm, nicht in diese Richtung blickten, während vier oder fünf andere ihrer Neugier erlagen. Aitken, Southwick und seine anderen Offiziere, die freien Blick in den Salon hatten, starrten unverhohlen.

Er fühlte, wie Sarah seine Hand unter dem Tisch heimlich drückte (beruhigend? mitfühlend? liebevoll? Das war unmöglich zu sagen, und einen Augenblick später hatte sie ihre Hand schon wieder zurückgezogen).

Dann sagte Kapitän Hungerford, der sich ein Lächeln nicht verkneifen konnte: »Wenn diejenigen, die auf der gegenüberliegenden Seite des Tisches sitzen, sich vielleicht umdrehen und dorthin sehen möchten, wo ich gerade hinsehe...«

Stewards erschienen, um die Stühle herumzudrehen, und sobald Ramage etwas verdutzt wieder Platz genommen hatte und in den jetzt vor ihm liegenden Salon hinein sah, erblickte er in dem freien Raum zwischen den beiden seitlichen Tischen Wilkins Staffelei, diejenige, die der Zimmermann für ihn angefertigt hatte. Ein grünes Friestuch verhüllte ein großes Bild, dessen Konturen sich unter dem Tuch abzeichneten.

Hungerford sagte: »Lady Sarah...«

Und sie stand auf, als wäre dies das Stichwort für eine Rolle, die sie einstudiert hatte, schritt zu der Staffelei hinüber und stellte sich daneben.

»Es macht uns allen große Freude«, fuhr Hungerford fort, »Sie, Kapitän Ramage, zu fragen, ob Sie dies als kleines Zeichen unserer Dankbarkeit annehmen wollen. Es wird Ihnen etwas zeigen, was Sie selbst, wie ich hörte, nicht haben sehen können. Wenn Sie jetzt einmal zur Staffelei vorgehen würden...«

Sarah wartete an der Staffelei und sah ihn an, und der Ausdruck in ihren Augen schien ihm eine geheime Botschaft vermitteln zu wollen, die er nicht zu glauben wagte. Als er bis auf drei oder vier Schritte an die Staffelei herangekommen war, lehnte sie sich vor und entfernte das Tuch mit der Anmut einer Ballerina, und Ramage fand sich plötzlich wieder auf dem Achterdeck der *Calypso* und sah, wie die *Lynx* in einem riesigen Feuerball in die Luft flog. Das Bild war so wirklichkeitsnah, daß er im ersten Moment der Überraschung versucht war, die Hände vor das Gesicht zu schlagen, um seine Augen vor den Flammen zu schützen. Er sah zur Seite und begegnete Sarahs

Augen und wußte, daß die geheime Botschaft, die er kurz vorher in ihnen zu lesen geglaubt hatte, keine Einbildung gewesen war. Aber es ging ihm jetzt so vieles durcheinander: Die Rauch und Feuer speienden Kanonen der *Calypso*, die explodierende *Lynx*, Sarahs Gesicht, das ihm so nahe war, und –

Verwirrt trat er einige Schritte zurück und stand plötzlich in der Nähe von Wilkins und ergriff dankbar die Gelegenheit, die ihm die Gegenwart des Künstlers bot, seiner inneren Erregung Herr zu werden. Zwei Schritte, und er hielt Wilkins Hand in der seinen und beglückwünschte ihn zu seiner Arbeit, während ringsherum stürmischer Beifall ausbrach und die Passagiere in die Hände klatschten oder mit den Messern an ihre Gläser schlugen und sie zum Klingen brachten.

Dann riefen alle: »Eine Rede, eine Rede!«

Ramage wandte sich zu Sarah, wie um ihr zu sagen, daß der Feuerball einen Augenblick lang alles ausgelöscht hätte, und ihre Augen sagten, ja, das wüßte sie, aber ›Noblesse oblige‹, und, falls ihm das eine Hilfe wäre, sie liebte ihn, und eines Tages würde er alles über diese Uniform erfahren...

Er drehte sich wieder zu Hungerford um. »Ich weiß nicht, was ich sagen soll.«

Er hielt inne, und jeder der Anwesenden spürte, daß er praktisch nur laut dachte.

»Der Anfang war genau so, wie dort auf dem Bild, dann wurde alles schwarz...«

Dann schluckte er, richtete sich kerzengerade auf, da die Decke im Salon hoch genug war, verbeugte sich und sagte mit natürlicher Ungezwungenheit: »Ich danke Ihnen, auch im Namen aller anderen Besatzungsmitglieder der *Calypso*, daß sie Alexander Wilkins damit beauftragt haben, diesen Augenblick unseres Lebens auf der Leinwand festzuhalten. Ich werde das Bild immer wie einen

Schatz hüten. Es wird im Hause meiner Familie in London hängen, so daß immer, wenn einer meiner Leute von der *Calypso* oder einer aus Ihrer Runde den Wunsch hat, es noch einmal anzusehen, er nur an die Tür zu klopfen braucht. Ich kann nicht garantieren, daß ich selbst immer zu Hause sein werde, weil ich, wie Sie wissen, in der Marine des Königs diene, und ich fürchte, daß der gegenwärtige Friede nicht lange anhalten wird...«

20

Die beiden Landmesser kamen am nächsten Morgen mit dem Entwurf der neuen Karte von Trinidade und der sie umgebenden Gewässer in Ramages Kajüte. Mit Southwicks Hilfe hatten sie die genaue Breite und Länge festgestellt, so genau jedenfalls, wie es das Chronometer der *Calypso* zuließ. Die Aufgabe, die sie jetzt vor sich hatten, war jedoch einfach. White rollte das Pergament auf und deutete auf die Zahlen, die die Höhen der Bodenerhebungen und die Wassertiefen angaben.

»Wir müssen die Berggipfel, Buchten und Landspitzen benennen... Wir hätten gern, daß Sie die ersten Namen auswählen, Sir! Eine oder zwei Buchten haben bereits einen Namen bekommen, aber...«

Ramage blickte auf. »Wer hat die Namen ausgesucht?«

»Nun ja, Sir, der Marquis und seine Familie – und die Passagiere der *Earl of Dodsworth*!«

Ramage zog die Karte zu sich heran und starrte auf die Eintragungen. Die Bucht, in der sie vor Anker lagen, trug den mit Bleistift geschriebenen Namen »Ramage Bay«, während die südöstliche Landspitze »Ramage Point« benannt worden war. Die nächste, westlich gelegene Bucht, wo sich der einzige leicht zugängliche, Süßwasser führende Bach in die See ergoß, trug den Namen »*Calypso* Bay«. Der Strand, an dem die Vermessungstrupps immer an Land gegangen waren, hieß jetzt »Potence Beach« – eine gräßliche Mischung aus Französisch und Englisch, da »potence« im Französischen auch »Galgen« hieß.

»Was wird Lord Vincent von mir denken, wenn er meinen Namen überall auf der Karte sieht?« wollte er wissen.

»Wir haben den Marquis, Sir«, sagte White eilfertig, »schon darauf hingewiesen, und es scheint, daß er den Ersten Lord sehr gut kennt und bereits einen Brief an ihn aufgesetzt hat, in dem er ihm genau schildert, was hier geschehen ist. Er sagt, daß er darauf bestehen wird...«

Ramage seufzte. »Nun, Mr. Dalrymple vom Hydrographischen Büro kann das später immer noch korrigieren. Dann wollen wir jetzt den Rest benennen. Die nächste Bucht nach Westen hin wollen wir zu Ehren des Marquis ›Rockley Bay‹ nennen. Die erste Bucht auf der Nordseite könnte gut nach dem Ersten Lord benannt werden. Schreiben Sie, White: Rockley und St. Vincent. Die nächsten beiden lassen wir frei – einige der Lords Commissioners haben da vielleicht eine Idee. Aber diese kleine Bucht hier am südlichen Ende möchte ich ›Aitken Bay‹ nennen. Er hat die *Amethyst* und die *Friesland* gerettet.«

Er betrachtete die Karte sorgfältig. Renwick hatte hart gearbeitet, um die Batteriestellungen auszubauen, und hatte außerdem am Angriff auf die *Lynx* teilgenommen. Die größte Stellung, welche die Wasserstelle in der jetzt »*Calypso* Bay« genannten Bucht sicherte, lag auf der Spitze eines Berges, der 1,430 Fuß hoch war.

»Das hier werden wir die ›Renwick Battery‹ nennen«, sagte er, während er mit der Fingerspitze auf die Stelle klopfte. »Hier, wo Sie die Mais- und Kartoffelfelder eingezeichnet haben, setzen Sie einfach den Namen ›Garret's‹

hinzu. Die alten Westindienleute werden es für den Namen einer Zuckerplantage halten!

Jetzt haben wir noch drei Batteriestellungen übrig. Diese hier, die den Landungsstrand – oder vielmehr ›Potence Beach‹ — sichert, werden wir nach Wagstaffe benennen; die da für Bowen, und die hier oben, die den nordöstlichen Teil der Insel deckt, nach Southwick.«

Er versank eine Weile in Nachdenken, bis White hüstelte.

»Orsini, Sir: Dürfen wir das jetzt an Backbord liegende Riff vorschlagen? Es liegt der Stelle am nächsten, wo er Ihnen half...«

»Ausgezeichnet. Schreiben Sie es hinein. Er wird so stolz darauf sein.« Stolzer wahrscheinlich, dachte Ramage, als auf ganz Volterra, sollte er das Erbe antreten müssen. »Und diese große Untiefe in der *Calypso* Bay – die soll nach Martin genannt werden. Der arme Kenton konnte bei vielen Sachen nicht dabei sein, also geben wir ihm diese große felsige Untiefe in der Rockley Bay.«

White schluckte kräftig und sagte dann: »Es sieht so aus, als wollte ich mich dauernd einmischen, Sir, aber bei uns in der Messe lag jedem sehr daran, daß ich Sie fragen sollte, ob – nun...« Vor lauter Nervosität konnte er nicht weiterreden.

»Wen schlagen sie vor?«

»Mr. Wilkins, Sir. Er ist so ein guter Schiffskamerad, und das Bild...«

»Da stimme ich völlig mit Ihnen überein«, sagte Ramage. »Haben Sie einen Vorschlag oder sollen wir an den bisherigen Vorschlägen etwas ändern?«

»Nein, Sir, wir wissen, welches sein Lieblingsberg ist; es ist dieser hier, von dem aus man die ganze Bucht übersehen kann. Sie haben sicher einige seiner Bilder gesehen, die er aus dieser Perspektive gemalt hat.«

»›Wilkins Peak‹, wie? Gut. Schreiben Sie es hin.«

Nachdem die Vermesser gegangen waren, erschien Aitken und meldete, daß die letzten Fässer mit Frischwasser gerade an Bord gehievt würden. »Wir haben 35 Tonnen geladen, Sir, und Kenton meinte, er hätte das alles fünfmal so schnell machen können, wenn er nur genügend Fässer und Boote gehabt hätte.«

»Ein großes Geschwader könnte sich hier also in wenigen Stunden mit Wasser versorgen?«

Aitken breitete die Arme aus. »Eine ganze Flotte in zwei Tagen. Gleichzeitig könnten sie auch noch Kartoffeln ausbuddeln und Mais ernten!«

»Schön – Sie können anfangen, die Boote an Bord zu hieven und einzusetzen. Die *Earl of Dodsworth* lichtet morgen um neun Uhr den Anker. Wir können mit dem Ankerlichten um zehn Uhr beginnen. Da wir die nächsten sechs Wochen oder so in ihrer Gesellschaft verbringen werden, können wir es uns leisten, ihr ein bis zwei Stunden Vorsprung zu geben!«

»Für uns bedeutet das eine langsame Heimreise«, bemerkte Aitken.

»Nur bei leichten Winden. Sie ist erheblich größer als wir und kann viel mehr Zeug fahren, wenn es weht.«

»Kann, Sir, aber wird sie es auch?«

»Das wird sie schon tun müssen, wenn sie mit uns mitkommen will. Wir haben ja keinen Befehl, sie zu eskortieren – schließlich befinden wir uns im Frieden, selbst wenn da ein oder zwei Kaperschiffe herumkreuzen sollten. Wir erweisen John Hungerford und der Ostindischen Handelsgesellschaft einen Gefallen...«

»Nach ein bis zwei Wochen könnten wir sie also in der Nacht aus den Augen verlieren«, murmelte Aitken.

»Könnten wir – werden wir aber nicht«, sagte Ramage und wußte, daß er – wenn es nach ihm ginge –, die Rockleys, nur um ihrer Seelenruhe willen, am liebsten an Bord der *Calypso* gebracht hätte, und die *Earl of Dodsworth* hätte hinterhersegeln lassen.

Aitken wandte sich schon zum Gehen, als er sich noch einmal umdrehte und sagte: »Übrigens, Sir, Orsini möchte Sie gerne sprechen. Darf ich ihn zu Ihnen schicken?«

Ramage nickte, etwas verwundert ob dieser Förmlichkeit. Normalerweise war es so, daß sich Orsini mit einer zackigen Ehrenbezeigung auf dem Achterdeck an ihn wandte, wenn er ein bestimmtes Anliegen hatte.

Ein paar Minuten später betrat Paolo die Kajüte und nahm Haltung an. Der Junge wuchs schnell, stellte Ramage fest. Er mußte schon den Kopf beugen, wenn er vermeiden wollte, gegen die Decksbalken zu stoßen.

»Nimm Platz«, sagte Ramage und deutete auf den Armsessel, aber Paolo schüttelte nervös den Kopf. Er hielt eine kleine Tasche aus Segeltuch in der Hand, eine flache Tasche, die sich gut zur Aufbewahrung von Dokumenten eignen mochte. »Ich würde lieber stehen, Sir; diese Angelegenheit wird nicht mehr als zwei Minuten in Anspruch nehmen.«

Ramage sah von seinem Stuhl auf: »Du hörst dich an, als ginge es um etwas Ernstes, Paolo!«

Er sprach den Jungen selten mit seinem Vornamen an, und das auch nur, wenn sie unter sich waren. Aber in diesem Augenblick war Paolo äußerst beunruhigt.

»Es ist das Datum, Sir.«

Ramage runzelte die Stirn und sah auf sein Logbuch, in dem er gerade Eintragungen vorgenommen hatte. An dem Datum erschien ihm nichts ungewöhnlich; es war weder der Geburtstag des Königs noch der Jahrestag der Restauration von Charles II., der Jahrestag der Thronbesteigung des Königs oder der Geburtstag der Königin oder irgendein anderer der vielen Gedenktage, an denen die Schiffe des Königs Salut schossen. Paolos Geburtstag war irgendwann im August.

»Was ist mit dem Datum?«

»Es ist genau sechs Monate her, seit wir aus Chatham ausgelaufen sind, Sir.«

»Allora!« rief Ramage aus, überrascht, daß es schon so lange her war, wenn auch etwas überrascht, daß der Tag irgendeine Bedeutung haben sollte. »e poi...?«

Paolo begann, die beiden Messingknöpfe zu öffnen, welche die Tasche geschlossen hielten. »Ich habe einen Brief für Sie, Sir.«

»Einen Brief?«

Offensichtlich wollte Paolo sich nicht drängen lassen. Er hatte jetzt die Tasche geöffnet und sah auf, als wäre dies nur ein weiterer Schritt eines Auftrags, den er zu erfüllen hatte.

»Ich sollte Ihnen diesen Brief genau sechs Monate nach unserer Ausreise übergeben, Sir. Und das ist heute, wenn Sie das in Ihrem Tagebuch nachprüfen wollen.«

»Ich glaube dir auch so. Ist es denn so wichtig?«

»Ich habe mein Wort gegeben, Sir.«

»Ich verstehe«, sagte Ramage schnell, entschlossen, keine Ungeduld zu zeigen oder Paolos empfindliches Ehrgefühl zu verletzen.

»Darf ich dann den Brief haben?«

»Jawohl, Sir«, sagte Paolo, machte aber keine Anstalten, ihn zu übergeben. »Ich muß erklären... Meine Tante gab ihn mir, als ich sie in London im Haus Ihres Vaters besuchte. Ich mußte ihr versprechen, daß ich Ihnen den Brief an genau diesem Tag aushändigen würde.«

»Was du ja jetzt auch tust«, sagte Ramage ermutigend. Worum es auch immer ging, Gianna hatte Paolo offensichtlich mit dem ›malocchio‹ gedroht, wenn er sich nicht genau an ihre Anweisungen hielt, und da mochte er noch so intelligent, gottesfürchtig und weltklug sein, als Italiener würde er vor dem ›bösen Blick‹ immer Respekt haben.

»Was ich hiermit tue, Sir«, sagte Paolo, indem er den

Brief aus der Tasche zog, drei Schritte vortrat und ihn in Ramages ausgestreckte Hand legte.

»Würden Sie bitte die Siegel prüfen und sich überzeugen, daß sie unversehrt sind, Sir?«

Ramage sah den jungen Fähnrich an. »Paolo!«

Orsini lief rot an und geriet fast ins Stottern, als er erklärte: »Sir, meine Tante hat mir aufgetragen, Ihnen das bei der Übergabe des Briefes zu sagen.«

Ramage drehte den Brief um, erkannte die Siegel von Volterra, sah, daß sie intakt waren, und sagte feierlich: »Ich habe den Brief am festgesetzten Tage erhalten und festgestellt, daß die Siegel unversehrt sind.«

Er sah auf und bemerkte, daß Paolo Tränen in den Augen standen. Es würde nicht lange dauern, und der arme Junge würde ›fa un brutta figura‹.

»Du kannst gehen!« sagte Ramage schnell, und der Junge rannte fast aus der Kajüte. Er hatte seine Tränen lange genug zurückgehalten und so vermieden, ›eine schlechte Figur zu machen‹, hatte aber doch zu erkennen gegeben, daß er etwas vom Inhalt dieses Briefes wußte; und was er wußte, hatte ihn verstört.

Zu übergeben sechs Monate nach der Ausreise der *Calypso*... und das war auch sechs Monate, nachdem Gianna England verlassen hatte, um über Paris nach Volterra zu reisen. Ramage wendete den Brief hin und her, seltsam unwillig, die Siegel zu brechen und den Briefbogen zu entfalten. Das Papier war dick, und er erkannte es als ihr eigenes und nicht das Briefpapier, das sie sonst in der Palace Street verwendeten. Wollte sie ihm in diesem Brief mitteilen...

Unvermittelt schob er einen Finger unter die Siegel, entfaltete den Bogen und strich ihn glatt. Er las ihn schnell einmal durch, um eine ungefähre Vorstellung zu bekommen, um was es ging, und als er bis zur Unterschrift gekommen war, war er ärgerlich, erleichtert und verwirrt,

alles im gleichen Moment, und seine Hände zitterten.
Dann begann er den Brief erneut zu lesen, aber diesmal
langsam und sorgfältig.

Mein Liebster,
Ich schreibe dies, während Du Dich vorbereitest, England mit der *Calypso* zu verlassen, und ich packe, um mit den Herveys erst nach Paris und dann nach Volterra zu reisen; doch da gibt es einen großen Unterschied: Du wirst nach England zurückkehren, aber ich nicht.

Paolo wird Dir diesen Brief in sechs Monaten aushändigen. Bis dahin, so hoffe ich, werde ich in Deiner Erinnerung verblaßt sein, genauso wie Du in meiner verblaßt sein wirst – darum bitte ich jedenfalls.

Über den Grund dafür haben wir oft gesprochen. Meine Liebe und meine Pflicht gelten meinem kleinen Königreich. Deine Liebe und Deine Pflicht gelten England, der Marine und dem Besitz der Blazeys.

Du mußt Dich damit abfinden, daß wir nie heiraten können, weil wir verschiedenen Religionen angehören und das Volk von Volterra nach all den Jahren der französischen Okkupation nie einen ›straniero‹ akzeptieren würde. Es braucht ein Gefühl der Sicherheit durch einen Herrscher, den sie kennen und dem sie vertrauen – eine Rolle, die ich hoffe, ausfüllen zu können. Sie werden erwarten, daß Thronfolger geboren werden – und Du und ich werden ihnen nie Kinder präsentieren können, weil eine Heirat zwischen uns ausgeschlossen ist.

Aber bitte, Nico, sieh in Dein Herz. Du hast das alles seit Jahren gewußt, aber Du hast gegen dieses Wissen angekämpft, es verleugnet und versucht, einen Ausweg zu finden. Es ist Dir nicht gelungen, weil es keinen Ausweg gibt; und diese Tatsache hat uns langsam beeinflußt. Langsam, ganz allmählich ist Deine Liebe zu mir geschwunden. Kleinigkeiten, die ich sage oder tue, irritieren

Dich; die Aussicht, daß ich nach Volterra zurückkehre, macht Dich ärgerlich, aber ich denke, der Grund hierfür ist, daß Du im Inneren weißt – wenn Du es Dir auch nicht bewußtmachst –, daß dies die einzige Lösung ist; daß wir nie wirklich zusammen sein können. Ich meine als Liebende.

Was mich betrifft, ja, ich habe Dich sehr geliebt, und vielleicht werde ich nie aufhören, Dich zu lieben (wer kann schon die Zukunft voraussagen?), aber jetzt gehe ich nach Volterra zurück in der sicheren Überzeugung, daß ich einen anderen Mann heiraten und seine Kinder zur Welt bringen werde und daß die Thronfolge in meinem kleinen Königreich damit gesichert sein wird.

Ich weine jetzt natürlich, und meine Erinnerung geht zurück zu einer jungen Frau in einem Umhang, die im Torre di Buranaccio in Capalbio eine Pistole auf Dich richtete. Es war eine seltsame Begegnung, und seit damals liebten wir uns, aber jetzt muß diese Seite in der Geschichte unseres Lebens umgeblättert werden.

Wenn Du diesen Brief erhältst, werde ich mich entweder in Volterra befinden und vielleicht schon mit einem anderen Mann verheiratet sein, oder Bonaparte wird mich durch seine Agenten beseitigt haben. Was auch immer geschieht, ich werde aus Deinem Leben verschwunden sein, und ich hoffe, mein liebster Nico, daß Du eine Frau finden wirst, die Du liebst und die auch Dich so sehr liebt, wie ich es getan habe, und die Du heiraten kannst.

Denke gelegentlich an mich, so wie ich ebenfalls gelegentlich an Dich denken werde, falls mich Bonaparte verschont. Aber nur gelegentlich! Wenn Paolo weiter unter Dir dienen kann, wird mich das freuen, aber ich vermute, er wird bald Leutnant werden und auf ein anderes Schiff gehen. Er verehrt Dich, und Du bist für ihn der Vater – oder zumindest der Onkel – geworden, den er nie gekannt hat. Er hat mir nie vergeben, weil er längst der Ansicht ist,

ich hätte unsere Beziehung schon früher beenden müssen, da wir ja nie würden heiraten können. In seinem Alter sind Lösungen noch so einfach.
Lebe wohl, mein Nico,
Deine Gianna.

Seine Augen füllten sich mit Tränen. Sie hatte also die ganze Zeit gewußt, was er sich selbst so lange geweigert hatte einzugestehen – daß die Hoffnungslosigkeit der ganzen Situation seine Liebe zu ihr getötet hatte. Getötet? Nein, nicht getötet; ihr Wesen verändert hatte. Er hatte sie als Frau geliebt und als Geliebte, und eine andere Frau hatte keinen Platz in seinem Leben gehabt. Dann war diese Liebe abgekühlt, bis er Gianna, im letzten Jahr, mehr wie eine Lieblingsschwester geliebt hatte. Und sie hatte recht mit der Verärgerung, die er empfunden hatte, als sie sich entschloß, nach Volterra zurückzugehen. Ärger, ja, aber ein großer Teil davon bestand auch aus Schuldgefühl.

Eine Schuld, das wurde ihm klar, als er jetzt den Brief zusammenfaltete, die er nicht länger zu empfinden brauchte. Er starrte auf die polierte Fläche seines Schreibtisches und verfolgte mit den Augen die Windungen und Krümmungen der Mahagonimaserung. Inzwischen konnte sie verheiratet sein und, so wie er italienische Ehen und die Forderungen der Politik kannte, vielleicht auch schon das Kind eines anderen Mannes erwarten.

Er legte den Brief in eine Schublade und verschloß sie. Er nahm ihr den ehrlichen Wunsch ab, daß er einer Frau begegnen möge, die er heiraten könnte. Die verdammte Ironie, dachte er bitter, bestand darin, daß er sich nie in eine Frau verliebte, die frei war, ihn ebenfalls zu lieben. Gianna in den Ketten der Religion und der politischen Zwänge, welche das Erbe eines Königreiches mit sich brachte. Sarah zurückgehalten durch – wodurch? Irgend etwas, das durch einen Koffer voll – zwei Koffer voll – militärischer Uniformen verkörpert wurde. Wo war ihr Herz? Wahrscheinlich in irgendeinem Grab in den Ebenen oder Bergen von Bengalen.

Wenn der Frieden andauerte, würde er seinen Abschied einreichen, sich eine verläßliche, unscheinbare Frau aus guter Familie suchen, sie heiraten und den Rest seiner Tage in St. Kew verbringen. Die Liebe brachte mehr Schmerz als Freude, und Monate auf See gaben einem zu viel Zeit für schwarze Gedanken – von Untreue, gut aussehenden Armeeoffizieren bei einer Quadrille, von –, er stand abrupt auf, griff seinen Hut und ging an Deck, wo die Sonne hell schien.

Es war besonders hell, weil die Männer dabei waren, das große Hafen-Sonnensegel abzunehmen, das fast das ganze Achterdeck beschattete. Bald würde es aufgerollt unter Deck verstaut und das kleinere, mit kräftigen Lieks verstärkte, an seiner Stelle aufgespannt werden.

Er sah zur Insel hinüber, die hier eine fast halbkreisförmige Bucht bildete. Es war so friedvoll, daß die Ereignisse der letzten Wochen kaum glaublich schienen – nur daß sein linker Arm immer noch weh tat und sein rechtes Bein schmerzte; und dann sah er auch noch vier oder fünf Seesoldaten, mit Entermessern und Pistolen bewaffnet, die einigen der Freibeuter, die in Ketten gelegt rasselnd an Deck auf und ab gingen, etwas Bewegung verschafften.

Wilkins Peak, Rockley Bay, Garret's, Aitken Bay, Wagstaffe Battery... Sie waren alle zur Ilha de Trinidade gekommen und hatten sie (auf dem Papier) verändert. Aber andererseits hatte Trinidade sie alle permanent verändert. Niemand, sei es ein Freibeuter, der jetzt in Ketten gelegt seiner Verurteilung entgegensah, sei es ein englischer Aristokrat, der in einem John-Company-Schiff nach Hause reiste, sei es ein von der Admiralität angestellter Landmesser oder ein Maler, der mit vielen Farben im Gepäck seine Eindrücke auf der Leinwand festhielt, niemand von ihnen allen würde je wieder der alte sein. Die Erinnerungen hatten sie auf irgendeine Weise verändert.

Nachdem er, fünf Tage später, das Mittagsbesteck aufgemacht hatte, ging Southwick zu Ramage hinüber, der schon eine Stunde lang trübsinnig auf der Luvseite des Achterdecks hin und her gelaufen war und jetzt an der vorderen Reling stand und auf den Horizont starrte.

»Die ersten 500 Meilen, Sir«, sagte der Navigator. »Nur noch lumpige 4000 oder so, und wir haben die Mündung des Kanals zu fassen. Unsere Breite ist 14 Grad 39 Minuten Süd und die Länge 23 Grad 47 Minuten West.«

»Das bedeutet eine Durchschnittsgeschwindigkeit von vier Knoten«, sagte Ramage mürrisch. »Wenn wir so weitermachen, brauchen wir mehr als 40 Tage. Sechs Wochen vielleicht – und das auch nur, wenn wir nicht zwei Wochen in den Kalmen herumdümpeln.«

»An Deck!« kam der Ruf des Ausgucks vom Fockmast. »Der Ostindienfahrer heißt ein Signal.«

Kenton, der die Wache hatte, sah mit seinem Teleskop hinüber und ergriff das Blatt mit den zwischen der *Calypso* und der *Earl of Dodsworth* vereinbarten Signalen, wobei jeweils eine Flagge einen ganzen Satz bedeutete.

»Für Sie, Sir«, meldete er Ramage. »Sie signalisieren: ›Der Kapitän unseres Schiffes lädt den anderen Kapitän zum Essen ein.‹«

Ramage versuchte, sich keine Gemütsbewegung anmerken zu lassen. Die See war einigermaßen glatt, die Wolken des Passats marschierten in geordneten Formationen über den Himmel, und die *Calypso* lag zu Luv backbord achteraus von der *Earl of Dodsworth*. Er sah auf die Uhr –

vermutlich würde man ihn gegen ein Uhr an Bord erwarten. Für gewöhnlich mochte er große Essen nicht. Sie dauerten bis zu zwei Stunden, und es gab viel zuviel zu essen und auch zuviel Wein (und zuviel unnützes Geschwätz über extrem langweilige Themen), so daß er sich in der Regel mit Kopfschmerzen und einem unbehaglichen Gefühl im Magen vom Tisch erhob.

Das alles spielte jetzt jedoch überhaupt keine Rolle, denn hier bot sich ihm die erste Gelegenheit, Sarah wiederzusehen, seit sie Trinidade verlassen hatten. Fünf Tage, hatte Southwick gesagt? Ihm kam es wie fünf Monate vor.

»Bestätigen Sie das Signal und setzen Sie: ›Ich nehme die Einladung an‹«, sagte er zu Kenton. »In einer halben Stunde lassen Sie eine Meile vor der *Earl of Dodsworth* beidrehen und ein Boot aussetzen, um mich hinüberzubringen. Ich behalte das Boot drüben und lasse signalisieren, wenn ich zur Rückkehr bereit bin. Sie werden ja auch sehen, wenn die *Earl of Dodsworth* beidreht.«

»Aye, aye, Sir«, sagte Kenton und legte die Hand an die Mütze. Beizudrehen und ein Boot auszusetzen waren eine willkommene Abwechslung in der langweiligen Routine, Tag für Tag auf ein John-Company-Schiff Station zu halten...

Eine halbe Stunde später ging Ramage in seiner zweitbesten Uniform, den obligatorischen Degen umgeschnallt, in die Jolle, machte es sich auf den Achtersitzplätzen bequem, während Jackson eine leichte Persenning über ihn breitete, damit seine Uniform vor Spritzwasser geschützt war, und betrachtete mit Interesse die langsam davonziehende *Calypso*, die aus seiner derzeitigen Perspektive knapp über den Wellenkämmen riesig und fast etwas schwerfällig wirkte.

Der Ostindienfahrer segelte auf sie zu und würde in ein paar Minuten anluven und das Vormarssegel back brassen. Das alles bedeutete sicher eine willkommene Ablenkung für die schon etwas übersättigten Passagiere, die den Weg der näherkommenden Jolle mit erstaunten Ausrufen begleiten würden...

Zwei Stunden, vielleicht auch drei, würden vergehen, bevor er wieder auf die *Calypso* zurückkehrte. Würde er in der Zeit eine Gelegenheit finden, unter vier Augen – oder doch zumindest außer Hörweite der anderen – mit Sarah zu sprechen? Was für eine dumme Position, in der er sich da befand. Er wollte die Frage stellen, weil er die Antwort wissen sollte. Und doch könnte ihn die Antwort in eine so abgrundtiefe Trübsal versetzen, daß der Rest der Heimreise ihm vorkommen würde, als transportiere man ihn in eine Strafkolonie nach Australien. Einige Leute zogen es vor, vor dem Schlimmsten die Augen zu verschließen, aber Ramage war zu ungeduldig, um die Spannung lange zu ertragen.

Irgend jemand hatte einmal zu ihm gesagt: »Warum sollte man schon heute unglücklich sein, wenn man es auf morgen verschieben kann?«

Das war vielleicht sinnvoll, wenn ein Unglück unerwartet über einen hereinbrach, aber bis morgen zu warten, um sich einer Sache sicher zu sein, die man halb erwartete – nein!

»Sir«, sagte Jackson, und Ramage sah auf, überrascht, daß der Bugmann bereits im Begriff war, bei der *Earl of Dodsworth* anzuhaken, deren Seite neben der Jolle emporstieg wie eine schwarze Klippe.

Zwei Taue, mit grünem Fries umwickelt, hingen neben der Außentreppe bis fast auf die Wasserlinie herunter und wurden von Fallreepsgasten frei von der Bordwand gehalten. Ramage warf die Persenning zur Seite, stülpte den Hut fest auf seinen Kopf, schob den Degen nach hinten und stand auf, wobei er gleichzeitig nach den beiden Tauen griff, als die Jolle auf einem Wellenkamm hochstieg.

Einen Augenblick später kletterte er die Stufen auf der Seite des Schiffes empor und merkte dabei, daß die Muskelverletzungen in seinem rechten Bein und in seinem linken Arm noch nicht ganz verheilt waren.

Hungerford und der Marquis standen an der Eingangspforte, um ihn zu begrüßen. Der Kapitän entschuldigte sich gleich, daß sie seinetwegen so langsam vorankämen, und der Marquis bedauerte, daß Ramage die beiden vorherigen Einladungen nicht hatte annehmen können.

»Papierkram, Sir; ich versuche, meine Berichte zu schreiben, solange mir die Ereignisse noch frisch im Gedächtnis sind«, schwindelte Ramage. Er konnte ihm ja auch schlecht erzählen, daß er sich so elend gefühlt hatte, daß er mit niemandem sprechen wollte, am wenigsten mit Sarahs Eltern.

Ein paar Minuten später fand er sich mitten unter den Passagieren, lächelte, küßte erst der Marquise und dann Sarah die Hand; plauderte ein wenig mit der Dame, die links von ihm gesessen hatte, als man ihm das Bild präsentierte, versicherte Mrs. Donaldson (die bereits etwas beschwipst war), daß die Männer der *Calypso* natürlich scharf nach Piraten Ausschau hielten...

Dann, wie durch Zufall – wenn ihm auch klar war, daß sie sich beide wie Kampfhähne im Kreise gedreht hatten, um sich zu begegnen –, fand er sich Sarah gegenüber, und es gab niemanden sonst im Umkreis von zwei Yards.

Sie trug ein hell-türkisfarbenes Kleid mit einem feinen Spitzenoberrock. Einige Strähnen ihres gelbbraunen Haares, welches sie offen fallenließ, ohne Nadeln und Spangen, waren von der Sonne blond gebleicht; ihre Haut schimmerte golden und ihre Augen, grün gefleckt mit Gold, beobachteten ihn, als wüßte sie, daß er ihr etwas zu sagen hätte.

»Ihr Bein und Ihr Arm?« fragte sie schnell, als wollte sie dieses Thema schnell hinter sich bringen, wenngleich es für sie auch eine wichtige Frage war, die er, wie sie fürchtete, womöglich mit einer Geste abtun könnte.

»Es zwickt noch gelegentlich, aber sonst geht es recht gut; Sie haben ja gesehen, wie ich die Seite heraufgeklettert bin.«

»Ja, und Ihr Bein hat zweimal unter Ihrem Gewicht nachgegeben.«

»Das ist mir gar nicht aufgefallen, Sarah –«

Plötzlich war alles ruhig, und er hörte nur noch den Pulsschlag seines Herzens wie einen dumpfen Trommelschlag in seinen Ohren. Sie machte einen kleinen Schritt zur Seite, so daß sie jetzt mit dem Rücken zu den anderen Passagieren stand und damit auch sein Gesicht verdeckte. Sie sagte nichts und hob nur leicht die Augenbrauen.

Als er zögerte, sagte sie ruhig: »Sie sehen aus, als suchten Sie die Antwort auf das Rätsel des Universums.«

»Das tue ich auch, allerdings auf das meines eigenen Universums.«

Diesen Verlauf hätte das Gespräch eigentlich nicht nehmen sollen; er wollte die Frage eher beiläufig stellen, anstatt sie zu einem Problem zu machen, dem große Bedeutung zukam.

»Kapitän Ramages Universum ist sicherlich riesig.«

Sie lächelte, aber er wußte, daß sie damit versuchte, die Spannung abzubauen, die plötzlich zwischen ihnen entstanden war.

»Das Universum von Nicholas ist sehr klein«, sagte er und zwang sich weiterzureden: »Diese Uniform – wem gehört sie?«

Erstaunt riß sie die Augen weit auf. »Was für eine Uniform?«

»Die Uniform, die Sie mir an dem Tag geliehen haben...«

»Ach ja! Als Sie Ihre Halsbinde zum Lendenschurz degradiert hatten! Sie sahen wirklich unerhört flott aus, aber Sie brauchten dringend etwas Substantielleres, bevor Sie sich Leuten wie Mrs. Donaldson präsentieren konnten!«

»Sie haben meine Frage nicht beantwortet«, erinnerte er sie.

»Aber Nicholas, es ist so eine dumme Frage! Was um alles in der Welt spielt das denn für eine Rolle?«

»Für mich spielt es eine Rolle«, sagte er starrsinnig.

Als ihr klar wurde, daß es ihm ernst war, sagte sie ruhig: »Ist es wirklich so wichtig für Sie? Es war doch nur eine Uniform, die Ihnen zufällig paßte.«

»Ja, es ist wichtig. Ich muß es wissen.«

Plötzlich wurde sie blaß und berührte unwillkürlich seinen Arm. »Sie denken, sie gehört meinem Mann?«

»Ja. Was sollte ich denn sonst denken?«

Sie schüttelte langsam den Kopf, als versuchte sie, sich etwas begreiflich zu machen.

»Sind Sie eifersüchtig auf ihn?«

»Natürlich.«

Die jetzt Steuerbord achteraus liegende *Calypso* bot einen prächtigen Anblick, aber sie schien ihm im Augenblick sehr fern.

»Warum? Warum sollten Sie eifersüchtig auf ihn sein?«

Er seufzte und war kurz davor, sich abzuwenden und zu den anderen Passagieren hinüberzugehen. Es war also die Uniform ihres Mannes, sie liebte diesen Mann und hatte nicht die geringste Ahnung, daß sie vom Kommandanten der Fregatte *Calypso* geliebt wurde.

»Es spielt jetzt keine Rolle mehr, Madam«, sagte er steif und zwang sich zu einem Lächeln. »Wir müssen zu den anderen zurückgehen.«

»Nein, warten Sie. Es spielt schon eine Rolle, daß Sie auf ihn eifersüchtig sind.«

»Es mag schmeichelhaft für Sie sein, Madam, aber für eine verheiratete Frau kaum von Bedeutung.«

»Antworten Sie mir!« Ihre Stimme war leise, und ihre Finger gruben sich in seinen Arm.

Es gab nichts zu verlieren. Eine gewisse Verlegenheit, einige peinliche Minuten, und er konnte das Schiff verlassen und zur *Calypso* zurückkehren, nachdem er einen Teller Suppe zu sich genommen und dann vorgegeben hatte, sein Arm würde schmerzen.

»Ich habe mich in Sie verliebt. Also ist es nur natürlich, daß ich auf Ihren Mann eifersüchtig bin.«

Sie sah ihm in die Augen. »Hören Sie gut zu, Nicholas«, sagte sie sanft. »Mein Vater ging vor drei Jahren als Generalgouverneur von Bengalen nach Indien, und er nahm seine Familie mit. Er stellte fest, daß er mit vielem, was die Ehrenwerte Ostindische Handelsgesellschaft tat, nicht einverstanden war, und nahm daher seinen Abschied, so daß wir jetzt alle nach England zurückkehren. Alle außer einem.«

Jetzt war er vor ein Rätsel gestellt. »Alle außer einem? Ihr Mann?«

Aber ja, natürlich; er hatte in Indien den Tod gefunden.

»Alle außer dem Besitzer dieser Uniformen. Er hat seinen Dienst bei der Gesellschaft quittiert – er war der Adjutant meines Vaters –, weil er noch ein bis zwei Jahre in Indien bleiben möchte. Seine Uniformen befinden sich in den beiden Koffern, obgleich ich absolut nicht verstehen kann, warum man sie vor unserer Abreise nicht verbrannt hat.«

»Lassen Sie uns zu den anderen zurückgehen«, sagte Ramage traurig.

»Aber Sie wissen immer noch nicht, wem die Uniformen gehören!«

»Ich kann es mir denken, wenn ich auch nicht verstehen kann, warum Sie nicht bei ihm geblieben sind.«

»Mein Bruder ist ein aufgeblasener Langweiler«, sagte sie.

»Gehen wir zu den – Ihr Bruder?«

Sie nickte lachend. »Warum haben Sie es so eilig, zu den anderen zurückzugehen?« fragte sie unschuldig. »Langweilt Sie meine Gesellschaft etwa?«

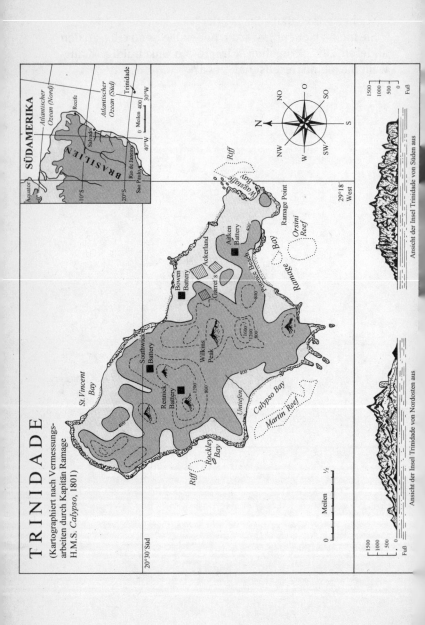